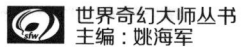

世界奇幻大师丛书
主编：姚海军

U0755652

法庭斗剑三部曲

甲胄之殇

［英］K.J.帕克 著
叶林 译

四川科学技术出版社

图书在版编目(CIP)数据

甲胄之殇：法庭斗剑三部曲 /［英］K.J. 帕克　著；叶　林　翻译 . -- 成都：四川科学技术出版社，2022.6
（世界奇幻大师丛书）
书名原文：The Proof House

ISBN 978-7-5727-0564-9

Ⅰ . ①甲… Ⅱ . ① K… ②叶… Ⅲ . ①长篇小说—英国—现代 Ⅳ . ① I561.45
中国版本图书馆 CIP 数据核字（2022）第 093631 号
图进字：21-2020-246

世界奇幻大师丛书

甲胄之殇：法庭斗剑三部曲

JIAZHOU ZHI SHANG: FATING DOU JIAN SAN BU QU

出品人　程佳月
丛书主编　姚海军
著　者　［英］K.J. 帕克
译　者　叶　林
责任编辑　宋　齐　姚海军
特邀编辑　钟睿一
封面绘画　谢春治
封面设计　李　鑫
版面设计　李　鑫
责任出版　欧晓春
出版发行　四川科学技术出版社
成都市锦江区三色路 238 号邮政编码 610023
官方微博：http://e.weibo.com/sckjcbs
官方微信公众号：sckjcbs
传真：028-86361756
开　本　160mm × 228mm　印　张　33.75
字　数　420 千　插　页　2
印　刷　四川省南方印务有限公司
版　次　2022 年 07 月成都第一版
印　次　2022 年 07 月成都第一次印刷
定　价　76.00 元

ISBN 978-7-5727-0564-9

邮购：成都市锦江区三色路 238 号新华之星 A 座 25 层邮政编码：610023
电话：028-86361758

一

先死后葬，历来如此；但对你，我们可以破例。

主巷道坍塌的时候，巴达斯·洛雷登正跪在新辟的支道里。他听到木梁受压发出的吱呀声，听到一连串噼噼啪啪的断裂声。一声闷响将他掀翻在松软的泥土里，随后一切复归平静。

他静静地躺在地上，凝神倾听。或许不是即刻，但这条支道随时有可能跟着坍塌，关键是看位于主巷道和这条支道之间的拱形架构是否完好。如果那里受损，那么除了拱顶的残留剪力以及一排贴着墙面的承重木板以外，支道上方的重量得不到任何支撑，既有可能一下子全部塌陷，也有可能缓一缓，让压力和重量持续累积以后再爆发，正如学校里的差生常年承受缓慢而痛苦的压力，终于意识到自己压根儿就不该在这里。如果是后面这种情况，他首先会听到木梁发出惆怅的呻吟，然后拱顶的面板将在重压下开始弯曲、开裂，几撮泥土从面板之间的裂缝漏下来。自然，这一切都是理论推演。事实上，坍塌的主巷道堵住了他的后路，前方则是一堵坚实的泥墙，他已经陷入了绝境，无路可逃。除非有人能在可供呼吸的空气耗尽之前设法挖通堵塞的巷道，将承重结构重新架设起来，再将塌方物运出去，还得尽快找到通向这条支道的入口——否则他就死定了。

先死后葬，历来如此；但对你，我们可以破例。

这是数月以来，他头一次意识到周遭的黑暗。攻守双方在艾普–埃斯卡托伊的城墙下挖了无数迷宫般错综复杂的通道。他在这些地道里待了三年之久，常常一口气在里面过上好几周却完全没意识到周围的黑暗。只有在类似此刻的惊恐状态下，想看清周围环境的本能才重新冒出来。

想要亮光？没辙。他的手里满是松软细碎的泥土，同时感觉到自己的脸颊贴着泥地，冷冰冰的、死气沉沉的。他厌恶那种触感。有意思的是，尽管在地道里待了三年之久，他仍然会对某些特定的事物产生强烈的情感。他敢发誓，他还以为自己早就摆脱了这类困扰。

好吧，没有退路了。他估计剩下的空气还够支持倒一轮班次的时间。照目前的形势看，这算是个喜忧参半的消息。面对塌方导致窒息死亡的结局，哪怕是早已丧失了畏惧能力的人也难免惊恐不安。没有后路，待在原地不动又行不通。他唯一能想到的办法是继续向前，寄希望于他们一直想挖通的敌方地道已经近在咫尺，而他能够凭借一己之力（这里只有他一个人）在这里的空气耗尽之前打通隧道。

换句话说吧，他面临的选择是：继续挖还是什么也不做。思忖片刻后，洛雷登决定开挖。就算不成功，这个举动也能尽快将空气耗尽，早死早超生。

大帝麾下的工兵没过多久就意识到常规的工具和挖掘技术应付不了艾普–埃斯卡托伊下方的重黏土层。为了对付这层黏土，他们心力交瘁，挖秃了不少铲子。直到大约三个月之后，一个在补给列车上游荡的老人将正确的方式告诉了他们。他说自己在战前是个掘土工，是打通黏土层开挖隧道的专家。他曾经花三十年时间帮助艾普－梅赛（在战争打响的第一年就被帝国的军队攻陷，在六天内被夷为平地）挖掘下水道。只要涉及在地上打洞，没有他搞不定的事。

他告诉大家，要挖开黏土层，需要一根厚实的长方形木柱，有点类似于农场的门柱，在离柱底六寸的地方固定一块横板。将这根木柱（行话管它叫十字柱）以对角线的方式斜向后卡在隧道的顶部和底部之间，木柱的底部与黏土层截面的距离相当于腿的长度。然后你可以将屁股挪到横板上，背部平直地贴在木柱上，腿脚同时用力将铲子踢进黏土层。一旦铲面切进泥层，膝盖猛地向上一提就能将坚实的泥土铲出一点。之后，将这些泥土带出来，倒给身后的清渣工。清渣工用长柄镰钩将泥土清到出渣车里——这是一种带轮子的小推车，再通过滑轮和绳索将泥土运往主巷道。在那里，清出的泥土倒进一种轻便的双轮小车，经由全天候上下运转的升降梯运出。在挖掘工和清渣工之后是木工。木工的工作是切割尺寸合适的木板，铺设在坑道的地面、墙面以及顶部。除了锯木板以外，这里的每一项活计都必须摸黑完成，因为地道里常会出现气阱，里面充斥着从沟渠中渗出的爆炸性挥发气体，即使是密闭的灯笼都有可能点燃它。

巴达斯·洛雷登个子太高，不算理想的挖掘工。将腿缩起来准备踹向铲子上方的横梁时，他的膝盖几乎要顶到下巴了。这活儿适合个头矮小、身材粗壮、体形像圆木桶的人来干，不适合又高又瘦的前击剑手。不幸的是，除了他，没人愿意干这个。他扶稳铲子，将阔叶状的铲尖轻轻抵在前方墙面上，然后狠狠地踹下去，这样骨头因震动受到的冲击可以经由脚踝传向颈部。

当然，挖掘工通常不是独自一人完成工作。挖掘工用靴子将铲出的泥土踹落下来之后，将大量夯实黏土运出去的繁重工作就交给了手持镰钩的清渣工。但和洛雷登配合的清渣工被埋在身后某处塌方的地道里，压在几百吨重物之下，无法上工。这旷工的理由即使在帝国军队也是合情合理的。这就意味着，每铲三四下，他就不得不扭动身子从十字柱上爬下来，面朝前趴着跪在地上，用两条脚将渣土扒拉到身后，活像一只在花坛里掘洞的兔子。

*放弃吧，巴达斯，干脆放手吧。别学鼹鼠打洞了，体面地窒息而死吧。*说真的，这一切显得如此荒谬。他是一只拼了命想啄穿大理石蛋壳的坚韧小鸟；他是吝啬鬼中的翘楚、守财奴中的大王（指的是自掘坟墓。能自己解决，为什么要付贵得离谱的费用给教堂执事？）；他是一条藏在硕大无比的栎瘿中的微不足道的小虫子；他是一个正在垂死挣扎的人。

忽然之间，触感发生了变化。之前的感觉有点像屠夫手持大刀切向纤维分明的腐肉，有一种鲜明的层次感。现在的感觉是撞上了某种障碍物，有可能是一堵由夯实黏土铸就的地道壁。比之前更为强烈的震荡和冲击沿着他的踝骨和胫骨传了回来。有变化了，任何变化都是令人鼓舞的。他使劲弯着膝盖，直到它们触及自己的嘴角，然后踹了下去。前方不再是一堵一动不动、等待铲子切入的实体。那障碍物先是松动起来，然后开始倒塌。他顾不上清理渣土，不停地踹着。坍塌的泥土阻碍了去路，但他一门心思往前，顾不上按照正确的做法一步一步来（你总是这样，巴达斯，总有一天你会死在这上头）。终于，随着他的脚后跟狠狠一跺，铲子往前插了个空。他也跟着向前打了个趔趄，脊椎骨尾端被撞得生疼。

*终于打通了，老天保佑，我终于找到了这条该死的地道。真是走运。*不用说，这里同样漆黑一片，只是气味发生了不同寻常的变化。芫荽，他刚打通的这条地道闻起来满是芫荽的味道。他小心翼翼地将左脚探进刚铲开的空洞里，靴子底部碰触到了一块平坦的木板。他忍不住咧嘴笑了。万一刚才把这块木板踹飞了，整个顶部塌下来，把他埋在下面怎么办？死在这个节骨

眼，那可真是要被人笑掉大牙了。

芫荽的味道。这是因为敌方的烘焙师在做面包时以芫荽为辅料，帝国的面包上撒的则是蒜盐和迷迭香。在地下潮湿的空气中，身在五十码[①]开外就能闻到别人嘴里的口气是芫荽味还是大蒜味。这是他知道自己已经到达目的地，以及辨别自己身在哪一方地道的唯一方式。对于军官而言，闻到芫荽和胡椒香肠的气味就代表着即将面临死亡或危险。而迷迭香和大蒜味则让人联想到家、救援，或者正沿着地道爬过来替你轮班的工友。洛雷登将靴底平贴着木板，缓慢而平均地施出力道，直至感觉到钉子从板条上纷纷脱落。打通了地道，却一头撞进充斥着芫荽味的坑里。真是祸不单行。

他用脚跟试探着前方，屁股挪动着，慢慢地挪过缺口，直到臀部触到了地板。这动静不小，不过应该没什么大碍。直到现在他才顾得上思考为什么巷道会坍塌。巷道发生坍塌是常见事故，只不过有时候是因为遭到了敌方的蓄意破坏。敌方可以在巷道的正下方挖一条自己的地道，凿出一个被称为地下爆炸坑的空间，在里面堆满一桶桶一罐罐的脂肪油以及腐臭的牛脂——全都是劲爆的易燃物。火焰将空间的顶部烤干，黏土收缩，巷道的地面层忽然之间失去了支撑，于是整个巷道的物质就如水池里的水被排走一样倾泻下来。巷道坍塌，任务完成。

好吧，事已至此。就算带着芫荽味的敌方人员就在他们自己挖的某条地道深处，他们也不太可能在巷道里面来回走动。身上带着蒜味的人在不小心撞上某个多管闲事的家伙，被他抹了脖子之前，还是有机会悄悄地潜行一段路的。

“天知道，”（有说话声传来，是“芫荽”方的人。还有膝盖和手掌落在木

---

① 1码等于0.914米。（由于本书为架空幻想小说，所有计量单位都无法与现实精确挂钩，故模糊处理，只标注部分换算关系以供参考。）

地板上的声音，听起来像是两个正在匆匆爬行的人。）“说不定咱们的地道离他们的太近了，以至于我们这边的墙壁也随之坍塌。要是这样的话，如果不赶紧加固我们的墙，我们很快就会被大量敌军包围。”

巴达斯·洛雷登不禁赞许地点点头。此人对己方的地道颇为了解，正是那种你想和他排在同一个班次工作的人物。可惜他是敌方的人。那两个人还在继续接近。难道他们鼻子不灵？正觉得困惑，他忽然想起来了：因为这样那样的原因，当班期间他已经两天没吃东西了。没吃面包，就没吃蒜头；没吃蒜头，就不会因气味而暴露身份。看来绝食才能得永生。

“甭管是怎么回事，总之这就是桩麻烦事。”另外一对膝盖的主人说道。巴达斯的手摸向露出靴子外的刀柄。如果在前面的那个人嗅觉不灵的话，要干掉他易如反掌。但跟在后面的那个就会把巴达斯干掉。有时候，为了除去对方的马，不得不牺牲自己的车。只不过若你自己就是那个被牺牲的车，那就不怎么好玩了。唉，管他的。士兵的天职就是搜寻并消灭敌人。既然如此，就直接动手吧。

他放过第一个说话的人，等到第二个声音快要经过他身边的时候小心翼翼地伸出左手，去够对方的下巴尖或者下颌。这一招是他的拿手好戏。他的指尖拂过那人的胡子。胡子很长，以至于他的手指可以顺利地合拢抓牢。那人还没来得及出声，巴达斯已经将匕首朝上刺向他脖子和锁骨之间的三角凹陷处。要干掉一个人，刺这里比刺其他部位更快见效，而且动静更小。短匕首在地道里颇为流行（短匕首、矮个子、短铲子、短命，反正在地道里什么都长不了）。匕首刺进拔出，动作干脆利落，惊动另外一个人的概率很小。

尽管如此，转动匕首将刀刃拔出时，巴达斯还是喃喃地道了一句“谢谢”。在地下，如果一定要有人牺牲的话，向代替你死去的那个人道谢是个不可打破的规矩。开口说话无疑暴露了他自己的位置，但他仍然占据优势。

在这狭窄的巷道中，位于前方的“芫荽”男无法转身。他要么原地不动，努力用脚后跟像骡子一样往后踢蹬；要么就以小孩窜到桌子底下的速度，用手和膝盖迅速爬行，在敌人还没反应过来之前找到一条支道爬进去。到那时自然攻守易位。不好玩，还是别出现这样的情况才好。

巴达斯·洛雷登嫌恶地低声咕哝了一句，爬过刚被他干掉的“芫荽”男的尸体，感觉到自己的手掌和膝盖骨陷进死人柔软的肚腹和脸颊中。他像臭鼬一样用嗅觉来追踪定位自己的猎物，接着听到木屐底和石头摩擦发出的声音——不远也不近——于是他像兔子似的两腿一蹬，两手张开，一跃而起，直到他的脸距离对方的脚后跟只有几寸远。他弹跳的方式，与其说是猫科动物，更像是蛙跳。他重重地落下来，手肘砸在对方的肩胛骨上。完事之后，他向对方道了谢。

现在该怎么办？自然，对于自己目前身在何处，他一无所知。如果是在自己那方的地道里，他要辨明方向简直易如反掌。那由水平巷道、竖井以及各种支道组成的蜂巢般的结构，他从未亲眼看见，却了如指掌，在脑海里形成了一张完整的地图。在地道里往前爬行的时候，他用不着数自己的膝盖挪了几下，就知道支道的入口在哪里，或支道和主巷道交汇的地方在哪里。就像杂耍艺人闭着眼睛也能耍把戏一样，他凭直觉就能给自己定位。然而，在“芫荽”方的地道里，他却两眼一抹黑，毫无把握。在这里，他好像回到了初次进入地下、失去光明的那天，周遭的黑暗对他而言是真正的漆黑一片，他甚至能感觉到低仄的顶部以及两侧墙壁之间的狭窄空间带来的压迫力。

常识，常识很重要。如果他处在一条水平的主巷道中（这里的空间又宽又高，不可能是支道），有很大的可能这巷道的一头是带升降梯的竖井，另一头是采掘面——问题来了：哪头是竖井、哪头是采掘面？他到底该朝哪个方向走？避开敌方人员当然是首当其冲的问题，但也不能越走越深、彻底陷入敌方阵营呀。据他所知，自己那方——也就是“大蒜”方和敌方地道唯一的交界就是他刚刚钻过来的那个洞，因此不能走回头路。而继续向前的话，无论走哪个方向，他迟早都会闯进敌方的军营或工作井。到那时候，他再有能耐也不能将那些敌人都杀光。

先死后葬，历来如此……要是能闻到新鲜空气，他就能判断出哪一头是升降梯井。可惜，除了一股时时萦绕鼻端的腐臭的芫荽味以及从尸体上沾染到他的衣服及手上的那股浓重的血腥味之外，他什么也闻不到。如果不尽快采取行动，他很快就会陷入恐惧，动弹不得。他见过那样的人，“芫荽”方的，用手紧紧地捂着耳朵，蜷缩着身子贴在墙边，彻底失去行动能力。那就左边吧，他选择向左走，因为如果此时他还在己方地道中的话，要到达升降梯井，就得向右走——但这个决定从逻辑上仍旧完全说不通。管他的，反正也没人反对。至于为什么该去升降梯井，他也不知道。就算他有办法偷偷躲进一个装满渣土的篮子，避开众人的耳目出了地道，一旦到达地面，他就将置身于敌方的城市之中。想想看，一个脏兮兮、满身血污的人在充斥着敌方香草香料味的城市里会是什么下场。但如果往另一个方向走，去采掘面——那么，采掘面会在哪里？多半是在支道的尽头，他们设置地下爆炸坑的地方——很可能他会兜了个大圈又回来了。不过，要是（假设一下）这条“芫荽”方的支道与“大蒜”方的地道并排贴着的话，他还是有机会打通壁垒回到己方的巷道中。当然啦，即使是这样，他来到位于塌方点后某处的概率也相当大，那他就又像刚才一样被堵在里头了。到底哪个假设是正确的，只有一个验证方法，那就是他选择向右走，看看结果如何。

“关键时刻，不是吗？”一个声音在他身边响起。

这个声音不是真实的，他心知肚明。有好些年没听到这声音了。

“你说呢，”他压低了嗓音，悄声说道，“你才是这方面的专家。”

“是啊，大家都这么说。”那声音感慨地回答，“我一向认为自己不过是买了台昂贵的新机器。我知道怎么用它，却对它的运作原理一无所知。”

“啊，”洛雷登心不在焉地回答，“不管怎么说，你懂的总比我多。”

一声叹息传来。这声音只存在于想象中，并非真实的存在，类似孩童时期幻想出来的朋友。“我认为，此时正是关键时刻之一。”那声音重复道，“一个关系重大的抉择，一个节点——这么说对吗？在一连串事件中的节点，也可以说是转折点——三十年来我一直在谈论它，却对它的真实含义不甚了了。但它显然是元理运行不可或缺的因素。”

“行吧，”洛雷登嘟囔着挤过一段因一块侧板松脱而变得更加逼仄的空间，“节点就节点。你该干什么就干什么吧。如果你不介意的话，我还继续干我自己的。”

“你总是那么多疑。”那声音说道，“这也不怪你。尽管我写了本关于这个主题的书，但很多内容就连我自己都不能信服。”

洛雷登叹了口气，“你本人可没这么烦。”

“对不起。”

在地下待上一段时间后，几乎每个人都会听到虚幻的声音。有些人听到的是侏儒和地精的声音，它们是善良的生物，会警告大家即将出现气阱和塌陷。有些人听到的声音来自过世的家人和朋友。坏人听到的声音则来自被他们谋杀、强奸或伤害的人。有些人如孩童照顾刺猬般拿出一碗碗面包和牛奶招待他们；有些人用唱歌或大声嚷嚷的方式驱赶那些声音，直到它们消逝远去；还有人长时间地和这些声音聊天，认为这么做有助于打发时间。每个人都知道这些声音是虚幻的，只不过在四下漆黑一片的地道里，无论是真实还是虚幻的人，都只是无所依托的声音，因此人们在辨别真实和虚幻时显得没那么武断。也不知是好事还是坏事，巴达斯·洛雷登听到的声音是前佩里美狄亚教长亚历克修斯的。几年前，他们有过一段短暂的来往，现在他多半已经过世了。当然，在这里不一样。在这里，活人被埋葬，死人却像残疾人似的，靠着面包和牛奶的供养继续存在。

“换作是我的话，”亚历克修斯道，“我会往左走。”

“我正打算这么做。”巴达斯回答道。

“哦，那就好。”

他转向左边。这里的巷道较窄，地板未经戴着手套的手和戴着护具的膝盖来往磨擦，显得有些粗糙。空气很热，预示着这里或许有挥发性气体。

“至少我没察觉到。”亚历克修斯说。

“很好。我手头要应付的事已经够多的了。”

“不过，如果我没搞错的话，”教长继续说道，“在你前方大约七十五码处有个人——抱歉，我不能描述得更确切些，但我不是什么也看不到嘛。我想他正停留在那里修理什么东西，多半是一块松脱的木板。”

“好，谢谢。他面朝哪个方向？”

“很难说。”

“没事。他也是个节点吗？”

“这我可不能透露。可能是节点，也可能纯粹是个突发事件。”

“好吧。”

他放慢速度，随着每一次膝盖向前挪动小心翼翼地移动重心，没有发出一点声响。气味则是另一回事。他浑身散发着血腥味，没准儿还有汗臭味。那个男人则散发着胡椒和芫荽味。

“成了，你瞒过他了。现在，要万分小心。”

因为距离太近，巴达斯没有回答。*我刚才需要有人说话的时候，你干什么去了？*此时此刻，他可以听到那人的呼吸声，还有他工作时，膝盖上的皮护具发出的轻微的嘎吱声。

“他背对着你。”

*我知道。现在别吵，我忙着呢。*他挪得更近了一些（此时他与对方的间距不会超过一码），伸手去摸露在靴子上方的匕首柄。有时候，刀刃擦过后臀部的布料时会发出轻微的嘶嘶声。幸运的是，这次没发出任何声音。

完事以后，他道了谢。

“你为什么要这么做？”亚历克修斯困惑地问道，“老实说，我觉得这种做法很变态。”

“是吗？”洛雷登耸耸肩（在黑暗中做这个动作毫无意义，即使是想象出来的人也看不见），“就我个人而言，我倒觉得这是个优良传统。”

“优良传统。”亚历克修斯重复道，“就像过春节的时候采摘黑莓或在门楣上悬挂报春花串一样。”

“是的，”洛雷登坚定地说，“就像用装满牛奶的碟子招待你这类人一样。”

“拜托，别拿我说事。我最受不了的就是在酸牛奶中浸得软塌塌的面包。”

“哎呀，你不是想让我们浪费好东西吧？”

他爬过那具尸体。直到现在，他还是没搞懂那个人之前到底在那儿安静而认真地做些什么，但这些已经不重要了。用不了多久，他就该到达采掘面了。

（“如果你整个是我想象出来的，”他之前问过一次，“那你怎么可能告诉我诸如前方有敌人或者气阱之类连我自己都不知道的事？而且你说的还几乎全中？”

亚历克修斯思考了一会儿。“可能是这样，”他说，“你下意识地收集了些平时你根本不会注意到的微小线索，比如在无意识中听到的微弱动静、闻到的淡淡气味之类的，然后你凭空想象出一个我来替你传达信息。”

“有这个可能。”他回答道，“但是，承认你确实存在不是更容易吗？”

“也许，”亚历克修斯回答，“只不过，可能性极大并不代表一定是事实。”

有时候他试图在脑海里勾勒地图，根据城市、大帝麾下军队的营地、河流以及入海口的相对位置来确定自己的实际位置。他仍然相信这些虚无的声音，几乎可以说是全心全意，尽管有时候他的信仰会经受严峻的考验。也许时不时地给他们留碗牛奶能帮助他坚定信心。

他能听到远处传来挖掘声。四个人，也许是五个。他能闻到各种气味：芫荽味、汗臭味、钢铁的气味、新挖开的黏土味、一丝极其微弱但并不构成威胁的沼气味、皮革味和湿衣味，还混杂有尿骚味，以及从他自己的手上膝盖上散发出的血腥味。不知怎么的，他在估测距离时遇到了困难。有可能是因为他已经接近采掘面，前方坚实的黏土墙吸收了一些声波，又或者是这里的顶比寻常的顶高，于是产生了回音。五个挖掘工，每个挖掘工配有一个清渣工以及至少两个木工。但他没有听到清渣工的镰钩发出的声音，也没听到使用木工工具的声音。这意味着他们刚刚开始干活，也就是说不用多久就会有人沿着巷道过来，拉着绳子将清渣车拉出去。他凝神倾听，但亚历克修斯不在（不出所料，你总不能老是仰仗脑海中的声音渡过难关）。他按捺住心中的焦虑，小心翼翼地摸索着墙壁，寻找一条支道、一条供休憩用的岔道或巷道中的一段足够宽敞之处，让他可以藏起来避开拉绳索的工人——万一失败了他也能在此地掉头往回走。如果最糟糕的情形出现，他将不得不倒着往回爬，但这是万不得已的举措，毕竟这么做要冒着与朝着他这方向来的“芫荽”人狭路相逢的危险。

幸运的是，他找到了一处开阔地。为了建造这条巷道，人们不得不炸穿一块岩石。木工们懒得在被炸开的石头墙面上铺木板，而开路工使用的火和醋[1]给墙面留下了一道深深的裂缝。这道裂缝的宽度足以让他挤进去，如果不介意呼吸困难的话。

没等多久，他就听到绳索在一个人身后拖动的声音。紧接着，他闻到了这个人的气味。他让这个人过去了一小段路才动手，完事之后向他致谢。如果任何人沿着巷道过来，说不定会撞上他，从而闹出足以让人警惕起来的动静。对他而言这次算是侥幸占了便宜。而在地下，你哪怕占了一点便宜都该领情。

四个挖掘工、两个清渣工外加一个木工。他能听到镰钩和一把锯子的声音。显然这里人手不足——因为过度扩张，无法在各处配备足够的熟手。不论是“大蒜”方还是“芫荽”方都有这个问题。木工的位置最靠后。但如果木工的锯木声忽然中断，他的伙伴肯定会警觉起来。清渣工无法掉头，要干掉他们不难。倒是挖掘工比较难对付，因为他们可以通过翻转十字柱转身。

他完全忽略了清渣车，直到手碰到车子才想起来（这有点说不过去，他可是一直沿着绳子往前的）。翻越清渣车是一项缓慢而艰巨的任务。有那么一瞬间，他甚至想平躺在车子里，通过拖拽车后方的绳索将自己拉向采掘面。但车轮发出的声音会让对方产生警觉，对他不利。如果将车子留在原地，车子就会变成另一个能给他发出警示的岗哨。

他仅用食指和拇指将匕首抽出。这把匕首是唯一被他视为己有的身外之物，他却从未真正见过它的样子。他用指尖触摸着自己在木制刀柄上刻下的浅浅沟痕，确认自己拿捏的位置正确无误，这才合拢手掌，握住刀柄。只要先干掉三个人，再干掉另外四个，他就控制了整个采掘面。

当然，在地道里，一切都有利有弊：能让你占上风的，同样也会给你带来风险；能给你添加助力的，也能构成威胁。包裹着他的膝盖以及贴在靴底的

---

① 原始炸药的成分之一。

厚厚毛毡非常有效，让他行动起来几乎悄无声息，木工因此付出了惨重的代价。但这些厚毛毡也剥夺了他的灵敏触觉，让他无法感知地面的变化，察觉不到木地板已经铺到了尽头，而前方尽是松软的黏土渣。

第一名清渣工将镰钩向后一拉，长柄的尾端正撞在洛雷登的胸口，暴露了他自己的位置。清渣工察觉到事有蹊跷，却根本来不及应对。洛雷登使出了老一套：左手捂住对方的嘴，既能防止他发出声音又能使他的头向上仰起，露出最快最有把握一击致命的切入点：喉咙和锁骨之间的三角形凹陷处。完事以后，他无声地动了动嘴表示感谢，将尸体小心翼翼地放倒在地上，就像放置一件刚烫好的袍服。

第二名清渣工意识到有点不对劲。但在洛雷登找上他之前，他只来得及注意到后方本该有镰钩在黏土地上拖动的声音，如今却是一片寂静。尽管如此，他仍有足够的时间放下镰钩，取出匕首。刀刃无意间划过洛雷登的左手，留下一道又细又深的伤口。没等弄清刚才遇到的轻微阻力究竟是怎么回事，他就被干掉了。而洛雷登及时接住了对方的匕首，没让它落到地上，引起其他人的警觉。

“莫阿兹，莫阿兹，你这混蛋，为什么停下？”其中一名挖掘工一边扭着身子从十字柱的一侧翻下来，一边紧张地向后喊道。*可恶*，洛雷登想，*这样很难找准对方的位置。同样，对方要找到我也没那么容易，而我仍然占据优势。*

他将匕首换到仍在流血的左手。伸手去捂对方的嘴和下巴时，手上的血滴到对方的脖子上就糟了——出于本能，对方会迅速闪避，让自己失手。一旦失误，就没有后悔药可吃（这是佩里美狄亚市场的摊贩在城市陷落前常说的话。在那场劫难中，他们全都死于非命）。换手带来的不利之处是，用右手去捂对方的嘴没有使用左手那么有感觉。这又是一个值得考量的变数。唉，难道还嫌他要应付的局面不够复杂吗？

“有个混蛋潜进来了。”一个声音说道，“莫阿兹？列弗卡？看在老天的分上，说话呀。”

洛雷登皱起了眉头。说话声暴露了对方的确切位置，这点对他有利。但对方已经预计到攻击会来自正前方，若是他直接冲上前去，自己就会处于劣势。从侧边绕过去的话，很可能会撞到其中一根柱子，或是被一堆渣土挡住去路，对他相当不利。想让那声音成为自己的助力，他得换一个策略。

“救命。”他叫道。

一阵沉默后，对方说道：“莫阿兹，是你吗？”

洛雷登发出一声呻吟，演得活灵活现。

“待在那里别动。”那人说道，“我来了。你逮住他了吗？”

说话的人朝着他的方向过来了，动静很大。他感到几根张开的手指触到了他的脸，他推算了一下方位，朝上方刺去。结果毋庸置疑。他这方面颇有天赋。

“谢谢。”他大声说道，接着往旁边一滚，将身子紧贴着墙壁。

“到底发生了什么事？”另一个声音响起，“莫阿兹？炎？噢，该死的，谁去点个灯啊。”

“等一下。”又一个声音响起，“我带着火匣。”

洛雷登听到一下轻柔的刮擦声，火匣的盖子掀开了。这绝对不是好事。

“等等。”他叫了起来。他竭尽全力测算了一下方位，像游泳健将一样两脚往墙上一蹬，蹿了过去。他的判断相当准确，张开的右手碰到了一只耳朵。一般说来，有耳朵的地方就有喉咙，现在的情形正是如此。

如意算盘打得好，但受周围条件限制，结果却不尽如人意。在拔出匕首的同时，他感到一股劲风斜斜地划过背部向他袭来，让他呼吸一滞，紧接着，左侧锁骨有一小块地方被匕首刺到，一阵剧痛。基于给了他这记重创的人是右撇子的假设，他迅速攥住那只握着匕首的手，将对方牢牢地锁住，之后干脆利落解决了他。干掉五个了。

第六个是在试图从地道狭窄的瓶颈处挤过他身旁时被干掉的。第七个惊慌失措，因为无法预判巴达斯的动作而无意间转错了方向，就此丧命。

任务圆满完成。

任务完成，一劳永逸。当他尝试踢打采掘面时，却发现这里的黏土层异常结实。即使主巷道（“大蒜”方的）确实与这条支道平行，两条地道之间的隔墙显然也厚得无法靠他的力量打通。他躺在十字柱上，肩膀耷拉下来，心想这一切全都是白费力气，他该怎么跟刚才那几个被他干掉的人交代呢。

“没关系。”他们说（他闭着眼睛，这才头一次看清他们的样子），“你也不知道结果会是这样。”

“你们能这么想真是太好了。”他回答道。

“你也不过是尽力一搏罢了。”他们对他说，“身逢绝境，谁都会拼尽全力。我们不怪你。”

他们对他露出微笑。“我也只是挣扎求生。”他说，“仅此而已。”

“我们理解你。”他们说，“换了我们也会这么做。”

他们并不真的存在，这一点洛雷登心知肚明。为了不伤害这些人的感情，他没把实话说出来，只是将他们赶出脑海。发现自己能看到这些人的脸时，他就知道他们只不过是他思维的投影，是幻想出来的人物。在地下，眼睛能看到的肯定都不是真实的。

“我也不是真的吗？”

“你也不是，亚历克修斯。只不过你又老又丑，将实情告诉你也无妨。”

“哦。那么好吧，我就不打扰你了。谢谢你的面包和牛奶。”

“不客气。再说你也没有打扰我，有人陪着说说话也挺好的。”

亚历克修斯笑了，“你知道吗，这让我想起我的一个老师。那时候我还是一个非常年轻的学生。这位老师无论到哪里，整日价总在自言自语。有一天，其他学生撺掇我去问问他，我就问了：‘你为什么自言自语？’他回答：‘因为要在这里展开理智对话，自言自语是唯一的方式。’答得真棒，我一直这么认为。”

洛雷登摇摇头。“文人的把戏。”他说，“有时候我很好奇，你们这些文人是不是每天都这样，说话绕来绕去，非把对方绕进精心铺设的文字陷阱里才罢休。要我说，大家都是成年人了，这么做简直太古怪了。”

亚历克修斯点点头。“几乎和在狭窄黑暗的地道里爬来爬去一样怪。”他回答道，“要比谁更怪，我们到底还是比不过你们。”

“亚历克修斯。”

“嗯？”

洛雷登睁开眼睛，“我还有可能活着出去吗？还是说这次我彻底完蛋了？”

现在他看不到亚历克修斯的样子，但仍然听得到他清晰而独特的嗓音。“怎么连你也这么问。”他说，“我一辈子都在解释：我是个科学家，不是算命的。我怎么知道。”

“你知道，”洛雷登说，“你的声音听起来不像我认识的那个亚历克修斯。你更年轻。”

“作为幻想人物的好处之一，就是我可以任意决定自己的年龄。我最喜欢四十七岁，就挑了四十七岁。”

洛雷登点点头。“我一直有这样的想法，”他说，“每个人一出生就自带一个既定的最契合的年纪。这个年龄是天生的。一旦到达这个岁数，我们的心理年龄就永远保持在这里。而心理年龄才能真正决定你到底几岁。就我个人而言，我永远都是二十五岁。二十五岁是我的黄金年纪。”

亚历克修斯叹了口气。“这么说，幸好你的既定年龄不大，还有大把时间享受。”他说，“要是你的既定年龄是四十七就惨了，因为你恐怕活不到四十七。”

“啊，”洛雷登说，“我今年四十四。”

“才不是呢。你算错了，你已经四十六岁了。”

“真的吗？”洛雷登耸耸肩，“我大概是在地下待得太久了。看来，这就是我的葬身之地了。”

“省得你的朋友为了你的葬礼又花钱又赔上眼泪。”

“这是实在话。不过我还是希望等我死了再埋。”

“毋庸置疑，先死后葬，历来如此。但对你，我们可以破例。”

“现在我想去睡一会儿了。”洛雷登故意打了个呵欠，“我最近都睡得不好。”

“如你所愿。”

他再次合上眼睛。他想，一个人能在宁静祥和的气氛中去世，身旁环绕着所有的朋友，还有比这更好的死法吗？现在他们都来了，来送他一程（或是迎接他的到来，取决于你怎么看待此事）。他们一排又一排，将旁听席的长凳塞得满满当当的，就连法庭决斗场的四周都坐满了人。巴达斯·洛雷登从助手递给他的袋子里选出一柄剑。他用不着抬头就知道对手是谁。

“高戈斯。”他僵硬地点点头，打了个招呼。

“你好，”他哥哥回答道，“好久不见。”

“三年多了，”洛雷登回答道，“只不过，你没什么变化。”

“你过誉了，我认为变化挺大的。上半身比以前瘦了，腰身有点粗。我在中邦吃的全都是淀粉类的好东西。差点忘了，我就好这口。”

高戈斯抬起手中剑。这是一把细长的哈布利斯奇剑，价格不菲。巴达斯发现自己选了古朗剑——他最喜欢的一把法庭用剑，几年前就是在这个地方被他弄断的。这把剑历史悠久，市面上很罕见，是一把值得收藏的好剑，只是价钱远远比不上最新系列的哈布利斯奇。

“你确定我们要走到这一步吗？”高戈斯哀怨地问道，“只要能坐下来好好谈谈，我保证——”

巴达斯咧嘴一笑，“怕了吧？”

“当然。”高戈斯郑重地点点头，“我怕得要命，生怕伤到你。给我点好处，我就把手中这把可笑的剑扔在地上，让你杀了我。但你不会动手，是吧？”

“杀一个跪在我脚边的手无寸铁的人？通常不会。但如果对象是你的话，我可以破例。”

高戈斯一个突刺，巴达斯正手格挡，剑刃在右上方相交。“我知道你能轻而易举地挡住这一剑。”高戈斯说，“要是我觉得你挡不住，我绝对不会用这招。”

“别放水，高戈斯。”巴达斯警告道，“在这方面我比你强得多。”

“当然，巴达斯。我对你的能力充满信心，否则我们就不会在这里斗剑了。”

巴达斯迅速反击，通过转动手腕，使出一招下段突刺。但高戈斯从容格挡，手速前所未有地快。

“我一直在练习。”他说。

“看得出来。”巴达斯回道。高戈斯以一记突刺还击。巴达斯望着刺过来的剑刃，早早识破了对方的佯攻，因此他以大幅度的格挡来应对，防住了各种可能的攻击。挡住对方攻击的同时，他右脚向后交叉，改变角度，抖出一记力道十足的短刺，向他哥哥的脸部而去。高戈斯勉强挡住，但古朗剑如针尖般锐利的剑尖在高戈斯耳朵的上方留下了一道又细又短的伤痕。

“这招漂亮，”高戈斯说，“你今天状态不错。顺便问一下，我有没有告诉过你尼莎死了？我说的是我的女儿尼莎，不是我们的尼莎。”

“我没见过她，”巴达斯回答道，“只见过她的兄弟。”

“不是人祸，是肺炎。”高戈斯说，“她只有九岁，可怜的小家伙。”

“难道没人告诉你，在斗剑的时候聊天很没礼貌吗？”

高戈斯撤剑，在巴达斯的脑袋旁嗖地抖了个剑花。巴达斯立地一跳，向后躲避，脱离了攻击范围。“放松点，”高戈斯说，“这些都不是真的，全是你想象出来的。”

“这不是你行事如此粗鲁的理由。要在我的想象中和我过招，你就得遵守我的规则。”

“你总是这样，随时更改规则，真是太讨厌了。”高戈斯叹了口气说道。他抓住了一个空档，可以回击对手的腹股沟处。一旦他发动攻击，巴达斯恐怕很难挡住。但他引而不发，留给巴达斯足够的时间调整防御姿势。“就像小时候，”高戈斯继续说，“一发现自己快输了，你就会立即整出一个新规则。”

“是吗？我怎么记得事实和你说的刚好相反呢。”

高戈斯向前突刺，招式极快，是一记短刺。在格挡完上一招后，他看准时机顺手就来了这么一下。此时此刻，巴达斯已经失去了任何格挡的可能。他感觉到——

从十字柱下传来的微弱震动，于是猛地睁开眼。有人沿着巷道过来了，速度很快。*该死*，他想，*哪怕你准备得再充分，总会有出人意料的事情发生*。

他伸手到靴子上方去拿匕首，但匕首不在那里。他笑了。在地下待了三年了，之前他从未丢过匕首。这算是巧合吗？

他闭上眼睛，集中精神。不管来的是谁，他们沿着巷道跑动的速度很快，手和膝盖迅速交替，好像在参加某种稀奇古怪的趣味赛跑。他忽然想到，如果这些沿着地道过来的人的目的仅仅是杀他，那么毫无疑问，他们接近的方式相当拙劣。在地下不兴骑兵队那一套。技巧使用得当的话，在听到杀人者的道谢之前，被杀的人完全不会察觉到任何动静。这么说来，如果他们不是冲他来的，那为什么要往这边跑呢？如果是来轮班的，他们不会像这样用最快的速度冲过来。也许，他们这么跑不是为了赶到他这里，而是为了躲避什么东西——比如一支突击队，或是即将发生的坍塌事故。

话虽如此，既然他们是朝这边来的，那么一旦被发现，他们就会除掉他。他伸手去摸死去的七个朋友之中最近的那个，拔出那人的匕首。一般说来，劫掠死人算不上礼貌，但在目前的情况下，他相信他们会通情达理的。

“小心！”有人叫道——不是亚历克修斯，就是七个死人中的一个，反正他分辨不出——此时整条巷道都震动起来，似乎陷了下去。他的鼻子和嘴巴里满是灰尘。第二下震动让他失去了平衡，跪倒在地。伴随着第三次震动，地道的顶部塌了下来，砸在他身上。

地下爆炸！有人说道，威力强大的地下爆炸！我们破坏了他们的巷道，太好了！

“妙极了。”巴达斯大声说道，尘土像沙漏里的沙子般从上方泻下，填满了这个空间。

二

“……光荣的战争英雄，如假包换。像挖松露一般把那家伙挖出来的，就是咱们。刚开始大家还以为他是对头那边的，直到有人注意到他的靴子。”

巴达斯·洛雷登睁开眼。日光又让他连忙闭上。可惜不够快，疼痛和恐惧让他叫出声来。

“快看，他醒了。”光亮处有个声音传来。难以置信，如此灼人、刺目的光亮里，怎么会有生物存活下来？这不可能，肯定是幻觉。“真是太他妈神奇了。在那种情况下根本没有生还的可能，他应该瞬间就死了才对。”

这话暴露了你的无知。一个已经被埋葬的死人是怎么也杀不掉的。他试图动弹一下，却只觉得全身酸痛。光芒穿透了他的眼睑。

“中士？中士，你听得到我说话吗？”声音听起来有点熟悉，真奇怪。光亮中那些可笑的小蜥蜴到底是什么东西？火蜥蜴吧。他又是从哪里听说火蜥蜴这东西的？为什么那东西叫他中士？

“很正常。”另一个声音说道，“一整座城市压在他头上，不觉得昏头昏脑才奇怪呢。”这声音也很熟悉。看来有两只火蜥蜴。

亚历克修斯？亚历克修斯，是你吗？别装成那些讨厌的家伙啦，把那该死的火扑灭了吧。

“中士快看！他醒了。谁是亚历克修斯？”

你是谁？我看不见你，说明你是真人。你是不是我刚才在巷道里干掉的人？

“万能的神明啊，”另有一只火蜥蜴说，“他精神错乱了，疯了。”

“我说了，不久以前，一整个艾普－埃斯卡托伊都压在他脑瓜子上，你还指望他怎样？过一两天就恢复正常了。”

既然怎么也甩不掉这些声音，那他迟早都是要睁开眼睛的。再说，那亮光已经穿过他的眼睑，渗到脑子里去了。*我死后变成了一只火蜥蜴了吗，亚历克修斯？你该提醒我的*。他睁开眼睛。

“你们是什么人？”他眨着眼睛问道。

最初他只能看到模模糊糊的形状：一个大大的、棕色的椭圆形物体在上方隐约可见。这多半就是池里的鲤鱼看到的人类形象。难怪它们会被吓跑。

“中士？”椭圆脑袋说，“是我啊，马里可。马里可下士，你还记得我吗？”

洛雷登摇摇头，一动就痛。“别胡说，”他说，“你一点也不像他。”

“就是我，中士，一点也不假。过来，杜勒斯，告诉他我就是马里可。”

火蜥蜴池塘的边缘探出另一个椭圆脑袋。“想想吧，马里可，他以前从未见过你的样子。说起来，他从未见过我们这些人中的任何一个。而且，仔细想来，在此之前，我们也没见过他的模样。”

“那我们怎么知道这真的是他呢？”另一个人问道，“也许他真的是对头那边的人。嘿，别这么瞪着我，我只是说有这个可能。”

“是他，”火蜥蜴马里可坚定地说，“到哪儿我都认得出他的声音。中士，醒醒。没事了，是我们啊。我们是第十七班幸存下来的人。你会好起来的。在发生地下爆炸以后，我们把你从废墟里挖了出来。战争结束了，我们赢了。”

保持眼皮张开相当费劲，简直有点不可忍受。他甚至能感觉到肌肉像布料一样被拉扯着，“我们赢了？”

“没错。我们把棱堡整塌了，连同城门一起陷了下去。然后我们攻占了城市。我们赢了。”

“哦。”*他说的是哪一场战争？我怎么不记得有什么战争。*“行啊。”他说，“干得好。”

“他完全不知道我们在说什么。”一只火蜥蜴说道，“来吧，马里可，让这可怜的家伙休息一下。”

特使尝出了肉桂、丁香的味道，当然，还有一丝姜、一点紫罗兰油以及一抹极其微少的茉莉花味。还有一种特别成分，他没尝出来。真是令人恼火。

“那一家子，”上校说道，“显然都特别有名。姐姐在思科纳开了家银行——”

“思科纳，”特使小心翼翼放下小巧的银杯，“我在哪里听到过这个名字。不是说那里发生了战争吗？”

“规模很小，”上校回答，“但给交易市场带来了短暂的波动。他们家还有个兄弟，占据了一个叫中邦的地方，是个小军阀之类的人物。而我们这个，是佩里美狄亚终极保卫战的指挥官。”

“真的吗？”*是忍冬吗？不，这种甜和忍冬的甜不是一个类型，不像忍冬那么干。*“这么说来，这一定是个望族。”

“不是这样。”上校微笑着说，“他们的父亲不过是某个地方的佃户。这些都是题外话。作为一个外来人，他算是相当杰出的人物了。我们应该替他好好安排一下，肯定能得到全军的拥护。”

特使微微偏了偏头。“我得好好考虑一下，”他说，“很多时候，论功行赏和引进个人崇拜，二者之间的边界相当模糊。从政策层面上讲——”*蜂蜜。掺了别的什么东西的蜂蜜。难怪甜得这么奇怪。*“从政策层面上讲，”他重复道，“现如今我们更注重团队努力和集体成就。根据我了解的情况，这次事件和我们的主旋律完全契合。”

上校点点头。“当然，”他说，“我们的确应该在某种程度上强调你说的这些。不过，洛雷登中士已经成为军队里的传奇人物了。如果官方不正式表彰他，恐怕我们认可整个小队集体功劳的效果就会被削弱。士兵对自己人相当忠诚。当然，这也有助于提高他们的战斗力。”

“的确如此。”特使没有皱眉，但显然觉得刚才那番话不太中听。不管怎么说，这只是个小问题。“我认为，就算让此人尽情享受他的光荣时刻也无妨。我建议，奖励他一顶桂冠。此外，若是他有意，也可以在凯旋式上给他安排一个显眼的位置。接下来给他升职。”

上校对这个建议颇为认可。升职意味着调动，职位的变迁可以将他与对他忠心耿耿的士兵隔离开来。“公民身份呢？”他问道，“有没有什么不妥之处？当然，这么做是有先例的。”

“我必须将此项动议提交行省的执政官来做决定。”特使说，“先例不是定例，甚至连军队的传统都算不上。有过一次先例，不代表以后必须这么做。”

上校没接话，就让这件事搁置着。特使固然要听命于政界的上层人物，但他也需要激励军队的士气。毕竟他可是刚拿下艾普－埃斯卡托伊。

“请原谅我的唐突，”特使忽然开口道，“但我真的很想知道，是蜂蜜吗？”

上校微微一笑。“很有洞察力嘛。”他说，“确实是。这玩意儿很稀有，是这个地区的特产。其实它的产地不在这里，是从遥远的北方进口的。但这里是目前已知的唯一经销地。这是石南蜜。”

“石南蜜。”特使重复道，仿佛上校猝不及防聊起了海蛇。

“蜜蜂从石南花中采蜜，”上校解释道，“所以蜜里带着一丝若有若无的花香。单独品尝，这东西并没有什么特殊之处。但它和适当的材料搅拌在一起，效果却相当好，不是吗？”

石南蜜，特使心想，*接下来是什么？没准值得在公民身份上让步。不过，行省政府没那么腐败，至少到目前为止*。“关于你这位中士，”他说，“我就说说我的想法吧。以服役年限为条件的见习公民身份，足以在表彰与激励之间取得恰当的平衡。你说呢？”

上校微微一笑。“妙极了。”他说，“我敢说这对提升士气大有帮助。”他提起镀银的水壶，将特使的杯子斟满。“我一向认为，不被胜利冲昏头脑是很重要的。”

长达三年之久的围城与消耗战之后，岛上的商人以其特有的迅速与果断对艾普－埃斯卡托伊的陷落做出了反应。他们立即提高了几种商品的价格：葡萄干（每桶涨了一夸特）、藏红花（每盎司涨了六夸特），还有靛青、肉桂以及铅白。结果就是，市场没有断崖式下跌，及时稳定下来，而沙斯特银行的贷款基本利率在当天收市时上扬了百分之零点五。大多数人不但没亏钱，还赚了一笔。没等交易收盘，人们已经基本上可以放心地认定，此次事件并未造成长远的损失。

“我不介意承认，”文纳德·奥泽尔又给自己倒了一杯烈酒，“有段时间我的确忧心忡忡。面对市场危机，我们几乎毫无抵抗能力。看来，对目前这种不算太糟的结局，我们应当心存感激才是。”

“局势会恶化的。”艾莎兹·米萨吉斯用手腕擦拭着嘴唇，喃喃说道。这身新式的商业女性装扮非常适合她（基本上是前年流行的武士公主装扮，只不过少了些金色，多了些皮革而已），只是在打眼处少了放手帕的位置。“除非有人阻止，否则我们完全没理由相信他们会就此收手。”她语气坚定地补充道，“这帮家伙全是该死的恶棍，我们必须采取行动。我不知道你在笑什么，希度。要是帝国军队决定沿海岸线北上，而不是像众人猜测的那样南下，你肯定舍不下让我们听得耳朵起老茧的胡椒特许经营权。”

文纳德皱起眉头，“但这不太可能，是吧？我是说，这次行动的总体目标是为了加强西线的防卫。如果他们不往南走，反而往北，那是在扩张，不是在巩固。”

“天呐，文纳德，你怎么那么天真！”艾莎兹不耐烦地说道，“加强个鬼的防卫。就算在三年前，哪怕只有半个脑子的人都能告诉你，这就是旧时代残酷的领土扩张政策。我们本该将他们挡在艾普－埃斯卡托伊之外的。该死，其实早在艾普－埃斯卡托伊陷落之前，在艾普－伊西，甚至在他们越过边界之前，我们就应该出手。他们的势力扩张得越远，就越难战胜，这就是赤裸裸的现实。”

希度·格莱阿打了个哈欠，给自己抓了一把橄榄。“你要是认真听过我说话，”他说，“就会知道我的观点和你没什么不同。我认为他们的危害极大，比害虫还坏。感谢神明，我们住在一个岛上。好笑的是，你居然认为我们能拿他们怎么样。”他张开嘴，拣出一个橄榄核，“设想一下，把我们、沙斯特、中邦的高戈斯手下那帮快乐的亡命徒，以及特姆莱国王的人摆在一起，要问谁会着急，那有可能是他们。如果我是一省的行政长官，我会搞清楚当务之急是什么——要是所有人团结起来，齐心协力支持艾普－塞尼，告诉他们到此为止，不能再扩张了——”他耸了耸宽宽的肩膀，“嗯，最终结果仍然不明朗，要看现在行省政府对哪些资源还有需求（这方面我们不甚了解。这是我们本该了解的信息，不知道很丢人）。话说回来，让我们直面现实吧，刚才假设的情况不可能发生。是的，我们最好开始对那帮从行省来的人说点甜言蜜语，谈谈互不侵犯条约、关税之类的，甚至可以商量一下优选供应商的地位。要知道，他们并非野蛮人。既然我们能学着爱上草原人，那我们也能和这帮混蛋和谐相处。”

维特里丝——文纳德的妹妹—— 一直假装无聊地躺在沙发上，此时坐了起来。“你不是说真的吧，希度。”她说，“我们，和草原人穿一条裤子？在他们对城市做了那样的事以后？”

希度咧嘴一笑。“我们和他们做生意。你们也和他们做生意。就连沙斯特银行也在和他们做生意。天晓得，要说谁有怀恨在心的权利，那也该是艾希莉。”他俯身去挠足弓，“顺便问一句，艾希莉到哪里去了？我以为她在这里。”

艾莎兹拉下脸来，“哦，我不知道，大概上哪儿摆架子去了吧。看她在办公室管东管西的架势，倒像整个银行都是她的一样。”

“艾莎兹想要贷款拿下那批香料的期权，”希度解释道，“谢天谢地，艾希莉直截了当地拒绝了。要是你早咨询我的意见，我就会告诉你。”他对艾莎兹露出带着优越感的、慈祥的微笑，“乍一看，艾希莉的打扮和谈吐跟岛民没什么两样，判断起一桩买卖，她的鼻子比我们这些土生土长的还灵。但只要一涉及贷款，她就是一个不折不扣的佩里美狄亚人，打死不变。”

艾莎兹嗤笑一声，伸手横过桌面去拿酒壶。“都怪你一开始把她带到这里。”她对维特里丝说，“唉，算了吧。你可以告诉她，我拿到了我的贷款，只比基本利率高百分之一。”

“你得拿自己的船做抵押。”希度指出，“幸好是你，而不是我。照我说啊，我倒觉得艾希莉是在帮你的忙。一旦行省政府开始在现货交易市场上以你现在买入价一半的价格倾销胡椒和肉桂，谁还会愿意按你的开价买？”

艾莎兹恼火地哼了一声，砰的一声放下酒壶。“如果这就是你的态度，”她说，“那你不如现在就开始背那几个该死的大帝的名字吧。等行省执政官带着他的戍卫队踏着正步到这里来的时候，你可以一口气把名字背出来，让他对你刮目相看。”

希度频频点头。“这，倒是个有备无患的明智之举。”他说，“随着我们和这帮人开展贸易的可能性越来越大，学会怎么巴结他们的行政官员的确是务实的做法。”

等晚宴结束，客人们各自回家以后，维特里丝踢掉靴子，将剩下的葡萄酒倒出来给自己。“我搞不懂这两个人，”她说，“他们到底是不是一对？”

她哥哥耸耸肩，“是也不是。他们的关系确实有点怪。我是说，他对她的心思简直一目了然，反过来就不好说了。我看没什么指望。”

维特里丝挑起一根眉毛，“有意思，我倒觉得你说反了。噢，好吧，这不正好说明他们俩是天生一对嘛。如果是这样，我倒想知道他们俩为什么要大费周章地在生意上互相扯后腿。”

文纳德打了个呵欠。“我想，这是他们表达关心的方式吧。”他说，“不过，你知道吗，在某种程度上，她对帝国的看法也算有道理。请注意，希度说的同样也是大实话。这次的艾普－埃斯卡托伊事件已经让大家看清帝国的本质了。”

“行吧，随你怎么说。”维特里丝慢慢地站起来，“趁现在还能动弹，我得上床睡觉了。”

“好。”文纳德犹豫了一下，继续说道，“今天下午我在钉子店听到了一个关于艾普－埃斯卡托伊的消息。”

“嗯？明天早上再说吧。”

文纳德摇摇头。“说真的，”他说，“我本该早点说的，可这毕竟只是小道消息。况且对于这消息的来源或其中的用意，我一无所知。我本来想等等，看希度或艾莎兹是不是也听到了这个消息，显然他们还没有。”

维特里丝打了个呵欠，“哦，文纳德，行行好吧。别卖关子了，快告诉我。”

“好吧。”文纳德微微别过头去，“是这样的，有人谈起围城到底是怎么结束的，说是有一个人在地下打通了隧道，弄塌了城墙。这个人叫巴达斯·洛雷登。”

维特里丝没有转身。“是吗？”她说，“有意思。”

“我想我应该告诉你。”文纳德说，“好了，说完了。正如我刚才所说，这完全是个未经证实的小道消息。”

“当然，”维特里丝回答道，“好了，我去睡了。晚安。”

有了刚才那段小插曲，在梦里她不可避免地回到了地道，被黑暗、被陈腐的空气以及黏土和香草的气息包围着。她对这里的每一寸土地都了如指掌，以至于只要一想到这里，她的膝盖和手掌就会隐隐作痛。她再一次在黑暗中朝着有声音的地方爬去。那些听不清内容的金属声和说话声让她困惑。这一次，她试图在其中辨别出某人的声音，但这完全不切实际。也许只有刚刚得知的那个消息可以解释她为什么会一再回到这个地方，除此以外的理由都解释不通。在梦里，她在黑暗中沿着隧道不停地爬着，有时候顶部坍塌将她埋在下面，有时候隧道又没有塌。也许她最初的想法是对的，这真的是神明对她临睡前吃蓝纹奶酪的报复。

然而这一次，她大声呼喊着他的名字。尽管她也不确定这么做到底是在向他求救，还是在告诉他自己会来救他。整个晚上她都在梦里跌跌撞撞，在巷道和支道间不停地爬。有时候还得从死了很久的人旁边挤过去，或者从他们身上爬过去。这些人，有时候是她认识了一辈子的老朋友，有时候是她初次见到的新面孔。不管怎么努力，她始终无法接近那传出声音的地方，也依旧听不清他们在说什么。她满身大汗地醒来，床单皱成一团，枕头被她扔到了地上。在扔之前，她向这个宽容克制的枕头表达了谢意。

特姆莱睁开眼睛，眼前的光线让他吃了一惊。

他像一只湿漉漉的狗那样甩着脑袋，似乎想将残留的梦境甩出脑海。睡在他身边的缇尔丹嘟囔着翻了个身，将毯子带到一边，使他的脚趾露在了外面。她睡起觉来雷打不动，就连他惊醒时发出的闷哼声都没打扰她的睡眠。缇尔丹做过的那些古怪而吓人的梦，多半是做饭时不小心煮过了头，糟蹋了一锅炖菜，或者等了好久才弄到手的挂毯居然跟垫子不配套之类的。想到这里，就算他再怎么心事重重，也忍不住笑了。

他叹了口气，坐起来，为了不吵到她而小心翼翼地挪动重心。事实上，那光线不过是从通风孔射进来的一抹柔和的月光。真奇怪，刚才怎么会觉得光线明亮得让人无法忍受。

他像一名在审案法官面前谨慎小心的目击者似的，有条不紊地回想刚才的梦境。他在地下的某个洞穴或地道之类的地方，四周一片漆黑。他一路跌爬滚打，挣扎着想逃离什么东西、什么人，或许是即将塌陷的洞顶，或许是一个手持匕首的人，大多数情况下二者兼有。当追他的人终于追上的时候，他感觉到有一只手拽住了他的头发，将他的头扯得向后仰去，使他的咽喉暴露在刀锋下。他听到一个声音在向他道谢，还有另一个声音说，死掉的这个人是城市洗劫者、摧毁城墙之人、导致上千人丧命的巴达斯·洛雷登中士——

当然，这些人全都说错了。他，伟大的特姆莱国王，才是城市洗劫者以及千人屠；他才是攻入佩里美狄亚，先将成千上万的人困在城内活活烧死，再彻底摧毁城墙的人。自从城市陷落以后，接连的噩梦让他病势危急。重金聘来的睿智的沙斯特医生告诉他，发生这一切是自然而然的事，他在梦里将自己代入某个被活活烧死的人也不出奇。不知怎么的，这些昂贵而睿智的医生给他留下的印象是，发生这种事太正常了，甚至可以说，就像大口喝牛奶和经常锻炼身体一样有益于健康。他不知道该如何解释洞穴以及拿着匕首的城市劫掠者巴达斯·洛雷登。不需要花一大笔钱让别人解释给他听，他完全可以自我剖析一番：出于内疚以及自厌，他将自己代入了那个他一生中最害怕、最具破坏力的人的身份，因此在他的意识中，他成了洛雷登。这真是莫大的羞辱。

他打了个呵欠。反正怎么也睡不着了，他现在渴望找人做伴。他轻手轻脚地从床上溜下来，用脚趾头摸索着穿上他的软毡鞋，披好外套，悄悄地出了帐篷。

晚上这个时辰，谁还会醒着呢？嗯，首先是哨兵（不然他们全都得倒霉），然后还有值班的军官以及军官的朋友——军队里有一个专用词，但他完全不知道叫什么。简单来说，这个人的职责就是整晚不睡，陪值班的军官玩跳棋，免得他不小心睡着。过不了多久，面包师就该起床走动，准备第二天的面包了。他几乎可以肯定，营地的某处会有一群年轻的小傻瓜在通宵饮酒，偶尔还有几个因担心活不过明天的战役而失眠的家伙。再说，在这两万人中，他很有可能不是唯一一个被噩梦赶下床的。因此，应该用不了多久就能在营地的主路上找到跟他聊天的人。

他又打了个呵欠。这是一个温暖的夜晚，空气中带着雨的气息。他惊讶地意识到自己居然饿了。事实上，他真正需要的，不是别人的陪伴，也不是让他可以倾吐烦恼的人。他真正需要的是一两张涂满酸奶油和蜂蜜的白面薄煎饼，上面最好再洒一些红加仑和肉豆蔻。作为一名国王，且被忠心耿耿的国民发自内心地冠以“伟大”的称号，这要求不算太过分吧。

比别人略胜一筹的是，他的消息更灵通。他碰巧知道，世界上最好的薄煎饼出自造箭的匠人顿代。顿代是个精力充沛的没牙老头，他的工作就是从鹅身上拔下精心挑选的羽毛，作为副羽的储备，在这个过程中把一只只鹅撩得越来越火大。这活他干了一辈子。另外有人负责分拣左向羽和右向羽；还有人负责沿着羽梗将羽毛劈开，修剪成形，再送去工匠处。工匠用细丝状的废弃筋腱将羽毛安装在箭杆上。没在拔毛的时候，顿代能做出极其美味的薄煎饼。而且由于年纪大了，不需要那么多睡眠，这个时辰他很可能还醒着。

即使是在半夜，顿代的帐篷也不难找，只需要循着鹅的气味和声音就能找到。果然，鹅圈的入口处有一小堆篝火，篝火旁坐着一个人，大而有力的手里攥着一只正在愤怒挣扎的鹅。那人背对着特姆莱。他拍拍那人的肩膀，等对方过身来，特姆莱才发现这不是他要找的人。

“抱歉，”他说，“我找顿代。”

那人看着特姆莱，眉头微蹙。

“箭匠顿代，”特姆莱重复道，“他睡了吗？”

“可以这么说。”那人回答，“他三天前过世了。”

“噢。”不知为什么，特姆莱大为震惊，情绪过于激烈了点。没错，他打小就吃顿代的白面薄煎饼，但也仅此而已。这个老人对他来说只是一个操弄平底铁锅以及陶瓷碗的巧手妙厨。“很抱歉。”

那人耸耸肩。“他已经八十四岁了，”他回答，“年纪这么大的人，迟早会走。这种事，说不上公平不公平。顺便说一句，我是德萨凯，他的侄子。这么说，你是他的朋友？”

“熟人。”特姆莱回答，“你刚入伍没多久，是吧？”

“我不是军队里的人。”德萨凯答道，“不久之前，我还在艾普－埃斯卡托伊市场的摊头上卖鱼。我在那里过了大半辈子。”

“是吗？”特姆莱说，“最近几年日子肯定不好过吧？”

德萨凯摇摇她头。“也不算太难，”他说，“别忘了，那是个港口城市，而行省政府是不会让任何一艘船闲置的。城里从来没出现过物资短缺的事，大家照样花钱。就战争而言，这场战争算是好过的。”

特姆莱缓缓点头。“那么你是怎么逃到这里来的？”他问道，“我还以为没多少人能逃出来。”

“你说的没错。”德萨凯说，“幸运的是，出事的时候我不在城里。我当时正在来这里的路上，尽一个好侄子的本分，来探望我的叔叔。然后我打算去岛上买点腌制的鳕鱼。我恰好是在事发前两天出发的。你看，我的运气就是这么好。只不过，”他苦笑着补充道，“我出来做生意通常不会带着妻子和家人。一辈子积攒下来的财产也有点可惜。当然，这点东西和家庭不可相提并论。可事实上，到底心里更可惜什么，我自己清楚。”

特姆莱坐在地上，两人之间隔着一丛篝火。“那你今后打算做什么？追随你叔叔的脚步？”

“从今往后一辈子干这种从活生生的鹅翅膀上拔毛的活？不太可能。”德萨凯站起来，一只手倒提着还在愤怒挣扎的鹅的大腿，另一只手攥着一小把羽毛，“首先，鹅绒让我打喷嚏。其次，它们太臭了。我现在不得不干这个，因为不干就没饭吃。但以后总有其他机遇，到时候我就可以离开了。”

“这也说得过去。”特姆莱说，“对于所谓的其他机遇，你有什么想法吗？我的工作让我有机会接触到一些亟须人才的好岗位，我可以帮你留意一下。”

透过火焰，德萨凯看向他，“你的职位是？”

“大体上可以说是行政工作，”特姆莱回答，“像出席工作会议之类的。”

“一个有权势和影响力的人。”德萨凯回答道，“那我最好介绍一下自己的专长。我擅长买和卖。我习惯到处旅行，精于讨价还价，总是能谈下一单好生意。我妈妈常说我长了一副老实人的面孔。大致上就这些。”

特姆莱笑了。“你倒更像是个合格的佩里美狄亚人，”他说，“或是岛民。说实在的，你是怎么流落到艾普-埃斯卡托伊的？”

德萨凯猛地一扑，站起来时抓了另一只鹅夹在胸口处。“我也不太清楚，”他坐下来，“我小时候和我爹闹翻了。他大发雷霆，我离家出走，一路流浪。后来到了艾普-埃斯卡托伊。起初，我提着一篮偷来的小龙虾躲在一排水桶后面。后来我卖掉了小龙虾，到码头上进了更多的货。之后就过上了一段一成不变的无聊日子。我其实更喜欢那种枯燥的生活。”

特姆莱用指关节揉着鼻尖，“是吗？”

“显然，你不喜欢。”

“要让我觉得无聊，是很难的。”特姆莱回答，“我几乎对任何事情都有兴趣。比如，我觉得一个鱼贩子白手起家的经历就相当有趣。”

德萨凯摇摇头。“话别说得太绝对，”他说，“你得整天站在市场的货架后面，心里盘算着万一没人停下来买东西，该怎么在货物开始发臭之前出手。每天大部分时间都在操心，即使货都卖光了的日子里也一样。你的脚很痛，和死鱼大眼瞪小眼。十年以后，你租了个带破烂遮阳篷的半露天摊子。再过五年，你成天烦恼着你太太花了多少钱在地毯上，琢磨着雇来的帮手是怎么在坑你钱的同时还把账面抹平的。又过了五年——”他抬起头，露出一丝微笑，“有个混蛋挖地道弄倒了你的城墙，你获得了一份拔鹅毛的新工作。毫无疑问，枯燥的日子才是最好的日子。”

特姆莱站起来。“也许你说得对。”他说，“如果我打听到什么无聊透顶的工作，一定会通知你。”

“谢谢，”德萨凯答道，“我求之不得。”

特姆莱回到自己的帐篷，发现工程师佩斯卡和预备役连队的队长阿博凯坐在帐帘外小小的折叠凳上等着他。“对不起，”他说，“你们等了很久吗？”

“没有，没多久。”阿博凯回答，他真是太不擅长说谎了。

“我刚才在和一个史上最有趣的间谍聊天。”特姆莱掀开门帘，招呼他们到帐篷里来，接着说道，“顺便交代一句，声音小点，我太太还在睡觉。”

“你怎么知道他是间谍？”佩斯卡问道。

特姆莱咧嘴一笑。“一眼就看穿了，还不如把‘间谍’两个字刻在额头上呢。”他回答道，“他是个挺不错的家伙，我认识他叔叔很多年了。”

阿博凯皱起了眉头，“这样的话，我们最好逮捕他。他叫什么名字？”

“没必要。”特姆莱回答道，“我们又没有什么值得偷窃的秘密。说实话，”他脸上带着一丝其余两人无法理解的微笑，继续说道，“在我们的营地当间谍，恐怕是世上最无聊的事了，因此我无所谓。不知道派他过来的是谁，大概是行省政府吧。真有意思，你不觉得吗？”

“我说啊，不是你误会了，就是你太托大了。”阿博凯说，“你确定他是间谍吗？”

特姆莱点点头，“他自称是另一个人的侄子，而这个人是我从小就认识的，他既没有兄弟也没有姐妹，因此也不会有侄子或外甥。而且此人明明早就知道了我的身份，却还坐在那里假装不认识我，甚至还用不怎么迂回婉转的方式暗示我雇佣他做间谍，因此我得出了一个符合逻辑的结论。说到这里，阿博凯，我希望你能调查一下一个叫顿代的人出了什么事——”

“拔鹅毛的那个？他死了。”

“啊，没错。调查得更细致些，好吗？如果他是被人杀害的，我允许你逮捕那个间谍。而且下次我再见到这个人，最好他已经被大卸八块了。好了，这个话题到此为止。有什么需要我做的吗？”

“是这样——”工程师开始咨询关于扭力器械绳索安置的技术细节。特姆莱是整支队伍里最了解这个课题的人。等工程师的问题得到了解答，阿博凯催促他敲定轻步兵后备队的作战计划。他们俩都走了以后，特姆莱看了一眼床铺，打了个呵欠。他觉得困了，但此时再上床睡觉就太晚了。于是他拿起箭囊，坐在熨衣板上，在一根皮带上磨起箭镞来。

与此同时，待在鹅圈那里的间谍德萨凯一边拔着鹅毛，一边在脑子里回想着他和暗杀对象的第一次接触。

“小心，”男孩说道，“你要当心点，不然——”

太迟了。卡纳迪被折断的树枝绊倒，一头栽在泥地里。那是在薄薄一层腐叶覆盖下的深深的烂泥地。他的腿自膝盖以下都陷了进去。尽管他知道把腿拔出来是没指望的，但他还是尽力尝试，最终也只把自己的脚从靴子里拔出来。光脚踩在泥地里感觉很恶心。

就快了，他想。

“坚持住，”男孩在他身后说，“别扭来扭去，你只会陷得更深。”

男孩托住他的胳膊，往上一抬。他勾着另一只脚，免得第二只靴子也掉了。

哦，见鬼，我记得这场景。我不喜欢……

“好了。”男孩说。现在他可以转头了。他面前是一个小伙子，年纪不超过十八岁，却长得异常高大，有着厚实的肩膀。小伙子的脸很宽大，看起来有点憨，一头白金色的纤细发丝，发际线已经开始后退了。他的鼻子又小又扁，眼睛是浅蓝色的。“走路的时候一定要看着点，”男孩说，“快点，我们该离开这里了。”

卡纳迪张开嘴却说不出话来。他弯下腰，用力地扯着靴子，直到将它拔出来。靴子里满是泥浆和污水。男孩开始在矮树林间蹒跚前行。这是一片荆棘密布、满地泥泞的浓密树林，走起路来会咯吱作响。没错，就是这个地方。他不得不加快脚步，每一步都踩在男孩辟出的小径上，在密林中穿行。

“有点不对劲，忒乌达斯叔叔。”男孩说道。片刻之后，有人从乱糟糟的灌木丛和蕨类植物中间冒了出来。他们在泥地里跌跌撞撞，外套和裤子时不时被荆棘钩破。这些人不顾险阻，一心要干掉他和男孩。他们个个穿着盔甲，手持武器。他和男孩却手无寸铁。若非如此，这一幕看起来倒是挺滑稽的。

“该死。”侄子说着，身子一低，躲过一柄横扫过来的长戟。他直起身来，从挥舞长戟的那个人手里夺过武器，戟柄的尾端砸在那人脸上。另一个敌人挣扎着冲向他，但因为靴子里满是泥水，只能一摇一摆地接近。他手持长柄斧，刚刚挥舞起来，斧头就钩住了一丛荆棘。不等他将斧头抽出来，小忒乌达斯已经用刚拿到手的长戟刺进了他的肚子。他的身子摇晃了几下，松开手，手臂挥舞着保持平衡，然后向后倒去。他像刚才的卡纳迪一样两脚牢牢地陷在泥里，绝望地仰面躺在黏滑的泥地里，不一会儿就断了气。“快点！”男孩说着，身子后倾抓住卡纳迪的手腕，同时单手握在长戟近骹[①]处，用戟挡开了长柄锲的一击。“该死的，要不是看在你是我叔叔的份上，我早就丢下你了。”

我记得的就只有这么多，真见鬼。

“别这样啊。”卡纳迪气喘吁吁地说，“行行好，等等我吧。”

“哎呀，老天——”小忒乌达斯长戟挥出，越过卡纳迪的头顶，将敌人的头盖骨击碎。“我简直开始渴望待在家里不出门了。”

---

① 骹是戟头的部位名称，为直筒形，用于插柄。

只剩四个士兵。他们畏缩不前(出于某种令人费解的原因)。“别傻站在那儿。”他的侄子恼火地叫起来，“快跑，我来挡住他们。”

啊，快跑，但我要往哪儿跑呢？我迷路了。卡纳迪将沉重的双腿从黏糊的泥泞中拔起来，埋头向前冲。他能听到身后金属相交发出的哐当声。如果我注定要在泥潭里淹死，那么为了躲避士兵的追杀而逃跑就完全没意义了。他想，要不要回头看一眼，最后决定还是不看为妙——多半是令人沮丧的场景。没过多久，他绊了一跤，脸砸在泥地里。他一动不动地躺着，累得完全不想站起来。

“叔叔。”这语气显然是他家族特有的。他还记得母亲用这种警告的语气，说一番“我不是叫你去剥豆荚吗”之类的长篇大论。“叔叔，你真能帮倒忙。起来吧，看在神明的分上。”

“我起不来，卡住了。”

“好吧。”

卡纳迪感到一只手抓住他的手腕，一股无比巨大的力量试图将他的手臂从身体上扯下来，而且差点成功了。幸运的是，在他的肌腱和筋快被拉断前，泥土先松动了。接着另一只手将他提溜起来。“你没事吧？”

“我没事。”卡纳迪回答道，“对不起。”

“快点，尽量跟上。”

卡纳迪痛苦地想：说什么突破封锁线；说什么乘敌不备，在夜色和大雾的掩护下悄无声息地越过边境。全都是纸上谈兵。帝国上将不是彻头彻尾的傻瓜。如果他决定在大雾弥漫的漆黑夜里收拢舰队，那一定有他的理由。而这理由多半是：任何人都不会愚蠢到想要穿过布满水下暗礁的海峡，因为那是在自讨苦吃。

“他们还在追吗？”

“不知道。”男孩说，“如果是，那他们就太傻了。脚下当心，地上有点滑。”

现在好了，他这么大年纪，居然还要在敌国的沼泽地里跌跌撞撞地逃跑，身后有半个行省的军队紧追不舍。就算只剩半个脑子的人都知道，此时应该待在岛上，有必要的话找份工作定居下来，等待沙斯特和行省之间的纠纷平息，而不是在东海岸玩官兵抓小偷的游戏。

“我们在这里停一下，”小忒乌达斯说，“让你歇口气。”

“谢谢。”卡纳迪感激地说，“你确定这里安全吗？”

“我怎么知道？我从来没来过这儿。”

卡纳迪背靠着一棵树的树干，慢慢地滑下来。“我知道，”他说，“但你应对起来似乎颇为得心应手。”

男孩耸耸肩。“不见得，”他说，“我不过是随机应变罢了。”

“好吧。我还以为你是从巴达斯·洛雷登那里学到这些手段的。”

“不算是。”男孩笑了起来，“我们确实招惹过一些士兵，但我们躲了起来，等他们自行离开。”他看了看手中的长戟，将它放下。“也许我遗传了父亲的本领吧。你跟我说过，他是个海盗。”

“以前是，”卡纳迪说，“现在不是。他现在是个受人尊重的货船船长。”

“等我亲眼看到，我才会相信。”男孩回答道，“说到这个，我想起来，要是告诉佐希思董事我们把她的一艘船弄沉了，她肯定高兴不起来。”

卡纳迪想象着那场景，忍不住笑了。“那艘船也不大。再说，艾希莉手头糟心的事多着呢，不差这么一件。再说又不是我们把那艘该死的船撞到暗礁上的，是她手下那位船长。我们也是受害者啊。”

男孩点点头，明显松了口气。“好，”他说，“现在我们该做什么？”

卡纳迪皱起了眉头，“有领袖天赋的不是你吗？”

“是啊，但你是巫师。用魔法召唤飞毯，带我们出去吧。”

“要能那样就好了！”卡纳迪叹了口气，“行不通的。”

“要我说，你那些能力一点用都没有。”

“随你怎么想。”卡纳迪恹恹地说，“不过你说得对。我确实不能召唤魔法飞毯，也不能用火球砸扁敌人，更无法把他们变成蝾螈。真是可惜，但事实如此。”

男孩耸耸肩，“那么好吧，我们走着去。这里离艾普－阿莫迪不会太远。”

“事实上，”卡纳迪说，“艾普－阿莫迪在另一个方向。我不是巫师，但我会看地图。目前不管我们怎么走，都是直奔着艾普－埃斯卡托伊而去。我衷心地建议，咱们别往那儿走。”

“艾普－埃斯卡托伊，”男孩重复道，“那不是——”

“正是。我刚才说了，那可不是我们能乱闯的地方。”

男孩用满是泥污的手搓着下巴，“可是，万一巴达斯真的在那里呢？他会关照我们的，我知道他一定会。那我们就安全了。”

卡纳迪叹了口气，“我要是你的话，就不指望这个。即使我们能在被抓住之前找到他，又或者我们想办法给他捎了个信，也不能保证他有能力帮到我们。没证据说明他是个军官之类的人物。”

男孩不服气地瞪着他。“巴达斯不会让我们出事的。”他说，“一旦知道我们有麻烦，他绝不会袖手旁观的。”

“也许不会。但在他完全不知情的时候，我们会遭遇到种种致命危险。我建议我们找条路折回去，然后沿着海岸线北上，到艾普－阿莫迪去。注意，别往北走太远，不然我们就到了佩里美狄亚了。”

男孩点点头，“你知道怎么走，对吧？”

卡纳迪摇摇头，“我脑中也只有一个大致的地理位置，仅此而已。另外，也别问我距离远近。我们可能离目的地只有一天的距离，也有可能要走三个星期。”

“哦。”男孩的语气像个惊恐的小孩子，这让卡纳迪不安起来。“你就什么忙也帮不上吗？我是说，即使是动用你的……能力？”

卡纳迪笑了起来，“完全帮不上，对不起。”

“没什么用处，对吧？”

“是的，一点用处也没有。”

男孩站了起来，“好吧，真要有人在追我们，现在早该追上了。往哪个方向走？说个大概的方向就行。”

卡纳迪思忖片刻。“大概的方向，”他说，“我觉得，东北方应该在那里。除非路上有山、河，或是其他什么障碍挡住。在沙斯特，制图可不是什么缜密的学科。”

男孩仔细观察着矮树林，过了一会儿，他手执长戟迅猛无比地挥向密实的灌木丛。“好吧，”他用力抽出被挂住的锋刃，“我们最好现在就动手清除障碍。”他又挥了一下，然后放弃了，“我们沿着原路返回吧，看能不能找到之前走的那条小路。”

“好啊。”卡纳迪说，“要是再遇上士兵怎么办？”

“那我们就完了。”男孩回答道，“但我们无论如何不可能从这里穿过去。就算花上一个星期时间，找上二十个人开路，也不过勉强能走到那颗高高的树那里。”

卡纳迪叹了口气，跟上了他。*亚历克修斯*，他想，*在我需要你的时候，你到哪里去了？难道你不能找到我，告诉我该做些什么吗？*当然，这一招行不通，他自己也心知肚明。三年前的一次幻象中，他见过泥地里那场短暂而荒谬的战斗。他可以绞尽脑汁去猜想其中的缘由，但现实是，元理不是任你驱使的工具，它就像撞了厄运或是天上下雨一样，该发生就那么自然而然地发生了。他蹒跚前行，每一脚都踩在男孩深深的脚印上。我太老了，经不起折腾了。况且再这样下去，我恐怕没机会活到更老的岁数。

“那条小路应该就在这附近，”男孩的声音传来，将他从一连串的胡思乱想中唤醒，“我们肯定走过头了。”

“很有可能。”卡纳迪狼狈地回答，“现在太暗了，路不好找。我看我们就在这里歇息一晚，等到明天早上再说吧。”

“好。”男孩在原地一屁股坐下，将长戟丢在泥地里。“我饿了。”

“没辙。你要是愿意，可以去看看能猎到什么东西。我怀疑，除了士兵以外，这个可怕的沼泽地里什么猎物也没有。”

男孩摇摇头。“我没看到任何猎物的迹象。”

“那我们就只能忍着，努力不去想肚子饿的事。”

“好。”

几分钟后，男孩睡着了。卡纳迪闭上眼睛，却没什么用处，至少有很长一段时间他都睡不着。等他终于睡着了，又开始做梦，这就更糟糕了。

卡纳迪？

他在梦中，燃烧的茅草屋顶和断裂的木材砸在地上，溅起一团团火花。浓烟滚滚，到处是惊慌失措的呼喊声。“亚历克修斯？”他问道，“你在这里干什么？”

我不知道。我已经很久没有来过这儿了。你在哪里？

“我就想问你这个呢。”卡纳迪回答，“你能看到什么？”

嗯，就是眼前这些。亚历克修斯回答道，佩里美狄亚的陷落。你要我看什么？

卡纳迪皱起了眉头，“我侄子和我在艾普－埃斯卡托伊和艾普－阿莫迪之间的某处沼泽地里，我们迷路了。我盼着你来告诉我该怎么办。”

抱歉。亚历克修斯耸耸肩，你是说艾普-埃斯卡托伊吗？真奇怪，那是我最近频频造访的地方。

“好了好了，你是不是还要为这地方写本书？你就不能试一下，看看我到底在哪儿吗？你知道，这对我们是莫大的帮助。”

我真希望自己能帮上忙。但你也知道元理不是这么用的。好奇问一句，你为什么会出现在这片沼泽地？这片领土还在争夺中啊。上一次打听到你的近况时，我听说你在沙斯特找了份安逸的好工作。

在他四周，佩里美狄亚仍在燃烧。卡纳迪努力视而不见。“但愿我的职位还保得住。”他说，“但要是我不早点回去，他们会以为我死了，然后把我的工作交给别人。不，我不在沙斯特，我去了岛上探望我的侄子。”

你的侄子——啊，对了，我记起来了。巴达斯·洛雷登从城市里救出来并带去思科纳的那个男孩。瞧，这事也真是巧了。

“确实。”卡纳迪略带着一丝不耐说道，“这是艾希莉·佐希思的主意——你还记得她吗？”

当然。巴达斯的助理。她现在是岛上的一名商人，对吗？

“是的。总而言之，几年前巴达斯处境不妙，她就带着那个男孩去了岛上。在那段时间，她取得了沙斯特银行在岛上的连锁经营权。打那以后，她的事业越来越出色，以至于有必要在沙斯特的总部设一个通信办事处。她觉得这么做从各方面来说都有好处，她让小忒乌达斯——”

你侄子。

“对。事实上，是以我的名字来命名的——”

你的原名是忒乌达斯？

“是的。忒乌达斯·莫罗辛。”

天呐，我们认识了这么多年，我居然完全不知道。对不起，请继续。

“艾希莉觉得这是个好主意。”卡纳迪耐心地继续说道，“她希望小忒乌达斯在沙斯特和她的手下相处一段时间，着手设立办事处，学习贸易往来。当然，还可以跟我亲近亲近，毕竟我算是他唯一在世的亲人——除了他父亲以外。但他父亲从来没有抚育过这孩子，再说，如今他再一次消失得无影无踪。”

这主意听起来不错。那么，哪里出了错？

卡纳迪叹了口气，“算我运气不好。就在我们从岛上出发后一天左右，沙斯特和行省政府因为某个不幸的小岛起了纷争——说真的，这些全都跟艾普-埃斯卡托伊事件有关。显然，沙斯特被吓得半死，不知道接下来会发生什么——之后，行省的军舰又封锁了埃斯卡蒂海峡。要是我们有脑子，就该直接掉头绕远路过去——据我所知，另一条航线还没有被封锁。或者至少应该待在艾普-阿莫迪原地不动，等路上太平了再做打算。可我们非得逞能去闯封锁线。结果，船撞上了暗礁，接着又和巡逻队狭路相逢，最后就落到了这个沼泽地里。”

原来如此。这运气可够差的。我真希望能帮上你的忙。

“我也是。”卡纳迪说，“可惜你帮不上。那就不必多说了。好了，你过得怎么样？一切都好吗？”

亚历克修斯的幻影（当然，不是真人。尽管他确实在那里，却不是以一般人能理解的方式存在）耸了耸瘦削的肩膀。不算太糟。一个垂死的长矛兵跌跌撞撞地朝着他的方向过来，他往旁边让了一步，让对方通过。不过，我一直睡得不太踏实。你知道，老是做噩梦。

“你也常做噩梦？就是现在这种吗？”

最近没有。其实，自从上次我在这儿看到你以后，就没有再做噩梦了。不，现在这个不算，我认为我是梦到了艾普-埃斯卡托伊的攻城战。我猜是因为洛雷登的缘故，尽管我不记得在梦里见过他。我梦见许多讨厌的黑暗隧道，还有隧道塌陷、人们在黑暗里厮杀的场景。现在攻城战已经结束了，没准那些噩梦不会再出现了。

“但愿如此。”卡纳迪尽量让自己的语气带着适度的同情，“我很高兴我还没有——”

“叔叔？”

卡纳迪睁开眼睛，“什么？哦，是你啊。”

男孩看着他。“你在和什么人说话？”他说。

“啊？”卡纳迪看起来很茫然，“我一定是做梦了。唔，我说了什么？”

男孩微微一笑。“完全听不出来。”他说，“你在喃喃自语，而且大概说的是另一种语言。你常这样吗？我是指说梦话。”

卡纳迪皱起了眉头。“我不知道。”他说，“你看，就算我常常说梦话，我睡着了也不可能知道啊。”

三

“这么说，所谓的战争英雄，”文书盯着对方的一侧鼻翼，“说的就是你，对吧？”

窗台上有一只蝎子，母的，背上驮着几只新生的小蝎子。巴达斯数了数，有九只。母蝎子迅速地爬了几步，停了下来，一动不动，接着扬起前螯。文书没注意到，又或者根本不在乎。

“是我。”巴达斯说，“叫我巴达斯·洛雷登好了，反正，比这更不堪的称呼也不少。”

文书挑起一边眉毛。“哎哟，”他说，“很幽默嘛。你一定跟总督合得来，他也挺有幽默感。最起码，”他补充道，“他爱开玩笑。不过，一般只能他开别人的玩笑。你懂我的意思吧。”

巴达斯点点头，“谢谢提醒。”

文书细长、优雅的手指头微微一摆，表示不客气。“你名声很响。”他说，

“而且，你是个相当有趣的人。”他看也不看，就拍死了身上的一只苍蝇。“总督喜欢招揽有趣的人。他热衷于研究人性。”

“这是个有意思的课题。”巴达斯说。

“我也是这么听说的。”蝎子又开始爬动，但是被文书眼角的余光扫到了。他从面前的折叠书桌上拿起一把半圆形的黑檀木尺，探身过去，用尺子扁平的一面狠狠拍下去，蝎子和她的九个孩子瞬间变成了黏糊糊的肉团。“别担心，”文书一边将残骸从窗台上拂下去，一边说，“这些东西远远不像大家以为的那么危险。当然，被它们蜇了可能会肿上一两天，还会疼得要老命，但被蜇伤的人很少会送命。”

“那我就放心了。”巴达斯说。

文书用壁毯将尺子擦干净，放回桌上。“这么说，你以前是个法庭剑士。”他说，“我听说过这码事。你们靠杀人来解决法律纠纷。”

“没错。”巴达斯说。

“了不起。我猜想，采用这种制度解决纷争，一定有什么玄妙的说法。它比我们的法子更便捷，也许也更公平。我敢肯定，对涉事方来说，既没那么痛苦，也没那么疲惫。尽管如此，我恐怕也是不会选择这种谋生方式的。”

“这一行也有它的好处。”

“我想，肯定比挖地道强。”

“大部分职业都比挖地道强。”

“也是。”文书拿起一把短短的薄刃刀，开始修笔。“你会发现，总督是个处事相当公正的人。说真的，在军事长官中，他算是少有的不存偏见的一位。只要你不要花招，他也会对你坦诚相待。”

“我一定牢记在心。”巴达斯说。

一股甜甜的浓郁花香从窗外传来，大概是胡椒。他注意到总督府的围墙上爬满了胡椒藤。室内还有另外一种萦绕不散的香气，是为了掩盖别的浓郁甜香而特意点燃的线香。一只不知什么品种的鸟停在窗户上方的胸墙上鸣叫。

“当然，大多数高级军官——”文书的话还没说完，门就开了。一个身穿制服的人（深棕色的软铠甲，钢制护喉，仪仗式假护肩、护臂以及护膝）目不斜视地从他们身边走过。“他现在可以见你了。”文书说完，将注意力转回桌上的文件。巴达斯站起来，走进办公室。

即使以天国之子的标准，总督的身材也算是高大的。他的肤色比巴达斯在艾普－埃斯卡托伊见过的大多数人更深，说明他来自某个中心行省，是个举足轻重的大人物。他的头是秃的，胡子贴着面部修剪得短短的，左手小指的第一指节缺失了。

“巴达斯·洛雷登。”他说。

巴达斯点点头。

“请坐。”总督将他上下打量了一番，才对着空椅子点头示意。“你应该有艾普－埃斯卡托伊的指挥官给你的委任状吧。”

巴达斯从袖子里取出一个小小的铜制圆筒，递了过去。总督小心翼翼地撬开盖子，用残缺的那根手指将纸卷捅出来。

“请稍待片刻。”他打开纸卷，展卷阅读，脸上的神情十分专注。

“精彩的职业生涯。”他最终说道，“你曾经是麦克森手下的副指挥官？”

巴达斯点点头。

“了不起。”总督说，“接下来你当了法庭剑士——多么有趣的职业啊——然后，在一段短暂的时间内，你担任过佩里美狄亚的上校长官。”他抬起头，“当然，我了解过当时的情况。以那时的条件看，你的防御工作做得不错。只是因为叛徒的出卖，城市才被攻陷，基本上可以说不是你的错。”

“谢谢。”巴达斯说。

“之后，”总督继续说道，“在沙斯特基金会和思科纳的战争中扮演了某个鲜为人知的角色。啊，怎么看都是一系列不同寻常的事件，我们就不深入讨论了。”他顿了一下，但巴达斯什么也没说，于是他继续说道，“此后，你成为行省政府治下的一名列兵，在艾普－埃斯卡托伊的地道里花了——让我们看看——三年时间，误差不超过一周。无论从哪方面来看，都可以算是最为独特的经历了。”他再次看向巴达斯，神情莫测。“真是个传奇人物啊。”

“在当时并不觉得。”巴达斯说。

总督沉思片刻，大笑起来，“是的，你当然不觉得。好了，看看我们手头还有什么资料？啊，对了，你哥哥高戈斯，那个在中邦发动军事政变的高戈斯·洛雷登，同样拥有精彩的职业生涯和敏锐的战略眼光。显然，你们一家人都有军人的天赋。照我看，中邦作为潜在的冲突区域，其重要性被大大地低估了。”

巴达斯思考了片刻。“这是你对高戈斯的看法。”他说，“但在我们家，我姐姐才是聪明人。”

总督再次微笑起来。“你真这么认为吗？”他说，“生意做得红红火火，却因为一连串微不足道的小事迅速垮台？当然啦，我未必了解所有的事实。”他再次顿了一下，继续说道，“总之，这是一份令人印象深刻的工程兵士官履历。我承认，我很好奇，像你这样既有天分、又有资历的人为什么会来加入行省政府。我以为你会去追求更有挑战性的事业。”

“唉，是这样，”巴达斯说，“每当我想要安定下来的时候，战争总是紧随而至。因此，这次我打算不等着被卷进去，而是主动找上门。”

总督看着他，似乎难以理解。“这个观点颇有意思。”他说，“不管怎么说，你在艾普－埃斯卡托伊攻城战中立下的功劳绝对值得授予一份实实在在的奖励。行省政府一向知道如何照顾自己人。我们应该能找到两全之策，既能彰显对你的奖励，又能让你的才能得到比挖地道更好的发挥。”他收回目光，看向面前的文件，“你在制造器械方面颇有实践经验？”

“我以前制过弓。”巴达斯回答道。

“你的手艺好吗？”

“还行。”巴达斯说，“很大程度取决于是否能取得合适的材料。”

总督皱起了眉头，然后点点头。“好极了，”他说，“我们对此非常重视，已经采取了一定措施，以确保采购部门能满足我们需要的所有规格。当然，”他继续说道，“质量管理方面也同样周全。正因为如此，验甲所才是生产工序中一个至关重要的环节。”

“验甲所，”巴达斯重复道，“抱歉，我不知道那是什么。”

不知怎么地，总督被逗乐了。“你不知道是正常的，”他说，“这是一个颇为专业的部门。简单来说，验甲所是一个对我们发放给士兵的盔甲进行检测的地方，是设在艾普－卡立克的地区军械厂的分支机构。不过我们测试的样品来自帝国西部所有的行省。”总督的手指在桌面上快速而有节奏地敲击着，“在艾普－卡立克，有一个副验甲师的职位出缺，军衔相当于五十人团队的中士。对你来说算是大幅度的升职。这固然不涉及实战，但在经历过如此漫长的前线战斗以后，我大胆猜测，换个环境应该不是件难受的事。不过，最主要的原因是，你的履历表明，你既有可靠的管理能力，又有大量的一线作战经验。让你接任该职位，道理上完全说得通。当然啦，”总督面带微笑地补充道，“还需要得到你的同意。”

巴达斯抬头看去。“噢，没问题。”他说，“只要不在黑暗的地道中杀人，我干什么都可以。谢谢。”

总督微微歪着头看他，带着一丝不甘心，仿佛不得不放弃了一个棘手却诱人的难题。“我的荣幸。”他说，“你明天下午过来，我的书记官会准备好你的委任状和过境文书。你可以通过驿路前往任职地。倒不是因为任务紧急，只是如果按传统方式上路的话，等待你的是一段比较坎坷的旅途。”总督站了起来，表示这次面谈结束了。巴达斯听命行事。“祝你好运，巴达斯中士，我敢肯定你会在艾普-卡立克大有所为。”

“我尽力。”巴达斯回答道。他打开门，犹豫了一下。“对不起，”他说，“还有一个小问题。你们是怎么测试盔甲的？”

总督摊摊手。“我还真不知道。”他说，“大概是模拟实战中需要承受的应力与破坏力吧。”

巴达斯点点头。“用剑砍之类的。”他说，“应该很有意思。谢谢。”没等总督回应，他已经把身后的门带上了。

不用说，巴达斯对驿路很熟悉。帝国的每一个人都在不同时间和它打过交道，通常是避之唯恐不及的那种。大家都知道，驿马从来不停。有明文规定，驿马可以直接踏过不能及时避让的人。那些驭马人似乎很乐意抓住任何机会，行使这项特权。

“白天有三次机会停下来换马，”邮差快活地告诉他，“晚上两次。我们随身携带食物和水。想要小解，就在马车边缘解决。你的行李就这么点？”

巴达斯点点头，“就一个行囊。”

“没有盔甲？”

“我是工兵。”巴达斯解释道，“我们在地道里一向不穿盔甲。”

邮差耸耸肩，示意护卫上车。“有道理。”他说，“这次车里总算宽敞了些，今天这一路没什么业务。你要么和我一起坐在座位上，要么到后面找个空的地方躺下，你自己决定。”

巴达斯学着邮差上车的方式，踩着前车轮的横幅爬上去。“我先坐在前面吧。”他说，“正好借这个机会欣赏一下沿途的风景。”

邮差大笑。“荣幸之至。”他说，“希望你喜欢岩石，因为在我们过托兰贝克之前，你只能看到岩石。”

马车做工精湛，前面宽而低，后轮巨大。前后车轮都包着厚厚的铁制轮胎，一圈圈尺寸、粗细如弩身大小的钢制弹簧将底盘托在车轴之上。“转弯的时候才过瘾呢。”邮差告诉他，“只要不乱来，几乎不可能翻车。而且，非常结实。”他用厚厚的手掌侧面拍了拍车夫座的侧面，补充道，“唉，这也是没办法，任重道远啊。难怪我们被称为帝国的血脉。”

巴达斯点点头。他看到后车厢堆放着一罐罐封口处镌刻着精美图案的葡萄酒、一捆捆款式多样的华贵布料、几件被布包得几乎看不出是什么的家具、一筒民间制造的箭、三四个锁得严严实实的木柜。“运送重要补给之类的，”他说，“的确需要依靠这样的机构。”

一离开军营，邮差就挥动鞭子，让马匹疾驰起来。车厢里很快变得嘈杂又不舒服，除了安静地坐着不动，几乎什么也干不了。沿途的风景正如信差所言，是数之不尽的林立山岩。马车偶尔会迅速掠过慌忙避让的旅人和驴队。马车经过的时候，他们将脸别向一旁，身体尽量贴近岩壁，就像工兵在地道里一样。

“你是战争英雄，对吧？”

“是的，算是吧。”

“什么？我听不见。”

“是的，”巴达斯叫道，“算是吧。”

“啊，说真的，我觉得人各有志！”邮差吼道，他的声音如同玩捉迷藏的小孩，在岩壁间前后回荡。“在黑暗里爬来爬去，这工作不适合我。”

“也不适合我。”

“什么?”

“我说,也不适合我。”巴达斯大喊,“不是我兴趣所在。”

邮差拉下脸。“你不该这么说,”他吼道,“你可是他妈的英雄啊。”

巴达斯没精力接这个茬。“我想我还是到后面躺着去。”他大声喊道。

“随便你。”

从车夫的座位上爬下来,越过货物,找到可容一人的空间钻进去,这是件细致活。令人吃惊的是,尽管马车里又嘈杂又颠簸,他却没过多久就睡着了。

他醒来的时候,邮差俯身看着他,咧嘴一笑。“醒醒,”他说,“第一次换马的站点到了。我要是你,就下来伸伸腿,到下一站可要好久呢。”

巴达斯呻吟着,试图站起来,却发现比他预计的要难一点。等两条腿终于恢复知觉,从马车上爬下来时,驿卒已经将木轭从之前的马匹上卸下,套在替换的马匹上。这匹马披着平淡无奇的暗褐色马衣,鬃毛和尾巴修剪得短短的,看起来和之前那匹一模一样,都打着行省政府的烙印以及一串数字,尺寸大得老远就能辨认出来。

邮差从一个皮桶里取水,泼洒头和肩膀。“你要擦个身吗?”他叫道,“洗洗身上的尘土。”

巴达斯低头看了一眼,才注意到身上的尘土与污垢。“行。”他回答道。邮差拿起水桶在一个大水箱里舀了一下,递给他。水中有些令人不安的沉淀物,看起来略显污浊。

“该上路了。”邮差对他说完,转身大声对后面的一名护卫喊了一句话。巴达斯没听清楚是什么。驿卒换完马,钻到马车底下,从一个大大的陶土桶中取油涂抹车轴,检查开口销。“你最好上车来,”邮差继续说道,“等他们一完事，不管你在不在车上，我们都会出发。”

巴达斯腾身越过车夫座。马车开动时，他刚好落进埋在货物堆里的那块凹陷之处。正如邮差所言，下一站看起来遥不可及。帝国的道路是出了名的直，也是极尽人力的平。在行省政府的工程师看来，没有什么比不管三七二十一直接劈开一座体积庞大的山丘、开辟出一条夹在高耸崖壁间的山路更能证明能力的了。巴达斯想到堆在他四周的货物：一罐罐枣子、泡在蜂蜜水中的无花果和樱桃、脚蹬和帽盒、（大量的）书匣以及卷在铜管上的丝画。看来，为了总督能吃到新鲜的葡萄、拿到最新的应景诗集，他们不惜耗费巨大的人力物力在丛山峻岭中开辟道路。话说回来，既然帝国有能力这么做，为什么不呢？这些山丘本来也没什么优美的风景。

当天第三次换马的时候，马车上来了另外一名乘客。“挪过去点。”她说。巴达斯看了看她，挪了挪位置。

“我自带干粮。”她钻进一个巨大的柳条筐，这个位置刚好卡在堆叠在一起、被绳子固定在马车上的箱子之间。“我常跑这条线，早就受够了政府发下来的口粮。”她像从墙洞里钻出来的老鼠一样，从柳条筐里冒出来，手里拿着一个葡萄叶编织的扁平包裹。蜂蜜从包裹的褶皱之间渗了出来。“当然啦，在马车里，你需要有堆肥堆那么强大的消化能力才吃得下东西。”她接着说，“肚子里塞满食物，在东歪西倒、起伏颠簸的马车上，我可以告诉你，比在船上还要糟糕得多。”

她个头矮小，头发花白，有一双深色的眼眸。她身上裹着一件厚厚的羊毛大衣，毛皮领高高竖起，在脖子的位置扣着一个巨大的、看起来很吓人的领针。因为太热，巴达斯已经脱得只剩一件衬衫。他忍不住打量着对方，她看起来一点也没出汗。

“你觉得我穿太多了。”她头也不抬地说，小巧的手指挑起包裹绳，“等你在路上多待几晚，你就会希望自己能带上几件暖和衣服了。当兵的？”巴达斯点点头。“我就知道。只需简单分析就能得出这个结论。除此之外，还有什么理由能让——呃，你这样的人坐在政府的马车上？不是说我看不过眼，这点很肯定。如今强调帝国一统之类的观念，这种态度着实要不得。我敢说，再过二十年左右，大家就会完全摈弃这种思想。要我说，这是好事。比如说，那什么天国之子、天国之女的称号，既然我们不信这一套，你也不信（如果你还相信，那你就比我意料的更好骗），那说真的，它还有什么意义呢？人嘛，就是那么一回事。”她剥开葡萄叶，露出里面的一块金黄色的蛋糕。蜂蜜从蛋糕上滴下来，坚果的碎屑也洒了下来。“吃这玩意儿没什么特别体面的方式。”她说，“所以管他的，就这么吃吧。”她尽可能张大嘴巴，将四分之一个蛋糕塞进嘴里，用力咬下去。“不错。”一等到嘴里有空隙，她就继续说下去，“尽管这是我自己的评价。其实，这蛋糕是做给我在岱克的儿子的。不过，既然他不知情，也就不会觉得遗憾。你不怎么说话，是吧？”

“我更喜欢倾听。”巴达斯回答。

“很明智的做法。”女人说道，“小时候我母亲曾经说，人有两只耳朵，却只有一张嘴。你要坐到哪里？”

“萨弥拉。”巴达斯说，“显然我要在那里换乘，才能到艾普－卡立克。”

女人嘴里嚼着蛋糕。“艾普－卡立克，”她说，“我年轻的时候到过那里。那里有一家政府办的砖厂，砖厂的经理是个忠实客户。香水，”她补充说明道，“我从事这行已经二十年了，从没有孩子到孩子长大成人。我十七岁从父亲那里接过生意，二十岁之前就已经买下了我两个兄弟的份额。我盼着在时机成熟的时候，我的小女儿能接手我的生意。她在生产方面很擅长，却不喜欢旅行。不用说，我正好相反，因此我们两个合作得很愉快。自然，我儿子讨厌我现在还在路上东奔西跑。我想他大概是觉得面子上过不去。不过，谁管他想什么呢。当然，我不否认有个在道路管理委员会工作的儿子的确受益匪浅。最起码，有需要的时候我可以设法在驿站上搭个便车，这可是实实在在的好处。我不敢肯定，如果不得不骑着骡子跋山涉水，我是不是还那么热衷于旅行。你以前去过萨弥拉吗？”

巴达斯摇摇头，“只听说过名字。”

女人嗤之以鼻，“说真的，那里可不怎么样，自从靛青生意关门大吉以后一直在走下坡路。如果你有时间的话，倒可以去泡个温泉。不过，我是不会花时间去市场逛的。同样的货物，你在托兰贝克只需要大约一半的价钱。”

巴达斯点点头，“我会记住这点。”

“话说托兰贝克最有名的，”女人继续说道，“是炖鱼。天知道他们是怎么把生活在万里之外的深海鱼弄到手的。可事实就是，无论什么时候，我都宁可选择托兰贝克风味的咸鱼也不选择新鲜的鱼。我才不管别人怎么说呢。你家乡的人也经常吃鱼吗？”

“我以前住在佩里美狄亚。”巴达斯回答。

“佩里美狄亚，”女人重复着这个名字，“这么说，那里有不少鳕鱼、鲭鱼，当然还有些金枪鱼、鳗鱼……”

巴达斯耸耸肩，“恐怕我不怎么清楚。看起来是灰色的，配一片面包吃，我们以前就管它们叫鱼。”

那女人叹了口气。“我儿子也一样，”她说，“就算把美食摆在鼻子底下也认不出来。太可惜了。我的意思是，吃吃喝喝在生活中占了很大的比重，要是你不感兴趣，那就太浪费生命了。”

“也许是吧。”

正如女人所言，随着天黑下来，温度也降了。幸运的是，车厢角落有一块闲置的牛皮，洛雷登钻了进去。护卫停下来，点燃灯笼，然后以不比白天慢多少的速度继续前行。

“在笔直、平坦的道路上行驶的好处之一，”女人说，“就是你看不见前面的路也没关系。”

被那女人鄙视的驿路餐原来是一块长而扁的粗麦饼，上面洒着蒜末和小茴香，外加一块气味浓郁的硬干酪以及一个洋葱。“大家都说，搭乘过驿路马车的人，几码以外就能闻出来——味道太冲了。你得承认，这几样拼在一起，味道实在可怕。”

巴达斯笑了起来，不过她当然看不到。“我喜欢蒜的味道。”

“是吗？这可真是——哎呀，人的口味各有不同。请注意，在我这一行，嗅觉的好坏可是生死攸关的大事。”

“真是神奇。”巴达斯说。

“噢，是的。奇怪的是大部分人都对嗅觉不太重视。嗅觉绝对算是五感中最迟钝的一个，但只要稍加训练，就能有所改善。顺便说一下，我叫雅思拔。”

“巴达斯·洛雷登。”

“洛雷登，洛雷登——你知道吗，我听过这个名字。不过是个银行，在——在一个老远的什么地方对吧？”

“我想是的。”

“啊，我就说嘛。在你的家乡，人人都有两个名字吗？”

“很常见。”巴达斯回答道，“在你的家乡，人人都只有一个名字吗？”

女人大笑起来。“哦，说来话长，”她说，“让我想想怎么解释。如果我是个男人，我的名字就是雅思拔·胡利安·艾普－迪亚克——雅思拔是我的名字，胡利安是我父亲的名字，艾普－迪亚克是我母亲的出生地。但我是个女人，因此我就可以简单地叫作雅思拔·艾普－桑德，道理是一样的，只不过换成我丈夫的出生地艾普－桑德。作为女人，如果我终生未婚，我就一直是胡利安·雅思拔·艾普－埃斯卡托伊，那是我的出生地。听起来很复杂吧，别担心，”她补充道，“外邦人总要花上一辈子才能搞懂这里头的细微区别。”

“你出生于艾普－埃斯卡托伊？”巴达斯问道。

“是的，没错，以前我父亲在那里还有一家店。我一直想回去看看，但你知道的，现在已经太迟了。我是在那里长大的，那是个相当奇怪的地方。”

“好吧。”巴达斯说。

“噢，是真的。那里有一种用扁豆和酸奶油熬制出来的特别美味的浓汤。我们常常拿着那种碗状的贝壳到市场去，花上半夸特就能装满一整碗，然后我们就坐在市场大厅的台阶上趁热喝汤。这汤有一种特殊的风味，加了某种秘制调料，我一直想不通到底是什么。当然啦，要是当时问过我妈妈，我就能知道了。我居然从来没想过去问一下。唉，那个年纪的孩子就是不懂事，对吧？”

在她的唠叨声中，巴达斯睡着了。等他醒过来，马车正驶离当天停靠的第一站，而那女人已经不在车上了。她给巴达斯留了一块黏糊糊的蛋糕，仍然包在葡萄叶中，只不过被马车颠到了地上，沾满了灰尘。

“特姆莱？”

他猛地回过神，睁开眼睛，“什么事？”

“你在做梦。”

“我知道。”他坐起来，“你把我叫醒就是为了告诉我，我在做梦？”

妻子看着他。“应该不是什么好梦。”她说，“你扭来扭去，还不停地呜咽。”

特姆莱打了个呵欠。“也该起床了，”他说，“库莱和其他人马上就要到了。

况且，我总觉得当众钻到那堆东西里头去有点不好意思。”

缇尔丹咯咯笑了起来。“看起来相当隆重。”她说，“说真的，不知道你为什么要坚持这么做。”

“以防被人刺杀。”特姆莱回答道，“要知道，我穿盔甲不是为了好玩。”他把腿一偏，下了床，单腿跳着穿过整个帐篷，来到挂盔甲的架子面前。

“我们来这儿之前，”缇尔丹指出，“大家从来不搞这一套。至少士兵们没那么多装备。”

特姆莱叹了口气。就算是在最适合穿盔甲的时候，他都不喜欢穿那玩意儿。穿着它活动既迟缓又不协调，让他觉得自己很傻。他确信，被这堆金属物件包裹着只会让他犯更多的错误。“不管你怎么想，”他穿上作为整套包裹物第一层的加厚衬衫，“但就我而言，但凡能降低我被刺杀的概率的东西，我都欢迎。好了，你是打算帮忙呢，还是想让我自己动手？”

“好吧。”缇尔丹说，“你也知道，那些傻乎乎的名字让我严肃不起来。”

特姆莱笑了。“在这点上，我同意你的看法。”他说，“况且，我还是不太确定每个部件叫什么。将这套装备卖给我的人说，这叫圆片甲，但其他人管它叫护喉。你说这两样东西有区别吗？如果有，区别又在哪里？”

“我猜圆片甲更贵。”缇尔丹说，“再说，为什么不叫领子？说真的，这不就是个领子吗，只不过是钢制的而已。来，拿稳了。我就不明白了，为什么不在这些皮带上缝上大一点的扣子。”

他正在穿靴子的时候（但你不能管它叫靴子，这叫钢制胫甲），参谋长库莱和他那帮面孔青涩的年轻属下到了。除了铠甲，库莱似乎从没穿过其他服装。特姆莱仔细回想了一下，好像确实如此。

“他们仍在原地。”库莱说，“据我们观察，完全没有动过。”

特姆莱皱起眉头，“我还是觉得这件事没那么简单。”

库莱耸耸肩。“我猜，他们就是蠢得令人发指。”他回答，“说实话，如果这真的是一个隐藏得极其巧妙的阴谋诡计，那我想破脑袋也想不出来这到底是怎么回事。平原空荡荡，完全没有地方隐藏一两支重骑兵队——或是任何可以给我们带来麻烦的部队。照我看，他们就是待在那里等我们打上门去。”他坐下来，椅子发出不详的咯吱声。“要知道，有种心态叫谨慎过度。”

特姆莱耸耸肩。“或许吧。”他说，“我一直在琢磨，如果我是他们的话会怎么做。我得承认，我毫无头绪。记得吗，我一开始就不希望走到这一步。”

“他们崇尚个人勇武，”库莱挠着鼻子说道，“以及为正义而战。你看着吧，我们会把他们一举歼灭。”

特姆莱勉强笑了一下。不知为什么，歼灭这一小撮人的想法让他很难兴奋起来。就在几年前，他们和他一样，都是草原盟军的一分子。他将佩里美狄亚付之一炬的时候，他们和他并肩作战；在制造扭力器械的时候，他们参与其中；在巴达斯·洛雷登从城墙上倾倒液体火油的时候，他们也失去了自己的朋友和家人。直到现在，他仍然不明白，为什么他们和他反目成仇。没准他们的看法才是对的，而他错了。在他们将城市付之一炬、定居在废墟对面的舒适牧场上以后，很多事情都发生了变化。追根究底，这都是他的错。不知怎么的，想到能够轻而易举获胜并没有让他感到愉快。何况，关于正义与否的讨论也让他有些心绪不宁。几年前，他打赢了一场远近闻名的伟大战争。在当时，他深信自己的所作所为是正义的。但随着时间的推移，他开始质疑世上是否真有正义这回事。如果有，那么秉持正义的一方是否总能战无不胜。

“我们别太骄傲自大了。”他站了起来，感觉盔甲的重量压在肩膀上。“一名将军能说出的最糟糕的话莫过于：这到底是怎么回事？”

库莱恭恭敬敬地一笑。“既不能过于谨慎，又不能骄傲自大，”他说，“那到底怎么才能打胜仗？”

“这种情况通常没有赢家。”特姆莱回答，“最终结果，往往要看哪一方先输。”

亲爱的舅舅。她写道。用断指残留的部分夹住笔写字非常吃力，写出的字让人想起小孩子的习字本。

亲爱的舅舅。心里闪过的一个念头，让她不由自主地微笑起来。大部分时间，她给舅舅写信是为了惹她妈生气。她妈妈不希望她与任何一位舅舅扯上关系。如今，三个舅舅勉力支撑，惨淡地经营着一方势力。那个地方她从未去过，她的妈妈偶尔会心不在焉地提起，并称之为“家”。至于另外一个舅舅，她仍然下定决心总有一天要干掉他，只要能抽出时间。事实是，这世上让她觉得最像家的地方，是高戈斯舅舅在思科纳的住所。但那段日子太过短暂，没过多久，一切就在她的间接推动下不可避免地分崩离析。

亲爱的舅舅。透过窄窄的小窗户，她眺望着大海。由于她妈妈的态度、四处爆发的战争，以及帝国及其未来受害者之间全面停滞的贸易，现如今要找到可以帮她传递消息的信差越来越难了。在那名松露商还活着的时候，他是最可靠的信差。可如今，随着艾普－埃斯卡托伊的陷落，他多半已经成为千万短命鬼中的一员。由于她的舅舅——坏的那个——像鼹鼠一样在地下到处挖洞，把城墙挖塌了压在自己身上，现在，没有人愿意接手中邦和艾普－拜弥登之间的松露生意。行省政府的达官贵人可以从别处进口更便宜、更大、更新鲜的松露。没了松露生意，谁还愿意在两地间来回跑呢？

亲爱的舅舅，自上次给你写信到现在，没什么值得一提的事发生。她真的愿意花老大的精力写封信吗？她思考过这个问题。答案是，是的，她愿意，就为了每次她妈怀疑她寄出一封信之后，用担忧的目光偷瞄她的样子（*那些*

信里到底写了什么？这小贱人一定是在监视我，把我的秘密传递给他。可是，究竟是什么秘密呢？我都不知道我有什么值得他窥探的，但显然是有的，不然她就不会老给他写信了……）。再说了，除了写信之外，她也没什么可做的事。

很多年以前，当她还是个小女孩的时候，家里的一个朋友（是另外一个家，不是这个，这个家族里没有朋友）—— 一个老人家，给她讲了美丽的公主被邪恶的后母关在高塔上的故事。毫无例外，当白日过去，夜晚降临，总有那么一个英俊的青年勇士要么巧施妙计，要么一路砍杀，尝试进入塔楼解救公主。事情总是这么发展的。这也解释了为什么公主们总是那么镇定，什么也不做——因为她们知道，迟早会有一位王子出现，一切都将恢复原先的样子。当她还是个小女孩的时候，她心想，要是她能成为那些公主，那该多幸福啊。她会有自己的塔楼（不会有人不高兴地瞪着她，让她把东西收拾干净），同时还能欣慰地知道，专属于她的那个王子多半已经在路上了。

对童话故事的憧憬在那个坏舅舅杀了她的叔叔——她父亲的弟弟——那一天戛然而止。在她还是个听着童话故事的小女孩时，她就和这个男人订婚了。于是她把这些故事彻底抛到脑后。直到如今，她忽然发现自己住在艾普－拜弥登的一座塔楼里——可以俯瞰深蓝色大海的、专属于她的塔楼。当然，确切地说，她并不是公主——跟公主一点关系都扯不上。她的母亲只是个商人，尽管富得流油（至少这是她的推测。被关在这里，就像个被活埋的人一样，她无从知晓事实）。不过，自身的处境还是让她想起了那些故事。可怕的是，小时候许下的虚无缥缈的愿望居然真的实现了。也许这就是为什么，写信给她舅舅是件很重要的事。如果说有谁会来救她，那也多半是这个舅舅。只不过她是个现实的人，并没有对此抱多大希望。冷静地分析一下，惹她妈不高兴才是主要动机，其他只是意外收获。

再说，称高戈斯舅舅为王子也有点过誉了。是的，他确实符合成为王子的某些条件：他是所在国的统治者（严格说来，他该被称为国王，而不是王子）。但同时，针对她舅舅高戈斯的为人，外面流传着许多相当难听的议论。这么说吧，大家对他的评价都很差。更确切地说，只要是正常人，对他的评价都好不了。

她听到楼梯间传来脚步声，低低地咒骂了一句。残缺的手指让她很难及时将书写用具藏好。一个不小心，她就有可能打翻墨盒，在地板上留下出卖行藏的污渍，也有可能一支笔会掉到地上……总之，出错的机会多的是，她的秘密迟早会被发现。母亲正盼着抓住她的马脚，以此为借口把她身上的锁链再收紧一点：不允许有人探访、不允许商人或做生意的来见她——这也意味着她将再也无法拿到笔、墨、纸和书。她刚将信纸藏到床铺底下，就有人敲响了房门。

"等一会儿。"她对着门外大声说道。嗯，肯定不是母亲。她妈从来都是直接闯进来，根本不敲门。"好了，进来吧。"

进来的是门卫，一个睡眼惺忪的大汉。除了帮她擦鞋、帮她煮汤之外，他总是坐在门口，将她和外面的世界隔绝。这家伙相当无害，蠢到就算把墨盒或是铅笔刀放在他鼻子底下，他也认不出来。"什么事？"她问道。

"有人来见你。"门卫回答。越过门卫的肩膀，她可以看到上门拜访的人。那是一名天国之子。他披着时髦的深蓝色旅行斗篷，别着彰显身份的领针——如果你认得的话。

"好啊。"她说。

门卫让开路，客人走了进来。他是个上了年纪的男人，如大多数天国之子一样又高又瘦，花白的头发蛛网般贴在脑门上。他一言不发地四下打量一番，未经允许便自顾自地坐了下来。

"伊苏斯·洛雷登？"

她点点头。"你是？"

"阿布林上校。我受艾普-埃斯卡托伊总督的委任前来拜访。"

他似乎不急于让伊苏斯看他的委任状，她也懒得问。"这么说，你赶了老远的路到这里来。总督需要我做什么？"

客人再次打量她，似乎她是一道数学难题、一个代数式。"你有个舅舅，"他说，"巴达斯·洛雷登。你多次威胁要杀害他。总督希望了解更多关于他的信息。"

她皱起眉头。"我想你不会告诉我前因后果吧。"

"你想知道的话，我会告诉你。"那人回答，"你应该知道艾普-埃斯卡托伊的陷落，以及你的舅舅在其中起到的作用吧。"

"当然，谁不知道。"她沉思片刻，"让我猜猜，"她说，"巴达斯舅舅现在是你们的战争英雄了，你们不希望我干掉他。我有两刷子吧？"

她任由对方苦苦思索这句土话的意思。"总督不认为你是威胁，如果你问的是这个的话。"他回答道，"尽管洛雷登中士确实出类拔萃——"

"洛雷登**中士**。"

他看上去有点恼火。"没错，这是他目前在行省政府的军衔。"他说，"我猜，你习惯于视他为洛雷登上校。这么说吧，此一时彼一时，在行省政府，军衔是靠自己赢得的，不能沿用以前的头衔。"

"听起来挺合理的。"伊苏斯说，"那么，你们想知道关于洛雷登**中士**的哪些信息呢？"

他在椅子上挪动的姿势表明他的一条腿有问题。很简单，要么有关节炎，要么就是曾经在战争中光荣负伤。"总督希望尽可能多地了解你舅舅巴达斯·洛雷登与蛮族的佩里美狄亚国王特姆莱之间的关系。他听说，两人的私仇可以追溯到城市陷落以前。他也对巴达斯·洛雷登在麦克森将军麾下服役的经历很感兴趣。一旦草原部族与帝国发生战争，他与草原部族的作战经验将对我们颇有助益。”

伊苏斯耸耸瘦削的肩膀。“为什么来问我？”她说，“如果你以为，我们曾经在漫长而温馨的夜晚，坐在火堆旁，享受甥舅之间的美好时光，而他会跟我谈起些那些有意思的经历的话，那你就完全误解我们这个家庭了。在那场战争之前，我甚至不知道他是我的舅舅。”她举起残废的手。天国之子看了一眼，眉头微蹙。“没错，我知道他在麦克森手下时，曾跟部落民打过仗。麦克森曾经对草原人做过相当残忍的事，因此特姆莱恨透了佩里美狄亚。没错，我认为世界上没有任何人比巴达斯舅舅更了解如何歼灭那些部落民了。但这些你都知道对吧？”

天国之子点点头，“你能不能提供些内部消息，或者有没有什么额外补充？”

“抱歉。”

他打了个细微的手势，表示原谅她的无知。“我知道你跟你舅舅巴达斯关系恶劣，”他说，“但我听说你跟那位高戈斯舅舅相当融洽。你定期给他写信。”

“是的。你怎么知道？”

他用下巴指了指她的手，“写字对你来说是件难事，但你愿意克服这个困难。显然，你和高戈斯的关系颇为亲近。”

她笑了起来。大多数人在她笑意盈盈的直视下都会转过头去，但阿布林上校没有。“说真的，自从我母亲背叛了他，而巴达斯舅舅杀了他的儿子后，”她说，“从某种意义上说，我是他唯一的家人。哦，当然，他还有两个弟弟在中邦，我把他们给忘了。他们没什么存在感。”

“说说他的情况。”阿布林上校说。

伊苏斯摇摇头，“我不想说，除非你告诉我，你们为什么对他感兴趣？”

“我觉得你们一家都很有意思。”天国之子不动声色地回答，“我研究人性。”

“是吗？”

“我们那里不少人很热衷于这个课题。”他两手相对，指尖搭在一起。“更主要的是，他找到了我们，提出双方结盟，共同对付特姆莱国王。显然，在针对他的提议做出决定之前，我们希望能从跟他比较亲近的人那里得到尽可能多的消息。”

伊苏斯思考片刻。“好吧。”她说，“我提供的信息应该不会对他不利。这样吧，你把你们已经了解到的告诉我，我来补充。”

上校淡淡一笑。“如你所愿。”他说，“我们知道，他早年给自己的姐姐拉皮条，被父亲和姐夫发现之后，动手杀了这两个人。他还打算杀他的姐姐，却没有得逞。在这宗事故里，他还杀了你的父亲。是这样吗？”

伊苏斯点点头。“没错，”她说，“你们知道的还真够多的。”

“注重细节是我们引以为傲的长处。在犯下多起谋杀案后，他逃出中邦，当了一段时间的海盗和雇佣兵，直到他的姐姐——你的母亲——在思科纳创立了银行。他加入银行为她工作，成为银行安保队伍的首领。我们了解到，为了银行的利益，他打开佩里美狄亚城门，让特姆莱国王的军队长驱直入，导致城市被攻占，并最终被焚为平地。三年前，银行和沙斯特基金会之间局势告急，鉴于基金会的军队和银行所能调动的军事力量在数量和素质上的差距悬殊，高戈斯·洛雷登在防守方面做得相当出色。然而，尽管在前两次激战中银行方面获得了令人瞩目的胜利，最终基金会还是取得了胜利，占领了思科纳。你舅舅在思科纳被占领之前迅速弃岛而逃，也带走了残余的思科纳军队。他坐船直奔中邦，夺取了当地的控制权。尽管从中邦那边很难获取可靠消息，但显然除了最开始的几次冲突以外，他的政权已经稳定了下来。”他打开双手，掌心朝下，搁在膝盖上，“以上总结是否准确？”

“了不起。”伊苏斯说，“我敢说，你们的人很擅长打听消息。只不过，你没有提到他放弃抵抗，让沙斯特人长驱直入占领思科纳的原因。那是因为，正当他准备和第三支军队开战之际——正如你所知，他已经消灭了另外两支——巴达斯舅舅杀了他的儿子，而我母亲则偷偷溜走，将他留在了岛上。连遭不幸，让他觉得无法继续忍受了。”

上校点点头。“谢谢。”他说，“除此之外，关于他，你还有什么可说的？”

伊苏斯沉思良久。“我想，他可以算是理想主义和现实主义的矛盾结合体。”她说，“所谓理想主义，是指他埋藏在内心深处的对家庭的看法。在他的信条里，家庭最重要——至少他认为自己是这么想的。我认为实际情况并非如此，他在自欺欺人。这就是我的看法。”她顿了一会儿，用手背按了按嘴唇。“当然，还有现实的一面。他的观念是，事情做了就做了，不必事后追悔。关键是利用现有条件获取最大利益，别让历史成为通向未来之路的障碍。”她粲然一笑，“可以说，他将这个观念发挥到了极致。他本来就是个极端的人。”

天国之子在椅子上动了动，多半是腿麻了，“你认为他为什么要夺取中邦的控制权？”

“大概有很多理由。”伊苏斯叹了口气，看向窗外。“他只是抓住了一个好机会而已。中邦是他的故乡。在他做出那样的事以后，除非手掌军权，否则是永远回不去的。因此他就带着军队去了。如果你问他理由，他会告诉你是为了人民的利益。在他心底深处，他多半也真的相信这个理由。这就是他的另外一个天赋了——有必要的话，他会相信任何说辞。”

“为什么他要和部落民开战？他曾经帮助这些人摧毁了佩里美狄亚。”

“啊，”伊苏斯点点头，“问得好，不过如果你刚才认真听了，你自己就能得出答案。巴达斯痛恨他的其中一个理由就是，他出卖了城市，因此他认为如果他和草原人打起来，并且杀了特姆莱，就能弥补对巴达斯的亏欠。这么做也能同时讨好你们。要长久地统治中邦，他需要你们这样的盟友。然而，政治因素只不过是点缀，巴达斯才是主因。在高戈斯不受我母亲支使的时候，巴达斯成了他大部分行为的驱动力。”

阿布林上校皱起了眉头，“解释一下。”

“被他伤得最深的有两个人，”伊苏斯回答，“等等，其实有三个人：我母亲、巴达斯和我。伤害程度依次递减。所以呢，打那以后，他就不停地想要补偿我们。他让我母亲得以在思科纳呼风唤雨；他打算为巴达斯杀掉特姆莱；还有——嗯，将来他也会找机会补偿我。”她打了个呵欠，像猫一样伸了个懒腰，“说真的，如果你要研究人性，他可以算是个奇葩。他要么是个一辈子都在试图对家人好的坏人，要么就是干过一次特别糟糕的坏事的好人。或者二者兼有。正如我所说，他觉得最有义务补偿我的母亲，因为她是被伤害得最深的那一个（当然，除了那些被他杀害的人以外。但那些人已经死了，因此他无能为力）。但巴达斯才是他真正关心的人。”

“即使巴达斯杀了他儿子？”

伊苏斯耸耸肩。“高戈斯舅舅有着无限的宽容，这和他的坏人形象相悖；正如‘杀人并出卖城市’不符合好人的定义一样。我们洛雷登家的人个个都相当复杂。可以说，我们存在的价值其实抵不上我们惹出来的麻烦。”

天国之子腿脚不太利索地站起来。“谢谢。”他说，“你帮了很大的忙。”

“哦，不客气。”伊苏斯原地不动，“不过，如果可能的话，也请你们帮个忙。不知道你们可不可以给我母亲找点麻烦——货币监管、海关、进口许可证之类的。她讨厌这类麻烦事。”

“很抱歉。”上校严肃地说，“行省政府不是这么运作的。”

“真的吗？那就算了。再见。”

等他走了后，伊苏斯背靠着墙坐在地上，两只手臂紧紧地抱住膝盖，想着那个经常出现的梦境。在梦里，亚历克修斯告诉她，只要她愿意，他可以拿一把锋利的刀，把她身上一半的洛雷登血统切下来，只留下赫丁的那一半。她每次都在亚历克修斯开始动手切之前醒过来。她搞不清楚这样的梦究竟算不算噩梦。

“刚才来的是谁？”

她抬起头。“捕鼠人，”她说，“我叫来的。这地方到处都是老鼠。”

她的母亲烦躁地叹了口气。“他来自行省政府。”她说，“他来干什么？”

“如果你打算自问自答，为什么还要问我？”

尼莎·洛雷登走到她女儿坐的地方，用力地踢了一下她的肋骨，踢得她差点喘不过气来。“他是谁？”她再次问道，“他来干什么？”

伊苏斯抬起头来。“他想知道你喜不喜欢蘑菇，”她说，“我说喜欢。”

尼莎又踢了一下，这回更用力，在伊苏斯抓住她的脚之前把脚缩了回来。“我现在没空跟你扯皮。”她说，“我会叫莫兹上来收走你的书和灯，另外，你别指望能吃上东西。”

“好啊，正好我已经吃腻了那些汤了。”

尼莎弯下腰。“伊苏斯，”她说，“别烦人了，他来干什么？”

伊苏斯叹了口气，“他来打听巴达斯舅舅以及高戈斯舅舅的情况。我跟他说了——嗯，一些他已经掌握了的信息。这也是我能吐露的全部实情。别的事，我也不知道。”

“这么说，”尼莎直起腰，“你把他想知道的都跟他说了，对吧？我们不得不配合这些人，我们还得看他们的脸色过日子呢。”

“我把我知道的都告诉他了。”

尼莎点点头。“你没有举止粗鲁或者态度恶劣吧？噢，绝对有。不过，你没做攻击他之类的吧？”

“母亲！”伊苏斯愤怒地说道，“行行好吧。你把我描述得跟个疯子似的。你以为我会做什么？满屋子追着他跑，想咬他的脚踝？”

尼莎走到门口，开了门。“我们必须跟他们合作。”她说，“自从搬到这里，日子就不怎么好过。我不得不辛苦干活。我不能让你把事情搞砸了，明白吗？”

“明白。”

又用眼角偷偷瞥我——说明她在害怕，在担忧。看到她忧心忡忡，我可真高兴。“伊苏斯，”尼莎说，“总有一天，我为之奋斗的一切，我积攒下来的所有家业，全都会传给你。你是我的女儿，是我仅存的唯一的亲人。为什么你总是故意和我作对呢？”

伊苏斯大笑起来，“你会死掉，然后把财产留给我？没这回事。如果你是个会死的凡人，我早就乘天黑把你的喉咙咬穿了。”

尼莎闭上眼睛，片刻后又睁开，“你总是说这样的话，还问我为什么把你关在这里。我知道你不是说真的，只是想气我。这种把戏你十岁以后就不该再玩了。”

四

在萨弥拉，除了气味以外，没有什么麻烦是一场地震不能解决的。下山的时候，邮车的一个轮子坏了，延误了到达萨弥拉的时间。等他们进入驿站的时候，去艾普－卡立克的马车早就离开了。下一趟要将近傍晚才会到。在那之前，巴达斯可以随便在镇上逛逛，感受当地独特的风气。

“谢谢，”他说，“我可以坐在这里等吗？”

驿站管理员盯着他。“不行。”她说。

“哦。”他来来回回地扫视着街道，“请问，能给我一点水吗？”

“沿着那条路走下去有一口井。”管理员回答，“就在那里，被焚毁的磨坊左边。”

巴达斯皱起了眉头。“冒昧问一句，”他说，“这里的水可以直接饮用吗？”

“反正我们都在喝。”

“谢谢。”巴达斯说，“我还是看看能不能弄到点牛奶或是别的什么吧。”

萨弥拉有不少客栈和酒馆。上等客栈是直接在锡塔德尔山上凿开山岩建成的，有的则开在扩大了的自然洞穴里。这样的客栈大多在门口写着“牲畜贩子、小商贩以及士兵不得入内”，门口还有几名大汉倚着门框，以便向所有不识字的牲畜贩子、小商贩以及士兵解释这条规定。中档酒馆由一顶遮阳篷、几个放在地上的垫子组成。垫子上坐着几个老人，后面是一道幽暗的门。最下等的是卖酒的马车，在马市的边缘围成一圈。马车侧面有个舱门，钱从这里递进去，小陶罐从这里冒出来。巴达斯随便挑了一家带遮阳篷的中档酒馆，这里还兼有磨刀铺以及放血室的功能。一名老妇人坐在后面，闭着眼睛哼唱。巴达斯对萨弥拉的音乐与诗歌不甚了解，听不出她唱的是好是坏。这是一首关于老鹰、秃鹫以及大地回春的歌，有大段大段的浅吟低唱。巴达斯对此不太感兴趣。他挑了老妇人对面的角落坐下，老人们纷纷停下手头的事，转头打量着他，然后又把头转回去。一名留着长胡子、个头非常矮小的秃头男人忽然从他的左肩后冒了出来，问他要喝什么。

“我不知道，”巴达斯回答，“你们有什么？”

老人皱着眉头。“艾青。”他似乎在告诉巴达斯天空的颜色，“你要来点不？”

巴达斯点点头。“那就来点吧。”他说，“多少？”

“我怎么知道。”那人说，“你可以要一杯、一瓶或是一罐。你自己决定。”

“抱歉。”巴达斯说，“我是问，多少钱？”

“什么？哦。一罐半夸特。”

“那我就来一罐。”

老人走开片刻就回来了，一边走一边闪避着从砂轮上飞溅出来的火花，以及上一个前来放血的病人留下的一小摊血[1]。“来了。”说着，他给巴达斯上

① 指放血疗法，一种始于古希腊，据称“能治百病”的医术。

了一罐酒以及一个小小的木杯。巴达斯把钱给他，然后倒出半杯酒闻了闻。他现在已经渴得顾不上味道了。

艾青尝起来有点辣舌头，酒液轻薄，口味甜而酒劲足。这是以烧开的热水浸泡香草，加上蜂蜜、肉桂以及一点肉豆蔻调味，勾兑出的一种力道十足的烈酒。倘若直接喝，绝对是要出人命的。巴达斯小口小口地把一杯酒喝下去，然后安静地待在那里，等待发晕的脑袋停止旋转。老妇人的歌声停了。四下极其安静，既没人说话也没人走动。接着，她又开始唱了起来。听起来是同一首歌，但巴达斯无法确定。

过了一会儿，一大群人走了进来，在帐篷中央围坐成一大圈。他们吵吵嚷嚷、兴高采烈，年纪从十七岁到六十岁左右都有。不是天国之子，但相貌有些接近。这群人把胡子刮得干干净净，长头发编成精致的马尾，穿着及膝的单薄的白衬衫，光着脚。巴达斯猜想，他们多半是牲畜贩子。据上等客栈的告示所言，牲畜贩子几乎和小商贩以及士兵一样恶劣，尽管他们看起来没有携带任何样式的武器。他们很节俭地从圈子中央的一口大铜锅里享用艾青，完全不在意老妇人的吟唱，同时将巴达斯视作无害的存在。

过了一会儿（这里的时间过得缓慢而从容），五个士兵踱了进来。他们也不是天国之子，还很难看出来是哪里人。他们的皮带打磨得锃亮，头上戴着三角毡帽——是步兵头盔的内垫——身上穿的是标准制式的步兵铠甲内衬，一种由淡灰渐变为棕色的绵甲，脚上套着步兵靴。其中四名士兵佩着剑，第五个是负责这半个排的下士，他在腰带下掖了一把方头弯刀。他们直接穿过牲畜贩子围坐的圈子——后者纷纷避让——走进后面的房间。老妇人停下了歌声，睁开眼睛站起来，一瘸一拐地快速离开了。

坐在巴达斯旁边的一个老人张着嘴巴，他身前的地上放着的一小杯艾青，已经渐渐变冷了。巴达斯倾过身去。“出事了？”他问道。

老人耸耸肩，“兵痞。”

“啊。”

屋内传来什么东西打碎的声音，接着是一阵大笑。牲畜贩子抬头看看，然后继续聊天。一旁两个顾客站起来，目不斜视地走了出去。

士兵们走了出来，手里拿着一大罐饮料——不是艾青——站在那里看着地上的牲畜贩子。围坐在地上的那圈人停止了聊天。给巴达斯上酒的那个人脸上挂着大祸临头的表情。老人见状，也迅速离开了。一切迹象都表明，此地不可久留。巴达斯本想离开，但他的酒还没喝完。

先知有云：勿于酒家寻衅、勿介入他人之战。说起来，宗教还是有不少好处的，而巴达斯的信念一直很坚定。双方干起来的时候，他遵守着这种场合该遵守的规则：一动不动地坐着，对于视线范围之外的地方，格外留心倾听，同时避免和任何一个混战中的人对上视线。单纯从娱乐的角度来讲，这场混战颇有观赏性：牲畜贩子占人数优势，而士兵有武器，气势更足，二者结合则相当强悍。当一名牲畜贩子倒下去、再也没能站起来时，混战停止了。没有人慌慌张张地采取行动，十五个人全部一动不动地站在那里，局促不安。大家都没有说话，过了一会儿，下士（动手杀了人的那个）四下打量了一圈，说道：“怎样？”

一名士兵看向巴达斯，目光落在他领口暗棕色的青铜条纹上。四道条纹意味着他是军士长。其实这根本不是巴达斯本人的大衣，是他在地道里捡的（衣服几乎全新，它的主人可真是粗心）。然而，此时似乎所有人都注意到了那块小小的金属领章。巴达斯正觉得奇怪，他们到底看到了什么有趣的东西？

给他上酒的矮个子男人走到他身边。“怎么样？”他说，“你打算怎么处理？”

巴达斯抬头。“我？”他说。

“对，就是你。你是中士。你打算怎么办？”

是啊，他说得对。我都忘了自己的身份了。“我不知道，”他回答道，“你有什么建议？”

矮个子男人看他的目光就像看到疯子一样。“当然是逮捕他们啊。把他们交给总督。他们刚刚杀了人。”

先知有云：若有人让你逮捕五个在酒馆斗殴的武装人员，应即刻离去。“好吧。”巴达斯说完，慢慢地站了起来。他一言不发地打量着几名士兵，目光停在下士身上，“报上名来。”

士兵一一报上名字，但巴达斯一个也没记住，都是外国名字，又长又复杂。“编制。”他说。下士回答道，他们隶属于某步兵团、某连、某排。

“好，”巴达斯说，“你们的长官是哪位？”下士脸上露出痛苦而恐惧的表情，大叫一声，举起弯刀向他冲来。说时迟那时快，巴达斯左手抓住对方的手肘，右手拔出匕首，直接送进下士喉咙底部的三角区。他不记得自己是怎么抽出匕首的，甚至不记得匕首一开始就别在自己的腰间。不过在地底下待了三年，匕首就跟他的手、脚一样，是某种不需要特别去记而一直在那里的东西。

他眼睁睁地看着下士断气，尸体倒在地上。所有人都定住了。萨弥拉，真是个让人静止不动的好地方。

“我再问一次，”巴达斯听到自己说，“你们的长官是哪位？”

一名士兵说了一个名字，但巴达斯没记住。“你，”他对矮个子的老板说，“跑步去总督府叫卫兵来。其余的人，散了吧。”片刻之后，现场只剩下他和四名活着的士兵，还有两个死人。区别士兵和死人相当简单，士兵是站着的那几个。

似乎过了很长一段时间，卫兵终于来了。带队的是个不折不扣的天国之子，戴着镀金头盔，头盔顶上有一根高耸的羽毛。

"在酒馆干架？"他说，巴达斯点点头。"还有这个——"他用脚趾头捅了捅死去的下士，"这个想砍你？"

"是的。"巴达斯说。

卫兵队长叹了口气。他的领章表示他是个普通的中士，因此巴达斯的级别比他高。"唉，这样啊。"他说，"你叫什么名字？"

"巴达斯·洛雷登。"

卫兵队长皱起了眉头。"我知道你，"他说，"你是那个战争英雄，对吗？"

卡纳迪？

卡纳迪板着脸。"现在不行。"他说。

卡纳迪？你的意念很微弱，我很难——

"喔，看在老天的分上。"卡纳迪睁开眼睛。亚历克修斯站在他身边，一脸担忧。"无意冒犯，"他说，"但你有什么事不能晚点再说吗？我只剩半条命了，不想跟你唠叨。"

什么？哦。哦，确实，你确实快死了，我亲爱的老朋友，我万分抱歉。到底是怎么回事？

卡纳迪耸耸肩。"唉，不是大事，说真的。我想刚开始只是发烧，之后就变成这样了。"他顿了一会儿。"我要死了吗？"他问道，"真的吗？"

亚历克修斯一脸体贴的样子。唉，虽然我不是医生，但——

"我快死了。"

是的。

"喔。"卡纳迪试图让自己放松下来，"你怎么知道？"

唉……你就信我吧。

卡纳迪试着再次闭上眼睛，但没什么区别。他等待着，什么也没发生。“好吧，”他说，“死后会怎样？给点提示？”

无意冒犯，卡纳迪，但我怎么知道呢。如果能让你好受一些的话，我会说，死亡是完全符合自然规律的。他可以看到亚历克修斯在绞尽脑汁地寻找一个有根有据却又不过于让人惊恐的类比。就像孩子的出生一样，显然，这是他能想出来的最佳措辞了。

“是吗？”他忍不住要反驳，“我怎么觉得二者之间存在着明显的差别呢？”

你懂我的意思。疼吗？

“疼，”卡纳迪说，“疼得要命。但现在好多了。事实上，现在完全不疼了。”

明白了。

“这是坏事，对吗？”

恰恰相反，这是好事。我的意思是，你也不想疼的，对吗？

“这不是我的——”卡纳迪叹了口气，“接下来呢？你知道接下来会发生什么吗？我是该做些什么，还是就躺在这里等死？”

这只有你来告诉我了。

“是啊，然后你可以据此写一份有望获奖的好论文，参加大型研讨会。对不起，”卡纳迪补充道，“我太小心眼了。”

我理解你的心情。以你现在的状况……

“亚历克修斯，我现在不想死。”卡纳迪打断他，“事实上，如果你不介意的话，我想现在暂时中断这个过程，下一次再继续。我有一种感觉，如果我现在就这么做的话，事情很可能会被搅和得一团糟。既然这是人一辈子只能经历一次的……”

啊，可这一点，我们又从何而知呢？

卡纳迪面露不悦。“哦，拜托，”他说，“现在可不是讨论破道理的时候。”

抱歉。我只是想保持乐观的态度。

“唉，没啥用。亚历克修斯，你就不能做点什么别的吗？”

我……你想要我做什么？

“我不知道，”卡纳迪怒气冲冲地说，“你不是见鬼的巫师吗，你自己想啊。”

这事没那么简单。你和我一样心知肚明。

“是的，但——”不知怎么的，他没力气发火，甚至没力气表现出适度的害怕。连害怕都做不到——这才是令人惊恐的事。“我的意思是，”他继续说道，“你不是佩里美狄亚的教长吗，你肯定知道一些我们都不知道的东西，只允许教长掌握的某些特殊秘密。这是事实吧？”

恐怕不是。

“我就知道，唉。只是当一个人落到了我这分上，倒是更愿意摈弃逻辑，抱着虚无缥缈的希望，相信有奇迹出现。别介意我这么说，老朋友。”

没事。你现在感觉如何？

“很奇怪，”卡纳迪承认，“跟我想象的一点也不一样。”

哦？哪方面不一样？

卡纳迪沉思片刻。“我不知道，”他说，“我原来以为——嗯，这么说吧，会比较戏剧化。甚至是惊心动魄的传奇剧目，还有些神秘兮兮的东西：白色光芒、浓雾弥漫、周身沐浴着闪闪白光的朦胧人影之类的。至少也应该感到痛苦和害怕。结果完全不——”

他的眼睛睁开了，这一次是真的睁开了。

“没事了，”他身边站着一个妇人，“没事了。”

“亚历克修斯？”卡纳迪试图转动脑袋四下张望，但动不了。他不知道这是好事还是坏事，毕竟刚才他还能自由地移动身体。

“他醒过来了。”妇人正在和一个他看不到的人说话，“甭管那是什么，反正有效果。”

“那就好，”在那妇人的肩膀后面，一个男人的声音说，“通常这么一剂药下去肯定会让人送命。我很高兴它起作用了。”

妇人看起来很不高兴，“你是说，你之前从来没试过？”

“我刚才讲了，一般来说，这是一剂致命的毒药。”视线之外的男人说，“我想找人试药已经好多年了。只不过，这是第一个撞到我们手上而且无须顾忌后果的病人——我的意思是，反正他都要死了，试一试又有何妨？”

卡纳迪忽然意识到那妇人有何怪异之处了。哎，其实不是怪异，只是出乎意料而已。这是个草原人——从眼睛、肤色以及骨架上可以判断出来。他心头立马涌上一阵恐慌。*救命，我被敌人抓住了！*那妇人看到他忽然发抖并试图闪躲，笑了起来。

“没事了，”她说，“你会好起来的。”

你就会说这一句吗？

“……”他欲言又止，忽然发现自己忘了下面要说什么。

她是个圆脸盘的健壮结实的妇人，年纪四十多将近五十。她有一头灰白的短发、明亮的黑色眼眸以及显眼的双下巴。“你病得很重。”她继续说道，“不过，大夫已经给你服用了良药，你就安心地等着好起来吧。”

卡纳迪觉得很恼火。*那该死的大夫拿我来试他那要人命的新方子*，他心里想，*危险的小丑，根本不该允许他接近病人*。“谢谢。”他声音嘶哑地说，“这是哪里……”

妇人笑了。“这是布兰切伯，”她说，“你听说过吗？”

卡纳迪想了一会儿,“没有。”

“啊,这是个小村庄。朝内陆方向走的话,大约要走半天时间才能到艾普-阿莫迪。”她把“艾普”和“阿莫迪”两个词连在了一起,感觉像是一个词。“和到以前的佩城距离差不多。”

“什么城——”

“佩里美狄亚。你现在是在特姆莱国王的领土上。”她加了一句,“你安全了。”

来自岛上的自由贸易商伊苏斯·米萨吉斯

致

商业同行艾希莉·佐希思姐妹

展信安

这是一个可怕的地方,这里的人相当讨厌。往好的方面看,他们确实有大量的羽毛。

这就是我给你写信的原因。目前我可以——呃,是即将可以——以离岸价(由“市场力量号”承运)供应六十七标准容量筒的上好白鹅翼羽,全部按翼极分类——准确地说,有三十五筒右翼、三十二筒左翼——适用于所有标准挠度的军用箭,价格极其低廉,仅售每筒十二夸特(城市币)。只有一个琐碎的小细节横亘在我与这个千载难逢的好机会之间,那就是,我目前一文不名。

亲爱的同行姐妹,假如你能提供一张从你的银行开具的总数为区区268夸特(城市币)的信用证,我就可以摆脱窘境。如此一来,我得到羽毛,你按惯例可得其中的三分之一,这里的人则有望和我们达成常规的长期交易,皆大欢喜。当然,除了那些鹅,但我认为它们不急于离开这里上别的地方去。

计划如下：假如“松鼠号”如期到达的话，你将在六号看到此信——有足够的时间让你龙飞凤舞地写下答复，并将回信交给“百兽之王号”的主人。我得知“百兽之王号”将于十七号到达我处（据此推算，它最早在八号以前不会离岛）。如果一切顺利，我们可以在二十号甚或更早达成交易，在国殇纪念日前搭乘“市场力量号”回程。别忘了，连同羽毛一起。就是如此简单。

好了，以上即是全部。不过，既然这张上品纸仍有大量空白之处，我不妨补充些内容。

让我们看看，你想了解哪一类信息呢？当然，我知道你曾经亲自到访此地——你不是和你的那位击剑手朋友在政变之前来过吗？我想当时的情况不可能比现在好，多半是更糟。你可以尽情抱怨这里的军事统治以及屠夫高戈斯，但不可否认，他们给人的印象确是促进了商业发展。但凡这里制造或出产的任何值得销售的产品（当然，除了那些你拥有三分之一代理权的美妙绝伦的羽毛以外），对于进出口行业来说都是良好的机遇，因为这里基本上没有本地竞争者：没有投机商人、没有产商联盟、没有贵族或皇室专卖，就连政府的税收也只有百分之二点五。我认为，这是非官僚政府掌权带来的好处。

不过我倒是很好奇。高戈斯·洛雷登为什么要费老大的劲占据这个地方，到手了却又不打算做点什么？毕竟从世世代代居住在这里的人手里抢占国土，这是一种相当极端的做法。通常来说，人们做这样的事都是有明显动机的：铁矿石、不冻港、柳树林、成长中的木材、藏红花种植园……要不就是不想他人染指这片地区，或者仅仅为了能在地图上划下一道笔直的分界线，集齐一整片地区的岛屿。当动机没有那么一目了然的时候，一个稳定的税收来源多半就是其中的推动力：日常征收的人头税、营业税、进口关税、公路税、香料税、婚礼税、第三只小母牛税、免服兵役税、土地继承税以及什一税等等。别人这么做背后总有个理由，到了他这儿却是个例外。我真是想破脑袋也想不出到底是为什么。首先，像高戈斯·洛雷登这样冷酷、精于算计的人物不会平白无故地做一件事。他到底图什么，艾希莉？这类事你比较精通，你能跟我分享一下其中的奥秘吗？

不管怎么说，只要托“百兽之王号”带来268城市夸特，我就能搞定这笔羽毛交易。我保证，这会是你今年最好的一笔投资。

你的秉持友谊与公平贸易原则的，

艾莎兹

“总而言之——”亚历克修斯说到一半，停下话头，眨了眨眼睛，似乎在漆黑一片的地方待了很久，然后忽然沐浴在光芒中。哦，不是吧，又来了。

年纪大了，肯定是因为年纪大了。上了年纪的人常常会这样，在事情做到一半或是话讲到一半的时候忽然清醒过来，不记得自己到这儿是干什么的，或是刚才讲了什么。对于讲师而言，这可真是个致命的缺点。想想你忽然发现自己站在那里，面对一千张虔诚、安静的年轻面孔，却完全不记得自己刚才在说什么，也不知道接下来该说什么。

（在此之前，他沉浸在白日梦中。梦中有一条充斥着奇怪声音和气味的又长又黑的地道，里面的人凭借感觉和直觉互相残杀。他不知道自己为什么会一直梦到这个地方，而且不管怎么冥思苦想也无法让自己醒来。）

“总而言之，”他听到自己说，“如果真正理解元理的本质，我们就无法不去质疑死亡的存在。曾经坚信不疑的东西如今变成了一种模模糊糊、几乎是杜撰出来的概念。那时候，我们年纪还小，极易受到外界影响，仍然相信龙和精灵。如果真正懂得元理，懂得元理是如何影响世界以及我们认知中的世界，就会不可避免地推导出这样的结论：简单一句话，我们从小就学会理解的死亡是一种不可能的存在。死亡不可能出现，它违反了所有的自然规律。如果我们不顾所有的科学论据，坚持选择去相信它——那一定是出于信念和道德心，这就是科学辩证之外的东西了。但，如果我们只考虑那些易于被证实的论据，除了可以被验证的事物以外，还有什么能被称为科学？还有什么能真正地纳入学问、领悟和知识的范畴？如果我们将认知局限在那些已经证实却不为人所需的范畴内，那就必须将这个充其量是未经证实或无法证实的'死亡'抛开，接受死亡并不存在这个令人无比震惊的事实。反之，元理——"

（他现在怎么样了？我能跟他谈谈吗？）

"元理，"亚历克修斯听到自己继续说，"是已被证实的，是确凿无疑的。事实上，元理本身即是证明。当我们想了解事实真相的时候，正是以同样的方式去探索那些未知领域的。如果今天我对你们说的任何一句话能够影响到你们，如果你们甚至开始理解——"

（你可以试试，但我不认为他现在足够清醒。要不，晚一点吧，他在下午状态会好一点。）

亚历克修斯睁开眼睛。"艾希莉？"他说。

艾希莉微笑着看着他。"你好，亚历克修斯。"她说，"今天感觉如何？"

"还行。"亚历克修斯缓慢而艰难地坐了起来，"我在做梦。"

"美梦？"

他摇摇头。"不见得。"他回答道，"说真的，更像是噩梦。在梦里，我站在坐满了人的讲堂上，却忘了正在讲的内容。"他笑道，"我们的好医生艾立克想让我相信，做噩梦是因为我不顾医嘱坚持吃奶酪的缘故。我则倾向于寻找一个更为形而上的解释——但也只是为了能够继续吃奶酪。"他压低了嗓音说道，"在这里，这是他们唯一没有煮得稀巴烂的食物。"

艾希莉皱起了眉头。"奶酪不能拿来煮吧，"她说，"会融化的。"

艾立克脸上带着医生特有的恼怒表情，恶狠狠地瞪了一眼他的病人，然后离开了。走之前，他在艾希莉耳边嘀咕了几句。门在他身后关上时，亚历克修斯问道："他说什么？"

"他说，一旦你感觉不舒服，开始胡言乱语，我就得立即叫他来。哦，还有，我不能让你累着。"

亚历克修斯耸耸肩，"要让我放弃吃奶酪，而且再也不胡言乱语，这可有点难。我打小就干这两样事。现在我已经太老了，改不了了。"

艾希莉坐在床沿上。窗外的雨点打在窗扉上。"可是，你还没老到要故意哄别人说你不老的地步吧？咱俩都知道你没有胡言乱语的毛病。没错，你确实说了很多，但大部分有理有据，至少我在场的时候是这样。你不喜欢艾立克医生，是吗？"

"是的。"亚历克修斯承认，"我知道，是我不好。他是个出色的家伙，医术精湛。一想到安排这一切害你花了多少钱——"

"噢，别管这个。"艾希莉说，"再说，我把这些开支都写到账目里了，所以你真的没花我什么钱。"

亚历克修斯饶有兴趣地说："开支？"

"哦，是的。我没告诉你吗？你是银行雇佣的技术顾问，千真万确。你是团队里颇受重视的一名成员。"

"是吗？"亚历克修斯抬起一边眉毛，"我干得怎么样？"

艾希莉模棱两可地摆着手。"我见过更糟糕的员工。"她说，"不过，说真的，"她眉头微蹙，继续说道，"你不应该跟医生开玩笑。他们没有一般人那种幽默感。他们会以为你脑子糊涂了。艾立克医生已经这么认为了。"

"喔，他呀。"亚历克修斯像个小男孩似的做了个鬼脸，"是这样的，我试图跟他解释元理的概念，以及能够和不在场的人对话的能力。他没听进去。

我一提到这个话题，他就认定我疯了。我还以为沙斯特人见多识广呢。”

艾希莉莞尔一笑。“咱俩私下里说说，”她说，“我认为他根本不是沙斯特人。哦，他说他在那里学习过，但我打听了一下，没人记得他。他肯定来自沙斯特殖民地，是第三代或第四代的科里昂人。说实在的，尽管这个出身听起来有点土气，却能将他培养成一个更为出色的医生。科里昂的医学院教授大量帝国体系的知识。”

“哦，这样啊。”亚历克修斯想舒展一下筋骨，却因为突如其来的痉挛而抽搐了一下，“不说他了。你呢？生意好吗？”

“还行。”

“啊。这个还行是指生意不好，还是指你在稳扎稳打地赚大钱呢？”

“都有一点。”艾希莉回答道，“整体局势陷入停滞，但出去跑生意的都干得有声有色。”

“比如？”

艾希莉想了一会儿。“比如，”她说，“‘松鼠号’马上就会满载蓝莓和蜂蜜从中邦归来。对莫莱人来说这简直是雪中送炭。他们刚从巴契利人那里拿到一笔大订单。”

“谁？”

“巴契利人。他们为沙斯特军队提供军服。你肯定知道，沙斯特人穿深蓝色的军大衣。”

亚历克修斯点点头，“用蓝莓汁染出来的。原来如此，这笔生意真聪明。”

“幸运而已。”艾希莉回答道，“蜂蜜也拿到了一个好价钱。话说回来，这里没有一样商品是从帝国来的。我看啊，这倒是文纳德·奥泽尔平生第一次误打误撞做了笔可靠的好买卖。”她皱起了眉头，“高戈斯·洛雷登帮了点小忙。”她补充道，“三年前，中邦还是个默默无闻的地方，如今却有望成为我们的两种主要商品的进口地。我真希望能相信这是个能让人踏踏实实做生意的地方。”

亚历克修斯沉默了一会儿。“又是洛雷登家的小子。”他说,“哪儿都有他们突然冒出来,不是吗?”

艾希莉看着他,“你想知道有没有巴达斯的最新消息,对吗?”

“是的。”

“是这样,”她把手放在膝盖上,目光转向合上的窗户,“今天早上我碰巧遇上琳·莫格勒。沙斯特贸易代表团刚结束了上一轮与行省政府的会谈,她兄弟是代表团的成员之一。”

“你的意思是,他是个间谍?很有出息嘛。”

艾希莉点点头。“是的,”她说,“不过业务能力不怎么样。这就是问题所在。沙斯特人做间谍很不在行,执行任务的时候总是让人一眼看穿。不过我确实知道,为了糊弄这些间谍,对方常常故意透露一些无关紧要的消息给他们,这些消息的可信程度相当高。总之,他告诉我,巴达斯被派到内陆某个安静的好地方担任行政职务。印象中好像是在一家工厂当生产经理。”她笑了起来,“哎呀,没有比这更无聊的工作了,是吧?”

“不一定。”亚历克修斯回答道,“看是什么工厂。”

“说是这么说,但本质没什么不同。”艾希莉站起来,穿过房间来到窗前。“我知道你有一套理论,能解释洛雷登一家、元理以及各种事件是如何交织在一起的。但我真的看不出来,凭着坐在书桌旁摆摆筹码、算算账目,他要如何改变历史走向。”她叹了口气,“不过如果这职位能保他平安,那就正合我们的心意。”

一阵急雨打在窗扉上,震得窗扣咯咯直响。“你在生他的气,对吗?”亚历克修斯说,“你打算什么时候告诉我原因呢?”

“我才没有生气。”艾希莉背对着他，“这段日子以来，我每天从早忙到晚，根本没时间想到他。我很高兴自己不再是一名剑士助理。多谢你，我总算可以在不伤害任何人或制造任何麻烦的前提下，取得一些成就。我认为这是一件值得骄傲的事，不是吗？”

亚历克修斯往后一躺，闭上眼睛。“当然。”他说，“一想到你来这儿后帮助和照顾过的那些人——我、卡纳迪、他的侄子，还有文纳德和维特里丝——”

“噢，这不算什么。”艾希莉轻声说。

“是不算什么。”亚历克修斯说，“你完全不需要这么做，可你还是做了。你似乎把责任扛在了自己肩上——唉，可以说，是跟在他屁股后头收拾残局。这些人全都是他留下的麻烦，而你出现了，想尽量还他们一个近似于正常生活的假象。我觉得这很有意思。”

“是吗？”艾希莉继续盯着窗扉，“呃，这种看问题的方式倒是有趣。”

“我就是干这个的。”亚历克修斯带着点揶揄的意味回答。

酒馆斗殴之后的那个晚上，巴达斯坐上了另一辆邮政马车，在后车厢打包好的箱子和木桶之间撞来撞去。他第一次回想起地下的日子。

一开始就像在梦中，但他尽快摆脱了梦境，眨巴着眼睛，想找到亮光。他看不到光，一大堆用绳索固定在马车上的行李挡住了邮差的灯笼，而此时是黑漆漆的夜晚。他听得到马车在满是车辙的路上颠簸发出的碰撞声。他闻得到迷迭香的味道——

迷迭香？不对劲。他探出身子，想挪到开阔的地方去，但此时的他已经滑进两个大箱子之间的缝隙，只能摸索到两面粗糙的木板（熟悉的场景）以及脚下抵着的障碍物。他踢了一脚，听到——同时也感觉到什么东西碎裂了。

他当然知道自己已经不在地下了，但光知道这个没什么用。在地下的时候，他见识过各种状况，很少是真实的。他又踢了一脚，玫瑰花的香气充斥着整个空间。

但身下的感觉完全不对。地道不会上下颠簸，也不会把你的脊椎骨震得生疼。*妙极了，我居然沦落到了比地道还糟糕的地方*。这里的味道也不对，并且空气实在是太充足了，只能是在车上或者船上。*亚历克修斯？*没回应。那就对了，那他就不可能在地道里。

他在一辆马车上，在从萨弥拉前往艾普－卡立克的路上。他要去的是位于卡立克的验甲所。在那里，他要砍杀的是盔甲，成套成套尚未穿在人身上的盔甲。没事了，他已经不在地下了（只不过，一旦你曾在地下生活过，你就永远摆脱不了那种感觉）。他会没事的。他已经深入天国之子的领土。他是安全的。

先死后葬，历来如此。但对你，我们可以破例。

想起刚才的那阵恐慌，他觉得有点傻。于是他用手抵住马车壁，腾地坐起来，背抵着一个高高的木桶。玫瑰的香气浓得呛人。他踢碎的是装着玫瑰精油的易碎品。等到早上，马车在第一站停下来的时候，场面会相当尴尬。他俯身向前，抽动着鼻子。他的双腿沾满了那玩意儿，就像他已经死了，身上抹着香膏似的——

（他想起来了，这正是它的用途。那浓烈的玫瑰香气如此呛鼻，就连为了等待葬礼而被迫停放一个星期的尸体的腐臭都能盖住。他想起在萨弥拉，死去下士的尸体被送往军营停尸房时散发出来的臭味。葬礼一周一次，错过了就只能等下一次，所以那里需要大量玫瑰精油。）

还有迷迭香，人们用它保存肉类以及给肉类调味。天国的子民在这方面相当聪明。给点腐肉，他们能用药草、香料、香水和精油把它弄得香喷喷的。

他们可以将腐烂的肉做得比新鲜的肉还好吃。为了获得最佳口感，他们可以将无比新鲜的肉块悬挂起来，等它生蛆。从某种角度来说，在帝国，死亡并不是终点。

想着想着，他睡着了。邮差隔着靴子，轻轻捅了捅他的脚趾头，将他唤醒。天大亮了。

“梅尔贝克。”他说，好像这个词对他有什么意义似的。“要是你愿意，可以下来活动活动腿脚。”

巴达斯站了起来，两条腿像针扎一样。于是他又坐了下来。

在梅尔贝克换过马以后，下一站是艾普－里亚克。在那里，他们将和随车的护卫分开。现在的艾普－里亚克，规模小到简直不能冠以艾普的名称。但据邮差说，他从前在这里住过，当时这个城市有“两个佩里美狄亚”那么大。不过在帝国势力扩张过来后，双方展开了一场大战。漫长惨烈的攻城战后，艾普－里亚克被夷为平地。

这促使巴达斯问了一个他以前就想过的问题：帝国的历史到底有多久远？始于何时？

邮差看他的眼神像在看傻子。“帝国的历史有十万年之久，”他说，“始于天国时代。”

“啊，”巴达斯说，“谢谢。”

从艾普－里亚克到萨珊（也不知那是什么地方）的路先是攀上一座陡峭的山，接着又下到一条两面悬崖的深谷。在这里，大地像被劈成了两半。路是顺着一个干涸的河床开辟的。河流的冲刷形成了峡谷，但后来这条河断流了。在悬崖阴影的笼罩下，马车骨碌碌地一路前行。巴达斯还在想着地道里的事。这样的景色让他不禁回想起构成艾普－埃斯卡托伊地下世界主路的一条条地道。这座地下城市交织着历尽千辛万苦开凿出来的街巷，如今全都不复存在了，像佩里美狄亚一样沦为废墟，就此湮灭。然而在他的记忆里，它依旧栩栩如生，比他此时所在的充满迷迭香与玫瑰的香气、在灯光映照下显得虚无缥缈的地方真实得多。

这里是个安排伏击的理想地点，巴达斯想，*幸好我们在帝国腹地，否则大家就该提心吊胆了*。

炎炎烈日在头顶某处高高挂着，被悬崖遮蔽的地方却暗而阴凉。前路漫漫，似乎没有尽头。空气几乎不流动，因此没有风来把玫瑰花香带走。从某种意义上说，蜷缩在车厢里就像身在地道一样——又或者说，不管他身在何处，都似乎仍然在地道里。

马车停了下来。巴达斯直起身子，从行李上方伸出头张望着。

“这里是梅峦吗？”他问。

“不是。”邮差回答。

他们在山谷中，一眼望去，前方道路通畅。“那我们为什么停在这里？”巴达斯问。

“有点不对劲。”邮差站在车座上回答道。

“我不明白。”巴达斯说，“哪里不对劲？”

邮差皱起了眉头，“我不确定。”话音刚落，一支箭向他射来，射中他耳朵下方。他从座位侧面摔下马车，砰的一声砸到地上。

哦，天哪。巴达斯摔了下去，狼狈地落在一堆箱子之间。这里是帝国的中央地带，恰是天国之子势力范围的正中。众所周知，你可以将整个马车的钻石留在集市广场上，哪怕放上一晚上都不会有人来偷。

那个尚未露面的弓箭手是个谨慎从容的人，一心要等到确定没有危险的时候才会现身。这种高度专业的精神让巴达斯感到愈发不可忍受。为了不暴露自己的位置，免得有人朝他的脖子上也来一箭，他一直不敢动弹，以一种极端不舒服的姿势窝在那里。这真是太荒谬了，他想，好像我会出手阻止他们洗劫帝国邮车似的。只要能活动活动我的脚，随便他们怎么拿。为了保护十二箱玫瑰精油以及帝国邮件，让自己被一箭射死，或是渴死，又或者被炙热的阳光烤死——简直是奇耻大辱。

外面什么动静也没有。他试图把这件事的来龙去脉想清楚。下一趟马车什么时候到达？他需要知道邮车经过这条路的频繁程度。有人告诉过他，但他不记得了。藏在山岩间的那位谨慎的家伙多半知道时间表，他不像是那种在这么重要的问题上草率从事的人。他一定会留出足够的时间将货物卸下马车，再把自己需要的运走。这很耗时（除非他打算将马车赶到山谷尽头，用绳索将货物吊上去）。他带了多少朋友和同伙？最关键（也是最难以揣测）的是，他或者他们到底知不知道车厢里还有人？还是说，长时间的观望和等待，本来就是洗劫邮车的标准步骤之一？

正当他再也无法忍受腿脚的酸痛时，他听到有人在松动的岩石间爬行。当然，因为他不敢抬头看，所以不知道到底是怎么回事。但至少有动静了。不用说，他没有武器，只有一把短匕首插在靴子边，就像以前在地道里一样。比这更艰难的处境都熬过去了——真的吗？举三个例子。

“好了。”一个男人气喘吁吁地说，“你们两个，开始卸货。吉鲁斯，拉住马。阿吉斯，该死的，你弟弟带着钩子上哪儿去了？”

“我怎么知道。”一个孩子的声音回答道，语气里带着亘古以来哥哥对弟弟那种半真半假的抱怨。

“别顶嘴。吉鲁斯，把你的匕首借我用一下。巴斯，拜托手脚轻点，那可是易碎品。”

显然是家族生意。共同打劫有助于建立亲密无间的家庭关系。“不公平，”另一个孩子气的声音说道，“你说过这次轮到我拿靴子的。”

“你已经有一双靴子了。为什么你就不能乖乖地听话一次？”

他站在行李上面，背对着巴达斯，指挥着手下那帮不服管束的劳动力。巴达斯只能看到他的后脑勺。他是个秃头，只头顶一圈有几缕白发，穿着一件破破烂烂的军大衣，大衣的两肩之间有一个可疑的破洞，被缝得密密实实的。*快走*，巴达斯想。但那人看起来一点也不急着离开。“巴斯！巴斯！快放下，你会把自己割伤的，然后你妈就会冲我发火。哦，天——”

他看到我了。

那人站在那里，呆呆地瞪着他有一秒之久，这才伸手去摸拴在一根长得过头的皮带上的弯刀刀柄。那是骑兵专用的军刀，吊在他的肩膀下方，显得极不协调。*该死*，巴达斯想。要不是他腿脚酸痛，没法做出任何迅速有力的反应，他早就跑了。可现在，他没有选择。那人摸到了刀柄（圆脸膛、松弛的下巴、脸色疲倦。巴达斯以前认识一个跟他长得很像的人，在蜡烛商聚居区摆摊卖蜡烛），他费力地想拔出刀来，却因过长的皮带以及他本人极度的恐慌而受阻。巴达斯的匕首却已经握在手上（*又是老一套*），刀柄圆头稳妥地待在掌心，大拇指压在刀把的中央，轻触着标明正确位置的浅浅刻痕，指尖搭在锷叉上。他的胳膊曲起在耳后，手腕向后仰起。手臂向前时，他的手腕随之一抖，使飞出的匕首保持向上的势头，通过刀柄的重心转移而前进，并引导匕首的方向。你必须不假思索、凭本能做出这一系列动作，如果用脑子想，肯定是投不中的，又或者最后击中目标的是匕首的侧面。若不是习惯成自然，掷中目标简直是不可能的（在地道里，他总能轻而易举地在一片漆黑中朝着有声音的地方掷出匕首，之后还能把匕首再找回来）。

精彩而有效的一击，虽然不是正中靶心，却也相距不远。刀尖插进喉结处，切断了气管。不管那个男人想说什么，是咒骂还是什么经典的临终遗言，没有足够的空气都做不到。他的嘴巴张开又闭上，说不出话来。接着脚下一滑，向前摔倒在一个板条箱上（不出所料，上面标着*易碎品*）。板条箱四分五裂，巴达斯沉浸在一股清晨采摘的玫瑰的香气中。

“爹？”事不宜迟，巴达斯伸出左手艰难地横过尸体，拔出骑兵军刀（这玩意儿的平衡度烂透了，刀柄的鞍头挤压着手腕，恐怕只有长了三个关节的柔术演员才能驾驭它）。接着，他左手撑地站了起来——左脚还是麻麻的，右脚则像针扎一样痛。因为这个原因被人干掉，那可真是太蠢了……

“爹！”带着一丝慌乱的年轻嗓音响起，“巴斯，爹怎么了？”

“稍等一下。”一个脑袋从行李堆上探出来——是个女孩，大约九岁的样子，长着一张胖胖的扁圆脸（一看就是一家子）。“爹？”现在，她正盯着他，以及脸朝下趴在裂开的板条箱上的尸体。“吉鲁斯！他杀了——”

匕首再次出现在他手上，但这次迟了一步。没等他掷出匕首，那颗脑袋就缩了回去。*真希望这是幻觉*，他试图拖动脚步，顺着破裂板条箱的边缘挪动，但膝盖还是不好使，于是脚下一个趔趄绊了一跤，额角撞在木箱的尖角上。*哎哟，好痛*，他心下暗道，同时努力活动膝盖想再次站起来。有人对他破口大骂，他抬起头，看见一个十二三岁的男孩，正将一架粗糙笨重的弩架在垒起来的板条箱边缘。透过弯曲的钢制弩身以及箭头棱面反射出来的阳光，他只能看到对方的眼睛、前额和一头脏兮兮的姜黄色头发。*本能*，他想，同时手腕一抖。同样在本能的驱使下，他大声说了一句“谢谢”。那颗头往后一仰，带着他的匕首消失了。

在听到女孩尖叫声的同时，他把弯刀换到了右手。*要是她捡起了那把弩，那我的麻烦还没完*，他想着，将重心落在左脚上，疼得打了个哆嗦。*腿啊腿，拜托了，现在可不是耍脾气的时候*。也许他们只有三个人：父亲、儿子和女儿；也许他们还有其他该死的亲戚埋伏在岩石之间：兄弟、姐妹、叔伯、姑婶、侄子、侄女、隔着不知几重关系的表亲、祖父、祖母，还有一个装着午饭的野餐篮。真希望此时能醒来，出现在别的地方。不过，如果能把匕首拿回来，我也可以勉强接受。

对了，阿吉斯，还有一个叫阿吉斯的小孩。根据名字推测，应该是个男孩。那么，面对这种情况，一个好男孩会怎么做？他会拖着同样也是孩子的妹妹，躲得远远的吗？要是我就会这么做（话说回来，我当年可没这么做）。他会来追杀这个毁了他的亲人、他的家、他的生活的大恶人吗？哦，希望不是如此，真的真的别——

在地下待久了，一旦背后有人，你总能察觉到。当男孩跳下来的时候，巴达斯迅速扭过身来，试图保持平衡以便站立起来。举起刀，做出惯常的反手格挡动作，这个动作应该配合避让的步伐，略微往旁边跳一下。如果不是被困在马车的后车厢，困在装着香水和饼干的板条箱之间的狭窄空间里，拖着又疼痛又笨重的双腿，抬头时太阳还直射在眼睛里的话，他本来是该这么做的。而实际上，他眼前一片模糊，凭借本能（又是本能），抓准时机使尽全身力气一刀挥出。男孩的血飞溅在他脸上，这说明他割断了对方的颈部血管。错误的步伐，然而正中靶心。

这一下够厉害的，差点没把男孩的头砍掉。希望你就是阿吉斯，他想着，又转了一圈。此时若还有人冒出来，那就太可恨了。在他头顶上方某处，还有一架放置在行李堆上的弩，弦已拉开上好，箭在弦枕中。幸好阿吉斯脑子不灵，全然不顾旁边有架完美无缺的弩，反而试图拿木工用的手斧从背后偷袭他。这一家子都不怎么聪明，要不然他们也不会挑了这么个谋生方式。

我受够了，让我们离开这里吧。先前被固定好的板条箱稍稍移位，露出了脚趾头大小的空隙，正好可以让他踩着爬到行李箱的顶端。他跨过弓弩，跨过眉心插着匕首的死去的男孩，最后下到车座上。要是在山岩间还有个手持弓弩的八竿子打不着的表亲，他早就完蛋了。既然到目前为止都没有动静，那就说明没事。他抓起缰绳和鞭子，努力回想驾驭马车的方法。大概跟赶一辆运干草的马车没太大的差别吧，尽管自从我过了——呃，吉鲁斯那个岁数以后就没有再赶过马车。还好，没有人对他射箭，试图从背后抹他的喉咙，或者把石头从山上滚下来压死他。

“你不是经常来送信的那个邮差。”梅峦驿站的人一边伸手接过缰绳一边说道。

“邮差死了。”巴达斯解释道，“有人试图打劫邮车。”

那人万分震惊，“你开玩笑吧。”

“真的。不相信的话，自己跳上来数数尸体。”

“你把他们都杀退了？”那人问道，“你自己一个人？”

巴达斯摇摇头。“不算什么，”他说，“毕竟我是战争英雄嘛。再说，这几个大多数都只是孩子。”

五

这场战役实际上已经结束了，持续时间很短，基本上是一边倒。之所以杀得那么惨烈，主要是因为反叛军在败局已定的情况下，非常可恶地拒绝投降。血战说起来好听，但说到底也只有即将取得胜利的那一方才觉得有意义。

特姆莱的指挥可以说是教科书式的。一开始利用散兵攻击，驱散敌方中军，赶进杀戮圈；接着以重骑兵主力部队进行精彩的侧翼包抄；最后是构思和执行都相当完美的追击以及对幸存者的清理。事后，库莱将军评价道，这样一场大师级的战役居然浪费在一帮本来就没机会赢的叛徒和失败者身上，真是太可惜了。几轮箭阵，外加一次简单的冲锋，几分钟内就能搞定这帮人。之后在他们逃跑的时候出动重骑兵队追击即可。这样既简单又有效，还能避免最后那个尴尬场面……

当召集弓骑兵与枪骑兵合围的号角响起，大局已定，只剩最后的屠杀时，一名敌军头目在临死前看到了特姆莱亲兵队的旌旗，带领残余部队不要命地朝那个方向进攻。不用说，只有少数几个叛乱分子得以破开重重盾墙，杀到防卫线的边缘，然后被卫兵的长矛和长戟捅穿。两个连队只有不超过四个人能够进入特姆莱本人的攻击范围。这四个人当中，只有一个对国王造成了实质上的伤害。只要往左偏那么一点，他们的这番努力就没有白费。

差一点成功的那个，虽然不知道是谁，但绝对是满腔怒火。当他横冲直撞地闯过防卫线内圈时，身上受的伤足以让一个正常人倒下了：腹部两个被长矛刺穿的洞；一道斜贯右脑的口子，头皮深度割伤以至于鲜血四溅；左肩头挨了一刀，导致左臂不听使唤。此时他居然还屹立不倒，而且右手还能战斗。有人反手一刀砍来，他设法躲过了，大约半秒之后，他的颅骨被人从背后劈开。而他躲过的这一刀却砍中了特姆莱的脖子，刀刃恰巧落在护喉边缘，卡在向外卷曲翻折的金属边上。特姆莱挨了这么一下，不禁手臂乱挥。这一刀的力量大到足以噎住他的气管，让他久久无法呼吸，久到他几乎认定自己要完蛋了。他猝不及防地双膝跪地，脑袋恰好挡在另一个卫兵向后挥舞兵器的动线上，于是他的头盔前部重重挨了一下，好似被铁匠的锤子敲过一般。他以一种无可救药的扭曲姿势倒在地上，周围全是腿和脚踝。他蜷成一团，几乎窒息而死。过了很长时间，才有一两个卫兵发现了他，在别人踩到他之前，将他扶了起来。

等到他终于站直，恢复正常呼吸的时候，战役已经基本结束，只剩下收割人命的苦差事。几名卫兵赶忙护送特姆莱离开混乱的人群，回到宁静祥和的营区。一名护甲匠人不得不用刀割断变形的护喉上的系带，才得以将它卸下。一名外伤大夫察看了一眼狰狞丑陋的瘀肿部位，敷上巫医的草药，向特姆莱保证不会留下长期后遗症。

“幸好你戴着那玩意儿。”缇尔丹事后说道。她拿着残缺变形的护喉，仔细打量。“要不是有一圈卷起来的边，你早就完了。大概这就是设计卷边的目的吧。”

库莱将军摇摇头。“其实并非如此。”他说，“这一圈主要是防止锐利的边缘挨着你的脖子，把你割成几段。”

“哦。”缇尔丹答道，“看来，这次纯粹是运气好。”她微微颤抖着将护喉放下，似乎上面沾满了血。“你真的需要这么做吗？”她问道，“我是说，每次都亲自上战场。你就不能待在后方，让其他人负责阵前冲锋吗？毕竟你是国王，要是你牺牲了，天晓得会怎么样。你既不是大力士，又不是神箭手之类的。”

“谢谢。”特姆莱严肃地说，“我会记住这点的。”

缇尔丹皱起了眉头。“我没说错啊，你本来就不是。”她说，“还有，别那么看着我，你知道我说的是对的。”

“你说的自然是对的。”特姆莱苦涩地笑了笑，“你甚至可以指出，每次我在战场上遇到麻烦，都意味着会有其他人冒着生命危险来救我，因此，上战场是一种不负责任的冒险。不幸的是，我对此无能为力。”

“是吗？”缇尔丹站了起来，怀里抱着她正在编制的厚重毛毯。“真是万分抱歉，我以为你是国王呢。是我弄错了。”

特姆莱叹了口气。“是的，我是国王。”他说，“这就是为什么我别无选择。我的子民需要看到我成为他们中的一员，和他们并肩作战，有难同当……”

“但你跟他们不一样。”缇尔丹指出。她把毯子摊开，对折后夹在下巴底下，便于折叠。“你周围有卫兵重重守卫。你从头到脚都穿着昂贵的进口盔甲。再说了，你凭什么认为，所有人自始至终都把他们的眼睛盯在你身上？要是我是士兵，我会一直盯着敌人，才不会时不时转头看看在人群中有没有国王的脑袋冒出来呢。恐怕，除了你，没有人会浪费时间去想这件事。”

“这不是——”

“不管怎么说，”缇尔丹继续说道，“要是我是士兵，我不会希望我的国王兼总司令坚守在前线，对战况的发展毫无头绪而且一不小心就会送命。我会希望他站在某处的山顶上，在那里他可以纵观全局，给军队下达命令。”

“好了，”特姆莱说，“我明白你的意思。也许这么做不是很理智，但却是我的做事方式。再说，现在收手，恐怕会给大家传达一个错误的信息。你以为我愿意被敌军中每一个有自杀倾向、喜欢逞英雄、意图通过拼命一搏来结束战争的疯子盯上吗？”

缇尔丹挑起一边眉头看着他。“你不喜欢，不代表你必须这么做。”她说，“听着，如果你真的很在意大家的想法，为什么不让哪个将军当着全军上下每个士兵的面向你公开陈情，请求你不要冒不必要的风险呢？这样每个人都能听到。你可以说一些，大家如此关怀令你感动不已，但这是你的职责之类的废话，然后大家会纷纷劝你：将军说得对，你应该照顾好自己。于是你在摆脱困境的同时，还能满足子民的愿望。就这么简单。”

就这么简单，当天晚上，特姆莱清醒地躺在床上的时候想道。*就这么简单。可事实是，这些日子以来，我的内心是如此恐惧，这是我防止自己一看到敌人就逃跑的唯一方式。打什么时候开始的呢——啊，自打火烧佩里美狄亚，让巴达斯·洛雷登的剑指向我的时候。*

他闭上眼睛，那一幕又浮现在眼前。隔着一剑之遥，巴达斯·洛雷登上校对他怒目而视，磨得锃亮的金属剑身映照出他的眼睛。这是很久以前的事了。他打听到的最新消息是，洛雷登上校如今在行省政府的军队里是一名中士，正在前往帝国的腹地，担任某文职工作。*从我的生活中就此消失了*，他试图说服自己。但他知道这么想没用。*我将佩里美狄亚付之一炬，仅仅是出于对一个人的恐惧，但他还活着，于是我只能等着，等他找上我。*特姆莱忍不住笑了。国内的叛乱、帝国势力的迫近，这些威胁本该让人无法入眠，但他的脑子被巴达斯·洛雷登的幽灵占得满满的，既没有时间也没有精力去想其他事。最可笑的是，我是胜利的那一方，我摧毁了世界上最大的城市，结果我却是被吓得不敢合眼的那一个。不知道他能不能睡踏实，说不定，他也因为我而辗转难眠呢——

"卡纳迪，"男孩说道，声音大得足以盖过下一轮齐射。"你醒着吗？"

卡纳迪转过身，睁开眼睛，"没有。"

男孩气呼呼地瞪着他，"你觉得身体怎么样？"

"糟透了。"卡纳迪回答，"你自己呢？"

他看起来很生气，卡纳迪想。大概我在他这个年纪的时候也一样。尖刻无礼让年轻的我看起来相当讨人嫌。男孩的眉头皱得更厉害了。

"你知道了，对吧？"他说，"这些都是草原人，是敌人。被他们救了，我们的运气可真好。"他畏缩了一下，脸皱了起来，似乎被黄蜂叮了一下。"现在我们该怎么办？"

卡纳迪转了一下眼珠。"就我自己而言，"他回答道，"我打算在这里躺到身体好点再说。你要怎么做随便。"

"卡纳迪！"

"对不起，忒乌达斯。"卡纳迪艰难地用一只胳膊肘撑起自己，"但事实上，我们没多少选择。我的身体差到连床都下不了。你想回家的话，可以想办法自己一个人回去，但别问我该怎么办，因为我也不知道。再说，"他补充道，"我喜欢这里。有好心的妇人给我送来食物，还会问我感觉好点没有，而且也不需要工作。"

忒乌达斯·莫罗辛猛地扭过脸去。他教养太好了，无法顶撞长辈和上级。这么好的举止，他是从哪儿学来的？卡纳迪疑惑地想。多半不是巴达斯·洛雷登教的，那大概是岛上的艾希莉·佐希思了。

“如果这是你的态度，”忒乌达斯说，“那好吧。我只希望，当他们发现了我们的身份、把我们的脑袋高高挑在营地中央的柱子上时，你仍然觉得这事有趣极了。”

卡纳迪叹了口气。“是啊，”他说，“那我们到底是谁？我们有什么极其秘密的身份，需要不惜一切代价瞒过他们？”

忒乌达斯哆嗦了一下。“我们是佩里美狄亚人，”他嘘了一声，“你忘了吗？”

卡纳迪摇摇头。“你也许是，”他说，“我不是。我和你一样，是联合海洋共和国的公民，这个国家更常用的称号是‘岛屿区’。据我打听到的最新消息，现在岛屿区和特姆莱国王的关系是空前地好。身为中立国家的公民的好处是，你很少会因为住在哪里被杀。”

忒乌达斯张开嘴，又合上了。卡纳迪几乎可以猜到此时他脑海里在想什么，纷杂得如同一大群归巢的白嘴鸦。“事实上，”他说，“你说得不对。你是沙斯特公民，不是吗？不过，在这种情况下，也没什么差别。”他补充道。

“错了。当我开始在当地拥有不动产的那一刻，我就已经算是岛民了。只要我在艾希莉银行的账户上有贷方余额，我的公民身份就是货真价实的。再说了，你不会以为他们随随便便地允许我这样的外来垃圾加入基金会吧？”

忒乌达斯耸耸肩。“不管怎么说，”他说，“这都不重要。是的，你说得对。是我慌了手脚，对不起。只是，”他加了一句，脸上露出了痛苦的表情，似乎被火烧到了。“我恨这些人。什么也改变不了我的想法，尤其是在佩里美狄亚亲眼看见了那一切之后。当时你不在，卡纳迪，你没看到……”

“幸好没有，”卡纳迪坚定地回答道，“对此，我要郑重地表示感谢。这并不是说我不恨他们，但只要我们还是他们的客人，我们就要低调从事。好吗？

这样就有机会让他们安排我们搭上一艘船，送我们回家。”

忒乌达斯垂着头。“对不起，”他说，“我知道，我一个人上路走不远的。”他抬起头笑着说，“幸亏有你照顾我，真的。”

“我也一样。”卡纳迪说完躺了回去，闭上了眼睛。“没有你，船只遇难以后我走不了多远，就算用绳子量，恐怕也是极短的距离。”他吐出一口气，让自己放松下来。“你要找点事来干的话，”他继续说道，“去找那位好心的女医生，看看你能不能让她送个信去海边，打听一下近期有没有我们那边的船只到港，如果有，是什么时候到。态度好点，好吗？别管她叫什么双手沾满鲜血的凶手之类的，你懂的。”

“是，叔叔。”

男孩走后，卡纳迪闭上眼睛准备睡觉。结果，他发现自己又回到了那个危机四伏的场景：草原战士攀着窗户想爬进他的房间，在窗台上留下斑斑血迹。

“你在这里干什么？”战士说。

“我不知道。”卡纳迪回答，“我也不想在这里。”

“没门儿。”他宽阔的肩膀抵着窗框，正在用力挤着，想让肩膀和墙之间出现一点空隙，好钻进来。他看起来很强壮，应该能做到。“你属于这里。”他咧嘴笑着补充了一句。

“不，我不属于这里。”

“恕我不能苟同。你本来就该在这里。现在，你终于来了。迟到总比缺席好。”

卡纳迪想下床，但他的腿却动不了。“我不是真的在这里，”他抗议道，“这只是个梦。”

“我们走着瞧。”那战士说完大喝一声，窗框的木头裂开了一道缝，“照我看来，你就在这里，而且会永远待在这里。这么说更恰当。”

卡纳迪的手向后摸索，抓住了床头板，用力往后缩。“是我让你这么说的，”他说，“因为我心中愧疚。你根本不存在。”

“你说什么呀，”士兵回答道，“我就在这里。给我一分钟时间，我马上证明给你看。”

卡纳迪使尽浑身力气，终于坐了起来。他想把脚挪到床边，但腿完全失去了知觉。

“再说了，”士兵继续说道，“我说的都是实话，不是吗？你来了，回到了佩里美狄亚的土地上，你属于这里。事实上，你从未真正离开过。这一点，你自己也知道。”

“走开，我不相信你的话。”

士兵大笑起来。“这是你的权利。”他说，“只是你错了。你无法自欺欺人。对此，你心里一清二楚——阿格里安尼斯的《幻与实》第三部，第六章，第四到七段。我之所以知道出处，是因为它就在这里，在你的脑海里，谁都看得到。”他用力一扯，窗框的中柱被扯松了，“在那几段论述中，阿格里安尼斯假定你观察到的现实世界与最符合元理运行规则的一系列事件之间出现分歧，那么，在缺乏确凿证据的前提下，应优先接受后者。换句话说，证据。若你能证明你不在这里，我就让你离开。否则——”

“好吧，”卡纳迪轻声说道，“你需要什么样的证据？”

“证据——”士兵重复着这句话，他的脸忽然变成了菲尔登医生——他刚才让忒乌达斯去找的那位好心的女士。她皱着眉，一脸担忧。

“你还好吗？”她说。

卡纳迪看着她的眼睛。“我在哪里？”

“这里从不下雨。”新的邮差忧虑地说，他狼狈地一手举着袋子遮住头顶，一手拽着缰绳。“唉，一年大概一两次吧。现在居然下雨了。这雨不太对劲。”

巴达斯没有袋子可举，只能把领子竖起来包住脖子，“我看，这就是再平常不过的雨。”

邮差摇摇头。“不可能。”他说，“哎呀，没错，这当然是雨，但这里惯常下的可不是这种雨，而是瓢泼大雨，还没等你回过神来，车厢里已经浸满水了。那雨大得你连十码之外的地方都看不清。现在这样——唉，就是普普通通的雨，跟我们科里昂的雨一样。”

巴达斯打着哆嗦。这普普通通的雨正从他的额头流进眼睛。“是啊，”他说，“我们中邦下的也是这样的雨。一年大概有三分之一的时间，包括整个春季以及晚秋的一段时间都在下雨。真是把人困在室内的好天气。”

“我们到了，”邮差说，“艾普-卡立克。你的目的地，记得吗？”

“什么？哦，对了。抱歉。”巴达斯眨着眼睛，想把雨水挤出去，但只能模模糊糊地看到山谷中有一栋方方正正的巨大灰色建筑，而山谷就在他们刚刚绕过的那座山丘脚下。“这么说，那就是艾普-卡立克。”他随口说道。

“那个？”邮差大笑起来，“众神啊，不，要到真正的艾普-卡立克，还要沿着这条路走半天左右。这是艾普-卡立克军械厂。完全不是一回事。”

“啊。”巴达斯用湿透了的袖子擦擦眼睛，马上重新拽紧领口。那建筑看上去没什么变化，暗灰色的一栋，方方正正的。“就把我放在这儿吧。”

“见鬼的破地方。”邮差继续说，“我一个哥们儿曾经被派到那里驻守。他跟我说，那里什么都没有，完全没办法打发时间。有一个供他们往肚子里灌酒的可怜兮兮的小餐厅。没有女人，只有那帮打造锁子甲的可怕家伙。他们的手跟蹄铁匠的锉刀似的，粗糙又强壮——”他打了个哆嗦，积在袋子褶皱里的雨水一下子全倒在了巴达斯的膝盖上。“还有灰尘，”他继续说道，“灰尘是最要命的。在那儿待上一个月，你吐出来的沙砾足以打磨一块胸甲。难怪他们全死了。”

“不是吧。”巴达斯回答道。

“这还是在噪声没把你逼疯的前提下。”邮差继续说道，“一天三班，咣、咣、咣，从早到晚不停，耳朵聋了算你运气好。还有致命的高温。”邮差说下去，“我的意思是，行省政府就爱在西疆那该死的沙漠中建造最大的锻造厂。经常有笨家伙因为喝了卤水而发疯。”

“什么水？”

“卤水，”邮差重复道，“就是盐水，用来淬火的。天太热了，他们渴得不行，就从淬火缸里舀水喝，结果就发疯，死掉了。每年都有三四个。他们知道喝卤水会死，但在那里待了一段时间以后就顾不得了。”

巴达斯决定换个话题。“用盐水淬火，”他说，“这我倒不知道。”

邮差摇摇头。“淬火可以用各种材料，”他说，“看他们要造什么。盐水、油、猪油、淡水，好像还有融化的铅水。不过，那可能是用来退火的？不记得了。我那哥们儿不愿多提这些。只要一想到那地方，他就感到郁闷。”

“是吗？”巴达斯说。

又过了几百码，巴达斯听到了噪声。正如邮差所言，无数铁锤发出咣咣的敲击声，完全没有节奏，就像大颗大颗的雨滴打在石板屋顶上一样。“室内更响。”邮差告诉他，“里面空间很大，声音在墙壁和天花板之间回荡。在这种地方工作过的人，很容易就能认出来。他说话是用吼的。”

巴达斯耸耸肩。“我不介意吵一点。”他说，“以前待的地方有点太安静了，我不喜欢。”

邮差沉默了一会儿，然后继续说道：“还有一点，他们的左手会废掉——他们是用那只手压着东西的，对吗？长年累月的碰撞和冲击让神经受损，到最后你什么都拿不住。一旦出现这种情况，他们就会被送去沙漠要塞。说真的，还不如直接给他们的脑袋来一下呢。”

邮差让他在门口下车（这里只有一道高大的、镶嵌着铁钉的双扇橡木门，坚实得足以捍卫一座城市），然后掉头消失在雨中。巴达斯用拳头砸着大门，等在那里，直到他感觉到雨水渗进了靴子里。

“报上名来。”正当他四处张望的时候，门上的一块嵌板打开了。“对，就是你，名字。”

“巴达斯·洛雷登。你也许——”

大门上的一道暗门开了。“副官在等你。”声音是从一顶湿透了的深深的兜帽下传来的，“穿过中庭，右手边第三个楼梯，上到四楼，在楼梯口转左，再转右，在第六条过道处左转，左边第四个门。如果迷路了就找人问问。”

兜帽人飞快地闪进门房墙上的一处凹台里。巴达斯无意在此久留，匆匆走过中庭。能看出中庭的地面是一片焦土，年头久了，形成了砂浆一样黏稠的灰色泥浆，在他走过的时候黏在了靴子上。穿过中庭的时候他注意到一连串巨大的人字架，两两由横梁连接在一起，有可能是攻城器，也有可能是生产线的吊架。一路上他没有看到任何人，所有能俯瞰中庭的窗户都安有遮光板。

中庭的另一头是一座似乎想建成塔楼却半途而废的建筑，同样建得方方正正，有十层高，面向中庭有十二个楼梯口。中庭的两侧分别立着一座两层楼建筑——又或者，就是在屋顶挑高的一楼上另有一个小阁楼。四面都有长廊以及安有遮光板的窗户，没有门。他数到右边第三个楼梯口，开始攀爬又高又陡的螺旋梯。楼梯间很暗，脚下很滑（他看不到雨是怎么渗进来）。楼梯的坡度陡得吓人，没有栏杆或绳索让他扶着。在这种楼梯上最好别迎面撞上人，除非你想摔到下一层去。他还记得地下，和这里有一定的相似度（当然除了一点：在地下，你唯一不可能的死亡方式就是从楼梯上摔下来）。

左转、右转，在第六条过道处左转，进入左边第四个门。他发现自己正喃喃自语，像传说里的英雄人物，念着保护咒经过亡者国度的守门人。他暗自责备自己居然产生了如此负面的想法：别傻了，他对自己说，等你安定下来，说不定会发现这里乐趣无穷呢。

走廊上有灯。小小的油灯被安放在深深的壁龛中，闪烁着微光，提供了堪堪照亮前方的光芒。巴达斯发现，用工兵的技能，通过闭上眼睛感受迎面而来的气流变化来判断何处转弯似乎更为可靠。这是我在军伍生涯中学会的有用技能之一，他一边想一边低头避过一道看不见的低矮门框。

在找左边第四个门时，他遇到了麻烦：这条过道上只有三个门。他敲了敲第三个门，等在那里。正当他以为自己走错了路的时候，门开了。他发现自己仰视着一个肩膀宽阔、脸相当圆的高个子，一个光秃秃的脑袋两边各留着几绺白发、沿着下嘴唇的曲线有一圈小胡子的天国之子。

"洛雷登中士，"那人说道，"进来。我是阿斯曼·伊拉。"

巴达斯完全没听说过这个名字，但他毫不介意。他跟着此人来到一间又小又暗的房间。这房间不比他刚离开的走廊宽多少。这里的照明来自四盏小油灯，油灯安放在一个与他的肩膀等高的纤细的铁制灯盏上。窗户远在屋子的另一头，但窗子被人从里头拴上了，遮光板也合着。房间里有三面墙是光秃秃的，一张板条桌靠着第四面墙。桌面上什么也没有，桌子上方似乎挂着一副美轮美奂的科里昂挂毯。可惜灯光太弱，看不清颜色。

"来自哥拉赞的战利品。"那人说道（巴达斯从未听说过哥拉赞这个地方），"我的祖父是第六营的指挥官。暴露在日光中会褪色，所以我把遮光板给合上了。"

"啊。"巴达斯说，尽量让对方觉得他听到了一个详尽的解释。"我来报到。”他补充道。

阿斯曼·伊拉以优雅的姿势指了指一个小小的三足凳。这凳子的一只脚比另外两个短，巴达斯坐上去时，凳子令人担忧地倾斜了一下。“产自艾普－希德尔，”阿斯曼·伊拉说道，“在它被大火烧毁以前。那是我的第一个派驻地。以当地的紫檀木打造而成，配以精美的乌金镶边。欢迎来到艾普－卡立克。”

“谢谢。”巴达斯说。

阿斯曼·伊拉坐了下来——他的椅子看起来比凳子更不舒服。不过，也许这椅子也有什么来历，巴达斯并没有听到对方提起。“这么说，”他说，“你是艾普－埃斯卡托伊的战争英雄。无论从哪方面来说，这都是个了不起的成就。”

“谢谢。”

“迷人的城市。”阿斯曼·伊拉继续说道，“我——呃，大概三十年前吧，在那里待过一段时间。我永远忘不了在总督府的国家套房中看到的那些雕工精美的象牙家具——格外与众不同，世上任何地方也找不到与之类似的工艺。伊尔万的工匠一直尝试着想要仿制，但你很容易就能看出区别。几乎一走进房间，就能察觉那笨拙的模仿。我有一个表兄弟在行省政府工作。他答应帮我从主会客厅弄一副三联屏。当然，若想要拿到一对，那就太贪心了。”

等巴达斯适应了房间里昏暗的光线，他很快就辨识出了各种椅子、柜子、书匣、讲台、凳子以及不少其他的便携小家具的轮廓。它们全都叠在一起靠墙放着，上面盖着深灰色的被单。“我的工作职责。”巴达斯满怀希望地提醒了一句，但阿斯曼·伊拉似乎已经忘了他在这里。

“这个房间里的每一样物品，”过了很久，他终于说道，“都来自陷落的城市，是我或我的祖先在战争中得到的战利品。其中一些，我敢说，相当独特，比如那个灯盏。我相信这是仅存的一件希纳林锻铁工艺品。城市虽然已经不在了，但它的部分文化遗产却在我这里留存了下来。至于你的工作职责，那是不言而喻的。”

巴达斯能听到从远处传来的咣咣锤打声，声音很微弱，刚好可以穿透进来。“不好意思，我必须承认，”巴达斯说，“我对这里的工作只有一个大致上的认识。我不知道是否——”

阿斯曼·伊拉没有在听，他看向大门。“你的主要工作，”他说，“是监督。你在这一行的经验将会派上大用场。当然，论起钉铆钉或是敲钉子，我不怎么在行。毫无疑问，他们会利用这一点。库存屡屡被盗是我们最大的麻烦，其次是不断上下波动的需求量。有时候我很疑惑，行省政府是否知道‘阶段性采购’这个词的意思。”

巴达斯在歪斜的凳子上挪动了一下身子。这凳子似乎是设计给个子比较矮小的人坐的，甚至有可能是给孩子用的。他有点为难，不知道是否应该指出自己对盔甲的制作一窍不通，最后决定不提也罢。

“不过，面对这些麻烦，”天国之子继续说道，“我们尽量设法应对。很幸运，我们在艾普－卡立克拥有这么多的能工巧匠。这让我们具有一定的灵活性。你的宿舍能满足你的需求吗？有什么问题或疑虑，尽管跟我或运营队长说。毕竟，凭白让你在这里待得不自在，没什么意义。”

“至于技术问题，”阿斯曼·伊拉小心翼翼地吞下了一个呵欠，“你可以咨询工头马吉。我不能保证他是否完全值得信任，但至少我敢说他不会比大多数人更糟，而且他很懂行。他帮我修好了一套烛台。那烛台出自里奇登，缺了涡卷装饰以及碟状的托盘。修好以后，不拿到强光下看，根本看不出来修补痕迹。这是我的曾祖父从科伊尔的图书馆里拿到的，因此有缺损一点也不奇怪。”

强光，巴达斯想，*在这里没有被强光照到的危险*。“谢谢。”他说，“就这些吗？”

阿斯曼·伊拉一动不动地坐了一会儿，目光凝注上方某处，锁定在巴达斯的头左边。“记住，”他忽然开口，“我的门随时向你敞开。一出现问题就处理，比起遮遮掩掩直到事态恶化要强得多。毕竟，”他补充道，“我们都是同一阵营的，对吧？”

“马吉。”巴达斯第三次吼道。那人摇摇头。

“没听过这名字，”他吼回去，“你为什么不问问工头呢？”

巴达斯耸耸肩，笑着走开了。*看来得想法子应对这里的噪声问题*，他一边想一边在工作台之间绕来绕去，竭力避开机器和挥动的锤子。*不管怎么说，跟地道里的生活相比，这算是个变化*。

他终于找到了工头（他的名字叫哈吉，不叫马吉），那人正蜷缩在长廊墙壁上一个小小的凹台里酣睡。哈吉是个短小精悍的汉子，六十出头，前臂很长，骨骼突出，有一双大手——是巴达斯见过的最大的手。他的右肩比左肩高，还有一头又粗又硬的白发。

“巴达斯·洛雷登，”他重复道，“战争英雄。好，跟我来。”

哈吉动作敏捷，在拥挤的工坊里不时低头闪躲，迈着小碎步向前走。他并没有特别关注前进的方向，却把小心翼翼的洛雷登远远地甩在后头，中途还不得不两次停下来等待。和巴达斯在工坊里见到的每个人一样，哈吉也穿着一件从下巴到脚踝的长长的皮围裙。他穿着巨大的军靴，靴子前头包着钢片，围裙口袋里塞满了小工具和许多破布。

“你来不来？”

“对不起。”巴达斯说。

“这边走。”哈吉说道，片刻之后就消失了踪影。巴达斯站在那里有那么一两秒时间，想看清他去了哪儿，接着才看到长廊的墙上有一扇低矮的小拱门，在昏暗的光线下几不可见。他不得不弯下腰，将身高降低一半才能穿过去。

拱门后是一条又短又窄的通道。通道的尽头是另一道吓人的陡峭楼梯。楼梯向上转了四个弯，汇入一道离地面很高的木板搭建的天桥。天桥上没有安装扶手。*真没想到*，他想着，往下瞥了一眼。*大概我生来就恐高，却直到现在才发现这一点*。他将目光锁定在天桥尽头的门上，那道门通向长廊的后墙。哈吉就在门后某处——除非他掉下去摔死了，又或者变成了一只鸟。巴达斯深吸一口气，跟了上去。他的手紧握在背后，坚决不往脚下看。

门后面是另一条狭窄的过道，右转之后向前延伸到黑暗中。每隔一小段距离就有一道打开的门通向别处。其中一道门开着，巴达斯走了进去。

“你来了，”黑暗中响起哈吉的声音，“对了，我们到了。这可是个好房间。”

巴达斯用手摸索着，沿着墙向前走，直到被什么东西挡住。他伸手摸去，摸到了粗糙的木头。那是平整的木条以及一根横杆。他将横杆抬起，横杆却从他的手指间滑落，掉到了地上。他继续摸索着，直到发现了把手，于是拉了一下。遮光板打开以后，房间里瞬间充满阳光，一间像牢房一样简陋的屋子展露在眼前。一块搁板从墙上伸出，上面是一床折好的毯子和一个泛黄的枕头。窗下另有一个壁架，上面放着一个朴素的土黄色陶壶和一个白釉锡盆。仅此而已。

“谢谢。”巴达斯说。

哈吉啧啧摇头。“你不喜欢这里，我看得出来。”

“不，不，”巴达斯说，“挺好的。说起来，我以前住得更差。”

“真的？”哈吉说，“在潮湿的季节，大多数人都睡在屋顶或者工坊台子下面。”他环顾四周，似乎想鼓励巴达斯继续挑剔些什么。“有人跟你说过，你具体该做些什么吗？”

“没有，”巴达斯说，“副官说了些关于监督的事，但——”

哈吉笑了，“他说什么，你用不着当真。工头才是这里真正管事的，这理所当然。”

“原来如此。”巴达斯说，“那我是什么职位？工头？”

哈吉摇摇头。“说真的，你什么都不是。”他说，“他们时不时把没法塞到别处的人派到这里来。一般来说，只要这些人不指手画脚，就不碍事。你可以爱做什么做什么，只要别插手这里的事就行了。让我们看看，每个月的最后一天发薪水，刨去两夸特装备和制服费，三夸特给伤亡援助会，两夸特滞留金，剩下的都是你的。不过，要是你有脑子的话，就该像其他人一样，把钱存在仓库后面的大保险柜里。根据经验，最重要的一点是，东西不要乱放，除非你不介意被偷。小偷小摸在这里很常见。大家都无所事事，明白吧。好了，食堂在每一班次结束后开放。你有资格去塔楼地下室的军官食堂，但那里贵，一天一夸特还不包葡萄酒或啤酒。你也可以跟我们一起在餐厅吃饭。随便找个人问问，他们会告诉你餐厅在哪里。”

巴达斯点点头。“谢谢。”他说，“滞留金是什么意思？”

“滞留金，”他重复了一句，“一个月两夸特。你不知道什么是滞留金吗？”

“对不起，”巴达斯说，“我们工兵队没有这玩意儿，或者，至少叫法不同。”

哈吉微微叹了口气。“滞留金是从每个人的薪水里扣除一部分作为遣散费。你知道的，”他补充道，“就是当你离开军队的时候，等你上了年纪之类的时候用的。你可以拿回自己放进去的钱，外加退伍金，扣除停工损失费、罚款、税金、免税额等等，你们在地道干活的人没有吗？”

“没有。”巴达斯说，“我想，大概是我们这类人要活到上了年纪的概率实在是太小了，不值得折腾这些。"

"不管怎么说，"哈吉说，"反正我们这里有。对了，还有什么需要跟你交代的？没有了吧。有什么不懂的，随便找个人问问，好吗？"

"好的，"巴达斯说，"谢谢。"

哈吉点点头。"好了，"他说，"现在我该下去了，否则整个部门都得停工。"

他走了以后，巴达斯在床上坐了一会儿，看着对面的墙，听着锤子的敲击声。*求仁得仁*，他愉快地对自己说，*在这里要避开麻烦肯定没问题。我会喜欢这里的*。自我安慰没什么效果。首先，他能听到锤子持续不断的敲击声，就算用手捂住耳朵，还是能清楚地感受到声响带来的震动。*跟地道比起来，这里至少是在高高的地面上*，他试着给自己鼓劲。*而且，在这里没有人要杀你。光这点，就值了*。

在自己的房间待了一个小时之后，巴达斯小心翼翼地沿着过道走回去，上了天桥，再下楼梯来到长廊。他站了一会儿，任凭噪声将他包围，努力去欣赏它而不是排斥它，然后走向最近的工作台。在那里，一个人正在用重载台式剪板机切割一块钢板。

"我是巴达斯·洛雷登。"他吼道，"我是新来的——"他在脑子里疯狂地搜索着，想找一个听起来比较正式的词，"新来的副督察。介绍一下你正在做的事。"

那人看着他，好像在看一个疯子似的。"切割啊，"他回答道，"你觉得我在做什么？"

巴达斯板起了脸，皱着眉头。"我不希望在这里看到这样的态度。"他说，"描述一下你的工作方式。"

那人耸耸肩。“我从设计部门拿到这些已经勾好线条、用蓝色标注出来的钢板，”他说，“把钢板切割出不同的形状，放在这个托盘里。托盘满了之后，有人下来把它拿到那里去。”他把头一点，示意工坊另一头的某处。“就这样。”他总结道。

巴达斯抿着嘴唇。“好，”他说，“让我看看你是怎么操作的。”

“为什么？”

“我要看看你做得是否正确。”

“随便吧。”那人举起另一块钢板，将它面朝下放在工作台上转动着。他一手拿着钢板，一手握着剪切机长长的控制杆，把钢板送进切割口，同时压下手柄。这种切割方式比巴达斯想象的轻松得多，除了剪刀的其中一个刀片是固定在工作台上以外，其余部分看上去跟剪裁布料的工具一模一样。在剪转角的时候，他挪到了固定在工作台另一端的另外一个工具面前。这个工具同样有长长的控制杆，只不过上方不是剪刀片，而是带着锯齿形刀口的圆盘刀具。

“到目前为止还行吧？”那人问道。

“还行，”巴达斯嘟囔着，“好好干。”

那人抑制不住一脸自鸣得意的笑容，不过他也用不着掩饰，“这么说，你不想看第三个步骤了？”

“什么？哦，当然要看，为什么不呢？”

那人将切好的钢板夹在一台巨型台式虎钳上，小心翼翼地将边缘与钳口边对齐，这样，被剪切机剪出来的凹凸不平的部分就露在了外面。然后他从虎钳旁边的架子上拿起一把凿子，将它紧贴着上钳口，以正确的角度对准钢板的边缘，接着用一个巨大的方形木槌敲打凿子的背面，凹凸不平的部分被切掉，留下光滑平整的边。

“怎么样？”他说。

“再切一块。”

那人又切了一块钢板，之后是另一块，紧接着又是两块。“好了，”他说，“这一盘满了。我通过检验了吗？”

巴达斯竭尽所能，发出含糊其辞的声音。“好。”他说，“除此之外，你还负责做什么工作？”

“再说一遍？”

“你还负责做什么别的工作？”巴达斯重复道，“有没有负责其他流程，或者其他的操作环节？”

又来了，那人看他的目光似乎认定他在胡言乱语。“只有这些。”他说，“我只负责切割护腿的毛坯钢板。怎么，难道我还需要负责别的什么工作吗？没人跟我说呀。”

巴达斯拿起托盘。“好好干。”说完，他朝着那人之前指的方向走去。

在远远的角落，有人正在将看起来跟托盘中的钢板一样的小金属片送进一台巨大的奇妙装置中。这台机器基本上就是三根又长又粗的滚轴，水平地架在一个体积庞大的铸铁架上。那人转动手柄，其中一根滚轴开始转动，带动钢板来到另外两根滚轴下面（通过滚轴任何一端的定位螺丝，可以调节其倾斜度），再从另一头出来。此时钢板已经从直条状变成了厚度均匀的弧形薄片，正是可以用来拼装护肩的小部件之一。大概刚才那个人所说的“护腿”实际上应该是指护肩。每一片都过了滚轴之后，他拿起成品贴在一块安装在立架上的弧形木头上，显然是为了测试成品是否跟木头的弧度吻合。他将吻合的成品放入一堆已经完工的部件中，不吻合的就送回滚轴下，同时调节定位螺丝，直到出来的成品弧度足以贴合木头为止。

巴达斯深吸一口气，走向此人。他将装满钢板的托盘放在离那人最近的工作台上，重复了一遍关于副督察的那番自我介绍。那人的疑心似乎略微少些（要不就是他不怎么在乎）。他对巴达斯视若无睹，继续手里的工作，直到他的托盘满了为止。

"好，"巴达斯说，"现在，这些要送去哪里？"

那人什么也没说，只是把头朝着一旁的长廊西头点了点。巴达斯以胸口抵着托盘（托盘的重量可不轻，约四十片弧形部件，曲面相互贴合，整整齐齐地叠在一起，像煮过头的三文鱼剖开以后，露出来的层次分明的横切面），步履蹒跚地穿过工坊。他再一次盼望自己能在出乖露丑之前认出谁是处理这些部件的人。幸运的是，找到下一个操作环节相当容易：一个拿着锤子和打孔机的人正在一叠和他手中一模一样的部件上钻出铆钉孔。

"简单得很。"打孔的人解释道，他似乎很乐意向副督察介绍自己工作的每一个环节。"你先找到画草图的小伙子们在部件上标出的孔洞的位置，然后左手拿着部件，像这样，把它贴在工作台上，对；然后左手拿打孔机，右手拿锤子——（叮，锤子打下去）——好了。很简单，对吧？"

巴达斯点点头。"是的。"他实话实说。

"这工作不光是简单，还枯燥得不得了。"

"什么？"

那人看着他。"你知道我本来该在这里干多久吗？两个星期。等到新人来了，我就可以转去做整平工序了，我原本是被培训来做那个的。可你知道我在这里待了多久？六年。六年，该死的，就这么不停地干着这个无比简单的工作，日复一日、年复一年——"那人深深地吸了一口气，"听着，"他说，"你是副督察，有机会帮我说几句好话，行吗？我的意思是，你的前任，那家伙答应帮我说几句好话，可两年过去了，有什么结果？啥都没有。再待下去，我——"

“没问题，”巴达斯立即说道，“交给我吧。我来想想办法。”

“真的？”那人喜笑颜开，紧接着，脸上又布满疑虑，“你该不是指，如果你还记得这件事的话吧？如果你还记得，并且愿意费心的话。好吧，我只能说，我听够了这种搪塞的话。对此，我唯一能做的，就是不抱任何希望——”

“我来想想办法。”巴达斯重复了一句，同时往后退了一步，“交给我就——”

“你连我的名字都没问。”那人在他身后怒气冲冲地喊道，但巴达斯此时已经走到足够远的地方，可以假装没听见，因此用不着回答。他快步离开，似乎知道下一个目的地一样，直到被一大块木头绊了一下。他连忙伸手扶住一个工作台，以免摔倒。

“小心，”工作台后面的人说道，“你这样有可能害我砸到大拇指。”

巴达斯抬起头，看到一个人，一手拿着一片钢板，另一手拿着类似锤子的工具。那工具和普通的锤子不同。它的顶端没有钢头，只有一根沉重的铁管，里面塞着紧紧缠绕在一起的生牛皮鞭，以合适的角度安装在手柄上。“对不起，”巴达斯回答，“这是我第一天上工。”

那人耸耸肩。“没关系，”他说，“下次看着点路。”他面前的工作台上有另一块木头，看起来比刚才剐蹭到巴达斯腿骨的那块要大一点。在木块的中央——巴达斯认出那是橡木——是一个方形的孔洞。孔洞里插着一个铁桩子，桩头是一个比小孩的脑袋略小一些的铁球。那人手里拿着一块金属片放在铁球上方。金属片近似三角形，看起来像一张薄薄的碟子。这是组成四片式圆锥状头盔的部件之一。这种老式头盔至今仍是某些后备骑兵队的装备。

那人注意到巴达斯盯着这里。“你需要什么吗？”他问道。

“我是新来的副督察。”巴达斯回答道，“介绍一下你在做什么。”

“整平。”那人回答，“你知道整平的意思吗？”

“你来说，用你自己的语言。”

“好吧。”那人咧嘴一笑，“是他们把你打发到这里来的，对吧？你什么也不懂。不过，这不关我的事。好的，整平就是通过捶打即将完成的组件外部，将表面凸起或凹陷下去的地方打平，使之更为平滑，以便抛光。瞧，真正的塑形已经从内部完成了，我们只需稍稍整理一下外观部分，就大功告成了。当然，这力道不足以除去任何多余的金属，只是让外观看起来好看一点。如果你是*真正的*督察，我就不会告诉你实话了，不然我就得失业。你想看看我是怎么做的吗？”

巴达斯点点头。那人继续手头的工作，对准角度将部件放在铁球上，通过一系列干脆而均匀的锤打，将凹凸不平的地方整平。锤打的时候，利用锤子自身的重量，让它先是落在金属的表面，再反弹回来。“关键是不要用力。”那人解释道，“使太大劲没用，只需要让槌头自由下落，用它自身的重量帮你解决问题。这就是我为什么这么拿锤子，将它夹在我的中指和拇指根部之间。看。”他举起右手展示着，“来，你要试一下吗？”

巴达斯犹豫了一下。“好吧。”他说着，伸出手去接锤子。“这样拿对吗？”

那人摇摇头。“你握得太紧了。”他说，“不用那么紧。你又不打算死死地勒住这东西，只要刚好能拿住就行——对了，这就对了。一旦了解了这个道理，就容易多了。只不过，要是没人指点，你自己永远也想不到。”

“真奇怪，”巴达斯说，“我怎么也想不到用卷起来的皮不停地轻轻敲打，居然真的能改变钢板的形状。”

那人大笑起来。“这就是关键所在，”他说，“皮槌成千上万次的轻轻敲打能让铠甲更坚实更紧密。就算双手握着六磅重的斧头用力砍过来，也会被弹开。”他将部件从铁球上拿起来，用指尖抚摸着。“其实，人生也是如此。”他继续说道，“你被打击得越惨，就越难被干掉。”

六

不，不，他们这么跟他说——语气颇为震惊，*那不叫内战，应当叫叛乱。只有在对方打赢了的情况下才叫内战*。

如果没有必要，这样的胜利特姆莱不愿意多提。但从外交角度来说，如今战争稳妥地结束，强者胜出，该轮到他的新邻居行省政府对此表达欣喜之情了。一封简简单单的贺信就足够。要不然，派个信差，将需要他传达的口信以大写字母写在随身携带的小块羊皮纸上也行。真的没必要派出作为总督全权代表的使节（副总督阿夏德措辞小心地解释道，严格说起来，使团的任务是受一个自治行省的执政官而非行省总督的派遣，访问一个受到认可的、友好的不结盟主权国家。从理论上说，自治行省受帝国总理大臣的直接管辖，得到总理大臣的正式授权代表，因此照规矩来讲，必须要有高级外交官亲自到场。阿夏德还暗示，任何低于这个级别的使团，都是对受访国的羞辱，至少可以说是既无礼又无知的行为。）。

“原来如此。”特姆莱不甚真心地回答,“辛苦你们远道而来。不过,你们也看到了,我还活得好好的,余下的高级官员和大臣也都完好无损。说真的,实际上我们没有遭受多大的损失。”他停了下来,想不出还有什么可以说的。在他波澜起伏的一生中,阿夏德副总督是他见过的人中最不像人的。光线照在他的眼睛里,就像水渗入沙子一样消失无踪,说话的时候,声音像是从遥远的地方传来的。在那人似乎刻意制造的气氛下,特姆莱感到有一种必须要说点什么来填补沉默的冲动。“当然,”特姆莱继续说道,“我们和那些原先被视为朋友的人——不,比朋友还要亲近,是家人,和他们发生争斗是一件很糟糕的事。老实说,我到现在也闹不明白这究竟是怎么回事。它就那么发生了。前一刻,我们还在同一阵营里,有着共同的目标,只不过在如何实现目标这点上意见不完全一致。下一刻,双方忽然停止了沟通,他们带着马匹、绵羊、山羊离开了营地,去了别的地方。他们不想待在这里,这完全没问题,这是他们的决定。但他们开始制造麻烦。麻烦不算大,但很棘手,甚至可以说蛮横无理。他们宣称有一条河是他们的,不让我们的人取水浇灌农作物。为这个发生争执,真是无聊。其实如果我们这边往上游迁几里,还是能喝同样的水(只不过早喝到几分钟而已),大家就都高兴了。

“但不幸的是,事情并没有往好的方向发展。双方先是陷入僵局,然后开始打群架,这么形容再确切不过了。这期间有人被杀了,我不得不介入。回顾当时的情形,我不断地问我自己,有没有不同的处理方式,能不能找到一个合理的解决方案以避免将事态扩大。但我只能坚持,动手杀人的那个人必须被遣送回来,为自己所犯的罪行负责。他们拒绝了,因此我派了些人去抓他。这导致了更多的冲突——”他摇摇头,“天知道,本来不该发生的事最终还是发生了。结果就是,今天我们在这里,回顾我们的第一次内战。在某种意义上,我想这标志着一种变革。我是指,一个国家的成长多少免不了这类事件。”特姆莱咬着嘴唇，他不敢相信自己所说的某些话。但阿夏德副总督就那么坐在那里，将话语滔滔不绝地从他嘴里吸出来，就像孩子吸吮鸡蛋似的。大概这就是他此行的目的。尽管如此，他看不出这么做有何意义，感觉像刻意将血管割开似的。

“真是一系列极其不幸的事件。”阿夏德终于开口了。他的头微微前倾，身体的其他部分却保持不动。一道伤疤从他的左眼眼角一直延续到耳垂边。特姆莱拼命忍住要盯着那伤疤看的冲动。“我们希望，通过如此快速、果断的处理方式，你已经完成了被我们视为进步与受欢迎的社会变革，将反对扼杀在了摇篮中。如你所言，如果你的行为确保了类似这样的事件不再发生，那么你当然有权对此表达一定程度的满意。”

“谢谢。”特姆莱回道，尽管他不太确定到底要谢这个人什么。当然，他心里的真实愿望是，让这个天国之子和他那表情冷峻的随从快点离开，再也别回来。也许有某些特殊的外交辞令可以表达这类愿望，同时又不会冒犯对方或是引起战争。但即使真的有这种外交辞令，他也不知道。“就我个人而言，我这一生已经经历了足够的战争与争斗。我的意思是，仅仅特别擅长某件事，并不意味着这就是你的爱好。我对打仗这件事的态度正是如此。说起来，不光是我，这个道理其实适用于我们所有人。我认为，作为一个国家，我们已经过了需要证明自己的阶段，现在是时候向前看了。”

副总督一言不发地审视了他好大一会儿，似乎拿不定主意是该给他的脑袋来一下，还是把他赶走，等他更成熟点了再来找他。“我真诚希望这些愿望可以实现。”他说，“就现阶段而言，请允许我向你复述我们的人最为推崇的一段关于战争的论述：在没有取得全面的胜利之前妄想获得和平，就像没有洋葱却想做汤一样不现实。”他脸上没有笑容。如果他是人类的话，此时就该露出笑容了。“你一定有正事要忙，我已经占用你太多时间了。请容许我以下面这句话收尾：我们终于可以和你们做邻居了，对此，帝国感到不胜欣喜。”

阿夏德离开后——尽管特姆莱送走了他，但他有个荒谬绝伦的想法，总觉得此人仍然偷偷潜伏在什么地方——他长长地出了一口气，问道：“谁能跟我说说，这到底是怎么回事？”

佩斯卡，新上任的财政大臣（他的前任在内战中是另一方的成员，没能活下来）感慨万分地微笑起来。“欢迎来到政治世界。”他说，“大家都说，这种事随着时间的推移会越来越容易，我却不这么认为。我认为只会越来越糟糕，直到有一天，双方都受不了了，直接暴露人类的本性，开始打仗。”

特姆莱摇摇头，“他们怎么会想和我们打仗？我们根本没有妨碍到他们。而且我不相信我们有什么东西是他们想要的。你真的认为他们会攻击我们吗，佩斯卡？我也许没有认真听，但我确实不曾听到什么可以切切实实算作恐吓的话。至少没那么直白。”

希比凯将军扯下阿夏德坐过的椅子垫子，将它放在特姆莱脚边，坐在上面。“哦，那些话的确就是恐吓。假如行省政府跟你说喜欢你穿的鞋子，这就是恐吓：他们会杀了你，拿走你的鞋子。假如他们说，在这个时节，今天的天气算是好的了，这句话也是恐吓。假如他们什么也没说，只是坐在那里对你微笑着，那更是极其严重的恐吓。你不会以为这样的人大老远跑到这儿来只是为了借一把剪刀吧。”

特姆莱耸耸肩。“我不知道，”他说，“说起来，其实你们也不确定。承认吧，希比凯，我们对这些人完全不了解，至少是尚未了解。”

佩斯卡摇摇头。“你尽管狡辩吧，”他说，“让我告诉你一个冷酷的事实。阿夏德和他那些行省政府的朋友们——记住，这还只是一个行省，而且肯定不是帝国最大的行省——有一支十二万人的常备军随时待命。这支军队训练有素、战备精良，更不用说军饷丰厚。军队可不是拿来装饰的，他们养了那么一支军队，是因为他们用得上。非用不可。”

“我不懂。”特姆莱说。

“是吗？”佩斯卡皱起了眉头，“好吧，想象一下。你有一支由全世界最好的战士组成的十二万人军队，然后你告诉他们，你不再需要他们了。就这样，他们已经完成了使命，可以散了。他们听了会怎么做？记住，这些可是职业士兵。六个月后，你就需要另一支二十五万人的军队去除掉他们。要么消灭，要么将他们赶出你的国土。是的，一旦你有了一支这样的队伍，你就别无选择，只能不断推进。现在，”他悲哀地总结道，“他们已经来到了我们的边境。”

“佩斯卡说得对。”希比凯说，“现在，我们基本上只有两个选择：要么和他们开战，要么卷包袱走人，别碍着他们。”他摇摇头，“抱歉，”他继续说道，“我以为你已经想通了这个道理。我们刚刚打的内战不就是因为同样的原因吗。”

特姆莱惊愕地抬起头，“你不是说真的吧？”

“我以为这是明摆着的事。在艾普－埃斯卡托伊事件以后，他们想要收拾家当离开这里，遵循传统的生活方式。这么做的真实意图是，回到草原，离这些人越远越好。你反对这么做。我们听你的，于是我们有了一场内战。不是吗？佩斯卡？杰萨凯？你们跟他说说，我看他根本不相信我的话。”

特姆莱举起一只手，“你是说，我刚刚打了一场内战，却没有人告诉我这到底是怎么回事？”

“我们以为你知道。”总理大臣杰萨凯说，“毕竟，这是明摆着的事。”

特姆莱颓然跌坐回椅子里，下巴抵在胸口处。“对我而言不是。”他回答，“好吧，我希望你们能答应我一件事。下次我们准备打仗的时候，有人能告诉我为什么，好吗？”

另一名帝国外交官搭乘民用商船来到托诺斯。虽然他的来头没有那么大，但不管怎么说，也是个有着将近二十年经验的精明能干之人。托诺斯是个自由港，大部分来往于中邦的船只都要在此停靠。这个穷乡僻壤如今忽然变得重要起来。外交官的名字是波利奥西斯。尽管不是天国之子（他来自马拉斯皮亚省，在帝国疆域的另一端），但他的形象足以让他在托诺斯码头熙熙攘攘的人群中脱颖而出。中邦人，以及和他们有贸易往来的生意人，一般都长得矮小结实，很实用，就像有人在尽力利用有限的原材料，造出尽可能多的人似的。与之形成鲜明对比的就是马拉斯皮亚人，他们几乎是肆意挥霍原材料、铺张浪费的典型。

搬运工在卸货。货物的最下面是一桶桶、一捆捆各式各样的贸易品以及一些没用的垃圾。波利奥西斯靠着这些东西，为自己打造了一个买卖纺织品行商的身份。利用这段时间，他在码头靠近小镇处为商船服务的一家杂货铺子门口，看了一出颇为有趣且令人大开眼界的小闹剧。

这种事很容易一眨眼就错过。更确切地说，因为太过寻常，根本不值得偷听，因此大家常常视而不见。这也是为什么当行省政府想偷偷探听消息的时候，总习惯于派个对当地完全不熟悉的人去。

那老人酗酒，这点毫无疑问。至于他的行为算不算滋事，要看在特定的地区，什么样的行为算过分。在有些地方，一边唱着歌一边兴高采烈地挥舞手臂，只要没有到大张旗鼓、咄咄逼人的程度，就只能算扰民。若是往好里说，甚至可以说是即兴表演。这里的观念正是如此。老人年近垂暮，无法对除了他自己以外的任何人构成威胁，而且唱得也不算太差。如果他能费点心思，将列在他有限的节目单里的任何一首歌多唱几句，就更好了。在他的家乡，情况却完全不同——即兴表演这种行为就跟从五楼窗户往外扔垃圾一样普遍，而在当局眼里，二者同样恶劣。在这样一个背景下，对路过的人来说，除了躲到街对面去，其他什么都做不了。然而，一个从酒馆出来的士兵停了下来，伸手揪住老人身上那件破衬衫的前襟，将他的头狠狠地撞在门框上，然后松手，任由老人的身体滑到地上，在木板上留下一抹血迹。除了波利奥西斯，至少有四个人看到了，但没有任何人转过头细看。是因为司空见惯还是因为当地的政策？这个外地人不太确定。老人一动不动地躺在地上，士兵继续往前走。整个过程干脆利落，似乎他们曾在演习场一遍又一遍地练习过，直到动作到位为止。

波利奥西斯将这个事件消化了一下记在脑子里，然后继续沿着街道朝木料交易所走去。他盼着在那里可以吸收更多有趣的即兴事件。然而还没走出一码，就有人拍了拍他的肩膀，他停下脚步，转过身。

“你似乎迷路了。”拦住他的人说。他是个大个子，长相普通、秃头，有一双和善的灰色眼眸。除了个头以外，他看起来就是个典型的中邦人。“你在找什么人吗？”

波利奥西斯思忖片刻。“事实上，”他说，“我还真是在找人。”

“那你已经找着了。”那人穿着一件浅棕色的羊毛夹袄衬衣，没褪色前应该是灰色的，横跨肩膀处有一道磨损的裂痕。只有像波利奥西斯这样见多识广且颇具职业观察力的人，才能认出那是思科纳军用装备，设计独特，是用来穿在沉重的锁子甲里面的。在思科纳的繁盛时期，军队物资充沛，这种内衬棉甲就是那个时期开始使用的。它不像行省政府指定、和那种重量较轻的短袖锁子甲搭配的皮质防护内衬，或是高领无袖防护棉甲一样既笨重又闷热，也不像佩里美狄亚兵工厂生产的那种夹袄式亚麻软甲那样时髦却不实用。设计思科纳衬衣的人确实尽心尽力，完成得很出色。“我叫高戈斯·洛雷登。”那人继续说，“要是我没猜错你的身份的话，你为了找我，可是走了老远的路啊。”

波利奥西斯点头同意。“干我这一行的，旅行可以说是最大的乐趣之一了。”他回答道，“现如今很少有什么地方可以让我说出‘我从来没去过’这种话。这么说吧，我将去过的地方跟收集珍品似的攒着呢。”

高戈斯·洛雷登笑了。“这是你们那儿的国民娱乐方式。”他说，“我们去酒馆喝一杯吧。”

酒馆很大，很热闹。大堂有高高的屋顶，里头站着三五成群的人，亲切地交谈着。他们大多是来赶集的农夫，还有一些商人和谷物经纪人，另有几个士兵（其他的顾客跟他们保持着一定距离）。在后堂有楼梯通向一道绕建筑三面的长廊。长廊上放置着桌子和椅子，但只有一两张椅子上坐着人。高戈斯背对栏杆坐下，用脚将另一张椅子推给波利奥西斯坐。

“请原谅我夸张的举止，”高戈斯说，“尽管不大可能有人跟踪，或做出类似的蠢事，但小心无大碍。”

波利奥西斯点点头，“事实上，我认为你的做法很明智。我不知道他们的情报组织怎么样——”

高戈斯抿着嘴唇。“说实话，比你想象的厉害。”他说，“他们不擅长搞派遣密探之类的活动，但他们在跟贸易商、水手、旅人等国外来的访客聊天时很有一套，总能问出正确的问题。很抱歉，”他继续说，“我还没有请教尊姓大名。”

“尤宾·波利奥西斯。”他伸手到包里，拿出很容易被当成信用证或提货单的一小卷皱巴巴的羊皮纸。“我想你应该熟悉帝国的封印吧。”

“还不够熟悉。”高戈斯微笑道，“首先，我很想学学你们那一套将信件的封印完好无缺地揭开，完事以后再封回去的技巧。据说，只需要一小截普普通通的细铁丝，在纯净的火焰中烧到赤红后划过封蜡。”高戈斯用左手小指的指甲挑开封印，就像挑开一块结痂的瘢痕一样，再将它弹出去。“行了，让我们看看是什么。很好，看起来没问题。你们那里的人字写得漂亮极了。说到这个，下次你来的时候，给我带一打左右艾普－奥伊津出产的亚麻纸。在这里，你再交游广阔再有钱，也买不到这玩意儿。”

波利奥西斯淡淡一笑，“没问题，我会记下来的。好了，如果我没记错的话，你想和我们谈谈？”

高戈斯耸耸肩。“总得有人迈出第一步。”他说，“但道理很简单，不是吗？既然我们的利益是一致的，不如一起合作。”

三个人出现在楼梯口，看到高戈斯就迅速撤了。“你看问题的方式挺有趣。”波利奥西斯说，“就我个人而言，在这件事上，我没看出你能得到好处。别误会，我只想知道特姆莱国王做了什么对不起你的事？”

高戈斯耸耸肩，“哦，我跟他没什么矛盾。我见过他一次，看上去是个挺不错的人。但这无关紧要。我更关心的是，你们的人有什么长线计划？照我看，这里头大有可为。我想掺一脚，而你正好需要我的援手。简单的利益交换。大家都坦率一点，就能合作愉快。”

波利奥西斯将身子往后靠在椅背上，拉开了自己和高戈斯的距离。“恕我直言，”波利奥西斯说，“从某种角度看，你是想说服帝国无缘无故地攻击某个主权国家。我想知道其中的原因。”

“你们还需要理由？”高戈斯笑道，“我不这么认为。现在艾普－埃斯卡托伊已经被灭了，很显然你们会继续挺进直到北部海域。没有特姆莱这个拦路虎，局势会如何？你们就可以直达海岸线，紧盯着沙斯特不放。岛屿离你们十万八千里，碍不着你们的事，不过我猜他们的舰队对你们有点用处。之后，你们迟早会向西推进，用不了多久我们就该成为邻国了。到了那时候，我倒宁愿和你们保持一个友好的关系。因此，”他隔着桌子身子前倾，继续说道，“我来了，来和你们谈谈。这个理由如何，过得去吧？”

波利奥西斯愉快地笑了起来。“我得说，关于我们的抱负，你的看法纯属个人意见。不过，”他继续说道，“我们暂时假设你的解读是正确的吧。假设我们确实有占据整个半岛的野心，我们有必要找你帮忙吗？我们不缺资源，不缺人手，不缺原材料，可以自己搞定为什么要欠你人情？”

高戈斯大笑。“当然，”他说，“这点毫无疑问。只不过，这不是你们的处事方式。但凡能让人代劳，就决不自己动手。这是良好的商业原则。让我的军队介入，意味着你们不需要从帝国的其他地区抽调更多的卫戍部队。是的，你们有丰富的资源，但这并不意味着你们不会因为扩张太快而产生人手不足的问题。我们俩都熟知历史，都知道在东部行省，削弱卫戍力量只会引来麻烦。看看你们将第七军团调走以后发生在孤伐地区的事吧，就是最近这段时间。差点完蛋了，不是吗？”

“差点。”波利奥西斯脸上依然挂着笑容，“你的消息可真灵通，大概这就是开银行的好处吧。不过，我相信我们可以抽调兵力，在避免犯下类似错误的前提下，拼凑出一支足够强大的远征队。你知道，我们也读战报的。”

“当然。”高戈斯含糊地打了一个手势，“不过，何必这么麻烦呢？弓箭向来是草原人的优势。要跟他们战斗，你们的弓箭手需要旗鼓相当。而你们这边的弓箭手大都驻守在东部。派十万重装步兵去打特姆莱一点用处也没有，只会让他躲得严严实实的。不，你们需要的，是精良可靠的长弓手。而这正是我能提供的。”

波利奥西斯没有立刻回答。他双手交叠在膝盖上，静静地坐着。“好吧，”他最终说道，“假设你说得有道理，假设我们确实有意攻打特姆莱，而我们向你求助。如果这是个合情合理的商业提议，正如你向我保证的那样，那么你能从中得到什么好处呢？只是金钱吗？还是说你有其他的目的？”

一只苍蝇落在桌子上，在洒出来的一摊黏稠的啤酒液中摩擦着脚。高戈斯乘它尚未飞走，用指头弹了一下，干掉了它。“不好说，”他说，“但钱肯定是其中之一。”

“那就是说还有其他的目的了。比如领土？你想要特姆莱的一部分领土？”

高戈斯摇摇头，“天哪，才不是呢。那对我有什么用处呢？首先，我没有足够的兵力——更不用说船只——根本没法来回跑，保护自己的利益。再说，那样我们就会提前成为邻国。我可不想出现这种情况，如果你不介意我这么说的话。”

“好吧。”波利奥西斯点点头，“你不要领土，除开这个还有什么理由？照我看来，这世上值得争夺的无非三样：金钱、土地和人口。难道这就是你的目的？你需要奴隶来充当劳动力，帮助你发展中邦的经济？”

高戈斯面露不悦之色。“当然不是。”他说，“别的不说，奴隶带来的麻烦远比他们的价值大。不，我不需要这样的东西。”

“那我就猜不出来了。”波利奥西斯说，“告诉我你到底要什么？”

“我说过，”高戈斯回答，“友谊。为西行省政府以及中邦共和国之间建立长期、稳定、互惠的关系制造一个良好的开端。这有什么奇怪的呢？”

“我明白了。”波利奥西斯说，“你准备帮我们打败草原人，让我们欠你一个人情。对不对？”

“说得好，没错。”

波利奥西斯揉揉下巴。“事实上，”他说，“我能看出这么做能给你带来多大的好处。只是我不确定这事值不值得我们出手。你看，我们有个颇为恼人的习惯，那就是遵守协定。如果我们真的像你所想的那样热衷于征服新领土，这不是作茧自缚吗？当然，只是个假设而已。”

“假设不假设的我不在乎。”高戈斯平静地说,“我们这里有句俗语: 明人不说暗话。我诚心诚意地提出合作,个中原因我们两个都一清二楚。你只需要告诉我,接不接受我的提议。无论结果如何,我都会接受现实。但我们完全不必走到那一步。不管我这人性格如何,我首先是个现实主义者。”他微笑着说,“这就是为什么跟我合作是一件愉快的事。”

“我也这么认为。”波利奥西斯回答,“看来,这就是目前我们所能探讨的全部了。我得回去向在行省政府的上级汇报,由他们做决定。”他站起来,“如你所知,我到这里来只是为了更好地了解你和你的人,给背后的决策者提供一些资料。从这次的会面中,我已经得到了足够的信息。如蒙准许,在离开这里之前,我想先到处转转。请尽管指出你认为我应该去的方向。例如,我对你们的弓箭手颇感兴趣。我们那里也有一句俗语: 买货之前别忘了先验货。为了让我的汇报有根有据,除了从你那里得到的消息,以及目前为止我在托诺斯的所见所闻之外,我还需要进行一些实地考察。我相信你明白我的意思。”

“哦,那当然。”高戈斯说,“我不介意,请尽管去看看。事实上,要是你有时间,我很乐意为你当一两天向导,去看看主要的驻军营地之类的地方。如果你不愿意——我的意思是,如果你认为我整天跟着你会妨碍到你,更倾向于自己去看看——”

波利奥西斯优雅地笑笑。“由你亲自给我带路在共和国游历,”他说,“还有什么比这更好的了解事实的方式呢?”

当上验甲所副督察的第三天,巴达斯终于找到了这地方。

来到最长的那条走廊尽头,走下专门设计来让人摔断脖子的楼梯以后,再经过一条又窄又暗的过道,再下一层楼梯,接着又是另一条过道,到了过道尽头，再继续下楼梯，此时巴达斯感觉自己又回到了地下，回到了他的归属之地——

（先死后葬，历来如此。但对你，我们可以破例。）

在另一条过道左手边的第七个拐弯处转左，第三个拐弯处转右，再下一层楼梯，终于到了，这是一个绝对不会错过的地方。他站在一扇巨大的橡木门外，感觉自己像个第一天来上班的初级职员，站在一名大商人的会计室前（这比喻有点傻，因为他才是管这个地方的人。至少，之前在地面上，在埃斯卡托伊的废墟中，他们是这样跟他说的。地面上的规则有一些微妙的不同）。

他先是用手推门，然后加了把劲，接着用上了肩膀。门被顶开了一寸有余。他受到了鼓舞，继续用力顶。

“门卡住了。”当他跌进一间有回音的冰冷房间时，一个声音响了起来。“不过，反正我们也一直关着，因为噪声。你是谁？”

门上方的壁架上有一排油灯，给房间提供了一定的光线。开门的气流让油灯微弱的火焰晃动起来，房间内光影缭乱。

“我叫洛雷登。”巴达斯一边回答，一边试图看清和他说话的人。“我是被调到这里来的。”

“是那个英雄。”那声音说道，“进来，把门关上。”

巴达斯背靠着门，倒退着把它关上了，然后环顾四周。房间由大块的原石堆叠而成，四面墙撑起了一个高高的拱顶。房间中央有一堆铠甲——胸甲、头盔、前臂护甲、护喉、肩甲、护膝、护腿、铁靴、铁手套，全都是被损毁、被糟践过的，有扭曲的、凹凸不平的、被压得扁扁的、被刺穿的，还有歪歪斜斜的。声音似乎从这一堆铠甲后面传来。巴达斯到那里一看，看到了一个小老头——是天国之子——以及一个年约十八的高大的男孩。两人都裸着上半身，老人瘦骨嶙峋，男孩则肌肉结实。他们中间有一块铁砧，上面放着一副头盔。老人用一对极长的火钳将头盔压在铁砧上，男孩手里拿着一个巨大的铁锤。

"哟，"老人说，"你终于找到我们了。拿一副头盔出来，坐下。"

房间里的空气很冷，但两个人都在出汗。男孩长长的棕褐色头发紧贴着额头，就像一根油脂蜡烛。老人根本没有头发，汗珠在蛋形的脑袋上闪闪发光。巴达斯四下打量，看到了一堆头盔，于是取出一副，坐在上面。

"我是阿纳克斯，"老人说，"这是布鲁。"他笑了起来，露出一排宽阔的白牙。"欢迎来到验甲所。"

"谢谢。"巴达斯说。

阿纳克斯礼貌地点点头（布鲁似乎还没注意到巴达斯）。"你不介意我们继续干活吧？"他的语言优雅而有教养，是典型的天国之子。"如你所见，我们今天有很多活要干。"

"请继续。"巴达斯说。话音刚落，布鲁立即将锤子抡到头顶上，重重地砸在头盔的顶端。咣当一声吓了巴达斯一跳。头盔从铁砧上滚落到石板地上，发出当啷的声响。

"不行，"阿纳克斯郁闷地说，"你听到和声了吗？垃圾。"他艰难地弯下腰，捡起头盔放回铁砧上。头盔弧顶的左侧有一小块凹陷。"从声音里，你可以听出所有问题。"阿纳克斯继续说道，"听，这才是好的头盔发出的声音。"他再次弯下腰——弯腰这个动作对他来说，似乎极度困难——拿起另一副头盔。在巴达斯看来，这副头盔和之前那副一模一样。阿纳克斯用火钳夹着它，布鲁重重地锤了一下。

"听到了吗？"阿纳克斯说，"完全不同，这是顶好头盔，应该说，焊接得不错，但铆接很垃圾。"

巴达斯看了看好头盔，顶上也有一处小小的凹陷。"抱歉，"他说，"但我看不出——”

“真的？”阿纳克斯一点头，布鲁又抡起锤子。捶打声让巴达斯的耳朵隐隐作痛。“高了五分之一个调，音色也更纯。当然，由于铆接的问题，听起来有点闷。来，用胸甲来演示更容易听出来。”这次他弯下腰的时候忍不住呻吟了一声。他拿出一片暗灰色的胸甲，先用手背将两副有凹洞的头盔扫到地上去，然后将胸甲放到铁砧上。“注意听高音，”他说，“你应该能听得很清楚。”

布鲁微微挪了挪手握在锤子手柄上的位置，然后重重地砸了五下，边缘各两下，中间隆起的脊部一下。在巴达斯听起来，完全就是难听的咣当声。

“明白了。”他说，“是的，大不相同。”

老人大笑起来。“骗你的。”他说，“这一片也是垃圾。不过这都不重要，就算我检测出一批不合格的，他们照样会发下去。只不过在里面盖了个小小的戳：FP[①]，就是‘不合格品’的意思。妙极了，不是吗？”

巴达斯咳了几声。“我耽误你时间了吧，”他说，“继续干，我再看一会儿。”

阿纳克斯又爆发出一阵笑声。“别担心，”他说，“我花了十五年时间才听出区别。在那之前，我一窍不通，只好把它们砸到散架为止。当然，现在我一听就能听出来。但我们还得继续砸，因为这是我们的工作。”

接下来被放上砧板的是一对暗灰色的锈迹斑斑的蚌壳式铁手套。布鲁给两只手套各来了七下重击，手套的铆接处纷纷绽开，金属薄片也被砸得扁平，锤子的敲击声在墙壁之间回荡。“很好。”阿纳克斯用薄薄的小刀在一根筹码上做标记，“这批通过检验了。接下来测肩甲。”

巴达斯一开始不知道肩甲是什么，后来发现是用来保护肩膀的。它的顶

---

① FP，英文原文是Failed Proof。

端是球形的，贴合肩膀的形状。它由五片金属板甲连接在一起，这样手臂就可以自由活动。布鲁的锤子似乎对它没什么影响，但阿纳克斯并不觉得欣慰。"不合格。"他说，"声音沉闷，这是由金属本身的杂质造成，里面有焦炭、沙砾、铜之类的，全是垃圾。我知道，这是因为我们不得不将就用手头的材料。"他补充道，忽然眼睛一亮。"布鲁，去拿铁人。给我们的客人看一个精巧点的东西。"

布鲁将铁锤砰的一声丢在地上，然后蔫头耷脑地走到另一堆损毁的铠甲后面。回来的时候，他拉着一辆铁制的推车，推车上站着一个钢铁打造的真人大小的人偶。人偶身上有发红的锈斑，巴达斯在他坐着的地方就能闻到铁锈的味道。"如果按照恰当的做法，"阿纳克斯说，"我们应该全程使用铁人来做检测。只不过击打了——多少？一百二十年吧，它变得有点脆了。是吧，伙计？"他拍拍人偶的大腿，"看到了吗？左手没了，折断了，焊不上去。你看，被敲击了太多次，金属就变得很硬——我们管这个过程叫加工硬化，这是一个很重要的概念——同时也会变脆，然后就完蛋了。好了，布鲁，这次我们要用四号伐木斧，给这位先生展示一下它的用法。"

布鲁咕哝了一声，用大腿粗的胳膊擦擦前额——巴达斯注意到，他的胳膊上一根毛都没有——然后弯下腰，在一个长长的金属盒里翻找着。与此同时，阿纳克斯将铠甲一块块系在铁人身上。他小心翼翼地扣紧扣子，调整着各种各样的带子的松紧度。"在开始之前，必须一丝不苟地做好准备工作，"阿纳克斯说，"不然就没意义了。"

铁人的身体被灰色的钢铁覆盖，连一平方寸的锈迹都没露出来。巴达斯简直可以发誓，这就是一个全身披盔戴甲的人。"好了。"阿纳克斯叫道，同时将手上沾的粉末状铁锈刷掉。"往后退一点。"他对巴达斯说，"有时候会有碎片砸下来，飞溅到空中。当然，这取决于谁是动手的那个，谁又是被敲打的那个。布鲁，慢点，这不是一场比赛。记住，这是工作，不是游戏。”

*要是游戏的话，不知道他会下多重的手？*巴达斯好奇地想着，同时做好准备。恰在此时，布鲁像举着一个袋子似的将斧头抡过肩，在双膝弯曲的同时加快速度，将全身的重量都压在那一击上。当击打的力量穿透一层薄薄的金属护膝，到达包裹在里面的实心铁人时，巴达斯以为会听到响得吓人的咣当声，结果却并非如此。那更像是一种音调比较高的闷响，一种有韵律的乐声，短促而清脆，是一种极大的力量被施于铠甲上又被反弹回去的声音。巴达斯听到了反弹的声音，看到斧头被弹开，感觉到所有被挡回去的力量都无处可去。铠甲上被斧刃砍中的地方出现了深深的凹痕，但那一层薄薄的护甲并未被砍穿。

“这可不妙。”阿纳克斯说，“把这种声音牢牢记住。可以了，布鲁。”

第二下劈在左肘尖。果然，声音又有所不同，造成的伤害也是巨大而明显的——钢护甲塌陷下去，碎裂开来。然而，阿纳克斯却看起来很高兴。“很好，”他说，“球形弧度恰好，这才是合格的产品。想想看，受到重击的时候，你希望击中你的力量往哪儿去，是施加在钢护甲上，还是施加在你身上？好的盔甲吸收力量，不好的盔甲将力量传导进去，就这么简单。”

好的盔甲吸收力量，巴达斯对自己重复道，*不好的盔甲将力量传导进去*。“这就是你们在这里的工作？”他问。

阿纳克斯笑得嘴咧到了耳边。“我知道，”他说，“这份工作可真够有趣的。以你为例，你显然是个聪明人，见过世面。我敢说，你经历过战争——啊，你当然经历过战争，你是英雄嘛，我差点忘了。你看看这个——”他指着一块损毁的铠甲，“再看看那个。”他示意另一块同样受损严重的铠甲，“你对自己说，这两块都坏了，说明它们都不合格。这就错了。你看，这是哲学问题。”他用手腕的内侧擦擦鼻尖，继续说道，“是这样，所有的盔甲都会受到损伤。整个世界，没有任何东西，任何一块军用级别的护甲，可以承受得住布鲁和他那把大锤的一击。关键在于受损的*方式*。这就是我跟他们说不明白的地方。”他补充了一句，浅浅的眼眸中闪过一丝怒火。“因为，除非你像我这样，从有记忆以来就日复一日地搞破坏，你是不会明白同样被砸得粉碎的盔甲，却有好坏之分。但那些将军，以及那些行省政府里的老爷们，他们只会说，废话少说，我们要的是刀枪不入的样板产品。我说，行，我可以告诉你们制造方法，具体的参数、规格、角度、热处理以及其他所有标准，但你们根本无法负担成本，没人可以幸运地穿上这样的盔甲。如果你们只要实用的盔甲，那就得接受布鲁以及他的四号伐木斧。反正，统统都会被他劈坏，没有例外。”

巴达斯点点头，尽量显出一副颇有心得的样子。“你说区别在于声音的不同？”他说，但老人看起来有点不耐烦。

“这只是其中一项测试。声音也只是这项测试的衡量标准之一。相信我，我们不仅仅是用锤子和斧头砸东西而已。远远不止这些。我们会用长弓和弩来射它，我们会把它放进滚轴之间压平。还有刺穿测试、剪切测试、致断拉力测试、碾压测试、弹性测试——用来测试一块护甲的方式数都数不完，前提是有人能提供一块撑得过那么多测试项目的样品。我想强调的是，不管是什么样品，最终都扛不过测试——如果扛得住，那肯定不是有效测试。英雄先生，在这里我们必须使用*极端*方式，否则就失去了测试的意义。”

阿纳克斯忽然停住话头，目光停在什么地方。“怎么了？”巴达斯问道。

“没用的铜铆钉。”阿纳克斯回答道，仿佛要把巴达斯的注意力转移到天上一道渐渐扩大的裂缝。“看看这个吧，”他伸出一根长长的看起来很脆弱的手指指着某处，“看那里，护膝的铆接处。它断开了。”

巴达斯做出了一番察看的样子。“好吧，”他说，“这说明什么？”

阿纳克斯叹了口气。“这就是使用铜铆钉的意义所在。”他说，“你们盔甲上的铜铆钉，在遇到承受不住的压力时，会呈现延展拉伸的状态——看，这里，像这样。”他用脚尖戳了戳一只被弃置的铁手套，“这才是它该有的状态。现在看看护膝这里，铆钉头都拉断了。这可不是什么好事。但不是每个人都愿意了解这些。因为它意味着这一批大概有十万根铆钉都要被打回去。如果我们这么做的话，采购部的某个职员就需要对此负责。但他不愿意负责任，再说反正也没人相信我，所以他们不会关注这个问题的。我告诉你，如果这不是我的本职工作，我早就撂挑子了。”

站在一旁将斧头高举过肩的布鲁似乎失去了耐性。他突然将斧头划了个圈劈下来，劈到铁人的肩上。

“刺耳的闷响。”巴达斯说，“不是好事吧？”

“糟透了。”阿纳克斯郁闷地回答道，“但他们只会发双倍的衬垫，让大家垫在肩甲的球形罩内，这样看上去就没那么糟糕了。至少戴着这玩意儿，你的锁骨不会被敲碎。不过这么做是错的，我知道。”

“嗯。”巴达斯心平气和地说。

“哼，当然了，”阿纳克斯说，“我什么都知道。”

忒乌达斯·莫罗辛找到了一艘船。是这样的，他跟一名杏仁批发商聊了聊，这位商人在一个多星期以前曾经跟另一艘船的船长谈过。那船长恰好提起，只要找到愿意购买他船上产自科里昂的乌木栏杆原材的买家（他完全不记得自己怎么会有一整船适合制作栏杆的三十寸乌木段的，就算对方有一台车床，外加乌木栏杆的销售渠道，也需要考虑价格和其他因素），他就用这笔钱购买他在艾普-赫利登的老乡答应转卖给他的七百袋取自鸭腹的羽毛。条件是，他必须去佩里美狄亚（故址）取货。“话说回来，”（显然，他曾经声称。）“这笔交易不一定合算，谁知道麻袋有多大呢？”和忒乌达斯聊起来的那个人问另一个，对方没说麻袋有多大？那人说道，没有，但这一点不重要，除非他嘴里说的是麻袋，心里想的却是小包装袋。七百袋，甭管价钱多少，都算是很大的量了。

“我明白了。”侄子解释完来龙去脉以后，卡纳迪回答道，“你希望这个想买羽毛的人去取货的时候，带上我们一起走。”

“是的。”忒乌达斯说，“然后，我们就可以回家了。怎么样，你觉得呢？”

卡纳迪考虑着该怎么回答。“难说，”他说，“如果袋子太小的话，他根本不会达成交易；如果袋子很大，船上很可能没地方让我们住。再说，你不是说这完全取决于他能不能找到买家，买下他那一船楼梯地毯压条吗？”

“栏杆木条。”忒乌达斯纠正道，“哎呀，得了，我以为你会很高兴呢。”

卡纳迪挠挠鼻子，“我只是告诉你别抱太大希望，仅此而已。再说了，你不是说这人是从艾普-赫利登来的吗？我不记得你提到过他会带着羽毛去岛上。要是船开去艾普-赫利登怎么办？尽管你可能觉得去哪儿都无所谓，但要是我没搞错的话，那可是帝国的领地。去那里岂不是比在这里还要糟糕？”

“不，才不会呢。”忒乌达斯双臂交抱，别过脸去。“什么地方都比这儿强。这儿啥也不是。”

帐篷外某处，有人正在放声高歌。另外有两个人，一个吹着风笛，一个弹着某种弦乐器替他伴奏。歌词似乎没什么具体的意义——

蚱蜢蹲在甜椒藤

蚱蜢蹲在甜椒藤

蚱蜢蹲在甜椒藤

来了只小鸡说，你是我的

——但音乐却很欢快，听起来伴奏的人乐在其中。至少卡纳迪听过更糟糕的噪声，有些萦绕在他的脑子里，有些则来自外部。“会有船的，”他瞌睡地说，“迟早会有的。只要我们耐心点。不能仅仅是为了离开这里就在西部沿海乱闯。关键是，我有可能会死在路上，到时候你怎么跟艾希莉交代呢？”

这番话让忒乌达斯更烦躁了，“你说的都是细枝末节。再说了，你为什么要提到死不死的？你根本没生病，只是懒得动。”

卡纳迪微微一笑，“那位好心的女医生可不这么想。她说，在经历了那么多艰难险阻以后，我需要大量的休息。”

“噢，是吗？你倒说说看，具体是哪些艰难险阻？我不记得发生过什么可怕的事。我可是一直和你在一起的，可没有成天躺在那儿唉声叹气。”

“好吧，”卡纳迪大笑起来，“好吧，如果你那位鸭毛商人真的出现了，并且跟我们同路，还同意带上我们，最后如果船上还有位置的话，我们就离开这里。坐在一堆羽毛上，应该很舒服。”

忒乌达斯站了起来。“我出去走走，”他说，“免得我忍不住发脾气。”

帐篷外很亮。阳光炙热而耀眼，大家都尽可能躺在有阴影的地方，没人到处走动。那三个制造可怕噪音的人现在也消停了，谢天谢地。他们正懒洋洋地斜靠着，躲在一台正在组装的大型木支架下面，拿着一大壶饮料传来传去，从一个罐子里拿坚果吃。

“你那个朋友，”忒乌达斯经过他们身边的时候，他们中的一个招呼道，“他怎么样了？”

忒乌达斯停住脚步。“哦，他挺好的。”他局促地回答道。

“很好。”那人示意他过来。忒乌达斯很难压下拒绝的冲动。把仇恨埋

在心里，卡纳迪说过。他走过去，坐在他们旁边。“他们说的是真的吗？”那人问道。

忒乌达斯愣了一下。“我不知道，”他说，“他们在说什么？”

那人大笑起来，将水壶递给忒乌达斯。“说他是个巫师，”他说，“是个沙斯特巫师。你说说，是真的吗？”

忒乌达斯点点头。“其实他不算巫师。”他说，“事实上，根本没有巫师这回事。他是学者。”

“都一样。”那人似乎认为二者没啥区别，“那我听到的传言一定是真的了，”他继续说道，“沙斯特巫师将会帮我们赢得战争。”

忒乌达斯皱起了眉头，“什么战争？”

“和帝国之间的战争。”那人说道，“特姆莱国王和沙斯特巫师结盟，一旦帝国攻击我们任何一方，另一方就会出来助阵。差不多是这样。”他继续说道，“我的意思是，玩归玩，但现在是时候了，该有人重视这件事了。”

忒乌达斯的眉头皱得更紧了，“我不知道马上就要打仗了。”

“当然要打仗喽。”另一个说道，他是刚才在吹风笛的那个人，“因为他们终于占领了艾普－埃斯卡托伊。现在要跟我们干上了。”

“或者沙斯特。”第三个人插嘴道。

“或者沙斯特。”风笛手赞同地说，“这就是为什么我们需要和沙斯特结盟。毕竟，除了他们以外，没有别人会伸出援手。别的势力都被荡平了。”

忒乌达斯将水壶递给风笛手，暗自希望没人注意到他一口都没喝。大概是苹果酒吧，他猜想。他从小就讨厌苹果酒。在佩里美狄亚，人人都喝这个，现在草原人也上了瘾。“你们在造什么？”他想转移话题，开口问道。

那几个人互相看了一眼。“哦，得了，”其中一个说，“说说也无妨。再说了，只要长了眼睛，谁都认得出来。这是投石机。”他继续说道，“就是我们占领城市的时候用的那种。事实上，设计都是一样的。呃，当时用起来挺好的，希望这次跟帝国对上的时候也同样顺利。”

“投石机。”忒乌达斯重复着这个词。他记得投石机出现的那一天，也是草原人出现在城墙下的那一天。他们出现在狭窄的河道的另一边，连同一船船事先切割好的木材。他记得他们组装攻城器时那喧闹繁忙的景象。当时大家都不知道该对这些东西作何反应，是当作笑话还是威胁，抑或是二者兼具。“这么说，一切都源于艾普－埃斯卡托伊事件。”他补充道。

刚才弹类似班卓琴的一种乐器的人点点头。“都怪那个混蛋巴达斯。”他说，“那混蛋，他可真是深谋远虑。”

“洛雷登？你是指巴达斯·洛雷登？”

乐手点点头，“就是他策划了整件事，谁都知道。在城市沦陷后逃走，加入帝国军队，为他们夺取艾普－埃斯卡托伊，这样他们就会跟我们对上。他才是我们需要提防的人。天哪，他一定恨透了我们。”

谈话出现了尴尬的中断。然后，唱歌的人说道：“说起来，也算公平。毕竟我们烧毁的是他的城市。难怪他要报仇。”

“可我们烧掉城市就是为了报复他啊，”风笛手回答，“以及他的舅舅麦克森。除了报仇，特姆莱还有什么选择？现在又轮到他来向我们复仇了，只不过这次他有帝国作后盾。你们等着瞧吧，他不把我们杀光是不会甘休的。”

忒乌达斯低着头。这不是明智之举，但一旦他们看到他的脸色，就会察觉到真相。而且他内心怀着强烈而痛苦的内疚感——他们口中的巴达斯，不是真实的他。在他们的描述中，他听起来像是个死神，可他不是。他只是个安静而孤独的男人，一心想避开麻烦，但麻烦似乎总是追着他不放，就像狗盯着卖香肠的人的裤子不停地嗅来嗅去一样。他清楚地知道，巴达斯根本不想复仇；而他们说的那一切，完全不是他的错。

“我得走了。”他站起来，“谢谢你们的饮料。”

“别客气。”弹琴的人说，“对了，镇定点。他还没找上我们呢。再说，他也干不掉我们，你放心吧。”

“我知道。”忒乌达斯说着，走开了。

七

“怎么样，”高戈斯·洛雷登说，“你没怎么出声。有什么想法？”

波利奥西斯思考了一会儿。“很美，”他说，“绿意盎然。”

“绿意盎然，”高戈斯重复道，“你知道吗，我以前从来没注意过这一点。是的，这里的风景确实不错。”

雨渐渐小了下来，这是一场夏日阵雨。在中邦，每年一到这个季节，几乎每天都要下一场。大颗大颗的浑浊雨滴从老旧农舍的茅草屋檐处滴落。这是中邦的一种典型建筑，他们正躲在屋檐下避雨。农舍呈半荒废的状态大概已经有一百年的时间了，多半正因为如此，百年前的建筑样式才保留至今。一股泥水汇成的潺潺细流经过门口，流过屋内地面，汇入远处因潮湿而形成霉斑的角落。即使是农舍内部的墙上也长满了翠绿的青苔。

“是啊，”高戈斯继续说道，“说真的，就是那么一回事。我在思科纳的职业生涯已经结束了。虽然我尽力了，结果却不尽如人意。但没必要因此一蹶不振。就这样，我回了家乡。”

波利奥西斯点点头。“带着军队，”他说，“还夺取了政权，并自称——对不起，我不是要故意说难听的话，但我很难用正确的词去形容。说是国王吧，不太贴切；军阀这个词的含义又太糟糕了。也许可以说军事独裁者——”

高戈斯微微一笑。“王子。”他说，“不管别人怎么说，我喜欢这个头衔。中邦王子。你说得对，中邦还没有大到可以称为王国的地步。我考虑过要不要自称公爵，但这个称号暗含着臣服于他人的意味。”他打了个哈欠，然后咬了满满一口奶酪，“所以我看可以叫公国。我觉得挺合适的，考虑到领地的规模，比郡县大，比国家小。你说呢？”

“无所谓。”波利奥西斯回答道。他一直坐着的木桶，现在也湿了（在这个所谓的**公国**，什么都是湿的）。“现在，我必须坦率地承认，我一直无法理解为什么你们几乎没遇上抵抗。请不要误会——”

高戈斯挥手截住了这些微妙的外交辞令。“我不介意。”他嘴里满是食物地说道。

“谢谢。但，对于像你这样的——哎呀，天哪，我又找不到合适的词汇了——冒险家，仅凭几百名士兵作为后盾，就能闯进来，控制了一片以前从未有过统治者或政府的土地。你得承认，这事足以激发一个人的好奇心。不过现在我亲眼见到——”

高戈斯点点头。“漠不关心，”他说，“或者你可以称之为听天由命，意志消沉（当然这个词不够贴切，它似乎暗示这里的人曾经有过意气风发的年代，但据我所知，从来没有）。总而言之，不管发生了什么，他们都不在乎。你看，”他用手指撕下一片肉干，继续说道，“这一整片土地，从有人定居的第一天起，就被划给了富有的城市家族——佩里美狄亚人，当然他们作为地主，从来不会露面，实际由那些该死的穷苦佃户耕种，并定居于此。你看，我们只是佃户，或是雇农，向来没有土地所有权。从城里来的管家才是真正的管理者。也就是说，他们会跑来告诉你该做什么，你照做就是。就算他们也很少来打扰我们，只在每年年底出现，其他的时间，我们可以自行其是。”

“原来是这样。”波利奥西斯说，“那么，政府的职能——比如法庭、正义——”

高戈斯大笑起来，“完全没有。也完全不需要。你应该已经注意到了，这里没有城镇，连村庄都没有，只有农场。每一家农场，都由一个家族经营。要说谁来掌权，农民自己掌权，和处理其他事务一样。”

“原来如此。”一只从地板上蹿过去的老鼠忽然停下来，挑剔地打量着波利奥西斯，似乎后者是一副略微挂歪了的画，然后它消失在一只木桶后面。“那，邻里之间的争端呢？假如有些宿怨，长久积累下来的琐碎的口角之类的……”

“那种事，”高戈斯说，“通常不会造成什么伤害。就算有，说实话，也与他人无关。再说了，大部分农民根本没有时间和精力去闹事。”

波利奥西斯摇摇头。“这么说，”他说，“剩下的唯一问题是，怎么会有人想要占据这种地方？”

“这是我的家乡。”高戈斯回答，“再说，随着城市陷落，可乘之机出现了。没了地主，什么都乱了。人嘛，总喜欢在社会上找到自己的位置。这是生存的意义之一。”

波利奥西斯对此无话可说。“我想我已经了解到足够的信息了。”他说，“再说雨也停了。我们是不是该回托诺斯了？”

“我在想，也许我们可以去我的农场看看。”高戈斯答道，“离这里挺近的。我们可以在那里过一夜，第二天早上再回托诺斯。”

“很好。”波利奥西斯说，“那里有什么值得看的吗？”

高戈斯摇摇头。“就是个普通的农场。”他回答，“我不在的时候，我的弟弟们负责打理。你知道，他们一辈子都待在那里。”

他的话里颇有些费解之处，但波利奥西斯不想就此大做文章。

离开农舍，骑马半个小时之后，他们来到一座桥边，更确切地说是断桥边。中间三段缺失了。

“见鬼。”高戈斯说，“我们只好折回浅滩。”他皱起眉头，“这类事可真麻烦。一旦有人需要几块石料，就去把桥拆了。我还得派人去修。”

浅滩处有一座绞刑架，上面吊着一具尸体。高戈斯没有解释，波利奥西斯也不想问。那尸体似乎已经吊了一两个星期了。

“有空的时候我一定要做一件事，”骑马过河的时候，高戈斯说，“那就是修路。别指望人民自发去修路。他们多半会在谁负责修哪一段这种问题上和邻居吵架。我猜帝国一定有专业的修路工，除了修路不做别的事。我有兴趣雇佣一些这样的人。”

过了浅滩一个小时以后，路渐渐消失在麦田中央。麦田看起来不怎么茂盛，先是被雨打得七零八落，之后又被鸽子和白嘴鸦践踏了一番。高戈斯叹了口气，一路穿行其中，直到前面出现一道高高的荆棘篱笆。篱笆上有门，但三十年来疯长的灌木与荆棘已经将门缠绕在其中了。

“我有段时间没走过这条路了。”高戈斯说，“现在你知道我为什么提到路况问题了吧。”他从马上跳下来，开始用剑劈砍篱笆。但灌木枝弹性太好，很难砍断。“很抱歉，”他说，“我们不得不回到刚才那条小路，绕一圈穿过院子进去。等我们到了以后，我要跟他们好好谈谈我对这个门的想法。”

波利奥西斯叹了口气。“随你。”他说，“天又开始下雨了。”

等他们到达据波利奥西斯推测是农场的地方时，天已经黑了。因为太暗，除了能看到屋顶的剪影以及几根模模糊糊的树枝映衬在天空之下以外，其他什么也看不见。他听到马蹄嗒嗒的声音打在铺了石头的院子地面上。高戈斯吆喝了一声，门开了，淡淡的楔形光影洒落在门外。灯光是黄色的，颇为暗淡。他们点的应该是猪油，为了节约，还将烛芯修剪过一番。这地方一闻上去就知道是农场。他刚下马，脚就踩在了一摊水中。他用湿答答的袖口擦了擦眼睛里的雨水，跟着高戈斯走向亮处。

“这里没什么好看的，”高戈斯愉快地说，“但无论如何，这就是家。进来吧，你身上很快就会干的。”

高戈斯说得对，这里确实没什么值得一看的。油脂灯的光芒过于暗淡，波利奥西斯甚至看不清自己到底走进了什么样的地方。房子里散发着一股潮湿陈腐的灯芯草味道，不怎么好闻。他被领到一个大房间里，屋里有一张朴素的大木桌，桌上满是木头盘与白镴盘，每个盘子里都有些细碎的面包皮和奶酪皮。桌边坐着两个人，他们面前各有一盏大大的角杯，似乎没注意到他的存在。

“我弟弟。”高戈斯介绍道，“坐在左边的叫克利法斯，右边的叫佐纳拉斯。”这两个人没有动，只微微转过脑袋看了他一眼，又转回去相互对视着。“请原谅他们的失礼，”高戈斯继续说，“结束一天辛苦的工作之后，我估计他们都累坏了。现在正好是一年中最繁忙的季节。我们要收割河边的芦苇，还要制作下酒的奶酪。”

克利法斯和佐纳拉斯仍然没有任何反应。波利奥西斯坐在一张三条腿的凳子上，将肘部枕在一个干净的桌角。高戈斯踏在一张椅子上，正在从梁上取些什么。“芦苇收割得怎么样了？”他问道。

“很糟糕。”佐纳拉斯回答道，“太潮湿了。我们准备等一个星期，看水位会不会下去一点。不过这几天一直在下雨，我看够呛。”

从梁上取下来的东西是一个网兜，兜里装着一块包裹着干皮的圆形大奶酪。“克利法斯，家里有新鲜面包吗？”

“没有。”克利法斯回答。

“哦，好吧，没关系，我们只好将就了。壶里有酒吗？”

“没有。”

高戈斯叹了口气。“我去地窖里拿一些上来。”他说完拿起酒壶，“很快就来。”

他离开了很长一段时间。在此期间，他的两个弟弟几乎没有动弹。等他回来的时候，他一只胳膊底下夹着一块看起来很结实的面包，另一只手上拿着酒壶。“该给壁炉再添根柴了。”他说，然而似乎没人理会。房间里又冷又潮。高戈斯开始用他的小刀锯面包。

“总之，”他说，“你想了解中邦，这就是典型的中邦生活。就在这里。”他递过来一个装着些面包和奶酪的盘子，“我去给你拿个杯子，你可以喝点酒。”

“不，真的不需要。”波利奥西斯推辞道，但为时已晚。光线太暗，他看不清杯中酒，却可以看到上面浮着几根干草。“你可以睡我的房间。”高戈斯继续说道，“我去和佐纳拉斯挤一挤。”

佐纳拉斯嘟哝了一声。

“是啊，”高戈斯坐下来，掰开一片面包，往杯子里沾了一下。“这就是家，”他说，“喜不喜欢，你都别无选择。我看啊，至少中邦人朴实传统的好客精神是哪儿都比不上的。”

波利奥西斯提醒自己，得注意外交官的身份，于是他一言不发。由于饿得狠了，他甚至还拿着奶酪的一角咬了一小口。奶酪的味道很浓，吃起来相当恶心。高戈斯问起还有没有熏肉，没有。

“我们需要检查一下抛靶屋的茅草屋顶。”克利法斯说，“现在没时间，要等到干草都收回来以后。如果收割芦苇不成的话，就只能去买一些，这还得看别人有没有货。”

“哦，好吧。”高戈斯说。

“还要把苹果搬出去。”克利法斯继续说，“屋里太潮了，不搬出去全都会坏。我现在抽不出空来。”

“别看我。”佐纳拉斯回答道，“你以为我这一周都在干什么，袖手旁观吗？”

高戈斯叹了口气。“我会派些人过来。”他说，“你只要告诉他们要干什么，他们会搞定的。”

“当务之急是把白嘴鸦从倒伏的大麦上赶走。”克利法斯说，“上次我数了数，有一百零四只。再让它们糟蹋下去，就不值得收割了。”

“反正也无济于事。”佐纳拉斯指出，“太他妈潮湿了。需要再有十个晴天才能晒干。当初要是听我的，就该在那里种豆子。”

“我们去年就在那块地种过豆子了。”克利法斯说，“今年的豆种要撒在五亩上等田里，以恢复土壤肥力。不过你说得对，如今大麦长成这样，还不如把它们直接埋进土里。”

波利奥西斯极力克制住大笑的冲动。但自封为中邦王子的高戈斯·洛雷登却在一本正经地点着头，看起来郑重其事。波利奥西斯意识到，他在扮演农夫的角色，却演得不够像。他给自己套上了各种不同的身份：农夫、王子、外交官、强悍的职业士兵——却都只学了个皮毛。*我看不穿他的真实身份。我猜想，他自己也不确定。*

他发现，所谓高戈斯的房间（他被告知，这是主卧室，母亲过世后父亲就睡在这里）在一间小阁楼上，要爬几级台阶才能到。这台阶说是楼梯，更像是梯子。房间里有一张床，床垫里絮着破旧不堪的芦苇。床上没有枕头，只有一床破旧不堪的毛毯，毯子的一角已经被小心翼翼地翻折开来。看样子这些物品年代久远，可以追溯到波利奥西斯刚成年的时候（也可能是高戈斯的母亲去世之前，除非这是尼莎·洛雷登在介入国际金融行业前手工做的）。波利奥西斯剥去湿漉漉的靴子，腿一偏，上了床，掐灭了灯芯。他听到有东西在屋顶蹿来蹿去——不是雨点的声音，因为没有水滴在那些半满的水盆里。是猫吗？有可能是松鼠，如果它们晚上出来活动的话。还有可能是兔子，房子的屋檐接着屋后低矮的山丘。不管是什么声音，总之这动静闹得波利奥西斯无法入睡，尽管他疲惫不堪。

让帝国和这帮小丑结盟——做梦吧，他压根儿不会考虑。高戈斯手下顶多有——多少？一千人？也许还没有那么多。现实点吧，在压迫那些农民，让他们乖乖听话之外，他还能腾出多少人手？多么可悲啊，他感慨着自己那轻信的个性。他在这里纯粹是浪费时间，收集的大部分信息都没什么价值，充其量只是更深入地了解了洛雷登这个有意思的家族。不知怎么地，这个家族的人竟然卷入了一些重大事件，足以影响帝国的政策。他在床垫上翻来覆去，试图找到一块足够平坦的地方，让自己躺得更舒服点。与此同时，他思考着这个奇怪的现象，想要解开这个谜团。

比如尼莎·洛雷登。她现在已经是个无足轻重的小人物了，但有段时间，她的危险性大到足以动摇沙斯特银行的地位。由她出资扶持、高戈斯负责培训出来的那支小得可怜的军队，居然干掉了基金会手下的好几千名斧枪兵（水滴石穿，从理论上来讲确实如此）。如今她已经出局了。因此，他确信，下一个就是高戈斯了。这个他为自己勉力经营的古里古怪的小土匪窝，将在未来几年内让中邦的经济持续萧条，保持一个无足轻重的地位——换句话说，只是替行省政府先占着地盘，说不定哪一天行省政府就把眼光转到这里来了。但这个可能性不大。托诺斯倒挺适合成为一个实用的舰队基地，如果帝国真的打算建立一支*正规*舰队的话。目前在补给账目上被列为“帝国海军”

的，只是由一些雇佣及俘获来的船队组成的乌合之众。但高戈斯显然并未掌控托诺斯，如果他想强行侵占，恐怕要栽个大跟头。

最后只剩下巴达斯·洛雷登了。他当过上校，如今是中士、艾普-埃斯卡托伊的战争英雄、佩里美狄亚最后的守卫者、草原人眼中的死神。在黑暗中，波利奥西斯皱起了眉头，试图回想他对因果理论的那点有限的理解。最终，他放弃了。他只是个外交官，而帝国已经有大量专业的形而上学者，不需要他在这方面提供什么意见。他曾经在艾普-萨玛斯军事学院进修过两周的基础课程。凭借着对这些军事知识零零碎碎的回忆，就连他都明白，在拟定任何稳妥的长期计划之前，他们需要对这个地区做出相应的安排。他现在收集的信息，到了那个阶段恐怕会成为重要资料。这种想法让他感到欣慰。在他所属的师，教官有句名言，要做任何一件有意义的事，第一步，也是最关键的一步，就是要找出这个任务的实质。现在，他终于知道了。他到这里来的目的，是为了研究巴达斯·洛雷登的病态行为。这就对了。

他终于沉入梦乡。要是他在这栋房子的这张床上做了噩梦，那多半要怪他吃的那些奶酪。

维特里丝·奥泽尔坐在自家房子的前门台阶上，看着下方街道上的一个小男孩。男孩收集了大量小石子，一个接一个扔向对面前院的一丛未经修剪、杂乱无章的装饰性灌木，动作很小心。那栋房子很久没有人住了。之所以没人住，是因为文纳德——愿众神保佑他——想买下这栋房子（文纳德这个人，总喜欢用一些歪门邪道、适得其反的方式。他大概利用了影子中介来挤走其他人的报价，然后在准备签订协议的最后一刻退出。他为此花了不少钱，但他觉得自己相当足智多谋，这才是最重要的）。不管怎么样，维特里丝觉得，根据普遍规律，男孩扔石头通常是一件坏事，因此（愿众神保佑她自己）作为一名成年人，她责无旁贷，必须出面制止。只不过，她怎么也看不出让那个男孩如此小心翼翼的是为什么。

终于，她被好奇心折磨得抓心挠肺的，只好走下台阶去问他。

“蜘蛛。”男孩回答。

“蜘蛛？”

“没错。”男孩指着那里。果然，纵横交错的枝条间赫然出现一座由蛛网结成的城市。大部分蛛网的中央悬吊着一只肥大的褐色蜘蛛。它们一动不动、喜怒不明地吊在那里，让维特里丝想起市场上的摊贩。生意不好的时候，他们总是面色阴沉地稳坐钓鱼台，随时准备向好不容易出现的顾客扑去。

“打中了吗？”维特里丝问道。她讨厌蜘蛛。还是个小女孩的时候，她只能被动地表达这种厌恶之情。但现在她已经长大，该采取更激烈的手段了。

“打中四个。”男孩骄傲地回答，“只有打死它们才算数，要是只打落，让它们跑了，那就不能算。”

这话相当于发出了她正求之不得的邀请（更确切地说，是挑战）。她从“弹药库”里选了一块小鹅卵石，尽量估算了一下高差和风阻，然后投了出去——

（就像佩里美狄亚的投石机。）

“没中。”男孩说，语气里满是男性对女性在投弹战争中的拙劣表现的蔑视。“该我了。”他捡起一块石头，夹在指缝间。他看了看石头，再看了看要打的那只蜘蛛，扔了出去。

“没中。”维特里丝说。

“我没说这是件容易的事。”男孩恼羞成怒地回答。

这一次，维特里丝准备使用更为科学的手法。她在脑中划出石头的飞行轨迹，以及当重量压过弹射初速度时飞行弧度的衰减。脑中的图像是如此清晰，似乎就刻在她的眼睑内似的。她手腕向后翘起，然后一松手——

“不管怎么说，我们不应该这么做。”她恼火地说，“太残忍了。这些蜘蛛又没有伤害我们。”

“它们有毒。”男孩回答，“被它们咬了，伤口会肿起来，变黑，然后你就死了。”

“真的吗？”维特里丝说，“我从来没听说过。”

“是真的。”男孩向她保证，“我的朋友告诉我的。”

“哦，好吧。”维特里丝偷偷拿起另一块石头，“这么说，我们有责任——瞧，”她加了一句，“正中目标。”

“这不算数，”男孩说，“还没轮到你呢。”

维特里丝微微一笑。“你这个输不起的家伙。”她说，“好了，现在别玩了，不然我去告诉你妈妈。”

男孩凶狠地看着她，似乎在控诉她犯下了一级叛国罪。然后他一脚踢翻石头堆，垂头丧气地走了。维特里丝为自己的勇猛感到莫名的高兴。她坐回台阶，回到复核库存总账的工作。她正试图弄懂看起来像两个圈圈的潦草字迹是什么（文纳德迷上了时髦的新式缩写，却总是在用过之后第二天就忘了那是什么意思），就在这时，一道阴影落在账簿上。她抬起头。

“维特里丝·奥泽尔？”

她点点头，然后迅速将目光转开，极力克制自己想盯着对方看的冲动。但是，太难了，对她来说，这真的是太难了。毕竟她以前从来没见过天国之子啊。

“我找你的哥哥，文纳德。”那人说，“他在家吗？”

维特里丝摇摇头。“抱歉，”她说，“他出门做生意了。我可以帮到你吗？”

那人笑了，似乎提出帮忙的是个六岁的孩子。“谢谢，不过，你帮不上。

是生意上的事。”

熟悉维特里丝的朋友都知道，她不会让人有第二次小瞧她的机会。“那你要见的就是我。”她带着甜甜的微笑回答，“请进。我可以腾出二十五分钟和你谈谈。”

男人看了看她，还是跟她进去了。维特里丝将他带到会计室。这个时辰，会计室应该是空的。职员们要么在仓库清点库存，要么在酒馆。“太乱了，请见谅。”她的手虚虚地扫过，向客人展示洁净无比的桌面，“好了，我能为你做什么呢？”她坐在文纳德的书桌后面。文纳德一直很嫌弃这张桌子。他买了一堆杂七杂八的货物，全是从佩里美狄亚掠夺的战利品，买之前没有验过货。这张桌子就是其中一件。它大而华丽，有一种说不出的俗气，让文纳德很讨厌。“请坐。”她说。她心里很清楚桌子另一头的凳子很矮，坐在上面你得再加个垫子，视线才能勉强越过桌面。令她深感疑惑的是，那天国之子似乎没有这个困扰。*他们全都高得惊人吗？*她想。

“谢谢。”她看着那人试图挪动身子找到舒服的坐姿，心想要在那张凳子上坐得舒服是不可能的。“我叫穆欣·谢尔，我代表行省政府。我们有兴趣包下几艘船。”

维特里丝点点头，似乎这种事天天都有。“原来如此。”她说，“哪一种船，要几艘，包多久？”

穆欣·谢尔挑起一边眉毛看着她。“你们有一艘叫‘松鼠号’的船。”他说，“我们了解到这是一艘双桅横帆船，顺风时持续船速能达到六节。你们常在近海地区跑动，惯于张横帆逆风行船。如果载重足够的话，这艘船应该符合我们的要求。‘松鼠号’载重至少有一百三十吨，我说得对吗？”

“哦，不止。”维特里丝回答道，其实她完全没听懂那人在讲什么。“你们要上什么货呢？”

穆欣·谢尔似乎没听到她的问话。“在我们往下谈之前，有几个技术要点——很抱歉，听起来似乎很啰唆，但在我们拟定包租协议之前，必须确保你们的船符合行省的服务规格。你能回答这些问题吗？或者，我应该等你哥哥回来再问？”

“没问题。”维特里丝坚定地说，“问吧。”

“很好。”那人指尖相抵，“龙骨翼板和镶口是不是以榫眼结合在一起的，这点你知道吗？”

值得夸奖的是，维特里丝始终不动声色。“‘松鼠号’是一艘运营中的商船，谢尔先生，不是玩乐用的游艇。我向你保证，在这一点上，你没什么可担心的。”

天国之子再次点点头。“艏柱和艉柱是斜接在龙骨上的吗？”他继续问道，“我刚才说过，很抱歉要劳烦你回答这类细节问题，但我们过去和民用船主打交道的时候，曾经有过一些不好的体验。”

“我……”维特里丝深吸一口气，“要即刻回答的话，我想不起来了。我认为是的。毕竟，你还在学走路的时候，我的父亲就已经驾着‘松鼠号’将一捆捆的布料从科里昂运往思科纳了。这么多年下来，这艘船依然完好无损，想想也知道它不是用蜡纸糊出来的。不过，”她察觉到天国之子的吸气声变得尖锐了些，迅速补充道，“一旦它靠港，我马上就能确认。或者，你可以亲自去检查一遍。我建议我们在假设她符合你们的要求的基础上继续谈下去。你刚才说要包它做什么？”

穆欣·谢尔的嘴角微微抽搐了一下。“我还没提到。”他回答，“看来，我最好还是接受你的建议，等船回航以后，亲自去检查一下。你能告诉我大概在什么时候吗？”

“很难说。”维特里丝说。她在心里认定，自己完全不喜欢这位谢尔先生，

“一个星期,也许是两个星期。受很多因素影响,你知道——”

“当然。”穆欣·谢尔站起来,“我会在这里至少再停留三个星期。等‘松鼠号’靠港,我会再来拜访。感谢你拨冗洽谈。”

“嗯,”维特里丝也跳起来,“可否让我知道你的下榻之处,这样当它靠港的时候——”

“没关系,”谢尔说,“我会知道的。到时候我会再来拜访。日安。”

客人离开以后,维特里丝往后一躺,倚在哥哥的椅子里咒骂起来。这可是她很少做的一件事。身为商人以及天生的岛民之女,她知道,面对这样一桩好生意,她本该欢喜雀跃(至少,她猜想这是一桩好买卖。话说回来,他们还没有谈到确切的价格问题),但这个穆欣·谢尔让她恼火得牙痒痒。她立刻安慰自己,就算文纳德在场,也不见得就能应付得比她更好——哦,他多半会像个白痴似的,时而微笑时而皱眉,但她可以担保,她的哥哥对龙骨翼板之类的东西更是一窍不通。哼,等那个可恶的男人再次上门的时候,就让文纳德去完成交易吧,别客气。她摇摇头,离开会计室,来到一个小房间。那里曾经是她父亲的办公室。如果她没记错的话,十五年前,那里有一本叫《迷上造船》的书,是一本破烂而厚实的小书。她现在可能不知道什么叫龙骨翼板,但老天作证,在文到家之前她一定能把这些该死的东西都弄懂。到时候,她就可以像对一个孩子解释问题似的,对他说——哎呀,文,不就是龙骨翼板吗,我以为谁都知道是什么意思呢。

她确实懂了,但同时也觉得这些知识非常枯燥无味。不过,至少等文到家的时候(奇妙的是,就在第二天),她可以说:“就是龙骨两侧的长木板。”好像她从会吃饭起就懂得这些似的。

“噢。”文纳德回答,“那为什么不直接这么说,为什么要给它起这么一个傻乎乎的时髦名字?‘跟龙骨镶口以榫眼结合在一起’又是什么意思?算了，别跟我说了，我不想知道。反正，如果我真想知道的话，我可以跟你一样去看爹留下的书。”

维特里丝皱起了眉头。“好了，”她说，“你怎么看？”

文纳德恼火的表情褪去，得意地笑起来。“说起来，这可是轻轻松松到手的钱，”他回答，“还是大钱。如果他们付每周每吨一夸特的话，那我们就像在厨房地板下发现了银矿似的——发了。”

维特里丝两根眉毛都竖了起来。“哎呀，”她说，“那可是一大笔钱呐，对吧？”

“‘松鼠号’的载重量是二百一十五吨。”文纳德兴高彩烈地回答，“你自己算算看。甭管什么‘符合规格’之类的废话，只要能浮在水面上的，哪怕是翻过来口朝上的木桶，他们都要。要不然你以为我为什么要这么匆匆忙忙地赶回来？”

他解释道，从艾普－伊玛托伊到科里昂，行省政府正在到处征招船只。他们正在为进攻特姆莱国王做准备。入侵的主力军队将绕过胡克角，穿过思科纳海峡，经海路到达佩里美狄亚。这样既可以避免漫长而危险的陆路行军，又不给特姆莱以游击战来对抗进攻的机会。因为军队要经过沙斯特的领海，行省政府为此平息了和沙斯特的争端——真是令人恼火，这下他那一整船高价收购的玉米面要砸在手里了，当时他还以为沙斯特零售商无法获得运送玉米面到波利亚的许可呢。但是从中长期来看，这个局面确实有利于拓展生意。“要是无法在市面上脱手，我宁可将这些东西都弃置在港口。”他补充道，“毕竟跟我们即将从厚绒布上获得的利润比起来，几袋面粉的成本不算什么。不过，也许我可以将这些玉米面卖给南奎尔的酿酒商，他们用得上这些材料，而且——”

“帝国准备进攻佩里美狄亚？”维特里丝打断他的话，“这是什么时候的事？”

文纳德咧嘴一笑，给自己倒了一杯，再满满地舀了一整勺蜂蜜以示庆祝。“要想成为一名真正的商人，你就得时时关注这类消息。”他志得意满地说，“动动脑子吧，即使是只剩半个脑子的人也该在多年前就想明白了，这一切都跟艾普－埃斯卡托伊密切相关。从我们小时候开始，帝国一直准备做的事就是将领土扩展到西海岸，现在他们终于做到了，多亏了我们的朋友巴达斯，愿众神保佑他。打通西海岸以后——哎呀，说真的，还有什么能阻挡他们呢。具有讽刺意味的是，”他继续说，“就算当年巴达斯和城市人能够打退特姆莱和他的部族，今天也同样要面对来自帝国的全面进攻——显然，结局是早已注定的。”

维特里丝皱起了眉头。“不对，”她说，“如果城市没有陷落，巴达斯不会跑去帮帝国拿下艾普－埃斯卡托伊。”

“哦，这个嘛，”文纳德耸耸肩，“不是他，也会是别人，没什么区别。只是时间长短的问题。我的意思是，帝国是不可战胜的，这是个无可争辩的事实。”他一口喝了半杯，往椅背上一靠，“特姆莱也算是自食其果了。我一点也不可怜他，大家有目共睹，这就是个嗜血成性的小畜生。话说回来，有时候你难免会对被帝国缠上的人产生一丝同情。我想，大概有点像得知有人得了绝症的感觉。”

“别，”维特里丝微微发抖，“这么一想，简直太可怕了。我是说，死了这么多人哪。你现在居然说，这一切都是毫无意义的。”

“这么说也没错。”文纳德回答，“换句话说，他们迟早都要面临屠戮，是草原人还是帝国军队，有什么区别呢？地理位置摆在那里。傻乎乎地待在一个具有重要战略地位的海口，南部仅仅相隔一百里左右，就是正在努力打通海岸线的帝国。这种情况下想要平平安安未免过于一厢情愿了。我倒是庆幸我们住在大海中央的一块小岩石上。”

维特里丝抬起头，“真的？”

“那当然。”文纳德打了个呵欠，“帝国没有舰队，这就是为什么他们要大量雇佣船只。不管怎么样，反正他们不会来打扰我们，这就够了。”

“哦。”维特里丝说，接着换了个话题。

亚历克修斯？巴达斯叫道，但对方似乎听不到。

巴达斯正在做梦，他经常做这个关于地道的梦。忽然，墙壁无端端地塌了，他似乎回到了佩里美狄亚，站在城邦学院主讲堂的后面（尽管他在城里住了这么多年，却从来没有进过这个地方，然而此时，他却清楚地知道自己在哪里，并且意识到这不是梦）。他看到他的老朋友亚历克修斯教长在前方讲台上，穿着最好的教士服和学者袍，在给一大群学生讲课。

“艾普－埃斯卡托伊的陷落，”亚历克修斯说，“就是一个恰当的例子。毫无疑问，这是一个广为人知的事件。回想当年，帝国势力尚未渗透到西海，更别说越过北部海峡了。我知道这难以想象，不过还是要努力一下。因为，关键是要记住有这么一个人，尽管有争议，但我认为他在历史转折点的行动，造就了今天我们所认识的世界。”

巴达斯绷着脸，想弄明白这是怎么回事。他所站的地方正是学院（如今，只有旋花类植物在被火烧焦的瓦砾间疯狂生长），但时间似乎是未来的某个时候。亚历克修斯也在这里，出乎他的意料，居然没死，还活得好好的。

“一个人，”亚历克修斯继续说道，“客观地说，是一个平平常常的人，和同龄人比起来确实没有什么特别之处。这样一个人，当他在他父亲位于中邦的农场里筑篱挖渠、在思科纳造弓、在艾普－卡立克与军械厂的其他工人一起整平胸甲的时候，他觉得再也没有比这更快活的日子了。他不可能成为影响大局的人物，你也许会这么说。但是，试想一下，假如巴达斯·洛雷登没有在不经意间打破障碍进入位于艾普-埃斯卡托伊城下的敌方主巷道，同时带倒了城墙，接下来会如何？让我们想象一下，攻城战拖了一年，甚或两年之久，然后某个边远行省的叛乱，或者中央财政部行政官员的人员变动，又或者不同政治派系在法庭上发生的争执——不管是什么——导致攻城计划被弃置。因此，艾普-埃斯卡托伊没有被占领——那么，整个世界的格局将截然不同。就因为一个人，在一瞬间的不同举动。先生们，这，就是元理。在那一瞬间，在黑暗的地道里——我敢担保，那里确实很黑—— 一切都变了。所有的一切都被推倒，分解成微小的元素——小到可以舒舒服服地钻进狭窄纤细、高度和宽度都不足以容纳一个人的支道——接着又被放大，像水面上的涟漪一般向外扩散。这就是元理作用在你们身上的效果。这种效果超越了维度，是所有空间汇合之地，如同一个针尖小孔，既代表开始也代表终结，从来处来，往去处去——"

巴达斯发现自己听不到声音了，像耳朵被蜡堵住了似的。他看到亚历克修斯还在讲话，只是听不到说的是什么。正当他站起来叫道，*大声点，后面的人听不到你的声音*的时候，他感觉到自己的头被地道低矮的天花板磕破，墙壁开始扭曲，向他挤压过来，像车轮碾压过锡杯。

"洛雷登中士。"

他猛地抬起头来。"抱歉，"他说，"我走神了。"

"我刚才说，"副官严厉地看了他一眼，"在那个地区，局势正在逐步恶化。帝国的利益受到直接威胁。我们无法继续保障公民的安全。因此，中央司令部正在制订应急计划，以防出现我们不得不进行军事干预的局面。"

"原来如此。"巴达斯说，其实他完全不懂副官在说什么。"真是——令人不安。"

“的确。”副官双手交叠放在桌上，身子略微前倾。“你也知道，在制订应急计划的时候，拥有跟这些人接触的第一手经验，从长远以及战术角度来看，对我们都具有重大价值。既然你跟他们打过几次仗——”

天哪，他们打算攻打特姆莱。“原来如此。”他不由地重复了一句。

副官点点头。“上头有命令，”他继续说道，“你先进入备战状态，等待上级军官给你布置具体任务。不过，毫无疑问，随着局势的发展，你将被调到一个能在战争中发挥积极作用的岗位上。有可能，”他带着诱导的语气补充道，“你会获得升职。这取决于你将要承担什么样的责任。”

升职。糟了。“现在呢？”巴达斯问道。

“我说了，现在你随时待命，做好准备。不过，在此之前你最好能完成手头的工作，等时机成熟的时候，将工作移交给继任者。”

巴达斯站起来。“当然，”他说，“我现在就去办。”

无礼、不服从命令、一贯懒散，回去的时候，他在走不完的过道上边走边想，真奇怪他们为什么不把我赶出军队。啊，不过我帮他们打下了艾普-埃斯卡托伊。现在又需要我拿下佩里美狄亚。

他停住了脚步。

“这么说，你要去打佩里美狄亚了，是吧？”有人问道。巴达斯看不清这个人，过道的这一段很黑，位于两个壁龛式烛台的中间，因此他看不到对方的脸。但他闻得到芫荽的气味。他意识到，不知为什么，他屏住了呼吸。也许是本能吧。

“是他们让我干的。”他回答，“我只是听命行事而已。如果我干得好，他们将授予我公民身份。”

“他们将授予你公民身份。”那人重复道，“这不是很好吗？想想看，你，成为公民。巴达斯·洛雷登，这世上没有任何一个文明社会会让你成为公民。”

巴达斯皱起了眉头。“抱歉，”他说，“我认识你吗？”

“我们见过。事实上，我们曾经来过这里——或者说这一带。别转移话题。你要去拿下佩里美狄亚了。为什么我一点儿都不觉得奇怪呢？你乐在其中，对吧？”

巴达斯沉思片刻。“并不，”他说，“嗯，看情况。我这一辈子做过各种各样的事。其中一些格外糟糕。”

“比如？”

“比如在地道里的日子。”巴达斯说，“我根本不喜欢那种生活。还有在麦克森麾下作战，大部分时间也相当不愉快。”

“有道理。”那人说道。他没有动，巴达斯也没有动。“指挥佩里美狄亚保卫战呢？那是好事还是坏事？”

“我不喜欢。”巴达斯回答，“我知道自己不适合这份工作。我确实尽力了，换个人没准儿能保住城市。而且，那段日子的感觉非常糟糕。”

“我明白了。那么，作为职业击剑手呢？感觉兴奋、激动吗？面对挑战，你觉得兴致盎然吗？每次赢了，是不是感觉很好？”

“松了口气。”巴达斯说，“庆幸自己还活着。我干这份职业，只是因为这是一件我擅长的事，可以以此谋生。你知道，我需要通过击剑赚得足够的钱，寄回家给我的弟弟们。”

“不用说，这些钱全被他们挥霍光了。”那人说，“你的努力全白费了。现在只剩下务农、当击剑教练、制造弓箭以及你正在干的这份活。对于这些工作，你感觉如何？我想，应该会快活一点吧？”

“是的。”巴达斯说，“在农场日子很艰难，但那是我自出生以来就在干的。当击剑教练比上场斗剑强，赚的钱也还行。让我继续教下去，我会挺高兴的。

制造弓箭也很好。过那样的日子，不需要很多钱，而且我喜欢靠手艺吃饭。现在这工作也是。我觉得，我能在这里找到一样可干的活，而又没人要杀我，对我而言这点好处就够了。”

那人大笑起来。“其实你这家伙一点也不复杂。”他说，“你心目中的理想生活只不过是在辛苦地干一天活之后，拿一份过得去的工钱。可你实际上干的却是碾压部落民、保卫并摧毁城市、屠杀一大批人……告诉我，在你经历过的那些至死方休的决斗中，在那些你死我活的冲突中，你觉得，究竟是什么原因导致最后别人都死了，而你却依然活着？是因为你技术高超、手速快吗？我很想听你说说其中的奥妙。”

“我不想提起这事。”巴达斯回答，“无意冒犯，但这关你什么事呢？”

“不关我事。”那人回答，“只是我和大多数人一样好奇。我想了解你的真实面目。当你读到或听说一位伟大的历史人物时，你总是不由自主地认为，这些人和我们完全不同，遵循着截然不同的行事规则。像这样，和你单独谈过以后，我才意识到压根儿不是那么一回事。现在我倒觉得，很显然，大部分时候你根本不知道自己在做什么，仅此而已。如果单凭书中的记载，或者小时候祖父告诉我们的故事，那我可能永远也不会发现事实真相。好吧，就到此为止吧。再见。”

“等等。”巴达斯说，但说话的对象却只余半个黑影。

“哦，最后说一句，”黑暗中，声音从那人刚才站立的散发着芫荽味的地方传来。“谢谢。”

“不客气。”巴达斯回答道。话音刚落，他就膝盖一软，摔倒在地。

当他再次睁开眼睛时，周围亮得刺眼，一圈脑袋从上方俯视着他。

“大概是高温，”一位天国之子说道，“他们需要时间来适应。他来自又冷又潮的乡下。”

“或者是被活埋的后遗症。”说话的人出现在他眼睛下方的视野内，“严重的脑震荡，症状可能要过好几周才会出现。这也是出现幻觉的原因。”

“中暑也会这样。”天国之子回答，“事实上，听到想象中的声音以及跟不存在的人谈话这两个症状，说是颅外伤，倒更像是中暑造成的。不过的确，两种原因都会引发这种症状。”

“我想他已经醒了。”另一个声音说道，“洛雷登中士，你能听到我们说话吗？”

巴达斯睁开眼睛，他的舌头和喉咙又僵硬又干渴，像皮具被打湿以后未经上油就被晒干了似的。“能。”他说，“你们是真的吗？”

这个问题似乎冒犯了天国之子，但说话的那个人却微笑着说：“是的，我们是真的。反正，只要你觉得是真的，那就是真的。你还记得发生了什么事吗？”

“我摔倒了。”巴达斯回答。

“颅外伤。”秉持活埋理论的那人喃喃说道，“注意，轻微的失语以及明显的失忆，这都是典型的症状。”

“我们知道你摔倒了。”那人的语气缓慢而温柔，好像在和一个快要死的人或者一个白痴对话似的，“你摔倒了，撞到了头，没出什么大事。不过，我们问的是之前。”

巴达斯沉思片刻，“我在和人说话。”

这话似乎让那人很高兴，因为他露出了一丝微笑。“啊哈，”他说，“你记得你是在和谁说话吗？”

“我的上级军官。”巴达斯嗓音嘶哑地说道，“他告诉我，我可能会升职。”

显然，答错了。“我是指，那之后，”那人说，“在你和副官的谈话结束以后，摔倒之前。当时你在和什么人说话吗？”

巴达斯想摇头，但头却不想动弹，因此只能开口说话，“没有。”

“你确定？”

“是的。至少，”他补充道，“我能记得的就这些。”

“他有所隐瞒。”天国之子喃喃说道，“含糊其辞，有轻微的妄想症。明显是中暑了。”

和巴达斯说话的人又做了一番努力。“我们是医生。”他说，“我们是来帮你的。你确定你刚才没有在和什么人谈话吗？”

“确定。”巴达斯说。而后，就在那人的脸皱了起来、露出失望的表情时，他补充了一句：“当然啦，我只是在想象中和别人谈话，但我知道不是真的。只不过是幻觉之类的。”

那人看起来格外恼怒。“真的吗？”他说，“你怎么能确定这不是真的呢？”

“很简单，”巴达斯的头开始疼得厉害，“一开始他想诱导我相信，他是我在地道里杀的某个人；接着他又想表明自己是出生在几百年后的一名学生。再说，他对我太了解了，一定是我想象出来的。”

“原来如此。”秉持颅外伤论的人说，“你常常和想象中的人物谈话吗？”

“是的。”巴达斯回答。医生们消失了。当他再次睁开眼睛的时候，他仍然在原地，只不过是独自一人。此时四周一片漆黑，他闻到了洋葱、迷迭香、血、甜墨角兰以及尿液的气味。有好长一段时间，周围安静得像坟墓，接着他听到就在几码之外，有人在呻吟。医院，他想。

他仍然头痛欲裂，尽管现在的这种疼痛和之前不同。他品味片刻，试图按疼痛的质感和强度来定义它（如果颅外伤是头被撞了一下的医学名词，他决定支持颅外伤论。他的头被撞过很多次，被撞疼的感觉就是这样的）。

巴达斯？

“嘘，”他悄声说道，“你会吵醒别人的。”

对不起。

“没关系。不管怎么说，你还好吗？”

没啥可抱怨的，亚历克修斯回答。巴达斯闭上眼睛，在眼睑后的黑暗中，他可以清清楚楚地看到亚历克修斯。这次你又出什么事啦？

“我不知道。”巴达斯承认，“我刚才还在军械厂的过道里走着，一转眼就到了这里。可能是中暑或者颅外伤。”

颅外伤？

“头撞了一下。不是指我最近刚被撞了头。据说症状要过一段时间才会出现。不管怎么说，现在我到了这里，我只知道这些。”

真倒霉，亚历克修斯同情地说，希望你能早日痊愈。

“谢谢。”忽然，疼痛加剧，接着又好转起来。“你来是有正事，还是仅仅来聊个天？别介意，我不想显得不够友好，但——”

当然。我只是好奇你身在何处，仅此而已。听说了艾普－埃斯卡托伊的事以后，我很担心。被活埋什么的，听起来简直太可怕了。

巴达斯微笑起来。“我不太记得了，”他说，“我一下子就失去了知觉，然后他们就把我挖了出来，我被送到了战地医院。你呢？你最近在忙什么？”

你相信吗，我居然又开始给人上课了。几乎就跟从前一样。只要我悠着点，这对我没什么坏处。再说，能做点有用的事总比闲得无聊要好。

“我真为你高兴。”巴达斯回答，“那么，你在哪里教书呢？”

“神志不清，”一个男人的声音响起来，看不见人，但声音很大。“在颅外伤的病例中，这是颇为常见的症状。你有什么建议？”

巴达斯睁开眼睛。周围有亮光，是太阳刚刚升起、大地依旧清凉时的那种柔和的红色光芒。一个高高的天国之子站在他身边。再过去一点是一群认真听讲的年轻人。“休息。”其中一个说道，“只能这样了，不是吗？”

“很好。”天国之子说，“但我认为，我们还能采取一些比这更好的办法。有人能说说吗？”

其中一个年轻人清清嗓子。“镇静剂。”他怯生生地说道，“罂粟的汁液可以让病人保持镇定，让他的身体在睡眠中慢慢恢复。还有，可以用柳树皮泡澡来止痛。”

“但二者不能同时使用。”天国之子责备道，“否则他会陷入沉睡，有可能再也不会醒来。再说，如果他已经睡着了，就根本不需要止痛剂。很好。现在，继续往前走。”

“医生。”一个学生注意到巴达斯醒了，朝他的方向点头示意。医生回过头来。

“他醒了。”他说，“太棒了。但我们不能打扰太久，以免让他过度疲劳。让我们看看。你今天觉得怎么样？”

“糟透了。”巴达斯嗓音嘶哑地说道，“我在哪里？”

医生却朝他倾过身来，用大拇指的肉垫部分按压他的颅骨。“疼吗？”他问，“现在呢？”

“哎哟。”巴达斯情真意切地叫了起来。

“我就说，”医生说道，“颅骨太软，有不少凹凸不平的地方需要整平。”他转身，看着其中一名学生。“请帮我拿一号整平锤来，”他说，“还有椭圆形的头撑。”

巴达斯还没来得及挣扎或抗议，医生已经强行掰开他的嘴，将一样东西塞了进去。巴达斯认出，那是一种木桩，通常卡在用来打造军械的铁砧的缝隙间，将盔甲放在上面，就可以通过敲敲打打来给盔甲进行外部塑形。接着，医生从学生手里接过锤子——槌头有两个平面，一面是方形的，一面是圆形的——开始在巴达斯的脑袋上快速、均匀地连续敲打。

“这个工序，”他宣称，“我们管它叫整平。它的目的，是将加工好的部件进一步打平整。除此之外，还有两个重要功能：将金属压紧实以及迫使表面孔隙闭合，从而使外部得到一定程度的硬化，正如之前在让金属凸出或拱起的工序中，内部得到了一定程度的硬化一样。关键是不能过度整平，以免金属被打薄或是变得过硬，换句话说就是脆化。如果在这个关头，因为过度捶打导致金属脆化，我们将被迫把这个部件重新回炉退火，里里外外都得再来一次。”巴达斯想要大叫，但他的嘴被椭圆头撑塞得满满的。他的头随着无数次的快速锻打而震动着、回响着。外面是铁锤，里面是木桩，颅骨被夹在中间，每一锤都被打得生疼。他想闭上眼睛，但连接他眼睑部位金属薄板的铆钉有些轻微的变形，因此无法正常闭合——

他睁开眼睛。

他直挺挺地坐在自己那间位于上层廊道后部的小房间的床上，嘴巴大张着，正在尖叫。

“镇定些，”床尾有个声音说道，“你是做了噩梦还是受了什么别的惊吓？”

巴达斯闭上嘴巴。他感到自己的颌骨被敲进了两根钢钉，像面甲铰接处一样开合。但这简直太荒唐了。“对不起。”他说。

“没关系。”床尾的人是那个在验甲所工作的老年天国之子阿纳克斯。紧随他身后的，不用说，是他的助手，那个块头很大的布鲁。“不过，我得承认，你这么大喊大叫可把我给吓坏了。不管怎么说，你觉得好点了吗？”

巴达斯颤抖着，小心翼翼地躺回床垫上，头很疼。

“原谅我，如果你觉得我的问题有点奇怪的话。”他说，“你们是真实的吗？”

阿纳克斯笑了。“你分不清真实和幻觉了，对吧？”他说，“我能理解你的感觉。是的，我们是真的，至少在这里是真得不能再真了。不过，这地方容易让人产生幻觉，对吧？”

巴达斯沉思片刻。“我到底怎么了？”他说，“我只记得刚才还好好地在过道里走着——”

“显然，你晕倒了。”阿纳克斯咧嘴一笑，“他们发现你的时候，你已经人事不省。他们又是戳你，又是扇你巴掌，甚至给你灌了一壶水，却怎么也弄不醒你，于是就来找我们了。我想他们认为你的事该由我们来负责。不管怎样，我们把你送上来了——主要是布鲁的功劳。”

“你很重，”布鲁说，“尤其是上楼的时候。”

“原来如此。”巴达斯回答，“我晕过去多久了？”

阿纳克斯想了想。“我看看……一个下午，再加昨晚和今天早上，凑个整数就算二十四小时吧，误差不会超过半小时。”他继续说道，“我不知道在你这个年纪，晕倒算不算正常。会发生这种事情的通常都是老人和不好好吃饭的小姑娘。”

“也许是中暑了，”巴达斯提出，“或是颅骨外伤。”

“颅骨什么？”

“外伤。就是脑袋撞了一下。”

“哦。那么是谁在你的脑袋上敲了一下？”

巴达斯耸耸肩，“据我所知，没有人。不过，有可能是我在地道里受的伤，拖到现在才发作。”

“没那回事。”阿纳克斯摇摇头，“那都是几周前的事了。不管怎样，你现在看起来没事了，这是最重要的。你听我说，在床上多躺一天左右，直到你确定自己彻底好了再起床。我会时不时派布鲁或者是铸造工坊的那些家伙过来照看你——确保你既没死也没疯。我倒想自己留下来，但我们手头的活很多，之前坐在这里看你睡觉已经耽搁不少进度了。”

他们走了以后，巴达斯努力挣扎着想保持清醒。但他只撑了一个小时就不行了。等他再次在恐慌中醒来，只见布鲁手里端着一碗咸粥，拿着一把木匙站在床边。

八

一旦生了火，报告写道，就要保持火力，不可中断。大概需要二十四车木炭才能炼出八吨生铁。

艾希莉闭上眼睛，又睁开。太晚了，她想上床休息，但这份报告在书桌上已经放了两天，而且她明天也没有时间看—— 一整天都有会议，开完会还要审核账目。她找到中断的地方，努力集中精神。

在将生铁炼成钢坯的过程中，有八分之一的损耗。五百担钢坯可以制成二十副符合帝国标准的附带肩甲的胸甲。四百担钢坯可制成四十副不带肩甲的胸甲。一千六百担生铁可以制成二十套符合帝国标准的全副武装的骑兵盔甲。如果使用煤炉的话，四名炼钢工人能在一周内炼出三千七百担钢坯。照这样算，一名炼钢工人可在一周内炼出九百二十五担钢坯，也就是一天一百五十担。但如果是烧木头或木炭，日产量很难超过一百担。

艾希莉打了个呵欠。乍看之下，这似乎是个合情合理的提议：眼下到处都有战争爆发，帝国正在行动，邻国陷入恐慌，各地的将军和军需部长们都在积极寻求军用设备的升级。要投资的话，投哪里能比得上投给一间军械厂？这军械厂，要么就是岛上的本地军械厂，要么就是地处偏远的科里昂，不仅有廉价的劳动力，还能就近获取原材料。但她一贯谨慎，而且随着时间的推移，变得越来越小心。因此，她找来欠她人情的某个商业冒险家会所的图书馆员，帮她查找一些关于军械厂运营的经济学资料。图书馆员帮她找到了由佩里美狄亚军械厂主管在三十年前，甚至可能是更久远以前撰写的一份旧报告。他将报告复制了一份，卷在丝绸里，还打了个大大的蓝色蝴蝶结。他可真是贴心，只不过若想通过这种方式打动艾希莉，那他可是白费心思了。话说回来，为了不辜负他的好意，艾希莉能做的也只是好好地研读报告。

她想集中精神，但目光滑过页面，就像小马想穿越一条结冰的河似的。枯燥无味，是呀，那是当然的，她到底在期待什么？青梅竹马的恋人吗？专心点，她敦促自己，这可是有用的资料。假设每人每天可以生产一百五十担钢坯，而五百担钢坯又可以产出二十副胸甲（附肩甲，甭管肩甲是什么）——不过是在使用煤为燃料而不是木炭的前提下；二十四车的木炭可以炼出八吨生铁，这八吨中有一吨是损耗；可一车木炭又是多少？她愁眉苦脸地调整着板上的算筹。

真巧，她想，正好洛雷登被调去了艾普-卡立克的军械厂。嘿，与其在这里绞尽脑汁研究纸上的内容，为什么不直接去一趟艾普-卡立克，当面向他请教一下呢？真是好主意。不，谢谢。即使他知道什么是肩甲，即使他知道肩甲跟胸甲配成一套到底是好事还是坏事，我还是不能去。

那她还能找谁呢？在有可能了解肩甲是什么玩意儿的人当中，除了他，她还能想到谁？运到岛上的盔甲都装在填满干草的桶里，盖着出厂时的密封戳印。它会一直待在仓库里，直到有客户付钱买下，被原封不动地卸在客户船只停靠的码头上。至于桶里装的是什么，谁也不知道，也不关心。岛民学识渊博——毕竟这里有个图书馆——只不过军事技术不是那类能让他们感兴趣的知识。在这个岛上，她随手就能找到十个能告诉她肩甲值多少钱的人；二十个碰巧知道哪里可以找到质量最好的一批胸甲，却因为订单被取消，因此可以按成本价交易的人；四十个亟须购买肩甲来满足一份订单，手头有现钱愿意全款支付的好客户，可惜当客户有需求的时候市场上总是没货。但是，如果你真正给这些人一副肩甲，他们多半会在里面煮荷包蛋。她上下摆弄着算筹，在算板旁边的蜡版上写下计算结果。这些数据看起来很好，很具体，却毫无意义。

盔甲，她想，*战争真的要爆发了吗*？大家似乎都这么认为。他们满怀期待，做好了准备，囤积有用的，抛售没用的——孟帕斯在买进箭头、售出画笔，因为没有人会在战时购买画笔；而伦却在购买孟帕斯的画笔，因为价格合适，况且等战争结束了，大家又会开始买画笔；不过，为了买下画笔，他得将多年以前在阿圭尔廉价吃进的二十万铜铆钉售出——那没关系，反正铆钉可以用来制造盔甲，很快，随着战争爆发，人们将到处收购铆钉。问题来了，难道他现在不该将铆钉留在手上，而放弃买画笔的打算吗？这种看待战争的方式相当奇特，完全是从战时物资的角度来看的——那么多预备要射出的箭、预备着要被击打碾压的盔甲、成千上万双鞋、几里几里的皮带条，那么多腰带扣、磨刀石、轮辐、钉子、鹤嘴锄的柄、羊皮纸卷的套子、长筒袜、厚木板、羽毛、轴销以及水瓶。就算不去想交战双方的人数，战争仍然是个庞然大物。品种繁多的物资、无止尽的原材料供应，所有这一切都填进了它的血盆大口。庞大的物资就这样进行着置换。有人问，为什么？这还用问吗？因为战争是不可避免的。

佩里美狄亚，被取代了。那场战争是不可避免的。大概，艾普－埃斯卡托伊的陷落也一样，被一个叫巴达斯·洛雷登的人搞垮了。人也一样，旧的不去新的不来。然而，比起和人打交道，和物打交道却更容易一些。而她现在的本职就是和物打交道。如果我知道肩甲是什么，所有的问题会不会迎刃而解？我能否真正地理解问题的本质？也许能，也许不能。

一旦生了火，就要保持火力，不可中断。她愁眉苦脸，这段已经看过了。为什么这帮家伙不能生产些她有所了解的东西，比如地毯？

会计室的门开了，她的办公室主任萨贝尔·沃兹匆匆忙忙、慌慌张张地闯进来。

“有客人来了。”她好像在宣布世界末日似的说道，“从行省政府来的。在楼下大厅。”

如果是以前，艾希莉多半会被这位职员的语气吓到。她会陷入两难的境地，不知道是该让人送上酒和蛋糕呢，还是把门全都堵起来。幸好现在她早已习惯萨贝尔的说话方式了。“真的吗，”她说，“啊，差不多是时候了。带他们上楼，两分钟以后把托盘端进来。”

萨贝尔满脸不赞同地看着她。“好吧。”她说，“免打扰？”

“是的。”萨贝尔再次离开。艾希莉下意识地环顾四周，确定房间足够整洁。这个傻乎乎的举动不过是本能。她可不是个家庭主妇，因为丈夫的母亲忽然大驾光临而忐忑不安。她是沙斯特基金会在岛上的代理，一个举足轻重的人物。在最后一刻，她的目光瞥到了桌底下的一双鞋，那是她前天晚上从脚上踢下来的。在门被打开前，她只来得及将鞋一把捞起，藏在一块垫子后面，紧接着萨贝尔就领着两位天国之子和一位又高又瘦、面色苍白的文员进来了。那文员干瘪的样子看起来就像被人拿到太阳底下去晒，却忘了收回来似的。

这两个天国之子极其讲究礼节（他们的名字是伊奎瓦尔和费萨尔，两个人都是帝国的海军少校。这让艾希莉有点吃惊，她不知道帝国竟然有海军）。尽管坐着，他们看上去也是一副居高临下的样子，就像商业会所的塔楼，俯瞰着这条街道上的所有建筑。两人都是一头白发，下巴上留着几绺短短的胡子。但她可以分辨出这两个人的不同，因为伊奎瓦尔的领扣是漆成黑色的角扣，而费萨尔的则是银色的钢扣。

“是的，”当他们解释了这次拜访的目的后，她说，“我有两艘船，我很乐意——”

费萨尔清清喉咙。“不幸的是，”他说，“情况发生了变化。你现在只剩一艘船了。我很遗憾地通知你，‘剑士号’在试图偷偷绕过帝国封锁线的时候撞上了暗礁。还没等救援到来，她就散了架，沉到了海底。我衷心希望你当初给这艘船上了保险。”天国之子面带安慰的微笑，补充道，“如果对你有帮助的话，我可以提供一份证明船只失事的文件，证实你的损失，以免你在索赔的时候受到保险公司的刁难。毕竟，”他微笑着加了一句，“知道船只失事是一回事，要证明你的损失又是另外一回事。”

“谢谢。”艾希莉说，“你知道这次事故有幸存者吗？”

“很遗憾，除了我们在临近地区一支巡逻队提交的报告以外，在这一点上我们一无所知。”伊奎瓦尔回答，“报告提到，在船只失事后不久，巡逻队发现几个外邦人闯入某个禁区。据我所知，我们的人有一个遇害了。之后，闯入者往北方佩里美狄亚的方向逃跑了。”

艾希莉点点头，“谢谢你们将这件事告诉我。”她有点呆滞，更多的是眩晕，像得了重感冒似的。不过，这种昏头昏脑的状态正好显示出他们之间的对话是多么枯燥。“好吧，现在我只有一艘船了。我想，你们对这艘船同样了如指掌吧？”

“确实如此。”伊奎瓦尔证实了这一点，“‘箭矢号’，六尺长，载重两百吨，双桅横帆船，船长是唐迪斯·莫斯顿，佩里美狄亚人。这艘船现在就停靠在这里，预定后天载着奢侈品、书籍以及家具等各类货物出发前往沙斯特。我们很希望能够以每周每吨一夸特的价钱租用你的船只，包工资、补给以及赔偿金。”

艾希莉考虑了一会儿，“从什么时候开始？”

“这一点还没定下来。”费萨尔说，“我们打算在正式用船之前的某个时间就开始全价包租，工资和补给除外。这个必要措施可以确保在我们需要的时候，船只随时可以出发。”

“我明白了。”艾希莉说，“那么你们要动用船只干什么呢？”

费萨尔不自然地笑了一下，“恐怕这是机密。”

“哦，”艾希莉盯着他的眼睛，却看不出什么，“我只是担心到时候会有风险。实话实说吧，我尤其不希望被卷入任何会导致我的船沉入海底的事件。”她补充道，“这可是我仅剩的一艘船了。你知道，在银行的业务之外，我也有些个人的商业利益，我需要我的船——”

“万一有损伤，”费萨尔说，“抑或出现了彻底的折损，我们将会按包租协议签订那日的市场价值全额赔偿。其价值由一名当地的第三方估价师来评定。这一条将会写入包租协议。因此，说真的，你无须担心。”

艾希莉皱起了眉头。“那么收入上的损失怎么算？”她说，“我是指，在你们弄丢了我的船到我重新买进一艘船这段时间内，这期间的收入损失也包括在内吗？”

费萨尔流露出明显的佩服之情。“我相信我们在这一点上可以达成某种协议。”他说，“比如，我们可以购买保险来赔偿这类损失，当然，是以你的名义。但我们很有信心，类似船只损失和严重的损伤这种事基本上是不可能出现的。”

“我认为，有点保障总比没有好。”艾希莉回答，“最近有个人人皆知的传言，说是你们要雇佣一整个舰队的船只将军队运去和草原人打仗。对这个消息，不知道你有什么看法。”

“有这种传言？”伊奎瓦尔说。

艾希莉笑了。“哦，谣言满天飞，什么样的都有。”她回答道，“只不过其中一些比另外的更令人信服而已。不管怎么说，这是一大笔收入——是啊，你也知道这一点，我确信你们对包租生意的最新价目十分了解。你大概不打算告诉我，你们需要征用多久吧？”

“你说得对，”费萨尔说，“我们不打算告诉你。这点显然也是机密。”他伸出修长细致的双手，做了个安抚的姿势，“不言而喻，签订这类没有截止期限的协议，不同寻常，也带来了潜在的不便。但我们相信我们提出的价钱足以弥补这些不便。最终，选择权在你手里。”

“哦，的确如此。”艾希莉说，“哎呀，这么好的一笔生意，我要是拒绝了，就真的是傻子了。不过，关于付款——你们是打算预付还是后付？很抱歉我这么啰唆，但……”

“你无须为自己精通业务而道歉。”费萨尔回答，“第一个月预付，之后每个月是月底付款。我们相信这是一个两全其美的方式。你可以接受吗？”

“付款方式？”

“信用证。”伊奎瓦尔说，“由行省政府支付，你可以任意指定在哪里变现。我推测，就你而言，沙斯特银行可能更为适合。到时候你可以自己写给自己。”他微笑道，“应该会有不少你的同行选择将收款人写成沙斯特，这点我毫不意外，毕竟对生意有好处。你或许可以开始为此做些准备了，当然我并不是要对你的经营方式指手画脚。不过，随着洛雷登银行的倒闭，帝国疆域之外可供选择的银行不多了。”

在帝国境内也只有一家,艾希莉没回答他的话。她掉转话头:“很好。是的,我很乐意给任何愿意使用我们的服务的人安排兑换机构。不过,照你所说,有那么多钱需要易手,业务量相当可观。我最终可能不得不终止为岛上其他客户提供的部分信贷服务。”

费萨尔站起来。“你会忙得不可开交的。”他说,“好了,谢谢你为此花时间。等我们准备开始合作的时候,我们会联系你的。很荣幸能与你共事。”

“我也一样。”

等他们走了,艾希莉花了几分钟时间聚精会神地摆弄着她的算筹和写字板,先计算总数,再核对了三遍,确保不是因为自己犯的初级错误导致这笔她即将要收到的款项比实际的数目要大。但是,每次总数都一样。的的确确是一大笔钱。

*这么说,他们准备打特姆莱了,是吧?*她应该觉得高兴才是。不,事实上,用开心来形容更恰当:只要再过几个月,这个摧毁了她的家乡、屠杀了她的同胞的恶魔自己也要面对战败和死亡。正直的人当热爱朋友、仇恨敌人——这难道不是她自小就受的教育吗?敌人的不幸就是我的幸运——该死,如果他们为了发动对草原人的圣战来找她借船,但分文不给,这才能直接体现她的快意恩仇。她会说,*拿去吧,我祝福你们*。但像现在这样,既可以报仇又可以赚到高额利润——不知怎么的,她总觉得事情没那么简单。

要不是她那可怜的“剑士号”连同卡纳迪和他的侄子一起静静地躺在海底,能赚到一笔大钱她还是很高兴的。即使他们还活着,只是在帝国和特姆莱王国之间的某个地方迷路了,她也很可能再也见不到这两个人了。对此,她很难——几乎可以说不可能——产生任何情绪。不是因为她不想,是她不能。在佩里美狄亚陷落以后,她来到这里,那时候她就开始为自己打造盔甲。好的盔甲要能经得起类似事件的考验:业务是她的头盔;朋友是她的胸甲;财产、成就、顺遂的生活是她的肩甲（管它是什么）。当年她带着巴达斯·洛雷登搭乘“剑士号”去中邦探望他的弟弟们，回来时却没有将他带回来，只带回了他的剑和他的学徒。从那时候起，她就把铆钉合上，整平盔甲的外观，将她的盔甲打造得坚固无比，经得起任何考验。她承认，一个老朋友以及洛雷登交给她照看的男孩的死亡对她是沉重的打击，但无法引起她的感情波动。这就是一副好盔甲的作用了：施加在她身上的打击，要么被有弧度的表面转移了力道；要么被金属的内部张力挡住，白费了力气。要知道，金属内部的张力比任何从外部施加的力量要强大得多。要想成为一副好盔甲，要想成为合格品，必须有内部压力。金属收缩，徒劳无功地试图向外推进，和向内释放的压力狭路相逢，两股力道对撞，抵消了。在她身上，也存在着内部的张力和压力，现在考验她的时候到了，看，她的盔甲轻松地将打击挡住了。对多赚些钱、多做几笔生意、有机会发展更多客户并增加业务量的期盼抵消了袭来的力量。

那就好。至于她的船，她那可怜的船，天国之子说得对：那艘船是上了保险的，而且保额是如此巨大，以至于人们不禁觉得，背负着这么沉重的金额，这艘船居然还能浮在水面上简直是个奇迹。一旦保险公司放弃挣扎（只是时间问题，外加一定的努力），她就能从“剑士号”的损失中获利。

啊，那当然。保险的作用正是如此，将打击的力量转移。再说，如果不是潜意识里预料到将来有一天会失去它，她多半也不会在一开始就将它命名为“剑士号”了。

她是个一丝不苟、有条不紊的人，因此她记录下了与天国之子的会谈，再将它准确地归档，接着又回去看她的报告了。当然，那报告通篇都是讲关于盔甲的事。她好不容易看到了第七节的最后，泪水已经盈满眼眶，让她无法再继续看下去。

“真的吗？”特姆莱停下手头正在做的事，抬起头来。“佩里美狄亚人？我不知道居然还有幸存者。”

“零零星星地散在各处。”信差回答道。他的名字叫路易斯凯，特姆莱认识他很多年了，期间断断续续地见过几次。他想不通，像路易斯凯这样的人怎么会沦落至此，替在南部边境制造攻城器械的工程师们跑腿？大概只是他自己不愿过多介入政事。很多和特姆莱同龄的人都面临这样的困境，尽管他们从来没有考虑过支持叛军，更别提要加入他们，但他们也不满意特姆莱带领部族走的路，因此他们用尽量不参与来表达心中的不自在。光是这点就让人万分恼火。但特姆莱不想跟像路易斯凯这样的老朋友把话挑明，因为一旦说白了，结局多半是争吵、发脾气、断交。说实话，他也没剩几个老朋友了。

“哎呀，管他的。”特姆莱说，“说说看，这玩意儿怎么样？”

“你失手了吧。”路易斯凯回答，“这么说吧，要是我说你是故意弄成这样的，那就是对你的侮辱了。”

“这么烂？”特姆莱叹了口气，“没别的，就是我老了，手脚不灵活了。想想没多久以前，我还能靠打铁来维持生计呢。”

“那是在佩里美狄亚，”路易斯凯指出，“那里的标准没那么高。好了，别卖关子了，这到底是什么？”

特姆莱笑了笑。“有个专门的术语，”他说，“我一时想不起来。不过，说白了就是个护膝。呃，也没准不是。”

“不像，除非你的膝盖格外地不同寻常。”路易斯凯同意道，“要不是你跟我说这是个护膝，我永远也猜不出来。在我看来，这就是一片看起来像薄煎饼的皮铠甲。”

“是的，好吧。”特姆莱手一松，让这块不讨喜的东西掉了下去。“说真的，这太令人懊恼了，”他说，“我在城里的时候看过怎么制造铠甲的书，书上写得好像很容易似的。拿一块厚厚的皮，将它浸在加热融化的蜜蜡中，再加以塑形，就可以了。这样造出来的铠甲又结实、重量又轻，而且成本低，用的是我们这里随处可见的材料。我想不通，”他坐在用来给皮具敲打塑形的木桩上，继续说道，“以前要打造什么东西，对我来说是件很容易的事，现在却不行了。不提这个了，跟我说说那几个迷路的人吧。你摸清他们的底细了吗？”

路易斯凯笑了。“你是指，他们是不是间谍吧？说起来，有这个可能性。从我们目前为止打探到的消息来看，其中一个是巫师——确切地说，是巫师助理——他们跟岛屿以及沙斯特基金会都有点关系。”

“真的吗？”特姆莱颇为自豪，“来一个外交官，又来一个巫师，真是我们的荣幸。”

“这还不最关键的，”路易斯凯脸上的笑容一下子消失了，“那孩子在思科纳住了好几年，他是巴达斯·洛雷登的徒弟。”

特姆莱一动不动地坐了片刻。“是吗？”他说，“这么说，我跟他已经在佩里美狄亚见过一面了。虽然短暂，却印象深刻。你是怎么打听到这些消息的？”

路易斯凯拔出一根木桩，在他身边坐下，“纯粹是运气，真的。你记得顿代，以前那个做薄煎饼的老头吗？”

特姆莱点点头，“他前不久过世了。”

“没错。他的侄子你见过吧？叫德萨凯的。这家伙对薄煎饼不怎么在行，却出人意料地对岛上的商业活动颇为熟悉。据说他以前做生意的时候在艾普-埃斯卡托伊有认识的人，不过，照我看来，这有点说不通。不管怎么说吧，这个德萨凯不知怎么——”

“他是个间谍。”

“噢，真的吗？哎呀，难怪在我们竖投石机的时候，他总是在工场里晃来晃去呢。这个德萨凯，碰巧看到了我们的这两个客人，认出了他们(他是这么说的)，就告诉了营地指挥官。”

“戈斯凯。”

“没错。他人是挺好的，就是心事太重。你可以想象，他为这件事忧心忡忡，几乎到了茶不思饭不想的地步。一开始，他想把这两个人吊死，又觉得不妥，担心这个举动会引发战争。然后他又想把这两个人用链条锁起来，转念一想，觉得没准两人是咱们这边的间谍(不知道他是怎么得出这个结论的)——最后，他把自己给折腾得脑袋发晕，完全不知道该怎么办了。我们就说，最好来问问你。他本来没想到可以这么做的，我们一提，他就欣然同意了。所以，我就到这里来了。”

特姆莱用掌根揉搓着前额。“你知道他们是怎么到这里来的吗？”他问，“难道他们就这么出现在你们面前，说，*嗨，我们是间谍，不介意我们到处看看吧？*”

“才不是呢。”路易斯凯大笑起来，“不过，要是他们真这么说，不知道别人会怎么办，我恐怕会说，*去吧，请随便看*。照我说，没准儿行省政府套取情报的方式对我们大有好处。”

“很有可能。”特姆莱回答，“不过目前还没到那个地步。”他深深地吸了一口气，再呼出来，“他们是怎么来的？你知道吗？”

“我们的人出去打鸭子的时候，在沼泽地里发现了他们。”路易斯凯答道，“当时他们的状态明显很糟糕。那巫师上年纪了。如果他们真是间谍，那绝对是下了一番苦功让自己看起来奄奄一息。他们说他们来自岛屿，想去沙斯特，在路上遭遇了帝国海岸警卫队的围追堵截，上了岸又被他们的巡逻队追击。我认为，这说法基本可信。”

“好吧。”特姆莱拿起一柄蛋形木槌又放下，“你把他们送到这里来。我来查查他们的底细。带他们上路之前，先让他们担惊受怕一两天。如果他们真是间谍，我会亲自带着他们到处看看，保证他们会摸不着头脑，不知道我们在打什么主意。”他环顾四周那些乱七八糟的东西，那是他在探索如何制作铠甲的过程中留下的。“你不会碰巧知道有谁擅长这个吧？”他问道，“我是不行了，但说真的，真要干起来应该不会太难。每次我想做什么却做不成的时候，真是不痛快。”

路易斯凯耸耸肩，“我恐怕帮不上忙。当然了，你可以给巴达斯·洛雷登写封信，由帝国的国家铠甲部转交。我敢保证他愿意帮忙。”

特姆莱拉下了脸，然后又笑了起来。“你知道吗，”他说，“在佩里美狄亚的时候，他在街上和我碰到过。他喝得酩酊大醉，显然对我的身份一无所知。似乎不论我去了哪里，他都如影随形地跟着。到底是为什么，我想破脑袋也想不出。我的意思是，为什么我们俩之间存在着这种可恶的联系？他是来自中邦的农夫之子，此时本该在地里挖大头菜，而不是潜伏在阴影里，随时准备向我扑来。我不明白，到底是什么让我们的命运如此交织在一起？”

“听起来好像你在恋爱似的。”路易斯凯说，“正如古老传说中那些命运多舛的恋人一样。”

“你是这么想的吗？这样的话，我认为你是时候离婚了。”

当信差终于找到高戈斯·洛雷登时，他正在农场帮他的弟弟们整修长谷仓的地板。

“该死的破地方。”之前高戈斯问起为什么不用长谷仓时，佐纳拉斯顺口说道，“木板都烂穿了。你会摔断腿的。”

“原来如此。”高戈斯回答，“那么，你打算就此弃而不用了，是吗？就让它垮下来?”

“没腾出时间去修。”克利法斯插嘴道,“这可是个大工程,而我们只有两个人。”

高戈斯咧嘴一笑,“现在不止两个了。”

于是就出现了这一幕,他两腿张开,满身是泥、火冒三丈地跨站在一棵刚被砍伐下来的甜栗树上,手里拿着锤子,血从指关节上滴滴答答地流下来。在搬木头的时候,他一不小心把手擦伤了。

“你是谁?”他问。

“莫赛中士派我来的。”信差解释道,“给您的信,来自行省政府。”他伸直手臂将一根小小的铜管递过来,“送信的是昨晚到达托诺斯的。”

“他在等回信吗?”高戈斯将手在衬衫上擦了擦,问道。

“不,”信差回答,“他说无须回复。”

高戈斯皱着眉头接过铜管,用大拇指弹掉堵得严严实实的塞子。

他们的劳作从砍树开始。栗子树是他们的祖父在父亲出生后不久种的,这是留存下来的最后一棵。这棵树不好砍。树干被风吹歪了,因此当他们试图用锯子锯断的时候,树干挂住了锯齿,最终把锯齿打断了(跟这地方所有的工具一样,这把锯子很旧,而且锈迹斑斑)。于是他们拿出了伐木的斧头。结果他们的手被磨出了水泡,而且由于克利法斯一时挪开了目光,没有盯着砍下去的地方,一不小心就把伐木斧的头部给磕掉了。于是他们改变了主意,找出了另一把更旧、锈得更厉害的锯子。高戈斯让他们拿绳子绑住树干,利用石块和吊索施加的力道将树干往后扳,使切口张开,锯片得以顺畅地在切口处移动。锯到四分之三处的时候,他们意识到,照现在这样锯下去,大树最终会倒下来压在破旧的猪圈屋顶上,将猪圈压塌。当然,老猪圈已经多年不用了,只存放着些零零碎碎的杂物。但高戈斯仍然要求他们打下另一根桩子，将树干往另一个方向扳，这样他们可以砍出一个楔形的切口，改变树干倒下的方向。终于，他们砍断了树干，大树倒了下来。尽管不是高戈斯原先预想的方位，但至少险险地避开了老猪圈，只是伸出来的树枝拂过屋顶，扫下了几块破裂的板瓦。他们将头天剩下的时间全花在修剪枝干上，用小车把砍下来的枝枝叶叶运到存储木材的小屋里（由于茅草屋顶被掀掉了一半，如今这屋子变得过于潮湿，不适合存储木材）。现在，他们终于可以将树干劈开，制成木板，用来铺设谷仓的地板。

"混账，"高戈斯怒容满面，将信件攥在拳头里捏成一团。"你知道吗，那混账波利奥西斯居然说动他们拒绝了盟约。"

信差往后退了一步，假装自己不在现场。克利法斯和佐纳拉斯静静地站着，显然并不关心发生了什么事。

"对帝国没有实质性的好处。"高戈斯继续说道，"好啊，让他们见鬼去吧。来，让我们把活儿干完。你，"正当那信差一脸不高兴地站在那里，等着被打发走的时候，高戈斯考虑了一会儿，补充道，"你回去，找到送信的，把他带到这里来。没错，我的确有回信给他。"

信差满怀疑虑地点点头，"要是他已经离开了怎么办？"

"你最好盼着他还没离开，"高戈斯回答，"因为，如果他走了，我可能会追究这个问题：既然你告诉我那送信的昨晚就到了，为什么这封信过了一整天才到我手里。"

信差匆匆忙忙地走了，他的脚踩在院子里浸满积水的草地上，发出嘎吱嘎吱的响声。

"克利法斯，"高戈斯说，"去拿楔子来，这玩意儿真难搞。"

克利法斯站了一会儿，这才慢慢走开。高戈斯深吸一口气，继续干起刚才正干到一半的活。他的板斧在劈树干时卡在树干里头了，因为卡得太深，很难用撬棒撬出来。他刚才用尽全身力气想将板斧撬出来的时候，撬棒折断了。

“这板斧你永远也弄不出来了。”佐纳拉斯说。

“等着瞧。”高戈斯回答，“来，把那把单面劈斧拿给我。实在不行的话，我就算死命砍也要把那该死的玩意儿砍出来。”

“随便你吧。”佐纳拉斯将斧头递给他。这种斧头只有一面有斜角，适合循着某个角度砍。“注意头部，有点松。”

“真的？”高戈斯说。

他弟弟点点头。“已经好多年了。”他说，“需要将头部取下来，敲一个新的楔子进去。”

高戈斯砍了几分钟，想在斧头被卡住的地方的侧面砍出一个口子，把它解救出来。等克利法斯慢慢悠悠地拿着楔子走回来时，他还没有取得重大的进展。楔子很重，看起来难以描述地古老。由于一代又一代的洛雷登儿女用大锤子不断地敲击，其顶端被砸成了锐利的薄片状。“这样就好多了。”高戈斯说，“好了，佐纳拉斯，给每一面都卡进一片楔子，这样就能把口子打开了。”

佐纳拉斯两手各拿起一片楔子，在板斧前后的裂缝中各嵌入一片，用仅存的那把伐木斧的斧背狠狠地砸去。板斧倒是很快就出来了，楔子却被牢牢地卡在了里面。

“好极了，”高戈斯火冒三丈，“一个问题刚解决，又出来两个新的。”

佐纳拉斯叹了口气。“树干的纹理太乱了，很难劈开。”他说，“我本该在你开始干活之前说的。”

高戈斯挺直背部，脸皱成一团。“我们可以拿伐木斧的斧头当作楔子打进去，”他说，“这样就能把这两片楔子弄出来了。别担心，我们会成功的。”

几个小时以后，天色暗了下来了，他们只能收工。他们已经将楔子弄出来了，还有板斧（为了弄出楔子，他们将板斧放了进去，结果卡得死死的，后来用锤子来回敲打才取出来），但伐木斧的斧头部位却还卡在里面纹丝不动。“我们需要的，”一起走回房子的时候，高戈斯说，“是锯坑。这样，我们就用不着劈开树干，可以直接把木材锯成木板。”

他的两个弟弟一言不发。他们甩掉脚上的靴子，在桌子两边分别坐下，并清出一块地方搁他们的胳膊。*搞不懂*，高戈斯想，*他们也是洛雷登家族的人。不过当然啦，他们从未离开过农场。算他们运气好*。

“我们可以在河的下游造一个。”他继续说道，“就在浅滩旁边，河岸没那么陡峭的地方。这样我们就能利用水车轮来驱动机械锯。我在佩里美狄亚见过。虽然精妙绝伦，但我们造一个应该也很简单。”

克利法斯抬头看着他，“河的下游。”

“没错。”高戈斯回答，“就是以前尼莎洗衣服的地方。你知道我说的是哪里。”*他们当然知道*。

“我知道。”佐纳拉斯回答，“不过，我们不需要一个锯木厂。我们能用它干什么呢？”

高戈斯皱起了眉头。“我以为这是显而易见的事。”他回答，“当然是用来锯木板啊，这样就可以不用花三天时间拿锤子敲铁块了。”

“可我们不需要木板。”佐纳拉斯指出，“偶尔需要一两块，我们可以去买。”

“浪费钱。”高戈斯不耐烦地说，“我们的农场里就有上好的木材。再说，如果我们建了个水力锯木厂，我们就可以向周围的人供应木材，报价比他们现在支付的便宜得多。这生意不错。”

克利法斯摇摇头。“那么，谁去干这活呢？”他问，“佐纳拉斯和我，我们光一个农场就忙不过来了。难道每次有谁想要切一小块木头，你就得放下手头所有的工作赶去那里吗？我可不干。”

高戈斯对反对意见置之不理。“不仅木板，”他继续说道，“我们还可以制造栅栏柱、门柱、屋梁、挡风板之类的，全都可以造。如果我们愿意，还可以造一艘船。对，我觉得锯木厂是个绝妙的好主意。明天早上一起床，我就派几个人去干这件事。至少让他们有事可做。”

克利法斯和佐纳拉斯互相看了一眼。“好吧，”克利法斯说，“如果你要那么干，我们明天就犯不着累死累活地去劈开那段原木了。等你的锯木机动起来，我们可以把木材拿到那里去锯开。”

“说得对。”佐纳拉斯补充道，“我的意思是，这件事没那么急。反正我们已经不再使用长谷仓了。”

当天晚上，高戈斯梦见自己站在城门外。天很黑，他不确定到底是哪座城市——有可能是佩里美狄亚，或者艾普－埃斯卡托伊，甚至有可能是思科纳，一堆城市中的任何一座。门被堵住了，推不开，因此他打算用一把斧头、外加几块楔子将它劈开。不知为什么，他觉得那些楔子就是他的弟弟们；而他自己既是板斧也是砍斧。他们被当作楔子插进裂缝中，或者被当作锤子抡起来。他可以感觉到锤子打在楔子头上（锤子打下去，钢铁被压缩，那些力量到哪里去了？被挤压在钢铁中间？），也可以清清楚楚地感觉到插在板斧槽口的撬棒开始变形。当木纤维断裂时，他可以感觉到木头内部那股难以承受的压力——木头不同于钢铁，你对它施加压力，它最终会屈服、会崩裂。但钢铁不一样，你越捶打，它就被压得越紧实，质地也越硬；质地越硬，则越坚固。从逻辑上讲，这就是洛雷登兄弟有别于其他人的原因……

唉，这全是他梦里的胡思乱想，一睁眼就忘得干干净净。

高戈斯醒了，意识到自己再也无法入睡，于是下决心去干点活。由于他的坚持，他拿到了这地方唯一一盏能用的油灯。他笨手笨脚地摆弄着火石以及有点潮的火绒，过了好一阵才把灯点着。他手头也有些纸，有几张是他自己带来的，还有那张关于拒绝结盟协议的信。等他把这封信摊平，背面朝上铺在桌子上时，发现还是能看清楚内容。他坐下来，写了三封信：一封给他的外甥女；一封给他的手下传达进一步指示；最后一封给那个天国之子波利奥西斯。在发生了那么多事以后，他仍然设法保持了礼貌和友善。毕竟，他们还有机会改变主意，没必要仅仅为了发泄自己的怒火而乱发脾气，从而离间双方的关系。说到底，不让个人情绪影响生意上的决定这个原则让高戈斯取得了在他能力范围内能达到的一切成就。只有在事关巴达斯的时候，他才打破了这个原则。天知道，就那么一次破例，让他付出了多么昂贵的代价。但巴达斯与其他人不同。巴达斯是他弟弟，巴达斯是他充满非凡成就的一生中唯一的失败。但是，只要能够控制自己的情绪，保持头脑冷静，很少有什么失败是不可逆转的。

写完信以后，天色仍然很暗。时候还是太早了，没有别的人会起床活动，因此高戈斯决定做一件在过去两天里被他忽略了的小事。房间角落立着一个刻有精美浮雕的皮质弓袋。他打开袋子，将他的弓取了出来。这把相当特殊的弓是三年前他的弟弟为他制造的。了解这把弓背后的故事的人发现他继续保留着这把弓都很吃惊，甚至倍感惊恐。他们以为他早就把它销毁了——不管是烧掉，还是埋掉，就是扔到海里都好。他们无法理解，他怎么能忍受看到这把弓，更别提触碰它了。但是，不管发生了什么，事实就是事实，这是一把上好的弓。既然这把弓让他付出了如此巨大的代价，他能做的，至少是好好地利用它、保养它。不然，为了制造它而付出的所有代价都白费了，变得毫无意义。

首先，他拿出插在弓袋背面口袋里的一把精致的硬刷，彻底清洁了弓背，将所有的浮尘、泥土以及其他脏东西都扫掉。然后在上面洒了一点他为保养这把弓特别调制的油，油的用量只要能盖住他左手食指的指甲盖就够了。抹上油，就可以将筋条包裹起来，避免受潮。抹油的时候，要不停地按揉，直到最后一点油都被吸收进去。这是一桩需要耐心和细心的活儿。最后，他拿一小块固体的蜂蜡给弓弦打蜡。此时已是黎明，他刚把弓塞进弓袋里，太阳就出来了。高戈斯仔仔细细地把手洗了一遍（抹弓的油有毒），穿上靴子，出去找更多的活儿来干。

高戈斯清洁完他的弓之后又过了一两个小时，一艘船挣扎着驶进托诺斯港口。

这艘船遭遇了一场古怪的风暴，受损严重。这类不受欢迎的风暴给在这个季节出海的船只带来了一定程度的航行风险。总体来看，这艘船状况良好。船上进的水比它能承受的稍稍多一些，索具被风刮坏，主桅也裂了个大缝。如果风暴持续的时间再久一些，它遇到的麻烦就大了。尽管如此，它仍然可以浮在水面上，船上无人死亡或受重伤。这个季节在海上乱晃，遇到这种事也算正常。

天色尚早，港口没什么人。除了几艘懒惰的采蚝船，其他捕鱼的船当然早就出发了。当天要离港的体量大一点的船只还需要大约一个小时左右才能做好出发的准备。出发前的那一晚，他们就已经把货物装上船了，所以船员能在乘着潮水出海前好好地睡一觉。一两个高戈斯的手下在码头闲逛，但他们不是值班。前一天晚上喝得太多，脑袋还晕乎乎的，于是他们在这里徘徊着，等酒馆开始供应早餐，同时希望清晨凉爽的微风可以让他们清醒些。

帕拉斯·安缇瓦是托诺斯的港务总长。若说托诺斯有什么正式官员，那也就是他了。话虽如此，他其实更像一名杂货店老板。他同时还负责登记来往船只，从海上贸易商协会那里收点手续费。此时他靠在办公室外面的门上，想搞清楚这艘船从哪儿来。这船很老旧，但造得很结实，鱼鳞式船壳，与绝大多数来自科里昂和沙斯特的单桅纵帆船和飞剪式帆船不同。看那些风帆的样式，也绝对不是来自帝国。要说来自岛屿吧，有可能——只要能浮在水面上的船只，岛民都用，甚至包括一些不能浮在水面上的——但索具不太像岛屿风格。他盯着船只看得久了，忽然意识到有什么地方不对劲——其实也没什么，只是一个很小的细节，就是舵柄操纵杆插进翼肋上半部的方式有点不同，但他记起在很久以前，他见过这样的设计。不过，他见过许多来自各地的船只，见过各式各样的舵机以及其他各种部件。他暗暗将这点记在脑中，开始想象温热的新鲜面包浸在熏肉油脂里的场景。

船渐渐靠拢码头（如果它有一张脸的话，脸上应该会露出欣慰的笑容。在帕拉斯的想象中，他似乎听到了船的叹息声），有人带着一条缆绳跳下来，让船更快地靠岸。其他人取出了跳板。这些人像这艘船一样，看起来陌生，却隐隐约约唤起了多年前的回忆，让他想起——多少？二十五年前，也许是三十年前看到的某个场景。他们很可能来自某个偏远地区，过去曾派送船只到这里来过，后来却出于某种原因中断了航运——也许是战争，也许是政治，又或者仅仅是因为无法获得足够的利润，不值得他们长途跋涉地跑这么一趟。这个推测相当合理，那些人看起来疲倦而紧张——在托诺斯外海遭遇了风暴以后，谁看起来都这样——不过，他们的表情不太像马上就要迎来期盼已久的休息时间的人，反而有点听天由命的样子，似乎最主要的工作还没有完成。

此时，一群人已经上了岸，大概有五十五到六十个（对于这种尺寸的船只，船员人数算是很多了，也许是乘客吧）。帕拉斯转头去闻烤炉里的面包香味，等他再次转过头来，他看到那群人纷纷取出了剑、斧头和弓，戴上头盔，掀掉了盾牌的掩饰物。帕拉斯猛然想起以前他在哪里看到过这样的船了。这些人是来自艾普－奥里斯莱的海盗、逃亡的奴隶以及帝国军队的逃兵，通常出没于帝国南部的海岸线。他们来这里多半不是为了享用丰盛的早餐。

帕拉斯·安缇瓦站在那里，吓得合不拢嘴。他惊恐地意识到，自己完全不知道该做什么。海盗分成三队，每一队大概有二十人。此刻，他脑海中一片空白，只想到了家里的情景：他的妻子正在打开面包炉的门，他的女儿正在切熏肉。他无法保护家人，他没有任何武器，也不知道如何战斗。在托诺斯，这不是个必备的技能。在这里，人们没有什么可争夺的。他望向那一小撮士兵，想看看他们准备怎么办。但他们似乎没有意识到发生了什么。他想，也许不会发生什么事，也许这些人只是随身携带着剑、盾牌和头盔，并没有打算用它们。

他不想转身，于是倒退着走到门廊下，眼睛一直盯着那些人。*要用逻辑思考*，他对自己说，*他们是来这里偷东西的，他们不会伤害任何人，除非有人要挑战他们，可没人会傻到——*

高戈斯手下的一个士兵取出弓，对着一名海盗射了一箭。这绝对不可能是故意的举动，可能是因为对细微的肢体语言的误判；可能是因为对方的一个迅捷的动作；也有可能是对方的一个姿势让他回想起过去的某种经历；更大的可能是眼角瞟到了什么，于是不假思索地凭本能做出了反应。道理很简单，就算他们都是勇士，一支六个人的小分队也不会去挑战十倍于他们的势力。如果箭没有命中目标，哪怕只是无害地掠过曲线完美的头盔或胸甲的弧形侧面，结局可能会大不相同。可惜，那支箭正中目标。海盗跪倒在地，痛苦地尖叫起来。他的朋友们没有过去帮他，反而向士兵围拢。双方展开了一场可以预料到结局的近身战。要是他们能把六名士兵都干掉，事情还不算太糟，可惜他们没有。一名士兵逃脱了，以始料未及的速度朝山上跑去。看他的方向，应该是往高戈斯设在那里的军营跑。高戈斯在那里驻扎了半个连队的兵力，只是为了向托诺斯人彰显他的存在。从海盗采取的行动，帕拉斯可以充分体会到对方的感受。眼看一桩简单的活儿变成了大麻烦，他们很不高兴，却又无可奈何。*还得动手*，他们似乎在说，*哎呀，真是的，打就打吧*。他们竖起了盾墙，就像一群已经累得筋疲力尽，却被告知晚上还要继续加班的工人。

他们来了，尽管帕拉斯意识到这点，但除了让自己和自己的家人避其锋芒以外，他仍然不知道该采取什么行动。此时逃走有点太迟了。用不着问，他也知道自己的反应为什么这么慢。让他接受现实太难了。就在刚才，还不到烧一壶水的时间之前，一切都很正常。但此时他可以看到那些他认识的人——店主、搬运工以及码头附近的一帮闲人——要么奔跑着逃离盾墙，要么跌跌撞撞地摔在地上。之前，他曾在梦中经历过大致相同的场景。在梦里，一些不知姓名却看起来很熟悉的敌人或怪兽沿着小巷对他穷追不舍，或是在房子里四处搜寻他的踪迹。那种时候，他产生了一种有悖常理的超脱感（*没事的，你只是在睡觉而已*），好像自己是个置身事外的旁观者——

有人在拽他的胳膊。他四下张望，看到了他的妻子。她一只手指着什么地方，另一只手拉着他。他听不到妻子在说什么。他任由自己被她拖着往前走，一边逃跑一边回头看。他们正在用“长命百岁”塑像前的长凳撞击奶酪仓库的大门。他们冲进了多勒·贝文的家，一丝不挂的贝文翻后窗逃跑，但他没留意窗户下面的情况。跳下窗户时，他正好落在一个来自另一队的海盗面前。那海盗用一根长戟戳进他的肋骨下方。

“*快点*。”他的妻子尖叫道（当上了桌的晚餐渐渐冷掉，妻子催促他从谷仓回来吃饭的时候用的基本上也是同样的语调）。道理他都知道，但他们正在屠杀他的朋友，他唯一能做的就是看着。如果连他们是怎么死的也没人知道，那就太惨了。

“梅娃，回来！”妻子的声音又响了起来。她看到女儿惊慌失措地独自朝着错误的方向逃跑。贝莉丝想去追她，但他抓住她的手腕，不让她走（她不喜欢这样）。他看着梅娃裙裾翻飞，匆匆忙忙地朝山下跑去，猛地撞见一排盾墙，又掉转头，连蹦带跳地往回跑。

现在，海盗已经在朝山上推进，朝着这个方向。如果他们跑起来，还有可能及时离开这条路。“好吧，我来了。”他话音刚落，头顶飞来一支箭，在半空中悬停了瞬间，朝着他坠落下来。他可以清清楚楚地看到那支箭的细节，具体到羽毛的颜色。他眼睁睁地看着箭一路坠落，刺穿他的胃，以某种角度穿透他的身体，从另一边钻出去，只留六寸长的箭杆还有箭翎在他的身体里。贝莉丝尖叫起来。被射中的瞬间，他感受到了轻微的冲击力。之后，除了因异物留在身体里而产生的古怪感，就没什么别的感觉了。“好了，”他呵斥道，“看在诸神分上，别大惊小怪的。”该采取明智的行动了，他决定。于是，他带着家人爬上山，沿着步行者小巷右拐。正如他预料的那样，海盗继续朝山上挺进。他们有更重要的事情要做，犯不着违反命令去追捕几个四下奔逃的平民。

他在雅克·贾维斯家前面的台阶上坐下，看着那支箭。他的衬衫上满是鲜血，血渍渗透进粗毛织就的衣物里。现在没必要再站起来了，他的膝盖彻底瘫软，就连手肘与手腕都虚弱无力。而且现在他的脑子很糊涂，精神涣散，无法集中。最明智的做法就是将头靠在门上，闭上眼睛休息一会儿，直到恢复一些体力。

他的妻子和女儿又争吵起来——唉，她们总是在吵嘴，梅娃正是叛逆的年龄——她们似乎在争执，是该把箭从他身上拔出去还是先留着不动。贝莉丝的意见是，如果她们现在把箭拔出来，他会因为血流不止而死。不用说，梅娃坚持唱反调，而且她已经近乎歇斯底里了。在失去意识之前，帕拉斯衷心希望他的妻子不要像往常一样，每当梅娃把事态扩大到一定程度的时候就不得不让步，因为死在一个被宠坏的孩子手里真是太不值了。

他一定是睡了很长时间，尽管看起来像刚闭上眼就醒了过来。他可以听到各种嘈杂的声音：有大喊大叫，有来回呼喝、传递信息，像搬运工人在将一件棘手的货物搬上船似的；有传达命令的声音，他听到一个男人的嗓音在让什么人保持队形，还有另外一个人叫道，*列队*、*举戟*以及其他类似的指令。他抬起头——头变得异常沉重——但巷子里除了贝莉丝、梅娃和他自己以外没有其他人。就算真有一场战斗正在进行，那也多半是发生在离此五十码左右的主干道上。他集中精神，想靠听力判断发生了什么事。但因为看不到实际场景，在那么多外邦人中他无法分辨出哪些是海盗，哪些是高戈斯·洛雷登的人。当然，他对战斗的形式以及他们是怎么打的一无所知，就好像光凭镇上大钟的嘀嗒声无法判断它的指针位置一样。他听到更多的命令被下达，听到很多呼喝声。他之前从来没有意识到在一场战斗中士官们该有多么繁忙，在短短的时间内他们需要考虑多少因素，正如一艘船的船长或是一个工组的领班。不过，他听不懂那些命令，那些技术词汇在他的生活经验之外——*持枪*、*向前看*、*转向*、*注意左边的敌情*。他听到脚步声、靴底的鞋钉叩击鹅卵石的声音、用力时发出的呻吟，偶尔还有武器掉在地上的哐当声。但他没有听到预想中的钢铁相交声以及垂死的尖叫。事实上，街上出乎意料的安静，大概他们还没有开始打起来。

他忽然想起什么，向下看了一眼。箭已经不在那里了。就看了这么一眼，他已经开始感觉到一种侵入性的疼痛，就像腹痛到了极点的感觉。*该死*，他想，*她们还是把箭拔出来了*。他的家人静静地坐在他身边，紧握着对方的手，似乎生怕其中一个被风刮走了似的。

然后,战斗开始了。没错,打仗的声音确实很大。像锻造发出的声音,锤子打在金属上的声音。不是那种清脆的鸣响,而是喑哑的敲击声以及沉闷的撞击声——毫无疑问,那是金属相交的声音,从这些声音里,他几乎能感觉到击打的力道。每一下乒乒乓乓的重击都是力量的施加和抵抗。要将头盔、胸甲等铠甲砍破、打碎,肯定需要付出极大的努力。他闭上眼睛,想集中精神,将每种声音分离出来,以便更好地诠释这些声音的意义。当然,这种事在黑暗中会容易些。然而,这么做很难。士官的呼喝声干扰了他的倾听,使他很难分辨各类金属相交发出的声音之间的细微差别,相当于身处黑暗却模糊了视线。*老是这样,他想,我第一次置身于战斗,却什么也看不见。这让我以后怎么跟我的孙辈吹嘘呢*。

忽然间,战场开始移动了。帕拉斯能想到的最有可能的情况是,其中一方撤退或逃跑了,因为打斗的声音开始变小,也变远了。但他听不出是往山上还是山下转移。他希望是朝山下转移,那说明高戈斯的手下正将海盗赶回海上(除非他们攻守易位,高戈斯的手下正在朝山上进攻。他对战略战术一窍不通,只知道这些事很复杂,就像下棋一样。而说到下棋,他现在可是连梅娃都下不过)。再说,他没办法继续集中精神了,腹部的疼痛影响了他的听力以及几乎所有剩下的功能。他的脑袋晕得厉害,就像空腹喝了一加仑的苹果酒似的。总之,他很不舒服,也许此时他该停止观察战况了。奇怪的是,疼痛居然没有影响他的睡眠,于是他睡着了——

醒来的时候,他发现自己躺在自家的床上。房间很暗,空无一人,因此他无法询问自己是死了还是活着(独自一人,完全无法分辨)。后来,他终于知道是自己这方赢了。那就好。

九

在总督办公室下方的中庭，有一个疯子在背诵经文。每一字每一句都正确无误，达到了任何一名学者都希望达到的准确度。只不过他用了最大的音量把经文嚎叫出来，像在骂人。总督皱起了眉头，这种反差让他深受困扰。诵经这举动本身是那么美好，未沾染任何的错误或疏忽，但同时又让人觉得完全不对劲。

地区行政官正在汇报，半途中注意到他的上级有点走神。因为轻微的耳聋，之前他并没有被远处的喧嚣声干扰，不过现在他也听到了。两人互相看了一眼。

“要我派个文书去召唤警卫吗？”行政官问道。

总督摇摇头。“他没做错什么。”他回答。

行政官挑起一边眉毛。“游手好闲，”他说，“蓄意扰乱治安。亵渎神明——”

“我并不是说他没有触犯法律。”总督微笑着回答，“但每个人都有义务诵经布道。只不过，我很遗憾他选择了大喊大叫的方式。”

（当然，这不是问题所在。令人不安的是那家伙的语调，他带着强烈的愤怒来诵读那些平和、富有韵律且玄妙的教条，那些遣词造句都带着巧妙的平衡感的箴言。经文里的一字一句是如此完美，哪怕是用近义词替换掉其中的一个词，都会彻底改变整句话的意义。这就好比听到一头狼在嚎着实体主义者的诗歌一样。）

“迟早会有人叫来警卫，”总督继续说道，“到时候那可恶的家伙就会被带走，我们的耳根就清净了。在那之前，我可以假装没听到。很抱歉，你刚才说到——”

行政官点点头。“对方提议结盟的事，”他继续说道，“当然是完全不用考虑的。高戈斯·洛雷登这家伙只是个投机者，一个扎根在穷乡僻壤的小军阀。他迫切地想要结交一些强大的朋友，以防哪天他治下的民众厌倦了他，将他赶走。做出任何貌似承认他的政权的举动都会有损我们的形象。简单一句话，我们不和这个阶层的人打交道。”

“同意。”总督尽量集中精神，回答道，“但事情没那么简单，我看得出来。”

行政官疲倦地点点头。“不巧的是，”他继续说道，“这可恶的家伙运气好极了。两天前，位于他的统治地边缘的小港口——叫托诺斯——遭到了一艘海盗船的洗劫。这艘船大概有五十名左右的船员，本来的目标是从艾普-埃斯卡托伊来的邮政快帆船。他们沿着海岸一路向北追踪，直到被突如其来的风暴吹到了托诺斯。因为风暴，他们的船严重受损。但他们缀着快帆船到了托诺斯，在海上安然无恙地度过了一个晚上以后，在天亮时分驶入港口。之后发生的事我不太清楚，只知道高戈斯和他手下的人在他们对快帆船动手之前赶到了港口，跟他们对上了。一半海盗被杀，剩下的俘虏被高戈斯囚禁在某个谷仓里。他同样扣留了快帆船，不过没给出任何理由。”

总督面带不悦之色，“是海恩·帕特克吧？”

行政官点点头。“高戈斯对俘虏的身份一清二楚。”他继续说，“唉，要是他不知道，那可就太孤陋寡闻了。毕竟，在过去十年间，我们为了抓他，悬赏了一大笔钱，还把他的体貌特征在行省境内到处张贴。当然啦，他的落网绝对是个好消息。只不过我希望抓住他的是别人，而不是这个叫高戈斯的家伙。”

“的确如此。”总督向后靠在椅背上，“我们这边已经告诉他，对结盟不感兴趣了吗？”

“是的，很不幸。”行政官说着，拿起桌子上的一个小小的象牙雕塑，匆匆看了一眼，又放了回去。“在这个节骨眼上出这种事，简直糟透了。他一收到我们的回复就坐下来，火速地回了封信。我已经很久没看到写得这么出彩的信了，谄媚和威胁完美而古怪地结合在一起——就算仅仅为了娱乐效果，你也应该亲自看看。我的评估员认为高戈斯已经神智错乱了。在看过信以后，我颇为赞同他的观点。显然，那封拒绝结盟的信件送到他手上的时候，他正在农场里劈木材。”

“劈木材，”总督重复道，“为什么？”

“据说他喜欢劈木材。不是指劈木材这件事本身。只是他喜欢假装自己是个农夫。显然他出身于农民家庭，后来不得不仓促地离家出走。针对他在中邦的所作所为有很多解释，但到目前为止，据我所知，唯一可能的理由是，只有这么做，他才能回到故乡。”

“我得承认，听起来他是有点疯疯癫癫的。”总督的双手做了个微小的手势，“不过，在这一行，癫狂未必是走向成功的障碍。”他评论道，“事实上，如果善加利用，很多时候它往往成为一种资产。他有提到想从我们这里得到什么吗？”

行政官摇摇头。“我们只收到一张简短的便条，说他抓住了海恩·帕特克，希望我们派个人去跟他讨论一下。我猜他更希望我们先开个价，从他的立场来说这种做法不难理解。我的意思是，他没有任何渠道可以了解到帕特克这个人对我们有多重要，他能知道的都来自我们公开放出去的那些消息。”行政官犹豫了一会儿，这才继续说下去，“老实说，”他说，“我自己也不太清楚，目前在这件事上我们的官方立场是什么。”

总督叹了口气。“他很重要。”他说，“但没有五年前那么重要。尽管如此，他仍然算是个该死的大麻烦。倒不是因为他以前犯下的事，或是说他有能力继续作恶，关键是他仍然逍遥在外，而我们却对此束手无策。”他皱起眉头，挠挠耳朵，“可笑的是，他真正做出的成就越低，关于他的传奇故事就流传得越广。在东南部的某些地区，有传言说他已经控制了西半岛，正在组建军队向本土进军，那里的人对此深信不疑。不，我们必须将他的头钉在艾普-赛勒斯的城门上，任人指点。只有做到这一点，我们才算没有白忙一场。”

“也就是说，”行政官说，“我们不得不同意高戈斯开出的任何条件？”

“未必。”总督顿住话头。此时，他听不到那个疯子的声音了，肯定是有人过来把他打发了。“我们没理由用一桩小麻烦来替代大麻烦。话说回来，”他继续说道，“如果我没记错的话，这个高戈斯·洛雷登可是我们这边的巴达斯·洛雷登的哥哥。”

“那个战争英雄啊，”行政官露出微笑，“没错。了不起的家族。要是中邦能培养出更多这样的人才，说不定——嘿嘿，跟他们结盟也挺有意思的。不用说，他们俩都是彻头彻尾的疯子，但你不得不佩服他们那顽强的生命力。”

“我就不佩服，”总督说，“谁让他们尽给我添麻烦呢。现在，让我们好好想想。既然在跟草原人对上的时候，我们需要巴达斯·洛雷登作为精神领袖，那么我们大概就不能对高戈斯·洛雷登太狠，以免得罪他——”

“这点我可不敢确定。”行政官截断他的话头，“据说巴达斯对高戈斯恨之入骨——顺便说一句，关于这点，有一个相当精彩的背景故事。等到我们有五分钟的空闲时间，提醒我跟你讲讲——因此，这方面我不怎么担心。但显然高戈斯对巴达斯宠爱有加——”

总督举起手。“这也太离谱了。”他说，“抱歉，请继续说。只是我觉得这些细节实在令人困惑，仅此而已。”

“我也这么觉得。”行政官微笑着回答道，“不过你得承认，这可比季度产业回报有意思多了。”

遮挡住阳光的厚厚云层移开了，在短短的一瞬间，刺眼的琥珀色阳光让总督头昏目眩。他挪了挪椅子，避开直射的阳光。“只要能不跟那些来自偏远地区的麻烦得很的无名小卒打交道，我这一辈子不需要什么有趣的事也能过得好好的。”他冷冰冰地说，“话说回来，”他露出了点笑容，继续说道，“我得承认，巴达斯·洛雷登是个难得一见的奇葩。他显然不知道幻象中的自己在和谁说话，真是与众不同。对了，我们刚才说到哪儿了？”

总督往后一靠，指尖压在嘴唇上。“我们需要巴达斯去对付特姆莱，而现在帕特克在高戈斯手上。但我们不想跟高戈斯结交，而巴达斯也不介意我们不和高戈斯打交道……你刚才说快帆船出了什么事？”他身子前倾，补充了一句，“你是说，他扣押了快帆船？”

正在研究桌子边缘的雕花设计的行政官点点头。“这事也很棘手。”他说，“你看，那艘邮政船只上有大量关于特姆莱的文件。所有关于我们正在包租的船只的文件、信用证、签好的协议、拟定的日程表——只要你有脑子，看得懂所有文件，将这些信息拼凑在一起，就能对我们接下来要做的事有一个相当清晰的概念。”

“尽管他们都疯疯癫癫的,但高戈斯绝对是有脑子的人。”总督说,“这就难办了。我正打算以他扣押行省政府的邮船为借口,用武力威胁他。没准儿还可以吓唬吓唬他,让他把帕特克交出来。但这么做,只会把他的注意力引到被扣押的东西上。”

行政官抿起了嘴唇。“我的看法正好相反。”他说,“如果你非法扣押了行省政府的邮政船只,而对方却没有大惊小怪,你会怎么想?事实上,我怀疑他递纸条是故意的,目的就是为了试探我们的反应。否则,他没有任何理由要以这种方式激怒我们。”

“很有道理。”总督承认,“哦,这该死的家伙,害得我头痛。此时此刻,要是没有洛雷登兄弟的所谓的生命力,我的日子就能轻松点了。你可饶了我吧。”

“啊,”行政官微笑道,“这恰巧是我们能做点文章的地方。我想到了洛雷登的姐姐。”

总督猛地转过头来。“对啊,我居然把她给忘了。尼莎·洛雷登,在思科纳开了家银行,把我们在沙斯特的朋友惹恼了。”

“就是她。”行政官说,“当然啦,她如今在我们这里做客呢。”

“没错。说起来,她的兄弟们对她是什么态度?我敢肯定,不是爱就是恨,只不过到底是哪一个?”

行政官优雅地将双手交叠放在膝盖上。“我认为,高戈斯爱她。”他说,“尽管在思科纳陷落的时候,她确实丢下高戈斯不管,支使他去打仗,自己卷走了所有的钱财,但我不认为高戈斯会为此记恨。在涉及家庭问题的时候,他是个极其宽宏大量的人。”

总督挑起一根眉毛,不解地问道:“巴达斯呢,他也爱她吗?”

“我不这么认为。”行政官回答,“但我也不认为他恨她。不过,要说有点关系的话，不知道她的女儿公开发誓要干掉他算不算。”

“哦，天哪。”总督摇摇头，“算了，我应该可以在某些文件里找到这些信息。事实上，在跟那人面谈之前，我肯定会看报告的。我说，你是已经想到了什么好办法了吧？”

天国之子露出灿烂的笑容，这可相当罕见。“不敢当，”行政官说，“只是个初步想法。我在想，在局势即将失控的时候，我们说不定可以利用一下她。不过，最好还是把她控制起来——应该说，把她们控制起来，母女一起，当成非法入境者扣押，就先这样处理吧。”

总督站起来，走向窗边。窗下有一棵茂盛的老无花果树。从窗户那里伸出手去，他几乎可以触碰到无花果树的顶端。“当务之急，”他说，“恐怕还是要把帕特克弄到手。如果我这次让他脱身了，一定会面临许多质疑。你想做什么就做什么吧。我明显更倾向于不与此人缔结任何性质的盟约，但我相信你可以找到一番合理的说辞，既让对方满意，又避免我方做出任何承诺。除此之外，你尽可以便宜从事，我一点意见也没有。”他在窗边转身，把自己的脸藏在背阴处，皱起眉头。“当我们开始从个人角度看待这类人的时候，往往会面临着把握不住分寸的危险。我们在这里谈到的几个人当中，除了帕特克，没有一个重要到可以影响我们的政策。只有在降低到战略层次时——甚至更低，在战术层次时——他们才显得比较重要。”他耸耸肩，坐在桌子的一角。“我的意思是，”他继续说道，“如果你认为，将帕特克弄到手的最好方式是率领两个师以及我们包租来的一部分船只将中邦吞并掉，你就放手干吧。我不是说你应该这么做，”没等行政官开口，他补充道，“我只是指出我们应当注重的是旅途的终点，而不是沿途的风景。沙斯特，或者任何类似的小王国都一样。如果有必要灭掉它们，就灭了吧。我们只在乎成本效率以及是否省时省力。”

行政官站起来准备离开。“有道理。”他说，“我会把帕特克带回来的，这点无须担心。但你不反对我采取某种优雅、干脆的方式吧？”他咧嘴一笑，补充道，“出动军队不算什么能耐。出动一支军队的同时还能保证预算不超支，这才能让你获得行省政府的关注。”

“这真是太可怕了。”艾莎兹·米萨吉斯松开将脖子一侧勒得紧紧的肩带，喃喃自语，“有这么多买家，我们却没有货卖给他们。”

在斯潘，又是冷冷清清的一天。以往要过桥，通常要耗上半个小时才能走出一百码左右，今天却只花了几分钟。希度·格莱阿忧伤地点点头。他急需买到三捆绿天鹅绒来满足顾客的订单，最麻烦的是，他已经向顾客保证说一个星期前就发货了。“如果这千载难逢的绝妙商机再持续下去，”他说，“我们可就全完了。前提是我们没有先死于无聊。”他拿起一块样品布，这是他昨天、前天、大前天检验并拒绝过的同一块布。这是岛上唯一的一种绿天鹅绒。“我太绝望了，明天我肯定会再来。”他说，“到那时候，已经有人把这布给买走了。来吧，我们喝一杯，前提是在这块悲惨的大石块[①]上还能找到酒。”

他们在黄金宫殿里找到了文纳德·奥泽尔和塔闵·沃兹，两人正沮丧地对着一个半空的酒壶。他们刚走进来，文纳德就满怀希望地抬起头。

“希度，”他说，“我的斧柄。你帮我弄到了吗？”

希度拉出一张椅子坐下，抑制住打呵欠的冲动。“哦，拜托，”他说，“你以为我是什么，牙仙子吗？还是说，你以为我天一亮就到沙滩上去，用漂流木把斧柄都削出来了吗？”

“那就是没有喽。”文纳德惨兮兮地说，“也就是说，我现在不得不去找多思兄弟，尽力向他们解释——”

---

① 指岛屿。

“我的船、你的船以及其他所有人的船都系在码头上，”希度截住他的话头，“跟他们名下所有的船系在一起。我想他们多半已经知道了。放心吧，文，多思兄弟为人练达，你不会有事的。被科里昂纺织品垄断集团死死盯住并被惩罚条款威胁的又不是你。说到这个，”他补充道，“你手头不会刚好有三捆标准岛屿品质的绿天鹅绒吧？”

文纳德皱着眉头。“没有，我手头没有。”他说，“不过你可以问问维特里丝。我知道她几个月前买进了一船货物——你知道的，就在他们将雷姆沃兹·乔斯的财产变卖清空以后。我有印象这批货里有绿天鹅绒，不过货是不是还——”

“神明保佑你，”希度一跃而起，“你不会碰巧知道她的进价是多少吧？”

“希度！她可是我妹妹！”

“只是问问而已嘛。谢谢你。”

他一溜烟跑了。艾莎兹将他杯子里的酒倒进自己的杯子里。“唉，谁知道呢。”当文纳德看向她的时候，她解释道，“如果再这样下去的话，说不定他们明天就要搞配给制了。”

塔闵·沃兹大笑。“我知道为什么我们的船无法在码头进出，”他说，“但我不理解的是，为什么没有外邦的船到我们这里来？你说帝国是不是把他们的船也包下来了？”

“有可能。”文纳德说，“说真的，有这个可能性。”听到艾莎兹咯咯笑起来，他为自己辩解道，“天知道他们组建的这支军队有多庞大，而且他们不差钱，这点是毋庸置疑的。”

“是吗？”塔闵·沃兹将壶里最后一点酒倒进自己的杯子里，微笑着说道，“你们看，最近发生了这么多事，但我觉得最有趣的一点是，我们对帝国知之甚少。哦，我们自以为了解，但事实却完全不是那么一回事。这就好比仰望天空。我的意思是，天空就在那里，我们每天都可以看到它，但我们不知道它的运作原理，不知道它的真实用途，甚至不知道它的本质是什么。照我看，我们对帝国的了解不过如此。”

艾莎兹在隔壁桌发现了被落在那里的一碗橄榄。“我看过一本书，”她嘴里塞得满满地说，“书中说道，天空只是一块巨大的蓝布，星星是布上的小洞，阳光从那些洞里漏进来。雨也一样。但我觉得这点未免过于牵强。要是那样的话，每次下雨，北极星下面岂不是会积起一摊辽阔无比的脏水塘。不知道有没有人去验证一下书中所写到底正不正确。我是说，关于雨的描述，当然还有关于星星的。”

塔闵挑起一根眉毛。“我还不知道你居然会看书，艾莎兹。”他说，“是买什么货的时候附带的填充材料吧？”

“哦，真好笑。”艾莎兹吐出一颗橄榄核，回嘴道，“告诉你吧，我的仓库里有一整箱书籍。这么大的箱子。即使是现在，我都搬不动它。”她带着一丝期待，加了一句，“嘿，文，我不知道你有没有兴趣——”

“没有。”文纳德晃动着杯底最后一点酒液，“不过我想你说得对。”他补充道，“不，不是说你，是他。关于帝国的那番话。帝国有多大，我一无所知。我只知道，它——嗯，很大。”

“的确很大。”塔闵说，“要我说啊，太大了。我甚至听说了一些关于内战的传闻。”

“真的吗？”艾莎兹抬起头，“哦，等等。你是说关于帕特克的传闻吗？我碰巧知道些确切的消息……”

塔闵摇摇头。“我说的是真正的内战。”他说，“不是那帮漫无目的地实施毫无意义的暴行的海盗。不，我说的内战是皇室家族和某个在东南方偏远地区的军阀之间的紧张局势。这一整件事可能被夸大到失真的地步，但我的确相信传闻中至少还是有一些真材实料的。你看，这正是我想表达的意思，”他继续说道，“我根本不知道他们内部是如何运作的。如果内战真的爆发了，我是指真正的内战，他们会立刻搁置手头的一切计划，忙着赶回本土参战吗？还是说，这种事经常发生，他们已经习以为常了？”

文纳德耸耸肩。“知道不知道的，有什么关系呢？”他问，“有一点，我们所有人都可以放心，那就是帝国从来没有找过我们麻烦。我也不相信他们以后会来找我们麻烦。”

“哦，是吗？”塔闵追根究底，“你怎么敢保证这一点呢？”

“哎呀，”文纳德说，“首先，他们没有舰队，而这里毕竟是一个岛屿。难道说你一向认为我们是住在山顶上，而且还经常下雨？”

“可他们确实有一支舰队啊。”艾莎兹补充道，“我们的舰队。”

“没错，但他们几乎不可能用我们的舰队来对付我们自己啊。”

“噢，那可没准儿。更重要的是，如果我们的船只不能出航，他们根本不需要动用舰队来对付我们。”

“没有船只，他们打算怎么到这里来？走过来吗？”文纳德摇摇头，“关键是，我知道帝国从来没有攻击过我们。这么做没有任何意义。这不符合他们的行事风格。”

“这是就你所知而已。再说，我还以为大家刚才一致同意，我们对帝国的了解少得可怜。”

文纳德耐心地叹了口气。“他们只对如何控制他们的边境线感兴趣。”他说，“而我们在海的中央。没什么好说的。”

“也许你说得对。”塔闵说，“只是，我觉得我们应该多了解一些他们的信息，仅此而已。举个例子，对他们而言，和我们的交易量可以说微不足道——但却关系到我们每个人的利益。说不定我们会错失某些巨大的商机。”

文纳德挠挠耳朵，“我猜想，我们卖的东西，他们根本不需要。他们从帝国内部就能获得所有的物资。再说我还不确定，是否要那么迫切地与他们建立商业关系。不知道为什么，他们让我觉得毛骨悚然。”

“啊，”塔闵说，“这才像话嘛。我们不和他们做生意是因为我们害怕他们。或者说，仅仅是因为我们不喜欢他们，管他什么理由。你不觉得，对一个贸易国度而言，这种态度很幼稚吗？”

“我不知道。”文纳德回答，“也许这只是我个人的看法。但他们是那么庞大，那么——”

“可怕？”

文纳德点点头。“好吧。”他说，“我承认，确实可怕。和他们打交道，我总是提心吊胆的。我也不想这样，但这就是我的真实感受。”

“那是因为你不了解他们。”塔闵笑道，“我敢保证，等你对他们了解更多以后，就不会那么担心了。”

“确实，”艾莎兹喃喃说道，“我敢肯定，一旦你对他们有所了解，就会发现他们相当和蔼可亲。”

卡纳迪？

卡纳迪坐了起来。四周一片漆黑。他模模糊糊地意识到忒乌达斯睡在他身边的床上，正在睡梦中翻来覆去。有人在叫他的名字。

卡纳迪，是我。

“哦。”他大声说道，接着闭上了眼睛。

他回到了城市（哦，又来了），这次在制绳街。在这条宽阔的街道两旁，房子和仓库正在燃烧，明亮的火光将这里照得如同白日一般，让他看得很清楚。他站在路中央，这是很幸运的事，因为所有的打斗和杀戮都发生在街边，在燃烧的建筑物的屋檐下。

“对不起，”亚历克修斯说，“我也不太喜欢这场景，只是碰巧出现在这里而已。”

卡纳迪瑟瑟发抖。尽管他知道自己应该感觉到四周火焰的温度，但他就是感觉不到。“你可真是挑了个好地方。”他说，“事实上，我时不时就会出现在城市陷落那天的大部分地区，但我之前从来没有到过这里。”

亚历克修斯指着某个地方，不过卡纳迪不知道自己应该看什么。“在那里，”亚历克修斯说，“看到有个人在那儿了吗？是个长头发的草原人。那座小屋的屋顶马上就要坍塌下来，他会被堵在里面，然后被烧死。这个事件为什么如此重要，就是这一切的意义所在。看，来了。”一栋矮小的建筑物坍塌了，溅起一团火花，有个卡纳迪看不见的人在尖叫。亚历克修斯补充道：“我费了好长时间试图弄明白这个事件为什么如此重要，最终找到了原因。如果他幸存下来，将来会参加一项射箭比赛。他会射出一支箭，而这支箭将被靶框弹飞——简直是百万分之一的概率——射中特姆莱妻子的眼睛。不对，那时候她还不是特姆莱的妻子，也永远不会成为他的妻子。特姆莱会和另外一个人结婚，那就是另外一个完全不同的故事了。”

“原来如此。”卡纳迪说，“这就是你要告诉我的？”

亚历克修斯摇摇头，“天哪，才不是呢。正如我所说，这只是我最近在研究的事。不，我要告诉你的比这重要多了。是关于你的。我必须给你一个警示——”

“抱歉。”卡纳迪说道。他刚注意到自己踩到了一个垂死的人。当然，他知道自己无法挽救这个人，因为这是已经发生的事，更何况他并不是真的在这儿，但他做不到就此走开。

“对不起。”他跪下来说道，但没有任何迹象表明那人能听到他的话。他的伤势令人震惊——一道深深的伤痕从脖子和肩膀的交界处，沿着锁骨斜斜地划了下来。紧贴着肋骨下方，还有一条有卡纳迪的一只手那么长的伤口。

“是被斧枪捅的。”在他头顶看不见的地方，亚历克修斯评论道。

“斧枪？我不知道草原人居然用这种武器。”

“他们确实不用这种武器。”亚历克修斯回答。卡纳迪抬起头，意识到自己已经不在佩里美狄亚了。“思科纳？”他问。

“没错。”亚历克修斯确认道，“你看到的是沙斯特基金会攻陷思科纳的情景。”

卡纳迪皱起了眉头。在他身后，他看不见的地方，码头上一排排仓库被火焰吞噬，人们争先恐后地挤向队伍前头，想搭上其实早已离港的船只，这些船只又被安装在沙斯特驳船甲板上的投石机一一打沉。“但，这事从来没有发生过。”他说。

“严格说来，你是对的。”亚历克修斯说，“巴达斯·洛雷登阻止了这一切。他制服了高戈斯，让他放弃了战争，因此不管是围城还是占领都没有发生。但不管怎么说，你看到的就是思科纳。不相信的话，问问你在当地的朋友吧。”

“你是说，这是原本应该发生的事？”

“我的老天哪，不是这样的。你看了太多泰菲诺思的作品了吧。我从来不认为在研究元理的时候掺入价值观上的判断有什么意义。这就好比，说太阳从东方升起是因为那里比较美好。我只是说，从某种意义上来说，这个场景也发生过。”

卡纳迪站起来。“你把我搞糊涂了。”他说，“还有，拜托别再给我解释了。恐怕，如今我对纯理论知识的渴求不如过去那么强烈了。你刚才要说什么？关于一个警示？”

“哦，对了。”亚历克修斯指着一个地方，“看，那里。”

不知怎么的，卡纳迪一时出神，思科纳就消失了。他们现在所处之地，据卡纳迪推断，应该是草原人的营地中央。营地很大，到处是帐篷，四周围着临时搭建的栅栏。这里正在受到攻击，许多帐篷着火了。骑手在帐篷之间来回冲杀，或是点燃打蜡的毛毡，或是随手将偷偷从身边溜过去的人干掉。在正前方，卡纳迪看到了一辆马车。毛毡车篷已经差不多烧光了，只剩车厢的框架像肋骨般直挺挺地立在那里。卡纳迪看到车厢下面有一个小男孩，他的脸从右前方车轮的辐条间露出来，正盯着一名骑手。骑手和他对视着。因为角度的关系，也因为骑手的面罩是拉下来的，卡纳迪看不到他的脸……

“他是谁？”他多余地问了一句。

“猜猜看。”

“我明白了。”卡纳迪说。一个男人将自己的身子紧贴着一排木桶的边缘，试图从骑手身边悄悄通过。骑手看到了他，从马鞍上俯身向前，弯下腰，一击正中那人的头顶心。“我猜，这就是一切恩怨开始的地方。”

亚历克修斯笑了，“恐怕不止如此。你大概以为这是麦克森对部落采取的某次先发制人的奇袭吧，就是小特姆莱目睹家人被屠杀的那次，对吗？”

卡纳迪点点头。“躲在车子下面的难道不是他吗？”他说。

“当然。不过，”亚历克修斯说，“这并不是过去的场景。你可以观察一下那名骑手身上的盔甲和装备。”

卡纳迪有点恼火。“很抱歉，”他说，“我不是什么军事迷。这身盔甲有什么特殊之处吗？”

“说明他们是帝国的重骑兵。”亚历克修斯说，“你现在看到的是行省政府吞并佩里美狄亚旧址的战争。是的，马上的是巴达斯·洛雷登；是的，在车下的男孩就是特姆莱国王。当然啦，称他为男孩是有点勉强，他此时应该是二十四五岁的样子。但他看起来比真实年龄要小，尤其是在惊恐万状的时候。再说，这跟马车的阴影遮蔽了他的真实样貌也有点关系。”

卡纳迪再次环顾四周。“好吧，”他说，“既然如此，那我为什么看不到城市？或者至少应该看到城市的废墟？”

亚历克修斯笑了。“特姆莱国王认为待在原地，跟帝国干上简直是自杀行为。”他说，“尤其是他听说了谁是名义上的军队统帅之后。他说，如果他们想要佩里美狄亚，就给他们吧。于是他命令他的子民收拾行装，带领他们回到了草原，也就是他们的家乡。但行省政府不依不饶。他们的理由是，如果让他们就此离开，将来他们也可能再反攻回来，还不如现在一次性解决掉。因此，他们派洛雷登带领军队深入草原，依仗洛雷登对当地的了解以及多年的经验追击草原人。他毫无悬念地领军来到了他推测的地点——部落民以为自己脱离了危险，松了一口气后扎营的地方。这是一场血腥的大屠杀——赤裸裸的杀戮——成千上万的草原人被杀害。然而，也有上千人逃脱了。于是，巴达斯终此一生都在草原追杀这些人，直到后来死于肺炎。他的副指挥官—— 一个叫忒乌达斯·莫罗辛的人，这名字听起来是不是很熟悉——率领军队回来了。那时候，帝国已经重建了佩里美狄亚，莫罗辛在城里定居了下来。只不过，他的日子过得不怎么样，可怜的家伙。之后忽然有一天，部落民在一名强有力的年轻国王的带领下出现在城市的边境。在巴达斯火烧营地，屠杀他的家人时，这名国王不过是个小男孩而已。他知道，只要城市存在一天，草原人就永无宁日。他碰巧是个军事天才，于是莫罗辛仓促应召，被任命为守城的将领。在软弱无用以及就算以帝国标准来看也格外无情的己方人员的牵制下，莫罗辛仍然干得相当出色，但城市终究还是沦陷了，只有少数几个人幸存了下来，而忒乌达斯就是其中一个……”

卡纳迪缓缓地鼓掌。“太棒了，”他说，“真是一个巧妙的、精心炮制的精彩故事。我一个字都不信。”

“你不信？”亚历克修斯挑起了一根眉毛，“哎呀，拜托，卡纳迪。你什么时候变成了一个如此难缠的人？看。”他指着某个方向。卡纳迪又回到了最初的地方，在着了火的佩里美狄亚制绳街上。只是这次，他看到了自己，一个昏昏欲睡、一脸茫然的耄耋老人，正在被人推搡着、催促着在街上行走，那人是——

“忒乌达斯·莫罗辛。”他说，他说话的样子听起来就像一个魔术师助理，而魔术师正在将一束玫瑰花从他的耳朵里抽出。“没错，我跟你打包票，全身披盔戴甲的他看起来和巴达斯一模一样。”

“连剑都是同一把。”亚历克修斯说，“就是城市被占领的前一天高戈斯送给巴达斯的古朗阔剑。巴达斯将这把剑交给艾希莉·佐希思保管。巴达斯死后，艾希莉把剑送给了忒乌达斯。现在这把剑又出现了——那个年代造的东西可真是耐用啊。正是这种一丝不苟的态度给人留下了深刻的印象。”

卡纳迪闭上眼睛，他真不该这么做，因为此时他出现在了艾普-埃斯卡托伊的地下巷道中，这无疑是他最不喜欢的幻象——

“不是幻象，”亚历克修斯纠正他的想法，“不是用镜子或类似的手段营造出来的错觉，你心里一清二楚。在这里，你看到的都是真的，除了你自己。”

卡纳迪张开嘴，正打算反驳，却又犹豫了片刻。“我们看到的思科纳被占领的情景，”他说，“是未来的事，对吗？”

“啊！”亚历克修斯笑容满面，“过了这么久，你终于明白了。我就知道，总有一天你会醒悟的。没错，那件事还没有发生。你尚未读到一本书的最后一页，并不代表这个故事没有结束。”

“其实，”卡纳迪承认，“我看书总是先看结尾。我觉得这样有助于我品鉴其中的微言大义。你是说，就算这些事尚未在这里发生，它们其实已经在——”他顿了一下，皱起了眉头，“别处发生过了。”

亚历克修斯将背倚靠在巷道的木板墙上。他身上满是芫荽味。“你现在开始慢慢领悟了。”他说，“过了这么久，你现在终于开始意识到元理是多么朴素了。也许我不该责怪你之前的不开窍。毕竟我自己都花了很长时间去弄明白其中的道理。就算说给你听，你都不会相信，我曾经遇到过哪些困难……你记得我们以前曾经琢磨过是否该用元理来预见未来吗？我们真是蠢得要命，连这么浅显的道理都看不透。我们当时就该意识到，之所以能预见未来，是因为那些事已经发生过了。”

“你又把我搞糊涂了。”卡纳迪悲哀地说。

“哦，拜托。”卡纳迪感觉到整条主巷道都在震动，空气里满是飞扬的尘土。“之所以能看到忒乌达斯对部落民的屠杀，是因为我们可以看到巴达斯做过这件事。之所以能看到帝国治下的佩里美狄亚的陷落，是因为我们已经见证过一次它的陷落。通过那样的方式，我们什么都可以看到，因为它们全是同一事件。甚至如果我们病态得想要看到自己的死亡，那我们也能做到。不用说，先死后葬，历来如此……”

顶部坍塌了，尘土塞满了整条巷道，就好像身在倒置的沙漏中一般。卡纳迪呼吸不过来，感觉到一根木材砸在一侧脑袋上，然后他睁开了眼睛。

“叔叔？”

“忒乌达斯，”他说，“发生了什么事？我们在哪儿？”

“你做噩梦了。”忒乌达斯将灯凑近了一些，说道，“没事了。我们在草原人这里，记得吗？特姆莱要见我们，他会送我们回家的。”

卡纳迪坐起来，摇摇头。“他说错了。”他说，“你可以改变历史的进程，只要你找到正确的节点，给予适当的*推动*。我们以前做过这样的事，关于巴达斯和那个女孩的事。”他抬头看着忒乌达斯的脸，似乎想检查一下那是不是真实存在的。“芫荽味，”他说，“这不是敌人的象征吗？”

忒乌达斯放下灯。“待在这里别动，”他说，“我去看看能不能找到那个女医生。你会没事的，等着瞧吧。”

卡纳迪叹了口气，他醒过来的时候头痛欲裂。“我没事，”他说，“我没疯，只不过还没从梦境里回过神来。对不起，我刚才吓着你了吗？”

忒乌达斯小心翼翼地往回走，似乎在担心自己会遇到伏击。“又是那种梦，对吗？”他说，“我以为铜丝草茶已经把这些梦都给解决了。”

“并没有。”卡纳迪说，“只是它太难喝了，以至于我都不敢告诉你我又做噩梦了。免得你继续逼我喝这种药。”他吐出一口气，又躺了下去。“说到这个，我依稀记得在哪里看到过铜丝草其实是慢性毒药的说法。唉，至少对人的身体没有好处，伤肾。”

忒乌达斯板起了脸。“再睡一会儿吧。”他说，“明天事情可多了。你要休息得好一点。事实上，我正打算去跟赶马车的人说说，不能让你一整天都在马车上颠簸。你的年纪大了，禁不起劳累。”

“哦，我不担心我的身体。”卡纳迪阴郁地笑了，“我碰巧知道自己活到了七老八十，头发都掉光了，牙齿也少了一半。你也是，我是指，你会继续活下去的。也许你最后会死于肺炎。不过别当真，这只是我利用相关的数据做出的推测。”

“叔叔——”

“我知道，我又胡说八道了，不说了。”卡纳迪故意打了个呵欠，翻了个身，但他的眼睛还睁着。“把灯熄了吧。”他说，“我保证，我会尽力睡一会儿的。”

忒乌达斯叹了口气，“我很担心你，真的。”

“我也是，”卡纳迪尽量让自己的声音听起来睡意蒙眬，回答道，“我也是。”

“这么说，你已经痊愈了，对吧？”

巴达斯笑了。“显而易见。”他回答道，“至少，我没有以前那么疯了。还有，我把治疗室弄得乱七八糟的，他们就把我赶出来了。”

验甲所的头阿纳克斯，那个老年天国之子，一本正经地点头表示赞成。“那种地方可不是久留之地。”他说，“他们最擅长的就是截肢——这帮人干起活儿来干脆利落，棒极了，多半和那个外科医生之前当过细木工坊的工头有关。因为他资历太深，不得不升他的职。你真该看看他造的一些义肢。他们那里有一台很大的脚踏车床，他们用这车床把鲸骨改造成了义肢。其中有一些，就算称之为艺术品也不为过。”

“那是。”巴达斯附和道。

巴达斯将为数不多的个人用品收进工具袋的时候，阿纳克斯坐在床尾的边缘，让巴达斯想起了小时候听过的小妖精的故事。根据他的回忆，这些小妖精成天忙着制造细节逼真的、精妙复杂的人形机械玩偶，这些玩偶几乎和真的男孩女孩没什么区别。在夜深人静的时候，他们将穷人家的小孩偷走，用玩偶来替代真人。他听了这故事以后，吓得有好几个星期都睡不着，还养成了不时地敲敲胳膊腿的习惯，确定它们不是金属做成的（有点不合逻辑）。

“这么说，你要离开了。”沉默了一会儿以后，阿纳克斯说。

“显而易见。”巴达斯回答，“我很遗憾，真的。我刚开始习惯这里的生活。”

阿纳克斯笑了。“习惯，”他说，“这是根本不可能的事，除非有人天生喜欢用锤子敲打金属片。别笑，确实有人喜欢这个。比如我们的布鲁。对吧，布鲁？”

阿纳克斯那个体形庞大的年轻助手板起了脸。巴达斯大笑起来。

“你可别被他骗了。”阿纳克斯继续说道，“他在内心深处极其热爱自己的工作。他小时候经常因为打碎家里的东西而遭到训斥——这么大的个子在那么小的农家小屋里待着，肯定会时不时地打碎什么东西，这是不可避免的事。而在这里，他可以成天打砸，还能拿工钱。”阿纳克斯低头瞅瞅自己的手指，又抬起头来。“你上战场的时候，打算用什么样的装备呢？看样子你的随身物品不多。”

巴达斯耸耸肩。“我想，他们会发给我一些吧。”他回答，“至少，我认为——”

“没必要绕远路。”阿纳克斯打断他，“毕竟咱们这里就是制造这些装备的。可以从生产线上直接挑，为什么要到行省政府军需处的某个办事员那里碰运气呢？这还不算，”他从床上跳下来，补充道，“我们还可以为你度身定制。这样，至少你知道这些装备都是合格的。”

“我还没有认真考虑过这个问题。”巴达斯将一件衬衫举到胸前折叠着，“他们告诉我，我的主要作用就是站在一个能让特姆莱看见的制高点，做出一副可怕的样子。我无所谓，”他补充道，“天知道，我可不急着参与任何战斗。”

阿纳克斯叹了口气。“他还没有认真考虑过这个问题。”他重复道，“验甲所的副督察——管他自称是什么——居然打算从军需库的架子上随便拿一套破铜烂铁。咱们可不能允许这样的事发生，对吧，布鲁？想想看，万一他牺牲了，或丢了条胳膊，咱们脸上有多难看。有些人就是不动脑子，这是他们的通病。”

“好吧。”巴达斯笑着回答，“你来帮我挑一套，要是出事了，我也知道该找谁负责。”

“这不算什么，”阿纳克斯回答，“我们要亲手帮你打造一套。”

巴达斯挑起一根眉毛。“我以为你只会毁坏盔甲，”他说，“不知道你还会打造。”

阿纳克斯夸张地做出一副受辱的表情。“你开玩笑吧？”他说，“我可是有二十年经验的铁匠。”

“直到你资历太深，不得不升你的职？”

阿纳克斯在他背上拍了一下。“你知道吗，太可惜了。”他说，“某人刚刚摸清这里的门道，就要被调走。要我说，真是浪费人才。”

巴达斯还没来得及抗议，阿纳克斯已经走出了房间。他走得太快，巴达斯费了老大的劲儿才能跟上他，更糟糕的是，大工坊下层的过道和走廊是如此错综复杂。而大工坊正是他要去的地方。布鲁在后面慢吞吞地走着。他天生不适合跟人比拼速度或敏捷度，再说，他认识路。

“很好，”阿纳克斯从门口那里看进去，“还没人发现这里。要是哪一天我到这里来，发现这里到处是设备和工人，那我的私人工坊就终结了。带着灯的布鲁去哪儿啦？我们需要灯光看看这里有什么。”

有了灯光，巴达斯就能四处张望了。在地板的正中央，立着一块铁砧，是那种最大尺寸的铁砧，重达三百担。铁砧被螺栓固定在一段巨大的橡木块上，以缓冲捶打的冲击力。铁砧旁有一块花砧，同样固定在橡木上。花砧是一大块方方的重型铁，上面挖出不同尺寸和配置的圆洞、沟槽以及杯形模，半圆形、方形、三角形应有尽有。将金属板材放在这些凹槽上捶打，就能得到不同的形状，比如管状裙褶和卷边。大木块的尾端被凿出一个杯形的洞，最深处大约有半根拇指那么长（它的形状其实更像是扇贝壳，一头坡度较缓，一头比较陡）。巴达斯注意到木头的材质已经被捶打得光滑、紧实而有光泽。

“这是窝锻桩[①],”阿纳克斯说,“用来窝锻和打凹。那是压折机。”他指着固定在远远的房间一端的工作台上的玩意儿,加了一句,“折叠机旁边是滚压机和剪切机。这就是全部了,真的。来吧,让我们看看这后面有什么。”他跪下来,把手伸到工作台后面去。“除非有人到这里来过,并发现了这玩意儿,否则我们应该能——好,找到了。”他拖出一块钢板,钢板上均匀地布满一层铁锈,呈现出暗褐色,“我——让我想想,在多久以前,肯定是十五年前,把它储存在这里,就是预备着哪天我想打点什么好东西的时候用。我看着它从一整块真正的科里昂铁坯上被拉制出来——这种材料相当精纯,不像我们用的那种满是细沙砾和碎屑的垃圾货色。这块的重量有五十担,如果切割得当的话,足够了。”他咬着嘴唇,继续说道,“知道吗,也许你听着会觉得可笑,但我当时一看到这块钢板,就知道将来会有用上它的那一天。”

巴达斯略有些不自在。“你确定要给我用吗?”他问,“我的意思是,这么好的原材料——”

“只要能物尽其用,”阿纳克斯带着一抹坏笑答道,“就值了。”

“这话我怎么听都觉得不对劲。”巴达斯说。

阿纳克斯从角落一个浅浅的木盒里拿出一套薄木片切割出来的模板。“胸甲,”他将最大的一块递过来,“背甲、护喉、臂甲、头盔片、颊革、护颈——见鬼,护颈呢?啊,在这里。一整套全在这里了。护腿、护胫、护膝、上臂护甲——我们还需要钢制胫甲吗?不,我想没必要了。穿上那玩意儿,你连动都动不了。挂腰式腿甲?”

“挂腰什么?”巴达斯问。

“好吧,不需要腿甲。行了。布鲁,把钢板放到台子上,我准备画线条了。”

布鲁按住钢板,阿纳克斯小心翼翼地用粉笔画出线条。“这尺寸正好适

① 一截木桩,上面有挖出来的凹洞用以塑形。

合你的身高。”他说，“我切割的模板是给我们——我是说天国之子用的。你们外乡人大多数长得都像滑稽的小矮人。”

“你也是。”巴达斯指出。

“没错。”阿纳克斯表示赞同，“但我与大部分人不同。你撞上我是运气好。要是其他天国之子，你唯一能从他们手里得到的免费物资，就是三天的口粮。布鲁，把这该死的钢板按住，别动来动去的。”

他花了很长时间才画好线条，之后又花了更久的时间，在剪切机上切割出不同的部件。布鲁负责切直线，轻轻松松地将长手柄拉下来，看起来有点心不在焉。阿纳克斯负责切弧线。巴达斯几乎认定这是一项不可能完成的任务，因为所谓剪切机不过就是一把大号的剪刀，一片刀刃固定在工作台上，另一片尾端装着三尺长的把手。“看到我把这玩意儿像纸一样剪开，”阿纳克斯用力时嘿哟作声，但并没有因此停住话头。“你一定很担心。你在想，这么薄的材料肯定没什么用处。嘿嘿，我只能告诉你，要有信心。”

“其实我并不担心。”巴达斯说。但阿纳克斯似乎没听到，因为他继续说道：“重点是，钢铁是个奇妙的东西。它可以像羊皮纸或者黏土般被切割、弯曲、塑形，而等我完工以后，就连布鲁跟他那巨大无比的大锤子也不可能在上面敲出一个洞来。你知道为什么吗？关键在于压力。”还没等巴达斯回答他的问话，他已经接着说下去了。“一点压力、一点张力，甚至可以再来点反复的锤炼，哇啦，一副上好的盔甲就到手了。如假包换的正品。哎呀，”他被一片银色碎屑割伤了手指，叫了起来。“活该，谁让我没把心思放在手头的事上呢。”一滴血像雨滴般打在他正在切割的部件表面，骄傲地停留在那里，像一颗铆钉头。

“压力。”阿纳克斯将一块钢板送进压折机，重复道。这玩意儿看起来有点怪异，两幅窗框一般的方形框架，一幅固定住，另一幅沿直角方向旋转。

阿纳克斯将钢板卡在两幅框架中，压下转柄，整张钢板就像一张卡片似的干净利落地沿着中线对折起来。接下来，他将钢板转移到滚压机中。这让巴达斯想起了他在佩里美狄亚的洗衣房里用过的那台大型铁制熨烫机[1]。阿纳克斯调节一颗固定螺丝，让两根滚轴之间出现一定的间隙，然后迅速摇动手柄。钢板穿过滚轴，从另一头出来的时候有了明显的弧度。钢板边缘由压折机塑成的直角变成了弯曲的肋条，向上汇聚到钢板的中心线。“压力，”阿纳克斯又重复了一句，“这里，”他的手指顺着拱肋划过，继续说道，“被压得向外凸出，像一道拱门。光是从外部打击它，你就算费上九牛二虎之力也很难将它撼动。所以，它就成了你的第一道防线，明白吧。这道防线贯穿整个部件，顺着你的腿骨向上延伸。不管打在你身上的力量有多重，都不会穿透这层防护，打折你的腿。等你遇到有人虚晃一招，假装攻击你的上盘，接着却迅速变招横扫胫骨的时候，你就会感谢我了。”

巴达斯礼貌地微笑着。“谢谢。”他说，“这是护腿，对吗？”

“护胫，”阿纳克斯纠正他的说法，“别不懂装懂啦。它保护的是你膝盖以下、脚踝以上的部位。”他将部件捧起来，双手各执一边，轻轻向内挤压着。他将其举高以便观察，然后将部件拉开一点，接着又重复了一遍刚才的动作。“只是在调节松紧度，”他继续说道，“确保它不会太紧，也不会太松。你现在看到的这些工序，表面上不起眼，却都是真功夫。”

“的确如此。”巴达斯说。

等到阿纳克斯终于觉得满意了以后（巴达斯看不出跟刚开始的时候有什么区别），他走到铁砧边，拿起一个皮锤。他将部件架起来，以一定的角度对准砧角，然后连续不断地敲打着边缘，使周围一圈拱起、弯曲。他拿着锤子的那只手带着冷静的节奏快速地举起、落下。另一只手负责将部件送入锤

① 通过将衣物送进两根加热的滚轴之间来完成熨烫。

下，确保表面得到均匀的锤打。“更多的压力。”他有点喘不过气来，解释道，“一旦边缘卷曲起来，你就不能像我刚才做的那样用手去掰它。它就像行省政府的规章制度一样死板、不灵活。这样，”他一边完成卷边的工作，一边补充道，“我们就算它完成了。趁我们还记得怎么做的时候，转向下一件。整平可以等到我们结束后再做。”

“现在，打凹。”阿纳克斯正在打制护罩，这是可以包住膝盖和手肘的杯形部件。“打凹这一步才是你真正施加压力的时候。”他站在窝锻桩前，将一个被截去一角的菱形部件以某种特定的角度放在窝锻桩被挖出的圆洞上方，让钢板的正中央对准凹陷最深的地方。“不过，只有真正领悟了压力的作用，你才能把这步做好。”他继续说道，“否则，你会把一切都搞砸。”他开始用锤头的边缘敲击夹在锤子和木桩之间的钢板，“如果一上来就拼命地敲打中间的部位，你就会把这里的钢板打得太薄，就像拧干湿毛巾一样，你将这里的金属挤到外围去了。这，就是一种错误的施压方式，太猛太快了。反过来，如果从你想要的凹陷处的边缘开始，轻轻地敲打，从边缘到中心，你就能把金属的厚度从四周挤到拱形的顶部，也是最需要厚度的部位。”

他停下来，用手腕背部抹了一下前额，咧嘴一笑。“这是个狡猾的小窍门。”他说，“可这本来就是个需要技巧的行当。”他的右手快速、精准地举起、落下，让锤子自己的重量带动着它落在金属上、再弹回——极其省力，主要是通过精确和毅力、坚持不懈，靠数量可观且精准命中的击打来达到应有的效果。“施压也是如此。”他继续说道，“有个词叫压紧，就是通过击打内部，让内部的金属比外部更为紧实，产生更大的应力。而应力，实质上就是强度。我们管这道工序叫加工硬化。它的作用非常奇妙，只不过不能过度。我的朋友，你要记住：内部的应力反映在外部，而大量的敲击能增加金属的硬度。了解了这一点，你就大致掌握了诀窍。”

火焰的光芒映照在光滑明亮的钢板上，把它染成了橘黄色，就像留存在银杯底部的最后一点酒液似的。“我有点明白你的意思了。”巴达斯回答，“可是，不是说有时候击打会让金属更脆弱吗？”

“啊，”阿纳克斯点点头，“那是另外一回事，叫金属疲劳。当压力太大时，金属会无法承受。这就是错误的施压方式。还有一个词叫脆化，意思是金属因为硬度太高而失去了弹性。如果你把金属的硬度整得太高，掉到地上时，那该死的玩意儿会像玻璃一样碎掉。那是错得离谱的施压方式。你不需要担心这些问题，我们在测试的时候会把这类次品剔除。这就是测试的作用。”

等他结束手头的工作时，那片钢已经从平板变成了完美的半球形，没有一处是平的，也没有一处有褶皱。“表面必须保持平滑。”他说，“哪里不平滑，哪里就会出现薄弱点。这就是为什么你得把每一寸都均匀地敲打到。”他将护具举高，借着亮光检查哪里有瑕疵。“敲打能够塑形，”他说，“而形状本身也是强度。看，这就是它想要的形状。就算让我们先辈信奉的神穿着沉重的靴子在这上头上上下下地蹦跶一整天，也不会给它留下一丝痕迹。”

布鲁将最大的部件送进滚压机中，他的力气很大，连手柄都被压弯了。“记忆，”阿纳克斯继续说道，“是你获得应力的途径。给金属一个最初形状的记忆，当它被某种力量扭曲的时候能回去的一个形状。接着，当金属扭曲的时候，由于它想回到原来的形状，于是产生了一种抗拒的力道。记忆产生应力，而应力就是强度。一旦你了解了基础知识，一切都迎刃而解。”

“关于天国之子。”巴达斯问道。阿纳克斯双手拿住一片胸甲的边缘，中线对准砧角，向下压去，想让它完成弧形。布鲁已经在中线上压出一道隆起的脊，并经由滚轴给了它一个基本的形状。此时阿纳克斯正通过一系列谨慎、克制的动作来调整它的形状。“坦白地说，我从来没有真正搞懂他们。你不介意我问一些这方面的问题吧？”

阿纳克斯抬头看着他，脸上绽出一抹吓人的微笑，相当于很克制地龇了龇牙。“你来问我这个问题，”他说，“我猜，照你的标准来看，算是恭维。你多半在心里嘀咕着，天国之子都是混蛋，但他不同，他看起来几乎是正常人。”阿纳克斯一使劲，金属乖乖地顺从了他的意志。“这只能说明，你完全不了解天国之子。除了我们自己，”他一边加了些力量继续压，一边说道，“外界没有人了解我们的情况。而且，我们也不会告诉他们。”

“我明白了。”巴达斯回答，“对不起，我无意冒犯。”

“无知并不是冒犯，”阿纳克斯轻快地回答，“至少，对于思想开明的人来说，不是冒犯。而我们正是思想开明的人，你看，这就是我们的优势。这样吧，我会给你些提示。灵魂的铠甲，这就是我给你的内部消息。”

“谢谢。”巴达斯郑重致谢。

“天国之子——”阿纳克斯正在用锤子敲打胸甲的边缘，要打出一道卷边。因此他提高了音量，让巴达斯在锤子发出的刺耳的脆响中还能清楚地听到他的话。“这么说吧，天国之子是这个，”他在锤子落到一半距离的时候忽然停住，让锤子保持片刻的静止。“而你是这个。”他对着钢板点点头，补充道，“又或者，你是天国之子，而这块胸甲就是你。你想过没有，也许这世上的每一样东西的存在都是有意义的？我并不敢断言这就是事实，那就真的是妄自揣测了。不过，假设我说的是对的，甭管是全部还是部分，那么天国之子就是意义，或者至少可以说，他们是万物存在的意义。我们是车轴，”他将金属稍稍转动了一下，继续说道，“而其余的万事万物都是车轮。基本上，整个世界都在为我们服务，让我们可以更容易完成我们的任务。”

“我明白了。”巴达斯说，“那么你们的任务是什么？”

阿纳克斯笑了。“完美，”他说，“我们追求完美。我们要让万事万物都变得完美。至少，”他那握着锤柄的手稍稍挪动了一下位置，承认道，“理论上是如此。在追求完美的过程中，我们也摧毁了很多东西，实施了大量的破坏。你跟得上我的思路吗？还是说，想让我解释得更详细一些？”

“我想我听懂了，”巴达斯说，“你就是活生生的样板。”

阿纳克斯停下手头的动作，开怀大笑，“神明保佑此人，他的确从头到尾认真地听我说话。没错，我们就是样板。我们通过近似毁灭的方式来测试一切，以达到追求完美的目的。通过测试的，就会被我们收藏；没通过测试的，我们弃之不顾。正如这世上所有的事一样，一旦你开始往正确的方向去思考，事情就简单多了。”

阿纳克斯在经过塑形和整平的盔甲上钻铆钉眼，接着切下带子，安上搭扣，最后将所有的部件摆在一起。“好了，”他终于说道，“如果你愿意的话，现在就可以穿上试试。”

不用说，这套盔甲合身极了，穿在巴达斯身上，就像他的第二层皮肤，而且外部坚硬，内部紧实。“怎么不拿去测试一下？”巴达斯揶揄地笑着问道。

“测试？”阿纳克斯拉长了脸，“说啥呢，你以为你是干什么的？”

十

草原人和帝国之间的战争始于一个将近傍晚的下午，地点是艾普－埃斯卡托伊和绿河河口之间的湿地里的一个湖边。导火索是一只鸭子，也算是恰当的理由。

在特姆莱的老朋友路易斯凯带领下的投石机建造团队发现木材用完了，因此他本人就被任命为一支小型侦察队的领队，被打发去寻找适合制造投石机臂杆的高大树木。生长速度快、枝干笔直的松树是最有可能找到的木材，不过，向南边去的话，也能偶尔在森林里找到一棵异常笔直的冷杉或云杉。当路易斯凯来到他被告知应该最先查看的地区时，他确实找到了大量的松树、冷杉和云杉，只不过都是树墩。这些树被一代一代的佩里美狄亚造船者小心翼翼地贴着地面锯断，在现场经过粗加工以后，被运回佩城制成桅杆。时间紧迫，他们没有足够的木材储存来满足当前的臂杆生产量，更别提特姆莱刚刚下达命令要制造的另外五十台投石机了。

路易斯凯知道，绿河对岸有一片合适的树林。坐在被常春藤覆盖的松树墩上眺望河对岸时，他可以看到那些树木。然而，严格说来，河对岸是帝国的领土——这是最近的事，之前艾普－埃斯卡托伊一直宣称拥有这块狭长的舌头状的土地的所有权，尽管由于城市陷入全面的不景气，至少有四十年之久这所有权只是一纸空文。路易斯凯考虑过风险。他的任务不是入侵帝国领土，他也真的不想这么做，但他急需这些木材。他判断，他们的队伍被帝国人员注意到的概率小到几乎可以忽略不计，更别提会遭遇挑战了。反过来，如果他就这么两手空空地回去，甚至只是回到营地，他的下场可想而知。他深吸一口气，开始考虑如何渡过这条又深又宽、水流湍急的河。

经过长长一整天焦躁不安的商议，他否定了大家提出来的各种点子，带着队伍往下游去找类似于天然渡口之类的地方。他运气不错，没多久就找到了一处看似危险却可以通过的浅滩，就在一段相当惊心动魄的湍流上游几里处。渡河的过程很紧张，不怎么令人愉快，但最终还是完成了，没有损失任何人员和重要设备。损失的只是半打驮着粮食补给的骡子。

这个来自厄运的打击改变了他们的当务之急。路易斯凯从小接受的教育就是，除非故意寻死，否则你是不可能在森林或河边饿死的。他将队伍分成几路人马，让他们分头狩猎，告诉他们什么时间在哪里汇合，然后自己出发去了森林。

他很快就失望了。所谓的森林，只是一片长着树的沼泽地，根本没什么猎物。就算有，也在看到或听到他过来的动静以后躲得无影无踪。他两手空空地回到汇合地点，发现其他几支队伍的运气也不怎么样。不过其中一队倒是报告说，他们在往南一里之外找到了一个湖泊，在那里猎到鸭子的可能性相当高。

路易斯凯对猎鸭并不积极，猎鸭的苦他早就受够了。几年前，就在他们对佩里美狄亚发动进攻之前，他们的后勤补给出现了危机，他成了被特姆莱派去猎杀这些该死的畜生以获取食物和羽毛的狩猎队成员。他被自己的成功连累了。他们找到了似乎取之不尽、用之不竭的野鸭群，用网、弹弓、投掷棒、箭等工具，开始冷酷地、一批一批地对它们赶尽杀绝。有时候，碰到某些特别信任人类的笨头笨脑的鸭子，他们甚至可以直接上手捉。连续几个星期，他都在不停地做绞断鸭脖子以及拔毛的工作，同时除了鸭肉（富有纤维，吃起来口感有点像鱼），他也没别的可吃，以至于那动物令人生厌的气味成日萦绕在他鼻端。他甚至开始厌恶杀鸭子的感觉了：紧紧握住鸭子脑袋下方的脖子部位，然后一圈一圈地甩着鸭身，直到鸭子窒息而死。然而总有些鸭子似乎怎么杀也杀不死，即使你把它们的脖子扭断或是用脚后跟把它们的脑袋在地上踩碎，它们仍然顽强地活着。这世上没有什么能比身受重伤的鸭子更难杀死的了，就算是公牛，或者全身盔甲的战士也没有那么难搞定。现在好了，他又要为了生存开始杀鸭子、吃更多的鸭肉了。他怀疑自己或许天生就是鸭子的死对头，来到这个世间的目的就是为了猎鸭（他由此联想到洛雷登上校和草原人的关系）。既然这样，那就没必要试图回避这无法逃避的命运了。好极了，他说，来吧，我们出发去绞杀鸭子吧。于是他们出发了。

他们不可避免地迷路了。湖泊不在侦察队所说的地方，似乎自己挪了位置。他们花了大半天时间寻找这个湖泊，一路上艰难地在潮湿危险的沼泽地里跋涉，不时把靴子留在泥地里，弄得全身脏兮兮的。当沼泽的深度到了大腿处时，他们甚至还得互相帮忙把同伴从泥水里拔出来。等大家最终跌跌撞撞地来到一个湖泊边时，路易斯凯非常肯定这不是他们原先要找的那一个。侦察小队提到湖的南端有一座高于林木线的山峰，这里却没有。但不管怎么说，这也是湖，湖上满是鸭子。成千上万只黑褐相间的鸭子，乌压压地浮在水面上，就像被夏日的第一场暴雨冲进湖泊的垃圾漂流物似的。路易斯凯以及他的手下穿过树林来到湖边时，它们完全没有惊飞的迹象，只是呱呱叫着，躲远了一点，压根儿没有意识到死神本尊正凝视着它们。这帮令人作呕的蠢鸭子。

路易斯凯召开了一个简短的会议，讨论用什么方法捕猎。他们手头没有网、没有弹弓、没有投掷棒、没有狗，也没有船，也就是说大部分屠杀水禽类的传统方法都不能用。他们随身携带着弓箭，但箭的数量没多少，经不起浪费。万一他们的箭射穿鸭子的脑袋，沉入宁静的湖底，就再也拿不回来了。“我们只能扔石头。”有人建议。既然没有更好的办法，这个建议就被采纳了。

不用说，路易斯凯是扔石头砸鸭子的好手。他们在一条汇入湖泊的小溪的河床上就近取得鹅卵石，并在捕猎的策略上取得了一致。一道狭长的陆地延伸进湖中，形成一泓马蹄形的水湾。水湾里，一群密密麻麻的鸭子在水面上浮浮沉沉。他们可以从三面围攻这群鸭子，集中火力攻击的时间只有二十秒左右。之后整群鸭子就会呼啦啦地拍着翅膀飞离水面，将死掉和受伤的同伴留在身后。如果第一次围猎无法取得足够的食物，他们无疑可以在第二日清晨再试一次，有必要的话，第二天傍晚也可以继续。这与围攻佩里美狄亚的策略极其相似，路易斯凯和他的手下就是投石机（想想他们最初到这里来的目的，这个比喻颇为讽刺）。

路易斯凯一点也不想第二天继续围猎，所以他在火力的部署方面下了苦功。惊动一只鸭子，整个群落就有可能在他们还没来得及扔出石头之前飞走。出现这种情况的概率虽然很小，一旦出现却令人颇为头疼。于是，狩猎队从内陆出发，缓慢而费力地向湖边悄悄逼近。他们一路上格外留心，避免发出什么声响或做出突然的动作。他们的计划在战术上颇为可行，要不是其中一个人脚下打滑，陷进了一个泥潭，掉下去的时候还把旁边的人一起拖下了水，这个计划本来是可以成功的。离掉下去的人几码开外的湖边，一只喜欢冒险的鸭子恰好在灌木丛间探索。他们在那一瞬间发出的凄惨叫声惊得那只鸭子一飞冲天，像一块从扭力机里抛出来的石头似的。整群鸭子当即拔地而起，遮天蔽日，像一轮密密麻麻的箭阵从极远的距离外掠过城墙。路易斯凯发出愤怒和绝望的吼叫，将早已攥在手里的石头用力掷出。不用说，鸭子已经在他的射程之外了。石头扑通一声掉进了水里。鸭子扑扇着翅膀掠过树梢，再扇动翅膀朝湖中央而去。其他的群落也被惊动了，刹那间整个湖面都竖了起来，好似一个人起床的样子。

湖泊对岸，开了一下午的小差出来猎鸟的帝国巡逻队火冒三丈。他们盼着今天傍晚的猎鸟活动已经盼了一整个星期。他们将网、弹弓和粗麻袋塞在盔甲下面偷偷带了出来，一路艰难跋涉穿过沼泽地来到这里。正当他们打算开始布置、并各就各位时，有什么东西惊动了鸭子，把这事搞砸了。中士的第一反应是狐狸，但天色尚早，狐狸还没出来活动。那么到底是什么玩意儿能让五千多只鸭子惶惶不安？除了狐狸以外，能惊吓到这么多鸭子的就只有人了。但这不太可能，因为这里是禁区。忽然，他脑子里闪过一个念头，连忙呵斥手下，让他们闭嘴，不要乱动。

果然，他的担心得到了证实。在远处的岸边，他看到有一群人在走来走去。他看不清细节，但这无关紧要，不管是出于什么目的，这么多人到这里来已经是非法入侵了。他犹豫了一阵子，不知道该怎么办才好。尽管寡不敌众（如果他的估计是准确的话，对方的人数和他们比起来，差不多是二比一），但他可以出奇制胜。更何况他率领的是帝国的重型步兵，这是个足以让局势大为改观的因素。上面的人是这么跟他们说的，帝国的正规军在面对两倍于他们的敌人时，完全可以以少胜多……这说法很好，对于提升士气大有帮助，如果能让手下人真心相信的话。但作为中士，本职工作就是嘴上宣扬一套，心里相信另一套。仅有的另一条出路是花一天半的时间穿过沼泽，回到营地，将此事交给苏利亚上尉处理——这就又要拖上三天或四天时间，到那时候再想找到敌人就完全没可能了。最终促使他下定决心的，是他无法向上尉解释，为什么他们会出现在离他们的指定巡逻区域有一大段距离的湖边。如果谈话发生在他将入侵的敌人驱逐出境，并因此成为英雄之后，讲起来就容易得多了。没错，成为英雄未必是件好事（帝国赞同英雄主义，却惯于轻视英雄本人），不过到目前为止，在帝国上千年古古怪怪的历史中，从未出现过因为网鸭子而把某个英雄送上军事法庭的前例。

一旦下定决心，他就下达了前进的命令。在向敌军逼近的过程中，在每一次脚踩在泥塘里发出咕吱一声的时候，中士都在质疑自己的决定是否正确。敌人的人数比他预计的还要多，而且肯定是草原人，配备的武器是弓箭（草原人嘛，除了弓箭还能配备什么呢）。他一定是遇上了突击队的主力，多半是一整支侵略军的散兵阵，而他居然想用一个排的兵力和他们对阵。现在，唯一能够避免像，呃，鸭子一样被干掉的方式就是悄无声息地接近他们，距离非常近的时候再发动突袭，让他们没机会把弓从袋子里拿出来。

幸运的是（中士也不明白为什么），敌人似乎决定要助他们一臂之力。既没有布置警戒线，也没有安排哨兵。他们似乎在激烈地争论着什么，还把背对着最有可能受到攻击的方向。自从他冲动地发起这场愚蠢的军事行动以来，这是他第一次感觉到有点希望。关于草原人，官方宣传中有这么一条不仅仅是为了提升士气的描述，说他们更像是武士，而不是战士，基本上处于无组织无纪律的状态。

只要让他的手下躲在树丛间行动，他可以保证，队伍在大部分路段行进时不会被敌人发现。他决定沿着湖的西岸进军，结果证明这是个正确的选择。西岸林木密集，树和树之间的距离近到他们可以跳跃着从一个树根到达另一个树根，从而绕过腐叶堆积形成的泥坑。等他们到达树木更为粗壮、空间也更为开阔的南岸时，他们离敌人的距离已经不超过两百码了。若是刚才的有利地形能再延续一里左右就好了，因为前方的路变得格外泥泞。没有人，哪怕是苏利亚上尉以及天国之子们也不可能在齐膝深的、泥泞的黑色泥沼里不受阻碍地行走。他命令全员停止前进，绞尽脑汁想拿出一个更好的方案来——这既不公平也没有必要，因为他只是个中士，没有受过相关的训练，也没有人期待他在战场上出谋划策。

当他下达掉头的命令时，他看得出来大家不是很高兴，但命令就是命令，没什么可说的。他们跳跃着后退了五十码左右，然后他带领他们向右往更深的丛林里行进了大约一百五十码的距离。这么做的理由很简单：如果不得不发出声音的话，比较合理的做法是，只要有可能，离敌人越远越好。他绕到了敌人后方，尽最大的努力领着手下人向敌军后路发起冲锋。更确切地说，是咕吱咕吱地踏着烂泥快速向前。他完全不知道此番行动是否能够成功，但他此时不仅浑身沾满了泥水，人也筋疲力尽，且惊吓过度，因此脑子里一片空白。

回想起来，如果他们没有在林中迷路的话，按照当时的情形，这本来会是一个相当好的策略。但谁都知道，除非你对如何在林中探路颇有经验，要把握正确的方向和距离是很难的。在中士发起冲锋以后，他吃了一番苦头才发现自己冲过头了。他在沿湖边生长的矮树丛里穿行，气喘吁吁地发出断断续续的口令，最后发现他们没有来到敌军后方，反而跟他们肩并肩，在他们东边五十码开外出现。

这是一个错误，但在这次事件中并不算是一个不可挽回的错误。当路易斯凯看到某个帝国巡逻兵出现在他身边时，他的第一反应居然是将武器藏起来，而不是做好战斗准备。在他看来，他是非法入境以及偷猎被人逮到了，于是满脑子都在想如何找一个可信的借口来解释为什么他和他的手下会出现在这里（我们在森林里迷路了。打扰一下，请问这是去绿河的路吗？）。他根本没想要跟任何人打仗，直到两个正忙于将自己的弓藏在背后的手下被对方两个军团兵用长矛像叉鱼一样戳死。

此时此刻，一场混战一触即发，根本不需要指挥官下达任何命令。时间很短，刚好容许路易斯凯手下的大部分人取出自己的弓，开始扣弦、张弓；也刚好可以让帝国军逼近最靠近他们的草原人。这场战斗耗时很短，且毫无特色。双方陷入了不是你杀我、就是我杀你的混战。在近距离平射的情况下，路易斯凯的弓箭手射出的锥形箭轻松穿透对方的盔甲，扎进对方的肌肉和骨头中。而巡逻队基本上是在砍杀赤手空拳的人，对方没有盔甲、没有盾牌、没有剑，没有任何可以用来防护的用具。从理论研究的角度来看，结果颇为有趣：双方的伤亡比例多多少少印证了帝国的宣传（帝国步兵对上草原人，可以以一敌三）。如果将对手全歼的话，最后会剩下四名帝国兵，而草原人将全体阵亡。不幸的是，这场关于军事科学的实验过早地中断了。双方的幸存者放弃了战斗，不约而同地开始撤退。因此，尽管这次的数据颇为可信，却不能用来佐证任何理论。

路易斯凯在第三轮快速的短兵相接中牺牲了。当时草原人刚刚完成了一轮破坏性极强的齐射，而帝国军正第二次逼近草原人。他急匆匆地取出第二支箭，准备搭在弦上，却失手让箭掉到了泥地里。他把手探到肩膀后面去取另一支箭，却没注意到有人将矛头嵌进了他的肋骨之间。矛锋太宽，无法戳得更深；矛尖被卡得太死，无法抽出，因此长矛的主人明智地放弃了它，试图用剑来完成他未竟的事业。同样因为过于仓促，长矛的主人并没有以教科书般干净利落的手法将路易斯凯的头颅一分为二，反而笨手笨脚地将他左半边脑袋的一半头皮削了下来，把他砍翻在渗着泥水的腐叶土里。他的肌肤像敷了膏药一般被泥土覆盖住，直到这时他才注意到了袭击他的人。那人一只沉重的靴子正踩在他的胸口，同时握着长矛的柄用力往外拔，徒劳无功地想将卡住的长矛拔出来。用力拔了三次以后，他放弃了，转身走开，留下血流不止的路易斯凯在原地静静地等待死亡。死亡，并没有他想象的那么痛苦。颇具讽刺意味的是，他在临死前听到的最后的声音是从远处传来的鸭子的呱呱叫声，它们边叫边谨慎地往湖中央游去。

“太好了，”艾莎兹·米萨吉斯说，“战争终于爆发了。早点打完，我们就可以早点拿到钱，把船收回来了。”

她是在一家裁缝店外面的街上遇到艾希莉·佐希思的。这家店是全岛最好也是最昂贵的裁缝店之一。如今能让人掏钱买的商品不多，服装就是其中之一。出于某种颇为令人费解的原因，女装时尚刚刚经历了一场大起大落的潮流变革。武士公主装已经过时了，像隔夜饭一样，毫无吸引力，不再受人追捧。以云朵般轻盈的丝绸外加裸露的腰线为主要特点的游牧篷车风取而代之，占据了霸主地位。这种变化正合艾莎兹的心意。她总觉得武士公主装的乳沟处过于抢眼，颇为不雅，况且不透气的皮革总是害得她出汗。

“这一两天暂时不会有具体消息。”艾希莉说，“要等沙斯特总部的官方邮件到了，我们才能了解更多的情况。不过，从他们那里来的消息倒一直是很可靠的。”

艾莎兹思忖片刻。“从短期看，会引起市场的动荡。”她说，“这事刚出来的时候市场也一样不景气，只是现在更为严峻：太多的资金流入市场，商机却寥寥无几。大家都急于在价格上扬前大量买入，却没有商品可买。”

“期货除外。”艾希莉回答，“我一直避免接触这个领域，因为我不是个合格的算命先生。如果我是你的话，就先不急着把钱花出去，等市场开始恢复正常再说。很快，在第一波哄抢中过度囤积的人就会想把手里的货卖出去了，那时候就是你买进的好时机。可悲的是，”她继续说道，“我给你出的主意，我自己却不能照做。因为急于花钱，每个人都会想从我这里把钱取走。也就是说，假如我不能尽快从总部那里获得支持，未来一周内我的处境会相当窘迫。”

艾莎兹将一只缀着闪光片的拖鞋举起来，在亮处欣赏。“给他们代价券。”她说，“他们发完牢骚还是会接受的。毕竟，谁都知道沙斯特的代价券好用。请注意，”她咧嘴一笑，补充道，“以前他们也是这么评价尼莎·洛雷登的银行的。”

“确实如此。”艾希莉低头看着装在一个托盘里的银脚链，“如果我在岛上大肆发行代价券，用不了多久，那句话就该变成‘以前他们也是这么评价艾希莉·佐希思的’了。不，多谢了。我还是跟希罗和文纳德结算一下吧。这么做虽然分薄了利润，但至少到明年这个时候我的生意还在。”

裁缝店的一名女助手从后面的房间走出来，拿着量尺在米萨吉斯身边绕来绕去。艾莎兹似乎没注意到她的存在。“我一点儿也不反对你的做法。如果有盈余，”她一脸纯洁，“你可别忘了我啊。”

艾希莉笑了，“不行。”

“哎呀，好吧，我也只是试试。试试又无妨。”艾莎兹回答，“说实话——没开玩笑——今时今日，你放心，我肯定还得上钱。”她皱起眉头，“这就是让我不安的地方。我不太习惯账户里有余额。账户里有余额就意味着你在哪里错失了某个机遇。”

“也许。”艾希莉说，“但很不幸，你的机遇总是会沉到海底。”

“太夸张了吧。只是偶然一次……”

“要不然就是被税务局扣押，”艾希莉继续说道，“或者被海盗偷走，又或者感染了象鼻虫，要不然就是被原主索回……”

“没错，我确实喜欢在有一定风险的项目上投资。可你知道吗，不是所有的投资项目都黄了。”

“反正，由我赞助的那些都黄了。”

“哦，拜托，那十七桶姜黄又怎么说？”

艾希莉眉头紧蹙。“哦，对了，”她说，“我差点忘了。我得承认，这笔交易的最终结果还是不错的。当然，在我将你忘了告诉我的另一个合伙人的份额买下，还付清了你没提到的进口税额以后，从这笔交易上赚的钱足够我点一个星期的油灯了。”此时拿着量尺的女孩开始冲着她来了，于是她微微闪躲了一下。“恕我直言，我还是把赌注压在希罗和文纳德那里吧。谢谢你了。嘿，你觉得这个如何？”她拿起一个镶嵌紫水晶的银质吊坠，加了一句，“它跟淡紫色的丝绸配吗？”

艾莎兹摇摇头。“太过了。”她说，“像钻石那样小而亮眼的首饰比较好。你觉得这场战争会持续多久？你应该比其他人更了解草原人吧？”

“看情况。”艾希莉小心翼翼地拢起吊坠链子，将吊坠放了回去。“如果发动全面战争的话，应该很快就会结束。但如果他们被迫陷入持久战的话，可能会拖上好几个月。”

“那个叫洛雷登的，”艾莎兹继续说道，“是个什么样的人？你认识他有好几年了，不是吗？”

艾希莉点点头。“我从前当过他的助理。”她说，“天哪，想起来好像是上一辈子的事。他有一把剑放在我家里的某个地方。我不知道该不该把它送回去。”

米萨吉斯小心翼翼地打量了她一阵子，像研究一个具有一定风险的投资项目。“你怎么变得如此多愁善感。”她说，“虽说这不关我的事——”

“说真的，你搞错了。但这的确不关你的事。我以为你是想问我，我对他作为军事指挥官的看法。”

“嗯。那你的看法呢？”

艾希莉点点头，“考虑到他当时还得忍受城市当局对他的压制，他的表现算是相当出色了。不过，我认为即使没有人对他指手画脚，他最终也拯救不了佩城。他身上缺乏高层将领必有的专注。”

“据说他有着左右草原人国王的力量。”艾莎兹说，“这是真的吗？”

艾希莉耸耸肩，“他们之间确实有点瓜葛，这点我敢保证。但他从来没有提起过这个话题，所以我也不太了解具体情况。再说，据我所知，他这次应该只是个名义上的首领，真正指挥作战的是行省政府的指挥官，我对他们一无所知。不过，既然是行省政府的一员，至少在‘称职能干’这方面你可以放心。无论如何，他们都会完成任务的。”

在回家的路上，艾希莉忍不住想起了这场战争，以及她在其中发挥的微乎其微的作用。她不禁想到，她是否曾有过不发死人财的时候？她当巴达斯助理的时候就在发死人财，现在做的也没什么不同。然而她从未把自己看成那种在乱葬坑和战场上空盘旋的食腐动物。她所做的不过是凭借自己的才干赚得一份可观的收入，过着独立自主的生活。她成功了，她的力量不断壮大。只不过，为了维持她逐渐习惯了的那种舒适而讲究的生活，有那么多人当了垫脚石。这就是洛雷登定律——甭管她付出了多少努力，她的一切成就都直接或间接地受到他的影响。在佩里美狄亚当他助理时如此，如今这场战争也是如此。说到底，她是借助了维特里丝和文纳德的帮助才得以在岛上立足发展的，而她之所以能认识这两个人，也是通过洛雷登。她不禁想到，这该死的洛雷登家族到底是怎么回事？他们挑起了一切，又终结了一切，甚至还渗透了一切，就像一块血迹斑斑的布料似的。她想起了亚历克修斯，还有元理。她很想念亚历克修斯。

就像要印证她刚才的所思所想似的，她发现维特里丝·奥泽尔在家门口等她，想知道她是否有关于这场战争的任何消息。

“你想问的是有没有关于巴达斯的消息吧？”她又累又厌倦，直截了当地回答。“抱歉，我没有他的消息。如果之后从沙斯特来的信件中有任何消息，我会告诉你的。”

“哦，”维特里丝微笑道，“我表现得这么明显吗？”

“相当明显。”艾希莉回答，她不禁好奇，刚才艾莎兹说她“多愁善感”是什么意思。这是个奇怪的形容。“如果你这么不放心，为什么不给他写封信呢？我相信沙斯特邮递员可以帮忙转交。如今在沙斯特和行省政府之间有常规的邮件往来，一旦信件到了行省政府那里，帝国邮政自然会出色地完成送信的任务。”

“谢谢，”维特里丝说，“但我其实没什么可说的。只是好奇而已，真的。你知道这种感觉吧，当你认识的人忽然卷入了什么重大事件时，你自然会觉得有兴趣。”

在艾希莉看来，在别人家的门廊下徘徊着等待主人归来，只是为了问问对方有什么消息，这种行为可不只是感兴趣而已。不过，就算她指出这点也于事无补。“进来吗？”她问道。

“为什么不呢？”

艾希莉把门打开。“事实上，”她继续说下去，“鉴于你之前有段时间在另一个洛雷登家做客，我倒是听说了一些你可能会感兴趣的消息。高戈斯又在搞事了。”

维特里丝呼吸一窒。“真的吗？”她说，“我怎么不觉得奇怪呢？”

“我要给自己倒点喝的，你要喝点吗？据说，他给行省政府写了封信，提出双方结盟，共同对抗特姆莱。总督拒绝了他的提议。”

“哎呀，他当然会拒绝。”维特里丝说，“谁想跟高戈斯·洛雷登这样的人扯上关系呢？”

艾希莉笑了。“啊，”她说，“不过，事情有了转机。就在高戈斯收到从艾普-埃斯卡托伊来的让他‘滚开’的信后大约一天左右，他设法抓住了一个叫帕特克的人——”

“哟，这名字很熟。”

“当然。”艾希莉说，“他的名字在帝国头号通缉犯的榜单上挂了很久。据说是什么反叛军首领。”

她递给维特里丝一杯甜苹果酒，按照佩里美狄亚的方式调入蜂蜜和丁香。维特里丝喝了一口，竭力保持脸色不变，“真的吗？我不知道帝国居然有反叛军。”

“哦，有的。”艾希莉一屁股坐在沙发上，踢掉脚上的拖鞋。“尽管他们不愿意承认，在通缉令上总是用‘海盗’或‘拦路抢劫犯’之类的字眼。不过大家都知道，为了逮到帕特克，他们会不惜一切代价。”她闭上眼睛，“我必须承认，幸运降临在像高戈斯这样的人身上，我觉得很讨厌。我的意思是，他手里有这个把柄，不见得会有人从中受益，多半对他自己也没什么好处。不信的话，看看他以往的所作所为吧。”

维特里丝一反常态地沉默不语。她呆呆地盯着艾希莉头顶上方一寸左右的墙面，似乎上面写着什么。艾希莉决定换个话题——

但维特里丝没有在听。*哎呀，该死，她想，我还以为这种事情再也不会发生了呢*。显然她错了。她站在一个类似作坊或工厂之类的地方，她首先注意到的是噪声（没办法不注意到）。人们在用锤子敲打着金属块。光线从高高的大窗户斜射进来，在地上投射出一块块银色的方框，将建筑物里的其他地区映衬得格外阴暗。她看到地板正中央堆放着各种乱七八糟的东西，看起来像人体的各个部位：胳膊、腿、头、躯干……东西堆放在暗处，她看不太清楚，只看到金属的反光以及形状似曾相识的类似关节、四肢的物件。工作台前的人不停地重复着类似的动作，敲打着看起来像腿、躯干、手之类的东西，再丢到那一堆物件里。她不禁觉得好奇，他们为什么要这么做？打击一段已经截下来的肢体，似乎没什么意义。也没准，这是个制造假人的工厂，就像她小时候听过的童话故事一样。接着，光线的角度发生了些微的变化，她看出这些人正在制造盔甲——

（说真的，这跟制造假人没什么区别。二者都是无法从外部破坏或折断的完美的钢铁人。要是人可以再聪明一点，说不定还能找到更好的制作办法，那样盔甲里面连软衬垫都用不上了。）

她看到了一个认识的人。人们正在从脚开始，将他一点一点地拼凑起来。等他们把头放上去以后，他的脸就在上面（可这副外壳里没有东西。过去是有实体在里面的。一般说来，先有实体，再有外壳。也许他是个例外）——

“特里丝？”

“抱歉，”维特里丝说，“我走神了。你刚才在说什么？”

战况颇为不顺。

特姆莱身子向后，将重心压在脚后跟上，手臂上扬，手腕下沉。他的目光顺着向上方延展的扁平剑身，注视着敌人。这个姿势显得颇为不自然，他拼命回忆着十五年前在剑术课上学到的预备式的要领。当年，就在他快要掌握预备式的诀窍时，营地遭到了突袭，学习就此中断。因此，就斗剑这一学科而言，他的技巧仅限于此。

*别看你自己的剑，看着我。*他们是这么说的，语气或鼓舞，或耐心，时而愤怒、时而高声，直到他做出他们要求他做的动作以后，他们才允许他放下

手臂，缓解一下手腕的疼痛。现在他理解了这么做的意义，只可惜来不及去问他们下一步要怎么做了。

在对手的眼里，他看到的是极度的专注。他一直觉得这样的眼神比纯粹的仇恨更让人害怕。他似乎可以想象在没有表情的钢铁面具后面，那人正如何缜密地计算直线、角度、几何投影——盯着他的样子，就像在看纯粹的数学公式似的。正当他认真地考虑要不要弃剑而逃时，对方动了。这一招相当精彩，动作非常协调。前脚往前迈出一大步，配合有力的转腕，以最小的动作幅度使出一记侧劈。他通过压腕的动作加速，使剑刃沿着挥动的弧线快速平稳地运行。特姆莱展开回击，双脚同时向后一跳，手里的剑直直地对着那人的脸劈了下去，似乎在敦促对方接招。剑刃受阻产生的震动通过手腕传到手肘，连骨头都被震得隐隐作痛，像锤子砸中了自己的大拇指似的。

很快，一切都乱了套。先是一轮箭雨从空中向他们射来，有点像以前他为了铺马厩去割蕨类植物时，一不小心镰刀砍进了黄蜂窝的感觉。同样的猝不及防、茫然无措。自己的一路纵队还在深一脚浅一脚地努力在泥泞的路面跋涉前行，一支重型步兵队忽然间冲出小灌木丛——几分钟前，侦察兵才在那里排除了敌情。双方短兵相接的时候，最后一批箭矢仍在陆陆续续地从天上掉落下来，插在地上，不停地颤动着（就像密密麻麻的鸽子和白嘴鸦盘旋着落在一摊被雨打趴的豆株上，不停地转着圈，扑扇着翅膀）。他们将外围的敌人从马上拉下来，踏着他们的身体一路挺进；用他们的盾牌将挡路的人和马一起拱开；像修建树篱一般砍向任何暴露在外的手、脚、膝盖。特姆莱刚想明白这些人是谁、又是从哪里来的，一支长枪队就从后方闯进了他的纵队。紧接着，他被旁边的人撞下马来，好像一袋没有绑好的面粉，从马鞍上滚落在地。有那么一阵子，他根本看不到具体的战斗场景，只能看到受惊的马蹄在他的脑袋旁边踩来踩去。

他挡住了对方的第一剑,但也明白自己用错了招数,引来了更大的麻烦。那人将被他格挡住的剑撤回,动作小而精准,然后略略调整了一下角度,向前刺去。他的速度太快,特姆莱根本来不及反应。剑尖刺在他的肋骨最突出的地方,但胸甲上的棱角神奇地改变了剑尖的方向,让它擦着胸膛滑了出去,刺入腋窝下。特姆莱没头没脑地抡起剑砍在那人的脑门上,发出可怕的巨响。那人后退一步,单膝跪在身后一具尸体的脑袋上,脚踝翻转,一个鲤鱼打挺,双腿连环踢出。这一记连环腿是如此凌厉,如果特姆莱没有设法躲过的话,他满嘴的牙都会被踢掉。

不幸的是,在这段惊险刺激的打斗中,特姆莱的剑掉到了地上。他狼狈地弯腰把剑从泥地里捡起来,与此同时,他的对手也坐了起来,一边后退,一边摸索着自己的剑。特姆莱发起进攻,一剑砍在对方的头盔侧面。这一剑的力道被弧形的盔体卸掉了。与此同时,因为沾满了泥巴,剑柄变得滑溜溜的,他再也握不住剑柄,整柄剑脱手而出,就像他当年第一次从小溪里手忙脚乱地逮住一条鳟鱼、却怎么也握不住似的。他的对手此时双膝着地,拿着剑快速挥舞——他往后退一步就可以轻易地避开攻击,然而这是一个错误,因为现在,特姆莱的剑落在了敌人身后,离他有五码之远。

管他的,特姆莱边想边从挥舞的剑刃上方跃过,落地的时候扑倒了他的对手,而后双膝夹着对方的脖子,伸手去抓他的头顶。特姆莱的肩膀首先着地,接着感到膝盖一阵刺痛,这是因为他的膝盖扭了将近半圈的样子。他来不及思考,手指紧扣着敌人的头盔下缘,使尽浑身力气将头盔往上提。他能感觉到敌人在他的两腿间翻滚挣扎,两手拼命地去掰他的手指,于是他更用力地拉拽。与此同时,从膝盖传到全身的疼痛让他忍不住大声尖叫。疼痛是如此剧烈,以至于对方停止挣扎后好几秒钟,特姆莱这才发现他已经被系在脖子间的头盔带勒死了。

特姆莱意识到，他现在不能放手。一旦放手，全身的重量就会落在脱臼的膝盖上，到时候会如何他简直不敢想象。“救命！”他大叫起来，自然没人听到——方圆五码以内的人有一半是敌人，且全都是死人。对一个陷入尴尬困境的人来说，他们一点忙也帮不上。

盔甲可真是好东西啊，这个念头在他那尚未被疼痛占据的一小部分脑海里一闪而过。*我的盔甲救了我，他的盔甲杀了他。可惜我们不能训练这些盔甲独立作战，那样我们就可以待在家里休息了*。随后，疼痛渗入仅存的那一小部分脑海里。他闭上眼睛，试图屏蔽指尖的疼痛。他的手指开始渐渐滑落。他能感觉到头盔锐利的边缘正在一点一点地切割他第一个指节内侧的皮肤。如果他坚持得足够久，比如一个星期，他的骨头会被切断吗？

“特姆莱，是你吗？”

他睁开眼睛。他看不见是谁在跟他说话，也认不出对方的声音。“没错，就是我。扶我起来，我被困住了。”

“是什么把你——哦，原来如此，我知道了。别动，可能会有点疼。”

“小心点——”他话音未落就发出一声惨叫，松开了手指。紧接着，他感到后背和头枕在了平坦的地面上，膝盖的疼痛性质也发生了些许变化。“谢谢。”他说着睁开了眼睛。

“别客气。”说话的是德萨凯，那个间谍，“这下好了，我该怎么把你救出去呢？”

特姆莱用尽全身的力气深吸了一口气。“发生了什么事？”他问道。

“我们展开了反攻。”德萨凯回答，“虽然这不是最明智的举动，但还是靠着绝对的人数优势打败了他们。你只需要知道这些就够了。”

“是吗？哦，好吧。你能把我挪到旁边的什么地方，然后去找库莱或其他人吗——”

“库莱不行，”德萨凯说，“他已经帮不上忙了。”

“哦！”特姆莱再次发出感叹，“见鬼，我记不清长老中间，谁是库莱的继任者了。不管怎么说，先随便找个人吧，我需要了解一下当前的局势。”

“事有轻重缓急，”间谍说，“我先要把你拖到那棵树下——哦，当然，你从这里看不到那棵树。这个过程可能会很痛。”

“行。”特姆莱说。结果真的很痛。

稍后，德萨凯在他身边跪下，问道：“你还想让我去找人吗？还是说，你更希望我待在这里？之前我观察到的局势是我们把他们击退了。但我不知道这是不是暂时的，他们随时可能打到这里来。万一他们回来了，我可不希望你就这么躺在这里。”

特姆莱摇摇头。“你还是走吧。”他说，“有机会就找人来接我。还有，谢谢你。”

德萨凯点点头，“不客气。”

“恕我冒昧地问一句，你真的是间谍吗？”

德萨凯低头看着他，微笑着摇摇头。“不是。”他说，“好了，你就待在这里，我会尽快回来的。”

特姆莱闭上眼睛。他首先感觉到的是自己已经筋疲力尽了。此时要沉沉睡去是非常容易的。但他不能，他不能在打仗打了一半的时候睡着。他想起德萨凯刚才的话——不是最明智的举动，靠着绝对的人数优势。**我敢打赌，你就是个间谍**，想着想着，他失去了知觉。

他醒过来的时候，听到头顶有人在说话。

“——不是一场决定性的战役，只是试探性的进攻，仅此而已。探一探我们的实力，稍微拖一下我们的脚步。要是他们动真格的，我们就只能祈求众神保佑了。”

“安静。他醒了。”

他睁开眼睛。起初眼前一片黑暗，似乎身在地底。接着，头顶出现了灯光。有人举着灯过来，然后把灯放在近旁。

“特姆莱。”声音和脸都很熟悉，就是记不起名字。真奇怪，因为他和说话的人很熟。“特姆莱，没事了。你已经回到营地了。”

特姆莱诗图动动嘴唇，但他嘴里又干又麻，“我们胜利了吗？”

“算是吧。”那人回答，“至少，我们把他们赶走了。现在我们退守佩里美狄亚城。”

“实际上，”另一个同样熟悉的声音说，“实际上他们是切断了我们回草原的退路。似乎他们想将我们围困在佩里美狄亚三角洲中，我们的背后就是大海。最新情报表明，他们已经将三支不同的军队投入战场。如果我们想突围，他们会对我们两头包抄。”

“我明白了。”他想起此时身在主营地的缇尔丹，他的妻子。“库莱死了吗？”

第二个说话的人皱起眉头。“你病糊涂了吧？”他说，“我看起来像死人吗？”

“哦。”特姆莱闭上眼睛，又再次睁开。“抱歉。是的，我有点糊涂了。有人告诉我你死了。”

“似乎很多人都这么认为。”库莱回答，“但愿他们不要太失望。”

“伤亡人数。”特姆莱说着，想起了从前的事。以前他根本不会用这个词，他会问，*我的人有多少被杀？多少受了重伤？*

“不容乐观。”不是库莱的那个人回答。

虽然很费劲，但特姆莱还是设法拉下了脸。“死伤多少才叫乐观？”他说，“我们到底损失了多少人？”

那两个人互相看了一眼。“超过两百人。”库莱说,“我想大约有两百三十左右。另外还有七十余名伤员。敌方伤亡人数大约是三十。”

特姆莱点点头。“明白了。”他说,“一共五百人的纵队死了二百三十人。我们该怎么办?”

他还没认出来是谁的那个人始终皱着眉头。“我不知道我们其他人该怎么办,”他说,“但你需要休息一会儿。这是医嘱。”

“哦,这么说,你是医生啰?”

“你什么意思?什么叫我是医生吗?该死的,特姆莱,在你还没生下来之前我就是你的医生了。”

特姆莱无力地笑笑。“开个玩笑嘛。”他说。

“开玩笑才怪呢。”医生回答,“你的头在战场上被砸了吗?”

“不记得了。”

“哎呀,是的,你多半记不得了。是我的错,我应该更仔细地检查你的身体。觉得哪里不舒服?头痛?眼前有白光?”

“你认为我失忆了?”特姆莱说。

“部分失忆吧。”医生说,“有时候会出现这样的症状。”

特姆莱先是微微一笑,慢慢地变成了大笑。“但愿如此,”他愉快地说,“但愿如此。”

外交官波利奥西斯簌簌发抖,用手背抹去眼睛里的雨水。

“我们快到了吗?”他问。马车夫头也不回地哼了一声。雨水打下来,在他的皮帽边缘汇聚成大颗大颗的雨珠,缓缓滴落。很有可能,按照他的标准,这已经算是好天气了吧。

在一般情况下,波利奥西斯的方向感是相当可靠的。对于一个常年在外地旅行的人来说，这是一个很有用的技能。然而，这次他完全迷失了方向。马车夫带他走的路和高戈斯·洛雷登带他走的完全不同，要么就是高戈斯当时带他走的是风景好的路线，要么就是高戈斯根本不知道有这条捷径存在。他甚至连已经在路上跑了多长时间都不知道，这完全不是他平日里的风格。他只能将这种变化归咎于这个国家给他带来的影响。这让他想起了在艾普-桑达瓦斯附近的咸水湖里游泳的感觉：面朝上漂浮在静静的水面上，渐渐失去对身体的感知，也失去了对周围一切的感知，只剩下没有实质的意识，感知着虚空。那种体验相当诡异，却令人身心愉悦。在他看来，中邦绝对不是个令人愉快的地方，也没有有趣到令他觉得诡异的地步，但给他带来的迷失方向的感觉却是一模一样的。

他昏昏沉沉的，甚至无法在脑子里回顾自己准备说的话，或者是过一遍准备在谈话中用上的论据。这真是不幸。虽说这次会面的重要程度远远不如他以往曾经介入的各种谈判，他却觉得比以往更加紧张。可是，他越想集中精神，就越容易走神。要不是下雨，他简直可以直接闭上眼睛睡会儿觉。可惜没有什么比雨水从领口漏进去、顺着背部流过的感觉更能让人保持清醒的了。他把湿透的皱巴巴的帽子再往下拉一点，放弃了思考，转而闷闷不乐地盯着四周带着湿润绿意的景观：篱笆滴着雨水、褐色的污水填满了前方的车辙印、酸模[①]和羊齿[②]叶上的水珠反射着光芒。湿润的空气让他的喉头发痒，他觉得浑身冰凉刺骨。

我都这把年纪了，他在心里默默地对自己说，*就不能找个更轻松的方式来养家糊口吗？*这真是太荒唐了。行省政府的资深谈判专家在雨中搭乘嘎吱作响、上下颠簸的邮政马车，冒着最起码要患肺炎和胸膜炎的危险，去和

① 一种生长在英国等北方国家的宽叶植物。

② 蕨类植物。

一个没有公开的立场、其政权甚至尚未被帝国认可的疯子讲道理。目的仅仅是为了将一个微不足道的闹事者掌握在手里。此人不过碰巧被一群叛乱分子捧得高高的，于是摇身一变，成了所谓深受爱戴的英雄人物。其实，这所谓的英雄人物就算坐在这帮叛乱分子家的厨房台子前，他们也多半认不出他。

马车停了。他抬头望去，眼前却只有连绵不断的雨。

马车夫一动不动。“待在这里别走。”波利奥西斯说，“我还需要你带我回托诺斯。”

他慢慢地从马车上爬下来，但马车夫以常人无法想象的速度一把抓住他的手肘。

“两夸特。”他说。

波利奥西斯点点头，把手伸到湿透了的袖子里去掏钱。“待在这里别走。”他一边重复着这句话，一边探出脚去想踩到地上。离地太远，够不着。但他长袍的褶皱勾到了什么地方，于是他最后是跪倒在泥地里的。“待在这里别走。”他再次强调。然后他站起来，带着在此过程中弄得满是泥泞的双手，朝着在雨中隐约可见的院门走去。就在他跟门把手纠缠不休的时候（已经锈住了，大概高戈斯和他的兄弟都是翻墙进去的，压根儿不用这玩意儿。这也解释了为什么整扇门倾斜得厉害，全靠一条铰链吊在那里，另一条铰链则被一根粗麻绳取代），他听到身后传来抖动缰绳的噼啪声，还有车轮缓缓滚过水滩的声音。

农舍的门开着，但里面似乎没有人。“有人吗？”他叫道。无人应答。他站了一会儿，看着雨水从身上流下来，打湿了地板，决定不能再这样等下去了。他不是天国之子，但他代表着帝国。帝国可不会傻站在门口，弄湿地板。帝国只会闯进去，把脚架在家具上。

至少屋子里是干的，壁炉里的余火散发出些许暖意。他坐在壁炉旁的角落里，身上还裹着旅行外套。外套的重量有四分之三是水，布料只占了四分之一。高背长椅看着不显眼，坐起来却很舒服。他把头靠在椅背上，闭上了眼睛。

他醒过来，发现高戈斯正俯身看着他，脸上带着一抹嘲讽的表情。"你应该通知我你要来，" 他说，"我会派辆马车去接你。"

"这没什么。" 波利奥西斯说，他醒过来的时候感觉头痛欲裂。"反正我人已经在这里了。"

"很好。" 高戈斯 · 洛雷登坐了下来，就坐在他旁边。他靠得太近了，以至于波利奥西斯不得不稍稍挪动了一下，避免贴上他。"这么说，我们可以略过寒暄，直接谈正事了。我猜你是来出价的。"

"呃，可以说是，" 波利奥西斯喃喃道，"也可以说不是。" 他昏昏沉沉，脑子里一片模糊，一点也不记得过去几天自己一直在研究的行省政府的谈判立场了。"主要是来询问一下，你对我们有什么要求？你会发现，只要是合理的要求，我们都愿意考虑。"

高戈斯叹了口气，摇摇头。"抱歉，" 他说，"我一定是误会了。你瞧，我还以为我们不是在玩什么把戏，而是准备以建设性的、合情合理的方式共同解决问题。再见。"

"原来如此。" 波利奥西斯待在原地没动，"我走了这么远的路来看你，你却要把我赶出去。"

"我也不想这么粗鲁。" 高戈斯回答，"不过，既然你没有什么话要对我说，我必须承认，我看不出你有什么理由要待在这里。你已经参观过这里的一切，又很不适应我们这里的天气——"

"好吧。" 波利奥西斯有一种很不妙的感觉，觉得谈判尚未开始自己就失了先机，而且之后也无法夺回。“那我们就不打马虎眼，出个实价。说到钱，要多少钱才能换到你手里的那个俘虏？”

高戈斯大笑起来。“拜托，”他说，“我们至少应该假装互相尊重对方。中邦你也参观过了，你认为在这种地方，钱对我有用吗？”

后门外有一只狗在狂吠。噪声弄得波利奥西斯的头一阵一阵地抽痛，就像被手指拨弄的琴弦似的。“那好吧。”他说，“你不要钱，那你要什么？我猜是我们手里有、而你正好也需要的东西。工具？武器？原材料？”

高戈斯摇摇头。“你在拿我开玩笑。”他说，“以我个人的意见，这么做在外交上不太得体。说说看，你们真的这么瞧不起我们吗？你们真的把我们当成一帮强盗小偷，觉得我们跟那些成天晃来晃去、用带钩子的钓竿从开着的窗户里偷东西的坏蛋没什么两样？我还以为，当我不辞辛苦地带你到处参观，让你看到我们只是一帮想和邻居友好相处的和平的农夫时，你就应该明白我的用意了。但凡能稍微给我们点尊重，我就会把那该死的反叛分子免费送给你们。”

“如果你说的是结盟，”波利奥西斯说，“那我只能非常遗憾地说声抱歉了。行省政府觉得在这当口正式结盟不合适。”

“不合适？”

波利奥西斯觉得自己的双腿正慢慢下沉，泥泞的土似乎没过了他的膝盖。“我只想指出，”他说，“你的要求是史无前例的。我们和任何一方都没有正式结盟，不管是沙斯特、岛屿、还是科里昂。请站在我们的角度想想我们的顾虑。如果和你结盟了，那我们给他们传递了一个什么样的信息呢？尤其是在我们彻底地拒绝了他们的提议以后。简单地说吧，这不是我们的行事方式。”

“好吧。”高戈斯打了个呵欠，“要是在我身上有什么值得骄傲的地方，那就是灵活了。说我灵活也好，说我现实也好，反正我总是在交易中寻求对双方都有利的方式。现在，你告诉我帝国从不与人结盟，我也相信你不会在这种事情上撒谎。那行，那我们就不谈结盟的事。我直截了当地告诉你，我是怎么想的。事实是，不管我们结不结盟，我都需要你们——也就是行省政府——给我个机会让我完成一件我需要做的事。你考虑一下，告诉我能不能想个办法让我达到目的。说到底，你才是外交官，我只是个士兵和农夫，这事超出了我的能力范围。我要还一笔旧债——不，不能说是债。我曾经做过一件很糟糕的事，现在我需要弥补我的过错。你知道吗，特姆莱是因为我才占领了佩里美狄亚。你觉得很震惊吧？”

波利奥西斯看着他。“我知道。”他说。

“哦。”高戈斯面无表情地坐着，一动不动。“你有什么看法？”

“我没什么看法。”波利奥西斯回答，“这么说吧，我知道你为什么这么做，我知道背后的原因。因为你的姐姐欠了佩里美狄亚城里某些人一大笔钱，她知道这辈子都还不清。这是个商业决定。从商业的角度，我可以给出意见，告诉你我觉得这个举动是明智的还是不明智的。但如果你期待让我来评价你的所作所为是对是错，恐怕我不能。我不是以对错来看待问题的。这就好比，我明明是个色盲，你却非要我评价某个色调的绿色。可是，”他继续说道，“这跟我们在谈的事有什么关系呢？”

高戈斯吐出一口气，揉揉下巴。“看来倍感震惊的人应该是我才对。”他说，“借用你的话，我不是色盲。我知道自己做了一件多么可怕的事。我明知我的弟弟在为佩城作战，却毁了他的一生，害他差点死于非命。这就是我要弥补的过错。我必须杀死特姆莱，灭掉草原部落，和我的弟弟并肩作战，还清我欠的债。现在你明白了吗？就算是你，也肯定能体会我的心情吧。这么说吧，我不管什么立场不立场，我只需要到战场上去尽我的一份力，否则我过不了自己这一关。因为我的所作所为，我亲生儿子的死也得算在我头上，我同样欠他一条命。这道理是多么简单、多么直接，你明白了吗？”

波利奥西斯想了一会儿。“我敢肯定一件事，”他说，“你是个很有意思的人。要说有什么能够让天国之子感兴趣的，那就是有意思的人了。不过，让我们好好想想这件事，好吗？恕我直言，我们已经拥有了我们需要的一切军事资源。我们第一次会面的时候，你提到了弓箭手，你觉得我们没有足够的弓箭手。其实，我们有。有需要的时候，我们可以召集境内所有的弓箭手——使长弓的、使短反曲弓的、使长反曲弓的、骑射手、弩手，应有尽有。我们的工厂一周内就可以生产出两万张弓以及二十万支箭。如今，你跟我说你要参加战斗的原因。让我来告诉你，我们发动战争的原因。我们的常规军拥有的全职士兵，比沙斯特、岛屿、科里昂、佩里美狄亚以及你听说过的所有地方的所有男人、女人和小孩加起来的人数还要多。我们建立起一支庞大的军队，这样就没有人——是的，没有任何人——可以成为我们的威胁。在天国之子和小得不能再小的危险之间，有一道钢铁和肌肉组成的城墙。这道城墙是如此的厚实，以至于世上没有任何东西可以穿透它。如果大地忽然裂了个口子，把我们的本土吞噬了，我们可以用人的身体将那个洞填满，在上面重建家园。是的，我们之所以发动战争，是因为我们需要让军队有事可做，让他们不会无聊，不会有不耐烦的情绪，不会失去战斗力。因此，你看，我们真的不需要其他人替我们打仗——这完全违背了我们发动战争的意义。很抱歉，但事实就是如此。我帮不了你。”

高戈斯缓缓地点着头，似乎对方为他解释的是一道很难的计算题。“我明白了，”他说，“你们迟早会打到这里来，这么说吧，干你们该干的事。要是让世人看到你们跟以前的朋友或盟友打起来，对你们来说会有点尴尬。这个理由足够合理，我可以接受。但是，你没有解决我的问题。波利奥西斯，我咨询你的意见，是因为你是专家：要如何安排才能让你们得到你们想要的——也就是那个海盗，同时我也能得到我想要的？只要我们好好想想，就一定有办法。”

波利奥西斯皱起了眉头。“我不得不说，”他说，“在涉及你们即将被征服、被占领的问题上，你处理得相当好。大部分人听到这种话，多半会勃然大怒，或者心生畏惧。”

“这么做毫无意义。”高戈斯说，“你告诉我的全是我已经知道的。这显而易见，你自己也说了，这只是我想结盟的原因之一。但你们太精明了，不想跟我结盟，这我也接受。但没理由我们不能合力想出一个让注定要来的结局来得稍微没那么痛苦的办法。灵活、现实，就是这么一回事。”他咬着嘴唇，忽然双手一拍，声音大到让波利奥西斯跳了起来。“我知道了，”他说，“我知道我们要怎么办了。在此，我正式将中邦献给帝国，恳请你们对我和我的手下大发慈悲。”他露出了迷人的笑容，“为了表示善意，如果能让我们成为远征特姆莱的后备军，你们将赢得我们衷心的感激。你瞧，这不就把所有的问题都完美地解决了吗？”

波利奥西斯已经很久没有被什么消息惊得目瞪口呆了，久到他已经忘了该如何反应。“你在开玩笑吧？”他说。

高戈斯摇摇头。“不，我没有开玩笑。”他说，“我不过是在实践自己鼓吹的理论。我帮我的手下避免了在一场根本没机会打赢的战争中充当炮灰的下场，同时又能给自己一个偿还债务的机会。如果你们要我退位，我也愿意——唉，我说，你自己也看到了，我当军阀头子当得并不特别开心。等我把旧账算清以后，我只想住在这里，发展发展我的农场。我想你们不会介意我这么做吧。现在，想想你们能得到的好处，想想看：在这个地区有托诺斯和中邦作为你们出征的基地，将周边国家一个一个拿下该有多么容易啊。再想想：这件事对你个人有什么好处。你到这里来是为了将一个反叛分子带回去，你成功了，不仅如此，你同时还给帝国带回了一个新的行省。你能想象有比这更好的结果吗？怎么样？”

最让人受不了的，是那种像狗一样拼命摇尾巴的热情，这几乎已经超过了波利奥西斯可以忍受的极限。“不，”他回答，“我不能想象。哎呀，我需要好好消化一下你说的话。我可以在这里住一晚，明天早晨再踏上回程的路吗？”

高戈斯对他露出大大的、像阳光一般灿烂的笑容。“悉听尊便，”他回答道，“毕竟，你是老板。”

十一

半夜里，有人叫醒了特姆莱，好让他及时听取战报。信差从战场一路疾驰来到佩里美狄亚城外的营地。他筋疲力尽，腹股沟处有一道斧枪刺出来的伤口，从伤口流出的血浸湿了他的靴子。他很有可能撑不到第二天早晨。

特姆莱惊醒以后，盲目地在被子上抓来抓去，扭到了有旧伤的膝盖。周围的人安慰他，没事的，没什么可担心的，随后将浑身是血、被两个人架着走的信差带了进来。特姆莱还处在睡意蒙胧的状态，大腿传来的疼痛让他一时顾不上别的。他没有完全听清那垂死的人说的话，只听到了诸如"埋伏""百分之七十的伤亡率""被击溃"，以及"在他们重整旗鼓之前再次出击"等只言片语。等到库莱开始高谈阔论，提议乘胜追击、展开大规模的反攻时，特姆莱才意识到信差来报的是一场大捷，不是灭顶之灾。

"见鬼，"他喃喃自语道，"我们居然赢了。怎么回事？"

信差这时已经陷入昏迷。人们将他带走，用毯子包裹起来。天亮后没多久，他就死了。于是特姆莱只能听库莱转述，好处是库莱的版本增加了他本人身为将军在战略战术方面的分析。

让我们从头说起。在帝国军队打赢了那场导致特姆莱受伤的战役以后，士兵们开始小心翼翼地打扫战场。他们撞上了一小股草原反叛军。自从反叛军在内乱中被打败，他们一直疲于奔命，好躲开特姆莱。但在行省政府眼里，草原人就是草原人。帝国的骑兵队开始追杀反叛军，将他们赶到了一处两面都是峭壁的峡谷中，同时派人回去请求大量的步兵增援。

天气很热，尘土飞扬。反叛军所在的峡谷底部有水源，驻扎在高处监视他们的帝国军队却没有。被派往帝国战地总指挥部求援的信差强调形势危急，总部当天就派出了两千人，由一名天国之子带领，急行军奔赴战场。

他们被自己过人的体力和精力给害了。如果行军的速度慢一点，或者没有走捷径，就不会撞上特姆莱的一支骑乘兵后备队。在之前那场战役中，这支队伍在战斗一开始就被打散了。之后，他们四处奔逃，被隔绝在外，无法与其余的特姆莱军汇合。直到此时，他们才勉强逃出了帝国的领土。两支队伍在一个介于森林和河流之间的谷地狭路相逢。纯粹是运气好，草原人发现自己所在的位置具有惊人的地利。环绕着帝国军队的河流正处在涨水期，帝国士兵无法渡河。草原人的一路侧翼被拐弯的河流保护了起来，森林则为另外一路提供了掩护。帝国军的指挥官别无选择，要么按兵不动，任由敌方弓箭手采取打了就跑的攻势，慢慢消耗己方的战斗力，直到全军覆没；要么顶着箭雨发动正面攻击。考虑到己方拥有精良的盔甲，他选择发动进攻。

说句公道话，就算他选择另外一个方案，结局也好不到哪里去。尽管如此，当他眼睁睁地看着向前推进的前锋像有瑕疵的金属被锤子砸扁一样溃败时，什么公道话都安慰不了他。先后派出的四支先遣队都乱了阵型，变成了一堆夹杂着废铜烂铁的尸体，怎么也无法推进到敌方七十五码之内。这以后，他下令撤退到河边，妄图引诱草原人放弃位置优势，主动发起进攻。结果没用。草原人坚守阵线，只派出小股队伍在两翼骚扰，打乱帝国军的阵脚。最终，受过大量训练且纪律严明的帝国士兵居然在攻击下开始慢慢向他们认为安全的中心地带移动，拉开了他们自己与河岸之间的距离。这个缺口足以让草原人瞬间冲出来合围。等到马上的弓箭手将他们四下团团围住，帝国士兵只能在盾牌后挤作一堆，眼睁睁地看着箭斜斜地插向他们。他们几次试探性地发起突围，却徒劳无功。每当他们向前冲时，对面的弓箭手就往后撤退，而位于他们后方的弓箭手却乘机攒射。突围的士兵往往还没冲出几码就被射杀了。

战役持续了六个小时，其中的五个小时都在围攻。要是帝国方的指挥官能再坚持半个小时，草原人就会耗尽箭矢，不得不撤退，可惜他当时完全不知道。他决定投降，幸存的士兵被押走，一千两百名伤亡者留在了原地。

（过了一天左右，一群走街串巷的流动摊贩无意间来到战场，目瞪口呆地看着眼前的宝藏。其后，他们花了两天时间将盔甲从死人身上剥下来，对上面的破洞或凹痕敲敲打打一番，一股脑儿装上了马车。他们将整批货卖给了艾普－依达拉斯一个收废品的商人，换来了做梦都不敢想的一笔大钱。这名商人将货物加价百分之一百五十以后，转手就卖给了位于艾普－奥利的帝国军械厂，充分证明了即使是最惨烈的悲剧也有可能成为另外一些人千载难逢的机遇。）

“我们赢了？”库莱讲完后，特姆莱重复了一句，“太棒了。”

“别那么惊讶。”库莱回答，“还有，别以为我们的麻烦结束了，还早着呢。我不想无缘无故地加重你的焦虑，但你发现了吗？在过去一百五十年间，每一个曾在战场上重创过帝国的国家都被消灭了。打了败仗会让他们恼羞成怒。在依帕克莱人之间流传着这么一句话：‘比被帝国打败更糟糕的事是打败帝国。’”

特姆莱缓缓地点头。“谢谢提醒。”他说，“只要再赢一场，我们就没事了，对吧？”

库莱看起来有点不自在，他耸耸肩，“我只是觉得，不要被一场胜利冲昏了头脑，如此而已。还有，我们必须牢牢记住，与帝国为敌跟与其他人为敌完全不同。”

“我明白你的意思了。”特姆莱说。

不用说，此时他已经完全清醒，再也睡不着了。以往如果出现这种情况，他会起床，走来走去，找点事情来做，把那点抑郁抛到脑后，但此时他行动不便。缇尔丹不在这里，她和其余的非战斗人员一起在海峡的另一边，在城市的废墟中安营扎寨。他越是睡不着，膝盖就疼得越厉害。最终，他索性放弃了入眠的企图，叫来了卫兵。

“去叫醒几个人，”他说，“我很无聊。”

卫兵咧嘴一笑，过了一会儿，带着两个显然是随意选择的满脸睡意的议政会成员回来了。他们是负责运输的尤杜凯以及副总工程师特斯凯。卫兵敬了个礼，回到了自己的岗位上。

“特姆莱，现在是半夜。”尤杜凯说。

特姆莱皱着眉头看着他。“我不管。”他说，“好了，那两个岛民，老巫师和那男孩——”

“岛民？”尤杜凯一脸茫然，他有这种反应相当正常，“抱歉，我没听懂你的意思。”

“我们在南边救起了两个迷路的岛民。”特姆莱解释道，“他们自称是船难的幸存者，只想回家。不过我怀疑他们可能是间谍，所以让人把他们送到这里来了。”

特斯凯笑了笑，“间谍的事，什么时候轮到你来操心了？”

“我猜，大概是从某个间谍救了我的性命开始。”特姆莱回答，“我还在考虑要不要专门从间谍里招募我的贴身侍卫呢。帮个忙，把他们带到我面前来。”

“为什么让我们来干这事？”尤杜凯问道。

“因为你们起床了，”特姆莱说，“其他人还在睡觉。”

尤杜凯叹了口气。“看得出来，你恢复得不错。”他说，“你还是奄奄一息的时候比较可爱，至少那时候周围的人可以睡个踏实觉。”

过了一会儿，他们带着两个岛民卡纳迪和忒乌达斯·莫罗辛回来了。

“莫罗辛，”特姆莱重复着这个名字，“这是个佩里美狄亚名字，不是吗？”

男孩一言不发。“没错，”年长的那位回答道，“我们俩都出生在佩里美狄亚。我是他叔叔。”

特姆莱思索片刻，“卡纳迪不是佩里美狄亚名字，对吧？”

“这是我在加入佩里美狄亚研修会时使用的名字。”他回答，“根据习俗，加入研修会时要改名字，通常是从伟大先哲的名字中挑一个。我的原名是忒乌达斯·莫罗辛。”

特姆莱挑起一边眉毛，“跟他一样？”

“是的，莫罗辛是家族姓氏，忒乌达斯是家族里一直沿用的名字，如果你明白我的意思的话。”

“不太明白。”特姆莱用手掌托着下巴，承认道，“在我看来，这是缺乏想象力的表现。”

“就跟这里所有人的名字后面都带着‘凯’啊‘莱’啊之类的一样。”卡纳迪回答，“这也只是我们那里的风俗。仅此而已。”

特姆莱缓缓地点头。“这么说，你以前是佩里美狄亚人，”他说，“现在是岛民。原来如此。我想你在这里待着会很不自在吧。”

卡纳迪微微一笑。“他确实觉得不自在。”他说，“但我是个哲学家，不会被这种事困扰。”

特姆莱打了个呵欠——是真的呵欠，只不过时机刚好。“说真的，”他说，“一个哲学家跑到我们的领地里做什么？”

“我们的船沉了。”卡纳迪说。

“原来如此。是在来这里的路上沉的吗？”

“在去沙斯特的路上。”卡纳迪忽然意识到他不记得草原人和研修会关系如何了。他一时间想不起任何会导致二者关系紧张的理由——说真的，完全没有任何理由。但这不代表他们就可以和谐相处。然而，特姆莱似乎对此完全不在乎。

“可以问问你们为什么要去沙斯特吗？”他说。

“我住在沙斯特。”卡纳迪说。

“哦，你刚才还说你是岛民。”

“我是，我是岛屿区的公民。”

“岛屿区的公民，出生于佩城，住在沙斯特，还有两个名字。你自己有时候也会搞糊涂了吧。”

“哦，是的。”卡纳迪回答，“我记得我刚才似乎提到，我是个哲学家。”

特姆莱败下阵来，不由得笑了。“他呢？”他说，“我之所以问你，是因为他好像不怎么热衷于跟我对话。”

“他胆小。”

“是这样啊。他也住在沙斯特吗？”

卡纳迪摇摇头，“他住在岛上，为一家银行工作。”

“真的吗？真有意思。那么之前呢？他在佩城被占领以后直接去了岛上吗？”

卡纳迪不动声色。“不是。”他说，“去岛上之前，他在国外待了一段时间。你什么都知道，不是吗？”

特姆莱点点头。“他是巴达斯·洛雷登的徒弟。”他说，“洛雷登上校将他从沦陷的佩里美狄亚救了出来。事实上，是从我本人手里救出来的。”他转过头，恶狠狠地瞪着忒乌达斯，瞪了良久，之后才说道：“你长大了。”

头一次，卡纳迪说话时那种软中带硬的气势弱了下来，但他没有被彻底打倒。“你打算怎么对付我们？”

“那还用问吗，当然是送你们回去啊。”特姆莱露出灿烂的微笑，回答道，“不过在目的地方面，哲学家先生，我不得不请你指定目的地。你似乎有很多可去的地方。”

“去岛上就行了。”卡纳迪迅速回答，“沙斯特也行。真的，哪里最方便，我们就去哪里。”

“其实，你是想说除了这里，任何地方都可以吧？”

“是的。”卡纳迪承认。

“我能理解。”特姆莱哆嗦了一下，膝盖一阵刺痛。“请原谅，”他说，“前两天，我的膝盖受伤了。”

卡纳迪点点头。“我听说，你徒手勒死了一名帝国骑兵。”他说，“我敢说，这绝非易事。”

“其实，是用头盔的绑带勒死的。”特姆莱回答，“好了，今天的谈话就到此为止吧。过几天会有一艘开往岛屿的船从这里出发，不过，恐怕我一时间记不起船名了。我强烈建议你搭上那艘船。自从帝国包下了岛上所有的船只以后，海上交通基本处于停滞状态。”

很显然，卡纳迪还没听说过这消息。“真的吗？”他说，“我可以问问是为什么吗？”

“他们想从海上袭击我们。”特姆莱回答，“因为帝国没有船，岛民们将船借给了他们。抱歉，是租，不是借。我可不想用免费借船这种说法来冒犯你们岛民。”

“没关系。”卡纳迪回答道，“你知道的，我在本质上还是佩里美狄亚人，因此我不在乎。”

特姆莱看着那个年轻人，忒乌达斯（在做了那么多年噩梦以后，终于把脸跟名字对上了，这种感觉真奇怪）。他的脸白得像张纸，双拳紧握。“如果你比我先见到洛雷登上校，”他说，“请代我向他问好，告诉他离我越远越好。”

忒乌达斯正要说什么，卡纳迪抢在他前面出声了。“如果我们有机会见到他的话，一定帮你把话带到。”他说，“不过说真的，我觉得机会不大。毕竟，我们出现在这里的唯一原因是受到帝国追杀。当然，你们的待客之道令人钦佩，这世上再也没有比你们更和蔼的人了。”

特姆莱笑了，“因为他们以为你们是沙斯特人。”

“哦，我们是沙斯特人。至少我是。”卡纳迪一本正经地加了一句，“至少有时候是。”

“多重身份的感觉一定很棒。”特姆莱说，“我一直是我自己。真羡慕你。”

“真的吗？”

“当然。如果我能自由选择身份，我就不会做出之前那些决定，也不会被迫面对现在的危机。我的所作所为，我忍受的痛苦，全都源自我的身份。但你不同——唉，你可真幸运。”他对侍卫示意了一下，后者掀开了帐门。“感谢你造访此地。”他说，“和你说话非常有趣。”

“我也一样。”卡纳迪回答，“时隔多年，能见到你真是我的荣幸。”

“艾普-卡立克？”天国之子说道，“那你说不定见过我的表兄。”

晚上，队伍停下来扎营，伙夫开始准备晚餐。他们刚刚将搜粮队带回来的一只羊杀掉，取出内脏，此时正在准备烤羊的支架。身为天国之子的伊斯塔上校亲自前来过问一应事宜。

“你的表兄？”巴达斯重复了一句。

“他叫阿纳克斯。”伊斯塔回答，“负责验甲所，个头矮，秃头，有七十多快八十了。如果你见过他的话，一定会有印象。”

尽管巴达斯加入军队的时间不久（按帝国这边的算法），但还是能觉察到，作为一路纵队的指挥官，坐在灶火旁的一棵树下跟一个外邦人亲切交谈，这种事有点不寻常——即使这个外邦人是他名义上的副指挥官。要么他很无聊，要么他觉得巴达斯是个格外有趣的谈话对象，再不然就是他想利用这个机会，趁着时间宽裕，将他作为秘密武器派出去，在对阵之前好好评估一下敌军情况。根据他对天国之子微乎其微的了解，很可能几个原因都有。

“噢，是的。”他回答，“我的确见过阿纳克斯。我今天穿的这身盔甲就是他打造的。”

“真的吗？”伙夫将支架立了起来，此时正把绳子穿过羊后腿踝骨上方肌肉和骨头之间的间隙。“我已经有很多年没见过他了。说真的，下次我到附近地区的时候，真该专门抽出时间去拜访一下。他如今状态如何？”

“相当不错。”巴达斯回答，“以他这把年纪，算是很精神。”

“很好。”伊斯塔的目光停在眼前忙碌的景象上，“他是——我想想啊，他是我父亲的母亲的大姐的儿子。你没准儿会觉得挺吃惊的——怎么说呢，我们中的一员，居然靠手艺吃饭。”

巴达斯点点头。伙夫们已经将羊吊了起来，正在剥皮。其中一名伙夫跪在地上，用力拉着两条前腿，另一名则小心翼翼地沿着绳索下方的位置切割，小心绕开筋腱部位。“可能是因为他喜欢做这事吧，”巴达斯说，“我无法想象还有什么别的理由。”

伊斯塔微微一笑。“未必，”他说，“真相是，从各方面来看，阿纳克斯的人生经历都可以说是相当丰富。他曾经在帝国中心区担任专员署执行总长一职。在任上他犯了错。”

此时伙夫们正在割羊腿上的皮，用形状特殊的刀尖顺着骨头的方向一路往下，划到为了掏出内脏而在腹部切开的大口子处。“犯了错，”巴达斯重复着这句话，“我还是别追问原因的好。”

“哦，为什么不呢？”伊斯塔咧嘴一笑，“我可没那么残忍，这就好比话说到一半不说了，让人干着急。在他的辖区爆发了一场叛乱。哎呀，确切地说，原本算不上叛乱，不过是某个收税员因为手段强硬落了个可悲的下场。处理得当的话，本来有可能妥善解决。但不知为什么，阿纳克斯误判了形势，先是耽搁太久，让那些人逍遥法外，接着又派出一个团的士兵将整个村庄夷为平地。之后，一场货真价实的叛乱就爆发了。”

他们开始围着羊屁股下刀。一名伙夫抓住尾巴狠狠拧着，直到尾骨裂开。“原来如此。”巴达斯说，“后来呢？”

“战事持续了很久。”伊斯塔回答，“阿纳克斯派出了更多的军队，结果叛军一把火将他们自己的村庄烧成灰烬，躲进了森林。士兵们试图袭击这个地区的其他村落，用这个办法将这帮叛乱分子逼出来，结果适得其反。因为被他们害得无家可归的人全都加入了叛军。森林里很快就聚集了几千人。如果要进入森林追击，跟他们纠缠的话，这数量的叛军我们的人肯定打不过。但阿纳克斯也不能坐视不理，最后他真的没办法了。说真的，这整件事从头到尾就是一场灾难。”

他们正在剥羊背上的皮，将拳头从皮肉分离的地方伸进去压住肌肉，免得连肌肉一起撕下来。这声音独一无二。“不过，我推测他还是赢了。”巴达斯一边看着伙夫们干活，一边说道，“我是说，最终结果。”

“啊，那当然，帝国是战无不胜的，关键就看怎么赢。在这次的事件上，我们赢得不痛快。我已经不记得在最终把叛军压制得无路可逃之前，他在森林里损失了多少人，但少说也有一两百。怎么看都是一场灾难。要知道，这原本是个安静祥和的内部行省，在这里动用治安力量……”伊斯塔摇摇头，“最后不得不全部烧死。他将叛乱分子躲藏的那片树林包围起来，沿着包围圈清出了一条防火带，布下卫兵守住要道，然后放火烧掉了包围圈中的一切。没有一个人试图逃出来。不用说，那味道相当难闻。”

为了完整地将肋骨处的皮剥下来，伙夫们正刮着皮和骨之间的膜，动作非常小心，以免在皮上留下划痕。“可想而知。”巴达斯苦笑着说，“那么，阿纳克斯后来怎么样了？”

伊斯塔拿起小小的樱桃木酒壶，饮了一口酒。巴达斯之前就注意到他的腰间别着这个酒壶。“本来要送他上法庭的。”他说，“但家里托了关系，于是他背了正式的处分，调到西部边境去了——五十年前，那里算是边境。当然，现在形势不同了，但阿纳克斯一直待在那里没动过。他的官方身份是验甲所的副所长，实际上等于关在那里，一辈子不许出来。于是，直到如今他还待在那个地方，苦中作乐。也许大家都认为他罪有应得，但我还是忍不住要质疑，这么对待一个说到底不过是判断失误的人，是不是过于严厉了。”

他们凭感觉判断出骨头的位置，刀尖顺着前腿的骨头方向一路划开。“我无权评论，”巴达斯说，“不过，一旦你要为他人的性命负责，就不得不冒这个风险。”

“哦，谁都怕摊上这种事，不是吗？”伊斯塔忧伤地说道，“在你担任指挥官期间，局势开始恶化。或许你不得不打一场没有胜算的仗、进攻一座坚不可摧的城池、拦住游牧民族无可阻挡的脚步。可以说他只是运气不好。我的意思是，假如你我在他的位置上，谁知道会不会比他做得更好呢？”

经过一番努力，他们终于将羊皮掀到肩膀处，从断掉的脖子那里剥离开来，得到了一张毫无破损、里子干干净净的完整的皮。这样的剥法既不损伤外皮，也不破坏肉质。羊肉在火光映照下熠熠生辉，像一个刚出生的婴儿，又有点像大热天里人们脱去盔甲后露出来的汗津津的身体。接着他们开始按部位分解羊身，帮厨的小伙子则用一把大剪刀剪开羊头。“我要利用职务之便，把羊脑子据为己有。”伊斯塔笑着说，“新鲜的羊脑从头骨里挖出来，直接放入盐水，小火煮半个小时，再加两个鸡蛋、一点柠檬汁。这味道，什么都比不上。有些人认为煎羊脑比较好，可在我看来简直是暴殄天物。”

巴达斯耸耸肩。“小时候，我妈妈曾经做过羊脑给我们吃。”他说，“但我不记得是什么味道了。反正她煮什么都一个味道。打那时起，我对食物就没什么兴趣。”

伊斯塔大笑。“你真可怜。”他说，“错过了人生一大乐事。现在才开始学着品鉴恐怕已经太迟了。真可惜。”他关注着帮厨小伙的一举一动，“亏我还以为佩里美狄亚是以品种繁多、质量上乘的美味著称的呢。”

“确实如此，”巴达斯说，“至少大家都是这么说的。我很乐意相信他们的判断。”

“那么，酒呢？”伊斯塔问道，“难道你也不喝酒吗？”

“我们喝的主要是苹果酒。”巴达斯回答，“既便宜，又起到了酒该起的作用。比葡萄酒好处多，至少比我常去的那些地方卖的葡萄酒要强。但我不认为你会特别喜欢。”

他们正用锯子锯断胸骨。“哦，在我还是个一文不名的穷学生时，我也喝过不少劣酒。”伊斯塔说，“出人意料的是，在没有其他选择的情况下，你会发现自己适应得很快。”巴达斯注意到他一直在专心致志地盯着伙夫，这种对细节的过度关注似乎不仅仅是因为对地道美食的热爱。或许伊斯塔觉察到了他的好奇，笑着说道：“在老家，这些都是培养男孩的教育内容之一。我们在学习拼写、基本代数和几何的同时，也学习如何肢解肉类、如何调味。教科书上说，等男孩长到十岁，给他留下一头死羊和一把锋利的刀，让他一个人待两个钟头。等你回来，应该会有一顿以迷迭香和月桂为调料、以恰当的方式端上桌的完美的烤羊肉宴等着你。如果这会儿我在自己家里，我会亲自下厨——能为客人准备食物，是主人的荣幸。我们很看重这类传统。上好的食物、上好的酒、美妙的音乐以及热烈的交谈，做不到就是罪过。”

“这是个很有意思的观点。”巴达斯圆滑地说，“当然，首先你得有食物可吃。”

伊斯塔皱起了眉头，过了一会儿，他大笑起来。“你不懂，”他说，“奢侈的最高境界就是返璞归真。这跟富贵和权势不相干，只是二者常常一起出现，如同马蝇与粪便。假如你全身上下只有一副弹弓和一把鹅卵石，你可以上山猎一只沙鸡，也可以下山猎一只兔子。你可以一路走，一路采集几种主要的香草和调味品。回去以后，不要只想着把食物煮熟，而是多花点心思，下点功夫在烹饪上。美酒的原材料和劣酒其实是一样的。至于美妙的音乐以及热烈的交谈，不费一文钱就能得到。”他叹了口气，双手放在脑后。“你该看看我们那里几个伟大诗人的著作，巴达斯。”他说，“德辛、希拉特的作品以及《带着玫瑰余香的箭》，全是对返璞归真的描述。那是一种经过去芜存菁之后真正意义上的理想生活。这是我们文化的缘起以及立足之地，是我们的本质。‘谁也找不到一匹像玫瑰那么完美的丝绸’——”

“我明白了。”巴达斯打断了伊斯塔的话头，“那么，我们现在在这儿干什么呢？”

伊斯塔闭上了眼睛。“不得已而为之的罪恶。”他回答道，“为了过上完美的生活，你首先得有一个安全的大环境。如果有任何来自外部的危险，你怎么能专注于自己的本质呢？军队、行省，这些是我们为自己建造的一堵围墙，我们需要这堵墙作为盔甲。外壳坚硬，内里是甜蜜和纯真。令人遗憾的是，这意味着我们中的某些人必须在某些时候背弃重要的东西。不过这是值得的，因为我们知道完美的淳朴生活一直在那里，等着我们回去。”他睁开眼睛，坐了起来。“你在笑，”他说，“显然你不认同我的观点。”

巴达斯摇摇头。“事实上，”他说，“我想起了我的家乡——唉，我是指真正的老家。我是个四海为家的人，但此时我想到的是中邦，我长大的地方。中邦就是个再朴实不过的地方。”

“哦，是吗？”

“绝对是。”

伊斯塔挑起一边眉毛，“你最近回去过吗？”

“大概在四年前回去过一次。”巴达斯回答，“感觉不太好。”

“中邦，”伊斯塔重复了一句，“那不是你哥哥——”

巴达斯点点头。“说起来，你说家以及简单朴实的东西最重要，这话多半会得到高戈斯的认同。”他说，“他这个人吧，我想，他心里一直装着家庭，至少他自己是这么认为的。我曾经心系家人很多年，直到我回到家乡、再次见到他们。”他笑了起来，“正是这次会面促使我加入了帝国军队。”他补充道。

“抱歉，我没听懂。”

“帝国幅员辽阔，”巴达斯回答，“而我只想离我的家乡和家人越远越好。”

“哦。”伊斯塔脸上的表情说明，这句话他很难理解。“啊，我想，你的不幸恰恰是我们的幸运。加入帝国军队，你开心吗？”

巴达斯皱起了眉头。“我不知道，”他说，“我的意思是，我自己也不确定。

用开心不开心作为衡量标准似乎——呃，至少在我看来，有点奇怪。这就有点像问抱着一截漂流木在大海中浮沉的人，他喜不喜欢某种颜色。”

伊斯塔双眉紧锁，露出了嘲讽的表情。“哦，拜托，”他说，“这么形容有点太夸张了。你看，你是一个正值盛年的健康的男人。当然，你必须靠工作来养活自己，挑一些你喜欢干的，或至少是你不反感的工作来养活自己，这不是件很容易的事吗？就好比我刚才虚构出来的那个带着弹弓的猎人，也许他只有一副弹弓和一块石头，但他还是可以选择上山去打猎。如果你不喜欢当兵，那就离开军队做点别的。编篮子、刨木碗、驱赶乌鸦，什么都行。要么给自己造副弹弓，再抓上一把鹅卵石。”

巴达斯微微一笑。小伙子终于设法打开了羊头骨，正在用一把锡勺把滑溜溜的白色羊脑挖到碗里。“啊，”他说，“可是，正如你刚才所说，在我可以过自己想过的日子以前，我需要一整套盔甲。面对敌人，我首先得保障自己的安全。”

伊斯塔耸耸肩。“那就住到帝国的腹地去吧。”他说，“只要离开外部行省，你就安全了。可以远离你所有的敌人，就算他们追踪行迹找到了你，也不敢在帝国中心闹事。”

“这是个很有吸引力的邀请。”巴达斯想起了那个想抢劫邮车的人和他的孩子们。“不过，如果我是你的话，我会三思而行。你看，不管我在哪里，这个危险、嗜血的挑事者总是如影随形地跟着我。你应该没那么想和他打交道吧？”

伊斯塔紧皱眉头，“你说的是你哥哥？”

巴达斯看着帮厨的小伙子将最后一点“白色的果冻”倒出来。“我至亲的手足兄弟。”他回答道。

“你觉得呢？”伊苏斯说。

“看起来很可笑，”她的母亲看着棋盘，头也不抬地回答道，“幸运的是，没人会看到你穿什么，所以无所谓了。”

伊苏斯皱起了眉头，“我觉得挺适合我的。”

在房间的一角，她母亲的猫正在吃一只鸟，完全不顾这只鸟还活着的事实，闹出了很大的动静。伊苏斯认出那是隔壁邻居的宠物鸟。“这里可以往上收一点，你觉得呢？”她说着，用左手拎起裙摆抖动着，“是收到膝盖处还是再往上一寸比较好？”

尼莎·洛雷登面带不悦，瞪着摊在她面前的算筹，“谁在乎？”

“我在乎呀。”

“你什么时候在乎过？”尼莎恨恨地爆发出一阵大笑，“再说，”她补充了一句，“若是对时尚有一星半点的了解，你就该知道这款式已经彻底过时了，不流行了。跟你其他的举动一样，你这么做只是为了惹我生气。”

伊苏斯毫不在意。她坐在窗台椅上，背对着蓝色的大海，端详着残缺的手指。“反正没人可以见到我，”她甜甜地说道，“衣服过时了又有什么关系呢？”

“我得整天对着你呀。”尼莎恼怒地回答，“我要操心的事已经够多的了，还得忍受你穿成这样到处蹦跶。”她抬起头来，“你这么做是因为我不让你给你的高戈斯舅舅写信，不是吗？”

你就瞎猜吧。“跟那个没关系。”伊苏斯说，“别以为我做的每件事都得跟你们扯上关系。”

尼莎两臂抱在一起。“如果你真的在意自己的外表，”她说，“如果你真的关心任何正常的事物，那就不同了。但你并不关心。看看你，你就是个怪胎。”

“谢谢你。”伊苏斯一本正经地回答道。

“如今，”她母亲继续说道，“你又坚持要穿得像个怪胎。太过分了。我无法容忍在这个家里有这样的行为，到此为止。”

伊苏斯扭头看着大海。“我不是怪胎，”她说，“我是洛雷登家的人。二者的区别看似细微，实则天差地别。”

尼莎摇摇头。“首先，”她说，“这身衣服穿着不难受吗？看着就很不舒服。”

当然不舒服。这正是女武士风格在不那么追求时髦的地区很快过时的原因之一。在艾普-拜弥登这儿，穿这种装束简直近乎折磨：沾了汗的皮料湿冷僵硬，锁子甲上衣的净重压在脖子和肩膀处，让她的后背一阵阵抽痛。“挺好的，”伊苏斯说，“比那些沉闷乏味的长裙舒服多了。”

“既然如此，你为什么要在你以为我没看到的时候不停地揉脖子？”尼莎戳穿了她，“我从这里都能看到你脖子上揉出了一大块红印子。活该。”

伊苏斯用脚后跟踢了一下墙壁。“我就喜欢这样，”她说，“我觉得这才是真实的我。”

尼莎莞尔一笑。“我不跟你辩这个，”她说，“不过，人穿衣服不正是为了遮掩真实的自己吗？”她弹了一下舌头，这声音常常刺激她的女儿，让她无法忍受。“你还说你不明白为什么我不让你出门。”

遮掩真实的自己，就好比将香料和发臭的肉煮在一起。“你还没说我该怎么改这条裙子呢。”伊苏斯说，“总体考虑下来，我看我还是不改了吧。反正，我拿着针也不怎么会用。”

“没拿针，你也是废物一个。”尼莎叹了口气，“现在，闭上嘴回你的房间去。我还要工作。”

伊苏斯微微一笑，挪了一下，这样她用不着伸长脖子就能看到窗外。湛蓝的天空、蔚蓝的大海，分隔天与海的是一抹白沙。一成不变的景色，但除此之外就没什么可看的了。

“什么声音？”尼莎猛地抬起头来，有人在砸楼下的门。“吓我一跳。”

伊苏斯装出漫不经心的样子。她希望那是来自艾普－慕仁的信使。艾普－慕仁有一个大蒜商，有时候会从一个岛民那里进货，而这个岛民偶尔会去中邦进些野生干蘑菇和鱼胶。但母亲已经很久没有和艾普－慕仁的商人打交道了，因此这种可能性不大。

门开了，进来的却不是守卫。守卫正从来访者的肩膀后探出头来，神色紧张。来访的是个士兵。

“尼莎·洛雷登。”他是在陈述事实，不是在问话。

“有什么事？”

“你得跟我们走。”那名士兵话音刚落，另外两个从服装到长相都一模一样的士兵撞开守卫进入房间，身上的盔甲巨大而笨重。

“胡扯。”尼莎说，然而一名士兵像揪小狗似的一把揪住了她的后领，推搡着她朝门口走去。“干什么？”尼莎大声嚷嚷起来，“你们要带我去哪里？”士兵像没听见似的。伊苏斯从窗台上滑落下来。

“我能一起去吗？”她问道。

士兵看着她。“伊苏斯·洛雷登，”他说，“你也得跟我们走。”

“荣幸之至。”伊苏斯回答，“我们有收拾行李的时间吗，还是说——？”

显然没有。士兵一把抓住她的胳膊，拖着她出了房间，下了旋梯。因为力道太大，她脚下一个趔趄，差点摔倒。到了楼梯底下，士兵停住了，将插在她腰间的玩具剑从剑鞘里拔出来，扔在地上。“走这边。”

“什么？沿着这条路一直走？幸亏你告诉我，不然我根本想不到该怎么走呢。”

士兵是没什么幽默感的。因为说了这话，她被人从肩膀处推搡了一下，差点摔了个大马趴。但她努力保持平衡，左手抓住那人的手腕，一个过肩摔，将那人摔到了地上。从那人发出的声音可以判断出，他摔得很惨。

“伊苏斯！”她的母亲尖叫起来，声音里带着愤怒、恐惧和尴尬。另一名士兵已经拔出了剑——多半是本能。但此时伊苏斯的脑子也不理性。她跃步向前，趁摔在地上的那名士兵还没起身，往他脸上踢了一脚（她听到了鼻梁断裂的声音），然后蹲下用左手拔出对方的剑，往前一步。此时站着的两个士兵都拔出了剑，但不知该怎么办——跟一个只有一只手的女孩打斗，还是总督办公室要求活捉的，对他们来说很难。她轻易打败了准下士级别的卫兵，因为在没有得到上级军官的指示之前，他们实在不知道该如何下手。

“伊苏斯，”尼莎气急败坏地叫道，“你到底知不知道自己在干什么？马上把那东西放下，免得我们两个都被你害——”

如果不是她母亲的介入，伊苏斯没准儿已经把剑放下了。毕竟她已经没有后招了。但现在，她反而将剑柄握得更紧，同时默默祈祷，希望自己傻人有傻福，那些士兵猜不到她压根儿不会使左手剑。她上前一步，对方后退。她慢慢移动，带着他们绕起圈子。转到背对着那条路时，她转身以最快的速度逃跑。两名士兵追了上来，他们跟在后面，越来越近，准下士被落在了后面。情况不妙，她被关在她母亲的房子里太久，缺乏运动。等到对方快要追上来的时候，她转过身，在肩膀的高度将剑画了个圈平挥出去。士兵猛地停下脚步。其中一个绊了一跤，脸朝下，双手着地。另一个摆出防守姿势瞪着她，目光里流露出“为什么是我”的惊恐之意。伊苏斯对他展颜一笑，一剑向前刺出。这一刺不怎么样——巴达斯舅舅肯定不赞成——但那名士兵本身并不是个特别厉害的剑士，他没有格挡，反而为了躲避，向后一跃，差点没踩在同僚伸出的手上。

放弃吧，她想，*他们不会伤害你的*。然而她没有放弃，反而再次进攻。

这一招真的很烂，不仅头部动了，全身每一处都不平衡。但那士兵格挡的招式更烂，右撇子对上左手剑时往往会出现这种典型的手足无措的反应。她以勉强可以称之为像样的姿势收剑，一记佯攻指向下路，接着手腕一转，迅速变为反手剑，砍在距离剑柄护手一指远的剑身上，把剑从对方手中打飞。那士兵呆若木鸡地站在那里瞪着她。在他身边，他的同僚正在手忙脚乱地站起来。伊苏斯转身一溜烟跑了。

这次比刚才好了一点。那名士兵停下来去捡自己的剑；他的同伴刚才摔倒的时候扭了脚踝，行动起来一瘸一拐的；而那名准下士还远远地落在后头。*不管怎么说，此时拼的就是时间和距离。管他呢，就算仅仅是为了看看自己到底能跑多远也挺有趣的。*“伊苏斯！”她母亲在远处凄厉地叫着。没有什么比这更能刺激到她了。她迫使僵硬、疲惫的膝盖动起来，带着她上了陡坡，下到另一头的低谷——

她一头撞进了一个惊恐万状的男人怀里。此人站在一匹品相完美的骏马旁，正在收紧马鞍的肚带（不是神迹，只能说傻人有傻福，她撞了大运）。伊苏斯先是吓得尖叫起来，接着尖叫声变成了怒吼，她举起剑在半空中胡乱挥舞着。那人向后打了个趔趄，脚底一滑，跌跌撞撞地跑了。*可我讨厌马*，伊苏斯想着，把脚卡进脚蹬里，翻身坐上马背。她试图用右手的残指握住缰绳，却办不到，于是将剑夹在右边大腿和马鞍中间，抓起缰绳，脚后跟一碰。

不用说，她完全不知道该往哪儿走。自从和母亲来到这个荒凉的地方，她几乎没出过门。没关系，她迟早会被抓住的，没必要去规划什么路线。可那匹马似乎有自己的主见，不管她如何用力拉缰绳，想让它掉头，它永远会回到既定的路线上。非要猜的话，她只能猜她们是往正西方向跑，但她的方向感一向不强。她那愚蠢的皮裙上有一道凸起的缝边，这道缝边和剑硌得她大腿生疼。若是此时一切都结束了，她不会觉得遗憾。

(凭借一时冲动行事、反应迅速、决定仓促，之后还抢了别人的马拼命逃跑。这就是洛雷登家的行事方式。要是把这事告诉高戈斯舅舅，他一定会为我感到自豪的……)

突然，前方无路可走了。大海从脚下这块死气沉沉的大陆边缘延伸出去。她来到了海边。

马儿想要左转，沿着海岸线向北朝艾普－拜弥登的方向走去。而伊苏斯对于朝哪边走并没有特别的偏好。于是她们往左转，不久就来到了一个小镇的郊区。一路上，她看到不少方形木架，渔民将捕获物挂在上面风干。骑马经过的时候，她注意到了上面的鱼。死亡和干燥使这些鱼身形扭曲，显得颇为奇怪。鱼身硬得像块木板，松脱的鱼鳞不时剥落。鱼干可以蘸着橄榄油吃，也可以抹上蒜香黄油，但吃起来就像在嚼油腻腻的木柴。在当地没人吃这个，只会将它们运往视鱼干为美味的内陆地区。

一道长长的人造沙洲从突出的崖石处往外延伸，环抱着一个半月形的浅浅港湾。来到港湾边缘，她看到码头上只拴着两艘船。一艘是船面宽、船身短的大划艇，称之为“船”有点说不过去，但这已经是帝国在造船方面的最高水平了。另一艘则完全不同，两头又尖又翘，像一瓣甜瓜，船头和船尾各有一座小型堡垒，高耸于水面之上。尽管已经脱离商人女儿这身份很多年了，但她还是认得出这是一艘来自科里昂的跑长途运输的货船。她勒住马，皱起了眉头，然后粲然一笑。不用说，这对她毫无意义，他们不会同意的。再说时机也不对——这些人很可能刚刚到达此地，并不急着离开。不过不管怎么说，她没有理由不去试一试。反正，最坏不过是被拒绝。

一小群人正在用滑轮把桶装的货物装载到船上。“你们好。”她说，那些人停下手头的工作看着她。

“你们的船去哪里？”她边翻身下马边问。

沉默良久，才有一个人说话，“岛屿区。”

“真巧，”伊苏斯兴高采烈地回答道，“我正要去岛屿区。”

说话的人上下打量着她，“商人？”

伊苏斯意识到她那一身可笑的装扮正是岛屿区商人会穿的服装。“送信的。”她回答，“替沙斯特银行工作。我身上只有信件，”她笑着补充道，“没有现金。别想着一离开大陆就把我扔到海里，没好处的。我在这里中转，错过了几天前的船，耽搁得太久了。如果你们能帮上这个忙，我将不胜感激，沙斯特银行也会领情。”她补充道。

“我做不了主。”那人回答。

伊苏斯点点头，“那么劳烦告知，我在哪里可以找到做主的人——”

那人抬头朝船上点了点。“那是耶列船长，”他说，“你要带的东西多吗？等货上来，我们马上就出发，不然就会错过涨潮期。”

她笑着摇摇头，解下挂在马鞍上的包袱，挎在肩上。令人意外的是，包袱很重。脸颊贴近包袱的时候，她甚至隐隐听到了钱币的叮当声。

“耶列船长，”她重复着这个名字，“非常感谢，一会儿见。”

船长并不难找。找到船长时，他正在货仓检查固定货物的装置。在此之前，她有机会窥探了一下包袱的内容。果真是傻人有傻福，她算是发了一笔小财。

“带着这么多钱独自上路，”当她数出两枚金夸特放在船长又大又厚的手中时，船长一本正经地提醒她，“你可要当心啊。”

伊苏斯耸耸肩，“我能对付。”

亲爱的舅舅——

她之前从来没试过用左手写字。字迹虽然歪歪扭扭，但还是比用残缺的右手写出来的字强多了。

随着太阳落山，风止住了。船终于能保持一段时间的静止，让她可以将墨盒放在身边的甲板上勉强稳住。那包袱可真是个百宝箱。除了钱以外，她还找到了一套很可爱的袖珍便携文具，有笔，有粉末状的墨，有小巧玲珑的削笔刀、墨盒及支架，全都装在一个扁平的盒子里。想休息的时候，这个盒子还能当枕头用。她的运气还不止于此。耶列船长办完岛上的业务以后就会去巴兹亚。在那里，他确信能找到一个往托诺斯去的黄麻商人。这商人自然会很乐意帮她捎封信。看来，这一天终究还是幸运的。

当然，这一天还没有彻底结束。日落之前总有一点余晖，如果那些士兵打听到了这艘船的消息，想通了究竟是怎么回事的话，他们还有足够的时间划着快艇前来逮捕她。这是本该发生的事，然而在天平的另一端是洛雷登家族的运气——

（毕竟，高戈斯舅舅做到了，虽然我不知道他是如何做到的。在母亲怀了我的那一天，他骑马到了托诺斯，是否碰巧找到了一艘正要起航开往佩里美狄亚的船？他是不是打开了我父亲放在马上的包袱，找到了一个鼓鼓囊囊的钱包，里面的钱足以支付他渡海的费用？他有没有停下来想一想，在拴着他的那根线放完之前，他能跑多远？）

她沉思片刻，试图找到一个恰当的措辞。即使在最好的状况下，措辞也不是件容易的事。当某个会引起误会的细微差别可能会影响人的一生境遇时，要做到稳妥确实是个棘手的问题。

亲爱的舅舅，我可以去你那里住一段时间吗？近来我的日子有些不好过——

（没必要说得更具体。）

我认为换个环境对我有好处。不用说，我保证会乖乖的——

（这么说会不会反而弄巧成拙？这在很大程度上要取决于这封信寄到的时候自己是否已经被正式宣告为通缉犯了。而这一点又取决于耶列船长在岛屿区停留以后是直接去了巴兹亚还是沿着海岸线一路北上送货、办事；以及目前黄麻价格好不好，值不值得巴兹亚制绳街的店主们到中邦去进些原材料回来。总的来说，最好还是别写这个。反正他不会相信她的保证，多半也不怎么在乎。）

换个环境对我有好处。我觉得我被困在这个破地方已经很久了。再说，自从上次见面以后，我也已经很久没见过你了。顺便问一下，克利法斯和佐纳拉斯舅舅近来如何？你知道，我还没见过他们，盼能早日会面。如果你能设法——

（不，别祈求。）

哦，还有件事。据我搭乘的这艘船的船长介绍，目前要离开岛屿区很难——跟行省政府把能浮在水面上的东西全都包了下来有关。我消息不灵通，有可能全搞混了——如果你碰巧知道有哪艘船要从中邦开往岛屿区再回去的，能不能请船长找到我，带我一起回中邦？目前我还不清楚自己会住在哪里。在岛上我谁也不认识，因此多半会住在某个旅馆里——

（诉苦诉得恰到好处，还是说需要描述得更惨一些？算了，做得太明显多半会起到反效果。）

写完信以后，她在封口处滴了一滴文具套装里那好看得惊人的蓝色封蜡。正打算盖上红玉髓印章的时候，她忽然想到万一高戈斯舅舅认识那个被她偷了包袱的人就麻烦了，因此她用指甲在封蜡上刻了个代表洛雷登的大写的字母L，然后将信交给耶列船长。船长利索地将信卷起来，放在一个精巧的黄铜管里，郑重地锁进他自己的文件盒里。显然船长以为她是岛上某个名门望族的女儿，第一次被派到国外办事，结果把事情搞砸了，错过了回国的船，此时出手相助有可能在将来获得丰厚的回报。她本人可什么也没说，大概是这身由锁子甲上衣以及饰有精美浮雕的皮质护腿组成的女武士装误导了他。

十二

“这恰恰证明了我对我们岛民的看法。”艾莎兹·米萨吉斯看着补给船在埠城边上货。“我们并非真正的商人，我们是浪漫主义者。我们从商是因为好玩，正如其他国家发动战争一样。我们不是为了挣钱，只是借从商的机会来享受生活，体验刺激的冒险活动罢了。”

“不能这么——”

“别理她，文。她这是故意跟我们作对呢。”艾希莉打断了文纳德·奥泽尔的回答，“是吧，亲爱的？”

“绝对不是。”艾莎兹坐在一大捆艾普－伊玛兹木材的边缘，手肘放在膝盖上。“我说的每一个字都是认真的。如果我们真的在乎钱，现在应该感到不高兴才是，因为这意味着一笔上好的买卖就要做到头了。但我发现你全身上下都洋溢着轻松，浓郁得像夏日里的饭菜味。你已经厌倦了这种什么都不用做，足不出户就能从总督那里拿钱的状态。现在情况发生了变化，你一心盼望着在围观一场精彩的战争后收回你的船，这样就可以离开这个微不足道的小岛，奔向广阔的天地。承认吧，"她笑着说，"我是对的。或许，" 她补充道，"你生来就是这样。"

"好吧，艾莎兹。" 艾希莉严肃地说，"随你怎么说。" 不过她不得不承认，艾莎兹刚才的那番话里的确有几分事实。作为外来人，她看得很清楚。他们自己反而因为身在其中而无法察觉，这也不出奇。

岛屿区和佩里美狄亚之间常年有物流往来，埠城的兴建就是为了服务来往的船只，名称也由此而来。船埠初建的时候，人们提起 "城市" 时根本不必强调是哪座城市，就好比当你提起天空时，你也不需要特别指出是哪一块天空。自打沦陷以后（在岛上，沦陷一词也没有歧义），埠城失去了超过三分之一的业务。现在只有科里昂的货船在这里停靠，开往沙斯特、帝国以及西方岛屿区的船只都从 "海上船坞" 或德鲁兹港出发。人们说，看到埠城再次人潮汹涌，就好像看到了旧日辉煌重现。他们满怀希望地补充道：这只是个开始，等行省政府开始重建佩里美狄亚，无数的工厂和作坊重新开业以后，好日子还在后头呢。

"现在清理 '一刀切' 正是时候，" 抱着这种想法的文纳德说，"自打沦陷以后，它就渐渐淤堵了。如果大家重新启用埠城码头——"

艾希莉微微一笑。"有很大的不确定性，不是吗？" 她说，"舰队还没出发呢，你就开始憧憬全新的商机了。"

"我可没说过这话。" 文纳德烦躁地回答，"我只是说，该开始清理 '一刀切' 了，荒废越久，就越难清理。"

"一刀切"是当年的一大奇观。它是一条横跨岛屿的笔直运河，始于埠城，终于德鲁兹港，流经小镇北部低矮的山丘，通过一条一里长的在坚硬的岩石里一点点开凿出来的隧道从白山底下穿行而过。与 "一刀切" 相比，位于运河另一头的小小人造港在建筑成就上只能算是普通。无论是从重要程度还是实用性上来讲,运河都是总工程师雷沃特·德鲁兹最伟大的成就。然而,人们却没有以他的名字命名运河,反而把他的名字给了那座海港。岛屿区就是这样的。

"嗯,"一直静静坐在彩绘小阳伞下的维特里丝·奥泽尔说,"我赞同艾莎兹的观点,我也是这个感觉。那该死的战争越早打完,我们就能越快拿回自己的船。然后,文就可以赶紧回去做生意,而待在家里的我耳根就能清净些了。过去几周里无所事事的他简直让人无法忍受。前天,他居然给亚麻织品衣橱列了一份书面清单——"

"那是因为你从来——"

维特里丝没理他,"你们真该看看他写的内容,简直太搞笑了。'项目:床单一件,磨损,从边缘到中间都缝补过,白色,褪色;项目——'"

艾莎兹咯咯笑了起来。艾希莉微笑着说:"文,你可真够讲究实际的。万一失火了,你就能把这份清单提交给保险公司了。"

"不,他可没这么聪明。"维特里丝反对道,"列完清单,他就把那张纸放在会计室的文件柜里了。一旦失火,这张清单会跟其他东西一起烧成灰烬。"

"以前我妈也喜欢找事做,"艾莎兹说,"我是说缝补旧床单。到她过世时,家里几乎每一块布都缝过无数次。最后,那堆破烂全都被送去了造纸厂。不是我们买不起新床单,她就是缝东西缝上瘾了——"

"你也一样。"艾希莉洞察一切,"只不过稍微换了形式。我去过你家里很多次,我敢发誓我每次看到的壁毯都跟上次不一样。"

"我这是在做生意,"艾莎兹反驳道,"在展示存货。仓库里放不下的,我都挂在墙上。这样,人们路过这里时就会问,我亲爱的,这些精美绝伦的挂毯你是从哪儿买的?买卖就做成了。"

补给船是按岛屿区的传统样式建造的，在别的地方看不到这种样式。这是一种长长的瓦叠式木壳船，龙骨翘得高高的，很不实用。这样的龙骨设计延长了建造时间，却看不出有什么实际功效。从前头看，这种船就像一只栖息在水面上的黑天鹅。此时，一捆捆粮草和装备的重量将吃水线压得很低。这货物像是变魔术一般，源源不断地从正对着船埠的货仓门口以及阁楼里运出来。这些货仓恐怕可以说是岛上最美最壮观的建筑了。它们是根据来自一百个不同地区的一百种不同的建筑风格仿建的，每一栋都独一无二。商人们心甘情愿地住在小镇破旧不堪的街区和小巷里，窝在那一扇扇不起眼的门后又小又拥挤的公寓里，对着四面漏风的阁楼，却花了大笔大笔的钱来装饰仓库的建筑立面以及柱间壁。他们辩称自己待在仓库里的时间比在家里多，而且常在这里和客户会面。辛普兰家族的大货仓有七层楼那么高，配有十二尺高、三寸厚的坚固的黄铜大门，建筑表面贴着科里昂大理石，大理石上刻有描述百年前古代海战的浅浮雕。浮雕的每个细部原先都被细致地涂上了红、蓝、金色，但这些颜色在短短几个月内就被咸咸的海风给腐蚀掉了。谁也不知道浮雕描绘的是哪一场海战，画里的船又是哪一方的。佩城的一名客户因为一笔坏账把这些大理石浮雕赔给了米浩特·辛普兰。她又花了昂贵的运费将这些大理石运回家乡安装起来，这费用几乎等同于之前那笔交易里损失的那笔钱了。辛普兰本人的住宅却位于南镇较低档的街区，隐藏在一家骨粉店后面。

“这么多货物是从哪里冒出来的？”文纳德问道，“按理说应该是他们从我们这儿买的，但我一样都不认得。”

“真卑鄙，不是吗？”艾莎兹表示赞同，“如果你凑近点看，你就会看到每样东西上都标记着行省政府的批号以及商店标签，都是从海外运来的货物。运到这里后免费存放在我们的仓库里，现在又要用我们的船把货运回去。整个过程根本不需要我们介入。”

艾希莉莞尔一笑。“他们免费使用了你们的仓库，”她说，“但你们居然没注意到，这就是你们自己的问题了。你们太忙了，整天尽幻想着把船收回来以后可以做些什么。”

艾莎兹先是满脸不高兴，然后放松下来。“唉，也许吧。”她说，“但我还是认为他们太嚣张了。这阵子我们无所事事，他们倒好，又是买又是卖，还把这里当自己的地方来存放货物。不知怎么的，这么做让人觉得很不舒服。等这事过了，他们回自己老家的时候我会很高兴的，让那些钱见鬼去吧。”

“我完全同意你的观点。”文纳德说，“说实话，他们让我觉得毛骨悚然。能够冷血地发动一场战争的人——”

“无疑，这是最好的方式。”艾希莉面无表情地说，“至少，是最有效的方式：提前做好准备，确保在开战前手头有充足的补给和装备，预先拟定作战计划。毕竟特姆莱当年就是这么做的，看看他取得了多大的胜利。要是他就那么莽莽撞撞地冲到城门口，等着有人给他开门，今天我也不会在这里了。”

可想而知，众人陷入了一阵难堪的沉默。正当场面越来越尴尬的时候，艾莎兹露出灿烂的笑容。“艾希莉，我想起一件事，你决定从事盔甲生意了吗？我知道你之前在考虑这事。”

艾希莉叹了口气。“我不打算自己进入这行，”她说，“只会给别人投资。是的，我考察过了，这门生意值得做。天晓得，市面上的需求真是太大了。”

文纳德皱起了眉头。“如果我是你的话，我就不掺和这事。”他说，“一旦战争结束，市面上将充斥着各种剩余物资和战利品。这在战后是常见的事。我记得几年前，思科纳的战事结束以后——注意，这还只是场小战——到处都是劫掠来的以及从尸体上剥下的锁子甲，送都送不出去，还有斧枪。人们把斧枪砍断做成镰刀，或者当废品论斤卖。至于说箭——”

“啊，”艾希莉的脸涨得通红，打断了他的话。“但这次不同。帝国会赢得胜利，他们从来不廉价出售装备，只是将剩余物资储存起来。而且一旦他们打赢了，取得了佩城的控制权——抱歉，是佩城旧址——海峡以西的所有人都要担心谁会是下一个。到时候市面上会出现你意想不到的对盔甲和武器的巨大需求。尽管有了盔甲和武器，他们也不见得能打赢，但这不关我的事。要论目前有哪些行业最值得投资，盔甲买卖可以说是仅次于造船业的行当。”

文纳德微微抬起头，“造船业？”

“没错。”艾希莉抬眼望向码头，“当人们意识到盔甲救不了他们而纷纷撤离时。”

间谍德萨凯（这么称呼是为了和另一个同名的修帐篷的人区别开来）坐在紧邻鸭圈的篝火边磨刀。刀锋长而薄，刀背有一段凹下去的弧度，是那种可以用来从骨头上剔肉的刀。刀已经在油磨石、水磨石上磨过了，此时正在皮带未经硝制的那一面慢慢磨着。

他可能是整个营地唯一一个稳稳坐着的人了。特姆莱决定将营地往东南迁移，正对来自艾普－埃斯卡托伊的帝国军队的方向。在一个地方待了七年以后，草原人的动作有点迟缓，就像晚上没睡好的人被迫起床似的。

天刚亮，营地里的一半人手就出发去完成一件棘手的工作：把牲畜群赶到一处。连续七年的放牧使得营地周围视线所及之处几乎看不到一块草皮。因此，他们没有把牧群留在营地边，反而像过去的游牧年代一样分成几个群落，散养在占地几千亩的东部平原上。很多放牧的小伙子从来没见识过所有牧群一起移动的景象，有点不知所措，但聪明地将整件事当成一场探险活动。他们的热情感染了其他成年人，让人们不再去深入思考特姆莱的决定背后的含义。每一个骑手肩上都搭着一个羊皮干粮袋，马鞍两边一边是弓，一边是箭囊，外套和毯子卷起来塞在牵鞍兜袋[①]下。其中几个人戴着头盔、穿着锁子甲，也有人将盔甲包在涂了蜡的布套中，或是放在柳条编的驮篮里。谁也不知道敌人会从哪里突然冒出来——他们就像故事里的妖怪似的在黑暗丛林里游荡，趁你没防备的时候，忽然从岩石投下的阴影里猛扑出来。

另外一半部落民忙着拆除营地。他们将支撑帐篷的柱子拔出来，将毛毡和地毯卷起来，还要努力将七年定居生活积累下来的家当塞进原本用来装基本生活用品的驮篮和马拉橇上。很多人丢掉了他们从佩城劫掠的珍宝——虽然精美，但毫无用处。在一片狼藉的营地里来回走一圈，你能看到青铜三足鼎、象牙桌、巨大的铜锅、一堆杂七杂八的铜器和大理石雕像部件（这里一个头、那里一只胳膊或一只巨大的穿着靴子的脚，连一个完整的雕塑都找不到，整个营地看起来就像两个巨人部落大战一场后留下的战场）。他们尽可能将这几年建造的机械和工具拆卸下来：锯木台、车床以及水力磨坊；抛石机和弩炮；熨烫机、绞车、踏车和水车……全都像屠宰场里的肉一样被肢解，装上平板车。尽管如此，因为缺乏运输工具，或者纯粹是因为物件太重太大，还是有太多东西被留下了。比如特姆莱亲自参与设计建造的巨大的黄油搅乳机。为了防止倾倒，这台机器被嵌在砖石基座上。他们已经将巨型织布机拆卸了，安放织布机的棚屋也被肢解，以便回收木料。露出地面的支架显得非常突兀，就像埋在浅浅的土层里的死人骨头。与此同时，女人们正将织布机织出的大块地毯切割成实用的小方块。他们还想回收鱼堰，但大部分主梁已经腐烂得太厉害，根本不值得带走。他们在高高的堤坝上建了一个用来练习箭术的永久性靶场，如今巨大的圆形草靶子面朝下躺在地上。靶子太大了，带不走，但架子被折断，临时拿来充当车子的栏杆。很快，整个营地看起来

① 穿过马尾下面的皮革圈套，用来扣紧马具或马鞍以防止它向前滑动。

就像敌军过境一般，到处都是垃圾、废品、被弃置的财产以及损坏了的机器。他们还把多余的干草和饲料烧了。火越烧越旺，让人想起过往。营地弥漫着一丝不舍。

“这么说，你不打算走了？”德萨凯将刀子在皮带上来回刮拭时，有人问道。

“我当然要走。”德萨凯回答，“但我没多少东西可收拾，所以没必要这么快就把所有东西都打包，然后无所事事地等上一两天，直到你们都收拾好。”

“特姆莱发话的事，用不了一两天。”那人说，“明天一早我们就会动身离开，任何没准备好的人和东西都得留下。”

德萨凯微微一笑。“等着瞧吧，”他说，“我看他是忘了怎么迁徙了。我们在这里待了可不止一个星期，没法把七年的积累都打包，往肩头上一甩。”

“这是他的命令。”那人回答，“你要有意见，你自己跟他说去。”

“没必要。”德萨凯说，“我只需要把帐篷折叠起来，抓上鸭子就可以走了。作为难民，我习惯了一声令下，拔腿就走。”

那人咧嘴一笑。“那倒是。”他说，“嘿，他们说的是真的吗？你真的是个间谍？”

德萨凯歪着脑袋。“没错，”他说，“拔鸭毛只是我的业余爱好。”

那人皱起眉头，然后耸耸肩，“啊，管他的。如果你真是间谍，不承认也是合情合理的。”

“你觉得我是个间谍吗？”德萨凯问。

“我？”那人考虑了一会儿，“哎呀，大家都说你是。”

“原来如此。那我是替哪一方做间谍呢？行省政府？巴达斯·洛雷登？邪恶的牙仙子？”

“我怎么知道？”那人恼火地回答，“甭管是谁，他们都讨不到便宜。你等着瞧吧，特姆莱总能略胜一筹。”

“但愿如此，毕竟他是领路人。”

那人走了以后，德萨凯小心翼翼地用一块浸了油的布把刀子包起来，放进行囊里。接着取出一根小小的铜管，敲了敲，抖出一张纸卷，将它摊在膝盖上。这是一张空白的纸。他先四下张望，确定周围没人在看他，然后弯下腰，从篝火边缘的灰烬中捡起一根炭化的木头。他在纸张的一角测试了一下，写起来很顺利。

他没有从收信人的名字写起。能看到这封信的，只有一个人。而这个人不需要别人告诉他自己的名字。他写的是，*看在老天的份上，告诉我你到底想要我做什么*。他将纸张再次卷起来，塞回铜管，探身到鸭圈里，揪出一只肥硕的公鸭。他紧紧地捏住公鸭脑袋下面的部位，像甩弹弓似的，抡着鸭身迅速一拧，直到鸭脖子被拧断。等到鸭子断了气，他从腰间取出一把小折刀，打开，从肋骨下方到排泄口直直地划了一刀。手腕灵巧地转动，动作因长期的练习而显得优雅轻松。他将鸭的五脏六腑从开口处抖出来，把铜管放进去，迅速将开口用马毛以及一根别在他大衣领口的钢针缝合起来。完事以后，他离开营地，来到河口曾经的佩城码头。有一艘孤零零的船拴在码头。他正好遇到了他要找的那两个人。

“打扰一下。”他说。

卡纳迪抬起头，“有什么事？”

“很抱歉来打扰你，”德萨凯说，“但我需要送一只鸭子给人。能麻烦你帮我把鸭子带去岛上吗？”

卡纳迪看着他，“你要送一只鸭子给别人？”

“是的。”

“活的还是死的？”

“哦，死的。”

卡纳迪皱起了眉头，“可这说不通啊。你可以从任何一家卖家禽的摊子上买到鸭子。”

“但你买不到这种鸭子。这一只是样品。特殊订单，”他笑着说，“今天才得知送货要求。如果对方喜欢这个样品，他会一次性购买一千只。你算是帮了我一个大忙。”德萨凯笑容满面地将鸭子从衣服里掏出来，“看到了吗？”他说，“承认吧，这可是一只顶呱呱的鸭子。”

“也许是吧，”卡纳迪心存疑虑地说道，“可难道它不会——嗯，变质吗？”

德萨凯摇摇头。“你相信吗，”他说，“四天时间正好能使鸭肉的风味达到极致。我的朋友会补偿些辛苦费给你们，如果你在这一点上有顾虑的话。”

“哦，不，这不是问题。”卡纳迪立即回答。尽可能地替别人带信和送信被岛民视为一种光荣传统，对于一个商业国家来说，这是基本的道德准则。要求报酬被认为是极其恶劣的行径，就好比在实施援救之前，向一个快要淹死的人伸手要钱一样。“只不过——唉，好吧。”

“谢谢。”德萨凯绽开一个笑容，“这下我可以松口气了。这些日子我一直试图把这笔买卖敲定，但去你那里的船太少了，我担心得要命，生怕买家失去了兴趣，让整笔交易就此落空。”

他将鸭子头朝上地递给卡纳迪。卡纳迪带着一丝嫌恶看着。“无意冒犯，”他说，“可这看起来就是一只普普通通的鸭子。”

德萨凯点点头。“说得不错，可这是一只便宜的鸭子，所以它是世上最稀有最难觅的品种。”

“有道理，”卡纳迪犹豫地回答，“但，给他一只活的鸭子不是更好吗？他可以亲手宰杀，也不用担心鸭肉变质。”

“啊，”德萨凯皱着眉头，咧嘴一笑。“如果有其他人将这鸭子弄到手，然后开始繁殖，那我的商机肯定就此断绝。了解鸭子的人一上手就知道这是宝贝。”

“随你怎么说吧。”卡纳迪说道，心中暗自懊恼，真希望自己一开始就没沾上这事。“好吧，送到谁手里呢？”

“我已经写下来了。”德萨凯回答，“别觉得吃惊，”他笑着加了一句，“要知道，我们当中还是有人会读会写的。”

“当然。我没这个意思——”

“那可真是太好了。”德萨凯拿出一小张羊皮纸，握住卡纳迪的手指塞进去，让他把纸包在掌心里。他的手太有力，以至于卡纳迪忍不住哆嗦了一下。“我对此表示衷心的感激，”他说，“类似这样的商业往来对两国都是好事。”

好吧，国与国之间应该提倡鸭子往来，卡纳迪想。“好极了，”他说，“对了，我该上船了。我可不想误了这趟船。”

“刚才发生了什么事？”跟叔叔在甲板上汇合后，忒乌达斯问道。他已经在船尾的一卷卷锚索间找到了两人的座位。“你为什么带着一只鸭子？”

“别问了。”卡纳迪回答，“我只是送鸭子的。显然，这个举动标志了一个新时代的开端。”

“真的吗？等我们到达目的地时，这鸭子该发臭了。”

卡纳迪将鸭子扔在一堆盘起来的绳子中间的空洞里，再将自己的行囊丢在上面。“胡说，”他说，“四天时间正是一只死鸭子的鼎盛时期。呃，鼎盛死期。管他的。别这么看着我，行吗？这只是个普普通通的商业样品。换成是一小块地毯或是一包指甲，你就不会再三追问了。”

忒乌达斯叹了口气，一屁股坐在绳子堆上。“好吧，”他说，“我只不过觉得，在这个时间点从这里送商业样品到岛上有点蹊跷。现在不是在折腾打仗、袭营之类的嘛，我以为他们的心思全在别的事情上。”

“显然不是。”卡纳迪背靠在栏杆上。他知道自己迟早要晕船，尽可能地靠近船舷是必要的。“保持乐观没有坏处。”*只要没人指望我往里面投钱*，他想着，继续说道，“从某种意义上来说，对自己国家的未来抱有信心，是一件令人振奋的事。”

忒乌达斯摇摇头，“那人要么是个傻瓜，要么就是在作弄你。甭管是哪一种，我要是你的话，现在就把那玩意儿扔到栏杆外边去。要是等到它的臭味弥漫了整艘船，被扔出去的就是我们了。”

“别总发牢骚了，”卡纳迪对他说，“我们终于要走了，不是吗？只要能离开这儿，回到文明世界，我很乐意全身上下挂满发臭的鸭子。”他补充道，“眼下的处境虽不尽如人意——可最起码，我们还活着，比起被行省政府的军队追赶、在泥泞污浊的沼泽地里颠沛流离的那段日子，这样的境遇已经强得多了。事实上，他们对我们算是好极了——至少在他们的能力范围内。带着这只古怪的死水鸟上路恐怕是我们唯一能报答他们的方法。”

“好极了？”忒乌达斯厌恶地看着他，“你真的一点也不在乎了，是吗？”

卡纳迪沉默良久。“你知道吗，”他说，“我不知道自己是否还在乎。大概是因为当时我不在那里——我是指，沦陷的时候，我没有看到你看到的景象。当然，通过别人的描述，我了解过当时发生的事。在某种程度上，我也相信他们所说的。但就我个人经历而言，我从城市搬到了岛屿区，再从岛屿区搬到了沙斯特——在那里，我获得了一份好工作，得到大家的敬重。该死的，没错，我确实过得很快活。我以为再次见到这一切——”他头也不回地往城市遗址的方向挥了挥手臂，“会让我改变想法，再次燃起我对他们的仇恨。但不知为什么，我恨不起来。看着如今的他们，我只看到一群面临敌军威胁而坐立不安的人，将生活打包放进桶里、装进袋子里，迁往别处。就像当年的我。不知为什么，我对跟我那么像的人恨不起来。”

忒乌达斯冷酷地笑了，“我可以。”

“是的。但你年轻，充满活力。”卡纳迪觉得背有点不舒服，于是挪了挪位置，再次靠回栏杆上。“等你到了我这把年纪，你必然会发现，对所有的敌人都保持仇恨是多么困难的事。一旦你疏忽大意，忘了恨某一个，对剩下的敌人也就恨不起来了。你会开始想，普通人还好，该为他们犯下的罪行负责的是他们的领袖。之后某天你遇到了其中一个领袖，而此人还算颇有人性，这对你来说，是个重大打击，就像一个靠弹竖琴谋生的人断了手指。”他再次挪了挪背靠的位置，“看到特姆莱，我有一种古怪的感觉。”他说，“他让我想起了我年轻时发生的一件事。有一次，我看到一条鲨鱼。它被某种捕鲭鱼的网缠住了，渔夫们绑住它的尾巴，把它倒吊起来。鲨鱼全身僵直，一动不动，等着渔夫们给它开膛破肚。那条鲨鱼看上去比我想象的要小得多。”

忒乌达斯闭上眼睛。“听你这么说，倒是挺奇怪的。”他说，“再次看到他的时候，我的感觉和你一样。不用说，小时候看到某个人，长大成人后再次看到他会发现感觉完全不一样。这是常有的事。不过，我倒不介意看到特姆莱被吊起来。要是有人绑住他的脚，将他吊起来，说不定我还会渐渐喜欢上他。”

“这是你的权利。”卡纳迪咽下一个呵欠，“我从来没说过你不能恨他。毕竟，你有你的理由。我只是说，我不确定自己是否还像过去一样有理由仇视他。”

“你可以为了我而恨他。我们接受的教导不是说要爱你朋友的朋友，恨你朋友的敌人吗？”

“哦，好吧。”卡纳迪说，“为了你，我决定恨他，我希望他的宠物蜥蜴赶紧死掉。”

（这是一个诅咒，卡纳迪意识到，为了某个被复仇冲昏头脑的年轻人，我

诅咒了一个我根本不恨的人。这和亚历克修斯当年所做的事一样，看看他的下场吧。天哪，我希望现在的头疼只是简单的头疼而已——

在脑海里，他看到了鲨鱼的脂肪和肌肉正被人从骨架上剥离，看起来就像被卸下两侧板条的船架子。他看到一些厨子正在准备一场盛宴：鲨鱼排、熊肉排、整只完整的鹰像鸡一样被串在烤肉架上，在炙热的火焰上方慢慢转动。烤狼的肚子里填了苹果和栗子，开膛破肚的大蛇被做成了血肠的肠衣，一条熏狮肉吊在天花板的钩子上。这是一场全部以食肉动物为原材料的晚宴。他甚至可以看到人们在馅饼盘的底部铺上一条条豹子的嫩里脊肉，瓶子里装着像梅子一样饱满巨大的科里昂蜘蛛——）

"你什么意思？"忒乌达斯说，"特姆莱可没有什么宠物蜥蜴。"

"你看，"卡纳迪回答，"这不就开始见效了吗？"

巴达斯·洛雷登确定他见证了箭向他飞来的全过程，从天空中的小斑点到射中他，这个漫长的过程很难熬。尽管他尽力了，但这段时间并不足以让他挪动步子躲开。在被射中的那一瞬间，他想，人对时间的感知可真奇怪啊。光这一点就足以让人相信元理了。

箭头打在他头盔的护颊上，冲击力把他的脑袋打得一歪——就像被人扇了一巴掌。他以为自己死定了（先死后葬，历来如此），但显然他搞错了（但对你，我们可以破例）。他感觉到太阳穴剧痛无比。如果他对自然规律的理解没错的话，作为一种安慰奖，死亡应该是无痛的。等他把头转回来后，他意识到箭在钢甲上戳出了一个小洞，洞口参差不齐的边缘不知不觉间已经在他的下颚和嘴角之间划了一道伤痕。伤口流出来的温热的血在带有垫衬的头盔内积聚，那感觉让他想起小时候尿液顺着大腿流下来，暖洋洋、湿答答的。大概是延迟性休克吧，在短暂的不知所措之后，他终于感知到了自己脚的位置，再次站了起来。

他们发动了攻击，事先毫无预警。随着远处传来的像热锅上的油一般的嘶嘶声，一批阵型优美的羽箭迎着正午的日头升起，像一大群鸽子从麦茬地里飞起来。他费了点时间才弄明白箭是从哪儿来的——在帝国纵队和谷地对面的山脊之间有一块荒地。这是一种高超的箭术，从极远的射程外向他们根本看不见的目标发射箭阵。行省政府的辅助弓箭手要么缺乏这种技术，要么缺乏信心。对于纵队里的士兵而言，被根本看不见的敌人杀死是一件胆战心惊的事。但对巴达斯来说，这只不过让他隐约回想起地道里的生活而已。

他四下搜寻伊斯塔，却找不到他。没有人下达命令，于是耐心的、纪律严明的帝国步兵就像拉车的马儿一样冒着雨一动不动。*该死*，巴达斯想。他向前一步踏出队列，开始喊出诸如向左转以及注意前方敌情之类的军事口令。这些知识是他在麦克森的军队里学到的，他以为自己早就遗忘了。不过，帝国军队和麦克森的人不同，指挥帝国士兵是件相当愉快的事。他们聪明而严谨。并不只是服从命令，而是全身心地信奉这些命令，似乎把它们当成了某些宗教里的圣言。这种全心全意、毫不犹豫的服从，以及这种行为背后包含的责任和信任，让人感到颇为不安。*莫非我又卷进去了？*巴达斯愤愤地想。可是，除非有人能将这些士兵带离火线，本来可以避免的死伤就注定会出现。伊斯塔不知哪儿去了，其余的军官和士兵依然坚定不移地站在那里待命。脸上的血已经流到了锁骨处，高领短袖铠甲的翻领已经像块海绵似的被血浸透了，而尖锐的金属边缘仍在制造更多细而深的伤口，精确得就像伙夫切割羊肉时用的那种薄如叶片的刀子。*不完全算是合格品；外部被刺穿一个小洞，就给内部制造了一系列血淋淋的伤口。*

他让纵队变成横队，并下达了前进的命令。针对这种局势，帝国的兵法作者建议采取一种叫“锤砧”的战术：诱导敌军将火力集中在明面上看似自杀的前进的步兵，也就是说让大部队公然径直走向箭雨（此时盔甲的作用就体现出来了）；与此同时，骑兵队与轻装步兵则绕到敌后，将敌人向前驱赶到披甲战士的长枪下。如果你的骑兵队长值得信赖，能够顺利完成任务，这可以说是个相当明智的战术。早在巴达斯变换队形的时候，他就看到骑兵队朝着远离敌人的方向飞驰而去。之后，他们将划出一个弧形，突然出现在敌军后方。为了不被敌军发现，必须绕一个大圈，到山脊远远的另一头去。也就是说，他们需要很长时间才能就位。这意味着披甲步兵将不得不顶着如雨的箭阵坚持到底。这是一场以上千人的性命为赌注的赌局，是对方的箭和我方的盔甲之间的抗衡。欢迎回到验甲所，巴达斯·洛雷登，就知道你离不开我们。

伊斯塔上校到底发生了什么事？照常理来看，他可能在第一轮箭雨来袭时就牺牲了，但巴达斯没看到他倒下。说他逃跑了吧，这简直是个不可思议的想法。毕竟，他可是天国之子，即使是巴达斯这样的人也是有信念的。如果伊斯塔已经死了——这种事情简直不可能发生，强大军队的统帅是不会在第一场战斗的第一轮袭击中牺牲的。但要是他真的已经死了（记得吗，麦克森就死了），军队的指挥权就将落在他的助理洛雷登头上，直到另一名天国之子接到调令，从艾普－埃斯卡托伊前来接手。想到这里，洛雷登打了个哆嗦。

一个有趣的问题来了，这个问题可以作为指挥科目考试的考题。要接近敌军，他们必须走下一个陡峭的山坡。保持队形很关键，但对他们来说，盔甲本身的重量增加了让其向前冲的势头，促使他们几乎要跑起来。巴达斯不得不拿脚后跟抵在干枯的、支离破碎的草皮上以保持平衡。一副清晰、荒谬的图像出现在他脑海里：一支全副武装的军队背靠山坡从高处滑落，互相碰撞、翻滚，摔在一起，变成钢铁与人体的一堆混合体——这样的场景只会发生在战争中，导致战争失利的灾难就是这么开始的。在那一瞬间，似乎这一幕早已发生，他可以清清楚楚地看到一切：眼前有一堆巨大的废弃品，就像那堆没通过检验的部件一样（人和盔甲都没通过检验；欢迎你又回到了老地方）。草原人站在这堆小山包隆起的顶部，对着下面的废弃品肆意放箭。他们得意地大笑，笑得太厉害，以至于连弓都拉不动了。眼前的一切是如此清晰，他简直无法区分什么是虚幻，什么是真实。他朝身后看不见的军官大声喊着，保持队形、减缓冲势——这些话谁都会说，但把命令变成行动，让语言成为现实，却只有真正的指挥官才能做到。他只能祈盼身后的队伍里有几个这样的指挥官。箭雨让局势愈发严峻。此时，无数的箭矢从天边冒出来，以几乎最快的下降速度向他们飞来，被有着精巧弧度的护甲表面弹开，向四面八方弹射而去，斜斜地打在第四、第五队士兵的脸和身体上。士兵们无计可施，只能选择忽视，将它们当作夏日里的马蝇。停下脚步，掉头回去是此时此刻唯一不能做的事。如果这么做了，他们马上就会滚落山坡。

除了小跑着走完最后几里地以外，他们别无选择。有几个人确实摔了下去，每个摔倒的士兵都带倒了两三个同伴，他们砰的一声，摔在一起，听声音就像铁匠铺里的事故。没时间营救摔下去的人，他们不得不想办法自救——如果还有行动能力的话。他知道，肯定会有活着的人被压在死人下面，就像工兵被塌方困住一样。但他们只能耐心等待，等待他们的将领——巴达斯·洛雷登副将打赢这场仗并活下来。否则，他们就只有待在原地等死，或者等到收废铜烂铁的人拿着锋利的刀子来捡破烂，从死人身上剥下盔甲。此时，他甚至可以听到这些人的心声：就不该把指挥权交给一个外邦人，简直是自讨苦吃。

他们下到坡底，却遇上了新的难题。爬上去的路没多长，但坡度很陡，而且山顶有敌军士兵。真倒霉，一样要过这么辛苦的日子，倒不如当初留在那该死的农场算了。这比扛着粮食袋爬阁楼、搬运沉重的木材还惨。每走一步，他都以为自己的膝盖会爆裂，肌肉会从小腿肚那里绽裂。他感觉到全身的肌肉都损伤了（这可不是聪明的做法，巴达斯，你会让自己受伤的）。而且，一想到挣扎着爬上山顶以后还要继续打仗，他就忍不住要大笑出来。想要让他打仗，他们就必须搀着他爬完最后几码路，像搀扶一个站都站不稳的老人家一样。

箭被护甲弹开的时候发出的声音相当特别，像绝望的嘶吼。并不是所有的箭都被弹开了。这些箭是从上方射下来的，角度全然错误，然而护甲上还是有一些平坦的地方，可以让一支箭正中靶心。每一个被射中的人在向后翻倒、滚落山下的时候都会带累两三个同伴一同遭殃（要是敌军聪明的话，就该往山下扔石头或圆木），这也让帝国军的形势更为艰难。步伐已经慢了下来，仿佛时间已经停止（正如箭向他飞来那一刻）。他还是什么也做不了，除了强迫自己继续向上迈出一步又一步。此时此刻，就连呼吸都很困难。战争就是这样输的，灾难就是这样发生的——那堆废弃品，那堆没通过检验的部件。

一双靴子出现在眼前，他发现自己正直愣愣地盯着。那是一双磨损得厉害的旧靴子，一个脚趾头处缝补过。我以前有过一双这样的靴子，他想。正当他想起那双靴子是他在一场草原战役之后从死人脚上脱下来的时候，靴子的主人一脚踢向他的前额。这又是一个错误。靴子不够坚硬，不足以跟钢铁对抗。不管怎么说，当巴达斯听到一声痛苦的惨叫时，他还是忍不住咧嘴笑了——因为喘不过气来，他没法大笑，只能咧咧嘴。然后（此时他还是只能看到对方的膝盖），他举起长枪向上刺去。他已经拖着这该死的沉重的装备走了一路，倒不如现在就让它发挥作用，结束对方的惨叫。

战斗。好吧，我们都知道这意味着什么。至少我知道该怎么做。借着那一下冲刺所带来的短暂势头，他迈出了最后一步，设法跨过那个腹部插着长枪、让他不得不放手的死人，登上了山顶。他蹒跚地向前走着。有人击中了他的肩膀（想击打肩甲、背甲以及护喉的连接处，真是白费力气），巴达斯既没有时间，也没有力气去理他。他径直走过，就像无视游荡在街头的醉鬼似的。他吸了一口气，整个身体随之起伏——那口气哽在喉咙口，就像一口吞下了整个苹果一样。某个傻瓜拿着斧头对着他的头盔顶部直劈下来，下一秒就要完蛋——因为巴达斯只需要举起手臂，让它自由下落，臂甲、护肘、肩甲外加金属手套本身的重量就能带动剑刃向下，劈开血肉之躯。盔甲发挥自身的作用，里面的人不用费什么劲。当巴达斯从敌人被切断的锁骨间猛地拔出剑时，他心想，*这就对了，盔甲已经像树的年轮一样将我层层包裹，封在里面，只有暴露在外的那层钢皮才是活的*。

他们尝试着用剑、用枪、用斧头，甚至用大石块以及重棒等武器来测试巴达斯的盔甲，但盔甲通过了考验。在打击和摧毁金属板这方面，他们远远不及布鲁和布鲁的大锤子。反过来，他们自己的血肉之躯却完全不顶用。除了少数几个样品在最后关头决定不参与检验以外，整批产品都没通过。测试结束后，一座高高的废物堆出现在眼前，跟始终在他脑海里的图像一模一样。一堆由胳膊、腿、脑袋、身躯、手和脚组成的未能通过检验的废弃品。难怪啊，如今近距离一看，它们居然不是钢铁制成的，真是太荒谬了。

等到骑兵队终于跑过来时，这里已经没他们什么事了。显然他们对此并不高兴，或许最让人不快的是，要受一个从外邦来的步兵副将指挥。骑兵队长是个叫奥力斯利亚斯·萨拉文的佩里美狄亚人。巴达斯想把指挥权交给他，却徒劳无功。“想都别想。”萨拉文说，“上一次你跟这帮人打的时候把事情搞砸了，现在正是弥补过错的时候。”跟他争辩似乎没什么用处，于是巴达斯不再坚持，下令让他带领三个连队在前头哨探，这一次要（尽可能）留意任何有可能游荡在附近的数目可观的敌军弓箭手。萨拉文很不情愿地打马飞驰而去，同时巴达斯下令安营扎寨，准备在此过夜。

他们找到了伊斯塔的尸体，带到他面前。除了几个脚印以外，全身并无损伤。看样子，从马上摔下来后，全副武装又无人协助的他在挣扎着重新站起来时把自己给折腾死了。

“也许我们可以去‘荣耀与光荣’看看，”艾莎兹·米萨吉斯建议道，“这个点人应该不是很多，他们家的鱼汤还过得去。”

维特里丝点点头，她并不在乎去哪里，只要能坐下来就好。她犯了个错误，穿了那双未经磨合的新凉鞋（这是当下流行的游牧篷车风格，鞋子配有硬皮绑带和两寸高跟），皮绑带像弓弦似的勒着她的脚。

结果这里的鱼汤一般，厨师没有将淡菜和牡蛎去壳，这一点更是扣分不少——

“应该是为了证明食物的新鲜，回归本真。”艾莎兹将浮在汤面上的淡菜压到汤底，又看着它再次浮上来。“照我看，这表示厨师认为剥去贝壳类动物的盔甲是件麻烦事——我告诉你，我完全赞同这个观点。但真正糟心的是，最后你的盘子边缘会积起一大堆废弃的贝壳垃圾，这可不是你在进餐时想让旁人看到的形象。”

维特里丝心不在焉地笑着。她有点头疼，没心情迎合艾莎兹·米萨吉斯。“那就光喝汤，”她说，“别吃里面的贝壳。”

“什么，你要我浪费自己花钱买的东西？不大可能。”艾莎兹做了个鬼脸，剥开一个淡菜。“最难剥的是那些像甲虫一样的粉色小东西，蜷缩成一团，像死掉的土鳖。没有撬棍和大锤子，我看谁能打开这玩意儿。”

一个人走了进来，维特里丝瞥到了对方光秃秃的后脑勺和宽阔的肩膀，觉得自己可能认识这个人。“你知道吗，”她说，“我其实一点也不饿。我看我还是回家算了。”

“哦，别傻了。”艾莎兹说，“听着，如果你真的不喜欢这鱼汤，我们可以点别的东西。咖喱羊肉怎么样？”

“真的，”维特里丝无意间提高了嗓音，“我一点也不饿。”

有几个人回头看过来，包括刚才那个秃头、宽肩膀的人。他看了维特里丝一会儿，咧嘴一笑，朝着窗边的桌子走去。维特里丝坐回自己的座位上，感觉浑身不舒服。

“跟鱼汤无关，对吧？”艾莎兹说。

“是的，”维特里丝回答，“跟鱼汤无关。”

艾莎兹打量着远去的背影，注目良久，“不关我的事，对吧？”

“你说得对，”维特里丝说，“这不关你的事。”

“行吧。如果你真的不饿，你不介意我撕点你的面包吃吧？”

高戈斯·洛雷登停住脚步，四下张望，直到他看到了自己要找的人。单薄、高耸的肩膀，没错，就是她了。他走近那人，将胳膊搭上了对方的肩膀。

伊苏斯·洛雷登像条鱼般躲开，接着她看清了来者，身体放松了一些，但并未完全松懈下来。“高戈斯舅舅。”她说。

“我收到了你的信。”他边说边跨过长凳坐在她身边。在这个普普通通的地方，他看起来显得太过高大了。“事实上，我收到信的时候正打算出发到这里和人会面。因此，我当然要顺路带你回去。”

伊苏斯对他笑了一下。“真是太好了，”她说，“谢谢。”

“我的荣幸。”他回答道，“说真的，我本来老早以前就该邀请你过来了，但我对你母亲和我之间的关系没把握。汤看起来不错。”

“那你把它喝了吧。”伊苏斯说，“难吃极了。”

高戈斯耸耸肩，“顺便问一下，你真的差点把那士兵给杀了？还是用左手？你在斗剑方面还真有天赋，是吧？”

“家学渊源。”她面无表情地说，“这么说，你全都知道了，对吗？”

“嗯。”高戈斯满嘴都是汤。他张开嘴巴，从里面掏出两个淡菜壳，扔在桌子上。“要我说，他们使了卑鄙的招数。你看，我手里有他们要的东西，但他们不愿意接受我开的价钱——要我说，这是在犯傻，因为他们确实需要我手里的货，而我开的价钱对他们而言毫无损失。可他们还是不干。可想而知，你和你母亲会成为他们讨价还价的筹码。真可悲，如果没有亲人被绑架，变成勒索的筹码，你甚至没法跟行省政府谈生意。要不是你母亲还在他们手里，我早就取消交易，让他们见鬼去了。”他拿起汤盘，把剩下的汤都倒进嘴里。

“我知道那桩交易。”伊苏斯说，“我只是不确定我们对你有那么重要。”

高戈斯皱起眉头，咯吱咯吱地咀嚼着嘴里的食物，然后吞了下去。“别犯傻了，你们是我的家人，没有什么比家庭更重要的了。但我最终还是打败了他们——至少我是这么认为的。我把中邦给了他们。”

伊苏斯睁大了眼睛，“你干了什么？”

“我把中邦让了出去，免费的，不要钱，不取任何回报。”他咧嘴一笑，“那个油腻腻的混蛋使者脸上的表情哟——哎呀，他的表情和你现在很像，似乎他以为自己吃了个甜甜圈，结果发现吞的是个刺猬。我想了想，”他补充道，“他们有可能想抓你当抵押，以防我改变主意。不管怎么说吧，无论他们最初的目的是什么，这招没用。如果他们想要那个该死的海盗，就得把尼莎交给我，外加答应我原来的要求。事实上，”他微微皱着眉头，加了一句，“你刚刚给我出了个好主意。这趟旅行有可能比我原先预想的更有成效。”

伊苏斯笑了。“很高兴我能激发你想出新点子。”她说，“听着，我不想催你，不过你在这里要办的事需要多少时间？我想尽快离开这里。当然，那些士兵有比抓逃犯更重要的事情要操心，只不过他们让我感到很紧张。”

高戈斯点点头。“你一定想不到，”他说，“最让行省政府切齿痛恨的莫过于逃犯了。没错，你确实应该担心。最好的方案就是安全地将你送到我的船上，马上离开岛屿区。我让他们再回来一趟接我。”

“你确定吗？我不想给你添麻烦。”

高戈斯看着她。“别装过头了。”他说，“拜托，你可以跟我说实话，我是你舅舅。在思科纳的监狱里，你向我吐过口水。我们之所以合得来就是因为你我之间无须任何伪装。这就是亲人的相处之道。”

伊苏斯绷着脸看着他，然后摇摇头。“对不起，”她说，“我没有侮辱你的意思。”

“啊，放心吧，没人能羞辱我。”高戈斯微笑着回答，“听着，我会对你实话实说，我希望你也能以同样的方式对我。我希望你待在安全的地方，待在总督的爪牙够不到的地方，是因为我不希望他们手里再多一个人质。就算我因此在这里待了五天而不是原计划的两天，那也不是什么大事。我还可以有充足的时间来实现我刚刚想出来的那个小点子。你其实是帮了我一个大忙——应该说是两个，因为你我才想出了那个点子。作为回报，我也帮你一个忙。这是两全之美，我们俩都很高兴。好了，你也吃完晚饭了，让我送你去码头吧。你有什么行李要带吗？还是说，你已经准备好了？”

“尽我所能了。”伊苏斯说，“我猜，你不会告诉我你那绝妙的点子是什么，对吗？”

“是的，我不会说的。来吧，我们上路吧。说实话，这汤还挺不错的，我得记住这家餐馆。我们从后门出去。”

他们经过维特里丝那张桌子时，高戈斯停了下来，礼貌地点点头，继续往前走。

“那是谁？”伊苏斯问。

“你巴达斯舅舅的一个朋友。”

“哦。”伊苏斯说。

与此同时，艾莎兹·米萨吉斯身子前倾。“说吧，他是谁？”

“我刚才说过了，”维特里丝恼怒地回答，“这与你无——”

“你生气了，”艾莎兹继续说道，“因为他跟一个姑娘在一起，而且年纪小得可以当他的女儿了。要我说，甩掉他并不可惜。”

“我没生气。”维特里丝说，“快闭嘴吧。”

“一个字都不说了。不过，我还以为你心里还挂念着那个叫巴达斯·洛雷登的家伙呢。你知道的，就是那个把自己弄成了艾普－埃斯卡托伊战斗英雄的——”

“艾莎兹。”

“对不起。”艾莎兹莞尔一笑，握住她的双手。“换个话题吧。我不是故意要窥探你的隐私。只不过一涉及那方面，你就变得很没意思了。你以前从来没有对谁动过心，因此你不能怪我——好了好了，”看到维特里丝瞪着她，艾莎兹连忙改口。“换个完全不相干的话题。你跟我提过的那双鞋子，你买下来了吗？我亲自试穿了一双，简直要把我的脚后跟给勒断了。说起刑具——不用上烧红的烙铁，不用上拶指，只要穿上那双凉鞋五分钟，我什么都招了。”

等维特里丝终于摆脱了艾莎兹以后，她径直回到家里，上了门闩。这个举动毫无意义，而且等文纳德回家发现自己被锁在外面时会火冒三丈，但这个小小的举动让她感觉稍微舒服了点。她走上一楼的阳台，坐在窗帘后，凝视着街道，直到夜幕降临，外面一片漆黑，什么也看不到为止。

而艾莎兹这边呢，她先是去了毛织品交易所，那里没什么大事发生；接着去拜访了鱼油大王圣斯·洛奇塔，结果对方不在家；接着她在“救赎市场”买了一条海鲈鱼和一块砚石，然后拐到珠宝店看看她的蚱蜢胸针修好了没有——还没修好；之后她就回家了。

到家的时候，她发现有两个人在门廊下坐着。恼人的是，一个就是圣斯·洛奇塔；而另一个人，她虽然认得面孔，却不知道名字。

这一点很快就得到了补救。在责备过她在外面待得太晚了以后，圣斯立马介绍了那个人：他叫高戈斯·洛雷登，他带来了一个商业提议。

十三

“要不是被吓得够呛，我多半会觉得这太好笑了，”特姆莱松开锯柄，坐在木杠上说，“现在轮到我来建防御工事，等着巴达斯·洛雷登来攻打。”他擦掉眼睛里的锯末，继续说道，“就像小时候，我们轮流扮演好人和坏人似的。可惜轮的次数太多，我数不过来，不太确定这次我是哪一边的。”

“先头部队被歼灭，巴达斯·洛雷登在帝国上校牺牲后接任敌军指挥官。”这条消息传来时，他们已经快到灰岩河边了。（“瞧我这运气，”特姆莱得知消息后说道，“我们只不过干掉了一个上校，就落得了如此下场。”）对于巴达斯·洛雷登，特姆莱怀有极大的偏见——走进死神的血盆大口，可以，没问题；走进巴达斯·洛雷登的怀抱，不行。于是，他下令立即中止行军，派出哨探去寻找可以建筑防御工事的地方，为不可避免的对抗做准备。

结果发现，就算从一开始就筹划着开挖工事也找不到比这里更理想的地点了。出发才一个小时，探子们就发现了一片从平坦、干枯的草原上拔地而起的、四周都是峭壁的高地。一面临着树林，另一面被一条曲折的小溪环抱着。看到这个地方，特姆莱忍不住笑了——只要花点时间和精力去建设，这里简直可以成为三重城的翻版。

“至少地形不错。”他对工程师们指出，“只要尽量利用我们手头的时间，全力模仿他们当年的做法就可以了。要是现在就开始全力建设，应该能够完成大部分工事。”

没有质疑。草原人擅长的就是干活。当他为军事委员会拟定第一阶段的建设方案时，没有人提出抱怨或反对。挖一条水渠改变溪水的流向，让高地四面都被溪流环绕；将森林里所有有用的木头砍下、锯好；在高地四面加建棱堡，为机械武器提供平台。他实际上是在要求大家在一个月内重建佩里美狄亚。然而，到目前为止，没有人诉苦，更没有人抱怨这是不可能完成的任务。

坐在锯子另一头的人是个远亲，叫莫罗赛。个子矮小、秃头，虽然上了年纪，精力却很旺盛，比特姆莱强了约五倍。莫罗赛打了个呵欠，将水壶递给他，“进展顺利。”

“是吧？”特姆莱回答，“老实说，比我预想的要顺利多了。”

“他们喜欢手头有活干，”莫罗赛说，“干活的时候人没那么容易感到绝望。要干的活越难，他们的感觉越好。”

特姆莱耸耸肩，“真希望我也是那样的人。”

“啊。”莫罗赛点点头，模仿起“睿智长者”熟悉的腔调，“转移注意力对你没用，因为你了解真相。”

“是吗？”特姆莱停下来将眼睛里的锯末揉掉，“我倒是第一次听到这种说法。”

“你知道，”莫罗赛继续说道，“和帝国作战，我们不可能打赢。即使这一次打败他们，带来的坏处也多于好处。干掉一支帝国军，他们保证会派五支来填补空缺，这也是他们的策略。这就是你最初打算逃跑的原因，直到他的出现阻止了你。”

“真的吗？”特姆莱气急败坏地说，“这么说我早就看明白了，是吧？有意思。”

“你当然明白。”莫罗赛回答，显然没注意到他有多恼火。“要说你没看清局势是对你的侮辱。”

“好吧。那么，我有没有找到一条摆脱这个烂摊子的出路呢？一条让我们不至于全体阵亡的出路。”

莫罗赛点点头。“你当然找到了解决办法，”他说，“不然你就是傻瓜了。”

特姆莱站起来，握住锯柄。“我们还是干活吧，”他说，“别整天坐在那里东拉西扯。我们应当给大家树立一个好榜样。”

“你的职责就是给大家做榜样。”莫罗赛指出，“本来，我已经这么老了，不需要承担什么责任，但我觉得这个责任你无法独立承担。”

特姆莱记起来，小时候他一直很讨厌莫罗赛表哥。“你说得一点也没错。”他说，“来吧，你准备好了吗？从你那头开始吧。”

他们来回拉了一会儿，直到锯条卡在了木头里。“等等，”莫罗赛皱着眉头说道，“硬来的话，你会把锯子弄断的。”

特姆莱放手，靠在木杠上。“好了，”他说，“现在该怎么做？”

“你什么也不做。在我用弓锯把锯条弄出来的时候，你别乱动就好。”

莫罗赛开始在裂缝旁切出一块楔形的木头。他拉起锯来一点也不费劲。再看看特姆莱，手和腕都疼得不行。“继续说啊，”特姆莱说道，“我们两个都知道的显而易见的出路在哪里？”

“投降。”他已经切进木头有三指深了，还是脸不红气不喘。“他们只要地盘，给他们就是了。然后我们回到草原，我们的归宿。说真的，这跟你原先的计划一模一样。”

特姆莱缓缓地点着头，“这么说，我们将再次打包离开，而洛雷登上校什么都不会做，就这么让我们走了。抱歉，我不这么认为。”

他们的目标是将一棵粗壮的山毛榉树干锯成木板，用来铺设河上的平转桥。特姆莱设计的这种桥需要一百块九尺长的木板。到目前为止，他和莫罗赛已经在这个大锯子上挥汗如雨地拉了三个小时，却连一块木板都没锯好。

“要不然我到上面去吧？”莫罗赛征询道。他在锯坑底部，而特姆莱在上面（按照习惯，年轻力壮的学徒应该在坑底，年迈体弱的老人在上面。这话的言外之意，特姆莱无法忽略）。“还有个好办法，”他继续说道，“你为什么不离开这里，找个其他什么人来和我一起干呢？我知道你尽力了，但你真的不擅长干这活。”

特姆莱叹了口气。“好吧，”他说，“明白了。不过，你可以回答我刚才的问题吗？是什么让你觉得巴达斯·洛雷登会让我们毫发无伤地离开？”

“因为他的上级会命令他这么做。”莫罗赛回答，“没必要打的仗，总督不想打。除非他找到什么方式来硝制人皮，使之成为有用的皮革，或者他要做骨粉生意，否则我们的尸体对他来说一点用处也没有。他要的是地盘。如果他能拿到无主之地，那就更好了。即使洛雷登上校当真想将我们全都干掉——顺便说一句，我很怀疑这一点——只要总督发话让我们走，他就得让我们走。就是这么简单。小特姆莱，你原本走在一条正确的道路上，走到半路却停下来去打仗。不过，你心里明白我是对的。”

“总的来说，我认为你是对的。”特姆莱一边说，一边站起来掸掉身上的灰，“但我不能冒这个险。”

“我知道，”莫罗赛说，“真遗憾，不是吗？”

特姆莱派了一个得力的助手给莫罗赛，自己走上高地的最高点，从那里往下看，试图想象防御工事完成以后会是什么样。他现在站着的地方会是城堡，被一条壕沟和布满围栏的堤岸与高地的其他部分隔开。整个高地的四周还会有另一道围栏，每隔一定的距离设有塔楼，以容纳弓箭手和弹弩。在高地陡峭的侧面，约半山腰处会建起安放大型抛石机的棱堡。棱堡建在平台上，平台是由紧密排在一起、基部深深打进地底的柱子组成的。唯一一条蜿蜒、狭窄的小路与平原交会处会有平转桥和水泵——这是个略为浮夸的名字，其实就是一列水桶通过绳索将水运到顶上去。水泵会安置在由厚木板搭建的异常牢固的建筑内，两边各有一座塔楼守卫。水泵本身是一个薄弱环节，和另一个薄弱点平转桥并排安放最合理。时间充足的话，他更希望能建一座砖块或石头塔楼，将水泵和桥头堡包在里面，将薄弱点变成最坚不可摧的部分（正如头部原是身体中最脆弱的部分，却由护甲中最坚硬的头盔来保护）。

唉，理论上很完美，但实际效果如何，还有待检验。当然，莫罗赛说得对，将希望寄托在防御工事、寄托在盔甲上并不靠谱。这是敌人的做事方式，不是他们的。而且，不管盔甲有多坚硬，只要锤子足够大，它迟早会被砸坏。正如莫罗赛所说，真遗憾，能攻下艾普－埃斯卡托伊的人，不会遇到太大的困难就能摧毁几道用新木材建造的篱笆。但他唯一不能做的，就是走向敌人、走向巴达斯·洛雷登，心存侥幸地相信常识和逻辑分析能占上风。*我在这里，等待城市劫掠者巴达斯·洛雷登的到来。而仿佛就在昨天，我还是城市劫掠者特姆莱，那个打从心底里认定佩里美狄亚的城墙在我和我的大锤子面前不堪一击的人。*

不管怎么说，一件事哪怕规划得再好，在得到验证之前，都不算数。而验证，好吧，还没到那一步呢。现在，手头有不少事，足以让他们忙得不亦乐乎了。

他沿着小路走下来,半路上停下看了看挖壕沟的人。他们将挖出来的废土堆积在堤岸内侧,竖起另一道防御线。他们大部分时间在默默地工作,这对草原人来说颇不寻常。不过还是能时不时听到人们在唱旧日的歌谣,有齐声高歌的,也有参差不齐的。他们已经挖到很深的地方了,深到需要起重机和绞车将一篮一篮的泥土从沟渠底部拉上来。一群群木工正在用有弹性的新木材制造这些工具。再往前走,他看到一溜长长的运送木料的车子正在向高地驶去。原木堆得高高的,令人心惊胆战。木材被几里长的粗糙的草绳捆得很紧。这些绳子是女人们(名义上归他的妻子缇尔丹管,尽管缇尔丹这辈子从来没编过一根绳子,也不在乎别人知道这个事实)在离小路一百码开外的临时制绳作坊里编出来的。制绳作坊的对面就是将来要建平转桥的地方。铁匠用鹤嘴锄、斧头、镰刀、锤子、铲子、轴销、木桶的铁箍,以及车轮的外框等形形色色的材料打造出铁钉。他听到锤子打在钢铁、钢铁打在铁砧上的冷冷的、清脆的叮当声。在临时铁匠铺旁边,他看到箍桶匠人和车轮匠人正忙着挥舞手中的刮刀、锛子和劈板斧。紧邻他们的是编织篮子的工匠。他们有条不紊、手脚麻利地干着活,脸上看不出有什么忧虑。他们的孩子则各自抱着一大捆细枝嫩芽,蹦蹦跳跳地在树林里进出。跟他在小路上所站的位置齐平的地方,一群人正在陡坡的一面挖土,为安装抛石机打地基。一个人抡起巨大的锤子,另一个稳住桩子,每敲一锤,桩子就剧烈地抖一下。远一点的锯木坑处,太阳照在被频频拉起来的锯条上,不时反射出光芒。他看着这么多的劳动、这么多的工作和创造,还有这么多的善意——各行各业的匠人展现着技巧,制造出各种各样的物件,忍不住想起在佩里美狄亚的第一天,一个睁大眼睛的男孩走过一条条繁华的街道,为无数的作坊和工厂里复杂的运作而兴奋不已。*总有一天,*那时候的他这样想道,*我要我的子民也过上这样的生活。*

现在，多亏了他，他们确实过上了这样的生活。

“打扰了，”卡纳迪说，“你是否在等着取一只鸭子？”

那人转身。

“你将鸭子带来了？好极了。”这人戴着一顶帽子，所以刚才卡纳迪从背后没认出他来。“你是卡纳迪博士吧？不用说，你恐怕已经不记得我了。”

“高戈斯·洛雷登。”卡纳迪回答。

“你还记得我，”高戈斯笑了，“真是让我受宠若惊。哎呀，太惊喜了。请坐，我请你喝一杯。”

卡纳迪紧张地笑了笑。“其实——”他迟疑着。太迟了，高戈斯已经从一个大大的苹果酒壶里倒了一杯酒，并将角杯推过桌面，放在他面前。

“还没达到佩城的标准，”高戈斯说，“但味道还不错。不过，你应该尝尝中邦近年来出产的一些酒，保证会让你回忆起美好的过往。”

“我一直以为你们的特产是啤酒。”卡纳迪回答，他既不了解也不关心中邦人到底喝什么。“那么，这是你们新推出的产品喽？”

高戈斯摇摇头。“我们那里一向出产苹果酒。”他说，“我小时候会往里面洒奶酪，那味道会让你晕乎乎的。我很支持苹果酒生产。你知道，这是可以销往海外的商品。我有个想法，佩城人移居国外后，许多人对上乘苹果酒的追求受到了影响。我希望我们能成为供应商。不管怎么说，为你的健康干杯。”

“也为你的健康干杯。”卡纳迪顺从地回答。苹果酒辛辣中带着酸腐，喝起来像醋。

“谢谢你帮我带鸭子。”高戈斯郑重其事地说，“这是我们目前非常感兴趣的一个行业。他们那里培育出来的这个新品种——博士，你对鸭子有多了解？”

卡纳迪摇摇头。“我只知道怎么吃。”他说。不知为什么，高戈斯觉得这句话特别好笑。

“哎呀，好了好了，”在爆发出一阵大笑以后，高戈斯终于止住笑声说道，“你的话证实了我的看法。我可以跟你打赌，人们对高品质禽类的需求几乎是无止境的，更别提对蛋和羽毛的需求了。”他拎着鸭脚把鸭子举起来，鸭子头吊在半空中来回晃动。“是的，”他继续说道，“我想，有了这个，我们已经走在成功的道路上了。对了，你最近怎么样？恕我冒昧，但我真的很好奇你在草原人的地盘上干什么，这可是一个世界闻名的哲学家最不可能出现的地方了。”

卡纳迪解释了一下。尽管解释得磕磕巴巴，但他总觉得高戈斯早就知道了这件事。等他讲完，高戈斯点点头，再次把他的杯子倒满。“毫无疑问，你们在那里的处境相当尴尬。”他说，“我有个感觉，特姆莱和他的手下逍遥不了几天了——从某个方面来说，这是件可悲的事。你不得不佩服他们的勇气和主动性，还有在过去七年左右的时间里他们不断进步的科技。哦，对不起，希望我的话不至于冒犯到你。我一直把你当成思科纳那场小规模战争中的沙斯特学者，忘了你原来是佩里美狄亚人。”

“没关系，真的。”卡纳迪回答。一想到高戈斯·洛雷登居然记挂着他，他就彻底警觉起来。“是的，在某种程度上，我的意见和你一样。我发现自己很难不喜欢他们。”

高戈斯微微一笑。“话虽如此，”他说，“但俗话说，世上没有绝对的坏事。在我看来，这场战事的好处在于给了我弟弟巴达斯在帝国发展事业的机会。我知道这话听起来有点傻，但我很关心他。唉，他是我弟弟，我有权关心他。你知道，自从他退伍以后——我是指，离开佩城军队，自从麦克森过世以后——唉，他就一直在虚度时光，漫无目的地游荡。这简直是在浪费他的才华。当年我真的以为我能说服他参与我们在思科纳的事业——基本上就是把我的职位让给他，毕竟在这方面他肯定会做得比我好。我所求的不过是回到中邦，种种田、混混日子。现在，”他叹了口气，“我已经过上了我想要的日子，而巴达斯呢？看在众神的分上，当他不在地底下的某个洞里过着刀口舔血的日子，或是被发配到某个蛮荒工厂里当苦力的时候，当他本该有所成就、赢得某些值得骄傲的荣誉时，他却在军队里当个助理。不，只要巴达斯打败了草原人并且干掉特姆莱，再加上他在艾普－埃斯卡托伊立下的功劳，哪怕他是外来人，也肯定可以在那里获得一份体面的工作，甚至有可能走捷径当上某地的总督。”他又笑了笑，靠回座位上。“因此，我知道这话听起来有点无情，尽管我对特姆莱他们的遭遇感到遗憾，但为了巴达斯，我真心想要这场战争。它可以帮助巴达斯解决很多问题。”

卡纳迪啜了一口酒，还是很难喝，只不过他嘴巴干得难受。“正如你所说，”他喃喃道，“世上没有绝对的坏事。好了，我希望你的养鸭项目能获得成功。”他忽然想到，如果草原人统统被歼灭，那所谓的养鸭项目也就落空了。那么高戈斯为什么还要为这件事操心呢？不过，他决定不去追究这个问题。他站起来，笑了笑，走开了，速度快得几乎有点不顾礼节。

在穿过集市广场的时候，他想，*这应该是我最后一次大冒险了*。终于安然无恙地回家了（是的，这里实际上可以算作他的家），不再疲于奔命。但他总觉得这事还没完，更像是在等待一个悬而未决的结局。这就有点像乡村集会上的一名运动员，一个项目被淘汰了，在参加下一个项目之前要等上好几个小时。

因此，他没去艾希莉家。忒乌达斯会在那里等着他，而艾希莉肯定会为他的平安而开心得让人难以招架。他穿过广场，来到广场的南边，朝岛屿中心走去,大致上是砖场和线材制造厂的方向,尽管他不知道自己为什么往那里走。

这里的人固执地拒绝生产任何可以通过贸易获得的货物,但谁也不知道他们为什么决定对砖石和线材例外。在这件事上,甚至连个说法都没有(要知道岛民可是对任何事情都有一套说法的),似乎这只是商业上的一个正常事故,不存在也不该有什么特别的意义。

线材制造厂的两扇大门通常是开着的,卡纳迪停下来,直愣愣地往里看着。

一开始,他没弄懂工人在干什么。他们竖起许多两两相对的柱子,柱子约有四尺高,间隔有两尺。每一对柱子上都架着一根大概有他的小指一半粗的细钢条,长度和他的身高相等。钢条的一头是个L型的手柄,另一头有个槽口。工人们将钢丝穿过槽口,转动手柄,让钢丝紧紧地缠绕在钢条上,就像弓把上的缠线。当钢条上已经再也没有多余的空间来缠绕钢丝时,他们将钢条托起来从柱子侧面的孔槽里取走,放到铁砧上。那里有两个手持冷錾的人顺着钢条的长度,将钢丝一圈一圈地切下来。带有开口的钢圈落在地上,就有两个年轻的小伙子将它们铲起来,装在大篮子里,拿到车间后面去。

卡纳迪觉得这个场景似曾相识。他想了一会儿,想起了佩里美狄亚的线材工厂。在那里,人们用某种相似但却大得多的材料来制造一环一环的链条。他一想起那熟悉的画面,就明白这些人在做什么了。他们在打造锁子甲用的钢圈。不知为什么,卡纳迪觉得很不安。毫无疑问,这些产品是用来出口的。他还没听说过岛民使用锁子甲(他知道有几个岛民拥有上千件的锁子甲,包裹在浸了油的干草里,随时准备运走。这些人全都盘算着让这种短暂的拥有越短越好),也不知道谁拥有非装饰用剑、弓、长枪或斧枪之类的武器。岛屿区虽然也是一个国家,但这里的公民认为战争仅仅存在于千里之外的两个潜在客户之间。这是一种既可爱又可恶的独特心态，这帮人一贯如此……他摇摇头，似乎要让自己清醒一些。哪怕全世界都下定决心这么做，岛民也不可能真的拿起武器上战场。将岛屿区和世界上其他地方隔开的绝不仅仅是海洋，为此，卡纳迪表示万分感激。不管怎么说，他不想再四处游荡了。到了该回家的时候了，即使那是别人的家（正如他能想起来的所有能被当成家的地方）。

天国之子的军队一边行军一边大声唱歌，总体来说唱得还不错。除了在冲锋以及撤退时负责吹号的传令兵，还有一些士兵带上了笛子、三弦琴、曼陀林、小提琴和小鼓等乐器（当然也带了卷毯以及三天的口粮）。只要情绪来了，他们就会将长枪递给旁边的士兵，为大家的歌声伴奏。远远听起来，走得越来越近的军队更像是婚礼仪仗队，而不是帝国突击队。

这种颇为轻浮的行为让对音乐完全没有鉴赏力的巴达斯·洛雷登十分迷惑。但即使是他，也不免喜欢上了这些曲调。不管是活泼的还是忧伤的，节奏都很快，绝不沉闷。不像佩里美狄亚人推崇的赋格曲、经文歌或是冗长不成调的中邦民谣。尽管他既不会唱歌，也不怎么会吹口哨，但在这支队伍里没待多久，一旦士兵们开始演奏他喜欢的曲子，他就忍不住像蜜蜂似的哼起来。

他听不懂歌词。这些歌曲使用的语言跟他接触过的任何语言都没有相似之处。既不像通用程度高、听起来像唱歌一样的佩里美狄亚语（从中邦到草原地区都以这种语言为标准语）；也不像科里昂和岛屿（即沙斯特和思科纳）等商业国度使用的那种颇具魅力的圆润清脆的语言（虽然没有人刻意去学，但就像人人都会有小麦色肌肤一样，只要跟使用这种语言的人经常接触，人人都能说上几句）；更不像成为帝国西部行省第二语言、语调没有起伏的佩里美狄亚土著语。等他终于可以私下里请教别人的时候，对方告诉他，这是天国之子的语言，谁也不知道歌词到底是什么意思。

在巴达斯看来，这大大破坏了军歌的效果，甚至到了让他闹心的地步。两万名士兵一路高歌，唱着他们自己都听不懂的歌，这让他觉得反感。谁知道呢，也许歌里唱的是当年帝国打败并征服他们的家乡的故事，也许还详细地描述了天国之子如何对待那里的男人，又打算如何对待妇女和孩子。他问那个人，这是否让他觉得困扰。那人回答，不，唱这些歌是军队的传统，而传统是让职业军人团结在一起的重要因素。士兵被允许学习这些歌曲并加入歌唱是一件值得骄傲的事。这是一种仪式，意味着被认可，成为这个战无不胜的伟大力量的一员。普通士兵不需要了解歌词的意思，就像不需要了解战斗计划或开战的原因一样。无上智慧的天国之子决定该做什么，他们把它付诸现实，仅此而已。

尽管很失望，巴达斯还是忍不住哼起了一首萦绕在他脑子里的曲子。这是一首欢快的歌，通常有鼓和笛子伴奏——当然，歌词只是一片噪声，但它天生就是一首军歌，因为在行军的时候你很难不哼起这个调子……它可以无限循环，除非你有意识地停下来，否则就难免会不停地唱下去。

正如轻易学会了哼曲子一样，巴达斯也习惯了指挥军队。跟世上所有的事一样，这就是方便和习惯的问题。在很早以前，他就明白要用最简单的方法处理事情。直接告诉军官和军士们正确的做法，比起让他们自行处置、之后来收拾烂摊子要省力得多。每天早晨在天亮之前、晨号吹响之前，他召开会议，给各部长官分配任务，质询他们前一天做错或没做完的事。他详细询问军需官和征粮队队长关于补给和设备的问题；从侦察队队长那里了解当天行军途中会路过的地形；向每支部队的长官了解他们的指挥状况；查问工程队队长如何处理天然障碍和遮断物，在对方给出错误的答案时，马上耐心地告诉他们正确的做法。这么做比大家在一起讨论、征求意见、争抢功劳要省事多了。既然他曾经身为指挥官，做过类似的事情，就没必要假装倾听一帮在这方面不如他的人的意见。这就好比和一群还没学会阅读的孩子讨论字母表，倒不如直接把内容写在石板上告诉他们，*学吧*。

一切恍如昨日再现。真奇怪，在二十多年的刻意遗忘之后，他依然能轻易记起这一切。他们经过了麦克森曾经取得一场大胜的地方，五百重骑兵对四千草原人。他几乎以为这里还像当年离开时那样满地尸骸，但除了为了纪念己方寥寥无几的伤亡人数而下令建造的石冢以外，这一片土地和其他地方没什么区别。他们在一处浅滩渡过了蓝天河，当年麦克森就是在这个浅滩追上了特姆莱国王的叔叔尤斯凯亲王。当时正处于洪水期，当他们找到亲王时，后者正坐在马背上怔怔地盯着泛滥的河水，似乎不敢相信他们居然遭遇到了大自然无缘无故的刁难。军队在麦克森过世的那个小山谷安营扎寨，过了一夜。他的石冢还在那里，但巴达斯只是从远处眺望了一下就满足了。从这个地方开始，对他而言已经没必要思考了，剩下的只是回忆。

从麦克森的石冢出发又走了两天（*如果我是特姆莱，早就劈开石冢把他的残骸拿去喂野狗了*），他们被另外一条河挡住了去路，这是友善河。因为流经上游丘陵的河段被堵住了，河水倒灌进了长石谷。最简单的解决方案是：在谷口处架一座桥，但最近的木材在他们身后，马车需要走一天才能到达。他将装载补给的车辆腾了出来，配上先锋队和征粮队，带上所需木材的具体数量和尺寸，打发他们往回走。与此同时，他下令安营扎寨，原地等候。在等待期间，没理由让士兵们无所事事：他们要翻新和检修设备、要整修盔甲、要缝补靴子并给靴子敲钉、要练习箭术、要进行武器演练、要举行阅兵式；要利用这个机会传授士兵必要的特殊技巧，以对抗草原骑兵和弓箭手；要召集上尉和中尉进行战术集训、解决几个每晚例会上因为案情复杂而无法仓促决断的风纪案；更新、修正行省政府那略显粗糙的地图。到了在此滞留的第二天晚上，他回到帐篷的时候，已经觉得疲惫不堪了，这比行军累得多。他卸下盔甲——简直像他的第二层皮肤。肩头的重量卸去以后，他心里有一种怪异的、不踏实的感觉。先解开马裤，然后脱去护喉，接着是肩甲，而后是护肘以及臂甲、胸甲，最后是锁子甲以及高领无袖短铠，此时他又变成了一只肉乎乎的小虫子，一只没有壳的蜗牛——然后甩掉靴子，躺在属于过世的伊斯塔上校的那张折叠式紫檀木行军床上。

一闭上眼睛，他就发现自己来到了一个熟悉的地方。他对这里的熟悉程度几乎和草原相当。四周很暗，他看不到墙，也看不到顶部。这是深埋于一座城市下方的地道，混杂着大蒜和芫荽的气味；这也是深陷于一座工厂下方的一个地窖，是验甲所。他转身——要转身先得跪下来，伸手触摸主巷道的木板墙——看到亚历克修斯生了一堆火，烟气朝上方屋顶焦黑的通气孔飘去。

“你来早了。”亚历克修斯说。

“我们一路走得挺顺，”他回答，“今天的活儿很多吗？”

亚历克修斯摇摇头。奇怪的是，亚历克修斯这次套了一副别人的脸（像戴了一个面罩），变成了阿纳克斯——那个没通过考验的天国之子。“用不了多久，”他说，“去拿锤子，我们开始吧。”

他还记得手里握着布鲁的锤子的感觉——又大又重，威风凛凛，是衡量一切的标准——但这是他头一次注意到，这把锤子实际上就是帝国，因为不用说，没有任何东西可以在布鲁的锤子底下生还，区别只在于能抵抗多久，以及最终失败的方式——

头一件接受测试的是一条胳膊，一条低规格的军用胳膊，由普普通通的血肉和骨骼铸就，估计连最低等级的检验都通不过。阿纳克斯将胳膊放在铁砧上，巴达斯锤了几下，落在精心选择的几个位置上，很快就将胳膊打成了肉泥。

“不合格。”阿纳克斯说，“好，下一件。”

他把一截躯干放了上去。这躯干工艺精良，有精心铸就的胸膛和根根分明的肋骨，上面盖着草原人的印记，这通常意味着质量的保证。巴达斯先在胸骨上重重地锤了几下——“我就知道，”阿纳克斯评论道，“装饰得很漂亮，原材料却很烂。”——接着有条不紊地将肋骨打断，轻松得就像敲断冰柱。“不合格。”阿纳克斯说。巴达斯把打断的躯干扫下铁砧，归到废品堆里。

“下一件。”阿纳克斯说。巴达斯将一个头放上去。“颇具收藏价值。”他说，因为这是一个天国之子，已故的伊斯塔上校。“我一直想看看这玩意儿表现如何。”他说完抡起锤子，左肘和右肩同时发力。头骨变形了，但没有开裂——“这才是过硬的质量。”阿纳克斯说——他锤了好几下才让头骨彻底报废。“骨头的结构起了作用。”阿纳克斯指出，“看，隆起的前额以及这些颧骨。虽然未能彻底发挥它的作用，但我将认证它通过了第二等级的检验。”

又是一截躯干。这次是一个女性，有着小而浑圆的乳房，肩膀很窄，肩头圆润。这具身体属于佩里美狄亚，但古铜色的皮肤又暗示着她曾沐浴在岛屿区的阳光下。肋骨和锁骨很容易被打断，但她的肌肤就像远东行省的丝绸软甲一样柔软而有弹性，虽然容易损伤，却几乎不可能敲烂。锤打的力量似乎直接渗入皮下，像水渗入沙子一样。最后，巴达斯将它卡在锤头和铁砧之间，这才彻底毁掉这具身体。“通过了第三等级的检验，”阿纳克斯说，“厉害。”

“要我说，这是作弊。”巴达斯回答道。

接下来是一只手，手指细长，一看就知道属于一个女孩。巴达斯没有动用锤子，反而换了一把八磅重的斧头，干脆利落地将手指切断了。“现在，换锤子。”亚历克修斯说道。巴达斯对着手背砸了下去，以为能把它砸成肉泥，却没能办到。“啊，”亚历克修斯笑了，“瞧，这是货真价实的洛雷登，他们像旧靴子那么结实。”等到巴达斯终于将它破坏到自己满意的程度时，已经在喘气了。

“把那个头拿过来。”亚历克修斯说，“来，”他用手指托着头颅转动着，“你的挑战来了。让我们看看你有多强壮。”

巴达斯咧嘴一笑。那是个光秃秃的脑袋，有着硬朗的下巴和柔软的大嘴。“看我的。”他说。然而，第一下、第二下、第三下都被头骨的弧形表面挡开了，它毫发无损。头颅张开眼睛，眨了眨，表示原谅。

“要是你愿意的话，可以让我来检验它。”亚历克修斯嘲笑道。巴达斯没有回答，他将头侧放着，对准下颚锤打，直到下颚和头骨的连接处断开来，接着又击打太阳穴。他的确给这颗头造成了一些损伤，然而因为一下失手，锤柄砸在铁砧的边缘，带着锤头断开了，他只得住手。

“该死，”他说，“我要换斧头。”

“行，”阿纳克斯说，“但这不是正确的工具，所以，这么检验不公平。”

“那又如何？”巴达斯回答。尽管斧头要好使多了，但等他终于感到满意的时候，斧刃也已经砍钝了，还因为直接劈在一只眨巴着的眼睛上而多了个豁口。当他把脑袋扫下铁砧时，那颗头再次原谅了他。“通过了第十五级检验。”亚历克修斯说，“如今再也找不到像这样的产品了。”

巴达斯累坏了。他用手腕背面拭去额头的汗水，“完了吗？”

“快完了。”阿纳克斯说，“再检验一个头，我们就结束了。”他伸手到工作台底下，拿出了巴达斯·洛雷登上校的头。“来吧，机灵鬼，”他说，“要是你能砸开这个，我买一壶冰牛奶给你。”

巴达斯皱起了眉头。“拿什么来砸？”他说，“锤子断了，斧头也废了。”

亚历克修斯满脸不高兴地看着他。“别装可怜了，”他说，“我在你这个年纪的时候，全都是赤手空拳地检验所有产品。我们可没抱怨什么锤子不锤子的。别磨磨蹭蹭了，赶紧动手吧。”

于是巴达斯握紧拳头锤了下去。不用说，他的拳头肯定比任何斧头都要硬，也比任何锤子要重。但是，在击穿了皮肤和肌肉以后，不管他怎么使劲都无法给头骨留下一个小小的凹痕。“这就是质量。”阿纳克斯喃喃说道，“我不认为你能损毁它，就算用锻锤也做不到。”

“胡说八道。”巴达斯气急败坏地回答，“我能摧毁一切。要是我做不到，我也不配当这个该死的代理验甲师助理。来，把那个给我。”他指着阿纳克斯从废品堆里取出来的一只胳膊，那是巴达斯·洛雷登上校握剑的胳膊，被干脆利落地从手肘处截了下来。他用自己那把刀刃很薄、用来分割肉块和剥皮的厨刀将手切下来，然后抡起笨重的骨头砸向那颗头。这一下发出的是钢铁互相敲击的声音，因为洛雷登上校的脑袋是头盔，而使剑的那只手是臂铠、护肘以及重叠的金属片。“光听声音就知道质量。”阿纳克斯提醒他，“听听，最好的中邦钢铁。等你检验完这个头骨，我要把剩下的拿去充当整平工具。”

“不会有残骸剩下的。”巴达斯嘟囔着。他像攻击敌人一样击打着头骨，似乎此举性命攸关。最后，胳膊和头骨基本打成平局，两边都出现了凹痕和扭曲，但只要把它们放在铁砧上敲敲打打，一个好的制甲师完全可以修复这样的损伤。质量这么好的部件放在铁锤和铁砧之间，总是能够通过有技巧的、用力的敲打得到修复，没理由不能长久用下去。

“放弃了？”亚历克修斯问道，那颗脑袋忽然睁开了眼睛——

“什么事？”有人俯身看着他，巴达斯问道，“天哪，已经是早上了吗？”

“先是工作会议。”那士兵回答，“接着是武器训练。你的日程表上显示今天你要教第九、第十以及第十二大队如何对敌。”

巴达斯打了个呵欠，“我彻底忘了这事。行了，跟他们说我一分钟左右就出来。”

帝国军队另一个讨喜的地方在于他们对学习的渴望。两个世纪以前，天国之子想出了将野战军的奖励与业绩挂钩的好点子。奖励以团为单位（不能比团更小了，免得鼓励士兵将个人利益置于集体目标之上），根据在战斗中确认的杀敌人数而定。当然，在违抗上级的情况下杀的人不算数。只有参与战斗的团才有资格获得奖励。这个规定带来的好处就是，每个团都渴望轮流当前锋。因此，像洛雷登上校这样的专家主讲的格斗课被大家视为提高创收能力的好机会，出席率相当高。

“今天，”巴达斯看着底下众多专注的面孔说道，“我们要谈谈杀人的方法。关键在于让你的每一次攻击都有效，最大程度降低自己的风险和暴露程度，同时尽可能给对方制造损伤。”

全场静得连一枚硬币掉在地上都听得见。巴达斯绷着脸，抑制住了想要微笑的冲动。*亚历克修斯，要是你能看到这场面就好了，我现在就跟个学院讲师一样。*

“道理很简单。”他继续说道，“使用剑和斧枪，战斗方式有两种：刺和砍。现在，入伍之前学过击剑或其他格斗技巧的请举手。”一两只手举了起来，巴达斯点点头，“啊，你们首先要做的就是，忘掉击剑学校教你们的那套刺比砍更有效的理论。没错，刺的杀伤力比砍大，但见效慢——面对战场上随时想要干掉你的对手，你不仅想要他死，还要他马上死掉——最关键的是，你要他丧失伤害你的能力。刺穿敌人的肺部，他还能战斗九十秒，这就是杀伤力相对较小的砍（比如削掉对方的手指）更为实用的原因。”

听众在座位上微微挪动身子。巴达斯知道为什么：在活下去与累积一个好看的杀敌数目之间，他们不太确定对哪个更感兴趣。很好，让他们将如何取舍的思想斗争牢牢记住。

“想杀一个人或者让他出局，你要破坏他的活动部件，或是破坏他的管道。活动部件指的是肌肉、肌腱和骨头，管道是指静脉和动脉。但光造成损伤还不够。有时你给对方造成了致命的伤害，却还是不能解决问题。让对方受到震慑和打斗本身一样重要。有可能的话，牢牢记住这点。”

巴达斯停下来，喝了口水。

“想有效地刺杀对方，就不要过于关注对方的头部。头骨很厚实，除非你幸运到能碰巧刺进对方的眼睛或嘴，否则只会激怒对方。脖子是个很好的目标，尤其如果你在刺进去以后马上转动剑刃的话。但这个目标太小，对精准度要求很高。说起来，心脏也一样。如果瞄准心脏，你的剑十有八九会被弹性很好的可恶的肋骨卡住。你很可能把对方的胸腔搞得一团糟却无法阻挡他继续进攻。这样的打法回报率很低，在正经的战场上这么胡闹可不行。

“当然啦，对上骑兵队，你可以选择从下往上刺进肋骨——跪下迎战步兵的冲锋时也一样。除了心脏，你也可以干脆利落地刺向肺部以及粗壮的大动脉。从肚子往上刺可能是最简单的，但你无法想象肚子里有多少乱七八糟的东西。在伤到任何重要器官之前，你得先穿透它们。还有，别忘了腹部肌肉会抽搐，足以使你的攻击挪位。另外，如果你捅的是肚子，随着肚子里的气冲出来，你会听到砰的一声。第一次听到这种声音的人肯定会吓得半死，所以要做好心理准备。

“其实，比起刺腹股沟的动脉，刺向腰背部、上臂、腋窝、膝盖等地方可以给对方造成大得多的伤害。捅进上述任何一个部位，你的对手基本上就死定了。但是请你们永远记住，流血至死需要很长的一段时间，在此期间他仍然有武器在手，仍然对你有威胁。即使你不偏不倚地击中了一个关键部位，也别忘了补上一剑，最好是大面积的砍杀，确保他没有翻身的余地。肾脏、肺部等所有的部位都一样。如果你只对杀戮感兴趣，那就到屠宰场去找份工作。如果你想成为一名士兵，请你将注意力放在快速杀伤上。”

他停下来喘了口气。*大家的注意力仍然很集中，太好了。*

“从另一方面来说，”他继续说道，“砍的效果和震慑对方所造成的损伤差不多。将对方的手砍掉，他立刻不再是个威胁，哪怕活到一百岁也一样。记住，你可以借疼痛之力来对付敌人。疼痛会让敌人停止对你的攻击。致命一刺所带来的疼痛未必能引起对方的注意。如果一个人没意识到自己要死了，那么他很可能会继续攻击你，直到力不从心为止。好，要砍杀对方，最理想的部位是头和脖子。不过记住，当你嗖地一下砍断颈部动脉就能利索地解决问题时，千万不要小题大做地试图砍下头颅。为了好好砍下对方的头而将剑抡起来时，你自己就是一个门户大开的靶子。迅速、有力地在骨头处砍一下就足够了。一旦使对方失去行动能力，你可以之后继续补刀，彻底干掉他。

“最后，有人会跟你说，刺的速度比砍快。或许是吧，但在我看来，那是因为挥剑的动作太大了。要先拉近距离再动手。你可以用移动脚步来拉近距离，身体和手臂一起动，这样就不需要担心砍得太慢。动作到位的话，对手甚至弄不清自己是怎么受到攻击的。好了，有问题吗？”

有问题，而且还不少，大部分都是经过思考的、内行的问题。巴达斯再一次感到，和关心技术的人共事是件多么愉快的事。要是当年开击剑学校的时候他能有几个这种素质的学生（而不是只有一个），也许结局会大有改观。

当天晚些时候，第一辆运载木材的马车回来了，营地的运作节奏发生了显著变化。所有木料立即被卸下来，拖到需要的地方，只给工程师们留下刚好能完成设计的时间。看着一队一队的人将沉重的原木拖到既定的位置，他不禁想起当年特姆莱的手下搬动木料，在佩里美狄亚城墙下建造抛石机和射石车的景象。无论你是哪边的人，没有什么比一大群人为了一项伟业而共同努力更振奋人心的了。看着他们轻松把巨大的木材撬起来、吊上去，甚至用起吊机和滑轮让这些木料升到半空中，光是这样的情景就足以让人生出生而为人的骄傲。*这就是特姆莱的感受吗？*他想。*毫无疑问，他本来就有这个资格。*真是奇怪，回到这里、做着这样的事，让他觉得自己似乎又回到了年轻时代。

年纪轻轻而位高权重，正如对抗佩里美狄亚的特姆莱；年纪轻轻却有着异乎寻常的自信，正如抡起锤子的布鲁；年纪轻轻而前程似锦，正如带领麦克森的军队从战场回到家乡的巴达斯·洛雷登。他想起了当年在思科纳打算靠制弓来维持生计时，短暂地做过他学徒的那个年轻人。他记起在沦陷之夜，他一手将特姆莱的胳膊反剪在背后，另一只手拿着刀对着他的喉咙。那是他一生中和别人关系最亲密的时刻之一。

天国之子的士兵一边干活，一边适时唱起了劳动歌谣。他们一如既往地盲目接受歌曲的内容。巴达斯想，拥有坚定的信仰一定是件美妙的事。它让你的人生充满慰藉，让你的日子过得更轻松，就像让原木在滚筒上滚动，而不是拖着它在地上走一样。信任、信仰，会让你再次焕发青春——人的一生一旦有了意义自然会这么觉得。可惜总有一些更年长、更睿智的人要手持利刃对准你的喉咙，摧毁你的信仰，正如沦陷期间的巴达斯·洛雷登一样。

“我觉得这是在自找麻烦。”文纳德再一次抗议道。他已经说了那么多遍，以至于都被人当成笑话了。

“等着瞧吧。”有人回答，“他们只能任凭我们摆布。他们需要我们。做生意就是这样，单纯而简单。”

“他们迟到了。”另一个人评论道，“他们以前从来没有迟到过。”

在岛屿区商会的长厅内，来自船主协会（一个星期前成立的）约五十名代表正在等着会见行省政府的使节，商讨某个颇为紧急而棘手的事件（会议的邀请函上是这么说的）。

“这就是欺诈。”文纳德不屈不挠地说，“你们和我一样心知肚明。你们可以找任何借口，但事实就是事实。”

拥有七艘船的鲁诺·拉瓦多坐在主席台的边缘，像个小男孩一样晃荡着腿。“好吧，”他说，“这就是欺诈，但却是一个完全合法的商业行为。我们手头有他们需要的东西——船只。他们手头有我们需要的东西——钱。双方有权讨价还价。”

“可是我们之前已经达成了交易。”说话的是房间里仅有的几个赞同文纳德的人之一，“出尔反尔——唉，我觉得似乎不太明智。要我说，我们已经做成了一笔相当不错的生意了。”

鲁诺·拉瓦多耸耸肩。“如果你不想待在这里，”他说，“那么哪儿凉快就哪儿待着去。没人强迫你。再说了，你只是不了解包租生意的本质。自始至终，他们都可以随时喊停并抽身，只要在别的地方找到了更好的合作对象。但他们没有这么做。现在，轮到我们来做决定了，我们需要更多的钱。只要他们愿意，他们还是可以随时退出。听你说的，好像我们拿着一把刀顶在他们脖子上似的。”

大厅另一头，高大沉重的门打开了，天国之子走了进来。这群人出场的架势很难让人不联想到“隆重”“盛大”等词。走在最前面的是一名披着半副盔甲的持戟仪仗兵，接着是举着桌子、椅子、墨盒等物件的几名秘书和初级文书，随后出场的才是两名比队伍里其他人都要高一个头的使节。小跑着跟在身后的是三四个身份不明的人物，不是厨子就是贴身男仆、私人助理之类的。**小心**，文纳德想，**大人物来了**。他只希望对方不要太过计较。他们不会的，是吧？毕竟，这事牵扯的不过是金钱而已。到目前为止，在人们的印象中，天国之子对钱的态度就跟水手对海水的态度差不多。

鱼油巨头圣斯·洛奇塔坐在主席的位置上。大家都不记得曾经选他当这个主席，不过，要是他想要这个位置，大家也不会计较。当使节团鱼贯而入（没有别的词语可以形容了），经过大厅，坐在远远的长桌另一头时，他站起来礼貌地点点头。

“很高兴你们能拨冗前来和我们会面。”圣斯·洛奇塔的语气比平日里更为自傲，（怎么回事，难道鱼油买卖能让人释放天性？）“我们是岛屿区船主协会的代表。”

“抱歉，”其中一名使节打断他，“我似乎不记得以前听说过你们这个组织。”

“你们没听说过是正常的。”洛奇塔兴高采烈道，“我们刚成立没多久，之前没有这个需求。现在终于有组织了。因此，如果你们不介意的话，我们开始谈判吧。”

“当然。”天国之子回答，“或许你可以告知，我们今天要谈什么。”

洛奇塔宽容地笑笑。“钱。”他说，“到目前为止，你们租下了属于本协会成员的船只——顺便说一句，在这一点上我们没什么可抱怨的，你们一向是开门见山，而我们也一直很实诚。你们要将我们的船送上战场，我们不知道这场战争会持续多久。唉，这种事谁知道呢？——我们不知道大约什么时候可以把船收回来，甚至不知道到底能不能收回。无意冒犯，我的朋友，可我们是商人，最近的战报让我们对这笔交易有了新的看法。”

“是吗？”使节冷冷地回答道，“请赐教。”

“如你所愿。”洛奇塔说，“一路纵队被全歼，另一路纵队的上校指挥官在战场上牺牲。敌军已经动员起来，展开行动，进入防御状态——当初我们达成交易时可没想到会出现这些状况。战无不胜的军队打了败仗，这导致事态发生了极大的变化。”

“原来如此。”天国之子说，“但我们与贵协会成员已签订契约，这个事实你不会有异议吧？”

洛奇塔摇摇头。“我们不这么看。”他说，“要指出的是，签订合同时默认的条件之一已经发生变化。我已经咨询过我们的几个顶级商业律师，他们都给出了相同的意见。合同就好比一座房子，当地基坍塌时，上面所有的一切都会塌下来。在我们看来，这些合同已经失效且作废了。”

使节挑起一边眉毛。“是吗，”他说，“据我这个外行人对帝国法律的理解——”

“帝国法律或许有不同的解释，”洛奇塔打断他的话，“但包租协议是在岛上签订的，受岛屿区法律和法庭的管辖权。我可以告诉你，从此刻开始合同即时失效，就此作废。事实如此。”

“有趣的论点。”使节说，“假设你对合同的诠释是有道理的，我猜你们是希望我们撤回人手，归还船只？”

洛奇塔摇摇头。“完全不是。”他说，“这么做会严重阻碍你们正在执行的计划，这是你我双方都不希望看到的。只是，考虑到租期有可能延长而风险有可能上升，双方认同的支付款项应该重新修正。我们将很乐意继续履行合同。毕竟，”他用一种安抚的语气继续说道，“我们最不希望看到的，就是因为这件事而破坏了双方的合作关系。岛屿区和帝国一向走得很近——”

（“才不是呢。”艾莎兹·米萨吉斯在文纳德耳边轻声说，“就算顺风顺水，也要走两天。”

“嘘。”文纳德回答。）

使节皱眉的同时，嘴角却带着微笑，“你们想维持现有的合同，却要求我们支付更多的费用。是这样吗？”

洛奇塔点点头。“坦率地说，是的。”他说，“我认为，考虑到受损的商誉以及错过的商机，要求一笔补偿金是完全合理的。毕竟，当我们的船原地待命的时候，常规的业务往来全都搁置了。要知道，我们可是有不少竞争对手的。”

使节和他的同僚短暂商量了一会儿。“你们想要涨多少？”

显然，圣斯·洛奇塔没料到对方会这么问。他张开嘴，又闭上，然后陷入了沉默。使节挑起一边眉毛。

“我们首先需要确定的，”洛奇塔终于开口道，“是该用什么公式科学地算出一个数字。我的意思是，我不希望你们以为我们凭空捏造了一个数出来。”

“你的意思是，”使节回答，“你们想要更多的钱，却不知道到底要加多少。”他站了起来，其余的随行人员也马上站起来。“也许等你们想好了数目，你们会和我们分享这个消息。与此同时，如果你能告诉我，是希望我们继续往船上装东西呢，还是把货物卸下来，我将不胜感激。”

“我——”洛奇塔似乎无话可说了。一阵尴尬的沉默后，此前一直静静地坐着、表现得异常安分的鲁诺·拉瓦多忽然跳了起来。“要不，你们还是先把货卸下来吧。”他说，“我的意思是，直到我们敲定如何付款——”

“恕我冒昧，”使节的声音相当轻柔，但在场的所有人都看向他。有这样的嗓音，他根本不需要大声吆喝，“你是哪位？你在协会里担任什么职务？”

拉瓦多脸上闪过一丝慌乱，他竭力掩饰着。“我叫鲁诺·拉瓦多，只是个普普通通的船主，仅此而已。但我敢保证，我的话可以代表所有人，不是吗？”他环顾四周，看着自己的同僚，大家一动不动，“相信你知道我的意思吧？”

使节盯着他看了大概三秒钟。“很好。”他说完，气势十足地走了出去，余下的人员不顾次序地跟上去。洛奇塔一直等到门在他们身后关上才开口。

“哎呀，我怎么知道会这样？”在其他人开口之前，他抢着说道，“你可真是帮了倒忙。”他瞪着拉瓦多补充道，“让我们看起来像一群傻瓜。”

“我让你们看起来像傻瓜？”

叫骂声迅速激烈起来，文纳德悄悄溜了出去。他很想追上使节，向他道歉，但这么做没什么用处。事实上，除了直接回家以外，他想不出任何明智的举动，于是他就回家了。

“怎么样？”他一走进前门，维特里丝就从会计室里高声问，“情况如何？”

“糟透了。”文纳德一边回答，一边一屁股坐在椅子上。“要是我们再努力些，没准会更糟糕。”

“哦，”维特里丝出现在门口，斜倚着门框。“这么厉害啊。”她说，“我就知道。”

文纳德伸直双腿，双脚架在一张矮小的桌子上。“我想我们最好立马离开，”他说，“直到他们把这烂摊子收拾干净为止。遗憾的是，因为没有船，我们不能出国。唉，要是让我在黑漆漆的巷子里逮到圣斯·洛奇塔——”

“怎么了？”

文纳德将事情的经过告诉了她。“一句话，”他总结道，“我们把他们惹毛了。你真该看看那人走出去时脸上那种轻蔑。我是头一次见到。”

“唉，”维特里丝回答，“他们会想办法解决这个问题吧？往好里想，如果一拍两散，我们手头还有船，以及目前为止从他们那里赚到的钱。即使出现了最坏的情况，也只需要把圣斯送过去，让他去负荆请罪就得了。”

文纳德叹了口气。“也许吧。”他说，“可我得说，我们这些所谓的商业国度的代表，确实很擅长暴露自己的愚昧无知。”他朝桌上一个浅浅的木碟子探过身，从葡萄串上摘下一把葡萄。“把事情搞砸了是一回事，”他一边咀嚼一边说，“能在同一时间搞砸所有事情，这可太了不起了。”

维特里丝微微一笑。“好了，”她说，“如果能让你心里好受些的话，我刚刚在做这个季度的账。比起去年同期，利润下降了十二个百分点，因此我想圣斯说的也算有理。当然，去年的业务特别好，因此严格来说不该这么比较。不管怎么说，我认为我们应该一起出去吃个晚餐，庆祝一下。”

“庆祝什么？生意比去年糟糕？得罪了帝国？”

“为什么不呢？谁说我们只能庆祝好事？”

十四

“肉桂。”在充满紧张的长久沉默之后，艾普－埃斯卡托伊的总督说，“肉桂，但多半不是国内的品种。事实上，我认为很可能来自奎尔·哈拉。我说中了吗？”

“很接近了。”首席执政官嘴里塞满食物回答道，“其实，这是个新品种。我在岛上的人随邮件给我送了一箱过来。我想它产自西南，不过他能告诉我的也就这么多了。”

“新品种。”总督重复了一句，同时扫掉沾在手指上的碎屑，“我得承认，真是出乎意料。有办法保证长期供应吗？”

首席执政官向厨子们点点头，示意他们可以走了。“我不太确定，”他说，“岛民做生意的方式捉摸不定，我不知道这是一竿子买卖还是长期协议。他们总是将任何与生意有关的事情当作儿戏，一举一动都带着幼稚。”

总督抬起头来，“听起来不怎么让人高兴。”

“也许吧。说实话，我觉得挺烦人的。幼稚的行为在孩子身上显得可爱，在成年人身上，只会让人恼火。”

“我也这么认为。”总督说着放下手中的碟子，“不过，跟热爱自己本行的人打交道倒是个新奇的体验。我想，你是打算用这段话作为汇报的开场白吧。”

“当然，这是个很好的实例。”执政官坐在他的上级对面，手肘放在膝盖上。“就我个人而言，延误进攻计划、干扰军队内部的正常调度，这可不是什么好玩的事。到目前为止，我们本该有七万人驻扎在佩里美狄亚。可实际上，这些人到现在还留在这里无所事事，几乎忘了他们为什么来这儿，本该做什么。老实说吧，这严重扰乱了我的预算，而且让帝国很没面子。”

总督叹了口气，“我也觉得太不像话了。”

“而且，这还不是最糟糕的。”执政官手里转着一个从桌子上拿起来的小铜盘，继续说，“特姆莱正在朝这里进军。万一他打败了我们的野战军怎么办？到时候如何向上级交代？”

“啊，”总督微微一笑，“没那么糟糕。显然，他中途停了下来，开始建造一座堡垒。我不得不承认，进展的速度相当惊人。说真的，他们可真是精力充沛，跟我见过的大部分游牧民族很不一样。等这场战事了结后，我想近距离研究一下他们。建立帝国的初衷之一无疑就是接触陌生人群，享受这个过程。”

“恕我直言，”执政官严肃地说，“我认为，要品酒先得把酒酿好。特姆莱停止进军确实让我们减轻了一些压力，这点我同意。但如果我们是按原计划推进的，他们就不可能跑这么远，更不可能捣鼓出那个小小的蚁冢，给我们平添麻烦。事实就是，这帮岛民害得我们要付出生命、金钱和时间的代价，不能就这么放过他们。”

总督叹了口气。“必须采取措施，这点我同意。”他闭上眼睛，专心思考。“不能用我们自己的人来驾船，这点相当麻烦。依赖他们的船员会让我们的进展更慢。就不能从哪里雇一些船员回来吗？”

“我考虑过这种做法。”执政官说，“很遗憾，事情没那么简单。我们可以找到足够的人手来充数，但无法保证他们的能力。一般说来，除非是熟手，不然很难操纵那些岛屿区的船。我不想贸然启用经验不足的船员。”

“真的吗？”总督睁开眼睛，“航程不算太长，不是吗？”

“我不敢声称对船只和航行有任何了解。”执政官说，“只能根据行家的意见来行事。但那些人也不是专攻这个领域的，只有岛民才真正了解如何驾驶岛屿区式样的船只。然而——”

“我懂你的意思了。”总督站起来，看向窗外。窗户下方，花匠正在修剪回廊里的橘子树，那整齐匀称的轮廓让人惊叹。“看来，必须接受一定程度的延误了。”他说，“或许应该重新评估一下我们的战略。幸运的是，特姆莱似乎有意要成全我们。”他两手相对，十指抵在一起，像一个走一步看三招的棋手。“暂时先这样决定。”他说，“我要将第六和第九两个营头派给代理司令洛雷登，这样他那里就多了三万兵力。你这边需要多少人？”

执政官思考片刻，“一个营头的兵力足够了。其实，五千人就绰绰有余了。如果你能给我安排一个过得去的指挥官，这件事不难解决。”

花匠们正在给树木整形，让枝叶呈现一个完美的圆球。鉴于树枝会自然而然地向外伸展，这是个艰巨的任务。不是有这么一种说法吗：艺术是对自然的颠覆。见仁见智吧。“我在考虑伊斯佩尔上校。”总督说。

“他是个理想的人选。其实让他来做这件事有点大材小用了。”执政官皱起眉头，“我说，要是能把伊斯佩尔腾出来，为什么不让他去对付特姆莱，把那个洛雷登派到我这里？让我们最出色的军官之一去指挥常规治安部队，却把一支主力野战军交给一个外邦人，这似乎太荒唐了吧。”

总督摇摇头，“在正常情况下，我会同意你的看法。但事实证明，如果不是洛雷登司令，特姆莱可没这么配合。伊斯塔阵亡之后洛雷登取代了他的位置，正是这个消息把他吓得魂飞魄散，以至于放弃了原先颇为明智的战略——将战场转移到我们这里，转而像土拨鼠一样在地上打起洞来。因此，我需要洛雷登待在他现在的岗位上，这就意味着你可以带走伊斯佩尔。当然，在你愿意用他的前提下。如果你更倾向于其他人选，请务必直言。”

“恰恰相反。”执政官看起来明显很恼火。总督有些幸灾乐祸地想，多半是因为伊斯佩尔的社会地位高于他，与伊斯佩尔共事，就不得不拿出对待平级偏上的姿态。光是这个场面就很有趣了。

“那就行了。”总督转过头看了看立在墙角的精美的巨型玻璃水钟。水钟的外壳跟装在里面的水一样透明，几乎看不出轮廓，唯有两个容器上的刻度标记暴露了它的存在。这是一个富有的制造商为谋得一份军需合同送给他的礼物。他最终没有拿到合同，但也没要回这个钟，大概是没把这事放在心上吧。“我们去柱廊商业街吗？”他说，“可以边走边聊。近来我经常去那里散步，没有什么比有限度的干扰更能让人保持专注了。”

执政官笑了——发自内心的微笑，总督注意到了这点，对这个反应很满意。“我一直想在新鲜食材上货时，抽个空去那里看看。”执政官说，“但最近一直很忙——”

“说真的，”总督敦促他，“谁也不会忙得顾不上新出炉的面包。我的准则是，忙得没时间亲自去买东西的人从来不值得信任。”

不出所料，这个点的柱廊区非常热闹。书商和文具商已经支起了摊子。不少人边走边看书，顾不上注意前方的路，人群移动缓慢，不时发生碰撞。“回去的路上提醒我到花市看看，”总督说，“我对他们最近送来的玫瑰花很不满意。没什么比半枯的玫瑰看起来更压抑的了。”

执政官同情地嗯了一声，“我已经说了有一段时间了，我们应该重新审视一下送花的方式。所有机构的花都由单一供应商集中供应，这么做的后果就是，质量的好坏全凭运气。几天前，我们理事会收到的一批花居然出现了霉斑，都泛白了。发现的时候已经太晚，没法买到替代品。”

“这是个明智的想法。”总督的语气让执政官捉摸不透，“你先试着做些调整吧，让我看看效果如何。”

等过了柱廊，行人渐渐少了，让散步更加惬意。“谁也不会想到这街道是十年前建的。”执政官继续说道，“对了，宪兵办公室有什么关于重建计划的消息吗？据我所知，现在围城已经结束了，他们还没决定是否要将政府机构留在这里。”

执政官把话题转移到了他真正感兴趣的事情上，转得有些生硬，让总督微微一笑。“我可以确定，总督办公室的主体机构会留在这里。”他一边说，一边从眼角观察这位同僚的反应，“大家觉得，既然我们已经在围城期间建起了一个自己的小镇——而且还建得不错——带着所有的家当搬走简直是浪费。至于是否要重建艾普-埃斯卡托伊，他们将决定权交给了我。”他凝视前方，等待执政官的回应。但他小看了对方的耐心。快要走到柱廊商业街的出口时，执政官才再次开口。

“那么，你决定了吗？我想还没有吧，要不然你早就说了。”

总督停下来，仔细观察着一辆路过的马车。刹车和车轴联动的方式颇为独特。平日里，执政官觉得上级这种几乎对什么都感兴趣的性格颇为无害，甚至值得嘉许，但偶尔也会产生想暴揍他一顿的冲动。

“这要取决于和特姆莱打的那场仗结局如何了，不是吗？”总督说，“如果我们能很快占领佩里美狄亚旧址，赶在冬天来临之前大兴土木的话，那当然要选在旧址动工。那个地理位置太好了，以后往西部扩张，也能变成合适的联络点。反过来，如果不能很快攻下那里，在本财政年度内无法动工的话，我就不得不开始兴建艾普－埃斯卡托伊，否则就会失去我好不容易才争取到的行省政府拨款。获得款项的条件就是我必须在年底之前动工，这一点我无法改变。没了这笔钱，我就只能从税收和战利品中挤出资金来支持重建，这意味着不得不做出很多妥协。不到万不得已，我不希望走到这一步。现在你知道我有多为难了。”

执政官忽然灵机一动。“当然。”他说，“如果你有一个相当可靠的预期，能从税收和战利品中获得一大笔可观的收入，那你在制订计划时就比较灵活了。”

“确实，”总督面不改色地回答，“这样的话，我会更倾向于重建佩里美狄亚。毕竟，佩城一向是这个地区的中心，人们都以佩城作为自身经济和文化的参照。如果能让人觉得我们是在延续佩城的辉煌，那么之后整合西部的工作也会进行得更顺利。说不定，我们可以将佩城恢复如初。”他弯下腰，注意力显然还在那辆马车上，“不过我觉得，如果这场战争能按原计划展开，对我们才是最有利的。发一笔财固然好，但同时获得拨款和横财不是更妙吗？”他直起身来，“从某种意义上来说，我需要洛雷登司令做的，他已经做到了。只要派遣足够的人手登陆并守住佩里美狄亚，我们就可以拿下无人防守的佩城。正因为如此，岛屿区的这出闹剧，”他微微皱眉，“就更叫人不痛快了。我希望你能尽快解决这个问题。若是因为一些琐碎的障碍而错失一个大好机遇，那就真的让人冒火了。”

空气里弥漫起浓烈而独特的新鲜面包的香气，出于本能，两个人不约而同地抬起头来。“是我们的错，我们不该磨蹭的。”总督说，“可我不想像脱缰的驴子似的在街上乱跑。看来，我们错过了一天中最美好的瞬间，这个事实改不了了。”

他们加快步伐，但等他们到达烘焙坊的拱廊下时，由热烘烘的新鲜面包堆叠起来的金字塔已经散尽热气，看起来憔悴不堪，就像受重型攻城器打击过的城墙。“等我们重建佩里美狄亚，”执政官拉长了脸，喃喃道，“我们至少要建五个烘焙拱廊，分不同时段烘烤。那样就不必掐时间了。”

总督笑了笑，“这么做你就破坏了乐趣所在。要是随时随地都能得到满足，哪里还有期待和惊喜呢。”

“随你怎么说吧。”执政官不怎么信服，“我只是想天天拿到新鲜出炉的面包而已。”

“当然。有什么能比这事更重要呢？”

邮政马车晚点了。这是一件相当不寻常的事。当然，因为战争的关系，交通比以前拥挤得多。在后车厢的一堆行李中，尼莎·洛雷登头疼得厉害，感觉自己像极了一袋芜菁。

她不知道也不关心自己身在何处。这里实在太热了，马车一路直行，忠实地碾过所有的坑坑洼洼。在别的情况下，这种忠实还让人敬佩，但饱胀的膀胱让她觉得很不舒服。这一切似乎还不够糟，她不幸摊上了一个健谈——不，应该说是滔滔不绝——的旅伴。种种折磨让她觉得当初还不如就待在思科纳，面对手持斧枪的士兵呢。

不知道那讨厌的女人从哪里得来的印象，认为尼莎想了解她的名字。“你是外邦人，可能会觉得这一套太复杂了。”她说，“得，让我想想该怎么解释。如果我是个男人，那我的名字就是雅思拔·胡利安·艾普－迪亚克——雅思拔是我的名字，胡利安是我父亲的名字，艾普－迪亚克是我母亲的出生地。但我是个女人，因此我就简单地叫作雅思拔·艾普－桑德，道理是一样的，只不过换成我丈夫的出生地艾普－桑德。如果我终生未婚，我就一直是胡利安·雅思拔·艾普－埃斯卡托伊，那是我的出生地。听起来很复杂吧，别担心，”她补充道，“外邦人总要花上一辈子才能搞懂这里头的细微区别。”

尼莎呻吟了一声，转过头去，假装觉得外面的风景（覆盖着乱蓬蓬的干枯白草的沙丘）分外迷人。

“现在，你一定觉得很好奇，”她继续说道，“我搭邮政马车去干什么。啊，我以前从来没想过自己会这么做，但自从我的儿子——我是说次子。长子当然待在家乡，在我丈夫过世后，继承了家里的产业，是个声名鹊起的音乐家。小儿子在军队里。当然，目前资历尚浅，是每个人都在谈论的新任西部总指挥官伊斯佩尔上校的副官。至于我的次子波利斯，他是艾普－卡立克军械厂的行政长官。不是个特别有意思的工作，他自己都承认，但是在出任这么高级别职位的人当中，他是最年轻的一个，因此也算值得骄傲吧。而且如果在任上干得好，比如扩大产出、降低成本，或者取得任何管理工厂的人该有的业绩的话……他曾经解释给我听过，可我就是个糊涂虫——因此，不用说，每次我去探望他和他太太时，他完全可以安排我搭邮政马车——我刚才提到他新婚的事吗？真是个好姑娘，不过我真的认为他不适合这么安静的对象。说到底，这都是他的选择。而且他是个严肃的年轻人，我相信他是经过深思熟虑，衡量过优缺点才——”

尼莎合上双眼，想隔绝噪声。当然，不管什么伎俩，对付她都不管用。尼莎在银行业打拼了这么久，一眼就能识破谁是间谍。这位大概是个职业间谍。作为日常工作的一部分，注定要日复一日、年复一年地在这条可恶的道路上来回颠簸。她实在不太称职，或许是某个亲戚晚辈顾及情面，给她安排了这份工作。因为无所事事，尼莎花了几分钟来思考将她推到车轮底下的可行性——她应该有足够的体力这么做，但要让它看起来像个意外事故比较难。让她闭嘴倒是比较直接，但以最近一阵子尼莎对天国之子的了解来看，冒犯他们中的任何一个都不是好主意。*我还担心他们会对我严刑拷打呢，根本没想到他们居然这么阴险，伪装得这么彻底。*

“我要尿尿。”她板着脸说，“你知道怎么才能让他们停下马车吗？要不然我就只能尿在地板上了。”

这句话成功地让那可恶的贱人闭了嘴。尼莎顿时舒坦了不少。要是一开始就能坦诚相待，她一定会指出女人之间的家常闲聊在她身上只会起到反效果。他们本来可以从一群女间谍中挑一个没那么无聊的，或许还能给她提供些娱乐。

“恐怕没办法。”那间谍几乎克制不住想要尖叫的冲动，放低了些音量回答道，“他们居然不考虑如何解决这样的问题，简直是太可怕了。我的意思是，放一个痰盂，甚至哪怕是一个旧瓶子之类的容器又不会死人。我会让我儿子想想办法的。”

尽管尼莎很烦她，也不得不佩服她迅速恢复镇定的能力。也许她们俩还真有共同之处——都是在外闯荡的女性，又来自不同地方。要是能在这一点上展开对话，一定会很有趣。

“说吧，”尼莎说，“你当间谍多久了？”

那女人瞪着她，然后摇摇头。“这话也太奇怪了——”话刚出口，尼莎就直视着她的眼睛。“你一定是尼莎·洛雷登吧。”她说，“他们说你最近会路过这里。”

“这么说，你知道我的身份。”

那女人大笑。“臭名昭著的外邦女巫？可以这么说。我自己是不相信那一套的，但有不少人相信。当然那都是外邦人。”她迅速补充道，“你的年纪比我想象的要大一些，我想这就是为什么我一开始看走了眼。”

“多谢你了。”尼莎回答，“郑重声明，我不是女巫，我是银行家。你自己也知道，巫术根本不存在。”

马车碾过了一个特别深的坑，尼莎的上下排牙齿撞在了一起。“你肯定是得罪了什么人，才被派来做这份工作。”她说，“这种能把人骨头都颠散了的活绝对是一种惩罚。”

女人耸耸肩。“你猜得还算准。”她说，“反正我是平调过来的。回答你刚才的问题，我干这行有五年了。在这之前，我是艾普-埃斯卡托伊总督办公室主任。那是一份好工作，我一点也不介意继续做下去。但我在那个位置上待得太久了，以我的资历不可能接受一个外邦人当上级。因此，我就来干这份工作了。”

“我同情你。”尼莎回答，“好吧，既然你都跟我说了实话，你有什么想从我这儿了解的信息吗？我认为没有，因为你说你刚刚才认出我。或者说，你事先已经被交代了一套有针对性的任务，一旦遇上尼莎·洛雷登就开始执行？”

“只是一些很笼统的话题。”间谍回答，“主要跟你女儿的逃跑有关——是事先安排好的吗？有没有得到内部人士的协助，之类的。如果你愿意透露一些这方面的消息，我将不胜感激。”

尼莎将背部挤进两个桶之间的空隙。“那当然。”她说，“不过我能告诉你的也不多，或者都是些你无法证实的。她的逃跑不是事先安排的——至少据我所知。你知道，我和我的女儿压根儿不算朋友。事实上，我们互相憎恨。千真万确。你有孩子吗？”

间谍摇摇头。

“你真走运。”尼莎说，“总之，要说伊苏斯知道会发生什么事，并背着我策划了那些诡计，这个可能性是有的。但我很怀疑。你们抓到她了吗？”

“我认为还没有。最新消息是，她在中邦和她舅舅在一起。不过我没有接触保密信息的权限，听到的都是传言。”

“我理解。”尼莎说，“你知道战争进展得如何吗？在我之前待过的地方，他们什么也没告诉我。”

那女人眯起了眼睛，“你多半已经知道，你的弟弟巴达斯在指挥野战军了吧。”

尼莎摇摇头。“副手而已。”她说，“意思是，他在那里只是充当幌子而已。”

“不再是幌子了。伊斯塔上校阵亡，你弟弟现在是货真价实的司令了。不过，让一个外邦人来指挥四个营头，这主意可真稀奇。无意冒犯，但我不太喜欢这点子。”

“考虑到他以往的表现，我也不太喜欢。”尼莎嘀咕道，“他被打败过一次，其实是两次，因为当他接过麦克森舅舅的指挥权时，他所做的不过是将部队带出草原而已。我们这位巴达斯，如果只是作为副手，他的能力足够了，但我不敢说他有资格当上领头人。我的另一个弟弟高戈斯也一样，只比他稍微好一点。他是个好兵，但缺乏大局观。基本上，这就是当时他在思科纳闯祸的原因，他看不出这场游戏已经不值得玩下去了。请注意，高戈斯一直是不撞南墙不回头的性子。说真的，这是他最大的毛病。”

马车猛地一颠，这次的震动更为剧烈，然后忽然停住了。一桶高档饼干从货物堆跌落下来，差点砸到尼莎的头。“我要是你的话，就会把这个马车夫换掉。”她话音刚落，发现那间谍已经死了。她靠着木桶坐着，一支箭插在她喉咙正中，把她钉在木桶上。尼莎看着间谍的头朝旁边一歪，右肩着地倒了下去，眼睛还睁着。

*又出了什么事？*尼莎愤怒地想。她四下张望，想看看箭是从哪里来的。

要是连道路安全都不能保障，建立帝国有什么用？外面看起来毫无异样，这里的地形过于平坦开阔，毫无遮蔽。如果劫匪倾向于杀掉目击者的话，想逃跑无异于自杀。可待在原地不动也好不到哪里去。藏起来也不是办法，要是他们打算偷货物的话，卸货的时候迟早会发现她。看来，就这样了，她想，白辛苦一场，真是浪费时间和精力。

一个头盔从侧面的栏杆处露了出来。终于有可以让她发泄怒火的对象了。她捡起那桶饼干，朝头盔顶端两片钢甲被带子绑在一起的地方狠狠砸了下去。结果说不上多好，也绝对令人满意的了。随着一声闷哼，头盔消失在纷纷落下的碎木条和饼干之间。活该，谁让你惹上了最好斗的那个洛雷登，尼莎得意地笑了，就因为我是女孩，不代表我不会耍横。

“尼莎·洛雷登？”声音来自背后，她转身的时候，脚踝卡在两个箱子的空隙间。好疼。

“哎哟，”她说，“是我，你们是谁？”

“我们是来救你的。”又一个该死的头盔，某种面罩似的东西遮住了那人的整张脸。她只想跟人类说话，而不是一堆钢铁，这要求过分吗？

“你说什么？”尼莎说道。

“你弟弟的命令。”头盔人说道，“我们是来救你，把你带回去的。”

尼莎板着脸。“哪一个弟弟？”她说。

头盔人显得很困惑。一块铁板能露出表情，难度可够高的。“高戈斯·洛雷登。”头盔人回答。

“哦。”尼莎叹了口气，“你最好还是回去跟高戈斯说，我不需要他来救，也不想被人救。就算我需要帮忙，也不会叫他。你听懂了吗？还是说，你需要我把这些话写下来？”

这下子头盔人露出了可怜兮兮的样子。“你没搞懂，”他说，“我们是来带你回中邦的。有一艘船在岸边待命。但动作要快，因为一个小时后会有一支骑兵队经过这里——”

“没关系。”尼莎说，“如果你们现在就离开的话，我不会告诉他们你们往哪边走了。帮我个忙，把这堆垃圾带走一些，让它看起来像一桩普通的抢劫案就行。”

可怜的头盔人，她一边说一边想。她可以听到其他头盔人发出的声音——听起来全是嗡嗡声，有一种共鸣的效果，像人在井下说话，跟她死去的丈夫格拉斯不小心把头卡在装满乳清的水桶里效果一样。其他头盔人显得很恼火，可以理解。“很抱歉，”那人说，“但我有命令要执行。你必须跟我走。你和你弟弟的纠葛与我们无关——”

“等等，”尼莎说，“你是思科纳人，不是吗？啊，你当然是。你真的要动手绑架我吗？你知道我是谁，对吗？我是指，除了作为高戈斯的姐姐以外。”

“是的，”头盔人有点惊慌，“但我做不了主。我必须执行命令。现在，站起来吧，我扶你下车。”

“见鬼去吧。”尼莎回答，“确切地说，你还是回去见高戈斯吧。告诉他，我叫他别犯傻了，我已经受够了他以及他那装腔作势的可笑行为。去吧，他不咬人的。除非你告诉他我说——”

就在此时，身后有人悄悄爬上马车，将一个麻袋套在她头上，小心地把她放倒在地，然后蹲在她身边拿绳子把她捆绑起来。“终于清静了。”头盔人说，“把这堆垃圾都卸下来，要误导一下他们。”尼莎在麻袋里闹出了极大的动静。在尽量不磕撞的前提下，两人一前一后地抬着她下了马车。另有一个人负责照看被尼莎用饼干桶砸了头的士兵。还有一个负责将车夫解决掉，后者在胸口几乎同一位置上插了两支箭，但还在试图爬走。他们砍断了固定货物的绳索，将木桶和箱子都掀翻下来，让它砸到地上，到处滚动。调料、香水、香草、美酒以及拌沙拉的香油全都混在了一起。那味道既特别，又浓郁，还带着点异域风情，即使是天国之子也无法辨认出所有的成分。

“行了。”头盔人说着将面罩拉上去，擦拭着前额的汗水。金属面具下的是一个圆脸圆鼻头的人。“你们两个，把马车赶走，之后跟我们在船上汇合。”

正如头盔人所说，在他们离开后一小时左右，一支骑兵队经过此地。他们发现了两具被剥得精光的尸体，一名是男性，一名是女性，还有一大堆被践踏得不成样子的饼干。没有桶和箱子——之前有一群从丘陵间冒出来的投机分子在几分钟内就把这些桶和箱子解体了。他们将钉子撬出来，留着之后再弄直；小心翼翼地将箍桶的钢条取下，再把板条都收集起来（没断的、可以再次利用的放一堆，断了的放另一堆用来生火）。除了备受艾普－埃斯卡托伊总督赞誉的肉桂和野玫瑰蜂蜜饼干以外，其他所有的货物都被抢走了。显然，抢东西的人尝了几口饼干就吐了出来，然后在剩下的饼干堆里上下跳动，以防有些莽夫受不了诱惑去吃这玩意儿。

“这就是全部了。”当最后一辆运载木料的马车停下来时，伐木小队的头目哈苏莱叹了口气说道，“我在此证实，从此地到鸽子河之间再找不到比蒲公英更高的植株了。如果要我们往更远的地方去，”抢在特姆莱张口之前，他补充道，“你必须派一支武装护卫队给我们，因为从昨天砍树的地方，我们可以看到洛雷登的哨探在北延渡对岸晃来晃去。你要更多的木料，就必须动手抢。”

又是炎热的一天。不时有面容憔悴的小孩拎着水桶交替着在陡峭的小径上辛辛苦苦地来回跑动。石匠们几乎都要放弃任务了。他们不是正经的石匠，之前从来不需要用到大块的石头，因此部落里原本没有石匠这个职业。没有帽子的人无奈地随机应变：罩在头和肩膀上的麻袋，用细绳在太阳穴处勒紧；或者用面包师用来装面包的那种又扁又宽的柳条篮；在城市陷落时顺手牵羊掳走的上一任佩城总督的旌旗终于派上了用场，像缠头巾一样包在新主人的头上。特姆莱戴着头盔衬帽，与之配套的是一顶他在战争爆发之前从一名岛屿区商人手里买到的一顶精致却完全无法佩戴的巴布塔什盔[①]。帽子由厚厚的暗灰色毛毡制成，是整套装备中唯一一件勉强合身的部件。他从眼睛上拭去汗水，摇摇头。"那就事与愿违了。"他说，"好了，木料没了就没了吧，我们只能充分利用手头有的材料。谢谢，你出色地完成了任务。"

哈苏莱的队伍带来了大量木料。原木堆在一起，宛如一座小城市。但可能还是不够。下层和中层的栅栏已经建好了，每根木桩顶部都被夸张地削尖。平转桥、堤道以及轻便栈道也快完工了。但如果要省下木料完成其余所有的必要工事，搭建上层围栏的提议就不太现实了。特姆莱坐在一个翻过来的水桶上，思考着替代方案。简单的壕沟和土墩——唉，比什么都没有强。但巴达斯·洛雷登见过他用抛石机攻击加强工事，不大可能忘记那些宝贵的经验。没有木材，他们只能在草皮和石头之间做选择。二者都需要大量的劳动力，耗时长且效率低。要建造一座够高、够厚、具有防御作用的城墙，需要动用大量人力、花费大量的时间去切割足够的草皮。不过，至少草皮取之不尽，而石头嘛——嗯，这里到处散落着因风吹雨打而暴露在外的花岗岩，够建几座塔楼和门楼了，但如果还要建别的，就得去采掘更多的石材。

坐着不动解决不了问题。他站了起来（我的膝盖从什么时候开始疼得这么厉害的？看来我老了），一瘸一拐地穿过木料堆。哈苏莱的人正在用大型起吊机把最后几根原木吊上去。尽管因为疲倦而情绪低落，他仍然忍不住停下来观看：一根百年老橡木像孩子的玩具一样升起来，掠过半空。现在我

① 巴布塔什盔的英文名为"Barbute"，这个单词起源于意大利语，意为"胡子"。因为这种头盔戴在头上时，往往会让佩戴者的胡子外露，因此巴布塔什盔其实也可以被称作胡子盔。这种头盔最早诞生于15世纪初的意大利。

们也能做到这样的事了。当初是怎么学会的？若是有未来，我们的未来又会是什么样的……

接着起吊机断了。工程师很快就发现，当初他们把一根出现星形开裂的湿木材制成了支柱，用来支撑平衡杠杆。起吊机的承重把它压垮了。这是相当低级的人为失误。特姆莱正在欣赏橡木在半空划过的壮观景象，平衡物落在了地上，橡木也迅速坠落。树干的一头从吊环中脱落，另一头挂在高处疯狂打转，然后原木直接冲着他甩了过来。不知为什么，他居然因为太过于震惊而没有动弹——

有人像猫一样纵身一跳，将他扑倒在一旁。原木的一端直接扫过他刚才站立的地方，从他头顶呼啸而过。他想抬起头，但有一只手把他压了下去，将他的鼻子压在泥土里。此时那木头恰好荡了一圈又回来了，最后打在起吊机的侧面，终于耗光了最后一点势能。

“你没事吧？”声音充满焦虑，听起来很熟悉。“特姆莱，你没事吧？”

“嗯。”特姆莱用胳膊撑起身体，嘴里满是泥土。“谢谢。”说话的同时，他想起了这人是谁。“德萨凯？是你吗？”

“是的。”德萨凯回答，“我想我的肩膀脱臼了。真麻烦，我还有几百只鸭子要杀、要拔毛呢。”

特姆莱小心翼翼地站起来。人们从四面八方涌过来。“没事，”他对大家说，“没什么实质性伤害——”

“那是你。”德萨凯嘟囔着。

特姆莱伸出手，把他拉起来。“这是第二次了，”他说，“你似乎总能在我有生命危险的时候出现。”

“真的吗？”德萨凯扭动肩膀，疼得大叫一声。“好吧，为了表示感激，你可以派几个人帮我杀鸭子。要是能再找个医生来，就更好了。对不起，我刚才说的话很好笑吗？”

特姆莱摇摇头，“你在艾普－埃斯卡托伊住了很多年，是吗？”

“没错。”德萨凯回答，“成年以后大部分时间都住在那里。”

“原来如此。你会发现这里的医生和你印象中的不太一样，这得事先提醒你一下。”

德萨凯呻吟起来。“就算你们这里的医生蠢得像猪，也应该知道怎么把扭伤的肩膀复位吧。”他说，“就算他们想一边治疗我，一边看我杀鸭子，我也不介意。”

“那行。只要你清楚自己会陷入什么样的处境就行。”

结果，快速而有技巧的一拧让德萨凯惨叫出声又立马痊愈。“你不会死的。”跌打医生兴高采烈地说，“有条件的话，休息一阵子。”他转向特姆莱，“他最好能请几天假。他是干什么的？”

“杀鸭子的。”特姆莱回答。

医生点点头，“胳膊和肩膀的重复运动，不是个好主意。找其他人来替一下，让他歇一阵子。”

“没问题。”特姆莱回答，“这事不难。”

不知为什么，他很难找到志愿者承担宰鸭子的工作。最后不得不把挖壕沟的队伍调了过来，就这样他们还抱怨。他回到自己的帐篷，让德萨凯在那里卧床休息（缇尔丹一直在监督制毛毡的小组）。

“现在好点了吗？”

“很不舒服。”德萨凯咧嘴一笑，“哎呀，说真的，你不会指望我说没事了吧？难得有机会可以占一位国王的便宜啊。”

特姆莱微微一笑。“请便。”他说，“正如我所说，这已经是第二次了。大家都快把你当成我的守护天使了。”

“利人就是利己。要不然我怎么逃避那该死的杀鸭子的工作呢？”

帐篷里既凉爽又舒服，外面却热得难受。特姆莱想起自己快有三十六个小时没停下休息过了。“陪我喝一杯吧。”他说，“我一直想跟你打听些事。”

“哦，什么事？”

特姆莱拔出瓶塞。“薄煎饼的事。”他说，“你难道真的没继承你叔叔的食谱？”

德萨凯大笑，“哦，食谱很平常：鸡蛋、面粉、水，再用一点鹅油滑锅。他亲口告诉我的，说了很多次。问题是，他自己从不按食谱来。”

“哦。”

“他就是那样的人。”德萨凯从特姆莱手中接过杯子，继续说道，“一想到有人能在他的独门绝技上跟他媲美，他就受不了。说真的，我不怪他。如果你在某个受欢迎的领域成了无可争议的大师，有什么理由要教会别人来取代你呢？”

“有道理。”特姆莱说，“不过要是我的话，我不愿意让这秘诀就此失传。”

“那是因为你不是我叔叔。”德萨凯回答道，“我敢担保他要的就是这效果。这样，在今后的岁月里，人们会摇着头说，谁做的薄煎饼也比不上箭匠顿代。你知道，这种事大家记得最牢了。这也是一种名垂不朽，和伟大的诗人没有区别，只不过诗人的难度更大。毕竟，跟对薄煎饼念念不忘的人数相比，有多少人真正关心诗歌呢？”

“原来如此。”特姆莱严肃地说道，“这么说，如果我想要名垂不朽，与其去征服佩里美狄亚，倒不如去学怎么煎面团。”

德萨凯打了个呵欠。“很有可能。首先，它没有那么大的不确定性。无意冒犯，但你能被后人铭记的，很可能是被巴达斯·洛雷登和帝国杀得一败涂地。这也不错，只是名声不怎么好听。但如果人们记住你，是因为你的薄煎饼，那么原因就只有一个，那就是你做的薄煎饼是有史以来最好的。"他微微皱起了眉头，"你打仗就是为了这个吗？"

"并非如此。"特姆莱回答，"哦，我不是没动过念头，刚才看着大家干活的时候我就有过类似的感慨。一百年后，如果大家记得我是那个带领族人发展技术和工程的人，我会很欣慰。当然前提是我能活到那一天。但显然，我不能。到那时候我早死了，什么都不在乎了。"

德萨凯又打了个呵欠，疼得抽搐了一下。"照现在的情形来看，"他说，"这是个明智的态度。我不知道巴达斯·洛雷登是否也这么想。他身负丢掉佩城的恶名。你认为他是一门心思想打个翻身仗，还是根本不关心自己的名声？"

"这是你第二次提到他了，"特姆莱平静地说，"为什么？"

"不为什么。"

特姆莱挠挠后脖子，"你不是想刺激我吧？"

"这么做有什么好处？"

"谁知道呢。"特姆莱回答，"没准你是在试探我的弱点，想看看提到他的名字时我会不会脸色发白、浑身颤抖。间谍都喜欢这么干。"

"不见得。"德萨凯伸出杯子请求续杯，"据我所知——注意，我只是在推测，所有的间谍想要的都是铁一般的事实。你知道的，就是军队调动、武力分布、城市防御系统的平面图、火力攻击的盲点，等等。我不认为凭着对你了如指掌就能打胜仗。"

"好吧。顺便问一下，说真的，你是间谍吗？"

"不是。"

"那好，我相信你的话。"

德萨凯低下头。"谢谢，"他说，"不过好奇地问一句，你安插了间谍在敌军里吗？”

“没有吧。”特姆莱回答。

“就算有，恐怕你也不会告诉我，以防我在下一份报告中提到这点。”

“没错。轮到我了：在艾普－埃斯卡托伊被攻下以后，你为什么来到这里？你明显不适应这里的环境。”

“这里环境挺好，只不过大家排斥我，认为我是间谍。”

特姆莱抿起了嘴唇。“这只是部分原因。”他说，“不过，你的举止行为确实格格不入。你可以去任何地方，岛屿区、科里昂、奥斯拉；你可以往东，也可以待在艾普－埃斯卡托伊等待重建。难道就找不到一个更容易融入的城市吗？”

德萨凯大笑起来，“不知道你从哪里得出我可以去任何地方的结论。首先，在艾普－埃斯卡托伊陷落时我失去了一切。为了到这里来，我花光了最后几夸特。即使是这样，我还走了很长一段路，因为我付不起最后一段旅途的车马费。”

“好吧，”特姆莱让了一步，“但这么一来，你最终能去到任何地方都是个奇迹。你就不能——当然，在历经艰难险阻以后——去一个不需要拎着一羊皮袋的水在荒野里跋涉两天才能洗澡、修面的地方吗？我的意思是，你一路上会经过好几个挺不错的城市。我们这儿有那么大的吸引力吗？”

“鸭子。”德萨凯回答，“我一辈子都在默默地渴望在满是鸭屎和鸭血的地方过日子。”

特姆莱认真地点点头，“这一点我可以理解。”他说，“其实这样很不好。我应该出去工作，给大家做榜样的，但外面太热了。”

“有机会就要好好放松一下。”德萨凯附和道，“不过关于你提起的这个话题，我想你应该可以理解我的想法，因为你做出了同样的选择。”

“是吗?”

“当然。你曾经在佩里美狄亚居住和工作过一段时间。别告诉我你对在那里的每一分每一秒都深恶痛绝,恨不得立刻离开。我是不会相信的。我的意思是,如果你真的厌恶佩城,为什么要在之后花费那么多的时间和精力,将你的子民变成翻版的佩里美狄亚人?”

特姆莱一动不动地坐在那里,沉默良久才开口。“你知道吗,”他说,“我不确定该怎么回答。首先,这只是副作用而已——为了拿下佩城,我们不得不学习如何建造攻城器械,于是我们从基础知识开始自学。然而,等我们达到了最初的目的,如果就此打住,让大家回到草原去放羊似乎又太可惜了。还有,是的,你说对了,我一点也不讨厌在佩城的日子。我很喜欢,那里的市民也很可爱。”

“于是你消灭了他们?无意冒犯,只是问问而已。”

“你的问题很合理。我想这是不可避免的,要伤害敌人,往往会连累到朋友。你不可能把战争和毁灭像硫酸和硝酸一样封存在一个小瓶子里。要拿它们当武器,你就得使劲摇晃。”

德萨凯微微挪动着身子,躺了回去。“确实如此。”他说,“不过,效仿被你摧毁的人又是怎么回事?你觉得是因为内疚吗?或者说,你除掉他们的目的,就是为了取而代之?”

特姆莱皱起了眉头。“我不是故意的。”他说,“我认为事情就是这样,你越仇恨你的敌人,就会变得越像他。仇恨会营造出一种非常亲密的关系,它让你不断接近仇人。有时候我觉得,如果你不了解一个人,就无法真正地恨他。你能伤害鸭子,甚至可以漠然、冷血地宰杀它们,但你不会对鸭子心怀仇恨,这大概是因为你压根儿不了解它们。”

德萨凯微微一笑。“鸭子有什么可了解的?”

“啊，瞧，我就知道你会这么想。小时候，我父亲和叔叔第一次带我去捕猎时就告诉我，一个真正的猎人必须了解他的猎物。我也深信他们‘热爱’那些鹿和野猪。他们谈起这些猎物时充满了感情，似乎在谈论家人一般。我想这是因为他们研究和观察了很久，以至于产生了亲近感。他们总是要求我对被猎杀的动物说谢谢。在我年纪很小的时候，我曾经问过父亲，像这样杀害动物会不会让他难过。他说，是的，他很难受，因为每次他都觉得像是失去了一个朋友。在我搬去佩城之前，我一直不能理解这种感情。如今，我还是不知道怎么解释，但至少我明白他的意思了。”

“解释不通。”德萨凯说，“不过，友谊和爱情不也是一样吗？我想这大概就像我们不时听说的那种可怕的家族恩怨，如果不是彼此相爱，他们也不会那么恨对方了。比如洛雷登兄弟就是这样。”

“三次了。”

“什么？哦，是的，对不起。不过这是个很恰当的例子。”

“你说得对，”特姆莱说，“确实是个恰当的例子。巴达斯·洛雷登曾经是我在这个世上最痛恨的人。现在不是了。也许是因为今时今日是他在追杀我，而不是我在追杀他。”

德萨凯看着他，“如果他真的把你干掉了，你会原谅他吗？”

特姆莱微微一笑，“我已经原谅他了。”

他们发现事情有些不对劲是在吃完早饭出门做生意的时候。尽管如此，也是过了一阵子他们才注意到异常的状况。

帝国士兵出现在街头。有半个排的士兵散布在各个街角，他们的表情异常尴尬，像被心爱的姑娘爽了约的小伙子。文纳德倒是意识到有些不对劲，但因为起得太早，脑子还不太清醒，也就没有去细想这背后的深意。再说了，在岛上，成群结队的人无所事事地站在街角是个再正常不过的现象。这种现象应该有一个简单、合理的解释。至少，文纳德宁愿相信这一点。

等到了集市广场，大家全都开始觉得不自在了。因为这里有一个连的士兵整整齐齐地列队站着，武器毫无遮挡全都暴露在外。

“千万别说有人要抢他们的仓库，”艾莎兹说，“这借口太烂了。”

“那人在市场大厦的门上贴告示。”艾希莉指出，“他是他们的人吗？”

“不知道。哎呀，走吧，我们去看看上面写着什么。”

行省政府的行文方式简洁明了、条理清晰：自布彻皮登第七日凌晨开始，（“什么时候？”艾莎兹问道。“今天，”文纳德回答，“别说话。”）艾普－埃斯卡托伊总督，凭法律赋予他的权力，等等等等，将岛屿区并入帝国西部边缘行省。依照帝国法律，岛屿区公民的所有财产将合法归属于该总督。为保障全面兼并的顺利实现，下列为过渡期间的治安条例：未经许可，不得进入或离开此地；公民不得与外邦人签订有法律约束力的合同；未经事先批准，不得有超过十人以上的团体在公众场合集会或聚集；所有的武器和军需品即时上交；所有非公民需即刻至外邦人委员会报道；所有建筑不得上锁，以便相关人员进入建筑，清点库存；关于公共秩序的各项规定；关于人口普查以及临时税收的公告——

“他们不能这么做。”艾莎兹说。其余众人一言不发。贴告示的那人把锤子放回包里，走开了，边走边和卫兵队长交谈了几句。

“没关系，”文纳德迅速清点了一下人数说道，“我们只有四个人。”

“你闭嘴吧，文。”这是维特里丝第三次阅读这张告示，“原来如此，都怪你和你那个该死的船主协会。”

“什么？”

“就是那件事引起的。”她压低了嗓子，愤怒地说道，“你们以为可以戏弄他们，敲他们的竹杠，现在好了。”

艾莎兹拉拉她的袖子。“好了，”她说，“我们走吧。照我看啊，那些士兵看起来个个都像随时要拔剑的样子。”

“什么？哦。”维特里丝和另外两人跟着艾莎兹来到市场大厦后面，停在一条小柱廊下。那里已经聚集了几群满脸焦虑的公民，每一群都少于九个人。

“这样，”艾莎兹用大家都听得见的声音耳语道，“我们先回家，尽量收拾些能够轻松携带的钱和贵重物品，想办法到船上去。只要离开岛屿区，他们就没办法追踪我们，或者对我们采取别的措施。他们没有自己的船。这就是为什么他们永远也不可能得逞。”

文纳德对她拉长了脸，“那你说，我们该怎么对付已经在船上的那些士兵？难道你忘了他们要搭乘这些船只入侵佩里美狄亚？艾希莉，你怎么办？你是公民还是外邦人？”

艾希莉思忖片刻。“你问到点子上了。”她说，“是的，我是公民，因为我在这里有财产。但也许我可以耍些花招，让他们以为我是沙斯特人。但这一点对你们有什么帮助？”

“哎，总得有人出去求救。”文纳德说，“组建一支军队，把这群混蛋扔到海里去。所以你得设法离开并发出警报——”

艾希莉看着他。“别傻了，”她说，“有谁会来救我们？”

显然文纳德还没想过这一点。“雇佣兵，”艾莎兹说，“我们可以招募雇佣兵——见鬼，不管要花多少钱，我们必须把他们赶出岛屿区。做到了这一点，我们就安全了。”

艾希莉摇摇头。“你在做梦吧。”她说，“一支远征军肯定有五万人吧？面对抵抗，你需要至少三倍的兵力才能登陆。我们上哪儿去找——”

“不对，”艾莎兹打断她，“你错了。现在他们是有五万人，但等他们出发去对付特姆莱之后，留在这里的不过是一支小小的戍卫队。到那时，我们就可以对付他们了。”

艾希莉闭上眼睛，又睁开。“到那时他们已经把我们的船带走了。”她说，“这是个不太实际的建议，不是吗？一旦得知我们干的好事，他们就会火速返航，而我们毫无取胜的机会。你知道他们是怎么对付叛乱分子的吗？”

“一定有什么办法——”艾莎兹话才讲了一半，就见到五名士兵和一名军士朝他们走来。文纳德正准备逃跑，但他的妹妹抓住他的胳膊。“你要是敢跑，他们会杀了你的。”她小声说道。

士兵走近以后，停住脚步。“文纳德·奥泽尔，”那军士说道，“艾莎兹·米萨吉斯。”

文纳德深深地吸了一口气。“我是文纳德·奥泽尔，”他说，“有什么——”

“艾莎兹·米萨吉斯。”

艾希莉、维特里丝和艾莎兹一动不动地站着。军士等了片刻，然后点点头。“好吧，”他说，“把他们全带走，回头再确认他们的身份。你们被捕了。”他想了想，加了一句，“这边走。”

十五

“我讨厌被逮捕，”艾莎兹说，“太无聊了。在牢房、审讯室、等候区和会见室里一坐就是几个小时，什么事都做不了，也没什么可看的。而且这些地方不是太热，就是太冷，还有食物——”

那天早晨，这里还是一间隐蔽在走廊尽头、令人难以察觉的投资者商会办公室。走廊连接着那道三面环抱着会所的长廊。那天早晨，这里还是藏在一条窄小通道尽头的宽敞的大办公室，是低调和奢华完美融合的典范，是众人梦寐以求、想要一睹为快的地方。众所周知，阿洛伊德·库会长是个狂热的家具收藏家，尤其热衷于收藏在佩里美狄亚经营了六代人的阿拉晋家族制作的那些精致昂贵又完全不实用的骨质和象牙桌椅。大家都说，她其实并不怎么喜欢这些家具，之所以收藏只是因为它们的稀有和贵得离谱的价格。阿拉晋家族因佩城的沦陷而灭亡，造成了供应稀缺，如今这些家具很有可能大幅升值。人们说，只要能一睹一百五十年前卢卡斯·阿拉晋用一根完整的鲸鱼骨雕刻出来的奇形怪状且略显荒诞的灯柱,就算在办公室外的大理石硬板凳上坐一两个小时也值了。

“你经常被逮捕,是吧?”文纳德问道,“抱歉,我只是好奇而已。”

艾莎兹耸耸肩。“看你在什么地方。”她说,“在某些地方,这是一种认可的表示,类似于当地人在用自己的方式跟你说,‘你好,欢迎来到我们美丽的城市’。有一阵子,我常去贝佐斯拜访,我和那里的税务局警卫室的看守人很熟,经常一起下棋,有时候我还帮他们缝扣子——”

“就你?”文纳德打断她,“你什么时候会缝扣子了?”

当天晚上,这里变成了新任岛屿区副总督贾维克市长的办公室。不知为什么,跟几个小时前比起来,走廊显得更暗更阴冷,大理石凳变得更硬,能看到著名的阿拉晋作品也不再是当务之急了。事实上,维特里丝觉得有点毛骨悚然,似乎她自己成了一样新增的收藏品,被丢在仓库里等待分类、盖章再放进柜子里。她以前认识一个收集鸟骨架的人。这个人跟她描述了如何剥皮、如何煮熟并分离脑子和肌肉、如何漂白骨架、如何完整地搭建陈列品。她当时居然觉得这番话颇为引人入胜,尽管有点恶心。

“我想说明的是,”艾莎兹说,“被不同的人逮捕有不同的含意。说不定这不是什么坏事,只是想更好地了解我们而已。”

文纳德叹了口气。“那你又该如何解释为什么这里只有我们?”他说,“难道你认为,在他们眼里,整个岛屿区只有我们这几个人才值得结交?”

艾莎兹两只又细又长的手摆出恼火的姿势。“行啊,”她说,“尽管自怨自艾吧,反正不关我的事。我只是看不出你这么做有什么用。毕竟,焦虑地坐在这里,对改变我们的境遇没啥帮助。但是,如果你认为这种态度有用,那就请便吧——”

“艾莎兹,”艾希莉抬起头来,盯着她的眼睛。“闭嘴。还有你,文。我知道你们都很害怕，觉得斗嘴能减轻恐惧，但这种行为已经让我厌烦了。”

“你说的是你自己，”艾莎兹不耐烦地说，“我一点也不害怕——”

门开了。两名卫兵一直像雕像般站在他们身后，堵住了后方走廊，此时打手势示意他们站起来进去。“瞧着吧，不会有事的。”艾莎兹悄声说道。其他人没理她。

副总督贾维克是个圆滚滚的家伙，在天国之子中算矮的，头顶像鸡蛋一样光秃秃的，下巴有好几重，周围一圈毛茸茸的胡子。他看起来既不凶恶也不友善。事实上，他给人的基本印象是疲惫。当然，这完全可以理解。吞并一个国家可不是件轻松的事。

“名字。”他朝着他的文书——一个有着棕色卷发的年轻的外邦人，而不是这四个岛屿区公民说道。文书照着名单把名字念了一遍。他的发音糟透了：艾莎兹·米萨吉斯念成伊苏·穆瑟基斯，文纳德和维特里丝的姓变成了奥兹。他对佩里美狄亚名字倒是挺在行的，除了把佐希思的重音念错以外，其余部分都处理得很好。

“谢谢。”副总督说。文书坐下来，开始整理满满一盘的蜡版。发给帝国军士写报告的正是这类蜡版。“也谢谢你们。”副总督接着说道，显然他刚刚才注意到这几个岛民。“我希望没有给你们带来不便，但有些事非做不可。你们全都是巴达斯·洛雷登司令的朋友——”

“等等，”艾莎兹打断他的话，“我不是。”

贾维克微微偏了偏头，这样既不会扭到脖子又能看到她。

“哦，”他说，“是吗？”他看着正在点头的艾希莉，继续说道，“你们两个，她说的是实话吗？”

文纳德深深地吸了一口气。“是的，先生。”他说，“我想她从来没有见过他。”

“原来如此。”贾维克说，“哎呀，没办法，看来在战争结束之前，你不得不和他们三个待在一起了。至于你，”他继续说道，“你是维特里丝·奥泽尔。”

“是的。”她很惊讶，贾维克的发音准确无误。

“大概七年前，你跟高戈斯·洛雷登有过一段暧昧的关系。”

维特里丝叹了口气。“没错。”没等文纳德替她否认，她抢着说道。真惨，她对文纳德隐瞒了这么久的秘密终于暴露了。“不过，说暧昧关系有点过了。通常大家管这种关系叫一夜情。”

贾维克点点头。“我说错了。”他说，“档案里是这么写的。啊，我很抱歉目前必须将你们四个软禁在家里。我知道你们是无害的，但只要洛雷登司令担任主力野战军的指挥官一天，你们就有可能被人抓去当人质来对付他。能够确知你们安全，没有卷入战争，我们会更放心。我相信你们在仔细思考以后也会明白其中的道理。”

众人一声不吭。

“我们会尽量妥善处理此事。你们将被软禁在奥泽尔家，也就是第四条横巷的第十六号，对吗？不用说，我会安排卫兵驻守在那里。他们会有自己的露营地、盥洗处、伙夫等所有后勤装备，用不着照顾他们，也不用提供饮食。你们每天可以有一个时辰接待客人，当然必须有士兵在场。有问题吗？”

维特里丝从眼角瞟到了那个大名鼎鼎的灯柱。为了看得更清楚，她微微转过头。那玩意儿果然很丑，跟她想象的一模一样。

“依我看，有点名不副实。”副总督说，“当然，我不是什么专家。但我认为晚期的阿拉晋几乎就是在模仿经典时期的作品。而且，不幸的是，他们倾向于将更适用于小工艺品的技术用在大件的物品上。拿那个双耳大杯做例子，看，就在那儿。”

众人随着他指的方向望去，看到一个安放在小小象牙底座上的令人毛骨悚然的人头状的东西。头盖骨被锯掉了，整个脑腔部分就是杯子。手指骨精巧地连接起来，形成两个手柄，分别安插在两个耳洞里。“真是个有趣的物件，不是吗？”贾维克继续说道，“我相信这原来是草原部落一个叛变了的王子的头。大约在一个世纪以前，他在内战中被打败，胜利的一方将他的头送到佩城制成杯子。这是洛雷登司令年轻时带回来的战利品之一。它多半是唯一的头骨制品，不过在我老家的收藏品中，有一个跟它类似的雄鹿头工艺品，是苏达斯·阿拉晋相当早期的作品。”

维特里丝觉得有点恶心。

“这玩意儿很贵重吗？”艾莎兹问道，“如果你有兴趣的话，我刚好知道哪里有一个长得差不多的工艺品。”

（*艾莎兹的坏毛病*，维特里丝想。）

“真的吗？”副总督贾维克身子微微向前倾，“货真价实的阿拉晋作品？有出处的？”

艾莎兹皱起了眉头，“我想是的。当然，我得确认一下。如果是真品，大概值多少钱？”

“钱不是问题。”贾维克回答，“如果你能告诉我拥有这件物品的人叫什么，我会跟进的。谢谢。”

“佐内·凯克。他的摊子在长码头的尽头，随便问个人就知道了。”说到这里，艾莎兹才意识到贾维克说的“钱不是问题”到底是什么意思了。真可怜，她认识凯克有好几年了，人家可从来没得罪过她。“不过，这事有一段时间了吧。”她迅速地补充道，“没准儿现在他手头已经没有那玩意儿了。”

贾维克耸耸肩，“如果是真品的话，我保证能追踪到它的下落。不过今天要谈的不是这个。”他微微转过头，盯着艾希莉。“得了，”他说，“我想你大概要指出，因为你是沙斯特公民，我对你没有管辖权。要扣押你，我就得冒着惹上外交纠纷的危险。啊，首先我认为你充其量有双重国籍，而有很大的可能，你跟其他三个一样都是岛民。不过我不打算去深究这个问题，因为我没有那么多时间或精力。这么说吧，我建议你在我们能够看顾并保护你的地方乖乖待着，这么做也最符合你和受你监护的忒乌达斯·莫罗辛的利益。你们两个多半是洛雷登司令在家人之外最亲近的人了，这种关系自然也给你们带来了危险。如果你认可我说的话——你是个明智的年轻人，我相信你会认可的——我们就不提那些无聊的公民权以及管辖权之类的话题了，也没必要在这个问题上浪费时间。你同意吗？”

艾希莉看着他，就像看着自己在擦得锃亮的头盔面罩上的倒影一样，白费力气。“我想是吧。”她平静地说，“毕竟，就算你们放了我，我也做不成什么生意。”

贾维克微微一笑，“谢谢你提醒我。这么说吧，行省政府已经接管了沙斯特银行在此地的特许经营权——我们已经发公文给基金会使之合法化，我相信不会有什么问题。顺便说一句，你在会计记录方面的清晰和细心值得称赞。等局势平静一些，我想他们会很乐意让你回来担任文书组长的。”

艾希莉注视着他，过了很久才点点头，“你们可真是太抬举我了。”

“除非，”贾维克继续说道，边说边密切观察着她。“除非你有兴趣加入洛雷登司令的部队，跟随他前往下一任职务所在地。就像过去一样，你不觉得吗？”

“我不这么认为。”艾希莉回答，“我对军队的行政事务一窍不通。”

“啊，你用不着急着做决定。”贾维克说，“让我们看看最后的结果如何，好吗？现在嘛，恕我不能奉陪。谢谢你们抽出时间见我以及关于阿拉晋头骨制品的提示。我一定会跟进的。”

两名卫兵向前一步，岛民迅速站了起来。“还有最后一件事。”艾希莉问道。

“什么事？”

“你提到忒乌达斯——忒乌达斯·莫罗辛？你们要对他怎么样？”

贾维克微微一笑，“再次谢谢你提醒我。我跟他谈过了，他打算加入洛雷登司令的部队。有意思的是，最近刚被草原人扣押的经历似乎让他掌握了些颇为有用的当地消息。我敢说，要是他知道你在这里，一定会致以美好祝福的。”

艾希莉皱起眉头，“这么说，他已经离开了？”

“不是已经动身了就是在路上。”

“我明白了。只不过，我手头有一件属于巴达斯——洛雷登司令的物件。是一把剑，一把好剑。我还在想，忒乌达斯出发的时候可不可以把剑带给他。”

贾维克点点头。“古朗剑，”他说，“绝世精品，不是吗？又是他哥哥送给他的礼物，因此也具有情感价值。放心，我们已经安排了。不过，还是要谢谢你提起这件事。”

他对卫兵点点头。没过一会儿，岛民们就回到了走廊上，被迫加快脚步以跟上卫兵的步伐。很快，他们就气喘吁吁地来到了奥泽尔家，简直热坏了。前门开着，门两边各站着一名卫兵。

“等等。”艾莎兹刚开口，一只手在她腰椎上一推，将她推进了房子，门随即在她身后关上了。大厅里还有两名士兵，院子里有三名。其中一个五十出头的又高又瘦的男子自称是卡罗中士，宣称只要他们不制造麻烦，大家应该可以和睦相处。

“我不太喜欢他。”跟着维特里丝走向南后厢的卧房时，艾莎兹悄声说道，“事实上，我不喜欢他们任何一个人。”

维特里丝没有回答。事实上，她已经沉默了有一段时间了。

“我不知道，”艾莎兹继续说道，“我的意思是，我们的船怎么办？其他财产呢？他们不能就这么拿走吧。老天啊，我们该怎么活下去？还有，我们该做些什么？说真的，只要他们事后能离开，让我们得以安生，我宁可他们大肆劫掠一番。被人打劫是一回事，可——”

“艾莎兹，”维特里丝打断她的话，重重倒在床上。“拜托，我头疼得厉害，我需要躺下休息一会儿。”

“什么？哦，好的。我去看看是不是能让他们至少给我拿些衣服来，如果他们没有把衣服也全都没收的话。”

她走了吗？

维特里丝闭上眼睛，点点头，“是的，谢天谢地。她是个挺不错的人，我其实还是很喜欢她的。只不过，一想到要跟她无限期地困在一个地方，我就毛骨悚然。”

可以想象。

维特里丝笑了。“我想，和任何人困在一起都挺惨的。”她说，“但我想，跟我们面临的困境比起来，这只是个小问题。说真的，你觉得会发生什么事？”

我要知道就好了。

“哦。”她叹了口气，“当那个可怕的家伙提起高戈斯·洛雷登的时候，我简直要羞死了。我想我将不得不向文好好解释一番。他一定会暴跳如雷的。只要想想他混的那个三教九流的圈子——”

也许你当初就应该告诉他。不过，我也明白你为什么没有这么做。

“噢，我应付得了文。亚历克修斯，你觉得会发生什么事？在我看来，现在这局面简直糟糕透了，而这全都是我们的错。我们不该挑衅他们。”

唉，该发生的已经发生了。我相信，一旦战争结束，他们就会离开。之后就看你怎么好自为之了。当然，他们会将船和船员带走，直到培训出自己的人手。换了我的话，我会好好想想今后要去哪里。

“哦，”维特里丝重复道，“你是说，永远离开岛屿区？我从来没有……啊，太可怕了。真的，他们不能这么对我们。”

别指望他们大发慈悲。他们不需要你们。他们多半会将岛屿留下来当海军基地，到时候会有旅馆、商店之类的需求出现，但他们更愿意使用自己人，因此很可能会把你们集体迁往帝国中心的某个地区。这是他们保证控制权的有效方式之一。

维特里丝安静地躺了一会儿。“你认为我们该去哪儿？也许可以去科里昂——但那里很热，我恐怕无法适应。再说，我们又该靠什么来维持生计呢？我想这取决于是否能带着财物离开。我们应该可以开家店，尤其是如果艾希莉跟我们在一起的话——论生存能力，她是天生的斗士。我想文在科里昂有些朋友，也许他们会伸出援手。”

也许。当然，要不了多久，帝国又要吞并科里昂了。依我看，如果我是你的话，我要去的地方会比科里昂远得多。

她摇摇头。“听了你的话，我真的开始灰心了。”她说，“我没说你说得不对，我只想知道为什么这一切发生得如此之快。”

很简单，只因为巴达斯·洛雷登拿下了艾普－埃斯卡托伊。他们原本会在那里停滞长达十年之久，而且也没有胜算。说不定，没有巴达斯他们永远不可能成功。艾普－埃斯卡托伊是坚不可摧的，根本无法绕过它，帝国又没有舰队。现在，艾普－埃斯卡托伊陷落了，帝国有了舰队。一个人是如何影响元理的整体流向的，这个研究课题绝对吸引人。要是我还活着就好了，我可以就这个课题写一本书。

有很长一段时间，没人说话。

“搞什么鬼——”伊苏斯终于打破了僵局，“她怎么在这里？”

高戈斯皱起了眉头。“别这么说你母亲。”他说，“来吧，这可是个历史性的时刻，我们一家首次重聚，在相隔——多少，尼莎，在相隔多少年以后？绝对有二十年以上了。”他思考片刻，弹了下舌头。“伊苏斯，你今年几岁了？二十三？”

桌子的正中央，高戈斯放了个杯子来接屋顶漏下来的水。这个杯子是他们的父亲用一片从头盔上切下来的钢板打出来的，而这头盔又是父亲的父亲从战场上—— 一百多年前中邦的最后一场战争——捡来的。雨水落在杯子里，发出叮当响声，像锤子轻轻打在铁砧上又弹开。

“二十三，”高戈斯重复道，显然没人想加入对话。“也就是说，离上次我们全家围坐在这张桌子前有将近二十四年了。唉，很高兴看到大家都没怎么变。”

克利法斯和佐纳拉斯一动不动地坐着，像钟塔里没上发条的机械铁人。尼莎正在生闷气，她双臂交抱着，仰着下巴，凝视着窗外的大雨。伊苏斯正在将一块布撕成布条，牙齿咬着布的另一端。大家都懒得去清理之前三顿饭用过的杯子和盘子。不过，至少克利法斯花了点时间碾碎了一两只蟑螂。高戈斯坐在桌子一头的主位上。为了这个隆重的时刻，他特地穿上了科里昂织锦缎做的新衣新裤，还戴着他父亲的戒指。这是在家族里代代相传的。

“你会发现你的房间还保持着老样子。”他对他姐姐说，“衣柜是原来的衣柜，床也是原来的床。当然，你得和伊苏斯住一个房间，但这应该不成问题。不过，也许我们应该考虑一下，将原先放苹果的储存室改装成另一间卧室，要不然家里就显得有点挤了。”

“你睡哪里？”尼莎头也不回地问道。

“那还用说，我睡父亲的房间。”高戈斯回答道。

“就知道。”

伊苏斯已经将那块破布撕成了布条，现在开始将布条撕成小块。“来吧，”她说，“快点说出来吧，早说完早安生。”

“说什么？”

她将手搁在桌子上。“你马上会说，”她说，“‘可惜巴达斯不在这里，不然我们就阖家团聚了。’难道不是吗？”

高戈斯眉头微蹙，“好啦，没错，如果巴达斯也在这里就好了，可惜他不在。他现在有自己的生活了，正在大展宏图。他知道，任何时候，只要他想回来，他的家永远在这里。”

“哦，天哪，”伊苏斯用她那只残缺的手拍着桌子，“高戈斯舅舅，你为什么一定要把她带到这里来？好，反正我不会跟她住一个房间，说话算话。我宁可睡在草屋里。”

“好啊，”尼莎喃喃自语道，“你去啊。”

“尼莎！”

老天啊，尼莎想，*他说话的样子跟父亲一模一样。这可实在……不舒服。*高戈斯怒视着桌边每一个人，双臂令人不安地抱在一起。*他马上就会让我把粥吃干净了。*

“还有你们这几个，行行好吧，我们之间确实存在分歧，天知道——没错，用不着你们说，我自己承认，大部分是我的错，我不打算在这件事上含糊其辞。但，过去是过去，现在是现在。让我们坦白地说吧，没有人是完美无缺的。”他停下话头，再次用愤怒的目光环视了一圈。“尽管我很不愿意走到这一步，但我认为还是有必要这么做的。让我们从你说起，尼莎。你是个以自我为中心的人，完全没有是非观。除了你自己，你从来没有关心过任何人、任何事物。在思科纳陷入危机的时候，你一走了之，将所有靠你来维持生计的人留在原地等死。我是唯一一个想办法去挽救的人。我带走了一部分人，把他们带到这里，但你完全不关心。你背叛了一座城市——一整个城市啊，就因为你不想还债，成百上千的人等于被你宣判了死刑。

“还有，你对待自己女儿的方式简直令人厌恶。当我把她带回思科纳的家的时候，你是怎么做的？你把她扔进了监狱，看在老天的分上。还有你，伊苏斯，你也别一副沾沾自喜的样子，你是最没有资格的人——你想谋杀自己的舅舅——你闭嘴，让我讲完。你为了一件根本不是巴达斯的错的事。他只是在尽职工作而已，他压根儿不知道那人是你的叔叔，他那时候甚至根本不知道有你的存在。我对你的遭遇深表遗憾，但，说真的，你只能接受现实，趁你还有一丝理智，学着做一名头脑清楚的正常人吧。

“至于你们两个，”他忽然掉头，怒视克利法斯和佐纳拉斯。“你们也好不到哪里去。你们什么都有，有农场，还有巴达斯寄来的钱，每一夸特都是他冒着生命危险攒下来的。可你们做了什么？你们肆意挥霍，把钱全都浪费光了。老天啊，要是我能得到你们所拥有的一切，就在这里，在家里，干着我们的老本行，而不是满世界流浪，为了维持生计去打架、去欺骗、去压榨旁人——你们知道吗，我平时不怎么容易发怒，但这事真的把我给惹火了。”此时，周围一片寂静，似乎就连雨水也不再往钢制的杯子里滴了。“老实说，我们当中只有一个人可以说是一直在往正道上走，总是先人后己，那就是巴达斯——也正是因为我们的所作所为，他成了唯一一个不能回家的人。难道不是吗，克利法斯？佐纳拉斯？当他需要一个干净而安全的地方时，他回到了这里。然而，当他发现了你们两个做的好事以后，他厌恶到无法继续留在这里。看看他现在在哪里吧，相当于流放了。都是你们两个的错，我真的无法原谅你们——但我必须原谅，因为我们是一家人，不管做了什么错事，都要待在一起。不过，我求求你们了，为什么你们就不能做出点努力，别再像被宠坏的孩子一样互相斗嘴了呢？这个要求不过分吧？”

有很长一段时间，没人说话。然后伊苏斯咯咯笑了起来。“对不起，”她说，“说真的，这太好笑了。尽管干了那么多可怕的事，我们却注定是和和乐乐的一家子。高戈斯舅舅，你真是绝了，真的。”

高戈斯转过来，瞪着她，让她忍不住打了个哆嗦。“你什么意思？”

“哦，拜托，听听你说的是什么话。我只是好奇，你还记得巴达斯舅舅杀了你的儿子，把他的身体做成了——”

“闭嘴。”高戈斯深深地吸了口气，让自己保持冷静。“如果一直为过去的事打击自己，再互相伤害，那我们不如就此放弃。过去的就让它过去，关键是我们将来要做什么——我们得一起努力。至少，该有的都有了。我们有农场，还有彼此，没有农场主或外人紧盯着我们——”

“行省政府呢？”仍然盯着窗外的尼莎打断了他的话，“你觉得他们自己消失了。”

“我能对付他们。”高戈斯回答，“没什么可担心的。真的，只要我们一家人团结在一起，就再也没什么可担心的。最艰难的时期已经过去，我们熬出头了。漫漫长途，有时候我们不得不走一些弯路才能回到正确的路上。但是现在没关系了，我们回家了。要是你们这些人能理解——”

克利法斯站起来，朝门口走去。

“你去哪里？”高戈斯问道。

“去照料猪群。”克利法斯说。

“哦，”他吐出一口气，似乎放松了下来。“这样吧，为什么我们不一起去照料猪群呢？做一些有用的、有建设性的事情，总比像猫头鹰一样闷闷不乐地围坐在这里强。”

他的语气表明,参加与否不是可以自由选择的。

外面,天开始黑了。大雨将院子的最低处变成了泥水潭。排水的沟渠又被峨参[1]堵住了,还没有人过来清理。尼莎穿着从沙漠地区一直穿到这里的沙滩鞋,感到脚趾间都是泥巴。

“你觉得我们还要忍受多久?”伊苏斯在她耳边悄声说道,“难道他真的以为我们会留在这里,在余生中假装什么都没发生过?”

尼莎把头转开。“我才不管他在想什么呢。”她大声说道,“同样,你在想什么我也管不着。这简直太荒唐了。走开,别烦我。”

伊苏斯笑容满面。“你以为,你可以把他骂醒,像在思科纳时那样对他发号施令。”她说,“哈,我认为没用,他已经无药可救了。不过,往好里想,据我所知,他实际上已经把这个可怕的国家献给了帝国,迟早他们会把他关起来,让他摆脱痛苦的。到时候我们就可以继续做自己的事了。”

猪圈的味道很难闻,已经有一个星期没人来打扫了。雨水从屋顶的一个洞里流下来,在地上汇成一道泥浆水,从门底下流到院子里去。高戈斯似乎不介意被雨淋湿。他的全新绸缎衬衫多半已经被毁了,但他没注意到,或者压根儿不介意。他就像个小孩,因为得到大人的允许可以帮上忙而兴奋不已,伊苏斯想。可惜。总的来说,要是巴达斯舅舅也在这里那就太有意思了。他和高戈斯舅舅可以在齐膝深的猪粪里互殴至死。

“来吧,佐纳拉斯,把耙子给我。”高戈斯说,“尼莎,你拿着铲子。”(尼莎待在原地不动。)“克利法斯,独轮手推车在哪里?哎呀,我的天哪,你不会是还没修好它吧?我记得上周就叫你去修的。除了我之外,这里有谁在干活吗?”

---

① 一种野生植物,开淡雅的白花。

“家人团聚。”巴达斯·洛雷登待在原地不动，“我在想我是不是应该说你长大了之类的话。”

忒乌达斯·莫罗辛在帐篷口僵住了，“我以为你看到我会很高兴。”

巴达斯闭上眼睛，懒洋洋地把头往后一靠。“对不起，”他说，“我不是那个意思。我只是希望你没有来。”

忒乌达斯呆住了。“嗯？”

“要是我说，我希望你永远不要再出现在我的生活里。”巴达斯继续说道，“你一定会认为我是个很残酷的人，你可能不理解，我这么说是为你好。”他睁开眼睛，站了起来，但并没有走向那个男孩。“看到你安全而健康，我很欣慰。”他继续说道，“请相信我这话。但你不应该出现在这里，不应该搅和到这场战争里。你应该待在岛屿区，在那里你有大好的前途。”

忒乌达斯正打算说什么，又打消了这个念头。他变了，他想，我预料到他会有变化，也许是老了一点、瘦了一点之类的，但并没有。一定要说有什么变化的话，他变得更年轻了。“我想到这儿来。”他回答道，“我想见证你打败特姆莱，让他为自己的所作所为付出代价。我相信你可以做到。我要在现场亲自见证这个过程。这么想很糟糕吗？”

巴达斯微微一笑。“是的，”他说，“不过，别担心了。既然你已经到了这里跟我在一起了，那就别闲着。”

忒乌达斯松了口气，咧嘴笑了，因为他说“那就别闲着”时的语气跟过去一模一样。他早该知道不会有什么真情流露的戏码，不会有拥抱或眼泪之类的，反正他也不需要。他真正想要的是让日子回到从前，回到当初沙斯特士兵闯入他们家，让一切都变了样之前。“好，”他说，“你要我做什么？”

巴达斯打了个呵欠，现在他看起来是真的很疲倦了。“让我们看看，艾希莉是怎么教你记账的。”他说,“如果你平时留心,上手应该很快。在处理文件方面,没有人比得上艾希莉。顺便问一句,她最近怎么样?”

他言辞之间似乎别有深意——看来,他还没有听说那件事。为什么?为什么他们不告诉他?“上次我见到她的时候,”忒乌达斯小心翼翼地措辞,“她还好。”

“很好。亚历克修斯呢?他怎么样了?你最近见过他吗?”

这一次忒乌达斯不知道该怎么回答了。他真的不想成为传递噩耗的人——更何况还得被迫透露在岛屿区发生的事。但这事他迟早得说,他也不想撒谎……“亚历克修斯,”他重复道,“看来你没听说。”

巴达斯眼神锐利地抬起头来。“没听说什么?他是病了还是怎么的,对吗?”

“他过世了。”忒乌达斯说。

巴达斯静静地坐着。“他们俩都去了。”

“什么?”

巴达斯摇摇头。“没什么,”他说,“抱歉。我昨天刚听说,我的另外一个朋友也过世了,是我在验甲所时的同事。他是什么时候过世的?”

忒乌达斯的嘴变得很干。“有一段时间了。”他说,“真的很抱歉,我以为你早就知道了。”

“没关系。”巴达斯说(毕竟,先死后葬,历来如此,尽管也有例外),“他老了,这种事很正常。只是——唉,觉得有点古怪。我以为如果有这种事我应该会知道的,不知道你能不能明白我的意思。”

“有一段时间,你们关系很好,对吗?”忒乌达斯说,话一出口他就意识到这话可能雪上加霜了。

“是的。”巴达斯说,“但我有很多年没见到他了。如果你记得他是如何过世的，不妨说来听听。好了，让我们给你找点事情做，还是说你希望能休息一下？今天一整天，你应该都在旅途中吧？”

“没事。”忒乌达斯说，“你刚才是说，希望我做一些关于账目的工作吗？要管理一支军队，肯定有不少文书之类的事务。”

巴达斯笑了。“多到你不敢相信。”他说，“至少这支军队是这样的。不知为什么，在麦克森麾下时我们几乎从来不管这些。而眼前这些人，离开单据、申请书、报告以及鬼知道其他什么文件，他们几乎什么也做不成。”

忒乌达斯坐在东歪西倒的小折叠桌后面，少许纸张和蜡版盖住了桌面。在岛上的时候，他从来没有当过正式的学徒或合同工，但见识得多，文书的工作他已经足够熟悉了。“如果你同意，我可以先对一下日月账。”他说，“你有算筹吗？”

“在那个木盒子里。”巴达斯回答，“什么是日月账？”

忒乌达斯笑了。“对不起，”他说，“在我们那里——我是指，在岛上，这是他们对标准复式记账法的称呼。”笑容仍然挂在他脸上，像中钢盔①的面罩一样，一张钢铁的假面，“你知道的，就是收入和支出。我们在左边一栏画个小太阳，右边一栏画个小月亮。”

“啊，好的，当然可以。那可真是帮了大忙了。”

忒乌达斯打开盒子。盒子是雪松木制成的，散发出一股甜香。它的颜色是白的，晕染着一抹绿意。木盒里面有一个袋口以一根丝绳扎紧的小小丝绒袋。他打开绳结，倒出一把他平生所见过的最精致的算筹。算筹是由牛油黄的金子制成，有着代表帝国品质的细腻做工，正反两面都刻着寓言人物的深浮雕。不用说，他根本看不懂算筹上刻的铭文和人物图案。这些算筹是帝国样式，描绘的是天国之子的文学作品，刻的也是天国之子的文字。

① 一种欧洲中世纪敞面战盔，配有锁子甲面罩（aventail）和带铰链的面罩。

“算筹原先属于一个叫伊斯塔的人。”巴达斯说，“我从他手里继承了这玩意儿，还有这支部队。你喜欢的话就留着，我讨厌算账。”

“谢谢。”忒乌达斯说。盒子里除了算筹还有一小截粉笔，他用粉笔来画线条——实线代表整十，虚线代表中间的五。“不过，你确定要送我吗？这些算筹看起来很贵重。”

“老实说，我从来没有考虑过这个问题。”巴达斯回答，“跟这帮人混在一起，你估算价值的方式会变得完全不同，你久了就明白了。”

忒乌达斯完全不懂，但还是点点头。“你确定就好，”他说，“能用上这些算筹是我的荣幸。”

巴达斯笑了。“大概就这样了。”他说，“听着，我们准备出发了——困在这个地方的时间比预计的要长得多，严重耽误了行程。我现在得离开去处理一些事情。你在这里单独待一会儿行吗？”

“应该没问题。”忒乌达斯边回答边将算筹摆在线上，“手头这些活儿足够让我忙一阵子的了。”

之后的一个小时左右，他的脑袋被工作填得满满的。他要全力应付除数、商、被乘数；要找出录错地方的收入项；还得竭力看懂巴达斯手写的字迹。他能感觉到算筹留在指尖的如织物般滑腻的手感，能听到当他将算筹扔回袋子里时它们互相碰撞发出的轻柔的当啷声。可这还不算，等他沉浸在更复杂的计算中时，算筹上雕刻的图案居然深深地刻在了他的脑海中，就像从磨刀石上飞溅出来的金属碎片嵌入磨刀人的手中一样。有一幅浮雕描绘了军队向战场进发的场景。前景有一名天国之子骑在又高又瘦的马上。在他身后，是尸体和人头的海洋。在钢雕师的凿刀下，每一个牺牲者都不过是寥寥几笔。有一幅刻了一座由收缴来的武器堆成的纪念碑。为了庆祝胜利，纪念碑竖立在战场上——剑、长枪、头盔、胸甲、护臂、护腿堆得高高的，顶端矗立着代表帝国的光芒万丈的太阳标志，如同矗立在山峰上的信号塔。另有一幅浮雕刻了一座正在被围攻的城市，背景是高高的塔楼和棱堡。在前方战场，工兵顶着防守方的箭雨和抛射物，在高高的柳条盾的掩护下挖着隧道的出入口。还有一幅描绘军械厂的浮雕，图上有两个人用木桩将一副头盔挑起来，而第三个人则在旁边看着。因为看不懂文字，忒乌达斯不知道这些浮雕纪念的是哪一场战争、哪一次围困，攻打的又是哪一座城市。但这无关紧要，它们可以是你想象的任何一场战争、任何一次围困以及任何一座城市（因为，从远处、从战场以外看去，所有的战争、围困以及城市都很相似）。在忒乌达斯看来，这很可能是故意的。帝国永远都处于战争中，永远都在庆祝新的胜利，因此不管是刻在算筹上的图案还是军队的行军曲，将对胜利的庆祝描绘得模糊一点、普遍一点，这是一种非常明智、非常实用的做法。

他想起自己忘了件事，就是他刚才扔在地上的行李：一个小旅行包以及一个包着油布的长长的包裹。恰在此时，巴达斯走了进来。

“我刚想起一件事。”忒乌达斯说，“很抱歉刚才忘了。我给你带了一样东西。”

巴达斯挑起一边眉毛，“真的吗？你太客气了。是什么？”

忒乌达斯跪下来，捡起包裹，递给他。解开绳结的时候，巴达斯的神情或许有一丝变化，然而当他将古朗阔剑抽出来的时候，脸上已经没有任何表情了。

“原来如此。”他就说了这么一句，接着把剑放了回去。“算账算得怎么样了？有头绪吗？”

“当然，你完全可以随时离开。”外来人口管理局的人告诉他，“作为沙斯特公民，你不会受到这里任何事件的影响。”接着他又指出目前没有出发去沙斯特的船，不管是现在还是可预见的未来。换句话说，如果非要行使自己无可争议的权利离开岛屿区的话，他将不得不徒步跨越海洋。

因此，他只能回到艾希莉家。那里空空如也。他们搜走了所有的文档和文件，用来保存银行存款的十个大型铸铁保险箱自然也不可幸免。他们用冷錾和大锤切断了链条和螺栓，在墙上和地板上留下了累累伤痕，就像牙齿被拔出以后留下的孔洞一样。然而，他们并没有碰其他物品。这毕竟是吞并，不是劫掠或沦陷。显然，前一种情况比后两种要文明得多。说到底，这些东西已经是帝国的财产了，有什么必要去偷呢？

不过，他们倒是没拿走食物。于是，他从一条新鲜的面包上切下厚厚的一块，又切了一大块方形的奶酪，将这些食物端到窗前。在那里，他既可以在阴凉处舒舒服服地待着，又能看到阳光。从他坐的位置只能大致看到停泊在德鲁兹港的船只的桅杆顶端。这些船只随时会出发去他刚离开的地方，去和特姆莱作战，为佩里美狄亚复仇，或随便什么理由。

他闭上眼睛。不知怎么的，他到了地下，就在艾希莉家下面。他在一条隧道内——一条散发着芫荽和湿黏土气味的普通隧道。“听着，真的要……”他刚开口抗议，脚下踩着的隧道地面忽然塌了，他掉了下去——

掉进了另一条隧道（是那种普普通通的隧道）。人们正在铲起渣土，装到小推车上。他看到和渣土混在一起的还有各式各样约有七百年历史的文物和古董，有些看起来很熟悉，有些却很陌生。在看着陌生的那堆里，有些物件的形状非常奇怪——是成套盔甲的零碎部件，不是人穿的，更像是给野兽或半人半兽的怪物打造的。

又是你。

卡纳迪环顾四周。周围没有其他人，他只能看到头盔和护甲的部件——

在这里。对了，你现在看到的就是我。

这是一个有点受损的、精致的巴布塔什轻型盔，就是那种将整张脸覆盖起来，只在眼睛和嘴巴处留下窄窄缝隙的头盔。“是你吗？”卡纳迪问道，“你让我想起了以前的一个同事，但我不……”

啊，当然。我就在这里，在这该死的铁帽子里头。

没什么神秘之处，只不过是他们挖隧道挖进了一个墓地中，是很久以前，某场战争中战败一方的集体坟场；也可能是他们重新挖开了在之前某场攻城战中坍塌、将进攻队伍活埋的隧道。“等一下，”卡纳迪说，“你不是亚历克修斯，你的声音跟他一点儿也不像。你是谁？”

我是谁重要吗？

“对我而言很重要。”卡纳迪一边回答，一边将头盔掀开。里面是空的。

亚历克修斯来不了，所以就派我来了。我是巴达斯·洛雷登的朋友，如果你很在意身份的话。你是那个巫师卡纳迪，对吗？

“不，我……是的，我就是那个巫师。”这里空间太小，卡纳迪无法坐下，只能将背靠在隧道潮湿的弧形墙上。“这一幕到底是别有深意，还是说，我吃的那一大块奶酪让我产生了幻觉？”

这么说有点伤人。

“对不起。”卡纳迪说，向一个幻象道歉让他感到不自在。“这么说，这一幕的出现是有原因的？”

当然。欢迎来到验甲所。

卡纳迪皱起了眉头，“什么所？”

这里是你遭受打击、被埋葬的地方。不过，如果先死再进来会好些。当然，你不知道这点。再说，我们可以为你破例。好了，让我们来看看。如果要你界定元理的话，河流和车轮，你会选择哪一项？

“我不确定。”卡纳迪回答，“老实说，我认为没有一个类比能够完美地诠释元理。再说了，你为什么问我这个问题？”

回答我的问题。河流和车轮，你选哪一项？

“嗯……”卡纳迪耸耸肩，“好吧，总的来说我认为，比起车轮，元理更像一条河。你满意了吗？”

阐明你的理由。

卡纳迪拉长了脸，“要是我用这种态度对待学生，我早就丢工作了。”

阐明你的理由。

“我说了就可以醒吗？”

阐明你的理由。

卡纳迪叹了口气。“好吧。”他说，“我认为元理像一条河流，各种事件和场景就像河床。它的流向受到地形的影响。我认为它从源头流向终点，而一旦到达终点，就不再流动。我认为人们可以改变元理的走向，但只能从某一系列的事件和场景转换到另一个系列上。并且，只有未来的走向才能被改变，过去是不可改变的。我解释得如何？”

现在说说为什么可以用车轮来比喻元理。用你自己的话来解释。

“如果一定要我说的话，我认为，元理像车轮一样，绕着一个事件旋转。当它滚过坚实的地面时就可以推动自身前进，从而带动车轴向前移动——这也解释了为什么我们不会日复一日地过着相同的日子。这个比喻的不当之处在于，构成车轴又或者说是轮轴的各种事件在不断地变化，但车轮却无休无止地绕着它们滚滚向前。所以在我看来，最好将这些事件看成河床或河岸。不过，我得承认，车轮的比喻也有可取之处，因为它突出了元理的重复性，而在河流的比喻中这一点却不够明显。当然，重复性仍然存在，因为一条水道的形成需要上百年的时间，需要雨水和洪水的无数次冲刷才能形成一条让水流过的渠道。事实上，这么说颇具误导性。元理并不会导致事件的重演，只是倾向于让类似的事件一再发生而已。不管怎样，让我们再回到车轮的比喻，你无法改变车轮的走向——车轮只能滚动——但通过移动轮轴，我们可以将那些滚动向前的车轮带到不同的路上。当然，理论上这是可行的。而实际上，任何傻到试图去干涉元理的人多半会被车轮碾死——或者淹死，如果你更喜欢河流的比喻的话。好了，这样解释可以吗？”

还行吧。

“还行。”卡纳迪重复着，“哦，多谢你的评价。”

“还行”就是不够好的意思。你是我们在一个关键历史转折点的观察员。“还行”不足以让我们彻底了解——

隧道的顶部坍塌，整个城镇随之塌陷，之后是整个世界，然而隧道仍然没有被填满。卡纳迪在瞬间看见了一切：城市、道路、乡镇和堡垒，村庄、田野和森林，像牛奶被倒进铁漏斗一样翻滚着掉进一个洞里，而后渗入黑色的黏土中。空气里弥漫着浓重的蒜臭，卡纳迪看到自己身边环绕着天国之子。他们静静地看着，似乎在置身事外地欣赏着一场芭蕾舞或是一堂课。他可以看到许多船只组成了庞大的舰队，无数的钢铁人从船上涌出，占领了世界上所有的沙滩和海岬，直到整个地球表面都被他们覆盖——

“就像整个世界穿上了盔甲。”他大声说道，“真是神来之笔。”

在每座城市、每个乡镇以及每个村庄之下，他可以看到隧道、主巷道和支道。里面有钢铁人在挖来挖去，将钢铁肢体和头部在铁砧上锤打着，直到地基被破坏，所有的城市和乡镇都陷入地下空洞中，钢铁外壳也随之湮没。在地道里，钢铁人将钢甲从死人的身上剥下来，用薄刃小刀割断绑带，移除钢板，露出下面的血肉之躯。钢铁扔进废品堆，成了垃圾，层层叠叠地堆成几乎要碰到顶部的金字塔。与此同时，锤子却在血肉之躯上又敲又打，将纤维打散以便烹饪。血肉全进了天国之子的口中。所有的钢铁则回炉重造，取出制成大钢坯，再锻打成小钢坯，经过二次锻打制成钢板，最后打制成四肢的形状，接下来就要接受剑、斧、狼牙棒、连迦、钉头锤[①]、戟以及长柄战锤的暴击，每一步都是考验（考验，不停地考验，好像有这个必要似的），直到出现故障点，这也正是蛹的接缝处破裂，外壳绽开，让蝴蝶飞出来的时刻。

“这是个有趣的假想。”卡纳迪喃喃自语道。

接着那些图像重合在一起：所有的城市变成了一个城市、所有的国家变成了一个国家、所有的钢甲变成了一套合格品、所有的人变成了一个人。这个人正站在铁砧边挥动锤子，让锤子自身的重量带着它往下落，挤压着夹在锤子和铁砧之间的金属，让它看起来像一条缓慢流动的河，又像从火山流出的一股岩浆。

“亚历克修斯？”卡纳迪问道。

但那人摇摇头。“很接近，”他回答，“可惜猜错了。恐怕亚历克修斯已经死了——我们不能再继续对他网开一面了——巴达斯·洛雷登的朋友阿纳克斯还有许多其他人也一样。他们被扔进了废品堆，废品又被扔进炉子里融化成铁浆，铁浆被炼成钢坯，钢坯被炼成了我。你把我看成亚历克修斯，是因为人的基本需求让你渴望看到一张能令你感到安心的友善面孔。”

“啊。”卡纳迪说。

“当然，这是一种误解。”他继续说道，“因为，我并不能令你安心，而且我绝不友善。要知道，元理是帝国，是融化的铁浆和铁砧，是能将你淹死的河流，是能碾压你的车轮。但是，我个人更喜欢将元理看成是验甲所，因为每一寸进展的背后，往往是要毁坏一码的残破的废弃物。要不然你怎么进入下一个阶段呢？”

“我不明白。”卡纳迪说。

---

① 一种古代的西洋武器，长柄圆头，圆头上有着如同星芒一般八方四散的棘刺，用于捶打击杀。

“可以理解。”他边回答边用锤子将金属敲得变了形，“那是因为你看不到源头，看不到初始点。要知道，每一次毁灭都源自最初的某个小小的故障，比如金属最开始受压裂开的那一瞬间，第一条裂缝，以及钢材上第一块被打薄之处。小故障一旦出现，周围的一切就随之崩溃，然后每一样东西都陷了进去。正如抽走一根支柱引发一系列的地底塌陷，最终整个城市都陷了进去。高戈斯·洛雷登就是受到过大的压力时最早出问题的那个故障点。还有其他例子。有些甚至是几个世纪前的事了，比如天国之子的第一次突破；又比如最近帝国获得了一支舰队，就是将导致海对岸众多城市被毁灭的故障点。当初亚历克修斯傻乎乎地同意对巴达斯施咒的那一瞬间也一样。你可以把它看成劈木材——一个楔子撬开了一条裂缝，让你可以把另一个楔子放进去。这就是元理的渐进性。”他大笑起来，“绝对无法令人安心，”他带着笑容说道，“也绝对不友善。还有一个真正重大的故障点，那就是当你同意从佩里美狄亚带一只鸭子到岛屿区的时候。它将引发一场也许会让整个世界万劫不复的灾难。不过，你也别内疚，你怎么会知道呢。很可能你只是想帮忙罢了。”

“对，”卡纳迪说，“我是想帮忙来着。”

他点点头。“破坏与毁灭被缝在一只鸭子的嗉囊里向西方猛扑下来。”他说，“有意思。好了，这些应该可以让你琢磨上一阵子了。多谢观赏。”

他再次睁开眼睛，盘子已经从他的膝盖上掉了下去，带着硬皮的那块面包滚到了椅子底下。见鬼，他想，我不知道该不该相信这套理论。听起来好像颇有道理，但我需要一些切切实实的证据。

有人在大力地捶门。他站起来，掸掉面包屑，然后去应门。门口站着两名士兵和一名文书。

“卡纳迪博士？”

“我是。”

“副总督要我向你问好。”文书说道，“他认为，你也许有兴趣知道有一艘沙斯特的船意外地停靠在港口。它是被风吹离了航向才驶到这里来的。副总督已经请求他们延迟到明天早晨再出发，帮他带几封信走。他认为你可能会想搭这艘船走。”

“他真是考虑周全。”卡纳迪说，“我很愿意。船的名字叫什么？”

“‘贫穷与忍耐号’。船主的名字叫希度·伊兰，船就停在德鲁兹港。出于善意，他们同意免费带你回家。”

“善意，”卡纳迪回答道，“唉，今天可不是每个人都对我抱有善意。”

十六

率领行省政府远征军进攻佩里美狄亚的伊斯佩尔上校一路畅通无阻地完成了登陆，派出了哨探。他们回来报告说，四面都不见敌人的踪影。伊斯佩尔在最近刚被特姆莱弃置的定居点处扎营，将地图摊在帐篷地面上，做起了功课。

敌人放弃了定居点，迁往内陆，因此早在他登船之前，朝这个方向发动进攻的计划就已经过时了。不管怎么说，形势对他颇为有利。他手下有五万出头全副武装的士兵，由两万重装步兵、四千骑兵、一万六千轻装步兵、一万多弓箭手、炮兵、先锋以及非正规散兵组成。他留下两千最没用的散兵来防止船员逃跑——他们毕竟是虽然无害却完全不值得信任的岛民——然后率领主力大军追随特姆莱的踪迹而去。除了战斗人员以外，他还有一支庞大却不累赘的行李和补给车队。这些补给足以支持整支军队跨越草原回到帝国的领土。他很清楚，在这片土地上，想就地取材是不可能的。这么庞大的负累肯定会拖慢主力大军的前进步伐,但他抵制住了将骑兵队派往更远处的诱惑。部落民是极其厉害的轻骑兵和弓箭手。有关情报表明,他们可是巴不得能逮住一个机会,骚扰一支没有骑兵保护的行动缓慢的纵队。再说,他一点也不着急。洛雷登部队送来的情报表明,特姆莱已经在某座山上开挖工事,等待最后的决战。如果消息是真的,那么这场战争他们算是赢定了,除非有人犯了愚蠢的错误。如果他莽莽撞撞地冲进这片大部分为未知地带的蛮荒之地,就更有可能犯下类似的错误。

草原和他以前驻守的任何一个国家都不同。他曾经在沼泽、在沙漠、在从山峻岭间、在地狱、在天堂、在炎炎烈日下、在纷纷大雪中战斗过,但这是头一回他不得不跨越一片无聊至极的土地——无聊到令人苦恼的地步。这里被叫作草原,可不是浪得虚名的。一旦过了可以俯瞰佩里美狄亚的山脉边界,放眼望去,除了覆盖着粗糙肥壮的青绿色茅草的平坦土地以外,什么也看不到。枯燥无聊也并不完全是坏事,至少在这么开阔的地方,他们不太可能遭到伏击。而且,如果他们能够沿着路走,行军的速度会大大提升。当然,如果偏离了道路,那就是另外一回事了。一小丛一小丛无处不在的茅草长得有一人高,让军队穿过这样的草丛简直是自寻烦恼。除了大军在外需要消耗大量金钱(一周两万金夸特)以外,他没有遇到任何需要急行军以及出动突击队的紧急情况。唯一让他觉得不安的是,万一洛雷登在他到达之前就结束战争,那么他和他的手下除了踏上漫长无趣的回家路以外,就没什么可做的了。

不管怎么说,为了以防万一,他还是继续遵守着标准程序。每天早晨,他向除了一个方向以外的其他所有方向派出哨探,每天傍晚这些哨探都没能带回什么值得汇报的消息。每天晚上,他在营地四周设置岗哨,还派出巡逻队在野外巡逻。如果敌人忽然出现,想发动夜袭,他就能及时获得警报。

他唯一没有派人查探的就是他来的那个方向。直到晚餐时分—— 一支行进中的帝国军队唯一不设防的时候，军队里忽然爆发了骚乱，他这才知道有一支突击队从海边开始就一直跟在他们后面，昼伏夜出，用麻袋遮住身上的盔甲和武器，避免阳光反射。

此时正是发动进攻的好时机：天色很暗；没穿盔甲的士兵正在厨房排队；外围警戒线尚未布下，直到敌人骑马撞倒哨兵，迟来的警报才响起。全副武装的骑兵忽然出现在篝火圈中，一路踏过正在打饭的队列，弯刀对着手和脸砍下去，长枪掷向任何想离开队列逃跑的人。已经打好饭的士兵扔掉他们的盘子和杯子，试图到堆放武器的地方去，但大量的骑兵不断涌入，一支队伍践踏着帐篷，另一支驱赶着战马，还有一支队伍像对待秋季的野马驹一样将排队的人拢在一起，朝另外一支正蜂拥而上的队伍赶去。伊斯佩尔从自己的帐篷里跌跌撞撞地冲出来，餐巾还塞在衣领里。他的剑柄系在剑鞘架上（以防掉落）。等他终于解开绳结时，骑手们已经来到他所在的这条帐篷街上，用长长的窄刃弯刀将帐篷的牵绳砍倒，在塌下来的帆布堆里捅来捅去。他四下环顾，在一排排帐篷中找到一个缺口，可以让他穿行到轻装步兵营去。那里是弓箭手的住宿区。弓箭手、散兵等不需要盔甲就能战斗的人员可以较好地应对现在这种突发的灾难性事件。他猛地冲过去，来到轻装步兵营的主大道上，结果却发现除了敌军的骑兵以外，那里空无一人。散兵、弓箭手以及机动炮兵已经利用他们的灵活性和快速反应能力逃离了危险区域，远离营地以及锋利的刀锋。可以肯定的是，在营地安全之前，他们是不会回来的。

三名骑兵同时看到他，而且显然认出了他的身份，这说明对方的情报工作做得很好。其中两个几乎是在原地掉转了马头，第三个则从容不迫地将一支箭搭上了弓弦，瞄准、发射，最终赢得了当晚最令人垂涎的奖励。小小的三刃穿甲箭头擦着肋骨穿透了他的肺部，如果不是被脊椎骨挡下的话，早就从另一头穿出去了。看到他被箭射中的地方以后，另外两名骑兵弃之不顾，任由他躺在那里。外面有足够的敌人可杀，每个人都有一份功劳。

随着肺部渐渐充血，伊斯佩尔在半梦半醒之间慢慢死去。他完全无法动弹，连转头都转不了。被迫躺在这里死去，不知道后面发生了什么事，不知道这些突袭者给他的部队造成了多大的伤害，真是件令人恼火的事。看不见的时候，他试图通过声音来判断发生了什么。他听到了很多呼喝声、呐喊声，但他完全无法分辨出，这到底是他的军官们在发号施令、召集人马，还是惊恐万状之人以及将死之人发出的含糊不清的惨叫声。正当他确定自己至少可以分辨出其中一个清晰地发出命令的嗓音时，一名草原人从马鞍上跃下，砍掉了他的脑袋。他一连砍了五下，才将骨头砍断。每一下，伊斯佩尔都能感觉到。

事实上，他搞错了。发出号令的是突袭队的带头人，是特姆莱的一个远房表亲。他的名字叫希多凯。他想见好就收，于是下令收兵。然而似乎没人注意到他的命令，仿佛这事根本不重要。只要敌方一开始尝试重整队伍或是聚集起来形成一个团体，就有一队骑兵冲着他们来了。他们往人数最密集的地方又砍又捅，直到拥堵的部分被疏通。事后，突袭者表示，这一切就像佩里美狄亚事件的重演。少数几个想抵抗的很快就被干掉。之后，他们就像砍荆棘丛似的，砍得很辛苦，肩膀、胳膊和后背要使上很大的力气。但是他们坚持不懈地干着，清理了一大片地方。他们越干越利索，摸索出了最有效的砍法和角度——对着胳膊和腿随手乱劈简直是浪费精力，只要小心翼翼地对准头部和颈部来一下就能解决问题了；还有，不要一味地使蛮力，力道太大只会耗费你自己的体力；砍人的时候配合一定的节奏会更轻松些。

到了最后，草原人的突袭因为一个乌龙事件而终止了。在战斗一开始就被赶跑的战马涌进了茅草丛，在那里待了一阵子。然而茅草又老又苦，并不好吃，于是这些马觉得饿了。因为习惯了成群结队地行动，它们聚在一起向营地奔去。在接近营地的时候，一匹失去了主人的草原马撞上了疾驰中的马群。马群受到了惊吓，朝着有亮光的地方冲去。在营地边缘的一两个入侵者听到隆隆的马蹄声，以为是敌方的骑兵，他们发出警报就离开了。几分钟内，攻击终止了，但帝国军直到他们离开了一段时间后才意识到这点。

这是帝国军队迄今为止所遭受的最惨重的失败之一。将近四千人在突袭中直接牺牲（其中两千是军官和中士），还有两千多人受伤，他们当中的大部分人被砍中了头部和肩部，头皮和脖子上的伤口流出太多的鲜血。军士们花了很长的时间才找到合适的军官担任指挥，因为军官食堂与士兵不同，在更大的帐篷内，所以入侵者轻而易举地找到了他们。他们同时也驱赶或杀死了大部分用来拉补给马车的曳马，这也是后来导致大部分人牺牲的原因。

鉴于他们距离船只不远，士兵们在携带补给还是携带因受伤过重而无法行走的同伴之间做出了选择。他们决定放弃大部分的粮草。太多军官和军士在战斗中牺牲了，没有人告诉他们除此之外还有什么别的选择。因此，当突袭队第二天回头再次攻击正在沿着原路慢慢返回的纵队时，他们遇到的抵抗仅仅比前天晚上多了一点。然而，这点抵抗也足以让他们决定不使用剑和长枪近身作战。他们保持了一个中等的距离，从马鞍上向敌军射箭。如果只考虑短期效益的话，这不是最有效的战术，但却能将伤亡率降到最低。残余的帝国骑兵试图将突袭队赶跑，却没能坚持多久。将近四千的骑兵却只有一两百匹战马可用，而且马属于大型目标。至于本来该在这种情况下负责打苍蝇的轻型步兵和弓箭手，他们在决策上犯了一个很严重的错误。他们认为离开营地，冲进黑暗中比待在原地不动更安全，结果纷纷在茅草丛中绊倒，摔下马来，扭伤了脚踝和膝盖。等希多凯发现了他们、派出一支弓箭队将他们团团围住时，他们已经动弹不得，躺在草丛中既无心亦无力逃跑。他们中的大部分当场丧命,剩下的在第二天晚些时候被折回来补刀的草原人干掉了。

登陆的五万人中,只有一万五千人回到船上。希多凯的人一路穷追不舍,一直追到岸边,看着他们登船远去。其余的三万五千人,至少有半数被留在了荒芜的草原上。希多凯回去了,舰队也返航岛屿区,而伊斯佩尔曾经敏锐地判断出,在这片草原上食物极其匮乏,如果你不幸没能投胎为羊的话。

希多凯将他的大捷归功于在佩里美狄亚沦陷时他得到的一个纪念品。那是一本名为《在开阔地区打持久战如何善用骑兵》的小书,作者是苏益达斯·贝斯明。他是佩城寥寥无几的研究著名的佩里美狄亚骑兵指挥官巴达斯·麦克森的军事历史学家之一。

艾普-埃斯卡托伊总督是从帝国信使队最快最有经验的信差那里得到的消息。信差在第一艘船到达二十分钟以后就离开岛屿区了。总督平静地接受了这个消息。他亲自负责,确保这名信差得到骑兵队马厩里最快的马,踏上去位于罗曾的行省政府办公室的旅途。他要了茉莉花茶和蜂蜜蛋糕,派人找来他的参谋们,然后坐下来,用长达一天一夜的时间制订明智的、头脑冷静的计划。

巴达斯·洛雷登是从岛屿区副总督接到消息三个小时以后派出的军队信差那里得到的信息。他不得不听了三次。然后,他把所有人都打发走了,在黑暗中坐了一夜。等他终于出来的时候,他看起来并没有过度担忧或不安。他下令加快行进速度,同时派出更多的探子,安排了额外的警戒。

高戈斯·洛雷登是从他安插在沙斯特学监办公室的人那里得到的消息。此人设法让前往南方派送商业信件的官方信差绕路给他送了消息。见过信差以后,高戈斯拿起那把由他亲手安了个新手柄的大斧头,在棚屋里劈了一上午的木柴。接着他派出三名信使:一名带着深切的哀悼去了岛屿区,并表示愿意伸出援手；第二名信使带着五十名左右凶相毕露的随从，这些人的通关文件上注明的身份为贸易谈判代表；第三名信使是他最得力的手下，他被派往位于草原另一端的特姆莱的营地。

特姆莱本人是在突袭队以比帝国驿马还快的创纪录速度回到营地时，从希多凯那里得到的消息。他问道："多少？"再次听到数字时，他摇了摇头，然后回去继续监督内城门的加固工作。之后一整天他的心情都不太好。

行省执政官是在他大女儿十四岁生日当天早上听说这个消息的。为了配合当前局势，他立即取消了原定的所有庆祝活动，然后写了一封长长的信给艾普-埃斯卡托伊总督，表达了他的同情、他的支持、他毫不动摇的信心、他发自内心的同仇敌忾。他答应在两个月内派出一支由十五万步兵、六万骑兵以及实打实的火力支援组成的军队，并客气地打听起一个月前总督答应给他送来却迟迟未能送达的由莫隽绘制的绢画的下落。接着，他又写了一封信给位于八周马程以外的克旌行省的中央政府，征询对该总督的处理，是将他送上法庭，还是撤职即可，抑或是让他继续留任。最后，作为一个善良的人，他要求行省的首席天文学家在日历中临时增加一个闰月，重新安排了他女儿的生日庆祝活动。闰月从他接到消息的那一天午夜开始算起，被命名为"止损再战月"。众人一致认为这是一个格外优雅和体贴的举动，甚至有人提出要将这个闰月变成固定的月份。

卡纳迪是在船只抵达岛屿区前一天的晚宴上听到的消息。隶属帝国轻型步兵队的一名士兵独自一人突出重围奔向海边，却因为迷路而一路往北流窜。在那里，他遇到了一队返回沙斯特的商业信使，携带着关于巴斯托费登铜的现货交易市价有可能出现变动的重大消息。因为消息过于紧急，他们冒险从陆路穿过战区。看到一名帝国士兵沿着大路朝他们跑过来，第一反应是要么朝这名士兵来一箭，要么赶紧逃跑。然而，当意识到这场偶遇是怎么回事以后，他们加快了速度(因为没有多余的马匹，他们不得不抛下那名士兵)，赶在当天的交易结束前将消息带回了沙斯特城堡。他们的英勇行为让基金会的商业分支受益匪浅。听到这个消息，卡纳迪本人并没有过于惊讶。在他上床休息以后，高桌上的同僚忍不住窃窃私语，认为他似乎早就从哪里得知了这个消息。这大大增加了他们对这位若无其事继续日常工作的、有巫师嫌疑的佩里美狄亚学者的尊敬和不满。

消息传到沃以辛省，在这个原本已是动荡不安、局势不稳的帝国一隅引发了一场小小的叛乱。在赶集日，有个人凭空出现在丽兹兰镇的广场上，宣称他是神选的使者，被派来引导人民摆脱被奴役的命运。被他拖在身后的是一个惊慌失措、明显智力有缺陷的年轻人，据说是沃以辛前朝皇室的最后一名后裔。在骑兵队赶到之前，有大约六百人投入了叛乱分子的营地。尽管这些人当中有三分之一是女人、老人和小男孩，他们仍然设法坚持了六天之久，直到一整连的火力支援从艾普-贝特利古赶到，整个营地被如山一般压来的七十磅重的抛石机弹埋葬。

被软禁在奥泽尔家的人大概是岛上最后一批听说这消息的人。消息是以如下方式传达的: 一大清早，一张板凳打破了文纳德家前门的一块嵌板，而板凳是从位于同一条小巷，隔着四个门的“信念与正直”门口借来的。值勤的士兵争先恐后地从临时宿营地冲向庭院去查看，但那时门已经开了，门厅处有一打全副武装的士兵。之后发生的无法称之为真正意义上的战斗。一名士兵好不容易逃到主楼梯的一半处，却被插进他双肩之间的箭再次射落，脸着地扑通摔在楼梯上。除此之外，局势获得了良好且有效的掌控。

他们发现文纳德躲在床底下(将文纳德拖出来的时候，维特里丝发表意见道:“我就跟你说了，这里是他们最先找的地方。”而躲在窗帘后面的她自己也不见得做得更好)。他们告诉文纳德现在他是岛屿区抵抗军的新领袖了，他们随时准备重新夺回城市，将敌人赶到海上去。

“你们到底是什么人？”文纳德一边要求解释，一边徒劳地想将被那个人拽着的领子拉出来，而对方随即向他致意。“你们在搞什么鬼？”

那人咧嘴一笑。“我们是你的盟友。”他回答，“高戈斯·洛雷登派我们来营救你。快点，你穿袜子的那点工夫，光荣的革命大业可耽搁不起。”

“高戈斯·洛雷登？”文纳德被催促着出了房子前只来得及说了这么一句。与此同时，另一名解救者逮住了正试图沿着排水管道爬下来的艾莎兹·米萨吉斯，也将她带了出来。“你问她吧，”营救小队的队长继续说道，“他们会面的时候，她也是跟他对话的人之一。”

“艾莎兹？”文纳德一脸疑惑，“什么会面？”艾莎兹正在费力地穿上衣服（当她听到大门被砸开的时候，顺手抓了一件，不幸正是那件需要一个强壮的女仆帮忙才能穿上的女武士装）。“我不知道他在说什么。”

“你骗人。”文纳德回答道，“看在老天爷的份儿上，别装了，快告诉我这究竟是怎么回事。”

“好吧。”艾莎兹正伸着胳膊去够耷拉在背后的一条松脱的肩带，恼火地承认道，“是的，我确实跟那该死的高戈斯·洛雷登见面了。他在到处游说，说我们应该坚持朝行省政府要更高的租船费。”

“是他出的主意？”

“我想是吧，”艾莎兹说，“不管怎么样，他逮着机会就撺掇船主协会里那些愿意听他说话的人。天知道他为什么要这么做。”

文纳德摇摇头。不，他搞不懂这其中的奥妙，但他有一种不祥的预感，这件事一定有什么蹊跷，只是他不够狡猾无法理解罢了。“这么说，这一切，包括这里被占领都是他的错。”他说，“因为他在煽风点火。”

“要怪就怪你们自己吧，”小队长打断道，“主要是你们自己人的错，因为你们既贪婪又蠢得要命。不过，是的，是高戈斯将这个点子植入到你们那可怜的小脑瓜子里的。现在全军覆没了，他打算帮你们脱离困境。”

艾莎兹抓住他的胳膊。“全军覆没，”她说，“你这是什么意思？”

“你们还不知道吗？”小队长大笑起来，“你们该感谢特姆莱国王让你们获得自由。”他说，“我很惊讶你们居然不知道。最近这两天，这里的街头暴动几乎是此起彼伏，而副总督却无能为力。他的卫戍部队一半在战斗中遭到灭顶之灾；另一半坚守着船只，以防它们溜之大吉。”他捅捅文纳德的肋骨，捅得他生疼，然后咧嘴一笑。“你最好动作快点，杰出的领袖，不然就赶不上你自己领导的革命了。”

“你什么意思？”艾莎兹重复道，“全军覆没？不可能。”

“全军覆没。在草原上堵住他们，把他们撕成碎片，死了四万人。我得说，我没想到他们有这个能力。我的意思是，拿下佩里美狄亚不算什么，我的老祖母和她的猫也能做到。不过，要击败一支帝国军队——这可要大费周折。”他抬头一看，他的手下已经找到艾希莉，也将她带了出来。“四个都齐了。”他说，“可以了。我们去福萨的仓库，那里储存着价值一万夸特的斧枪和阔头枪。在没收财产的时候福萨这老头不知怎么的忘了跟副总督提起这事。等我们将这堆东西散到街头，好戏才算真正开场呢。”

对于文纳德·奥泽尔来说，这一切熟悉得令人忧心。他经历过佩里美狄亚沦陷之夜，看到武装起来的人在街头跑动唤起了令他刻骨铭心的回忆。但他对自己说，这些人可是我们自己人，而且只要凑近了看，就可以发现这的的确确是他们平生头一次拿起武器。只不过，长柄战斧或月牙弯刀不同于竖琴或珠宝商的车床，不需要有太高的技巧就能勉强使用。当敌人并没有准备好和你面对面作战的时候，勉强会用已经足够了。

除了零零星星几个步行的巡逻兵以及在一些建筑外守卫的卫兵以外，大街上根本看不见任何士兵。据营救小队的队长说，他们要么被堵在商业冒险家会所里，要么都挤进了停泊在德鲁兹港的船只里。文纳德不喜欢他说话的那种语气。

“不能把他们留在这里。”他说，“我们该怎么把他们赶出来？”

小队长微笑着取下一家酒馆外面壁龛上的灯笼。“这容易，”他说，“看着吧，学着点。”

一大群人吵吵嚷嚷地包围着商业冒险家会所。然而，在帝国弓箭手展示了制式弓弩的有效射程以后，他们都敬畏地退到了一定距离之外——

（“我们可真幸运，”小队长指出，“所有的长弓射手都被派去随军，回不来了。在这里，他们只有弓弩，每三分钟才能发射一次。”）

但最令文纳德印象深刻的是绝对人数。他从没想过自己的同胞会这么迫切、这么迅速地冒着生命危险争取自由。而且，他们并非一穷二白、没什么可损失的人。

“他们确实在里面。”有人向小队长汇报。此人多半也是高戈斯的手下，因为文纳德以前从来没见过他，而且他的面相太凶恶，不像岛民。“你找到油了吗？”

小队长摇摇头。“不需要。”他回答道，“好，按武器分类，布下一条警戒线。我要求斧枪和长柄战斧在前两列，斧头和锤子在后面。让他们躲得远点，这里很快就会烧得滚烫。”

他说得对，油、沥青、硫黄之类的纯属多余。一旦有几个火把扔到茅草屋顶上，燃烧起来的商业冒险家会所就像灯塔一样，照亮了周围一整圈地盘。火光像正午的日头一样明亮，连广场对面的建筑都照亮了。看到会所起火，岛民们都震惊不已。一百年以来，确保茅草屋顶不会着火一直是民众的关注点,他们从来没想过要故意放火。

在一段长到几乎不可能的时间里,会所内什么动静也没有。文纳德不禁怀疑在里面的帝国士兵是否保持着立正姿势,坚守在岗位上直到他们被烧死——根据他对这帮人的观察,他不能排除有这种可能性。然后,似乎有什么将正门和偏门向外炸开,士兵们从里面冲到了亮光处,盔甲被烧得发亮。这场景就像看着融化的金属泛着白光从熔炉流向铸模一样。文纳德看不出有什么能阻挡这股势头,至少他的同胞和几支安装在长柄上的枪头不能。他不想这么眼睁睁地看着,尖锐的刀刃落在赤裸裸的皮肤上的感觉让他浑身直起鸡皮疙瘩。但一切都发生得太快了,他来不及将视线移开。一开始,这股炙热的、明亮的、像攻城槌般的金属液撞上了一排尖刺,直接将其撞翻了。当盔甲内的软垫将撞击吸收了以后,后排巨大的体量吸收了这股动量,金属液往前冲的势头缓了下来,停住了,冷却、凝固成个体的人。此时,文纳德看到了不可逆转的结局。被赶到一处的士兵缺乏挥动武器的空间,像撞上拳头的鸡蛋似的遭到了碾压——盔甲像脆化的外壳,无法抵抗将它包围起来的柔软压力,没能通过这种程度的检验。他们被拉倒,头盔被扯掉了。在锤子、斧头和铲子以及鹤嘴锄和大棒等武器的痛击下,所有闪闪发光的钢形物都被打扁,变成地上的一堆垃圾,堆在人们脚下。一切都结束以后,四下沉寂了很久很久。

行吧,要大干一场了。文纳德想。当光圈处的人群一哄而散,朝山下的德鲁兹港奔去的时候,他不禁疑惑不解:当士兵最初来到街头,将吞并岛屿区的告示贴在门上时,这个怪兽、这个柔软而灵活的砧板是如何轻易屈服的。此时,告示还在那里,或者应该说告示的残片还在,正在快速燃烧,变成柔软的灰烬。但其余的一切似乎都变了。他不知道是什么改变了这一切。但接着他一转头,看到旁边这位小队长,这位高戈斯精心挑选的特使向混在

人群边缘的手下打手势，轻而易举地引导着暴动的民众。*洛雷登的魔力，他心想，当然，这就是改变一切的原因。*

因为其他人都牺牲了而成为军队指挥官的曼勒斯·欧纳森副将回头望向大海。*好了，终于到了这一步，*他想，*我们可以站着死，也可以淹死在水里。说真的，选择可真多啊。*

人们在投掷石块：犬牙交错的大石头、厚重的铺路石、从被砸碎的德鲁兹·普罗米德雕像上取下的头和胳膊。同一排中，站在他身边的那个人被一个大理石头颅砸死了。这是一种不可思议的死法，带着一丝黑色喜剧的意味。因为没有弓箭手，无法回击，他别无选择，只能站在那里默默承受。他试过五次冲击暴徒，但每次他带着一个连冲出去，带回来的却只有一个排。整个过程就像在对抗海洋、对抗沙尘暴似的。

他犯下的原则性错误就是在一开始放弃了船体的掩护。在当时，这个决定看起来合情合理。船只就像铺着茅草屋顶的建筑，是易燃品。他不想在受到头顶烈火、脚下海水围困的同时还要两头作战（岸上暴动的民众和甲板下反叛的船员）。在干燥的陆地上和他们正面对决吧，他对自己说，至少我们能站直了，能使用自己的武器。

有人设置好了安装在船只前甲板上的一台轻型抛石机，正在发射一系列的砲弹。第一块石头失了准头，差点砸烂位于最前排的暴动的民众。第二、三、四块石头打在了水里。如果站在抛杆后面的那个人的操作手法有规律可循的话，第五块石头就该落在军队的正中央，而欧纳森中尉对此无计可施。一动不动地站着，等待那些上手很快的人将岩石打在他的头上，就像以前一样。他是佩里美狄亚人，是城市沦陷后逃出的难民。在特姆莱轰击佩城的那段时间，他就学会了如何一动不动地蜷缩在那里。

第五弹，他们用的是一截躯干，是伦沃特·芮卓的杰作“人文精神的胜利”仅存的一块残余物。这座雕像矗立在铜交易所的中庭里已经有很长一段时间了。欧纳森九岁时，他父亲为了奖励他带他到这里来游玩过。他清晰地记得雕像的每一个细节：雕像巨大而夸张，和胸膛如山的巨型躯干相比，头部小得可怜。可是，当他向父亲指出这一点时，他的父亲叫他安静点，打那以后，他就一直守口如瓶。现在，他的四周都是“人文精神的胜利”的碎片——不仅仅是躯干，那截躯干像碾压甲虫般压扁了九个全副武装的人，还有像开花弹般的胳膊、手以及衣襟的碎片，更不用说那个太小的头颅了（头颅压扁了一个人，压断了另一个人的腿部）。他记得自己无意间听到在那里驻足良久，满脸诚挚地瞻仰着雕像的两个女人说的话。她们说，它的不凡就在于在运动时展现出来的从容和力量。他等了二十年才明白那话是什么意思。她们说得对，芮卓对岁月的献礼在从抛石机的网兜里被投掷出来的时候，就像从铲子上甩出的粪便似的，造成毁灭性的打击。

人们在设置更多的抛石机。众人皆知，帝国士兵从不投降。这点真是令人遗憾，因为再多几次直接命中的打击就将令士兵们惊慌失措，从而达到撕裂防线、制造缺口的目的。等到那时候，他前面的人海就会长驱直入，将他从码头横扫进身后的大海，而他会因为穿戴的盔甲太齐全而无法游动。此时此刻，投降是最佳方案。然而他试了两次，对方却根本不相信他的话。

再次发动进攻也会撕裂防线，然而欧纳森中尉最终还是倾向于血战到底，直到被淹死或被压死。因此，他大声喊出相应的口令，命令前三排士兵持枪对准前方。从通向海关大楼的台阶上扯下来的一截阶梯横扫第一排士兵，收割了不少人头。欧纳森举起手臂，往前迈步，迎面撞上了一块砖头。尽管砖头被他的护喉挡掉了，却将金属打得变了形，因此他无法转头。**该死**，他想着，而后放下手臂，发出前进的信号。

在此之后，假装自己还能保持对局势的控制简直毫无意义。他身后一排排士兵向前冲的势头将他往前推去，就像被浪潮推动的漂流木一样。他唯一能做的就是保持腿部运动，避免被人挤倒、被人踩踏。当他被推着向前的时候，他看到正前方出现了斧枪顶部的尖刺，但他无法放慢脚步，甚至连向旁边闪避也做不到。他身后的人将他推向尖刺，就像厨子用串肉杆穿肉似的。当尖刺终于穿进他胸甲的腹部位置时，他感觉到自己猛地向前一冲。接着，由于尖刺尽头的横梁将他挡住，他又感觉到了忽然被截停的震动。抵在他背甲上的压力丝毫未减，这就意味着他的身体被夹在身后的人和横梁中间，造成的最主要后果是，将尖刺往他那被压扁的腹部更深处推进。

于是，他卡在了那里，因为暴动民众的动量轻而易举地抵消了冲锋的动量。他发现自己正直直地盯着那手持斧枪的人的脸看。那人脸上露出了惊慌失措的表情，那表情只能用极度窘迫来形容（可以理解。毕竟，面对一个把自己钉在你紧抓不放的尖刺上的素不相识的陌生人，你能说些什么呢？）。要是他还能控制脸部表情的话，他很想微笑一下，甚至眨眨眼。

救了他的是抛石机。此时已经有十台抛石机在运作，它们同时发射，将紧贴在他身后的那几排士兵瞬间压扁。少了来自他们的压力，他被推了回来。接着，他的脚绊到了什么东西，趔趄了一下，背着地摔倒了，连带着将斧枪从那人手中夺走。这下，轮到那人被推挤向前了。在那人向前跌倒的时候，欧纳森感觉到他的靴底就在自己的下巴旁边。接着，一阵剧痛从肩膀处传来，原来有另一个人踩在了他的肩膀上。然后，他就睡了过去。

他睁开眼睛，发现自己正瞪着另一个人，但那人已经死透了。事实上，这里到处都是死人，是一座巨大的坟墓。他张开嘴尖叫，却只发出微弱的呻吟，于是他只能尝试着摆动胳膊和腿。这些部位绝不比他的喉咙和肺部更听话，但显然起了些作用，因为他听到有人在喊："等等，我们又找到了一个活的。”

墓坑很深,墙壁很陡,他不知道对方要怎么把他救出去。他猜测有人必须要跳下来,跳到所有那些真正的死人身上。在他看来,这件必须要做的事可不是一件愉快的事——唉,他自己就不怎么愿意——因此,当他被脸朝下抬起来的时候,他试着说了声谢谢。不过就算有人听到这话,也没有做出回应。

“你能过来看看吗?”当他被背朝下翻过来的时候,有个他看不见的人说道,“这么大的伤口,他肯定没救了。”

“你会大吃一惊的。”有人回答,“以前我认识一个被一头该死的大公牛抵住的人——可怜的家伙,当人们把角拔出来的时候,伤口都能透光了。尽管如此,他还是活下来了。”

“好了,”第一个出声的人说道,“把他放在那里,和其他人一起吧。如果有哪个医护人员手头没什么事的话——”

“祝你好运。”

他们最终还是找到了一名医护人员。那个一脸忧郁的人清洁并包扎了欧纳森的伤口。至于他的忧伤是源自见过的恐怖之事还是因为他的工作得到报酬的机会微乎其微,这就不得而知了。当然,到那时,战斗已经结束。敌人或被杀或被俘,火被扑灭,岛民们拖着疲倦的步子在街上走动,清理废墟,修补损坏之处,不时绊在被清尸小队遗漏的尸体上。在填满了两个深深的墓坑之后,他们不再关注这些细枝末节,只管将尸体扔到两艘巨大的运送谷物的货船里,弃置海上。

欧纳森最终到了一艘类似的谷物船上。这艘船被强行征用来关押囚犯。这还算好的,如果他身处帝国的战俘营的话,处境会比现在糟糕得多。他偷听到看守的谈话,他们解释了己方的人道行为,宣称由他们看管的是有潜在价值的人质。然而，此时欧纳森已经对他们颇为了解，不至于相信这番话。这毕竟是他们的第一场战争，他们还有的学呢。

“一场悲剧，”艾普－埃斯卡托伊的总督叹了口气说，“简直白费力气，既悲哀又不幸。而且，徒劳无功。”

首席执政官悲伤地点着头。“简直令人心碎。”他一边用湿毛巾抹掉手指尖的蜂蜜，一边说道，“而且，正如你所说，他们什么都没得到。非要说达成了什么结果的话，也只能说让局势变得更糟糕。”

“毫无疑问。”总督说，“只是，他们的所作所为已经耗尽了我的同情心。我知道，报复之心是一种恶劣的情绪，但在这件事上，我打算放纵一下自己。他们必将为自己的所作所为付出代价。”

“如果只是打个比方的话，那当然。”

总督冷酷地笑了。“很遗憾，”他说，“我本来不希望走到这一步的，可惜了。”他摇摇头，“不，我们必须面对事实，而且必须逐渐接受这一点：这场可恶的战争已经耗尽了我的翻新补助金，也让我失去了重建佩里美狄亚的最佳时机。什么都没了，对任何人都没有好处。仔细想想，这不算悲剧。悲剧蕴含着一定的高贵性，而这场乱局却没有。这是在做无用功，就这么简单。”他拾起桌布的一角，在手掌心揉搓着，似乎要抹去生活中的不如意。“不过，既然事已至此，现在该轮到我们尽可能充分地利用局势了。实际、实用、积极。”他带着一丝微笑补充道——显然这是一句语录，或者是不知从哪里来的一句引言（总督热衷于在谈话中插入恰当却深奥的引言，以至于你很难判断从他口中说出的话到底是不是他自己想出来的）。执政官只好点点头，扯着嘴角露出优雅的假笑。“我们应该先从这场战争着手，”总督继续说道，“最主要的是要确保不再打败仗。给洛雷登司令送封信，让他按兵不动，什么也别做，只要确保特姆莱不会从他身边溜走、不逃跑就行了。我要让行省政府派遣过去的新部队给他们来个‘致命一击’。要拨乱反正，光打败他们是不够的，必须让他们寡不敌众，被彻底碾压。”

“赞成。”执政官说，“我说，岛屿区的事怎么办？有点棘手，不是吗？我们将不得不从别的地方弄些船来。”

总督耸耸肩，“反正，就算为了这场战争，我们也需要把船弄到手。当然，这次的岛屿区事件对我们的潜在影响比特姆莱以及损失一整支军队要糟糕得多。”他转过头，静静地坐了一会儿，看着一只红隼停在下方中庭的一棵柠檬树上。红隼的一只爪子抓着一只还活着的小鸟，正试图在不放开抓着树枝的另一只爪子的前提下，艰难地杀死小鸟。“从某种意义上说，”他继续说道，“特姆莱给我们造成的这类挫折未必纯然是坏事。偶尔经历一次挫折，甚至可以说——嗯，几乎算是可喜可贺。毕竟战胜一个弱小的、不值一提的对手无法提升我们的威望。大捷之前先经历一场大败，一定程度上会让对手显得高大些，免得别人说军队恃强凌弱。没有什么比偶尔一记耳光更能让人戒骄戒躁的了。然而，正如我刚才所说，岛屿区事件无利可图。可以说，在通向必胜途中遭受一次挫折和被赶出本该受我们压制并纳入囊中的地方是截然不同的。更糟糕的是，众所周知，岛民并非势均力敌的对手，或是什么强大的战士，更不是什么拥有原始的美德、值得我们崇拜的高贵的野蛮人。他们是胖乎乎的、沾沾自喜的、令人有点厌烦的小个子，靠着低买高卖混饭吃。”此时，总督的火气上来了。你无法从他的表情或声音里觉察到什么，但他将戒指从小指头上取下来，像旋螺丝般转动着。当他这么做时，洞察真相的聪明人都会找借口到别处避避风头。“话说回来，”他继续说道，“为这事大动肝火不仅起不到什么作用，反而可能会让我们犯下更多的错误。因此，我觉得我们应当暂时不去理会，至少，等战争结束以后再说。”

执政官点点头。“我赞成。事实上，针对这个事件我认真地考虑过。我的建议是，给他们一点时间去反思他们的所作所为，然后送封信给他们，提出给他们个机会用钱赎命。当然，”总督挑起了一边眉毛，他连忙补充道，“为表诚意，他们先要将罪魁祸首的头颅送过来——我一向认为，让反叛分子处决自己的领袖，比我们亲自动手效果要好得多。被自己人砍下头颅的人是无法成为烈士的。”

“这说法有点意思。”总督承认道。

“然后，”执政官继续说道，“我们开出条款。要我们接受他们那可怜兮兮的投降，就必须让我们任意支配他们的舰队，而且配足船员——毕竟，这是我们的目标，是行省政府上级最终评判我们是否有功劳的依据。我们需要岛民来当船员。如果将他们杀个鸡犬不留，只能得到没有船员的船只。而照我的方法处理这件事，就会拥有一批船员，而他们将真切意识到，家人和同胞的生死存亡全都维系在他们自己的良好表现上——”

“从而，”总督轻抚着下巴，打断他的话，“将这次令人不快的事件转化为对我们有利的条件，最终让我们从中取利。你让我再次想起了远见卓识的重要性。”

“我的荣幸。”执政官回答道，“在我眼中，人生的乐趣之一，就是将一场灾难转化为一次机遇。”他微微一笑，“幸运的是，我很少有机会体验这种乐趣。”

总督仰起头，看着天花板，“‘主啊，挫败我的敌人吧；若汝定须挫败我之友人，许我成其救赎吧。’你知道吗，我年岁越长，越欣赏德尔汀。虽然他虚掷了青春，不过人总得有个盼头。”

执政官点点头。“好，”他说，“这件事就这么定了。这可真是一个充实的早晨。现在，要是我们能想出些办法，让佩里美狄亚得以重建，那我们就有资格享用午餐了。”

总督睁开眼睛，看着他。“你可别说，”他说，“你有办法。”

“只是个框架。”执政官回答，“正在我脑海里慢慢成形。不，我现在还没准备好与你分享。毕竟，在确定它有价值之前，公之于众没什么好处，只会破坏我考虑问题足智多谋且富有想象力的形象。”

“有道理。”总督苦笑着让了一步，“但你确实有个想法。或者说，你有一个初步的想法？”

执政官打了个微小的手势。“我的想法很多，”他说，“不过，我就像个谨慎的医生，总是确保自己的错误在被人发现以前就被埋葬。”

当天下午，信使带着要尽快赶到洛雷登司令那里的命令出发了。他被吩咐必须在司令有机会对这次的不幸事件做出回应之前赶到。这项任务对于整个帝国的安危起到至关重要的作用。

调派员这么说的真实意思是：快点动身，别磨磨蹭蹭，也别和在路上偶遇的什么老朋友聚一聚。你不是来看风景的，也不是来购物的，别绕路去送私人信件或贸易的样品。但那调派员是个言辞慷慨激昂、语气强硬的人，而信使年轻且行事又认真。结果就是，他把地图塞在靴筒里，把装着三天口粮的行囊背在背上晃荡着就出发了，扬起了一团尘烟。

欲速则不达似乎是个颠扑不破的自然定律。在到达鹰河渡前，他的时间一直卡得很紧。但河流正在发洪水，三十年来这个河段的水位头一次在旱季上涨，这就意味着他不得不沿原路返回，到上游的黑木桥去。然而，桥没了。一些蠢货从靠近河岸的桥墩上盗取石头，于是整座桥悄无声息地在某个美好的晨间塌陷到河里去了。塌陷的桥堵塞了河流，一段时间后蓄积了大量的河水，以至于当障碍物被冲走以后，蓄积的河水迅速淹没了靠他这边的河岸沙丘。结果，黑木桥渡口也过不去了，这一点直到他的马齐肩陷进刚形成的泥塘里，他吃了苦头才意识到。整个早晨大部分时间，他都在徒劳无功地试图把这可怜的畜生弄出来。到最后，他不得不放弃，徒步走向最近的南部边境哨所。

到了这个地步，他已经被愤怒和绝望冲昏了头脑。因此，当他遇上了由科里昂、贝尔浩特以及托诺斯商人组成的一支小商队的时候，忍不住大大地松了口气。之后他花了两个小时费尽口舌地劝说他们接受行省政府发行的纸币作为买马的付款方式，尽管他知道他付的价钱几乎是那牲畜实际价值的两倍。他运气可真好，唯一一匹像样的待售马属于一个贝尔浩特人。贝尔浩特这个国度在道德角度上是坚定不移地拒绝读写的，在理解纸币的概念上有极大的困难。最后，他不得不以比标准价高百分之十五的价钱用纸币从一个科里昂珠宝商那里购买了金子，用来向贝尔浩特人付款。但是，那珠宝商只肯以盎司为单位出售金子，因此他不得不买下比所需多三夸特的金子……等他再次上路时，已经比原计划迟了一天半的时间，而且仍然待在鹰河的这一边。

但他手头还有地图，因此他坐在一棵被风扭曲的荆棘树下，拿起一根线在地图上测量距离，寻找另外一条可行的道路。很快，他找到了。他可以沿着鹰河西岸继续走下去，直到西岸变成北岸，可以完全不需要过河。而且这条路更直接，如果他能保持良好的行进速度的话，就能追回之前损失的所有时间。问题是，走这条路会进入离特姆莱的设防营周边一小时马程的势力范围。

他权衡着利弊。按调派员的说法，要是他迟到了，那还不如不到。他只身上路，快马加鞭，如果把锁子甲、头盔扔掉，将斗篷缠在头上，骑的马又配有贝尔浩特式样的马鞍和辔头，他觉得自己完全可以冒充一下贝尔浩特人。

最坏的情形就是他被敌人抓到，永远无法将信息送达——这也不见得比迟到更糟糕。从另外一个角度来看，不走这条路，他肯定会迟到；而冒险走这条路，他就有一定的机会可以按时到达。这么考虑下来，他其实没多少选择余地。

他只是个信使，不是对偏远部落的冷门知识感兴趣的外交官、历史学家或学者，因此他根本没想到草原部落中的一小部分和贝尔浩特人有宿怨，这宿怨是源于因一口有争议的井引发的如今几乎已经被遗忘了的纷争。

在多个小时长久而刺激的追逐之后，外出侦察的队伍逮到了他，把他的头带了回来，挑在防御工事里他们正在建造的堤坝上的一根柱子顶端。之后，特姆莱看到了这一幕，让他们把头取了下来。信件的曝光是后来的事。侦察兵们瓜分了死人的遗物。拿到信件的那个人把它带回家给妻子，让她用这张羊皮纸来补他防水裤上的一个洞。他的妻子也不识字，但她凑巧知道三头狮的封印代表着行省政府，于是不停地跟她丈夫唠叨着，直到他把信交给了自己的头儿，而后者则把信交给了自己部门的长官，此人又将信直接交给了特姆莱。特姆莱看完信先是恼怒，然后陷入了沉默。

“好极了，”大家问他发生了什么事时，他说道，“他们命令洛雷登别管我们，而我们偏偏把这封信给截下来了。再多来几次这样的情报战，我们就完蛋了。”

他将发生了什么事大致解释了一下，读出了信件中的相关部分。大家沉默了很长一段时间

“要不然我们把信送过去？”有人建议道，“用烧热的小刀把封印合上，也许他们不会注意到这封信被打开过。”

特姆莱大笑起来。“你们太小看行省政府了。”他说，“帝国信差必须了解五个不同级别的安全码，每个不同的密码对应不同级别的信息。如果在传

递信息时不能报出正确的密码，他们会被当场绞死，携带的信息也会被认定是伪造的。帝国的封印在蜡封冷却后还要再涂一层漆。如果你们想用烧热的小刀作弊，那层漆会燃烧起来，将封印损毁。我还听说，他们用一种特殊的见光即变色的墨水来书写重要的信息。所以，就算你们弄到了完全一样的封印，他们还是能一眼看出这封信是否被打开过。算了，我们已经搞砸了不少事，别再画蛇添足，让他觉得我们在策划什么阴谋。"他将信卷起来，放回铜管里，丢在地上。"如果我是个迷信的人，现在多半已经放弃了。大家有什么意见吗？"

"我们可以放弃对抗。"打赢上一场战役的英雄希多凯说道，"如果修建防御工事让他们以为我们会待在原地不动，那么我们已经达到了目的。与此同时，我们可以收拾行囊，在半夜偷偷溜走，往北方去，在他们追上我们之前翻越山脉。一旦我们翻过山脉，他们疯了才会继续追踪下去。别急着驳回，特姆莱。我知道山的另一边是个很糟糕的地方，寒冷、潮湿、荒凉——这就是为什么没人住在那里，那片土地不值得侵入。但是，到了那里，我们的日子至少还能过下去。如果待在这里，多半就死定了。该怎么做决定，我想应该很容易吧。"

"这不就是我们离开佩城平原时的打算吗？"另一个人指出，"那时候我们全都同意了这个计划，打那以后一切都没有变。"

特姆莱摇摇头。"我不赞成，"他说，"不同之处在于，洛雷登和他的军队就在天鹅河对岸，要是我们打算逃跑的话，他会追上我们的。那时候我们就得在开阔处作战，我们将无法使用抛石机。"

"但我们的人数比他们多。"希多凯指出，"再说了，让我们面对现实吧，我们的骑兵刚刚让帝国的重装步兵大大地丢了脸。这还是在假设他们能追上的前提下。"

“他们会追上我们的。”特姆莱说，“你放心好了。”

“你的话好没道理，”另一个人反对道，“我们刚刚赢得了一场伟大的胜利，对吧？而且——我对希多凯绝无不尊重之意——我们一致同意这反而让我们的处境变得更糟糕了一些。假设我们在这里按兵不动，并且设法打退了洛雷登的进攻，好极了，他们会派另一支军队过来——就跟洛雷登正在等的那支该死的大部队一样。我们每干掉他们一个人，他们就会派三个人过来替补。难道你要建议我们杀光帝国境内每一个成年男子吗？即使我们能做到，他们的人数也太多了，等他们全被杀光时，我们的孩子也都成了老人。我们赢不了。明知赢不了，那就选择放弃或逃跑。特姆莱，趁现在还有选择余地，我们至少要试一下逃跑这个选项吧？我们的处境不会比现在更糟。”

特姆莱不假思索地摇摇头。“不，”他说，“我们就待在这里。如果逃到山的那边，他会追击我们的，他会如影随形地跟上来。我们要在这里跟他打，我们会赢的。到时候再决定下一步该怎么做。”他皱起了眉头，似乎在倾听着什么声音。“他们知道，如果他和我们在这里开战，他可能会输——这就是他们要阻止他的原因。所以，他们不想让我们干什么，我们就偏偏要干什么。这可是兵法的第一条。”

希多凯惊讶地抬起头来，“你的态度发生了转变，不是吗？就在刚才，你还认为信件被截是一件坏事。”

特姆莱微微一笑。“我有了几分钟时间去思考。”他说，“其实，这是一个机遇。这件事，从表面上看像是坏事，直到我透过表象看到了真相。不，他们特地在信中强调不要跟敌军交战，我们经不起再次战败。你自己刚才也说过，我们的人数比他们多。洛雷登要以较少的兵力进攻一个有防御的地点。我们会取得胜利的。”

“我们已经认定了他会进攻吗？”有人问道，“我就不这么认为，基于你刚才陈述的那些理由。”

“他当然会进攻。”特姆莱回答，“要不然他们就不会写信让他别轻举妄动了。是的，他会来的，这是好事。我们会打败他，然后我们就走。”

“你错了——”希多凯刚开口反驳，特姆莱就举起了一只手。

“相信我，”他说，“这就是你们唯一需要做的事。我知道我可以打败他。当初在形势不利于我们的情况下，我就做到过。别问我怎么知道，我就是知道。”

话说到这里，再继续讨论也没有任何意义了。

十七

“毫无疑问，这是个很难对付的防御工事。”工程师挠着脑袋说，“你可以看到他们挖了条运河，让河水环抱着另一面，从事实上将这里变成一座岛。假如我们在河上架桥，他们有紧临着水面的屏障——啊，我们倒是可以用砲弹打出缺口，前提是他们允许我们这么做，要知道他们的机器比我们多，也比我们好——然后我们还得攀登到悬崖上。到崖顶只有一条路，一路上要经过各种城门和陷阱，肯定不轻松。就算我们沿着小路到达山顶的高地，那里还有两道屏障，而且我们无法事先进行火力掩护，因为这两道屏障在我们的火力范围以外，然后——假设我们能够走到那么远的话——我们还得在山顶和他们正面交锋，而他们和我们的人数比至少是三比二（取决于我们一路走来损失了多少人）。如果你想听听我经过深思熟虑后给出的意见的话，我看还是算了吧。”

他们此刻站在山顶上，山风强劲而清新。从远处看，水面在阳光的照耀下熠熠生辉，整座堡垒看起来美极了。

“一定有办法的。”巴达斯回答，“我知道一定有办法，因为他曾经做到过。”

工程师皱起了眉头。“对不起，”他说，“我没听懂。”

巴达斯指着某处。“你看到了吗？”他说，“他在全力复制佩里美狄亚。事实上，他在这里，在这片草原上重建了一个佩城。无论它的存在是否有别的意义，这就是再明显不过的认输之举了。”

“我不知道，”工程师带着疑惑说，“我从来没见过佩里美狄亚。见鬼，我只能告诉你，这几乎代表着对地形和资源的最佳利用。再说了，”他补充道，“佩城陷落的唯一原因难道不是某个混蛋把城门打开了吗？”

巴达斯摇摇头。“要不是我作弊，早在那之前，城市就该被攻陷了。”他坐在一块岩石上，摘下一根草，在嘴里嚼着，“在他们建平转桥的地方先来一轮轰炸，再上攻城塔以及——你管那玩意儿叫什么来着？就是用撑开的皮蒙在框架上制成的，像马车车顶那样的弧形部件。”

“嗯，我知道你说的是什么。”工程师道。

“管它叫什么。”巴达斯继续说道，“看到了吗？那里有个盲区。如果我们集中火力将覆盖那个区域的抛石机打掉，然后将那玩意儿推上前去，将路上的防御工事一一摧毁——”

“可他会弄出更多的机器，”工程师反驳道，“把这些机器拆成零件带着到处走，再把它们拼起来。身为游牧民族，如今他们在这方面的技巧已经达到了炉火纯青的地步。”

“只要你确保他们找不到机会这么做，”巴达斯回答，“那就不成问题。关键是，他们没有足够的空间容纳他们需要的守城器械。他的错误在于选择了圆形的地面设计。在这个圆剩余的二百四十度角范围内，他可以任意放置守城器械，但因为角度错误，这些器械对我们毫无威胁。”

工程师思考了一两分钟左右。“你说的或许是对的。”他说，“如果我们过去的时候紧贴着河沿，安在高地上的抛石机就会射过了头。没错，现在我看出来了。”他笑了起来，“我很意外，他居然没考虑到这点。”

“我不觉得意外。”巴达斯站起来，“他在重建佩里美狄亚，但他把城建得太小太拥挤了，角度完全不对。他忘了我曾在老城墙外建起的棱堡，其具体用途正是对他们进行纵向射击，阻止他们做我们现在正打算做的事。你瞧，”他边上马边继续说道，“整日缅怀过往的后果就是——给自己制造了不必要的麻烦。”

工程师笨手笨脚地把自己拉上了马，喘着气坐了一会儿。“但愿你的判断是对的。”他说，“不过，就算你真的登上山顶，之后又该怎么办呢？他们的人数还是比我们多。”

“那又怎么样？”巴达斯站在马镫上直起身子，最后看了一眼那座堡垒。“我以少胜多的时候你还在玩泥偶兵呢。你想太多了，这就是你的毛病。你多快可以把我的攻城塔以及——”

“庇檐？”

“就是这个词。庇檐。需要多久时间？”

工程师轻抚着胡子。“三天。”他说，“我说的三天是实实在在的三天，到时候可别告诉我得在两天内完成。”

“三天没问题。”巴达斯回答道，“你只要保证尽心尽力就成了。”他再次坐了下来，转过头去，但那轮廓依然留存在他的脑海里：包围着城墙的壕沟、三重建筑——他知道这是臆想，但他仍然能体会到那种激动，仿佛自己经历了长久而疲惫的战役后回到家乡，第一眼看到佩城时的感觉。这可真奇怪，因为当年他在佩城待了那么久，却从来不认为那里是他的家乡，只把它当作暂居地而已。

“我有个朋友，”他开口说道——他知道工程师未必感兴趣，但他不在乎——“他是个哲学家，或者科学家，也有可能是巫师。我想连他自己都未必能确定自己的身份。他曾经认为，在历史上存在着一些关键时刻，从这些时刻开始，事件会朝着不同的方向发展，从而走向完全不同的结局。他相信，只要能找到这样的时刻，你就能控制事件的发展。”他的脚脱离了马镫，悬在那里，“老实跟你说，我认为这整套理论其实就是将愚蠢的神秘主义和显而易见的事实结合在一起。说到这个，我如今依然这么认为。好，就算他说的有那么点道理，那你说说看，为什么同样的关键时刻会一遍又一遍地重复呢？如果他还在世，我倒要看看他会怎么狡辩。”

工程师耸耸肩。“如果你要问我作为机械师有什么看法的话，”他说，“我会觉得你描述的是凸轮轴。”

巴达斯的眼睛睁大了些，“解释一下。”

“说真的，这很简单。”工程师把缰绳打了个结，塞在鞍头下，腾出双手来做手势。“凸轮，”他说，“绝对是设计中最基本、最重要的部件。它将标准的旋转运动——”（他在空中画了个圆）“——转换为直线运动——”（他画了一条直线）“这显然非常重要，对吧？因为，所有的动力来源、所有的原始动力——比如说水车或踏板——都是重复性的，因此产生了旋转运动，永远绕着圈转啊转。凸轮，只不过是跟圆圈上某一点联结的纽带，就可以将之转化为直线上的推力。再加上一个简简单单的棘轮，你不需要多聪明就能获得绕着同一根轴无休无止转圈的轮子。利用这样的工具，你可以实现逐步向前的直线运动，例如，将物体向前推动。由此推断，在其中起了重大作用的、建立起联系的是轮子和工作部件之间的那根纽带。如果我是你那身为哲学家的哥们儿，我就会拿凸轮轴来说事。”

巴达斯皱起了眉头。“命运之凸轮轴[①]。”他说，“哎呀，好主意。当然，为了让这个类比更完善，你必须想办法让它在一圈一圈转动的同时改变方向。有可能吗？我的意思是，从机械的角度来看。”

工程师咧嘴一笑。“当然有可能。”他回答，“你只需要拿把大锤子狠狠地敲就行了。”

“你说什么，垃圾？”特姆莱嚷嚷道，在缇尔丹收紧皮带时打了个哆嗦。“行家告诉我，这恐怕是你用钱能买到的最好的盔甲了。”

“行家，”缇尔丹叹了口气，“你是指那个把东西卖给你的满嘴谎言的大骗子吧。别动，行吗？不是这条带子缩水了就是你胖了。”

特姆莱拉长了脸。“又来了。”他说，“不管我说什么、做什么，你都要打击一番。要是这玩意儿不好，他怎么敢给出无条件终身保修的承诺呢？”

“噢，拜托，”缇尔丹微笑着反驳道，“只有你活着才有效的保修条款。所以呢，第一场战斗刚开始五分钟，它就会散架，然后你就死了……”

“哎哟。”

“抱歉。是你自己的错，我叫你别动的。”

先穿护胫，它盖住了从膝盖到脚踝之间的小腿部分。它们让特姆莱联想起被铰链连接在一起的两片排水槽。“肯定有什么办法，”他说，“可以阻止这玩意儿滑下来，绊住我的脚。看到那块瘀青没？一个小时以后就会疼得很厉害，会害得我几乎没法走路。”

“可你打仗的时候是坐在马上的，不用走路。因此这一点无关紧要。”

“没错，可我得从帐篷走向马匹，然后再从马匹那里走回帐篷啊……”

穿完护胫，就是护膝和护腿，盖住了从膝盖到腹股沟的大腿部分。它们

① 原为“命运之轮”，这里是调侃的说法。

用带子吊在腰间的皮带上，再用更多的带子缠绕在膝盖和大腿上，将其固定起来。接下来是锁子甲——

“我拿不起来。”缇尔丹说。

“你肯定可以。别一副弱不禁风的样子。”

缇尔丹闷哼了一声，想将锁子甲举到他头上，让他可以把手钻进去，穿过袖孔。他赶在缇尔丹松手前及时找到了袖孔。在他把头钻过颈孔时，他的头发钩在了金属环上，他疼得咒骂起来。“别说我弱不禁风，”缇尔丹说，“要不然你就自己穿上这副愚蠢的盔甲。”

“对不起。”特姆莱不甚诚恳地说，“好了，下一件是什么？我想是胸甲。”

胸甲和背甲由两根带子分别系在脖子两边的肩膀上，就像军装的肩带。在腰部的位置另有两根带子。“把胳膊抬起来一点。”缇尔丹一面收紧左手一侧的搭扣，一面喃喃说道，“你没给我留足够的余量——好了。够紧吗？”

“太紧了。放一个洞眼出来，免得我被憋死。”

“你刚才为什么不说，害我为收紧这讨厌的带子差点扭伤了手腕。”

接下来是臂甲：盖住从手腕到手肘的前臂护甲，用来保护肘部的护肘，从手肘到肩部以下的上臂护甲——更多的带子、更多的搭扣。“你要小便的时候怎么办？”缇尔丹甜甜地问道，“你会停下整支队伍，招来一两名军械师吗？”

特姆莱皱着眉头看着她，“不会。”

“哦。那么，当它顺着你的大腿内侧流下的时候，你怎么防止那一段盔甲生锈呢？你的护膝有可能会因为生锈而无法动弹，到时候你该怎么办呢？”

“谢谢你。”特姆莱说。

“等你需要那个的时候，一定很恶心吧——”

“够了。”特姆莱说，“是的，很恶心。现在，把肩上的搭扣解开吧。”

“可我刚把那几根系上。”

“嗯，再把它们解开。你看到肩甲上方那几个环没有？你要把带子穿过那几个环，让带子垂在上臂护甲上——”

“垂在什么？”

“这几样——”特姆莱想移动胳膊，用手指一下，但他动起来不怎么方便。缇尔丹被逗得咯咯笑。“垂在我的胳膊上。”他严肃地说道，“对了，就是这样。”

“现在可以把搭扣扣上了，对吗？”

“对。”

“你确定吗？我不想再重来一遍。”

“确定。现在把护喉戴上——看，侧面有个小机关……”

“你是指这领子一样的东西？”

“没错。”特姆莱耐心地说道，“护喉。”

缇尔丹挑起一边眉毛，“我不明白为什么你不能管它叫领子。”

“因为它就是个护喉。”特姆莱说，“你找到那个小机关了吗？就是那里。好，现在我只需要护手甲和头盔就大功告成了。”

“你是指手套和那个东西。”

“没错。先戴手套，然后是帽子。”他把手伸出来，“你得抓着袖口用力拉——不，不是那个金属袖口，那里有一层皮内衬，看到了吗？”

“穿这么多一定热死了。”

“是的，是很热。现在，抓牢一点，我要把手指挤进去——我说抓牢，求你了。”

“我尽力了。”缇尔丹说，“再试一次。”

“好一点——不，这样不行，那该死的破玩意儿没对准，滑到了手的一侧。拉袖口——”

“我在拉。它卡住了。”

“什么？哦，知道了。我会把大拇指稍微弯曲一点，看看有没有用。现在再试试看。”

护手甲总算套好了——“它夹住了我的手腕，在那里，在袖口和前臂护甲之间。”特姆莱抱怨道，“看来我得确保跟我打的人是左撇子。”缇尔丹拿起头盔，那是一顶一体式轻型盔，像布丁盆一样将特姆莱整张脸都罩住，只留了一道往外看的窄窄缝隙。她把头盔罩在特姆莱头上，后退了几步。

“特姆莱？”她说。

“什么？”他的声音听起来很遥远，还略显滑稽。但一个不变的事实是，特姆莱已经不存在了。最终，钢甲像流沙似的将他包裹了起来。

“没什么。”缇尔丹说，“穿着这些，你站得起来吗？”

“要是我慢慢来的话，”特姆莱的声音穿透钢甲含糊地传了出来，“应该可以。”

当他站起来的时候，缇尔丹注视着关节处。一层层叠加在一起的薄钢片像覆盖着鳞片的龙的皮肤一样抖动起伏着。除了一个似曾相识的形状以外，穿着盔甲的他看不出一点人的样子。“你忘了穿鞋子。”

“钢甲靴。”

“什么？”

“钢甲靴。这是它的名字。”

“好吧。你要不要穿？”

“懒得穿了。”他的回音传来，“不过，我倒是的确需要我的剑。在那里，在洗手台旁边。”

缇尔丹把剑拿给他，“这也要系在身上吗？”

头盔点点头。头抬起来,护喉的薄钢片波动扭曲着,接着又笨重地落下来。“跨过我的肩膀再绕回来。”钢甲人说着,左手前臂护甲、护肘以及上臂护甲举了起来。“快点,”他说,“一直这么站着,我可受不了。”

“你能把它从剑鞘里拔出来吗?”缇尔丹扣上最后一个搭扣,充满疑虑地问道。

“多半不能。不过,谁管它拔不拔得出来?这只是个装饰品。戴着这双该死的护手,要想握剑,得有人帮我把手指合拢,握在剑柄上才行。”

“你看起来很滑稽。”缇尔丹说。和她说的恰恰相反,她完全不认为特姆莱看起来滑稽。但她能感觉到特姆莱对她的真实想法不感兴趣。“甭管做什么,小心点,别摔倒了。”

“我尽量。”

等到特姆莱从帐篷走到城门楼时,他已经觉得轻松多了。盔甲似乎长在了他身上,就像枝条被嫁接在树上一样。穿着这一身,他觉得别扭多过沉重,稍有不慎就会失去平衡。于是,他不得不努力把身体的重量挪回到脚跟处。他想,这是不是跟小时候第一次学走路的感觉差不多呢?

希多凯、他的副指挥官阿博凯以及总参谋部的大部分成员都在那里等他。“真精神,”有人说,“在里头你还能呼吸吗?”

“是的。”特姆莱说,“但我只能勉强听到你的声音。来人,把头盔给我卸掉。”等他的头露出来以后,他深深地吸了口气,似乎他刚才身在水底或是充满污浊空气的地道里一样。“现在好多了。”他说,“好了,出了什么事?”

刚才一直在打量着他,像看到什么从未见过的新鲜事物一样的希多凯指着在城下移动的小黑点。“那是他的攻城车队,”他说,“现在还远在射程之外。要是靠得太近了,我们会让他们知道的。他让骑兵队在前头开路,以防我们发起突击将他赶回去——所以我不建议我们这么做。他们多半会把剩下的时间都用在安营扎寨上，让自己住得舒舒服服。”

特姆莱想看清楚他指的东西，但他只能看到小黑点以及一些模糊的影子。“让他自便吧。”他说，“夜袭怎么样？我们以前演练过的。”

“可行。”希多凯没什么热情地回答道，“但我倾向于再等一两天，等他们安放好火力装置。在他们开始轰炸前，我希望能砍断一两根绳子，给他们制造点乱子。”

特姆莱点点头，护喉发出吱吱嘎嘎的声响。“有道理。”他说，“他们会利用那条河吗？”

“目前没有迹象表明他们会这么做。”一个特姆莱记不住名字的家伙回答道，“也许他不想冒着火烧渡船的危险。”

希多凯咧嘴一笑，“明智的决定。不过，我们应该将它作为备用方案留着，以防他想要建一条跨河栈道。手头备着些出其不意的方案总不会出错。”

“他不会建栈道。”特姆莱说，“他会用船渡河，但那是在他打掉我们的守城器械以后。到时候我们就可以用上火烧渡船的方案。当然，他肯定也预见到这一点了，但他能做的不多。”

希多凯看着他，“你似乎对这一点相当肯定。”

“我很肯定。”特姆莱回答，“你不记得了？我们以前曾经这么做过。”

“是吗？”

特姆莱点点头，“哦，是的。不同的战争，相同的情形。我对他的一举一动了如指掌，除非他比当年的我更厉害。当然，他同样也对我的举动了如指掌。”

“好吧。那你愿意跟我们分享一下吗？还是说，这是你和他之间的小秘密？”

“我再重申一次,”文纳德疲倦地抗议道,“我不是政府人员。我们还没有政府,以前从来没建立过政府,现在也不需要。你明白吗?”

那人盯着他看了一会儿。“好吧,就算你不是正式的政府人员,但你领导了革命,将恶势力赶到了海上。因此,不管你喜不喜欢,你就是负责人。我想知道的是,我什么时候可以拿到我的赔偿金?”

文纳德几乎要哭了,“我怎么知道?还有,是谁在散播关于赔偿金的谣言?反正不是我。”

“你的意思是不会有赔偿金喽?”人群中的另一个人说,“对不对?”

“对。”

“啊哈,你可能觉得这没什么大不了的,烧毁的又不是你家的货仓。你敢不敢跟我去见我的债主,跟他们解释一下这事不着急?”

“不,这是你说的,我可没说——”

“那么,也许你该把你真正的意思说出来。”那张脸怒视着他,“你可以先跟我们说说,为什么忽然决定取消赔偿金。”

“我本来就没做过什么决定。”文纳德呻吟道,“这由不得我——”

“这么说,你还没做出决定。大概什么时候可以做出决定?”

文纳德深深地吸了口气。“不要说了,”他说,“现在,看在老天的份儿上,让我过去吧。”

对他的回答,众人并不买账。“你想就这样溜走,把满腹疑虑的我们留在这里,是吗?”有人吼道。

“我想进入自己的房子,上个厕所。”文纳德回答,“过去的半个小时我一直这么打算,可你们不让我过。现在,你们要么给我让路,要么被我浇湿,你们自己决定吧。”

他最终把门关在身后,拖着蹒跚的步子绕过中庭冲向户外厕所,仿佛身后有狼群在追赶一样。从厕所出来以后，他感觉好多了。真奇妙，他想，如此简单的一个动作居然可以带来如此舒畅的感觉。

然而他没舒服多久。“文，你到底去哪儿了？”穿过中庭走回来时，维特里丝等在那里，逮住了他，“伦瓦德·多斯来了，他等了将近一个小时。”

文纳德停住脚步，看着她，“谁？”

“伦瓦德·多斯。你这个傻瓜，他是船主协会的新任主席。”

“哦。他找我干什么？”

维特里丝懒得回答他，“你最好尽快摆脱他，因为伊翰·斯坦皮兹中午会来。万一这两个人碰了面，我可不想待在附近。还有，我们什么时候开始写你的演讲稿？”

文纳德愤怒地看着她，“我没打算演讲。”

“我现在没时间跟你吵。”维特里丝说，“多斯在会计室。哎呀，别光可怜兮兮地站在那里啊。”

伦瓦德·多斯其实不叫这个名字，应该是伦沃德·奥兹（维特里丝把名字搞错了，她一向不耐烦记名字）。不用说，他是文纳德相识多年的朋友。“老天，你看起来筋疲力尽。”奥兹说，“在你倒下之前快坐下喝一杯吧。”

“白兰地。”文纳德回答，“在那旁边，白酒壶里。”

“酒斟够了请说一声。”

“多少随意。”

在一定程度上，白兰地帮了点忙。但这是繁忙的一天，在午时之前就喝酒恐怕帮的是倒忙。“我最好别再喝了，”从灼烧感里缓过劲来后，文纳德感慨地说，“不然我就直接睡倒了。好了，我能为你做些什么？”

奥兹挑起了眉毛。“可以啊，文。”他回答，“这么问好像你真的不知道我的来意似的。”

“什么？”

“别得了便宜又卖乖。在商业谈判上要点小手段没什么，但身为一国元首这么做就不太体面了。”

“哦，我的——”文纳德重重地放下杯子，力道太大，打磨得薄薄的角杯在大拇指的压力下裂开了。“连你也这么说。拜托，伦，你很清楚，我不是做领导的料。老天爷，我甚至连一家之主都不是。你看到特里丝平时是怎么支使我的——”

“这不能证明什么。”奥兹不慌不忙地收起脸上的笑意，“我知道，”他继续说道，“真实的情况是，之前发生的事几乎跟你一点关系也没有。在革命进行到一半之前，甚至都看不到你的身影——我不是指责你，只是陈述事实。然而，不知为什么，人们认定你才是叛变的领袖，现在他们又视你为某种紧急状态下的临时政府首脑。为什么不呢？我的意思是，你是那种相当无害的人。你不做蠢事，也不会滥用职权——正是我们这个国度需要的领导者。”

“多谢你。”

“不客气。但我们的确需要政府的一些职能，文，哪怕装装样子也好。否则，你让船主协会怎么办事呢？”

文纳德皱起了眉头。“哦，我明白了。”他说，“你和你那帮惯于躲在‘财富和幸运’酒吧后厢的家伙是真正的政府，而我是背锅的那一个。不，多谢你了。难道这所有的一切不正是因为你那该死的船主协会太贪财、想敲诈行省政府而引起的吗？”

奥兹抬起一只手。“已经过去了。”他说，“而且，别忘了，你也是我们中的一员，不比其他人更无辜。但是，”正当文纳德打算反驳时，他补充道，“纠结这个并不能让船只航行在水面上，也不能让食物进入谷仓。你应该意识到，在这个混乱的岛屿上，可吃的食物已经所剩无几了吧？那些混蛋把食物全带走了。”

文纳德陷入了沉默。他之前没想过这个问题。

“因此，”奥兹说，“我们必须要在形势变得对我们不利之前，迅速采取行动。问题是，在当前的形势下，谁是‘我们’？有一点可以肯定，我们不能只身前往广袤的远方，假如我们还想要有那么一点点平安回家的机会的话。只要踏上任何一个跟行省政府有联系的地方，哪怕只有一个商务办事处，下一秒你就在牢房里了。因此，要是我们想出海，就必须聚集在一起，有人护航。而且，大家不能全走了，要不然谁留在这里，确保我们有家可回呢？我们需要组织起来，而做好这类工作正是船主协会存在的意义。”

文纳德点点头。“好，我同意你的观点。”他说，“那你去做吧，去组建一个政府。既然这么做是为了每个人的利益，有谁会来阻止你呢？反正我肯定不拦着。”

“你真的什么都不知道，对吧？谁会来阻止？当然是行会。来，要是你想找出给我们的生活带来威胁的罪魁祸首，就一路走到德鲁兹港，然后睁开眼睛好好看看吧。”

文纳德一脸困惑，“什么行会？”

“我的天。”奥兹摇摇头，“说你什么才好呢，你当国家元首简直是大材小用了。商业海员行会，我的朋友，那是一帮不知感恩的耍缆绳的家伙加上船舱里的老鼠组成的可恶的乌合之众。他们已经明确地表达了要偷走我们船只的意图——为了公共利益而征用，这是他们的说法。在佩里美狄亚的语言里就是‘偷’的意思，就是这么一回事——还迫使我们向他们交税换取豁免权。这就是为什么我们需要一个国家元首，我的朋友。由一个不属于船主协会的外人来告诉他们别犯蠢。还有谁能比鼓舞人心的领袖、战斗英雄、胜利的缔造者更适合——”

“哦，闭嘴吧，伦。”

“是啊，可他们不知道。”奥兹耸耸肩，“外面街上的人相信以上描述都是真的，说实在的，这才是关键。你想被他们用枪尖指着，看着他们偷走你的船、抢走你的钱吗？那还不如让帝国回来，完成他们未竟的事业呢。”

“好吧。”文纳德叹了口气，“我明白你的意思了。”他跌坐在椅子上，看上去可怜兮兮的。“好奇地问一句，”他继续说道，“关于如何获得食物，你和你那帮船主协会里的密友们有什么建设性的建议吗？或者，你们暂时还顾不上细节？”

奥兹弹了一下舌头。“没必要挖苦我们。”他说，“事实上，我们还真的有些想法。”

“好吧，既然我是你们的王储，你最起码也该让我了解一下你们的秘密。”

“很简单，”奥兹说，“高戈斯·洛雷登如此不辞辛苦地帮助我们除去帝国势力，一定有他的原因——”

“你知道为什么——”

“——那么他一定也不会反对卖给我们几船谷物和咸猪肉，尤其是在价钱合适的情况下。托诺斯刚好在正确的方向上，也就是远离帝国的方向。当然，在航行过程中，我们不得不经过离沙斯特很近的海域，但如果有舰队护航，那就不成问题了。”

“这样做或许没问题。”文纳德承认，“但那个人总让我觉得毛骨悚然。我也不知道为什么，就是有这种感觉。”

“哎呀，那就是你自己的问题了。等到了那里，我绝对有兴趣跟他谈谈，看能不能雇几个他手下那帮厉害的弓箭手。另一样必需品就是民兵。既然我们谁都不熟悉这一行，请个人来教教我们应该是个好主意。”

文纳德闭上眼睛。“慢着，”他说，“你们想找谁来充实这支军队？”

“嗨，那还用说，我们啊。”奥兹耐心地回答，“再说，这不是军队，是民兵，二者大不相同。”

“好，就算不一样吧。可说到‘我们’，你是指我们这些岛民，还是我们船主协会的成员，还是说其他什么人？”

“啊，我肯定不会把武器交到行会手里，如果你问的是这个的话。”奥兹像在跟一个小孩解释“火很烫”一样回答道，“我说的‘我们’，是指有责任心的成年男性岛民。我们可不需要行会里那帮游手好闲的人。我的意思是，战斗打得正激烈的时候，他们在哪里？龟缩在禁闭室里。他们可真有种啊，直到我们来了才把他们放出来。”

“好极了。”文纳德喃喃自语道，“先是要建立一个政府，然后需要一支军队，现在你又要策划一场内战。你口中的这个国家比水芥菜长得还快。好吧，”他迅速补充道，“不用告诉我理由了。是的，我同意，在行省政府随时可能追捕我们的前提下，锻炼自卫能力是理所当然的。不过，说老实话，”他皱着眉头，继续说道，“如果他们真的决定卷土重来，我们完全不是对手。上次我们很幸运，他们陷入了可耻的自满情绪中。我认为，一旦回到正轨，我们跟他们打简直是在自找麻烦。”

“是吗？那你有什么建议呢？”

文纳德站起来，转身看向窗户外。“离开，”他说，“带上所有可以带走的行李，扬帆起航，离他们越远越好。”

奥兹对他怒目而视，“你在开玩笑吧。”

文纳德摇摇头。“事实上，”他说，“我觉得这是个颇有创意的点子。我们既不是农民也不是制造商，我们是商人。我们中的大部分人待在船上或在海外的时间跟在家乡的时间差不多。除了我们，没有哪个国家经得起举国迁徙和远航。万不得已的时候，我们也可以住在船上，像游牧民族一样四海为家。”

奥兹勉强露出了一个难看的笑容，“你是说像特姆莱国王那伙人。哦，是的，他们的安全绝对有保障，从此以后过上了无忧无虑的生活。”

“那是在陆地上，在船上就完全不同了。”

“直到帝国开始建造自己的船队。”奥兹也站起来，“逃跑不能解决任何问题。我们必须坚守阵地，抵抗到底。要跟他们打的话，这里是再合适不过的地点。我们有一个极好的天然堡垒，比佩里美狄亚还强；我们有一支舰队，而他们暂时还没有。”他抓住文纳德的肩膀，将他转过来，“我们能打赢这场仗的。”

“我不这么认为。”文纳德回答，“既然你们选我做国家元首——”

“当头的坏处是，头可是会随时掉下来。”

文纳德先是吃了一惊，然后咯咯笑了起来。“哦，拜托，伦。”他说，“别玩文字游戏好吗。政府、军队、内战，还有宫廷政变，我们甚至还没跟任何人宣布这个消息呢。”他挣脱束缚，然后笑着说道，“想想看，要是有三方同时加入这个游戏，那该有多好玩啊。”

凉爽的微风吹过，真是救命稻草。巴达斯清楚地记得，在草原上，正午的炎热如何在一个人还没反应过来之前迅速把他放倒。幸运的是，天国之子的军队是从各地招募来的，大部分人来自偏远地区，那些地区几乎都比这里热。在他汗流浃背、即将昏倒之际，他手下至少有半数人还能缩在斗篷底下，用手指吹口哨。

河水被炎炎烈日晒得水雾蒸腾，遮蔽了堡垒尖锐的边缘，让它看起来显得模模糊糊、隐隐约约，好似一幅画的背景。水面反射阳光，像燃烧弹般熠熠生辉。即使闭上眼睛，那赤红的光芒依然留存在他眼帘中。

“好了吗？”他问道。工程师点点头。他站在抛石机翘起的抛杆后，视线越过抛杆，投向远处的堡垒。四下一片寂静，无人动作，仿佛整个世界都在等待他发表一通演说似的。“我在此宣布，战争正式开始。”他说，“你可以随时开始了。”

工程师点了两次头，一次对他，一次对着把手放在滑环上的砲兵。砲兵用力拉动绳子，抛杆尾部指向天空，像半夜被惊醒的人一样坐了起来。有着方形截面的长长杆臂在惯性的作用下弯下腰去，又重新打直，在到达平衡点后忽然停住，配重物颤颤巍巍地吊在下面的吊篮里。伴随着“啪”的一声类似弹弓发射的声音，网兜给了圆形石弹关键的最后一弹，而后落了下去——

（“硬着头皮上吧。”工程师嘟囔道。）

——抛射物以不可思议的速度冲上云霄，缩小成一个小黑点，然后慢慢停住，在半空中悬停一刻以后，开始下坠——

（“让我们看看他们对此有何反应。”投弹组组长说着笑了笑，“任何有脑子的人，都该问问自己能不能把要塞往后挪一百码了。”）

——随着一声类似孩子的脸被掌掴的声音，落进了河里。河面像一张被箭射穿的钢板，打出了闪闪发光的白色火花。

“早跟你们说过落点太近了。”投弹手叹了口气，“好了，上移五格，再试一次。”

将配重加码是巴达斯的主意。毕竟，特姆莱曾经做过同样的事，建造了比佩城城墙上的同类机械射程更远的抛石机。现在，他这边的机械的射程范围比敌人远了至少五十码（风水轮流转，上一次他是特姆莱的对手，现在特姆莱成了他的对手），他能打到对方，对方却无法打到他。离支点越远，应力越大，由此产生的机械效应也越大。

“二号机器,再上移五格。”工程师喊道,“预备!”

一名投弹手转动轮盘,棘轮收紧,发出咔嗒一声。“准备好了。”

“放。”工程师话音刚落,抛杆弯曲、打直,抛出。“该死。”当这一弹打在光秃秃的山坡上,溅起一团灰尘,工程师加了一句:“现在,风力修正量又出现了偏差。第三号机器,上移四格,向左横移两格。预备。”

不用说,这个距离的抛射纯粹是对技巧的考验,正如以特定的方式精准地将力道施加在坯盘上的某一点一样。打造一个碗总是先从第一下敲打开始,先是绕着坯盘的边缘敲打,从外向内,慢慢地移向需要打凹的最低点,这就是对工件施压的方式。

“不偏不倚。”投弹组的组长说,“好,保持在那里或那附近。刻度是——”他将小刀贴着导螺杆并排放着,任何一个好投弹手的小刀刀锋上都刻有经过精准校对的刻度——“让我们看看,是从零往上十二格,向左移六格。你们每个人放三弹,先记下每次抛射的刻度,再归零。”

每台抛石机都发射了三次以后,投弹手做出必要的修正,来抵消各自的抛石机在制造时产生的些许不同。之后的投射就形成了一定的模式。巴达斯很熟悉这一阶段。在这一阶段,锤子靠自身的重量(正如抛石机利用配重物的重量一样)从工件上弹起又回落,而工匠用左手将工件同步移动到锤子下的正确位置。一次敲打并不能达到传递理想压力的目的;需要多次的敲打,通过受控的、连续不断的锤击,才能将原材料变得更坚硬。“真可惜,尘土太多,什么都看不到。”投弹组的组长惋惜地说道,“说不定它们全砸在同一个坑里。”

“有道理。”巴达斯说,“不过再坚持一会儿吧。我要让他们感受一下压力。”

看来，这就是等待下一弹落地的感觉，特姆莱心想，很好，现在我终于体会到了。

石弹落地，片刻之后，地动山摇。因为灰尘，他看不清石弹砸在了哪里，或者是否造成了伤害。这感觉跟置身黑暗中一样糟糕。但他能听到呼喊声，这就意味着出现了紧急情况——有人在下达命令，另一个人驳回了他的话，语气里自然流露的紧迫感让他们显得没什么自信。早该料到的事，他想，却没有做好准备。说到底，这是我的错。

他从十二开始倒数，第二发投出来了。他能感觉出这一发落在了哪里（在黑暗中，其余的感官会适应得很快）——很可能扔过头了，严格说起来就是没有打中，不过感觉这一发应该是落在了某个仓库上。宁可是饼干库而不是弓箭库。必要的时候，我们也能吃碎饼干。他又开始数数。

“特姆莱？”

该死，数漏了。“在这里，”他叫道，“你是谁？”

“是我，希多凯。你在哪里？我什么都看不见。”

“循着我的声音走。把头低下，下一发随时会打过来。”

下一发又打过了头。不用猜就知道这一发去了哪儿，因为这狭小的甬道中到处散落着尖锐的岩石碎片。“他们的设置偏得太离谱了，”他评论道，“他们看不到抛射物，不知道它们飞得太高了。”

“我倒宁可它们命中目标。”

“我也是。”

希多凯出现在他面前，整个人像是用尘土堆出来的。“意识到他们开始射得太高之后，我就到这下面来了。”他说，“我认为，这里是最安全的地方。他们已经砸碎了四台抛石机、半打弩砲，还有两台抛石机、两台弩砲目前虽然坏了，但可以修好。最糟糕的是，路上出现了一个该死的大坑，我们得想办法去填。要不然，我们和下层工事之间的联系就会被彻底切断。”

特姆莱闭上眼睛。“好吧，那里应该有足够的碎石和泥土。”他说，“要铺上木头才能将细碎松软的填充物固定在里面，像搭建露台一样把这些木材用钉子钉在一起。”

“行。”希多凯边咳边说，“把路修好以后，要不要把那些机器吊起来挪走？把它们留在下面没什么用处，只是等着被砸坏而已。”

特姆莱摇摇头。“不行，不能这么做。”他说，“他们只需要把机器挪近一些就能打到。我们必须让那些抛石机消停一阵子。如果它们在我们的火力范围之外，我们就得过去亲自动手。”

希多凯皱起了眉头。“我不赞成这么做。”他说，“即使是用轻骑兵，地势也过于平坦，不可能一击致命。”

“我们别无选择。”特姆莱话音刚落，另一发石弹又抛了过来，松软的泥土飞溅起来，洒在他们头上，像是主人家在葬礼上撒土一样（尽管先死后葬，历来如此）。“我们的射程不够，如果待在这里什么也不做的话，他们会把这个地方彻底夷平。”

“好吧，”希多凯顾虑重重地回答道，“不过我们至少要等到天黑，等他们停火以后吧？”

“你怎么知道他们会在天黑以后停火？我就不会。等校准了设置，他们不用看就能摧毁我们。照目前的情形来看，他们干得还不错。再说，这满天灰尘几乎跟黑夜一样。”

“是的，但灰尘只笼罩在我们这边。多谢你，我可不想在光天化日之下骑马冲到他们的弓箭手面前。你可能忘了，在这团雾霾外面还有大太阳照着呢。”

特姆莱思忖片刻。“有道理。”他说，“我不想继续忍受三个多小时的煎熬，但你说得对，我们也不能仓促做决定，到最后害了自己。组织一支突击队吧，然后派人去把路修好。在修好路之前，谁也走不了。”

希多凯急匆匆地走了，一路走一路将头保持在土堤的水平线下，防护栏的柱子就扎在这道土堤上。他的样子与疾行的螃蟹或是在顶部很低的地道里行走的人颇为相似。又一发来了，但落得太远，对他不构成威胁。*这也太飘忽了*，特姆莱觉得，*但我想他们根本不关心准头，就是要让我们的日子不好过。我们的损失可能不大，但这些灰尘开始让我紧张了。*

“别到处乱窜，”希多凯露出家长般严厉的表情，“抛石机是我们唯一的关注点。先砍断吊配重物的缆绳，等杆臂下来以后再砍断掷弹带，这就够了。仅此一回，平安回来比大开杀戒更重要，所以不许脱队、不许穷追猛打、禁止劫掠。明白吗？”

没人吭声。看样子，他大可不必提出这些严正警告。这些人有可能只是为了暂时逃离灰尘而自愿加入突击队的。

这是一个典型的草原月夜，月光明亮到足以在某些地方投下阴影。很好。从这里，他可以看到河对岸的篝火，那是他们要去的地方。坐在篝火边的人看不清暗处，而他的人则有足够的时间适应黑暗。他们能看见敌人，敌人却看不见他们。他发出信号，绞车队开始将平转桥架好。

希多凯率先冲了出去。这是他们家族的传统，正因如此，这个家族培养出来的指挥官也多得异乎寻常。事实上，其指挥官人数之多，让人不禁讶异于这个家族居然还能延续至今。在麦克森死后不久，他的父亲也死于眼前这个巴达斯·洛雷登之手。他的祖父在抗击佩里美狄亚的战役中牺牲。他的曾祖父也牺牲在战场上，尽管谁也记不得当时是在和哪一方作战。连续四代的英勇将领，一如既往地身先士卒。有些人就是不长记性。

到达目的地不是问题，只要奔着最近的篝火而去，直到他可以看到映衬在灰蓝色天空下的抛石机的轮廓为止。风不大不小，刚好可以将马蹄踏在干草上的声音掩盖住。总之，发动夜袭的理想条件都齐了。条件这么理想，他几乎按捺不住想违背自己的谆谆教诲、放开手大干一场的冲动。只可惜他并不真的想打一场。要大战一场，以后有的是机会。再说，这一整天先是蜷缩在灰尘底下，后来又提着一桶一桶的土去填通往山上的那条路上的洞。如此辛苦劳作以后，他的人已经很疲惫了。

他们比他预计的要干得漂亮。没等有人看到他们、叫嚷起来，他们已经逼近到离最近的篝火只有五十码的距离。希多凯抽出弯刀，叫道："上啊！"而后踢了一下自己的马，让它小跑起来。

一开始很顺利。敌人一看到忽然出现的骑兵，立马从抛石机旁跑开，直奔武器架而去，没人去管突击队。他们趁机在抛石机上动好了手脚。原本这正是撤退的良机。

希多凯第一个砍断了绳子。他砍了三次才砍断，整个过程相当滑稽。在他的想象中，他应该一刀断开绳子，刀锋毫不费力地划过绷紧的纤维。结果，因为砍的角度不对，他扭伤了手腕，握着的剑几乎要脱手。如果用刀锋更重、更硬的镰刀或割豆镰钩，可能会更顺手。这期间，他的冒险经历几乎要戛然而止。他满怀着砍断绳子的坚定决心，却忘了绳子一旦被砍断，又长又重的木头会急剧地翻转下来——杆臂在离他肩膀不到一两寸的地方与他擦身而过，吓得他魂不附体。接着，他调转马头，却发现自己够不到另一头的掷弹绳。于是他不得不跳下马，跪下用剑身的强部[①]完成了这一步，然后再次翻身上马（不料，他的马受了惊，不肯安静地待在那里。于是，在惊险万状的片刻之中，他一只脚在马镫上，另一只脚 拖在地上，在不停移动的马周围绕来

① 剑身分三部分，靠近剑柄的那三分之一，称为强部。

绕去，一只手攀在鞍头上，另一只手则努力抓着自己的弯刀）。

但他是个成年人，能够应付这些麻烦，之后破坏另外两台抛石机时就没那么狼狈了。事实上，当敌军最终出现时，自信满满的他正轻率地思考着该如何把这些东西烧掉。他本该在此时放弃计划，回家睡觉的。

敌人不想应战。这点从他们逼近的方式可以很明显地看出来：他们像螃蟹一样，将斧枪和大刀举在前头，满脸恐惧。有一两个军官在督促他们前进。这些军官像自家种的苹果树被村里的小孩洗劫了似的，满腔愤怒，却没有愤怒到身先士卒的地步。任务已经完成了一半，希多凯下令第一队和第二队跟上他，然后策马小跑起来。他喜欢小跑。速度不快不慢，既能维持一定的动量，又能保持控制力。敌军没有列阵。他们一窝蜂地聚在一起，没精打采地向他冲过来，后面的人不停地往中间挤。因此他挥手让第二队远远地向左翼、第一队远远地向右翼而去。他的计划是痛击两翼，让他们没头没脑地掉头往营地里跑，成为后续赶来的、组织得更严密的援军的垫脚石。营地里篝火的光芒刚好可以让他看清周围的情况。计划安排得好好的，而且也确实见效了——

结果，当他俯下身子，越过马脖子直截了当地在一个步兵的锁骨处斜斜地划下一刀时，马鞍的肚带断了。他顺着那一刀砍的方向无助地摔下马去。落地的时候，他的肩膀紧挨着死去士兵的脸，马鞍还夹在两腿之间。

这事要是发生在别人身上，他很可能会在赶过来施救的同时笑得尿了裤子。然而，好笑不好笑是相对的，得看发生在谁身上。他抬起头来，第一眼就看到有人站在他面前。此人除了身上穿的衬衫，头上戴的锅盖盔以外，什么都没穿。他正要将斧枪刺进希多凯的胸膛。

希多凯能做的不多。那该死的马鞍让他无法移动自己的腿，因此他只能抬起左臂挡住刺来的斧枪。他的前臂包裹着熟皮制成的护甲。锋刃划过护甲，就像冰刀在冰面上掠过，斜斜地擦了下去，在颧骨处戳中了他的脸颊，还削掉了耳朵上方的一块肉。这使得他得以腾出手抓住斧枪的柄。然而大概是惊魂未定的缘故，他居然差了一点，没能抓个正着。等到他握紧长柄向外拉时，尖刃已经划破了他拇指和食指之间的虎口区域。

这个策略不算彻底成功。他将斧枪从那人手里夺了过来，却在往下拉的时候划过了自己的脸，从眼角经过头皮的下半部分，划出了一道跟刚才几乎平行的伤痕。那人瞪着他，往他脸上踹了一脚。由于那人脚上什么也没穿，最后导致他们两败俱伤：希多凯的鼻梁骨被踢断的同时，他确定对方的一根脚趾也断了。

此时，他腾出了右手，抓住那人的脚踝，想将他拉倒。但因为他眼睛里都是血，看不清楚，这次他又失手了，只抓到了一条不停踢蹬的腿。抓着腿似乎没什么用处，于是他松了手。然而，就在此时，那人忽然摊开双臂，跌在他身上。

那人受了一下重击，但没重到要了他的命。希多凯估计，大概是他露在锅盖盔边缘外的脖根处被弯刀斜斜地砍了一刀。这下，那混蛋直接压在了他身上，两人的嘴唇几乎要触碰在一起，像一对恋人似的。那人的眼睛睁得大大的，嘴里发出某种恼人的咯咯声。他想说什么，而希多凯不感兴趣。“从我身上滚下去！”他尖叫着，又推又拉，终于将被压住的左臂扯了出来。他的手指僵直而生硬（永久残废，唉，今后再操心这事吧）但仍然可以用手指抓住那人的肩膀用力推动。那人不想走，可他没什么选择的余地。他被翻了个身。除了转动的眼球以及喉间的咯咯声以外，他还是一动不动。希多凯费了老大的劲才挣扎着跪了起来，但好景不长，有人从他身边跑过，在他背上撞了一下，将他脸着地撞翻在地上，自己也摊着四肢倒在他身边。该死，希多凯想，真令人绝望。那人自己爬了起来，他丢下的剑就在他脚边。但他没管那把剑，一溜烟跑了。他跑得非常快,在那一刻,这似乎是好事。

结果证明,是坏事。当希多凯抬起头时,恰好看到一匹马的马蹄踏向自己的头。刚才那人顾不得捡剑就飞速逃离的原因变得极其明显了。他再次摔倒在地,却没什么用处。马踩在他身上的时候,他感到背部一阵令人无法忍受的剧痛——有什么地方被踩断了。他想大叫,但嘴里满是泥土,肺里所有的空气都被挤了出来。他痛苦地挣扎了好大一会儿,空气才再次回到原位。

肋骨断了,他用仅存的一丝清醒意识诊断着,这下更糟了。要是可以,他倒宁愿待在原地不动。但他依稀记得自己曾经针对这个情况制定了几条策略,他记得其中一条就是任务一旦完成,就马上离开,返回营地。希多凯不想被拉下,所以对他来说至关重要的就是,站起来、找到他的马(或者任何一匹该死的马)、回到要塞。

他旁边的那个人还在发出可笑的咯咯声,像个性情乖张的婴儿。希多凯翻了个身,右肩着地,双腿交错踢出,一个鲤鱼打挺站起来。他踉跄了一下,差点再次栽倒,幸而及时保持住了平衡。这么做给他带来了令人难以置信的疼痛——我这样的重伤员根本就不该做这些动作——就连呼吸都成了艰巨的考验。他往前走了一步,但显然在他趴在地上的时候,有人将他膝盖里的所有关节都偷走了。他勉强保持着站立的姿势,但这几乎已经是他能做出的最大努力了。

"站稳了,伙计,没事了。"不管说话的人是谁,希多凯既没有看到也没有听到他过来。此人突然就出现在他左手边,抓着他的胳膊,搀扶着他。"没事了,"他重复道,"趁你还没摔倒,我们离开这里。"那声音带着令人生厌的、像唱歌似的调子——佩里美狄亚口音总是让希多凯觉得难以忍受。"来,这边。"

那混蛋想扶着他走回营地。这方向不对啊,他为什么要这么做?很快,真相大白。扶着他的是个敌人，将他误认为自己人（比如那个躺在泥土里哼哼唧唧，等着他去救援的家伙）。幸运的是，那人是个大傻瓜。他的匕首就挂在腰带上，太现成了。希多凯抽出匕首，往那人肩膀之间的位置捅了下去。这一次，匕首总算插进了它该去的地方，但没插在他瞄准的部位。那人又痛苦又震惊地喘着粗气，但仍然站着。“哦，天哪。”可怜的傻瓜一边说，一边抓住希多凯作为支撑物——他还没意识到，是希多凯捅了他一刀。他肯定以为自己是被箭什么的射中了。他尽力用肩膀支撑着那人的重量，尽管这重量压得他几乎要跪了下来。然后，他把刀子拔了出来，朝着那人的耳朵下方刺了进去。

这次他确实倒下了，但由于他原本就攀在希多凯肩膀上，因此他们俩一起摔倒在地。这一次希多凯很容易就甩开了他——甩掉死人要容易一点。但是，再次站起来对他来说难度太大了。唉，他尽力了。正如他父亲所说，只要你尽了全力，就没人可以苛责你。

别的不提，呼吸变得愈发困难了。似乎有一个木工钳子在夹着他，前胸和后背都被紧紧地束缚着，同时木工正在等待胶水变干。但有些人就是不长记性（整整四代的将领）。他拖动手肘，靠近膝盖，将膝盖往前推，想把背直起来——毫无指望。多谢你帮倒忙，他愤愤地想，把气全撒在刚被他干掉的那个人身上。*你不来掺一脚，我原本还好好的。*接着，他伸直了腿和胳膊，这大概是他一辈子做过的最吃力的事了。但他再次站了起来，因此吃些苦头是值得的。

*现在，我只需要找到一匹马，骑上去……*他沮丧地发现，在这嘈杂的战场上，他找不到马匹。他不知道自己摔下马多久了。还别说，他感觉像过了一辈子似的，不过这只是主观意识里的时间。有可能，这种可能性甚至很大——他的人已经按照他的吩咐，任务一完成就离开了。要是这样的话，他

根本用不着搭上半条命、挣扎着站起来了。

他向前迈了三步——这是一种控制得当的摔跤技巧，凭借这个技巧，他将自己摔在了地上。他的左手跟背一样疼，只不过是抽痛，而不是刺痛，是不同类型的疼痛。吸气开始变得异常困难，他都不想费这个力气了。

接着，他看到了那匹马。马可真是一种神奇的动物。在一场战役之中，在周遭全是死亡和痛苦的环境下，一匹无主之马仍然停了下来，低下头啃食着野草。希多凯注视着那匹马，足足看了十秒。在当时那种情境下，十秒已经是很长的一段时间了。他正在想办法，从基本原理出发去想：他该如何走到那匹马所在之地，然后爬上马背，让它跑到他想去的地方。他知道这个可能性是有的——正如特姆莱所说，*我们会取得胜利的*——但此刻，他还没想出什么妥当的办法。

最终还是要靠实打实的苦干。幸运的是，马儿通情达理地留在原地不动，直到他来到身边。之后，在他弯下腰去，用他几乎已经废了的左手将一只脚抬到马镫上时，他至少可以倚靠在马身上。坐上马鞍永远是最难的一步。他的左手没法抓握，因此靠抓着马鞍把自己拉上马就行不通了。他顶多能做到伸直左腿，希望靠着动量和身体的重量完成剩下的步骤。他差点就成功了，可惜当他靠一只脚站在马镫上的时候，那匹马忽然动了，结果他花了很长一段时间才调动全身力量将另一只脚跨过马背，在马背的另一边放下。做完了这一切，他发现自己已经全身无力了。他往前扑在马脖子上，鼻子埋在马鬃里，挣扎着吸了最后一口气。马儿不停地向前走着。因为它只是一匹马，而敌人太忙了，顾不上理会走失的牲口，于是它一直沿着记忆中家的方向走下去，直到它来到一条河边。它在河边停下来，喝了点水。接着，它又走了一小段路，嗅来嗅去，寻找草料。天亮以后，河对岸有人看到了它，大呼小叫起来。他们搭好平转桥，派人来抓它。马儿并不介意被抓住，于是他们牵着它过了桥，把它背上的人抬了下来。

“是希多凯。”有人说。

“他还活着吗？”希多凯听到了这句话。*问得好*，他想。

“我想是的。把他抬下来。”

最终，希多凯认为自己仍然活着，因为死人是不会痛的。片刻之后，他昏了过去。当他醒过来时，有个名字叫什么特姆莱的家伙来了。他站在希多凯床前，告诉他突袭成功了。他很想问一句，*什么突袭*？但他没有力气。于是他又陷入了沉睡，这一睡就睡了几个小时，直到抛石机投来的石弹落在他四周发出“砰砰”的撞击声，把他吵醒了（突袭的确是成功的，敌军花了五个小时才把这些机器修好）。

十八

“我们这么折腾一辈子，”工程师说，“也不会取得什么进展。照我说，我们应该停止瞎胡闹，跟进后续工作，不然就是在浪费时间了。”

这是轰炸的第三天，昨天的情况和前天一样。太阳挂在天上的时候，抛石机轰炸下层的防御工事、守城器械的基座和小路。太阳落山以后，特姆莱的人出来修补下层工事，将被砸碎以及破裂的机器部件替换掉，填补路上砸出来的坑洞；同时他的轻骑兵队发起突袭，破坏了抛石机。第二天晚上，突击队在另一个头领的带领下再次出动，这次他们遇到了更顽强的抵抗。但他们自己也从前晚的突袭中吸取了一些经验，因此最终结果和前晚一模一样。第三天晚上，巴达斯派了两个连的斧枪手来守卫抛石机，还下令建造他们自己的防御工事，但他被告知所有容易到手的木料已经被对方伐去建堡垒了，所以他只能将就用壕沟和堤坝来充当防御工事，这当然需要花点时间才能建好……

“不，”他说，“我们要继续炸下去。给他们造成无法修补的破坏是迟早的事——你不可能不停地修补已经修补过的地方，相信我，我有经验。只要一个判断失误，我们就有可能输掉这场战争。要是你不介意的话，我宁愿浪费时间，也不愿意浪费生命。”

工程师耸耸肩。“你是头儿，你说了算。”他说，“告诉你吧，无论如何，我都不愿意做你这份工作。”

当天晚上骑兵队没有出现。守卫了九个小时的斧枪手带着精神胜利的满足感下了班，将岗位交给了砲兵。然而，就在交接的关头，大约在太阳升起后半个小时左右，特姆莱派出了他的弓骑兵，可以说是整支军队里最有效率的队伍。巴达斯的前哨还没来得及确认他们的身份并发出警报就被射倒。接着三支队伍排成阵列，从两百码处开始了他们这方的轰炸。这个距离比巴达斯的弓箭手能达到的射程要远。虽然在弩弓的射程内，但弩弓每三分钟才能射一发，而特姆莱方的第二支弓骑兵队齐射的目标正是这些弩弓手。巴达斯下令调派攻城大盾上阵——这是一种牛皮制作的巨大盾牌，用来在攻城时掩护弩弓手——但他遇到了麻烦。运输队长将补给车辆停在了大盾周围，将大盾团团围住了（毕竟，没人跟他说他们有可能用到这些盾牌，而他总得找个地方停车吧）。为了取出大盾，他不得不将车辆挪开，这就导致有三分之一的车辆需要穿过营地……十五分钟内，营地的道路就被马车堵塞住了，妨碍了运输弹药的马车通行，这些马车原本应该从军需站点将抛石机需要的弹药运过来的。但这其实没什么。第一支和第三支弓骑兵队正在向砲兵射击，那些设法躲在屏蔽物下的砲兵在敌军撤退之前恐怕不可能发射出任何一发砲弹。

“不，”大家敦促巴达斯采取些措施的时候，他坚持说道，“最基本的原则是：不要用重骑兵来对付弓骑兵。这是我付出了重大代价换来的经验。还有，如果你们认为我会将步兵送到——”(他用不着把话说完,箭雨升腾、滑行、落下,像从间歇泉里喷出的滚烫的水柱。只要一想到要待在这些羽箭下,大家就不由得嘴巴发干。)“因此,”他继续说道,“我们按兵不动。你们知道一个草原人通常会带多少支箭吗?五十支。二十五支在背上,二十五支在马鞍上。等射光了箭,他们就会离开,到时候我们就可以继续了。”

当然,他是对的。不久以后,弓骑手撤退了,将十万支箭中的大部分留在身后。而这些箭是特姆莱国王无法在短时间内补全的。到处都是箭:有的插在地上、抛石机以及马车上,有的通过倒钩挂在帐篷一侧和车篷上,有的被压在死人身下,有的从伤亡者的胸膛和胳膊斜斜地向上穿出来。它们像一席地毯覆盖在地面上,图案是忽然绽放的花朵。它们像苔藓或地衣一样覆盖在马车和机器上,箭羽像生长在湿地里的一簇簇沼泽棉。箭杆踩在走出屏蔽物的砲兵脚下,发出噼噼啪啪的声音,像细枝和干草在篝火里燃烧。它们像蚂蚁或蚊子一样无孔不入,像被养蜂人风箱里冒出的烟熏得晕晕乎乎的蜜蜂般筋疲力尽地躺在那里,不飞也不螫。

“把这些乱七八糟的东西清理干净。”一个军官叫道,“还有,让这些机器动起来,我们的时间可不多。首席工程师在哪里?第六砲兵连需要补充十二个人。伤亡名单——谁手上有伤亡名单?该死的,难道每件事都要我亲自去做吗?”

有一半的砲兵无法上阵,尽管伤的比死的多,但人数相差不大。伤员或坐或躺地围在运送砲弹的马车旁边,身上仍然带着箭。军医脚步匆匆,不是在锯断箭杆,就是在用最残酷的方式拔出倒刺。他们将回收的箭头扔在桌子底下,堆成了一座座小山丘,根本没有时间去看后面还有多少必须干的活。时不时有人死去,有安静的,有大呼小叫的。每隔一段时间,就有手推车来把尸体运走。

有人来问巴达斯他们该做些什么。“继续，”他说，“不停破坏他们的道路和防御工事。你们可以把斧枪手安排到机器上，只要每个团队有一名砲兵告诉他们做什么就行了。”

人们拿着巨大的柳条筐来来去去地捡着箭——质量过得去的原材料总有用得上的一天，不是耗费在这场战争中，就是用在下一场帝国认为应该派遣大量弓箭手的战争中。筐子装满以后被塞进空木桶里，装到补给车上。断掉的箭分为两堆：箭头进入废品堆，箭杆留着生火或是交给木工使用（箭杆很适合做一些小物件的榫钉，比如大盾、掩蔽屏、攻城塔的地板以及云梯的梯级等等）。一排手头有空闲时间的枪兵双腿盘坐，围成一圈，将箭羽切断，扔进大陶罐里。缝补匠人会将它们作为填充物缝进软铠甲。

“这就是一种表态，”巴达斯解释道，“仅此而已。最好的表态方式就是对他们不理不睬，就像你们小时候不想把粥喝完时，母亲对你们的态度一样。”话虽如此，他始终在思考着第二等级的检验，即抵挡箭头的检验。一件盔甲必须能将一张拉力为九十五磅的弓从七十五码外，或是一张七十磅拉力的弓从三十码外射来的穿甲箭挡掉，这才算符合标准。大部分盔甲都通不过这项测试。它们和用过的箭头一起，直接进了废品堆。

他们让抛石机再次运作起来，高高扬起的杆臂像敲击着铁砧的锤子，将山体的一侧打得尘土飞扬。

“我们主要是用他们的石弹来修路。”有人说，“那些大圆石尺寸很合适，就是移动起来比较费力。不过，要是能多弄几台起吊机就好了，他们把我从顶级砲兵连那里讨来的大部分起吊机都砸坏了。”

特姆莱想集中精神，但这不太容易做到。他觉得自己似乎已经在石弹落地的砰砰声中过了好几年似的。他的忍耐力已经到了极限，再也不能无视这个问题了。当天早些时候，有人来告诉他，缇尔丹死了。一发打过头的砲弹砸在露出地面的岩石上，砸成了碎块。飞溅的碎石打在位于营地另一头的帐篷区后部，其中一块碎片打中了缇尔丹。他虽然听到了这个消息，却完全无感。在不断响起的敲击声中，他几乎不可能集中精神，思考什么重要的事。那声音简直像从地面通过脚跟传到他耳朵里似的。他知道，这一切都是对方的策略，试图将他从堡垒里逼出来，在平地上来一场激战。这一套他早就见识过了，不会轻易上当。

“防御工事怎么样了？”他问道，“木材能供应得上吗？”

“不太妙。”他们告诉他，“照你的吩咐，我们优先考虑修路，消耗了大量存货。我们已经开始从最上层防御工事的背面将柱子抽走，反正柱子在那儿对我们的用处不大。到目前为止，我们一直在用被打断的木材来堵住缺口。不过，我们不可能永远这么做。抽走更多的柱子会让那些地方成为薄弱点，到时候就是在自找麻烦了。”

特姆莱拉长了脸。想专心思考手头的问题，就像想拽紧一根绳索似的：你握得越紧，手心的灼烧感越强。“我不介意出现几个明显的薄弱点。”他说，“墙上的某个薄弱点，对敌人是一种诱惑。有时候，给敌人机会反而是件好事，只要在他们接受机会时，我们准备好等在那里就可以了。有时候，在一场战役中，你快要输了的时候反而最有可能赢。”

这番话没有多少人买账。可这是真的。他想说服他们，*只要研究一下过去的战争，你们就明白我的意思了*。然而，大家似乎都没兴趣上一堂历史课，因此他只能对那些冷脸和皱眉的人视而不见。“总而言之，”他说，“目前，你们就继续拆后墙补缺口吧，轰炸不会持续太久的。相信我。”

（为什么不呢？他们曾经相信过他，这种信心支持着他们登上了佩里美狄亚的城头。当时他只是个小屁孩，除了有些沟通技巧以外，没有迹象表明他知道自己在做什么。现在，他是特姆莱国王，是城市的掠夺者，他们自然应该更信任他。

可惜没那么简单。

好在这些都是他的子民，他们听令行事。不服从命令的，现在都死了，死于内战。）

他们讨论了后勤和行政方面的几个小问题。接着他解散会议，走出帐篷，来到灰尘中。他妻子的死，就像没入水中的鱼饵，离他的表层意识非常近。但他没能探测到巨大的悲痛和内疚。换个时间、换个地点，他会深深爱上她。但现在，他不得不通过特姆莱国王面罩上眼部的缝隙来看这个世界。他发现锋利的刀刃几乎不可能穿透进来。没有缺口，没有接缝，没有薄弱点，敌人毫无机会。

在他穿过高地走向小路的时候，运尸车隆隆地从他身边经过。他看着运尸车远去，意识到自己认识从其中一个人折断的双腿间露出来的另外一个人的脸。目前，他们暂时将尸体堆在谷物坑里。本该储存在里面的粮食被一发打过了头的石弹毁了。他们花了那么多功夫挖了这个坑却没用上，似乎太可惜了。他曾经去看过。他站了一会儿，看着那乱七八糟的一堆东西，看着胳膊、腿、头、脚、身体和手纠缠在一起，像一个凌乱的店铺。然而，在他眼里，一堆尸体就是一堆尸体，没有什么别的意义。

有人从他身边跑过去，向山下而去。接着又有两个，他们的身影从灰尘中忽然出现，又没入其中。然后，更多的人跟着他们往山下跑去。他抓住其中一个的胳膊，询问发生了什么事。

“敌袭。”那人气喘吁吁地说，“天知道他们是从哪里钻出来的。他们用了一种便携式浮桥来渡河。”

特姆莱放开他。“我明白了。”他说，“谁是下面的主管？”

那人耸耸肩，“据我所知，没人。我想，应该是负责建造的头头吧。”

“找到他，”特姆莱说，“告诉他我马上就来。”

那人点点头，像没入流沙似的一溜烟钻进灰尘中。特姆莱思考了一会儿，然后掉头往山上自己的帐篷走去。身边没有人帮他穿盔甲，但他现在已经找到了窍门。随着穿着的次数增多，金属的形状与他骨头和肌肉的轮廓越来越契合，穿戴起来也越来越容易。等穿戴完毕，他的感觉立马变得好多了。事实上，最近他频繁地穿戴盔甲，一旦脱下来，他反而觉得胳膊和腿又轻又弱，颇为怪异。

在他调节头盔内垫的时候，有人来报告说敌方的斧枪手已经突破了防御工事。他微微点了点头，表示知道了。“我们这边有哪些人在下面？”

“主要是工兵。”有人回答，“他们一直在用锤子和鹤嘴锄战斗。那里还有些散兵和纠察队的人，胡斯凯已经带着别动队赶到下面去了。”

“追上他，”特姆莱说，“告诉他等我一起走。”

等他找到胡斯凯时，后者显得既不耐烦又有点不知所措，看起来几乎要发火了。“我们得快点过去，”他说，“工兵抵挡不了多久。”

“没关系，”特姆莱说，“我心里有数。”

他带着队伍下了山。他们走得很慢。投弹手将抛石机的角度调高了几度，石弹不再打在下层的防御工事上。现在轮到小路的上半段被砸了，而小路下半段早就是一团糟了。“慢慢来，”他一边在其中穿行，一边对后面的人叫道——他的运气不好，在说话的同时，一发石弹偏偏落在队伍中人比较密集的那一段。因为人太多了，大家挤成一团，以至于无法躲开。石弹落地时，伴随着一声跟碾碎一只大蜘蛛很类似的闷响，有三个人被压在了底下。这一砸，扬起了比以往更多的尘土，但好在山脚下还有战斗的声音传来，让他们得以循声而去。特姆莱发现，穿着沉重的盔甲走下陡峭的山坡实在很困难。

护胫的后面那块护甲顶在脚后跟上，将护胫边缘和钢甲靴上沿之间的皮肤夹得生疼。

等他来到离小路的尽头足够近的地方，看得清战况时，他下令让工兵后撤。他第一次喊出命令的时候，大家都没听到，或者没听出他的声音。他们站在防御工事内侧凸起的石坝上，想阻止敌人从一个缺口冲进来。之前有一枚石弹正中围墙，打出了这个两码来宽的缺口。不用说，那块大圆石还在那里，成了阻止斧枪手入侵的主要障碍。敌人试图爬上大圆石时，工兵们双手举着鹤嘴锄和大锤子朝他们砸过去，打在对方的头盔和肩甲上，被弹了起来。声音沉闷而厚实，与锤子打在砧板上的叮当声不同。

他再次下令，士兵们服从了命令，从缺口处向后方退去。在缺口的另一边，正在互相推推搡搡，争先恐后要挤过来的斧枪手忽然发现，前方的道路莫名其妙地通了。等他们纷纷从缺口冒出来以后，特姆莱退回队列中，下令放箭。“扣弦”的命令发出的时候，已经有大约三十名敌兵从缺口钻了过来。等到特姆莱叫出“瞄准低处”、接着叫道“放箭”的时候，更多的人涌了过来，离前排弓箭手的距离已经少于十五码了。

幸好他提醒弓箭手往低里射，在这么短的射程内，射出去的箭会不断攀升。然而，尽管他事先提醒过，有四分之一的箭还是射高了。但是，对付突破障碍的斧枪手，一轮齐射中的四分之三已经足够了。他们像扔进火里的纸张似的蜷成一团，给随之而来的人在正前方的道路上铺就了一层厚厚的障碍物。第二轮齐射让缺口处更为拥堵。此时，由死人以及抽搐、扭动的躯体组成的障碍堆的高度已经过膝。这些躯体纠结在一起，让人无法通过；又因为堆得不稳，让人无法攀缘。然而敌人还在不停地冲过来，似乎在分批接受检验，而后被证明不合格。少数几个通过检验的冲上山坡，朝着弓箭手的队列奔去，相当于在接受下一等级的考验。他们中侥幸没被箭射中的也会被大锤子敲倒，像抛石机射出的石弹似的翻滚着跌下山去。

特姆莱一动不动地站着，袖手旁观。他一边观战，一边想起了佩里美狄亚的陷落，想起了让他的人得以通过的那扇开启的门（比这个缺口大不了多少）。那时候，门的另一边并没有一列弓箭手等着他们，只有黑漆漆、空荡荡的街道，没什么可以证明他的勇气。此时，被夹在锤子和砧板之间（石弹仍在头顶呼啸而过，打在山的一侧，激起漫天尘土），他脑子里反而觉得轻松了一些。

等敌方的上尉下令停止进攻时，防御工事上的缺口已经被填补好了。材料不是从山的另一边劫来的木材，而是一堆纠缠在一起、压得密密实实的不锈钢。*他们干得比我们强多了*，特姆莱想，*省了我们的麻烦*。他停下来问自己：他的手下会不会像帝国士兵一样前赴后继、争先恐后地奔赴杀戮区。*可这不公平，我们根本没有机会这么做*。他摇摇头，示意工兵上前巩固、加强防御。

“你看，”他对胡斯凯（他就是脸色很难看的战时委员会成员之一）说，“给他们一个机会，他们就有可能蠢到自己跳进陷阱。”

胡斯凯没有回答，他被自己看到的情形困扰着。特姆莱能理解。换个时间、换个地点，他也会感受到同样的烦恼。但他已经跨过了那个阶段，将自己防御线上的缺口补好了。此刻，他不禁想道，当巴达斯·洛雷登用燃烧弹打退了对佩里美狄亚的进攻，让火焰在不可燃烧的水面上舞蹈时，他是否也有同样的感受。这是一个获取宝贵见解的机会，共同的经历引发了思想的共通——他觉得自己就是一名跟在大师身边的学员。

“他们会回来的。”有人说道。一枚石弹打在几码之外，压死了一个人，将另一个人的一条腿扯断了。第二发石弹只砸出更多的尘土。当特姆莱带领众人沿小路上山时，另一组人已经开始加固了。

“是的。”他歇了口气，“等他们再试着进攻时，我们会有另一次机会。别担心，我知道后面会发生什么。”

巴达斯根本没指望参加第一次突袭的人能够平安回来。这次突袭的性质更像是一次实验、一次测试、一场考验。他们通过了第二等级的考验。这个结果已经很好了。同时，他已经实地测试过便携式浮桥，很满意它们起到了作用。他为此感到高兴。

他指挥第二和第三砲兵连选择防御工事的另一点作为目标，其余的砲兵专注于已经被突破过的缺口。接着，他命令斧枪手和长枪手组成一支队伍，将骑兵放在安全的两翼。弩弓手伤亡惨重，无法在实战中起到太大的作用，因此他将弩弓手分配到后卫队去，把弓箭手调上来取代他们。在他看来，帝国弓箭手不太中用，或者至少是他手头这些弓箭手没什么太大的价值。他们用的是七十磅拉力的单体平板弓，跟草原人使用的重量级复合弓比起来差远了。他们在军队里的地位就像沙拉一样，是盘子里的配菜。对此他觉得很恼火。要是行省政府愿意，他们本来可以给他派来一些全世界最好的弓箭手，配备着长弓、复合弓、北部的单体反曲弓、南部的强化弓等。他们可以是步兵或者是弓骑兵，可以轻装或重装上阵，可以以散兵或齐射的方式出战，可以在开阔地或是在大盾的掩护下作战。结果，到他手里的只有弩弓手和一些兔子猎手，用处都不大。但没关系，他可以完美地利用手头已有的资源。

他给了砲兵连一个小时时间来突破障碍，他们在二十分钟内就完成了任务。因此，他转而安排他们对敌军的砲兵连实行压制性的打击。灰尘是额外的收获。没有灰尘，他的计划也能完美地达成，灰尘让他的计划执行起来容易了那么一点点。在抛石机调转角度，锁定新目标的同时，他发出了冲锋的命令。在他们前进的时候，斧枪手开始放声歌唱。他已经不介意自己听不懂歌词了。

这一次，他换了个策略。他不再简单地派遣重装步兵扑向突破口，反而派了几个连队的散兵去安置大盾。如他所料，特姆莱的弓箭手已经挡在那里了。这次，他没有派人去送死，而是用牛皮盾来迎接对方的射击，他自己的弓箭手则通过孔洞以及从掩蔽物的边缘展开还击。他们的进展不大，但这不是他的真正目的。他的真正目的是给特姆莱国王一个机会，让他将尽可能多的箭白白浪费在大盾上。他知道，每个草原人背上背着二十五支箭，足以不间断地射击三分钟——之后，他们就不得不依赖从山顶的军需站，通过坑坑洼洼的小路，穿过漫天灰尘送到山下的装备了。三分钟过后，敌军的弓箭手将不再构成重大的威胁。当然，前提是特姆莱得足够短视，看不清他的真实目的。

然而，特姆莱似乎在按照剧本行事，就像他们已经在一起排练了好几个星期一样。大盾在对方的狙击下依旧坚挺（这是经过他改良的版本，将撑开的兽皮包裹在一卷卷粗粗的编织草席上，专门设计来抵挡数不胜数的弓箭的），当羽箭的“嗖嗖”声变缓，听起来零零星星的时候，他打开掩蔽物，将长枪手送了过去。

这是一道长枪构筑的藩篱，像原始森林里的矮树丛般密实。弓箭手继续射击，但他们的箭射不了多远，简直比射穿交织缠绕在一起的荆棘树丛还要难。需要冲过的距离只有二十码左右，之后长枪就能接敌。草原人想逃跑，但他们后面是自己人，这些人后面还有带来更多箭矢的运输车队，运输车队后面则是从小路上下来的增援部队。当前排的士兵像海滩边的小孩躲避迎面而来的浪花般闪避着由枪尖构筑的藩篱时，人群中还有一些有限的压缩空间。但是等到他们已经跟身后的人紧贴在一起，像装在木桶里的箭一般压得密密实实的时候，无路可逃的他们只能眼睁睁地看着枪尖刺过来，刺入他们的身体。

前排中有些人被一击毙命。其余还活着的人被挑在枪尖上，就像天国之子配着米和辣椒一起吃的、用杆子串在一起的肉块似的。冲锋的力量大到足以将他们挑在半空中，像被刺中的鱼一般挣扎着（因为斧枪手的背后也有人撑着，而后面的人还在向前冲，让前几排的人就算想放下长枪也做不到。苹果木和白蜡木做的长柄被挑在枪尖的肉块的重量压得像弓一样弯曲，但这些材料都通过了帝国最高标准的考验，因此它们没有折断。同样，四周紧贴在一起的士兵也没有溃散）。第二排敌军加入了第一排的行列，也被挑在了枪尖上，像第二层布料被针线缝在第一层布料上似的。有几根枪柄断了，但数量不多，不足以影响大局。头两排士兵被挑在枪尖上以后，向前冲的势头止住了。或死或被钉住的士兵成了第三排士兵的软铠甲，也可以说是不同形式的垫衬或绵甲之类的防护层，不是硬碰硬，也不是转移方向，而是用以柔克刚的方式来抵抗冲刺（软铠甲的垫衬消弭、分散了刺过来的力量，阻挡了尖刃的推进）。长枪手冲锋的势头缓了下来，正如箭雨趋于零落一般。第一回合结束了，战斗进入下一阶段。与此同时，特姆莱发现了另一个机遇。他站在小路上，看着下方纠成一团的杀戮场。冲锋停止了，敌我双方的目光穿透灰尘，隔着白蜡木丛林，互相瞪着对方，像隔着藩篱的两个邻居似的。他转向站在他身边的一个人，一个叫列里凯的小队长，拉了拉他的袖子。

“他们动弹不得。”他说。

“什么？”

“他们动弹不得。”特姆莱重复道，“他们跟我们一样，也动不了。把道路清开，派六个连队的弓箭手下来。”

为了保持道路的通畅，他们丢弃了运输车，将车辆推下了崎岖不平的山路。大部分翻滚下去的车辆没有造成什么危害，只是在山坡的岩石面上蹦了几下就散了架，成了一堆废木材。有些则像抛石机的石弹般砸在纠缠的人群中，有的砸中了藩篱这一边的人，有的砸中了另一边。为了充分发挥这一锦囊妙计的价值，列里凯将弓箭手排成两列纵队，命令他们转身，使得他们当中有足够数量的人能够毫无障碍地瞄准下方的长枪手。当箭在空中呼啸而过的时候，巴达斯的人出于本能抬起头来，看到箭矢倾斜、俯冲，像风中的雨点般斜斜地打在他们身上。不用说，他们无路可逃。因此，他们别无选择，只能像紧紧捆成一团的草垛似的立在那里，眼睁睁地看着箭飞过来。弓箭手的目标不仅仅是前排，或前三排士兵，他们从头到尾扫荡了整支队伍。

人被射死或射中以后，就失去了往前推的力道。长枪失去了推进的动量，正如一根主牵引绳被割断后的索桥失去了牵引力一般。纠结在一起的那一团开始分崩离析，就像钢板被锤子砸得两边翘起来似的，直到在长枪另一端的人施加的压力迫使他们把空间让出来。长枪失去了支撑的力道，枪尖上挑着的肉块的巨大重量压得他们向后倒去。长枪纷纷落地，像树木倒在长势过于繁茂的树林里，在矮树丛上堆积、纠缠着。现在是反攻的大好时机，特姆莱注意到。片刻之后，他看到，自己这一方第三排和第四排的幸存者手执弯刀，推推搡搡地越过自己人的尸体，想展开反攻。腾挪的空间太小，因此他们既没办法左右横扫，也没办法由上至下地砍劈，而单凭胳膊和手腕发力，使出来的轻柔招式又被长枪手的头盔和肩甲轻而易举地挡掉，因此结果差强人意。他们最多只是削掉了几根手指、几个耳朵和鼻子（像护林员修剪一棵刚倒下的大树似的）。

“他马上就要犯错误了。”巴达斯大声说道。

长枪手在倒下，在撤退。特姆莱的人抓住了这个意料之外的机遇，不断向前推进。巴达斯派了一两名信差去找斧枪手队伍里的中士，又打发另一个信差到砲兵那里去。

特姆莱看到了这个情况，但不够及时。何况，到了这个地步，他已经失去了对形势的掌控。当他的人一拥而上，冲过突破口去追赶那些长枪手时，立即遭到了被巴达斯安排在两翼的弓箭手的纵向射击。突如其来的近距离齐射阻挡了草原人前进的脚步，士兵像被收割的玉米般纷纷倒地。他们正要转身回去，斧枪手围了上来，切断了他们的退路。特姆莱的信差及时赶到，阻止了即将冲出防御工事的人。但对于已经在外面的那些人，他无能为力了。没等追出去的那帮人死光，工兵已经开始用废弃物堵塞住缺口，将他们挡在了外面。巴达斯的第二次机会并没有给他带来太多的成果，特姆莱撤走在小路上一字排开的弓箭手之前，每台抛石机只有两发石弹命中目标。

他们收拾好便携式浮桥，井然有序地开始撤退，没有受到特姆莱那些遭到打击、丧失攻击能力的砲兵连的阻挠。一等到突袭队安全地回到自家的地盘，投弹手就恢复了抛石机原先的设定，将手轮调节器锁定，继续向小路和发射阵地投弹。

“总的说来，”巴达斯解释道，“赢得最终胜利的是我们。我们杀了更多他们的人，迫使他们浪费了大量的箭。当然了，战斗结束时我们占了上风，这也具有鼓舞士气的效果。更重要的是，我们取得了更多在堡垒里进行肉搏战的经验。而且这还只是在演习。他们唯一的安慰，就是还守在原地，而这根本算不上什么进展。”他叹了口气。天知道他是否可以看到军医营地外横七竖八地躺着的伤员，反正他对此一字不提。“要取得胜利，还有一段很长的路要走。”他说，“但我们已经很接近了。毕竟，佩里美狄亚不是一天建成的。”

“什么，我吗？”高戈斯看起来很震惊，“绝对不是。我为什么要做这么愚蠢的事呢？”

特使不动声色——*他们是天生没有表情吗*，高戈斯想，*还是说，要成为*

外交艺术的终身学徒，其中一个条件就是得在孩童时期就把脸颊和下巴处的肌腱切断？“我只是在复述我们获得的情报。”他说，“我们的线人说，叛乱是你手下的人挑起来的，他们是在按照你的命令行事。你现在能够和我在这里讨论这件事，而不是被两千斧枪手包围，这就足以说明我们对那个线人的情报的信任程度。”

高戈斯大笑起来，似乎特使刚刚说了个笑话。“哎呀，”他说，“你不告诉我这消息的来源，我着实无法回应。我想，有可能你说的那挑事者以前是我的人，换句话说，他们可能曾经跟我共事过一段时间。但不管他们做了什么，绝对不是我让他们做的。打消这个念头吧。毕竟，”他补充道，“我虽然不是天才，但也没有蠢到为了一帮跟我八竿子打不着关系的商人跟帝国对着干。这简直是自取灭亡。我能给你拿点什么喝的吗？”

特使目瞪口呆地看着他，然后摇摇头。“不用了，谢谢。”他说，“很抱歉打扰你了。不用说，如果你查出是谁——”

“那当然。我会很高兴得到这样一个立功的机会，向你们展示中邦是多么诚心想要加入帝国，成为一名对帝国忠诚有益的成员。我们是第一个自愿加入帝国的国家，我这么说没错吧？”

“这点恐怕我没有答案。”特使说完站起来，用力掸掉斗篷上的苔藓和腐叶土。“我走之前还有一件事：你是否恰巧有你姐姐和她女儿的消息？我们获得了些颇为令人不安的情报，说她们可能被绑架了。”

“不是吧？”高戈斯回答，“真的，我最近一直没有收到她们当中任何一个的来信。不过，我本来就计划着要给尼莎写封信，我会看看我能打听到什么消息。”

“谢谢。”特使严肃地回答，目光犀利地盯着横在高戈斯膝头的斧头。“你继续干活吧，我就不打扰你了。”

“门柱。”高戈斯回答，“砍掉这棵老橡树真是可惜——我记得小时候经常爬上去——但它已经枯死了。最好现在把它砍下来，免得哪天晚上狂风大作，把它吹倒在屋顶上。而且，要造门柱，没有比橡木更好的材料了。”

“毫无疑问。”特使说。一名随从把缰绳递给他，他有点僵硬地把自己拉上马鞍。“多谢你的时间。”

“如往常一样，这是我的荣幸。”高戈斯说。

等特使和他的随从一行人走出视线范围，高戈斯手头的活也快干完了，他决定索性彻底干完再回到屋子里。为了控制树倒下的方向，他在另外三面砍出了缺口。现在，他只需要砍剩下的那一面，直到中间窄窄的树芯再也支撑不住树的重量带来的剪切力。到时候，他用手一推，应该就能把树推倒。

树倒下的过程很顺利，大致倒在他想要的方向。他靠在斧头上，享受这片刻的休憩和满足，静静地倾听雨滴从身后那棵高高的榆树的树叶上滴落，发出轻柔的沙沙声。雨下了一个晚上，但到了早晨，天色放晴，空气清新。如果说有一种气味能让人联想到家的味道，那就是雨后空气里弥漫的香甜气息了。

真可惜，他不能再待得更久一些。但屋子里还有些活要干，他可以先干完那些，回头再来完成现在的工作（反正已经等了三十年了，再拖一个小时也不会出什么大事）。他将斧头靠在榆树上，慢慢地走回屋里。

跟往常一样，他的姐姐和外甥女就在屋子里，在黑暗的房间里，像两条狗似的大眼瞪小眼。他不理解为什么她们要坚持生闷气。但他有种预感，想设法让她们俩和解，恐怕会弄巧成拙。

“今天有人来打听你们两个的消息。”他说，但她们俩谁也没说话。“从行省政府来的，跟我说你们有可能——他的原话是，被绑架了。所以，你们最好在屋子里再躲一阵子，以防他们派人来查探。很抱歉，”在两个女人愤怒的抗议声中，他继续说道，“在我有时间解决问题之前，我不想被帝国的人看到我和你们俩在一块，惹上更多的麻烦。”他坐下来，将苹果酒壶拉到面前。没有什么比砍树更容易让人产生有益身体的干渴感了。“我认为，我们应该接受绑架这个说法。”他说，“事情的经过是这样的：你们俩都被海盗绑架了，他们向我索取赎金。我将计就计，付了赎金，把你们救了回来。然后我追杀海盗，把他们解决了。当别人给你一个能被善加利用的谎言时，出于礼貌，你最好把这个谎圆上。”

她们俩一声不吭。他小口地啜着饮品，微笑着。过了一段时间，他才重新适应了家酿粗制苹果酒的味道。这是那种你会越喝越上瘾的味道，口感不舒服，却有着某种令人安心的熟悉感。“最重要的是，”他继续说道，“在巴达斯打败特姆莱之前，我不想给他添乱。这应该不需要太久时间，所以我们这头只要按兵不动就可以了。该死的帝国还在四处打探消息，但不用说，他们根本证明不了什么。”

尼莎转头看着他。“这到底是怎么回事？”她说，“有人告诉我，你派了士兵去岛上——”

“谁跟你说的？”高戈斯问道。

尼莎皱起了眉头，“那天到这里来的一个中士，就是那个个子高高的、长着一头姜黄色头发的——”

高戈斯点点头，“我知道你说的是谁。”

“他以为我是知情人。”尼莎继续说道，“希望我没给他惹上麻烦。”

“可以理解。”高戈斯说，“毕竟，没多久以前，他们还是你的手下，不是我的。没关系，我会解决这个问题的。”

听起来那个中士要倒霉了。其实他当初很不情愿回答尼莎的问题，只是尼莎不会让人轻易回避她的问话。“你到底想干什么？”她问道，“你知道的，你根本不该沾上强权政治。你既不精明，手头又没有强权。”

高戈斯咧嘴一笑。“这就像砍树一样，”他说，“关键是要确保事态往正确的方向发展。我知道，在行省政府的计划里，他们自己的将领和军队会从岛屿区出发，负责打败特姆莱，而巴达斯顶多是跟在后头抓几个散兵游勇。这对谁都没好处。所以我就让舰队没法按时出发。”

“真的吗？”伊苏斯笑着问道，“哦，当然。那你是怎么做到的？”

“很简单。”高戈斯说，“我到岛上几个认识的商人那里走了一圈，让他们觉得可以拖一拖行省政府的后腿，以获得更高的价钱。我原以为要大费唇舌，结果却毫不费力。作为一个自称商人的国度，他们可真是太天真了。当然，”他继续说道，“我知道帝国有可能会用吞并岛屿区的方式来获得船只，事实上他们也的确那么做了。但我无所谓。只要巴达斯能在开阔地带追上特姆莱就行。因此，帝国出招以后，我就派了几个手下去岛屿区挑事。他们做到了，神明保佑他们。现在几乎整个战场都在巴达斯的掌控之下。实际情况比我预想的好得多。”

房间里安静了片刻。尼莎轻蔑地摇着头。“我想到的一点是，”伊苏斯说，“你有证据证明巴达斯想亲手将特姆莱的人头献给总督吗？他真的在乎这件事吗？你知道吗，说不定他更乐于在战场边缘地区游荡。”

“别傻了，伊苏斯。”高戈斯说，“你不了解巴达斯，但我很了解他。他是那种善于利用机遇的人——在那一点上，他很像我或者你的母亲，大概是家族遗传。看看自从加入军队以来，他取得了多少成就吧：他为帝国拿下了艾普－埃斯卡托伊；现在他率领着一支军队，拥有现场指挥权；他还有机会为之前的惨败复仇，重振帝国的雄风。做到了这些，他们绝对会让他当上总督，这是他走向辉煌的必经之路。再说，尽管他不是我口中那种睚眦必报的人，但我也不认为从特姆莱那里找回场子会让他难过得肝肠寸断。不像某些人。”

他意味深长地看着伊苏斯，加了一句，“不，巴达斯身上有我们其他人都没有的强烈的是非观。他会想要看到特姆莱获得应有的惩罚。不是出于怨恨，也不是让自己满意，而是因为他知道这是一件该做的事。做不到，或者不是由他亲自做成这件事，都会让他浑身不舒服。”

“而你则采取措施来确保他获得这个机会。”

“这算不了什么。”高戈斯回答，“要是什么都不做，我反而浑身不舒服。而且，说真的，到头来也太容易了。好了，”他继续说道，“今天到此为止吧，我还有几封信没写。你们谁看见佐纳拉斯了？我想让他帮我跑个腿，到托诺斯去一趟。”

伊苏斯耸耸肩。“哪一个是佐纳拉斯？”她问道，“我还是分不清他们两个。”

高戈斯皱起眉头看着她。“真好笑，”他说，“就是说你没看到了？好吧，如果你见到他，告诉他我在办公室。”

高戈斯口中的办公室其实是大屋后面的一个小房间。那里原先是熏肉的地方，一根根火腿吊在一堆燃烧着微弱火焰的橡木屑上。但克利法斯和佐纳拉斯都不怎么喜欢熏肉，因此他们把这里当杂物间来放置一些乱七八糟的小物件。高戈斯换了茅草屋顶，将门的朝向变了一下，重新开了个门，还安了扇窗户。他打算在修完篱笆、把木棚和草屋翻新以后，在庭院的另一头建一个更大的、新的熏肉室。不过，这大概要等上一段时间了。

他有一张颇为精致的书桌，倾斜的桌面高度正好齐胸（高戈斯是个老派人士，喜欢站着书写）。桌上有一个安装在转臂上的油灯底座，可以左右旋转；另一根转臂上有个洞，用来放墨盒。桌上有一个托盘，上面放着他的削笔刀、封蜡、磨石、砚台、砂筛，以及所有那些多少有些用处的装备。这些都是成天花很多时间书写的人在天长日久中一点点累积起来的。桌面下有一块可以拉出来的板子，由两根可折叠的架子支撑着。板子的尺寸正好可以放一块计数板，左边还能容下一块放算筹的搁板。不用说，这张书桌是大约一百年以前，佩里美狄亚出产的。打了蜡的木头颜色较深，触手生温。桌子顶部刻着一行座右铭："勤奋、耐心、坚持"。这意味着这张书桌是为沙斯特基金会的某个客户定制的。他完全不知道，他父亲是从哪儿弄来的这张书桌。但他记得很清楚，在他小时候，父亲拿这张桌子当垫板，在上面制作和修剪箭羽。作为见证，桌面上布满了几百道细细的刻痕。当高戈斯从储存在半荒废的干草棚里的废弃家具堆里把这张书桌找出来的时候，他本想用皮革或精加工的科里昂橡木薄板来替换桌面。但为了不损坏他父亲留下的清晰印记，他最终还是让它保持着原样。

一天之前，他刚刚用一根灰色的条纹鹅羽修剪出一支新笔。尽管不需要削笔尖，高戈斯还是用那把短短的小刀削了起来。从他记事起，这把小刀就在家里了。经过几十年使用，它的刀刃已经磨损得像纸片那么薄（他的母亲曾经把它拿到厨房使用过，她用这把刀剥皮和肢解肉块）。然后，他打开墨盒的盖子（墨盒是他亲手做的，但盖子和小小的黄铜铰链是巴达斯做的。这些都是用从废弃的剑鞘包头上回收的黄铜片打造的，而满是绿锈且金属已经变脆了的剑鞘包头是他们在一条小溪的河床上找到的），将笔在里面蘸了一下，开始写信。这是一封很短的信，写在一小张重复利用了三次的羊皮纸上。打磨以后，他将羊皮纸卷得紧紧的，塞进一根比箭杆略细的薄铜管中。然后，他把手伸到桌子底下，摸出了一支箭。

这是一支标准的帝国穿甲箭，小小的菱形箭镞下是细瘦的长铤。他毫不费力地将箭头拔下来，把黄铜管尽可能向长铤深处推进。然后，他从书桌上方取下一个小皮袋，打开它，从里面抖出一些棕色的晶体到自己的手掌上。托盘上还有一个小小的黄铜碟子，是丢了很久的一把秤的其中一个秤盘。把手里的晶体放进秤盘以后，他拿起削笔刀，在前臂上割一个小口子。他对准角度，让胳膊上的血滴在晶体上。当晶体被血充分地覆盖以后，他用一块布把伤口包扎好，然后小心翼翼地吐了些唾沫到盘子里，直到血和唾沫的比例大致相等为止。最后，他从塞在袖口里的一卷羊皮纸内抓了一大撮锯屑加进去。

他将油灯的转臂拉向自己，拿起秤盘在火上烤着，用削笔刀的刀柄搅动着混合物，使晶体（从浸泡过的生牛皮里提取的胶）融化。当黏稠度达到要求时，他用小指尖蘸取一团胶水，涂抹在箭杆尾部，也就是要插进插槽的那一头。小心翼翼地将插槽套在箭杆上、确保箭镞和箭杆在一条直线上以后，他用一根长长的、荨麻茎搓成的细绳缠绕在结合处，用剩下的胶水将绳子末端固定好。

最后一步就是在箭上做标记。他再次在墨水里蘸了一下笔，用心地以细小的、棱角分明的文书字体将“此处”二字写在主箭羽和尾翼之间。

他还有其他信要写。正当他正忙于写信的时候，佐纳拉斯进来了（还是老样子，永远不敲门）。

“啥事？”他说。

高戈斯抬起头来。“你来了，”他说，“帮我个忙，骑马去一趟托诺斯——”

“什么，今天？”

“是的，今天。到‘仁慈与贞节’——我不需要告诉你那是什么地方了吧——去找一个准备前往艾普-埃斯卡托伊的马洛船长。把这几封信和这支箭给他——”

“他要一支箭干什么？”

“你只要确保他拿到这支箭就行了。”高戈斯说，他的语气让佐纳拉斯的眼睛睁大了。“他知道要拿来干什么。办好这件事以后，我请你喝一杯，绝对不要在办事之前喝。”他递给对方几个银夸特,佐纳拉斯什么也没说,迅速收下。“行吗?”

佐纳拉斯点点头,“母马的一只马掌掉了。”

“什么?这是什么时候的事?”

佐纳拉斯耸耸肩,“前天。”

高戈斯叹了口气。“好吧,”他说,“那就骑我的马去,注意不要让她跑在坑坑洼洼的路面上。等你回来,我们再把母马的马掌钉上。”

佐纳拉斯皱起了眉头,“我手头有好多事。”

“好,我来钉行了吧。现在去吧。记住,‘仁慈与贞节’,准备前往艾普-埃斯卡托伊的马洛船长。你觉得自己能记住吗?”

“当然。”佐纳拉斯离开后,高戈斯愁眉苦脸地靠在书桌上。佐纳拉斯是最有可能把一件简单的任务搞砸的人。但是,从另一方面来说,佐纳拉斯骑马去托诺斯的“仁慈与贞节”,喝得酩酊大醉又是全世界最平常的事。这是他在过去二十年间的常规活动,一个习以为常的场景很容易让人视而不见。

离开办公室之前,高戈斯像往常一样在门口停住脚步。他抬起头来,看着挂在门框上方两根钉子上的既威风又精美的弓。这张弓是巴达斯为他制作的,正如他以前制作的墨盒盖、小小的铜砂筛以及三段式折叠黄杨木尺一样。无论去哪儿,高戈斯都将那把尺子随身带着(在佩里美狄亚的时候,它被折断过。他将折断的尺子保留着,多年以后请佩城最好的仪器制造商用最好的鱼鳔胶和小到几乎看不见的银钉将它修补好)。

十九

巴达斯没有改变抛石机的策略，连续投了三天弹，希望能迫使特姆莱再给他一个机会。他对他的参谋们说，这叫“整平[①]敌人”。他们不太理解这话的意思，但他们看得出这么做背后的理由。他们面临的最大障碍仍然是兵力悬殊的问题。如果能够迫使特姆莱发起一次鲁莽的突围，他们就有机会干掉足够多的人，将双方兵力差异保持在一个可接受的范围内。这是一种明智的帝国思维，他们表示赞成。

尽管如此，帝国军队还是感觉到了压力。三分之一的斧枪手和长枪手不得不全天候待命，以防特姆莱夜袭。另外三分之一成日忙于从附近的露天岩层开采并运送石弹（能派得上用场的岩石的消耗速度比巴达斯预计的要快）。他还不得不派两支骑兵队去帮助砲兵。骑兵厌恶地位的降低，而投弹手则愤怒地抱怨笨手笨脚的骑兵帮了倒忙。抛石机本身在持续这么久的使用后简

① 打造盔甲的工序之一，参见第五章。

直快散架了，而巴达斯发现木材和绳索的存货低得令人忧心，并且这两样都无法在当地获得。他已经下令拆掉新建的攻城塔，以取得木材和其他材料（看起来他们暂时用不上这些攻城塔，等负责抛石机维护的木工有空的时候，他们可以用外层的兽皮造出更多的大盾）。

幸好有忒乌达斯帮忙。他手下有很多士兵，但能干的文书却没几个。况且，忒乌达斯的工作大部分是拟定值勤表和日程表、分配原材料、更新库存清单之类的。这些工作，在万不得已的情况下，他自己也能做，但忒乌达斯却似乎乐在其中。

“别担心，”小伙子对他说，“要是我能帮忙用笔记本和计数板干掉特姆莱的话，他早就死翘翘了。”接着，他以极快的语速简洁明了地汇报起最近发生的一件事：第六砲兵连和第八砲兵连的木工组长陷入互不退让的争执，争抢仅剩的满满一桶六号方头钉——

“你来处理。”巴达斯打了个哆嗦，阻止他继续说下去。

“没问题。”忒乌达斯兴高采烈地回答。

巴达斯笑了。“看到你找到了能上手的事可真好。”他说，“你当年可是个很烂的弓匠学徒。”

“没错，可不是吗？”忒乌达斯耸耸肩，“好在人总有一行擅长的。”

两个人在位于艾普－埃斯卡托伊的庞大的帝国补给站外围一个棚屋会面。周围很暗。他们互相不认识。

在像猫一样互相打量了对方片刻以后，其中一个把手伸到外套下面，拿出一捆用布包着的东西。“特别快递？”他问道。

“没错，就是我。”另一个伸手去拿，“我希望你知道这玩意儿该往哪儿送，因为我不知道。”

“纸条上写着呢。”第一个人指着挂在用来捆包裹的那根粗糙的细绳上的一张纸条。

“好吧。”那人说完，皱起了眉头。“上面写着什么？”

“我不知道，我不识字。”

另一个人叹了口气。“拿过来。”他说，他好奇地摸着包裹。“感觉像根棍子。你知道里面是什么吗？”

“不知道。”

“你的工作真令人着迷，对吧？”

“什么？”

“没什么。”

第二天早上，有人用一张伪造的征用通知，从邮差的马厩里偷了一匹马。据说他是朝战场的方向去的。虽然抽不出人手来追他，但一段备忘录被添加到事故日志里，留待今后处理。

特姆莱懒得再睁开眼睛了。在过去几天里（到底几天？不知道），睁眼睛的意义不大。除了尘土，什么也看不见。尘土迷住了眼睛，让人什么也看不见，闭上眼睛依靠其余感官来找路反而更容易些。他的听力反而成了精确度很高的感官，以至于他几乎可以凭借石弹落下来的声音，准确地判断出下一弹会落在哪里。事实证明，这种判断方法的可靠程度高达百分之九十九。唯一一次例外——也是造成了严重后果的一次——是一枚石弹落在他上方的小路上，离他只有几英尺。那枚石弹导致大量岩石和瓦砾翻滚下来，把他埋在了下面。

*真奇怪，我一直以为人得先死了才会被埋葬。*他睁开眼睛，但什么也看不见。手、腿、头，哪儿都动不了。他勉强可以呼吸，但呼吸太吃力，也太耗

时了，几乎变成了一份全职工作。不过，应该没事的，他们很快就会过来把他挖出去。

当然，前提是他们知道他在哪儿，或者说，知道他被埋了。现在想想，他没有理由相信会有人看见山体将他掩埋。多谢这些灰尘，你能看到举在眼前的手就很了不起了。要过多久他们才会注意到他不在了？就算他们立马发现找不到他，人们也不会本能地说道：*嘿，我们找不到特姆莱了，他肯定是被埋在什么地方了吧*。他想起有几次他去找什么人，因为没找到，就赌气不找了，认为是他们自己躲了起来。

“没事的，”身边有个声音说，“他们会找到我们的。我们只需要耐心点，尽量保持冷静。”

特姆莱吃了一惊，但很高兴。山崩的时候，他不记得看到身边有其他人（但因为灰尘，这个结论未必准确）。“你还好吗？”他问道。

那声音大笑。“再好不过了。”那声音说，“没有什么比困在地洞里，被压在几吨尘土下面更让我觉得享受的了。我因此而摆脱了束缚。”

那声音很熟悉——事实上，太熟悉了——但他一时想不起来。因为过于熟悉，他不好意思开口问：*对不起，可你究竟是谁？*“你能动吗？”他问。

“不能，你呢？”

“如你所见，不能。”特姆莱想，这也太奇怪了，他能够很清楚地听到那个人的声音，就像他们是在帐篷里面对面地坐着似的。也许，人说话的声音可以在尘土里顺利地传递。他在这方面懂得不多，不足以做出判断。“也许我们应该大喊大叫。”他说，“让他们知道我们在这儿。”

“省点力气吧，”那声音说道，“这么做只会把空气耗尽。我一直告诉你，别担心，他们会来把我们挖出来的。这是他们常做的事。”

最后一句话有点奇怪，但特姆莱心事重重，没有追究下去。“你觉得这里的空气从哪儿来？”他问道。

“我可不知道。反正只要有空气，我就谢天谢地了。还有，幸好你没有那种对狭隘空间不理性的恐惧——不过我觉得害怕也是正常的。我曾经跟一个有这种问题的人一起被困在地道里，年复一年，他尽力把恐惧压在心底，天知道他是怎么做到的。然而，当顶部坍塌把我们压在下面时，他一下子爆发了。事实上，他死了。他实在太害怕了，他的心脏因此停止了跳动。抱歉，我讲了一件不怎么愉快的事，但这个故事说明了一个道理：保持冷静是关键。你闻到什么味道了吗？”

“什么？没有。我是说，没什么不同寻常的。什么味道？”

“大蒜，”那声音回答，“可能只是我的想象。哎呀，我的腿麻了。几顿重的废土太容易切断血液循环了。”

特姆莱每次呼吸，都能感到胸口肌肉要对抗压在上面的泥土而产生的疲劳。“听着，至少我们该尝试着呼救吧？”他说，“我宁可冒着耗尽空气的危险尝试求救，也不要躺在这里什么都不做。”

“请便。”那声音纵容地回答道，“毕竟，这么做有可能会成功。不过很抱歉，我就不加入了。我正在专心呼吸，不想乱了节奏。”

特姆莱试着大叫，但他竭尽全力发出的声音却小得可怜，更像是猫叫声，尘土不断落入他的口中。他吐出了大部分，剩下就只能吞了。这让他很快就耗尽了力气。

“要是我的话，就休息一下。”那声音建议道，“他们要么能找到我们，要么不能。就这么一次，试着接受自己无能为力的事实。放松点。你可以试试冥想。”

“冥想？”

“真的。我以前认识的一名哲学家，他教会了我怎么冥想。基本上就是忽略你的身体，忘了身体的存在。当然，那个哲学家认为，冥想就是让你的意识汇入元理的洪流，但要是你不信的话，就不用管这一点。我用冥想帮助自己在心烦意乱的时候入眠。”

“好吧。”特姆莱迟疑地说，“可我不认为现在睡觉是个好主意，有可能忘了呼吸之类的。”

“你用不着睡觉，这只是冥想的用处之一。你也可以用冥想来应付疼痛，比如拖着一条断腿躺着的时候。”

“好吧。”特姆莱重复了一句，“那么，我该怎么冥想？”

那声音大笑起来，“很难解释，一旦你了解了其中的诀窍，做起来就特别容易，但却很难用语言来解释。你要说服自己，你的身体不存在了。循序渐进是最简单的做法。我通常从脚部开始一点点向上。”

前一秒，特姆莱还在想：*算了，我还是别试了*。下一秒，当他意识到自己的身体似乎不复存在的时候，他的心头涌起一阵恐慌。这感觉猛地腾起来，又迅速平息下去。接着他感到了愉悦，甚至可以说是兴奋。他在呼吸，却感觉不到压在胸口的泥土，也感觉不到肌肉的痛楚。他甚至没有身在任何一个地方的压抑感（一个时间点只能处在一个地点，多么无趣啊。他只能隐隐约约记起那种状态，却无法想象这么多年来自己是怎么忍受下来的）——

“感觉好些了吗？”

“好多了。”特姆莱回答，“等我们出去以后，我一定要看看自己还记不记得这办法。”

“你感觉如何？”

“像一颗头，”特姆莱回答，“一颗没有身体的头。不过这没关系。事实上，这种感觉更好。谢谢。”

“没关系。”那声音说，“这是我在自己起伏的一生中学到的最有用的技能之一。”

“真的吗？”特姆莱不知道自己的眼睛是睁着还是闭着，“看来我会渐渐喜欢上只剩一个头的感觉。”

那声音大笑起来，声音熟悉得令人不安：“千万不要随便许愿，当心隔墙有耳。我父亲最喜欢说这话。在某些方面，他可是很迷信的。当然，迷信对他没什么好处，但这是后话了。”

特姆莱心里有点不舒服的感觉，总觉得他知道这声音的主人是谁。但这不可能，至少可能性不大。“冒昧问一句，”他说，“你是……”

接着，他听到头顶有动静。他感到自己像从树上掉下来似的，又落回到身体里（充满痛苦的、别扭的身体）。头顶上远远传来沉闷的、金属跟土摩擦的声音，还有铲子跟石头相撞发出的叮当声。他想大叫，却意识到嘴里满是泥土，什么声音也发不出。

“特姆莱？”有人说，“没错，就是他，在这里。我想他死了。”

“看看再说。天哪，要是没有这该死的灰尘就好了。”

因为担心镐和铲子砍到他、敲断他的骨头，他们不得不慢慢挖。很长一段时间内，他什么也看不到，尽管他确定自己的眼睛是睁着的。他经历了这辈子最厉害的头疼。

“没事，他还活着。”有人叫道。就在此时，一枚石弹砸在附近，大地颤抖起来。“轻点，他可能骨折了。特姆莱，你听得到我说话吗？”

“是的，”特姆莱一边说一边吐出很多泥土，“别嚷嚷，我头疼。”

他们把他拖出来，放在一块木板上。他无法控制胳膊和腿，四肢啪地落了下来，垂在木板边缘。“有人跟你在一起吗？”有人问道。

特姆莱勉强一笑，“我不这么想。”

但他错了。把他抬走之前，他听到大家互相嚷嚷着：在这里，快点，是的，他还活着。“是谁？”他问。

一个抬担架的人帮他大声问了一句。“是那个间谍。”有人回答，“叫什么来着——德萨凯。你知道的，那个厨子的侄儿。”

特姆莱皱起了眉头。“他说什么？”他问道。

“德萨凯，”抬担架的人回答，“你知道的——”

“是的，那个间谍。”特姆莱很困惑，“唉，要不是他——真奇怪，我敢发誓是另外一个人。”

“我以为你说没有其他人跟你在一起。”

“我搞错了。”特姆莱说，“听着，让人照顾好他，行吗？”

他们的确把他照顾得很好，这是理所应当的事，他救了国王的命（尽管大家不清楚他是怎么做到的）。他们把他挖了出来，送回帐篷。他的骨头没有断，不用多久应该就能起床走动了。

有一件事很奇怪，却没人提起，就是在人们把他拖出来的时候，他手里抓着一支箭（普通的帝国制式的穿甲箭）。有人想把箭拿走，他却紧紧抓住不放，似乎这是性命攸关的东西。

就这么一艘船——不是大型舰队，不是小型船队，海面上根本见不到其他船帆，就这么一艘简陋的横帆小船，和季候风搏斗一番之后，颤颤巍巍地漂进德鲁兹港，将行省政府的特使带到了岛上。

在码头上等着和他会面的人似乎有点炫耀武力。有最近招募的国民警卫队；有成立得更晚一些的国家安全协会，由船主协会管辖；还有一帮商业海员行会的人，集合了杀人的、小偷小摸的、打家劫舍的乌合之众。三拨人安静地、一动不动地站着，不仅盯着开过来的小船，也用厌恶和不信任的目光互相打量着。第一公民文纳德·奥泽尔（穿着一袭拖地的红丝绒礼服，戴着一顶红色大阔边帽。人们本来用弯曲的金丝和几片回收来的兔子毛皮做了一顶皇冠一样的冠冕，被他坚决拒绝了）紧张地玩弄着从袖子上垂下的一根线头，想要搞清楚现场情况。站在他两侧的是伦沃德·奥兹（船主协会）以及一个叫杰斯林·皮度特（行会）的家伙。两人冷冷地看着前方，生怕一不小心看到对方、不得不承认对方的存在似的。最后，还有一支乐队。确切地说，是两个吹长笛的、一个拉小提琴的、一个弹三弦琴的，还有一个手持三角铁的女孩。文纳德不知道这些人是从哪儿冒出来的，但是看起来，他们为自己能出席这种场合感到相当兴奋，因此他也不忍心阻止他们。

船头轻轻地靠了过来，一个满脸震惊的家伙将缆绳扔到岸上，然后急匆匆地往船尾跑去。他脸上的表情充分证明了这场力量的表演相当成功。文纳德注意到了来访者的恐慌，为了安抚他，他转向弹三弦琴的小声说："随便演奏点什么。"乐队马上奏起了《我爱永不复见》（大部分乐手的选择）和《香肠匠人的狗》（拉小提琴的和拿三角铁的女孩的最爱）。两首曲子同时演奏产生的对位效果相当惊人，只不过完全没起到安抚作用。

"哦，看在老天爷的份儿上，"伦沃德·奥兹大声嘟囔，也因此证实了文纳德关于乐队的出现跟行会有关的猜想。"快叫他们停止发出这可怕的噪声，免得被视为宣战行为。"

尽管文纳德不想让大家看到他对任何一方有偏袒，他仍然摆了摆手，把这个建议转化为由他的手下代为执行的命令。噪声停止以后，一个高瘦的天国之子从小小的船舱里冒出来，缓缓走向船头，不耐烦地停在那里。

"踏板，快点。"文纳德压着嗓子说道。有人拿出了一块木板——其实这是一块剖鱼用的长案板，但这也是附近能找到的最合适的东西了。特使上了岸。

"我是提嘉上校。"他宣称，同时向文纳德的方向微微点了点头。"我代表艾普－埃斯卡托伊总督来到此地，欲与贵方之领袖会谈。"

文纳德愣了片刻才意识到轮到他说话了。他以前见过天国之子，甚至和其中几个说过话，但从没见过这么高、这么消瘦、措辞这么正式的。"我就是。"他尖声说道，同时痛悔自己戴了这顶大红帽，因为帽檐耷拉下来，把他的左眼遮住了。"文纳德·奥泽尔。第一公民。"他补充道。

天国之子看着他。"谢谢你来此迎接。"他说，"请问，我们可以开始会谈了吗？我们要谈的内容很多。"

"当然。"文纳德说。不一会儿，他发现自己正小跑地跟在特使后头，像（打个比方）香肠贩子的狗。幸运的是，特使似乎知道往哪儿走，而文纳德不知道。

"你能代表船主协会吗？"特使扭头问道。

"哦，是的。"文纳德向他保证，同时快走了一两步跟上对方。他以前不知道人类能有这么长的腿。

"也能代表商业海员行会？"

"嗯，"文纳德说，"是的，那当然。"

"很好，"特使说，"那么我们不需要他们的代表出席了。他们大概知道这一点吧？"

"什么？哦，是的。"文纳德气喘吁吁地说，然后传了口信给相关人员。幸运的是，他们的腿比他还要短，因此他用不着看他们的脸色。

他还是不知道他们在往哪里走，但提出这个问题似乎显得不太得体。一想到敌人对岛屿区的熟悉程度比第一公民要高，就让人隐隐不安。但明智的做法是将这点记录在重要信息里，下一次若自己有半点轻视这些人的意思，就可以拿出来好好回顾一下。

他们停住脚步。更确切地说，是特使停在了"美德四纹章"外，等他跟上。

文纳德只在年轻时来过这里，那是很久以前的事了。事实上，我好像在禁止入内的名单上？还是我记错了，是牧羊场路的那家“无瑕的美德”？

“我擅自做主订了个房间。”特使说，“当然，是通过中介办到的。希望你觉得可接受。”

“好的，”他上气不接下气地回答，“你先请。”

天国之子出现在“美德四纹章”这样的公共酒馆，着实引起了规模可观的恐慌和沮丧，就算第一公民的出现也未能让这种情绪平复下来。提嘉上校显然认识路。他径直穿过酒馆，上了一个短短的楼梯，越过楼梯的平台，沿着一条走廊走下去。门是开着的，桌上有一个托盘，上面放着食物和一个酒壶。了不起，文纳德在心里承认，但绝对是个错误的策略。为什么急于展示力量？无非是想夸大自己的实力。“这里挺不错。”他说完，在两张椅子中挑了看起来比较舒服的一张坐下。

“现在，”提嘉上校在另一张椅子上坐下，从袖子里掏出一张书写板。“你想要做个开场白，问几个问题，还是说，我们直接进入提议环节？”

“说吧。”文纳德回答。也许他是想确保我们能甩掉其他人，因为他觉得他的脑子比我好使，对奥兹或行会的人却没把握。好啊，只要心里有数，我应该可以应付。

“我冒昧起草了一份协定，”上校从另一只袖子里抽出一个小铜管，“如果你愿意花点时间看一遍……”

这些人的书法可真好看啊，文纳德忍不住想道。即使是这样一份纯属实用性的文件，他们也不辞辛苦地用三种颜色来勾画首字母，并以最细的笔触勾勒出金叶来点缀。

——条款：岛屿区为帝国之受保护领地。

——条款：一名帝国保护人在岛屿区永久居住。

——条款：保护人拥有一支永久的仪仗队，仪仗队之披甲战士不得超过三百人。

——条款：保护人及其仪仗队之费用由岛屿区和行省政府共同承担，平均分配。

——条款——

“对不起，”文纳德说，“什么是保护人？”

上校轻蔑地瞪着他，“常驻帝国保护领地的帝国官方人员。”

“啊，谢谢。”

——条款：凡涉及岛屿区与帝国关系之公共政策、协会以及行会诸项政策须征询保护人。

——条款：经意见征询后，保护人需签发关于该政策的官方核准，此文件将与该政策文件经同一渠道发布。

——条款：若未签发核准文书，此项事宜将发回由帝国官员以及岛屿区所有相关实体代表组成的议会共同审核。

聪明，如果他们要阻止我们做什么，只要把其他两个派别卷进来，让他们去否决。

——条款：帝国和岛屿区一起组建共同的防守与进攻的军事力量。

他们拥有舰队。

——条款：唯行省政府相关部门批准之度量衡单位方可在商业交易中使用。

——条款：按行省政府标准模本签署岛屿区与帝国之间的全面引渡条约。

啊，还有七项条款，加在一起就是一份低三下四的全面投降文书，只不过面子上好看一点。我这个第一公民还有什么不满意的？“抱歉。”

“什么？”

“还有一个小问题。”文纳德说，“你的条款里没有注明引渡条约是不可追诉的。这点是由你来加还是我来加？”

上校皱起了眉头，“行省政府的标准引渡条款就是这样。”

这就不难推断出你们第一个要引渡的是谁了。“对我们来说不是。”文纳德说。

“是吗？我不记得你们有现存的引渡条款。”

这是一句大实话。“当然有，”文纳德扯了个谎，“惯例通常是经过数年才固定下来的。你知道，先例之类的。”

如果他让我列举我们在六百年间引渡的任何一个人，我就只能承认没有。

“原来如此。”特使的脸上全无表情，“为了更有效地利用时间，或许我们应该把具体条款的讨论延后。若因为一些细节问题而耽误了整个协议的签订，就太可惜了。说到底，”他的目光正正地落在文纳德头顶上方，补充道，“我们不急于敲定协议。”

“当然。”文纳德想把剩下的条款都看完，却有点看不进去。毕竟他们在这件事上没有任何选择余地。“还有一件事，”他一边卷起纸张一边说，“我猜你们还没开始考虑这个问题，但我想问问也无妨。你知道他们在考虑由谁来担任保护人一职吗？万一是某个我们听说过的人，可能会有助于安抚民心——”

“事实上，”特使回答，“现在已经有一个推荐的人选了。没错，你们很可能对此人颇为了解。他就是巴达斯·洛雷登司令。”

文纳德竭力压抑自己的反应。“我认识洛雷登上校——我是说司令。”他说，“我在佩里美狄亚沦陷期间见过他。”

特使点点头。“我知道,”他说,“这确实是我们推荐人选时的考虑因素之一。而且,”他继续说道,“洛雷登司令对这个区域的各种问题都很熟悉。他在草原战争以及艾普－埃斯卡托伊的表现也无疑为他赢得了一次升职的机会。行省政府对他的评价很高。让他当保护人的提议一定会被通过,前提是,”他补充道,“你有意接受这些条款。”

文纳德深深地吸了一口气。“大体上没问题。”他说,“我是指,作为谈判的出发点。显然有些具体的——”

“当然,”特使站了起来,“不过目前,或许你可以在我给你的文件上签个名。”

“签名?”文纳德吓了一跳,“可我才说了,还有些具体的——”

特使几乎笑了。“确实如此。不过我认为,就算只是为了把现有的条款拿到手,也应该先把协议签了。否则我不敢保证行省政府在这方面的政策会永远保持不变。”他转过头,看向窗外,“既然协议会正式提交地区协调专员进行核准,我们可以放心地说,这份草拟文件的条款未必是板上钉钉。但就今天而言,我的当务之急是保护我们双方的立场。”

文纳德犹豫了。他听出了对方的威胁之意。但是,这份提议、这些谈判只意味着一件事,那就是帝国把身段放软了。这相当于他们在铤而走险,想草草解决一部分问题,好把精力集中在另外一些问题上。“这个引渡条款——”他开口说道。

特使把头转回来,盯着他的眼睛。这感觉就像盯着一口水井看了太久。“我可以以个人名义向你保证,”他说,“在启动任何实际程序之前,一定会有大量的机会就各个层面的问题展开讨论。”

巴达斯·洛雷登,文纳德想。*唉,人总得有点信念吧*。“好吧。”他说。打开黄铜管的盖子时,他的手有点颤抖。他刚才把文件放回去的时候没放好,

纸卷卡在了里头。在他笨手笨脚地折腾了一阵子后，特使俯身过来，从他手里拿走了黄铜管，毫不费力地把纸抽了出来。“你有写字的工具吗？”他问。

“嗯？哦，有的。”文纳德摸索着口袋，接着又去摸挂在腰间的袋子。“至少——有了，在这里。”他找到了艾希莉·佐希思在多年前送给他的那套小小的书写套装：笔、砚、小刀，全都装在一个珍贵的雪松木盒中。他用一点酒沾湿了砚，摩擦出一点墨水，在文件上签了名。

等特姆莱身体好一点后，他下令展开大规模突击。

“你改变了态度。”他们对他说。

“没错。”他回答。

之前，总参谋部因为无权采取任何行动而几近绝望。他们对特姆莱做这个决定的动机不太上心。就算他坦白，之所以改变主意是因为一个只有他能听见的特殊声音告诉他要这么做，他们也完全不在乎。他们只知道行动被批准了，这就够了。

因为特姆莱和希多凯负伤，总指挥权转移到佩迪凯手上。他的正式头衔是骑兵司令。他是个好人，但也是个忧心忡忡的人。对于自己的性格，他也有顾虑，怕自己事到临头举棋不定，最后造成灾难。他将指挥权下放给几个军官，同时保留在必要的时候推翻他们命令的权利。接着他召开了战时会议。

会议没取得什么进展。在佩迪凯眼里，总参谋部的人因为遭受令人沮丧的砲击而陷入了冲动的情绪，因此他下决心要坚持己见，绝不在他们的怂恿下仓促决定。另一方面，他自己脑子里也没什么具体计划，因为他已经明智地将战术层次的计划交给了几个副手负责。与此同时，时间正在流逝，如果不能马上做决定，要在白天展开行动就太晚了，只能发起夜间突袭。而没有妥当的夜晚行动的准备，佩迪凯十分清楚其中的风险。最后，他决定集中手头的力量，即刻发动攻击。

接下来，他要求了解目前有哪些力量可用。等他弄清楚这个问题的复杂程度时，上午已经过了一半，而顶着正午的炎热展开一场至关重要的战役是他最不愿意做的事。因此他指定每三支部队中留下一支防守营地，其余的集合起来准备攻击。

就在此时，特姆莱传讯来问为什么迟迟不见行动。情急之下，佩迪凯派人回话说他们正要出发，而自己也骑马来到了队伍的前方。不管作为指挥官的他有多少缺点，他绝不是一个胆小如鼠的人。他下定决心要身先士卒、以身作则。

结果证明，这是个很不幸的决定。冲锋的骑兵主力进入敌方那些实力不济、心思不定的弓箭手的射程内时，有几个士兵中箭落马，被后面的大部队踩踏得不成人形，其中一个就是佩迪凯。当然，到了此时，其余的人对作战计划是什么一无所知，也对指挥链该如何运作毫无头绪。因此，当草原人的骑兵队迎面撞上敌军以长枪组成的一道墙时，他们是按默认的“尽力杀敌，平安回家”的原则来行动的。

这么做也没什么问题，尤其是一开始的时候。在战争爆发之初，特姆莱已经得出结论，要打败由大量披盔戴甲的长枪手组成的阵列——在战场上很可能遇到——唯一的方法是：先让弓骑手以近距离平射来打散队形，再展开坚定的后续行动，以弯刀和战斧将缺口扩大，引发恐慌。一旦做到这些，不用别人攻打，敌军密集的队形和庞大的体积就会变成致命弱点。

因此，在一百码处，弓骑手拉到了重骑兵的前方，由一路纵队变为两排横队，并离开自家的队伍去正面冲击对方的阵列。弓骑手在三十五码处开始齐射，每个人在越过队中某个指定点时开始放箭。被射死以及垂死的长枪手摇摇晃晃，跌倒在后排的战友身上，跟周围人纠缠在一起，阻碍了周围的人。

矛尖构成的藩篱被一分为二了。弓骑手一撤走，重骑兵就朝着阵列中的伤兵发起冲击，将对方的阵型从中间隔开。突破最前面的防线是关键，如果能够深入密密麻麻的长枪手队，就不可能遭遇到任何抵抗——在这么近的距离内，根本没有足够的空间让人放低长枪或拔剑，重骑兵可以像剪刀剪开钢板一样冲破防线，利用材料本身的张力使切割成为可能。同时，弓骑手保持在一定距离外，从尽可能近的地方向阵列的其他部分射击，目的是挑动对方发起冲锋以及进一步扰乱对方的阵型。如果对方真的发起冲锋，有重骑兵后备队来应战，再不济，还有步兵。

开局非常顺利，前锋部队像刺穿胸甲的穿甲箭一般在对方的阵线中钻出了两个深深的洞。然而，等到深入敌后，他们却发现了一个问题。敌军确实拿他们没办法，但锋利、轻便的弯刀却也奈何不了帝国的防护。他们又是敲又是打，直到精致的刀片砍钝。反弹的力道造成的震动顺着骨头传上来，导致手腕和前臂受伤。这个过程就像拿锤子敲打铁砧，而铁砧原本就是被设计来接受敲打的。双方陷入了僵局。

在战场上，僵局从来不会持续太久，总是会被某些不为人力所左右的意外打破。重骑兵徒劳无功地锤击着铁砧时，敌方的骑兵（之前被当作储备兵力，引而不发。巴达斯·洛雷登后来承认，这是个错误的决策）冲出来迎战，结果撞上了为了避开他们正打算撤离、却误判了调动时机的弓骑兵。弓骑兵万不得已，射出了在仓促间能射出的所有箭矢。按照固有的命令，他们射马不射人，效果却好得出乎双方的意料。伴着此起彼伏的喧嚣声以及沸沸扬扬的尘土，帝国军队的前锋纷纷落马。后排的士兵来不及停下，在倒下的马匹身上穿行、踩踏而过，像冲向墙的失控的马车似的撞到了一起。弓骑兵在惊得目瞪口呆的同时也受到了极大的鼓舞。他们收起弓箭，抽出弯刀，冲向前去，结果在劈砍钢甲方面却遭遇到他们的重骑兵同僚所遇到的同样问题。他们以为能利用冲锋的势头逼退帝国军队，没想到速度缓了下来，最终止步不前。他们付出了重大的代价之后才意识到，他们的锁子甲和硬皮甲虽然足以防止他们被四磅重的帝国剑砍伤，却无法防止骨折和脑震荡。此时，后面三支帝国军队（之前落在了后头，现在才赶上）开始横扫他们的侧翼，切断他们的退路，像削剪长得过高的篱笆似的一路砍杀。

第六后备队的队长，一个叫罗德凯的人看到了发生的一切，于是带头发起了冲锋。纯粹是由于粗心，帝国士兵没看到他的队伍，因此没能及时撤离。罗德凯率领的队伍是特姆莱的军队里仅有的几支枪骑兵之一，他们能毫不费力地刺穿厚厚的钢板。他们的冲击使战况发生了变化。帝国的队长慌了手脚，以为自己一脚踏进了陷阱，这场攻击是冲着他来的，于是他想把他的人撤走，但战况过于胶着，他们无法撤退。因此，他们只能设法从弓骑兵当中穿行而过，这点他们干得非常出色。然而，当他们从混战的边缘突围而出时，另一支由艾奥德凯率领的枪骑兵队包抄了他们的侧翼和后翼。

此时，作为储备力量的后卫看到枪骑兵占了上风，却没看到长枪阵的庞大体积，于是决定该他们上场了。他们向因为不用防备弓骑手而获得了少许喘息时间、勉强恢复了阵型的长枪手发起了冲锋。当后卫（并非枪骑兵）一鼓作气冲进去的时候，却发现等待他们的是平端着的长枪头，可惜那时已经太晚了，来不及放慢速度。

在营地后方的小山丘上的巴达斯·洛雷登也看不太清楚长枪阵的情况，但他能清楚地看到骑兵队的战况。他判断，要反败为胜的唯一机会，就是让他的斧枪手对枪骑兵发起冲锋。他希望他们能及时赶到。他们确实尽力了，只不过这是一场相当无望的冒险行动。等到他们绕过长枪手时，敌人的步兵已经横在他们前进的路线上，正在变换队形以便从侧面攻击他们。此时放慢速度已经毫无意义了，因此斧枪手的队长带着他的队伍以加倍的速度冲进敌人的阵线。效果相当惊人:他们将敌军一分为二,把其中一翼彻底围了起来。这么做有好处,现在可以随心所欲地包抄敌军阵列,从三面展开彻底的进攻。失误的是,他们没看到有两支重骑兵队因为没能冲进长枪阵里正在战场的边缘无所事事。

那两支重骑兵队的人数不够多,不足以造成毁灭性的损失,但他们砍伤了很多人。斧枪手有一个弱点:他们的肩甲带子是在肩膀上打结的,一旦暴露在外的肩带被利刃割断,垂下来的护甲片就会妨碍胳膊的动作,而且整个肩膀以及脖子的一侧也将暴露在外,随时会被攻击。弯刀掠过斧枪手戴的锅盖头盔的弧形边缘,切进了颈部肌腱以及锁骨。虽然被杀死的不多,却也让很多人失去了行动能力。当斧枪手有转身和举起胳膊的空间时,他们其实是有优势的——借着来势汹汹的骑兵的惯性让戟头穿透锁子甲和人体,比起靠自己手臂的力量把斧枪刺进去要顺利多了。但总的说来,照伤亡比例来看的话,还是草原人占了上风。

到了此时,战况已经失控。即使双方出于友谊和善意共同合作,想将纠缠在一起的两支军队的各个组成部分分隔开来,使双方有全面撤退的可能,恐怕也很难办到。只有两个选择可行:打到其中一方被彻底歼灭,或者边打边退,在混乱中勉强以最接近有序的方式撤离。

有一阵子,战况的发展看起来令人沮丧地倾向于第一种结局。嵌入长枪手内部的草原骑兵正在慢慢地被周边的士兵压垮;陷入混战的枪骑兵失去了惯性和动量的优势,大部分人的弯刀砍在对手满是凹痕和损伤却依旧坚挺的盔甲上,变得不再锋利;有足够数量的斧枪手死亡或倒下,让他们的同僚有了转身的空间,开始将尖刺捅向草原人的面部。照这样下去,帝国军队迟早会占上风,最终可能会有顶多不超过一两百人的幸存者。留给这些幸存者的将是整个战场以及一项伟大的任务:清理尸体。

然而,帝国士兵却陷入了恐慌,不过在当时的情况下,这也算是尽力而为的结果了。促使战局发生变化的是一个名叫萨姆莱的年轻小队长,他向被他误认为是巴达斯·洛雷登的仪仗队的目标发起了拼死一击(结果发现,那只是负责护卫由号兵和其他乐手组成的特别小分队的骑兵队。不过他们着装鲜艳、配备精良,而且不知怎么地居然被夹在了长枪阵中,被对方误认也是可以理解的)。萨姆莱本人没有成功,他挥舞着战斧倒下了——当他的尸体被人从尸堆里拖出来的时候,人们在他的锁子甲上发现了十七个洞——离他的目标只隔着一排士兵。但他队伍里的幸存者在长枪手中砍杀出一条血路,干掉了为数众多的护卫队成员,最终来到了距离那些乐手一臂之遥的地方。此时,有人开始大喊大叫,说巴达斯·洛雷登死了……一个人头(没人知道是谁的头)被挑在了长枪上。草原人开始欢呼起来,似乎取得了什么重大的胜利。大家最初的反应是犹豫了一下,疑心有什么事发生了,却没人知道到底出了什么事。接着,长枪手开始慢慢后退,他们扔下长枪(只要有空间),寻找一条离开拥挤的人群、前往开阔地的道路。步兵主力阵型的松动和溃散给了骑兵足够的腾挪空间,而且只要回头看一眼正在撤退的长枪手,就足以让帝国骑兵意识到一定有什么糟糕的事情发生了,于是骑兵也加入了撤退的行列。随着恐慌情绪的扩散,撤退的速度也加快了。原来缓缓后退的士兵开始转身就跑。除了那些有可能成为障碍的人,无论什么样的敌人,他们都毫无兴趣。战斗迅速瓦解,就像一个坏了的柳条篮子,里面装的东西散得到处都是。

两支草原重骑兵队出发去追赶帝国长枪手,被人数相当的帝国士兵拦截、打散,最后落荒而逃。此后,草原人失去了乘胜追击的热情,以最快的速度撤回了堡垒。至于帝国士兵,他们在被告知巴达斯·洛雷登没有死(从巴达斯·洛雷登本人的口中,在他骑马赶过来查探究竟出了什么事的时候)之后就镇定了一些，但仍然继续撤离直到回到营地为止。刚刚被人从战场上驱赶回来，尤其战场上现在空无一人，这种情形未免让人有点不知所措。但巴达斯并没有对此大惊小怪，也许这才是聪明的做法。他回到自己的帐篷，要求统计伤亡名单以及会见总参谋部的人员。他有很多事情要做：组建担架小分队以及丧葬小分队，确保尽可能多的伤员在死掉之前至少能让医生看一眼，布置警戒线并确保营地有一定的安全保障以防敌军发起后续攻击。

将伤员运回营地花了整整一天的时间。巴达斯派了使者去处理惯常的停战协议。双方负责此事的军官达成了合情合理的共识，任何一方在清理完自己这边的战场以后，要将尚可挽救的对方伤员交还给另一方。但在如何处理数量大得惊人的尸体一事上，双方迟迟未能达成协议。而这些尸体又必须要尽快被处理掉，否则对双方的健康都会构成威胁。特姆莱的人必须火化，而帝国士兵又必须土葬，因此他们无法互相帮助。巴达斯的谈判员建议轮流来：他们先进入战场，收集好自己人的尸体之后就退出，让草原人收集他们的。但特姆莱的人反对，理由是这就意味着至少要等上一天时间，而一旦等到太阳下山，再进入战场就很不明智了。反过来，他们提出让两边的收尸队伍同时开始工作，但帝国这边不愿意。他们说，这么做太容易出岔子了，比如暴脾气啊、干架之类的。反之，为什么不像之前说的那样把战场一份为二，每一方在自己这边把尸体分成敌我两堆？时间在不停地流逝，特姆莱这边勉强同意了，但因为划分战场的线到底该划在哪里这个问题，说好的协议差点又被推翻。在巴达斯这边战场上的死者（双方都有）比另一边多，因此他的谈判人员认为他们在这场谈判中吃亏了，他们建议不要把线划在中间，应该划一条纵向的线来分隔战场。草原人拒绝了，但他们同意将分隔线推远一百五十码，这样他们可以负责大部分骑兵行动造成的死亡，而帝国则主要负责长枪阵的善后事宜。协议达成之后，双方人员开始列队，巴达斯这边有个人出言讽刺特姆莱团队里的对手，说在打仗的时候他们总是想方设法地抢到更多的地盘，现在却恨不得把地盘尽可能地让出去。草原人认为他的话太不像样了，于是向对方提出正式抗议，而对方却不理不睬。

清理战场的工作结束以后，尸体被挪走，能回收的盔甲、箭、马匹以及武器被尽可能地回收以备再次使用。终于到了可以计算得分、宣布获胜方的时候了。双方得分出乎意料地接近。如果只看死了多少人，特姆莱输了。但是，如果按照投入战役的全部人数和牺牲人数的比例来看，他可以说是险胜。如果将骑兵和步兵细分，假设骑兵价值更高，那么巴达斯的得分领先少许。但是，这里的计分依据不太准确，因为对巴达斯来说，重骑兵要比一般的骑兵有用得多，而他损失的重骑兵比特姆莱多。除此之外，确切地说，特姆莱的军队里至少有四分之三的士兵在理论上都属于骑兵，因此刚才的种种计算完全没有意义。而且，这场战争跟领土争端无关，双方既没有多占也没有损失一寸土地，因此这一项也不能用来评判胜负。最后只剩一个可接受的评判标准，那就是是否达成既定目标。但谁也说不清双方的既定目标是什么，或者他们是否达成了目标，因此用这一项作为评判标准，也同样无济于事。假设双方都有既定目标，那么谁也没达到目的，也就是说两边都输了，这个结论简直太可笑了。

二十

“看在老天的份儿上，”文纳德嚷嚷道，“你能不能别再发出那种可怕的噪声？”

敲击声停止了。“你说什么？”

文纳德上前一步。作坊里幽暗阴郁，唯一的光线来自被罩子罩住的炉子。“我说，你能不能别——你就不能小点声吗？我要工作。”

奥泽尔家的隔壁邻居波斯克·道哲从炉门后走出来。他穿着皮围裙，手里拿着一个大锤子。“我也要工作。”

“什么？”

道哲朝着炉子和炉子旁边的砧板点点头，“你不会以为我只是在找乐子吧？”

文纳德向前踏了一步，走进室内，四下张望了一圈。“请恕我冒昧地问一句，”他说，“你到底在干什么呀？上次我来的时候，这里还是奶酪储存室呢。”

“啊，现在这里是制造盔甲的工厂了。”道哲用手套的背面擦了擦前额的汗，“因为我没法进奶酪来卖。但是，我却有一批因为十二年前的一笔坏账而砸在手里的钢坯存货。忽然间，谁都想要买盔甲。所以，”他补充道，“我打算打造一些。明白了吗？”

“原来如此。”文纳德回答，“我不知道你居然会打造盔甲。”

道哲皱起了眉头。“我不会。”他说，“但我很快就能学会了。说到底，这事应该不算太难吧？把金属烧到赤红，用锤子把它打薄，然后继续打到它成型。再说，”他补充道，“我买了本书。只要有书，什么都学得会。”

“呃——”文纳德不知道该说什么好。道哲手里有个大锤子，而且脾气有点暴躁。“波斯克，你可真有进取心啊。不过，你能去别的地方打造盔甲吗？我为了整理议会的会议记录整晚没睡，而且——”

“哪里？”

“什么？”

道哲不耐烦地挥着锤子。“你要我去哪里干活？”他说，“莫非在大街上？或者，我应该把所有的家具都扔出去，把这该死的铁砧拖到室内，把起居室变成铁匠铺？”

文纳德的头还在痛。“听着，”他说，“只要你能小声一点，你做什么我都无所谓。我手头可是有很多相当重要的——”

“小声一点？”道哲重复道，“你是说，敲得轻一点？难道轻轻拍打这该死的大铁条，就能把它变成平板？别这么无知，文。再说，你该感激我才对。”

“什么？”

“战时投入。”道哲说，“军需品。为了自由，为了保护我们独特的文化，略尽我绵薄之力。第一公民因为个人的某些微不足道的不便之处而妨碍他人为战备做出努力，听起来可不光彩，不是吗？”

文纳德思忖片刻。“听着，”他说，“要是我帮你找到一个用得顺手的好作坊——比如，在德鲁兹港的某个保税仓库里？在那边你可以敲打得惊天动地也没人会注意。”

道哲皱起了眉头，“什么？我自己已经有了一个完美得不得了的好作坊，为什么要付租金给你这家伙？你觉得我傻吗？”

“好好好，免租金行了吧。拜托，波斯克，特里丝烦得快要撞墙啦。”

道哲摇摇头。“办不到。”他说，“我花了好几天时间才把这个地方布置成型，把这些夹具之类的安装好。现在你要我把它们都拆了，拖着所有这些沉重的器具跨越半个岛屿——”

“我会派人来帮你的，”文纳德叹了口气。“当然，费用我来支付。”他加了一句。

“可还是有很多不便之处。”道哲坚持道，“来回浪费的时间，搬运费用——”

“多少钱？”

“什么多少钱？”

“把你的工具搬到德鲁兹去，还我们一个清净。”文纳德缓缓说道，“为此，你要我付你多少钱？这就是你的目的，不是吗？”

道哲的眉头紧锁。“文，你这么说话就太冒失了，”他回答，“你父亲还在世的时候，我们就是邻居了。事实上，做了这么多年邻居，我一直以为我们是朋友。当然，你现在是第一公民了，你以为你可以闯到这里对我指手画脚——”

“二十五？五十？”

道哲大笑起来。“帮帮忙，”他说，“还要考虑损失的生产时间呢。你知道，机遇的窗口可不会永远开着。很快，这股疯狂的军备潮就会退去。如果我不起床，不拼了命地跑，我就有可能在四下张望以后，发现自己没搭上船。此刻，你居然要我放下手头——”

“一百七十五。”

“没门。”道哲说，“少于三百二十五我绝对不考虑。”

“三百二十五？你这是——”

作为回答，道哲拿起锤子，开始在砧板上打得铁花四溅。铁块已经冷却很久了，但他似乎没注意到。文纳德还没从震耳欲聋的噪声中缓过来，他妹妹已经推开他，一阵风似的冲进店铺里，抓住了道哲的手腕。

“你，”她说，“住手。”

道哲看着她。

“闭嘴。”她说，“多谢你和你那没完没了的砰砰声，我现在头痛欲裂。别再这么干了，明白吗？”

一开始，道哲可能确实打算要滔滔不绝地作一番关于战时投入以及为国家尽义务之类的演讲，就像他刚才对着文纳德慷慨陈词一般。但他什么也没说，大概是因为维特里丝的另一只手已经拿起了钳子，并把钳子举到道哲的胡子下方一寸处。因为放在火里忘了拿出来，钳子头已经被烧得通红了。

“行，”他说，“等你哥哥和我谈好赔偿数目。”

维特里丝盯着他的眼睛。“没关系，”她轻声说，“我们不需要赔偿。现在，趁文纳德去找运输车的时候，开始打包你那些傻乎乎的工具和其他东西吧。”

此后，隔壁再也没有传来巨大的噪声。文纳德终于可以回去工作了。不过，就算没有打铁的叮当声，他要集中精神也不太容易。来自行省政府的经过修订的意向书在遣词造句上是如此模糊，读起来似是而非。

“你必须把这事告诉大家。”维特里丝说，“你跟他说说，艾希莉。你不能瞒着大家跟敌人签订和平协议。”

“我告诉议会了，”文纳德烦躁地回答，“还有船主协会和行会。说真的，还有谁不知道？”

“你告诉了那些大人物，”艾希莉指出，“还让他们保证不告诉别人。这完全不是一回事。”

“你以为他们能保守秘密？得了吧。”文纳德露出了一丝疲倦的微笑，“把一件事告诉伦沃德·奥兹，让他保证不告诉别人，这是全世界最有效的扩散信息的方式。我看，到现在说不定连科里昂人都知道了。”

“好吧。”艾希莉说，“可你还没有告诉我们。这就意味着，由于不知道发生了什么事，每个人都在恐慌中没头没脑地四处乱撞。你知道艾莎兹·米萨吉斯在听到传言以后做了什么吗？她出去买了十五箱剑和十二桶甲胄。理由是，当政府征用了所有的剑和甲胄以后，他们将不得不支付补偿金。她认为，市场价和政府估价之间的差价可以让她大赚一笔。你不能让大家继续被蒙在鼓里了，会出乱子的。”

文纳德眨眨眼睛。“我无法为你朋友艾莎兹那样的人负责。我只想暂时把盖子捂好，直到有机会把这些该死的条款和条件定下来。现在还无法敲定那些条款的原因也很明显。”

“也许在你看来原因很明显。”维特里丝说，“不如你跟我说说。”

“很简单。”文纳德放下羊皮纸，纸张自己卷了起来，成了一个纸筒。“如果我可以拖到巴达斯·洛雷登搞定特姆莱以后，那我们就可以跟他而不是天国之子中的某个狡猾的混蛋谈判了。怎么样，你们还有比这更高明的招数吗？如果有，我洗耳恭听。和这帮人玩外交把戏对我来说太难了，如果不耍些花招，我们的麻烦就大了。你们没看到那引渡条款吗？”

维特里丝和艾希莉都哑口无言。巴达斯·洛雷登这个名字让她们一下子走了神。

“我就当大家都同意了,对吧?”文纳德说,“不过,我可不记得从什么时候开始,我还得在国家大事上征求你们的同意。不让奥兹和行会的那个疯子乱插手已经够难的了,你们俩居然还要联手对付我。”

艾希莉似乎已经把思绪从其他完全不相干的事情上拉了回来。“好吧,”她说,“不过说真的,文,跟行省政府耍花招可不怎么——呃,聪明。你玩的都是他们玩剩下的。”

文纳德点点头。“没错,”他说,“但至少我心里明白这一点。维特里丝,你记得父亲以前是怎么跟我们说的吗?处理得当的话,另一方的优势也可以被转化成他们最大的弱点。他们很清楚,我已经彻底地被他们搞糊涂了。我要做的就是,想办法在困惑迷惘中待得久一点,直到巴达斯·洛雷登打赢那场该死的战争。从这个角度来看,你们就能理解我的意思了。”

艾希莉站了起来。“我希望你知道自己在干什么。”她说,“记住,这是政治,不是沙丁鱼买卖。”

文纳德呻吟起来。“我知道,”他说,“我也很清楚自己才疏学浅,对自己正在做的事情毫无头绪。我连一个小摊都管不好,更别说一个政府了。只不过,大实话并不总是有用的话。”

艾希莉拍了拍他的肩膀,然后走出房间,穿过中庭,回到她用来当办公室的一个小房间。她其实没什么可忙的。业务陷入了停顿,她跟沙斯特总部的通信也中断了。而且,即使她有办法送信出去,也没什么可汇报的。一切都令人沮丧,她通过运气、苦干和天赋取得的所有成就就这么融化了,从她的手指缝间漏了出去。

也许……她知道,人们正在纷纷离开岛屿区。他们一开始口风很紧,会宣布自己要离开岛屿去买食物,然后把能装上船的都装上,在某天清晨悄悄离开德鲁兹港，再也不回来。现在他们都懒得找借口了。从一个更为理性的角度来看，只有这么点人（相对而言）采取了明智的举动，这可真是非同寻常。当然，当年的佩里美狄亚也一样。只不过，当时只有少数几个无药可救的悲观主义者才真的相信城市会陷落。她就是其中之一。现在是离开的时候了。不用惭愧、没有遗憾，带上任何选择和她一起走的朋友，像（打个比方）尼莎·洛雷登抛弃思科纳一样，冷静而理智地离开这里……

是的（在像历史学家一样回顾事实以后，她得出了结论），她曾经很关心巴达斯·洛雷登，非常关心。爱吗？爱，是一个草率的、不精确的词。她和他共事过；当他所从事的行业开始威胁到他的安全时，她竭尽全力保证他的平安；她总是陪在他身边；每次他踏进法庭的决斗场时她心里担心得要死却从不写在脸上——她一直相信自己比任何人都更了解、更懂他。要说她并不爱他，这也是一句实话。话虽如此，却并不妨碍她一直牵挂着他。只是，过去是过去，现在是现在。她帮他保管他的运气很久了，一直保管到了今天。不知为什么，她一直相信，只要她还关心着他，他就能存活下来。这就好比，她在替他保管他的性命。当他的身体在外面的世界做出极端的、不可挽回的事时，他的性命被她保存在一个上了锁的、箍着钢条的、结结实实的木盒子里。她毕竟是个银行家。他将自己的性命和运气存在她那里，让她来担负起这个责任。于是，她将他的性命安全带出佩里美狄亚；在他想在思科纳大展拳脚时守护着他；受他的委托看顾他的徒弟和剑；当他在中邦丧失了最后的希望和梦想、将她送走的时候，她又再次从他那里接过了委托。好吧，现在他要到岛上来，到这个她作为存款的接收者、机遇的创造者，凭借一己之力建立起一番事业的地方。现在，到了把替他保管的东西全部交还的时候了，到了她结清账目、卸下责任的时候了。她会把东西留在这里给他，然后悄然离去。等他到的时候，会发现款项已经付清、收支达到平衡，并且，账户已经注销。

有些客户给你带来的麻烦永远比好处多。

现在只剩一个问题：她该带什么走？这个问题的答案很简单。她的书写板、计数板、几套换洗衣服、一小箱书，以及在有限的时间内能筹集到的所有现款。

看着哥哥为手头的文件烦恼不已，维特里丝很快就觉得无聊了。她回到了自己的房间。

这是个很不错的房间，有一张舒服的床；一把豪华而浮夸的椅子，有着粗大的雕花扶手和椅子腿；一个镶嵌着天青石、珠母的紫檀木梳妆台（梳妆台是她从科里昂买的。让文纳德反感的是，她非要文纳德在船上腾出空间来放梳妆台，这就意味着要把一整桶的鲱鱼干丢掉）；一面由象牙和黄铜制成的镜子，她的肤色在镜中呈现令人惊叹的金色调，显得十分讨喜；三个装满衣服的衣柜；一盏安在和她一样高的圆柱形枫木灯架上的银灯；一个能放下她的七双鞋子的鞋架；一个带着挂锁的书匣子；一张配着绣花椅垫的小凳子；两张货真价实的沙斯特挂毯（一张被认为是马维特学校的款式，另一张的样式则好看很多）；一张写字台以及一个可以同时作为棋盘的方格板，还配有一副雕工精美的棋子（由动物的角和骨头制成）；还有一个从艾普－伊利法大老远带回来的有浮雕装饰的水壶（这是父亲在她六岁时送她的礼物，而她真正想要的其实是一个玩具屋）。这些实实在在的好东西勾勒出了她的生活。房间里还有一面锃亮的大理石地板（冬天的清晨走在上面脚底冷冰冰的，但夏天就特别凉爽。有时候天太热，她索性就睡在地板上）。另外，从房间里，她还能俯瞰中庭的景观。

她的房间大致就是这样了。

她躺在床上，头疼渐渐加剧，也许闭上眼睛小睡一会儿能够驱散疼痛。她把头挨向枕头——

“你好，”她说，“没想到这么快就见到你了。”

“我本人还没到呢。”他回答。

“啊。”她小心翼翼地看着他。他看起来老了一些——是啊，这不是意料之中的事吗，人本来就会变老啊——除此之外，他和以前没有太大区别。不知为什么，他穿着击剑手的服装，就像当年在佩里美狄亚的法庭上第一次看到他时的样子。事实上，就连他站的地方也和当年一模一样。他站在黑白格纹地板的正中央，像计数板上的一枚算筹，一枚计算工具。她很好奇这枚算筹代表着多少。

“一句话，你最近过得怎么样？”他问道。

“哦，不错。”她随口回答。她意识到自己也站在法庭中央，离他只有一剑之遥。那把古董司法用剑斯派·布利夫针尖般锋利的剑尖正指向她颏下的位置。她漫不经心地想，如果黑线上的数字是整数的话，那么我就是十，他只是五。不，好像有点不对劲。“发生了什么事？”她问道。

“一场审判。”他回答。此时，他们在一间覆盖着茅草屋顶的作坊里，分别站在一张工作台的两端。房间里很暗，散发着一股潮气。在他们中间的工作台上有一张弓——如果她没搞错的话，应该是所谓的复合弓，就是用筋、角、骨头之类的材料制成各种部件，然后用熬制皮肤和血液得到的胶水把它们黏合在一起的那种。弓被固定在某种木制夹钳中，一根刻有槽口的棒子垂直托在弓的中央。

“这是驯弓托架，”他解释道，“用来施加压力和张力。好了，让我们来看看这家伙弯到什么程度才会折断。”

忽然，他们出现在一间有着高高屋顶和石头地板的地窖里，站在一堆盔甲部件和人体部件旁。“一场审判。”他继续说，“换句话说，就是考验。”他缓缓地、几乎可以说是温柔地拿起她的手，放在铁砧上。“可能会有些刺痛。”在抡起大锤子之前，他提醒她。

“等等，”她打断道，“我相信这个过程肯定很重要，也很有必要，但为什么挑中我？”

他微微一笑。“我怎么知道？”他回答，“我只是在这里工作而已。你不妨问问天国之子，他们或许知道。”

她觉得这话有点怪。“这跟他们有什么关系？”她问，“而且他们又不在这儿，你让我问谁？”

他皱起了眉头。“说得对。”他说，“帮我拿着这个，可以吗？你要拿稳了，这很重要。”他把她的手翻过来，拿起一颗人头放在她掌心。这是一个年轻男人的头颅，年纪跟她差不多。“特姆莱国王，”他解释道，“他是原告。”

“真的吗？那么我想，你应该是被告吧。”

他皱起了眉头。“现在连我也不确定了。”他回答，“不过，谢天谢地，这事已经不归我管了。”锤子砸下来，他用了背和肩膀的力量将力道发挥到极致。锤子打在头上，发出“叮”的一声。声音清脆，像打在铁砧上一样。“哦，好吧，”他说，“行了，检验合格。现在，让我们看看这个。”他俯身从铁砧后面掏出另外一颗头颅。“不用说，”他补充道，“你认识他，不是吗？”

他将高戈斯的头放在她掌心时，她点点头。“他跟我父亲比较像，”他说，“我更像母亲，大家都说我的鼻子很像她。”

锤子砸了下来，头裂开了，像腐烂的木头似的碎了一地。不过，他瞄得不够准，因此锤头从锤柄上掉了下来。“这该死的玩意儿，头居然掉了。”他暴躁地说，“不过别担心，我有备用工具。”

他抽出了他的剑，那把在艾希莉那里保存过一阵的古老而美丽的古朗阔剑。维特里丝能感觉到剑尖依然顶在她脖子中央。“来吧，动手吧。”他说。她意识到法庭上的每个人都在盯着她。旁听席上坐得满满的，有几千名观众——全是这么多年以来被他杀死的人，有草原人、佩里美狄亚人、思科纳人、艾普-埃斯卡托伊人以及岛民。这些人全都来观看他的决斗。她可以看到自己和文纳德坐在旁听席的后部，坐在多年前他们坐过的那个地方。她想要冲自己挥挥手，最终却没有这么做。

“你要让我做什么？”她问道。

“我怎么知道？”他回答，“你才是原告。”

她摇摇头，感觉到剑尖在她脖子上划了道伤口。“我不知道，”她说，“事实上，我真的不知道为什么我从一开始就被卷进了这堆破事。难道仅仅是因为我能——嗯，看到这一切，而其他人不能吗？我知道亚历克修斯认为我是始作俑者，可——”

“你最好别相信元理之类的玩意儿。”他回答，“照我看，这只会让事情毫无必要地复杂化。不信你下一次见到卡纳迪时可以问问他。不，这是个简单的因果关系。别管什么指责啊、内疚啊之类的说法，那只是催化剂。我真正想知道的是，到底是谁挑起了这一切，是我还是他？”

“他是谁？”

“高戈斯。”他把剑放在铁砧上，弓的旁边。“让我们一点一点向前回溯。如果高戈斯没有杀害我的父亲，我会在当时离家出走，加入麦克森舅舅的军队，最终造成了佩里美狄亚城的陷落吗？（让我们暂时把其他城市放在一边，思科纳、艾普-埃斯卡托伊、岛屿区以及特姆莱亲手打造的那座可爱的佩里美狄亚微缩模型——那都是之后的事。）如果高戈斯没那么做，我们俩现在是不是还留在农场里，修修大门、刨刨那六亩一分地？还是说，我无论如何都会离开？毫无疑问，后来发生的一切都可以追溯到这一点。这恐怕是整段历史最重要的问题了。"

她点点头，"如果是高戈斯引起了这一切，那无疑是他的错——"

"不是错不错的问题，"他打断道，"我曾经想过这究竟是谁的错，但自从我和这些人在一起，"他朝着坐在最前排的天国之子们点点头，有人专门为他们预留了位子。"我就开始专注于因果关系。如果这一切是高戈斯挑起的，他就是这个因。如果是我挑起的，那我就是因。你觉得呢？"

"我不知道。"维特里丝承认，"对不起。"

"我个人认为是他。"他说，"我的看法是有原因的。他是我们家里的实干家，有干劲、有动力。我是那个承受他的行为带来的后果的人。如果真有元理这回事，这么解释才说得通。"

她看着他，"会有什么后果？"

"我不说，你也知道。"他说完，消失在枕头间。

她猛地坐起来，睁开眼睛，觉得很不舒服，跟她当初让高戈斯·洛雷登进入她房间时一样，是一种这地方不再独属于她的感觉。要理清来龙去脉的话，或许这件事就是突破口。只不过，她还是不明白她和高戈斯·洛雷登的那次"错误"到底引发了什么后果，或者促成了什么事的发生。她想起尼莎·洛雷登。这个女人承认她能在一两个天赋者的帮助下操控元理。她还把自己弄去思科纳待了一段时间。此事似乎并没有造成什么后果。她觉得，没准他说得对，元理只是一种传说，就像人们听到关于太阳为什么会在东方升起，或者月亮为什么有盈有亏的故事时，觉得故事里的解释很牵强一样。就算元理真的存在，那它也应该像一台巨大的机器，就像他们第一次去佩城时看到的那台巨型压轧机。巨大的、缓缓转动的滚筒将铁胚卷进去，压成铁板，再从另一头吐出来。如果你不小心靠在滚筒上，袖子被卷进去了，那你也会被一起拖进去。

这解释其实也不太准确，过于简单化了。

她起床时发现自己的左脚麻了。她绊了一跤，扑在梳妆台上。镜子里，她的脸色是如此柔和、泛着金色的光芒，像一段美好却未必真实的记忆。

将近傍晚时分，有人来拜访巴达斯·洛雷登。在陌生人让巴达斯相信了他的身份以后，他们在巴达斯的帐篷里坐下来，聊了一个多小时。

“你看起来不怎么惊讶。”谈完要事以后，来访者说。

“是的。”巴达斯回答，“真奇怪，我应该觉到惊讶才对。但我没有，我好像觉得这是一件非常合理的事。”

“真的吗？啊，那是你的问题，不是我的。不管怎么说，你对这样的时间安排满意吗？”

巴达斯点点头，“很满意。如果我问你为什么要这么做，你会告诉我吗？”

“不会。”

来访者走了。巴达斯做好了准备。他召开了参谋会议，解释了一下当前的状况，对反对意见置之不理，直接下达了命令，然后回到了自己的帐篷里。

倚靠在床边的，是仍然装在上了油的鹿皮剑囊里的古朗阔剑。就在佩里美狄亚陷落之前，高戈斯将这把剑当作礼物留给了他。尽管高戈斯打开城门导致了佩里美狄亚的陷落，但这改变不了古朗剑是一把好剑的事实（它的剑刃比大多数双手剑要短一些，剑柄端头沉重，平衡性在他见过的剑当中算是最好的）。他解开系绳，将剑抽出剑囊。

要说跟以前有什么区别的话，他觉得它的手感比以前轻。也许是挖了三年地道让他的胳膊和手腕更强壮，而且他也习惯了需要双手使用的、头重脚轻的帝国长柄刀、斧枪以及刀戟。他用大拇指试了试剑刃，闭上了眼睛。

晚些时候，他穿上了盔甲（他已经注意不到盔甲的重量了），将古朗剑挂在腰带吊环上，用皮带扣扣住。然后，他在黑暗中坐了一个钟头，期待听到有人说话，然而这次他的耳畔一片寂静。但是，从营地某处飘来了大蒜和芫荽的气味，这种香料通常被厨子用来掩盖腐肉的臭味。

（与此同时，在防御工事的另一头，特姆莱将盘子递出去。有人往上面放了一片薄薄的白煎饼，煎饼里夹着调过味的肉。接着，那人微微一笑，继续用一把长长的薄刃刀切肉片。）

时间一到，他们就来找他。遵照他的命令，长枪手和斧枪手将泥土抹在盔甲和武器上，以防金属反射星光。他不需要遵守自己下达的命令。天国之子阿纳克斯为他打造的盔甲因为锈迹而泛着浅褐色，不会反光。一走出自家营地的篝火圈，他们就陷入伸手不见五指的黑暗中，但到了如今，他们闭着眼睛也知道怎么走。

（特姆莱吃完了晚餐，站起来，慢慢走过营地，来到温暖的火光中。这是锻造武器的炉火放射出来的光芒，这里是他的军械士修补受损的锁子甲的地方。他们先将打造新环的材料加热到暗红色，再将尾端打扁，在上面钻出洞眼，然后将这些环勾连在一起，再用钳子把它夹弯，在洞眼里塞进铆钉，在石板上锤扁。如今晚上的气温开始变冷，这里成为整个堡垒最温暖的地方。干这活不需要太多技巧，尤其是对曾经在佩里美狄亚国有军械厂靠打造剑刃谋生的人来说，钢铁的颜色只是从暗灰色变成赤红色而已。但他并未多想，仍然站着看了一会儿。他的脑海里曾经闪过一个念头：如果人的皮肉可以像盔甲一样通过加热、软化、锻打等工序轻易地修补好，那该有多方便啊。只是，这个念头不值得深究。）

系在自己这岸的平转桥有卫兵在看守。巴达斯的人在黑暗中悄无声息地游过河（适应了一阵子以后，在黑暗中赶路就变得容易了些），凭着感觉和气味，割断了他们的喉咙。巴达斯希望他们会在完事之后向对方道声谢谢。

然后，他们小心翼翼地、静悄悄地将桥转到了对岸。

（特姆莱回到帐篷，弓匠林普材在帐篷里等他。他在特姆莱的弓背上黏上了另一层筋，让它变得更硬了一些，然后将它上在紧固装置上。和往常一样，胶水需要很长一段时间才能晾干，但等待是值得的。特姆莱拉了一下弓，注意到弓的强度增加了，但拉起弦来却似乎更省力，于是对林普材的手艺赞不绝口。）

巴达斯亲自带领第一个连队的士兵过了桥。他想成为第一个冲进城堡的人并非出于虚荣或自尊，更多的是为了有始有终，因为他和忒乌达斯（此时就在他身边，头戴借来的头盔，身穿借来的棉甲夹克，两样都略小了一号）是最后一批离开城市的佩里美狄亚人。他以为自己需要等上一段时间，已经做好准备以应对等待的焦虑了。然而，他刚刚踏上对岸，一抹亮光就像分割肉块的薄刃般出现在城门边。他被那耀眼的灯光晃得闭上了眼睛——

（巴达斯·洛雷登，城市的掠夺者。）

等他再次睁开眼，门已被打开了。他朝跟在他身后的人点头示意，然后走进了城堡。

“我言而有信。”站在门边的人说道。

“谢谢。”

“不客气。”

没过多久，警报响起。但此时巴达斯已经率领三个连的斧枪手沿着小路而上，其余士兵则蜂拥而至，填满了城堡的下层。下层的草原人被打了个猝不及防——有人把守门的卫兵干掉了——慌了手脚。一些人朝武器架跑去，另一些人朝另外一个方向跑。然而脏兮兮、黑魆魆的枪头排成一排，像赶羊般把他们赶在一起，而且他们没有盔甲。

等到从下层传来的呼喝和尖叫声惊动了众人时，巴达斯的人已经到达了小路的顶端。他们知道该做什么，也知道往哪儿去。一个连往主营地而去，另外两连顺着防护围栏往两边包抄，一面跑动一面将敌人逼退。他们杀入火光中，敌人此时终于展开反扑，整个场景就像浪花拍在岩石上再翻卷回去似的。

巴达斯·洛雷登当仁不让，第一个让敌人见了血。他的对手是个又高又瘦的家伙，浑身上下除了一顶头盔之外，什么也没穿。他挥舞着弯刀，似乎手持魔杖，正在对抗巫术。巴达斯首先切断了他持刀的手，然后手腕一转，将古朗剑收回来，有点卖弄地在对方脖子侧面划了一刀。那人踉踉跄跄地向后翻倒，巴达斯向他表示了感谢。他杀的下一个人冲他来的时候手里拿着长矛和锅盖。巴达斯佯攻上路，实际上却横扫下路。剑打在那人的胫骨上，擦着胫骨收了回来，随后刺进了对方的胸膛。他手腕微微一转，抽出剑来，准备迎战下一个对手。下一个敌人的弯刀刚被巴达斯的左肩甲反弹回去，巴达斯的古朗剑就砍断了他的脖子和锁骨。那人倒在地上，巴达斯一面跨过他的身体，掂量着下一个敌人，一面草草地咕噜了句谢谢。这是一个手持缴获的帝国斧枪的男孩。经验十足的巴达斯知道，不管对手是谁，他都必须慎重对待对方手中的武器。他的眼睛盯着尖刃，往侧面挪了一两步，然后从那孩子的肘弯处一剑刺向他的心脏。男孩顺着剑身滑落到地上，巴达斯向他道了谢。随后，他把头向右一偏，躲开了扫向他的一把大锤子。握锤的是一个脑袋光秃秃、看起来像铁匠的大块头男人。他看着那锤子打偏了，将那人的腋窝暴露了出来（腋窝是通向心脏的渠道）。刺中那人以后他并没有将剑身放低，让尸体滑落，反而猛地将尸体推向右边，挡住了另一个手持长柄斧的男人。这是下一个等待检验的人。那人一惊之下急忙收招，顿时失去了平衡。巴达斯往后一仰，在很短的距离内劈出一剑，划开了对方的肚子。接着，趁对方因恐惧和疼痛而无法动弹的时候，他再当头一剑，劈开对方的脑袋，干掉了他。

事后，他说了声谢谢。

他们现在开始放箭了，距离近得对帝国铠甲构成了相当严峻的考验。但巴达斯对此早有心理准备：这里是高地的顶端，四面被防御工事包围着，到处都是帐篷和尸体，根本没有空间让弓箭手执行“打了就跑”的作战方式。他发出信号，下令冲锋，他的斧枪手蜂拥而上，其中一些人倒下了，但不足以影响大局。巴达斯干掉的第一个弓箭手，在被干掉之前举起弓来抵挡巴达斯的攻击。古朗剑被弓背上的筋反弹了回来，但巴达斯剑锋一转，直取下路，砍断了他的膝盖，让他的头降到了理想的高度。一支箭穿透了他的前臂铠甲，但没有接触到皮肤。他停了一下，把箭拔了出来，然后他举起剑对着一个直奔着他来的男人，就像以前他拿着簸箕对准扫着工作台的扫帚似的。下一个对手抽出弯刀，拿在手上，摆出一个似是而非的预备姿势。但巴达斯不玩击剑已经有很多年了，压根儿不在乎这一套。他当头一剑劈在对方的头盔上，把头盔砸扁了，压得对方跪了下来。然后他一脚踢在那人脸上，用剑尖解决了他。*布鲁和他的大锤必胜*，他想着，无声地用嘴型说了句谢谢。接着，他做好了面对下一个、再下一个、一个又一个敌人的准备。

随后，他看到了夹杂在一小群衣冠不整的人中间的特姆莱。他胡乱戴了一个头盔和一对护膝。但护膝的带子没系紧，顺着他的腿滑了下去。巴达斯微微一笑，朝这群人走去。但没等他动手，有人越过他冲了出去。那是一个戴着头盔、穿着棉甲夹克的高个子男人。他挥舞着斧枪，高声呼喊着。

“忒乌达斯！”他叫了起来。但那孩子不听，像一支箭一般直直地射向特姆莱。当其中一个人举起长矛向他冲过来的时候，他根本没有注意到自己被刺中了，直到他被嵌在长矛的横梁处，不能再往前了为止。他想转身去砍那长矛手，但矛柄太长，他够不到。不过，在倒下之前他仍然尽力尝试了两次。另一个人将武器从他的耳朵处戳了进去——头盔掉了，因为尺寸太小——他不动了。

不对劲，巴达斯想。他想睁开眼睛，但他的眼睛本来就是睁着的。

特姆莱一行人正在后退，想退入营地深处，那里有更多人肉盾牌可以挡在他们的国王和古朗剑之间。巴达斯追在他们身后，追了几码地，直到一个让他隐隐不安的念头忽然间变得清晰起来。他意识到，这里的人比他预计的要少。整个草原王国的子民应该全都在这里，不是吗？没错，天色很暗，但他只见到不超过一两百个草原人。

他明白了。真是妙计，他想，我本该想到这一点的。

可惜太迟了。下面有人发出了信号，草原人的军队从帐篷和马车、补给站和壕沟等各种藏身之处冒了出来。他们手持长矛和斧枪（模仿帝国制式，这是最含蓄的恭维），结成密集的阵型，驱赶着帝国士兵离开小路，离开任何逃生之路。当最后一个诱饵仓皇逃走之后（他们知道这是个圈套，而他们自己是诱饵吗？巴达斯不禁想道，如果这是我的计策，我一定不会告诉他们），草原人的阵型开始变换、扩展——就是帝国的教官也不见得能做得更好——完成了包围圈。同时，援军在帮忙打开城门的艾奥德凯的带领下冲上了小路……这可不是个好兆头，说明涌入下层的长枪手不是被赶走了就是被干掉了。都怪我，居然相信历史的均衡性，巴达斯悔恨莫及，看来我不小心许下的愿望很可能会实现。因为挥剑太久，他的手腕和前臂隐隐作痛，从剑刃传来的震动沿着骨头一节一节地往上走（从某种意义上来说，盔甲也在检验锤子）。汗从前额滴落，流进头盔颈甲里，模糊了他的眼睛。他闭上眼，现在我该怎么办？却无人应答。从附近一处被人遗忘的炊火中传来芫荽的香气。

我没想到会这么糟，在大家催他赶紧离开的时候，特姆莱想。我以为获胜能让我感到满足。可是，只要一想到他就在这里——

他强迫自己将巴达斯全副武装地冲着他来的画面从脑海里驱除。他也不知道自己是怎么认出那个人的——那不过是一个披盔戴甲的人，颈甲翻了起来，但他就是能认出这个人。他竭尽全力才没被吓尿。

“希多凯在哪里？”他问道。

“跟储备部队在一起。”有人回答，“艾奥德凯正在发起总攻。一旦我们把储备部队也投进战场，就能展开两面夹击。”

随便吧，特姆莱想。他似乎无法连贯思考，像凿子打在工具钢上一样，总是不停地滑落。“很好。”他说，“下层情况如何？高勒凯和他的人有消息传回来吗？”

“我最后得到的消息是，一切正常。”他看不到是谁在跟他说话，也听不出是谁的声音。“剩下的士兵退到了营地区，他们已经无路可逃了。解决他们只是迟早的问题。”

特姆莱打了个哆嗦。“尽快把他们解决掉。”他说，“无论如何，一定要抓到他，明白吗？”

“明白。活捉吗？”

“老天啊，不。要死的，最好是死得不能再死的。在我靠近他之前，我要确定他的头已经被砍下来了。”

有人笑了起来，大概以为特姆莱在开玩笑。

“对了，”另一个人说，“刚才发起自杀式袭击的小孩，你们知道他是谁吗？”没人回答，那声音继续说道，“我认得他。他是洛雷登的侄子。你们知道的，就是不久前和巫师一起出现的那个孩子。”

“他不是洛雷登的侄子。”另外一个人指出，“事实上，他们没有任何血缘关系。”

“忒乌达斯·莫罗辛。”特姆莱说。

“就是他。不管怎么样，就是这个人。”

“很好。”特姆莱说，“现在，都出去吧。”

长矛阵正在推进，在帝国盔甲的关节和缺口处刺探着、摸索着，在内肘弯，在胸甲和护喉、护喉和头盔之间的缺口处，在大腿内侧以及腋窝等处。至于斧枪手，他们打得很英勇（铁砧也在检验锤子）。他们砸扁了头盔、碾碎了藏在合乎检验标准的锁子甲下的骨头和血管。然而长矛阵挟动量和惯性，像海水冲刷过岸边的石头般漫过死去和倒下的人。队伍中的战斧和锤子砸碎了头盔和护甲，让人想起画眉鸟啄开蜗牛壳，或是一群愉快地参加晚宴的人撬开生蚝。如果阿纳克斯还健在，光是听声音他就能告诉你战斗的实况：清脆的叮当声是剑砍在完好的盔甲上发出的声音，沉闷的咔嗒声是砍在已经损坏的盔甲上发出的声音，而带着湿意的嘎啦声则是砍在没有盔甲的皮肉上发出的声音。此时，战斗大部分在黑暗中进行。巴达斯的人背对着篝火，将亮光挡住了。当四周全是敌人，距离你只有一矛之遥的时候，看不看得见已经不重要了。

敌人像坍塌的地道般逼近，巴达斯又挥又砍，想挖掘出一条生路。他的头盔早就丢了。当护甲的凸起面将劈来的斧头反弹回去的时候，护喉和肩甲上的铆钉被砍断了，护甲吊在皮带连接点上，像成熟已久的果实挂在被压弯了的枝条上似的。右手的金属手套每次出招都会因震动而变形，使得金属片全都折断卡住了，因此他一有机会就丢弃了手套。他像厨子在准备一场盛宴似的，灵巧而迅速地用他的剑切割、分离着骨肉。在他身后以及两侧，人的身体以及身体的部件纷纷落地。他感觉就像回到了过去，在黑暗中奋斗着，干着艰苦而无聊的活，比如用脚铲进黏土层，从他面前的墙上挖出废土和废料。然而，这里的声音和气味是如此丰富，让他有点不知所措。这是一场感官的盛宴：鲜甜的血液、刺激的金属味、熏人的汗味、倒在他身前的人嘴里吐出的最后一抹带着大蒜和芫荽味的气息，以及在帝国验甲所里可以听到的所有乐章。

面前是个戴着老式的四片式交叉系带头盔的家伙，巴达斯挡过了他的长矛，抓住他露出的明显的破绽，当头一剑砍向那人的太阳穴。在敌人倒在地上的同时，他感觉听到的声音有点不对劲，在古朗剑清脆的叮当声里夹杂了一点小小的瑕疵。他注意到了这点，但无暇理会，紧接着他不得不跨过尸体去格挡一柄劈过来的斧枪。敌人一击不中，反而将缴获的帝国锅盖盔的一侧暴露在他的攻击范围内。他出手了，然而，他的剑啪的一声断为两截，就断在剑柄横梁以上一个半掌距处。*不是吧，又来了*，他一边想一边松手丢掉了剑柄。接下来又有一个人举着长矛对着他冲过来，可他已经没有武器来格挡了。于是，他只能转向侧面，用胸甲的轮廓挡下了这一击，使之改变了方向，然后伸出戴着金属手套的左手，朝对方脸上打了一拳。尖锐的面部护甲的边缘嵌入对方的脸，他看到鲜血从边缘处喷涌而出，像犁得笔直的田地一般（论犁地，克利法斯倒是犁得最好，可惜他很懒；高戈斯跟他犁得一样好，而且总是很乐意干完自己的那份工），但那人没有倒下。他抽回长矛再一次刺了过来，要不是巴达斯一把抓住矛头的插槽处，将矛头拉开，肯定会被刺个正着。巴达斯想抓紧矛头，但对方猛地将长矛抽了回去，锋利的矛尖从他的手掌和指根处划过。

（唉，根本没有通过检验这回事，只有没完没了的各种失败。）

他放手，趁此机会一脚踹向那人的膝盖。这次那人倒下了，但巴达斯没时间捡起长矛彻底解决他，只能用脚后跟狠狠地碾着那人的脸。更多的敌人向他逼近，而他没有武器。可惜，他已经在敌人的阵列里打通了四分之三的距离，已经看到了笼罩在移动人影上方的宁静夜幕。然而，手里没有可以打斗的武器，他就只是铁砧。他不停地后退，找了个机会转身，然后撒腿就跑。

逃跑没有预想的那么容易。他的护胫和护腿缠在一起打了结，左护膝的铰链销弯得如此厉害，以至于他知道逃出生天以后，他必须一点一点把它砍断。其实就算没有盔甲的负累，他也不免没走多远就绊上一跤。

他摔得很惨，头的一侧被撞破了。当他再次睁开眼睛的时候，他看清了自己摔在什么东西上——那是一辆有着高高的平台，却没什么减震系统的补给马车。不需要尝试就知道，自己得过一段时间才能爬起来。于是，他将腹部平贴在地上，艰难地爬到马车底下。

他累坏了，忍不住闭上眼睛歇了一会儿。

如往常一样，他又回到了地道里。虽然一片漆黑，但他可以看到一辆废弃的小推车。在推车下惊恐万状地瞪着他的，是一张男孩的脸。毫无疑问是特姆莱，同时也是在城市陷落时，他从马车底下拉出来的忒乌达斯的脸。*忒乌达斯，你为什么这么怕我*？他问道，但那男孩既不动也不说话。

“他在这里。”巴达斯的眼睛一下子睁开了。在那里，在距离双方交战处大概有二十码左右的地方，他再次看到了特姆莱的脸。“在这里，”特姆莱大叫大嚷起来，“看到了吗？在马车下面。杀了他，天哪，马上杀了他！”

三个草原人拿着长枪和弯刀向他冲了过来，他们是特姆莱的私人护卫。他们来到马车跟前，用枪尖在马车平台底下戳来戳去想要钩住他，像在找一枚滚到桌子底下的硬币似的。他不停地闪避着。一根枪尖刺中了他的脸颊，划破了他的皮肤，他拖着脚猛地往后一缩（他在地道里学会了这一招），从另一头出来了。此时，他和草原人隔着马车对峙。他抓着马车的后轮，把自己拉了起来，然后撒腿就跑。他回头看了一眼，看到草原人艰难地翻过马车，带着一定程度的敬业精神追在他身后。自打麦克森死后，他已经很久都没有见过这样的热忱了，和他当年一模一样。如今的他像蛇一样褪去了柔软的第一层皮，长出坚硬的第二层皮。但在那时候，他追在一群奔逃的草原人后面，一直追进喧嚣可怕的暗夜噩梦中。篝火腾地燃起，火焰向他撩来，像在他身边挤挤挨挨的天堂守门人。

看来不出奇招不行了。他慢了下来，等到第一个追过来的人快要扑到他的时候忽然蹲了下来。那草原人撞倒在他身上，手脚挥舞着从他肩头上翻了过去。巴达斯站了起来，用剩下的那只金属手套潇洒地往第二个追过来的人脸上打了一拳。他能感觉到那人的鼻子断了，断骨的冲击力透过钢片传到了他自己的骨头上。那人又惊又恐，脸上的表情很妙。接着，他拿起那人的弯刀，割开了他的脖子。

有了武器在手，第三个追击者已经不构成威胁了。他漫不经心地将对方的长枪挡开，先削断他的左耳，而后平平地收回弯刀割过喉咙。这类武器他用起来不算太顺手——弧形的刀刃不适合直刺，刀柄对他的手来说显得太小，而且那又大又扁的刀柄圆头擦得他的手腕生疼——但比起手无寸铁，这把弯刀的优点可就太多了。他花了半秒时间来思考该做些什么，然后回头以悠闲的步伐小跑着冲向特姆莱。

有一两个胆子比较大的挡在他面前，但没挡多久。特姆莱像脚上生了根似的，站在那里一动不动。即使是在篝火的红光映照下，仍然可以看出他的脸像死人一样惨白，眼睛瞪得像兔子一样大。此时，巴达斯离他只有几码的距离了。一名卫兵的弯刀打在他的上臂护甲上，砍坏了自己的刀刃，最终赢得了他的一句“谢谢”。现在，只剩两个人挡在他和敌军国王之间了。当然，把特姆莱杀掉解决不了任何问题（也许能打赢这场战斗，但这不是他关心的问题），但至少他可以让历史恢复均衡。除此之外，他也没有更好的事情可做。右上方格挡，手腕一翻，刀锋向下，紧接着一个剑花在下颏割了一刀，又少了一个人。谢谢，他喃喃说道。接着，他看到了一样东西，让他彻底忘了特姆莱、忘了战争、忘了历史的流向。他看到了一个缺口。

这只是一个很小的缺口，在一支队伍的末端和另一支队伍的前端之间，而且这缺口正在快速合拢。但如果动作够快的话，他还是有可能悄悄穿过去，从小路下山，而不必一步一步艰难地杀出重围。

“抓住他。”有人大叫起来（大概是特姆莱）。一支箭擦过他的左护肘，被反弹得歪向一边，歪歪扭扭地射入包围过来的队伍。一路上，他有两次差点失去了平衡—— 一次是他没注意到地上的尸体，被死人的脑袋别住了脚；另一次是在抛石机砸出来的弹坑边缘绊了一下——身上盔甲的重量给了他足够的动能，让他可以修正被打破的平衡继续前行，几乎就像在地面上弹跳一般（像锤子被铁砧弹回）。尽管他不得不将一个挡路的人推开，并将另一个人的肩膀砍了一截下来，但最终还是成功突围了。他来到小路上。

经过好几日频繁的投弹，这小路作为袭击的目标，路况自然是相当糟糕的。他的体重压垮了松散的泥土，忽然背贴着地面滑下了山坡。在偏离正道、从边缘掉下去之前，他脚后跟插进堆积起来的泥土中，减缓了速度，又利用反弹的动量让自己站了起来，站在了小路上。这之后，他走得更慢了。但追他的人也一样，因此走得慢点没什么关系。他撞上了一个没能及时让开路的草原傻瓜，将他撞趴在小路的边缘。*笨手笨脚的*，他一边摇摇晃晃地站起来，一边想，*我就是个妨碍交通的祸害*。

小路的尽头堆着乱七八糟的尸体，像堆在一起防止雨水渗入屋子的沙袋似的。他不得不停下来，用手搬起自己的腿。这就给了那两个追在他身后的人赶上他的机会，但这两个人太短命，来不及为自己获得了这机会而后悔。下层的战斗仍然在继续。地上到处都是尸体，没有任何排兵布阵的余地（这让巴达斯想起在草原上，茅草丛生的地方往往寸步难行）。战斗双方在横七竖八的尸体间挪动着互相接近，然后站在原地过招。不用说，门是关着的，还上了栓。但他可以看到一条毫无阻碍的小路沿着斜坡一直通向环绕防御工事内侧的甬道。他拖着脚步往那条路走去，一路上打退了几个三心二意的攻击者，最终强撑着上了山坡。这里四下无人，他将弯刀靠在木墙上，开始脱身上的护甲。

全套的护甲卸起来比穿上要容易多了，而且如果有哪个搭扣卡住或是变形了，他就直接把带子割断。他刚把胸甲卸下，正在割前臂护甲的吊带时，就听到了不远处传来的呼喝声。大约有一打草原人站在斜坡上对他指指点点，又向另一群正在战场上打转的人大喊着什么。巴达斯低低地咒骂了一句，继续割起来，一不小心，刀锋从一根铆钉上滑落下来，把自己割伤了。等到那群人到他面前的时候，他已经把身上的累赘都卸了下来。

他们猛地停住脚步，隔着手中的长矛，恶狠狠地瞪着他。他几乎可以尝到他们散发出来的恐惧的味道。他相信，只要他拍手大喊一声，至少有两个人会被吓跑。这也不能怪他们，草原部族很有可能正在赢得他们历史上最伟大的一场胜利，而他们却被派来面对挫败、羞辱和必死无疑的结局。“没关系，”他兴高采烈地叫道，“我不打算久留。”然后，他原地起跳，手指勾住防护墙的边缘将自己拉了上去，先是跨坐在墙上，接着立即将另一条腿甩过墙，离开了墙头。他就这么以坐姿跳下河，入水的时候发出夸张的响声，溅起了巨大的水花。

从堡垒回到营地的路上，惊吓和疲劳终于战胜了他。他倒在地上，动弹不得。从陷阱里逃出来的极度兴奋已渐渐淡去，他脑子里想的全是沉重的双腿和疼痛的膝盖。他闭着眼睛，一动不动地躺了半个小时（要是此时有人被他绊倒，多半会以为他是死人）。这次他闭上眼睛以后什么也看不到了，除了他那酸痛的、劳累过度的身体以外，整个世界不复存在。

天开始下雨了。他全身湿透，雨水顺着前额流进眼里，模糊了他的视线。

他忽然记起营地里有帐篷，在那里休息比在这里躺着要舒服多了。站起来是个很大的工程，涉及若干组合动作的协调，而他的身体似乎有些力不从心。然而，由于这场雨格外冰冷潮湿，他还是想方设法地站了起来。而后，他拖着不知什么时候扭了的左脚，一瘸一拐地回到了营地。

床看起来无比舒适，但离他太远了。于是他一屁股坐在椅子上，把头垂下来靠在胸口。似乎没人注意到他回来了，这让他松了口气。他要做的事很多，工作量大到令人难以忍受（这次没有忒乌达斯来帮忙了），但他现在统统不想面对。然而，就在他快要睡着的时候，他感觉到有什么东西顶着他的后脖子。可能是根荆棘，也有可能是他那被砍坏的盔甲上的一根钢丝，但他知道不是。“谁？”他说。

“你好啊。”

那声音很熟悉。“你是谁？”他问道。

“我，伊苏斯·赫丁，尼莎的女儿。记得我吗？”

“当然。”巴达斯一动不动地回答，“你是怎么到这里来的？”

“老办法，坐船来的。”她回答，“我们一路顺风顺水，旅程虽短却很精彩。不过，我看你对这个话题好像不怎么感兴趣，那我这就动手干掉你，把事情了结了吧。”

“等等，”巴达斯说，恐惧让他说话有点不利索，就像一个半醉半醒的人一样。“我不记得了，我们以前谈过这事吗？我想知道你为什么这么恨我。”

“很简单，你毁了我一辈子。”

“好吧，”巴达斯说，“但那是一场公平的决斗，我要是不那么干你就会杀了我——”

“我不是指那一次。”伊苏斯打断他的话，“是的，削断我的手指确实让我不怎么高兴。但正如你所说，那是一场公平的决斗。不是为了这个，你自己也知道。”

巴达斯感到手很痛，因为过度用力和恐惧而使不上劲。“这么说，你还在为我杀了你的叔叔而生气。”他记不住那人的名字，叫什么赫丁来着？掩饰他的健忘并不明智。“不是吧？都过了这么久了。”

“没错。”

“哦。可那也是一场公平的决斗。拜托，你自己也当过一段时间的法庭剑士。说真的，我看不出那有什么不同。”

他听到伊苏斯从鼻子里长出了一口气（多么熟悉的场景：隐在暗处的匕首、看不见的敌人、不得不靠声音和气味来分辨一切——是的，她不久前吃过加了芫荽的食物）。“你看不出，”她说，“我一点也不奇怪。别人跟你说话的时候你本该学会倾听。我说过，因为你毁了我一辈子，所以我要杀了你。而你的确毁了我一辈子。”

他忘了，恐惧就像洒在一叠纸上的灯油，能渗透到脑海里的其余部分。“可是，说真的，你太不讲道理了。”他说，“不管我杀没杀他，城市还是会陷落，你的生活还是会变得一团糟。该死的，要玩逻辑游戏，那你不妨这么想：假如我没杀你叔叔，城市陷落的当晚你还会出现在那条小巷中吗？如果你的答案是不会的话，那你早就被杀了。我救了你那条该死的小命，记得吗？这难道不算数吗？”

“我不欠你什么。”

恐惧没有减轻，反而加深了。患有歇斯底里症的女人手里拿着刀子说要杀你，却开始跟你聊了起来，这种情形不足以让轻松从敌军中间杀出一条血路的人心生恐惧。然而，他确实害怕伊苏斯，害怕到说不出话，几乎要尿裤子了。毕竟，她是他的外甥女，要是真有遗传这回事的话，那他的麻烦就大了。

“我不明白你的意思。”他说，“与其让我猜你的心思，为什么不干脆解释一下呢？”

“好，我来解释。”她施加在匕首上的力道重了一些，“说真的，理由很简单。我会变成这样全是你的错。”——听听，在这么简短的一句话里她注入了多少仇恨啊——“是你造就了今天的我，巴达斯舅舅。我不得不说，你可真是个了不起的匠人啊。你把我的表弟卢哈制成了一张弓，把我制成了另一种武器，制成了一把‘洛雷登’。多谢你了。”

巴达斯的嘴里充满了某种腥臭之物，他咽了下去。“讲点道理吧。”他说，“把你害成这样的是你母亲，不是我。”

“哦，她是罪魁祸首，这就是为什么她绝对不是一个好榜样。但我逃离了她，要不是你的介入，我本该长大成为赫丁家的一员。这就是我要杀你的原因。”

“原来如此。”巴达斯说，“可杀了我，你不就变得更像你厌恶的那种人了吗？”

“不会。”伊苏斯说，“洛雷登不杀自家人。看，你杀了高戈斯舅舅的儿子，他原谅了你；你之前有机会杀我，但你没有动手；母亲随时可以干掉我，但她没有。这不是我们的行事方式。”她大笑起来，“我越想越觉得，我是在帮你的忙。拜托，巴达斯舅舅，你有什么继续活下去的理由呢？你做的那些事，我哪怕只做一半，就会因为终日无法入眠而疲倦致死。你的生活一定相当凄惨，你看，挖地道已经够糟糕了，这还刚开了个头呢。”

“这是什么话。”巴达斯回答，“不看结果的话，我想不出我做过任何不是出于好意的事。”

“以你现在的处境，这么说话可不太明智。”

“真的吗？”巴达斯费了老大的劲才勉强让自己停下哆嗦，像刚从池塘爬上来的狗一样，太难了。“我不这么认为。你不是真的想杀我，不然我现在早就死了。”

“是吗？”伊苏斯说完，一刀刺了进去。

事后，巴达斯认为，这一次精心策划的战术性胜利足以弥补他那天犯下的所有错误。通过有技巧地激怒对方，他至少掌握了对方刺出那一刀的确切时机，能在那一刻把头向侧前方甩去——他的头皮根部仍然被划了一道可怕的伤痕，幸好不是致命伤——同时他估摸好大致方位，双脚用力向后一蹬，希望椅背能撞向她的太阳穴。借着惯性，他扑到地上，打了个滚，伸手到忒乌达斯日常放袖珍折刀的地方，那折刀通常被搁在地板上的文具托盘里。三年的地道生活，使得靠感觉和记忆在黑暗中行动成了他的第二天性，比在亮处靠眼睛行事要容易得多。他的手碰到了刀柄，拿到刀以后把它扔出去是自然而然的连续动作——动作干净利落，这是在地道里生存不可或缺的技巧。他听到刀打中什么的声音，以及对方痛苦的喘息声——糟糕，如果她还能出声，说明他没打中要害——扔出折刀的同时，他就已经伸手去拿之前放在地图桌上的弯刀。

她叫道：“巴达斯舅舅，别……”接着他听到金属划过肌腱、锋利的刀刃压迫并割断肌肉纤维时发出的闷响。“谢谢。”他本能地说道。他等了一会儿才放下弯刀（在地道里，他学到的另一个有用的经验就是，要数到十才能动），接着站起来摸索着去找火绒匣和灯。

他把灯点亮的时候，她已经死了。割断颈部血管让现场一塌糊涂，却能令人快速死亡。她的眼中也有恐惧，也许在最后一刻她终于意识到自己还想活下去（这种情形，他见得多了）。她的嘴大张着，匕首已经扔掉了。但在黑暗中他当然看不到。忒乌达斯的袖珍折刀划破了她的脸颊，正如当初她给巴达斯造成的伤口一样，看起来触目惊心，实际上却是无足轻重的皮肉伤。他站在那里看着她，默默注视了一会儿。又少了一个洛雷登。就这样吧。

生活仍在继续，他想，*日复一日、年复一年。而现在，我的帐篷里有一个死去的女孩*。更糟的是，她倒在了床上，鲜血浸透了整张床。于是他只能睡在椅子上。

远离战斗，身处祥和、宁静的氛围中，他终于意识到自己在尘土和石弹频繁的撞击声中度过了多久。

记得多年前他来过这里。当时他大约十岁左右，一个隐约听说的、不怎么确切的小道消息称，在积水的低洼地带有野鸭出没。于是他们全家出动，在外面待了一天。结果，根本没有什么野鸭，他们倒是找到了野草莓和一些被叔叔认定可以食用的蘑菇。跟以往一样，他们带走的食物比带回来的要多。但这根本不是重点。尽管没有明说，但这么做的意义在于他们可以暂时离开部落一段时间，是一种象征性的独处行为。在他认识的人当中，他们家是唯一这么做的。大家都认为这是一种颇为稀奇古怪的举动，也没有人要求跟着一起来。

他记得那个洞穴。啊，说是洞穴有点夸张了，那其实是岩石下方的一条缝，大到足以让一个十岁的小孩爬进去，想象自己住在一栋房子里。所谓房子，就是一种奇怪的、不会动的容身之处，当敌人不与他们为敌的时候就住在那里。

之所以还记得那儿，是因为那个地方的墙壁是石头和黏土做的，不是毛毡，这给他带来了一种奇怪的安全感。他想，*总有一天，我要住在房子里*。多年以后，他实现了这个愿望，直到敌人（另一群敌人，但都一样）来到艾普-埃斯卡托伊，摧毁了他的房子，让房子坍塌成了洞穴。

之所以还记得那儿，还因为在他们离开部落的时候，敌人对营地发起了突然袭击。就在那一天，他们杀了特姆莱的母亲，赶走了大部分牲畜，导致那年冬天发生了大饥荒，饿死了许多人。他还记得当他骑马回到营地，看到烧得千疮百孔的毛毡拍打着烧焦的柱子，看到因为数量太多、需要一整天来清理的地上的尸体时的感受——他皱起了眉头，这段记忆和他刚刚看到的场景重合了起来。

（这么多年以来，他见过很多场面，记住的比他想要记住的要多，但这就是间谍的职责。他看到什么都记在心里，然后奉命行事。）

那道缝还在那里（它没有理由不在），比记忆中要小，但还是有足够的空间让他可以待在里面过夜，并给他提供了一个干活的地方。他把马系在荆棘树上（树还在那里，但现在已经快要枯死了），取下褡裢，爬进黑暗的隧道中。

他尝试了三次才点着火绒（此时外面开始下雨了）。他把灯点亮，接着将曾经属于他叔叔的小油炉点着。火焰令人不安地颤动着，但灯光以及足够的暖意让他的手保持着稳定。这就够了。

他将肉块从褡裢里拿出来，看了一眼，然后摸出一个小小的木盒。木盒里装着他叔叔最珍视的宝藏——薄刃剔骨刀。*考虑要周全，下刀要利落*，他想着，选好了下第一刀的地方。

按照节奏一步一步来很重要。他左手食指将皮肤往后拉，右手持着带有柔韧性的、如剃刀般锋利的刀片将皮肤从骨头上剥下来。他以前曾经干过类似的活，也曾经观摩过多次。不用说，他在这方面有一定的天赋，而这天赋是靠血脉遗传的。然而，这一次与以往不同，在一开始就避免失误要比事后弥补容易得多。

因为弧度和角度的关系，这块东西很难剥皮。过去那些年，叔叔可是处理了不少更棘手的难题——他干起这类活来得心应手，因此人们纷纷把他们打猎得来的具有特殊意义的战利品，他们珍而重之的雄鹿、狼以及狐狸之类的带给他，让他制成斗篷、地毯以及毛毯（尽管他无法理解怎么会有人想要一张带着头的毯子）。他一直觉得这整个过程非常令人着迷，从骨头上剥离的皮看起来跟之前一模一样，实际上却大不相同。他常常在尚未发育成熟的脑子里揣测皮肤和它覆盖的血肉之间的关系：皮肤是整体的一部分，却又能轻易被剥离。这样的思考可以延伸到别的主题——外在现实与内在现实的本质，内在之物是如何塑造表层形态，而表层之物又是如何保护、容纳以及掩饰内在的。熟皮就是让他觉得很有意思的一个矛盾体，剥下厚厚的、柔软的牛皮，在蜡里熬煮，再经过模压，制成的盔甲几乎跟钢甲一样有效（因为，熟皮和钢甲的不同之处在于，熟皮有记忆，被砸一下会弯曲，然后反弹回原来的形状）。他曾经幻想过把一个人放在蜡里熬煮，直到他全身的皮肤都成为坚不可摧的盔甲——当然，为了加强表层防御而杀死内在是不切实际的做法。没人愿意做这样的实验，这个理论也因此无法得到证实。

他又是剥又是削，直到最后一寸皮肤被完整地分离下来。现在他手头有两样东西：皮肤和骨头。他抬头看了一眼。锅里的水滚了，于是他把骨头扔进去，将肉和组织物煮掉（最后一步就是漂白和打磨骨头）。然后他将皮肤摊开，伸手到褡裢里去拿他需要的东西：盐、香料以及蜂蜜罐。他在皮肤粗糙的一面涂上厚厚的一层盐，然后撒上香料，像卷一封信似的将皮肤紧紧地卷起来。最后，他沿着蜂蜜罐口将一圈封蜡割开，撬起盖子，将皮肤卷浸在蜂蜜中。盖好盖子以后，他用灯将一小块蜡烤化，把罐口再次封好。

他歇息了一会儿。因为需要额外的力量和灵巧的手指，他消耗了大量体力。精神上的集中同样相当耗神，不比实际上的体力劳动轻松。为了洗手，他爬到裂缝的开口处，将手伸到外面的雨里，然后用一束茅草擦干。最后一项任务是清理刀子（叔叔让他郑重发誓，永远不会让它生锈。他是这么说的：*一旦刀子生锈了，你还是把它扔掉吧，反正怎么擦也擦不干净了*）。

他回想了一会儿刚才做的事，然后躺下来，伸直双腿睡了。

卡纳迪。

他坐了起来，脑袋睡得晕晕乎乎的。房间里很暗，暗到他不知道自己是睁着眼睛还是闭着的。

“亚历克修斯？”他说。

亚历克修斯从黑暗中走了出来，坐在床边，“抱歉，我吵醒你了吗？”

“大概吧。”卡纳迪回答，“不过没关系。你最近好吗？”

亚历克修斯皱起眉头看着他。“死了。”他回答。

“抱歉，只是习惯成自然，我知道你已经……我很抱歉。”卡纳迪补充道，听起来完全无法令人信服。

“没关系。”亚历克修斯回答，“我一向认为哲学上的收获往往是外交上的损失。想想看，如果你加入了外交使团而不是研修会，你会掀起多少有意思的战争啊。”

卡纳迪弹了弹舌头。“事实上，我注意到了一件事，”他说，“自从过世以后，你变得尖酸刻薄了。”

“是吗？”亚历克修斯看起来有点忧心，“没错，仔细想想看，好像真的是这样。不过，在你指出这点之前，我自己倒是没注意到。我只能推测，这是因为每次需要跟你说话时，我都会想起你那讨喜的个性和活泼的性情，于是不知不觉尖刻起来。我倒不是在抱怨，只是觉得自己以前和人说话时显得干巴巴的，有点乏味。”

“很高兴我能助你一臂之力。”卡纳迪说，“话说回来——”

“对了，说正事。”亚历克修斯沉思片刻，“我不知道该怎么说才不会显得过于沉痛。永别了。”

“哦。”卡纳迪回答，“发生了什么事？”

“我们引起的偏差终于回到了正轨。”亚历克修斯回答，“尽管‘正轨’一词用在这里或许不够恰当。伊苏斯·赫丁死了。就在几分钟前，巴达斯杀了她。”

“哦。”卡纳迪再次说道，“可这到底能改变什么呢？很抱歉，我不明白你的意思。”

亚历克修斯叹了口气。“看来，跟沙斯特的学术精英共事了这么久，你的归纳推理能力却没怎么长进。”他说，“我们来试着解释一下吧。也许可以这么说：元理捍卫了自己的权利。又或者如果我们用河流来比喻的话，也可以说元理回到了正确的河床——尽管我从来不喜欢这种说法。如果换成轮子，就可以说轮子转完了一圈，回到了上止点[①]。只不过，这么说又恰巧忽视了有一段时间它曾经偏离过轨道的事实。而这个事实，我很遗憾地说，是你我二人造成的。”

“诅咒。”

“哦，天哪，又听到了这个词。你指的是那次绕道[②]——或者应该叫偏移？总的来说，对之前犯下的那该死的愚蠢的错误，我已经不再耿耿于怀了。”他摇摇头，“不管怎样，问题已经解决。从某种意义上来说，现在的元理已经回到了未受到干扰的情况下原本的进程——只不过，我们的确偏离得有点远：屹立不倒的城市不是佩里美狄亚，而是巴达斯久攻不下的位于草原某处的一座堡垒；被杀的是伊苏斯，而不是巴达斯。当然，轮子多转了一圈，多走了些路，也牵连了不少本来不必被卷入的人。然而，一切都结束了，这才是最关键的。现在你只需要把这场实验写成论文。”他继续说道，“但如果是我的话，

① 活塞顶部距离曲轴旋转中心最远的位置。

② 指第一部中亚历克修斯帮伊苏斯“诅咒”巴达斯，干扰了元理的正常运行，由此引发了巨大的麻烦。

会找个人合写——不是怀疑你的能力，主要是为了增加一个能起到重要作用的客观视角。你那个厉害得要命的天才学生怎么样，那个女孩——”

“玛基拉？”卡纳迪摇摇头，“她换专业了。她现在在研究商业策略，干得相当出色。”

“真的吗？可惜了。”亚历克修斯叹了口气，“哎呀，我相信你会找到人的。反正在局势平静下来之前，你也不可能开始工作，因此——”

“什么平静下来？”卡纳迪打断他的话，“你到底是什么意思？”

亚历克修斯做了个意味不明的手势。“所谓自动调节，抑或自动找平[①]，等着瞧吧。”他站起来，“好了，老朋友，终于到了我们一直想方设法避免的无比感伤的时刻了。和你共事是我的荣幸，我非常珍视我们的友谊（尽管对成百上千人来说，后果简直是灾难性的）。也许想着‘今后有缘自会再见’心里会舒服些，但根据我对元理的了解，那几乎是不可能的。”他做了个鬼脸，“我知道这番话听起来过于正式，令人郁闷，但你我都不是那种擅长慷慨陈词的人，真不幸。”

卡纳迪点点头。“我会想你的。”他说，“ 如果这事就这样了结了，我大概会很高兴。可惜我高兴不起来，因为局势已经发展到无比糟糕的地步，而这全是我们的错——”

“部分是我们的错。我们无法改变人的本性，引发这场灾难的根源也不在我们。从某种意义上说，这一切本来就该发生，因为它已经发生过了……”他停了下来，挠挠脑袋，伤感地笑了。“你知道吗，”他说，“我原本指望死亡能让我在这方面脑子更清醒，结果并非如此。对于元理，我从未真正理解过，现在也一样。”

“有两条不同的走向，优先级相当。”卡纳迪缓缓地说道，“我们选择了其

① 出自谚语“water will always find its own level”水总会自动找平。

中一条。但已经发生的事不会更改。”

“如果你用河流来比喻的话。”亚历克修斯说，“而我一直不满意这个类比。如果换成轮子，你这番话就说不通了——”

“除非，”卡纳迪插进来，“你将元理视为凸轮轴，而不是轮子。”

“什么？”

“只是我听过的一种说法，我自己也不太信服。”他深吸了一口气，“我们能握握手，或拥抱一下之类的吗？我想用行动来表达一下别离之情。”

亚历克修斯想了想。“我可以给你制造一个曾经有过身体接触的印象。”他说，“只不过，这会给你留下一段似是而非的回忆。但话说回来，想要证明它不真实，是一件不可能的事。”

“同样，要证明它是真实的，也不可能呀。”卡纳迪微笑着回答，“记住，我们是哲学家、科学家。对我们来说，证据至关重要。”

“好吧，再见，卡纳迪。”

卡纳迪醒了过来，意识到自己刚才在做梦。

就像一场盛宴、一次生日聚会或是一场婚礼过后，他们既兴奋又筋疲力尽。此时他们最不想做的就是清理战场了。不幸的是，在上床之前，有些事还是必须做的，比如仔细搜寻敌方的幸存者，更别提他们这边的伤员了。

“罗德凯，你去组织几支清理战场的小分队。”希多凯说，“利赛、阿拉凯，去检查防御工事，以防他们突袭——虽然我不认为他们会这么做，但在我们最松懈的时候发动袭击可是一种相当高明的战术。派吉，我要你带上二十个人，确定洛雷登的尸体没有在哪个河段浮浮沉沉。没准我们运气就是这么好。”

“好的。”有人回答，“那么你去做什么？”

“当然是向特姆莱汇报。”希多凯咧嘴一笑，“对了，有人看到他在哪里吗？我最后一次看到他时，他正在回帐篷的路上，不过那时候我们还在牛栏边做些收尾的工作。”大伙儿都没有头绪，于是他耸耸肩说道，“他大概正在帐篷里跷着脚休息吧，毕竟埋在土里的时候挨了那一下，他的身体还没完全恢复呢。”

穿过营地的时候，他看到营地里到处都燃着篝火。一捆捆堆得整整齐齐的木柴被雨打湿了，因此他们用斧枪的木柄以及帝国制式军靴当燃料。他看到大家行动迟缓，疲倦而茫然。他们顽强地拖着艰难的步伐，沉重的靴子上沾满了泥污。他理解众人的感受，但他自己却微微沉浸在胜利的喜悦中。可惜，比起打了败仗，打胜仗之后要花更长的时间来清理战场。

女人和孩子纷纷走出来，尽力帮忙。他们从死去的斧枪手身上剥下衬衫和靴子、收集起一摞一摞的箭矢。他们忙着从死人身上收集好东西，不能白白浪费了这笔横财。孩子们欢笑着在地上滚着头盔(这么晚不睡觉让他们很兴奋，困在帐篷里这么久，终于可以发泄一下过剩的精力)。他看到一个小女孩停下脚步，打量着地上另一个小孩的尸体。那孩子在战斗中跑了出来，挡了士兵的路。他的尸体被践踏得半埋在泥土里。女孩若有所思地盯着，看不出什么明显的情绪。在另一头，有几个人在东奔西窜，想将松了缰绳的马匹赶在一起。其中一个头上扎的绷带被渗出的血染红了——没有办法，总得有人把马逮住吧，毕竟，这可是关乎生计的大事。他低头一看，发现自己正踩在一只手上。

*唉，算了吧，他想，等到明天抛石机又开始投弹以后，大伙儿也许又该忙起来了。但至少今晚我们可以睡一会儿，这可是我们努力争取来的。*他忽然意识到自己饥肠辘辘，大概很多人和他一样。但这事不急。*有人记得给特姆莱送点吃的吗？*

帐帘是拉起来的，灯光从里面透出来。他敲了敲柱子，没人应答。也许是睡着了。他弯下腰走进去。

特姆莱坐在椅子上——至少他的身体坐在椅子上。他的脖子被齐齐截断，头不见了。

二十一

“请不要把它视为降职，”天国之子的目光凝注在巴达斯头顶上一寸高的位置，“完全不是那么回事。我刚才说过，我们对你的表现非常满意。这场战争最终还是成功的。你也许打了一场败仗，但在我看来，你议定的和约是可接受的，和你打了胜仗后能谈成的条款没什么两样。毕竟，”他继续说道，“大家也不指望你把他们全都歼灭。”

巴达斯点点头，“谢谢。”

“不客气。我们知道你是在战局不利的情况下接过指挥权的。我们并不指望你在指挥军队方面表现出久经沙场的魄力，而事实也证明，这些草原人出乎意料地狡猾顽固，是一帮棘手的敌人。你不是被他们打败的唯一将领。事实上，你的表现比我们预计的好得多。”

“非常感谢你这么说。”

“不用谢。这就是为什么，”他继续说道，“我毫不犹豫地推荐你去这个新的岗位。毕竟,像你这样在围城地道战中有丰富经验的人是很少见的。我们不认为哈玛拉的战况会拖得像艾普–埃斯卡托伊那么久,”他加了一句,“一旦主巷道完工,我们应该能在几个月内了结此事。”

巴达斯点点头,“很好。”

“这事了结了以后嘛——啊,”天国之子居然露出了微笑,“我敢肯定,一名优秀的工兵在军队里总是有用武之地的。如果你能做好自己的本职工作,我可以预见到你的前途将是一片光明。”

面谈的气氛相当古怪,几乎可以说是滑稽了。双方都以极其夸张的礼节应答,似乎稍有不慎,一方就会悍然放箭攻击,而另一方则会回以孤注一掷的骑兵冲锋。洛雷登司令根据行省政府的规定(只要敌军将领级别高于你的直属下级,那他的地位就与你相当。但在外交场合,他会略低于你的直属上司而略高于你)一丝不苟地给予了希多凯国王应有的尊重,并郑重对特姆莱国王的过世致以哀悼。希多凯国王则感谢洛雷登司令诚挚的态度,希望两国今后可以秉持合作精神,为达成双方都能接受的协议而共同努力。协议没费什么力气就迅速达成,以至于双方都怀疑对方看的备忘录是不是另外一份。等到告别的时候,他们几乎已经是朋友了。协议内容是:部落民将离开草原去北方,到官方指定的荒原定居并且永远不再回来。

“不用说,”天国之子说,“我们从来没有考虑过要把你派到岛上去。”

“真的吗?”巴达斯说,听起来似乎只是出于学术兴趣而关注这个话题。

“那当然。那么做代表着让步,几近于示弱了。不,在过渡的艰难时期,岛屿区需要——恕我直言——强有力的、不轻易妥协的领袖。当然,领土本身不值得关注。我们会在适当的时候将它并入某个副行省中,调整人口结构,列入建立海军基地的备选项。但在目前这个关头，掌握舰队是头等大事。如果说我们能从这场闹剧中一连串的不幸遭遇中吸取什么教训的话，那就是绝不能忽视海上力量。”

他在跟我说话的时候，完全把我当成了自己人——当然，是对待下级的口吻，但他用的字眼是“我们”，就是说包括我在内的所有人。“我明白，”他说，“你说得对，这是一个优先级的问题。”

天国之子慷慨地提出再给他倒些酒。他注意到天国之子很喜欢这么做，也许是因为这个举动能显示他们帝国公仆的身份，也许是他们不信任外来者，生怕对方自行倒酒时晃动了酒渣。他礼貌地点头致谢。

“事实上，”天国之子继续说道，“在我和叛乱头子的交谈中，我发现此人比我预想的要精明一些——我承认，是我之前判断失误。不……”他抿起了嘴唇，加了一句，“确切地说，不是精明，更像是这个商业国度特有的融合了狡猾和愚蠢的某种国民共性。以我的经验来看，他们在个人层面的交往中似乎有着某种不可思议的诀窍，总能摸清对方的动机；但如果面对大局，在那些你我认为显而易见的问题上，他们却往往视而不见。因此，”他露出一抹若有若无的笑意，“尽管擅长与个人打交道，却受到了误导——该这么说吗？我不确定——认为我们会把他们既可以信任又可以控制的洛雷登派过去。他将整个策略建立在一句无凭无据的保证、一句对未来意向含糊其辞的表述上，这种做法可真是愚蠢。我发现商人有一个明显的通病：在他们愤世嫉俗的外表下往往掩藏着轻信他人的强烈渴望。要让他相信我很容易，他们这类人总是情不自禁地相信那些能够震慑他们的人。”

巴达斯微微一笑，好像他也觉得好笑似的。“你们要拿他怎么办？”他问道，“我是指，那个叛乱头子。”

天国之子从眼角瞥了他一眼。“哦，他会被引渡回国，通过审判定罪。毕竟该算的账还是要算的。幸运的是，我们的审查系统允许由一个人替整个国家顶罪。这种做法既有效率又人道，还简化了业绩评估程序。因此，特姆莱国王替他的子民还债，奥泽尔大人和他的同伙也将如此。之后，我们就可以在两栏账目下划一道线，把这一页揭过了。同样的，”他声音轻柔，几乎有点大舌头了（只不过天国之子还不至于如此粗鄙），“我们在中邦的那场毫无意义的纠葛也可以用简单的会计方式来清算。”

巴达斯一动不动。

不用说，他们一直在审查他的信件。军官因为不尽如人意的表现而受到怀疑、接受审查，这是标准程序。

他收到这封可疑信件的时机不对，当时他正在理清被他弄得一团糟的值勤表。“现在没空。”他说完就看到了把信递过来的那人的脸——脸色很差，看起来像是快要生病了。

“你拿的是什么？”他问道。

“给你的信。”那人回答，“还有这个。”他指着被另一个脸色难看的士兵拿在手上的大陶罐，“我们抓住了把这些东西送到卫兵室的人。”

巴达斯点点头。“行吧，”他搞不清发生了什么事，“把信给我，把罐子放在我的帐篷里。我一会儿就来。”

结果他花了差不多半个小时才把值勤表理清，这时已经把信件的事忘得一干二净了。直到当天傍晚，他终于抽出一小时的空坐下来小憩，看到在椅子旁边的陶罐，这才想了起来。

封口被损坏了——哼，他早就习惯了——但很眼熟。这是洛雷登银行的标志。也就是说，这封信是那两个人当中的一个写的。而他不认为他的姐姐尼莎会给他写信，更别提送礼物了。

亲爱的巴达斯，

你在读这封信，说明你已经打了胜仗。恭喜你！现在，让我们把时间倒推回去一点。

当我写完这封信时，它会被送到我安插在特姆莱营地里的人手里。他替我工作有一段时间了。他的任务基本上是确保特姆莱安然无恙，直到你追上来；接下来，他要保证特姆莱无法逃跑。如果你逮住了他——啊，很好，那你就不会看到这封信了。要是他甩掉了你——哈，别担心。

这是我唯一能为你做的。我知道对你来说赢得这场战争有多重要，你的事业、你的前途都取决于此。局势相当险峻，对吧？一开始他们肯定要派出人数众多的帝国军队，这就意味着你永远没有机会。哼，我们可不吃这一套，对吧？幸运的是，我想办法在另一边弄出了点乱子。岛民太蠢太贪婪了，我只是建议他们也许可以考虑在履行合同时拖一拖，争取更高的价钱，仅此而已。当然了，接下来他们闹得太不像话，结果就被吞并了。告诉你吧，当我听到这个消息时，我觉得自己有点傻。不过，好在还有足够的时间可以派我的手下过去组织一场干净利落的小规模叛乱——风险很大，但最终成功了。我早有预感会成功。因为，你瞧，这场战争注定该由你来打，而这一次你的面前不会有任何障碍。

我希望你喜欢这个礼物。打小你就为我制作各种工具（你的手一向很巧）。你也知道我打死也做不出什么好东西，因此我让这个机灵的小伙子德萨凯替我完成。身为杀手和厨子，他应该能做好这件事——再说了，礼轻情意重嘛。

一如既往爱着你的兄弟

高戈斯

巴达斯卷起信件，割开罐口的封蜡，轻轻拔出塞子，将罐子里的东西取了出来。

起初他以为那是一个猪头，就像小时候他一直很害怕，而他的父亲和高戈斯却视为美食的玩意儿。制作的过程是这样的：去除头骨，留下整个完好的头皮；用盐腌制以后在头套里塞进各种好东西：丁香、多香果、紫苏、黑色和红色的科里昂胡椒籽、肉豆蔻、肉桂、孜然、杏干以及姜块，然后浸入稀薄、透明、颜色几近白色的自产蜂蜜里。即使是在那个时候，巴达斯也对这种外面一层怪诞的死皮、里面又甜又香又可口的矛盾体感到既好奇又恶心。真不知道是谁想出的这么个合二为一、稀奇古怪的点子。作为一个顺从的孩子，他总是装出很喜欢的样子来解决分给他的那一份。尽量将注意力集中在令人垂涎欲滴的香味以及丰富、甜蜜的口感上。毕竟，吃东西的时候用不着看着食物，只需要拿起刀子切一切就可以了。

是一样的炮制方法。他可以想象高戈斯把食谱详详细细地写出来，交给他的厨子，并且交代他千万不要擅自改动制作工序（高戈斯在厨艺方面很有天赋，也很擅长品鉴美食，因此他很注重细节。现在想想，高戈斯其实更像是一个合格的天国之子）。他用指尖捏起一撮被蜂蜜润泽的发丝，但吊在发丝下的却不是猪脸。尽管这张脸已经收缩变形了（多半是用盐腌过的缘故），但还是可以看出，那是特姆莱国王的脸。

蜂蜜像金色的眼泪，顺着带着酒窝的、熟透了的桃子般的脸颊淌下来。眼睑合在空空的眼窝上（巴达斯知道，就算闭上眼睛人也能看到很多东西）。嘴巴被针脚细密的肌腱缝了起来，由于皮肤的收缩、拉紧，薄薄的嘴唇皮上有一两处被撕裂了。它摸起来像皮球一样柔软、顺滑——像他们以前用塞满了稻草的膀胱做的足球，或是被他的母亲用来填塞羊腹的美味的冬日布丁。

上了一层白金色釉质的皮肤如珠母般苍白，且带着大理石纹路。

（**真奇怪，他想，造物主将坚硬的头骨藏在柔软的脸皮下，这是多么奇怪的设计啊**。毫无疑问，应该反过来才对：让牢固的、千篇一律的头骨保护脆弱的、能将不同的人区别开来的脸部特征。这一点，验甲所的人比谁都了解。）

这张脸柔软得不成形，同时又皱巴巴地显露出许多纹路，让特姆莱看起来既年轻又苍老。从这张脸上，他可以看出一个男孩的面容，在一个离这儿不远的地方，这个男孩曾经为了躲避他而藏在一辆车下；从这张脸上，他也能看见一个老人，这是特姆莱老去以后的面容（河流的比喻，或轮子的比喻均可，除非有人喜欢用凸轮轴来形容）。他思考了一会儿将肉类保存下来的过程（也就是腌制过程），这是一个尝试堵塞河流、阻断轮子向前滚动的行为，好比想方设法拯救灭亡的城市和受诅咒的人。相信元理的人恐怕会迫不及待地将这个想法发展成一套理论，好像历史被重塑得还不够似的。

"现在才开始担心这事有点太迟了。"阿纳克斯站在他身后说道，"再说了，人之所以为人，或者说，我们之所以成为现在的我们，正是因为有能力改变事物的形态。"说完，他带着呼哧呼哧的喘息声咯咯笑了起来。"你知道吗，"他继续说道，"把那玩意儿晾干，再加上填充物，你就可以拿它来当头盔的垫衬了。"

"走开。"巴达斯说。

"你会这么烦躁不过是因为你没有机会说谢谢罢了。"阿纳克斯回答，"再说，一直在地道里埋怨永远看不到敌人的脸的不也是你吗。"

巴达斯皱起了眉头。"我从来没有把他当作敌人。"他说，"老实说吧，我其实从来没有把他当成一个人来看。"

"恐怕你也没这个机会了。"阿纳克斯的语气中带着一种"我当初怎么说的来着”的得意，“因为他现在已经不是人了，只是一个东西。当然，我们迟早也会变成这样，慢慢长出不属于人类的皮肤。说真的，有点像树，只不过树的情况和我们正相反。我们内里是活的，外层是死物。说到这里，我想起来了，我给你打造的是不是上好的盔甲？”

“是的。”

“是的，你就只有这么一句话可说？说到通过检验，你现在完好无损地坐在这里，却只是轻描淡写地说一句‘是的’。”

巴达斯笑了。“啊，”他说，“我不过是上了战场而已，还没有在布鲁和他那把大锤子底下走一遭呢。”

阿纳克斯笑了。巴达斯看不到，但依然能想象他的笑容。“孩子，”他说，“世上怎么可能有那么坚固的东西。就像你在集市上看到的拳击场，那里有一条颠扑不破的真理：布鲁终究会赢。想热闹一把的话，就看你能在他手下撑几个回合了。”

“热闹？”

“这不是没想到更好的词嘛。”

过了一会儿，巴达斯去了卫兵室。

“送信给我的那个人，”他说，“现在还在你们手上吗？”

他们告诉他，是的，他还在。

“很好。你们问过他的名字吗？”

当然，他们回答，他说他叫德萨凯。他对自己的身份毫不掩饰，好像笃定自己会获得重赏似的。

“确实该赏，”巴达斯回答，“现在找一两个人，打上停战的旗帜，带着这个德萨凯上山去见希多凯国王——我建议你们看好他，他很可能会想要逃走——别忘了带上这个罐子和这封信。接下来，我要是你的话，就会用最快的速度离开。”

天国之子往后靠在椅背上。“纯属好奇，”他问道，“罐子里装的是什么？”

“胜利。”巴达斯无力地笑了，“至少是等同于胜利的东西。你也许可以把它看成是某种秘密武器。”

“原来如此。”天国之子挑起了一边眉毛，“就像你在佩里美狄亚保卫战中使用的那种会燃烧的液体？”

“不太一样。”巴达斯说，“只不过那种液体也是装在罐子里的。请恕我冒昧，我现在脑海里闪过什么念头，就直接说出来了。”他摸着下巴，似乎在思考着什么。“那么，我什么时候可以离开？”

“等继任者到了就行。不是今天晚些时候，就是明天早上。接替你的是伊尔索上校，他一到，你就可以去见他。他还很年轻，却颇有发展潜力，我们很看好他。他会负责监督敌人的撤离行动，护送他们一直到山地那边。应该是一项简单的工作。”

“很好。”巴达斯毫无情绪波动，脸上完全没有表情，像一张被腌制过的死脸。

“那么，你以前坐过邮车吗？”邮差问道。

巴达斯点点头，“坐过一两次。”

邮差颇为讶异。“那你一定是个重要人物了。”他说，“你的名字叫什么来着？”

“巴达斯·洛雷登。”

“巴达斯——等等，好像在哪里听过你的名字。艾普－埃斯卡托伊，你是那个战斗英雄。”

巴达斯点点头，“没错。”

“哇塞，”邮差说道，“真是难得，不是每天都有英雄来搭我的车呀。说说那场战争究竟是什么样的？”

“大部分时间挺无聊的，偶尔会出现一些极度惊恐的时刻。”

邮差大笑起来。“哦，问起战争经历的时候，”他说，“他们全都这么说。我算是明白了，他们不允许你们提起这些事。那么，现在你要去哪里呢？难道这也不能说？”

“去一个叫哈玛拉的地方。”巴达斯告诉他，“不知道是什么鬼地方，你知道哈玛拉在哪里吗？”

“哈玛拉，”邮差皱起了眉头，“啊，要是我没搞错的话，它应该在帝国的另一头，在东端。我甚至都不知道那里在打仗。不过当然啦，我知不知道不代表没有。”

“他们说搭邮车到那里需要六个星期。”巴达斯说，“所以我想应该就是那儿。”

“升职？”

“他们正式任命我为司令。”

“不是吧，对外邦人来说这待遇可真不错。”

“谢谢。”

巴达斯在艾普－埃斯卡托伊换了辆车。他很不安地察觉到，当年驻扎的营地以及那座临时搭建的城市对他而言居然有一种家的感觉，类似某种归属感。他尽量避免自己陷进这种情绪，正如他想避免穿过挂着人头的城门。有人告诉他，岛屿区三个臭名昭著的叛乱分子的头就挂在那里。得知这个消息后，他低着头经过了城门，生怕认出他们是谁，也怕一不小心看到钉在他们躯干上的标示着名字和罪行的标签。

“说起来，跟草原人打的这一仗，”邮差说道，“当然我们本来可以处理得更有技巧些，不过最终结局还是不错：我们摆脱了这帮人，他们的国王死了，在这过程中还白捡了一支舰队。外面那些‘帝国声望遭遇重创’的议论听起来酸得要命。笑到最后的才是赢家，你说是吧？”

“那当然。”巴达斯回答。

“等等，”邮差回头打量着他，“你也在场，不是吗？我好像从哪里听说过，在艾普-埃斯卡托伊一战成名的那个家伙也参加了草原战争。是真的吗？”

“我是在战争接近尾声的时候才加入的。”

“嘿！你参加战斗了吗？”

“一点点。”

“你来说说看，”邮差咧嘴笑着，“大家都说砲兵净干些又苦又累的活，倒是骑兵冲锋陷阵打得痛快。这是真的吗？”

“差不多吧。”

“砲兵是不为人知的英雄。”邮差严肃地说，“那帮该死的斧枪手总是夸夸其谈，说自己才是真正出力的人——说句公道话，他们确实不错，很厉害。但一旦涉及攻城之类的，谁也比不上工兵。哎呀，就拿你来说吧。”

“我？”

“没错，说到底，你也是个工兵。”

巴达斯耸耸肩，“应该算是吧。”

“你就是。”邮差坚定地回答，“我父亲就是个工兵。他有十五年建设道路和桥梁的经验，之后被调到砲兵队，一步步做到中士投弹手。当然，你这样的工兵是做不上的，不过我有一个叔叔……”

“那边是海吗？”

“是的。”邮差说，“过了山丘就到了海边，大概还有两里路吧。我们沿着海岸一直向南走到艾普－木莲，然后往内陆方向走一两天到纳吉利亚，就到我这条线路的终点了。你可能要搭上去托伦斯的马车。跑这条线路的邮差中有一个是我小舅子，你可以问问他认不认识一个叫——”

他尚未把名字说出口，就顿住了，先是直挺挺地坐着，然后从座位上跌了下去。不是吧，又来了，巴达斯一边想一边伸手去抓缰绳，但缰绳仍然绕在邮差的手腕上。邮差被马车拖在地上，马车的速度慢慢地降下来。身后行李架上的某处应该有一张为邮车的护卫配备的弩弓，但他没有找到。弯刀和其余的行李一起，放在后车厢的某个地方。既然没法打，他就只能选择撤退。他翻过车夫的座位，伸手去够缰绳，结果失去了平衡，从上面摔了下来。他昏过去前看到的最后一幕，就是马车的前外侧轮冲着他撞了上来。

巴达斯？

“阿纳克斯？”他说。

亚历克修斯。我只是顺道来跟你告个别。

“哦。”巴达斯回答，“这么说，你要走了。”

终于要走了。如今她死了，这事也就大致上了结了。

“谁死了？你是说我的外甥女伊苏斯？”

不，是另外一个人。我不知道你是否还记得她。维特里丝·奥泽尔。她也是局中人，只是介入得不深。

他完全不知道自己在什么地方。这里很暗，没有声音，也没有味道。“你以前好像跟我提起过她。”他说，“我跟她和她哥哥也见过几次。他们是艾希莉·佐希思的朋友。”说到这里，他欲言又止。

唉，我知道你不怎么相信元理，因此我就不解释细节了。我认为她是天赋者之类的人物，但搞不清她发挥了什么重要作用，重要到什么程度——她肯定对许多事件产生了一定影响，要不然这一章也不会因为她的死而揭过。

不管怎么说，事情大概就是如此。

“好吧，那么，”巴达斯最终还是决定开口问，“你知不知道——艾希莉最后如何了？”

她最终如何，我不确定。在沙斯特保卫战中她似乎起了些作用，但我不知道她后来是否逃出去了。某个关于科里昂战争的讨论提到过她，但这不能证明什么。而且，第一次科里昂战争发生在沙斯特陷落之前。

“这么说，挂在城头的不是她了？”巴达斯说。

不，挂在城头的不是她，如果你指的是艾普-埃斯卡托伊的话。第三个人头属于艾莎兹·米萨吉斯，他们认错了人，把她当成你的外甥女伊苏斯了[①]。老实说，这是个很少见的名字。

“我没听说过这个人。”巴达斯回答，“谢谢你，知道艾希莉成功脱身让我好受了点。”

这个嘛……算了，不说了。当然，我们会再见的，但这是我最后一次以亚历克修斯的身份出现在你面前。其实我现在也不该在这里耽搁，但——

巴达斯睁开眼睛。

“谢天谢地，”高戈斯说，“我担心死了。”

高戈斯跪在他面前，一手拿着碗，一手拿着块湿抹布。那块布是从他衬衣上撕下来的，巴达斯可以看到他袖子上撕过的痕迹。

“没事了。”高戈斯继续说道，“你的头被狠狠地撞了一下，不过肿起来的地方已经消下去了，而且我看着也不像有内出血的样子。巴达斯，你还认得我吧？”

① 伊苏斯（Iseutz）和艾莎兹（Eseutz）两个名字使用了区别较大的音译。但实际上只有一个字母的区别，且发音相同。很容易把两人搞混。

“嗯。”巴达斯回答，“你是我哥哥高戈斯，对吗？”

“对，没错。”

巴达斯想点头，却发现这不是个好主意。“我们在一棵大苹果树上一起搭过树屋，”他说，“在那棵苹果树被风刮倒之前，有一只松鼠经常从窗前经过。”

“没错，你说得对。”高戈斯说，“现在躺着别动，放松些。一切都在控制之中。”

“爸在哪里？”

高戈斯看着他笑了，笑容灿烂而温暖。“他就在附近，”他说，“别担心，一切都会好的。”

巴达斯想回以微笑，但他的头很疼。“你不会走开吧？”他问。

“当然不会，我就在这里。你放心吧。”

他闭上眼睛。

再次睁开的时候，他想起了一切。

“高戈斯？”他想坐起来，但浑身无力。他躺在一艘小船的甲板上，头枕在一叠折起来的风帆上，头和帆之间还垫着一堆外套和毯子。阳光明亮、刺眼，几乎难以忍受，好在有清风拂过，凉爽怡人。

“巴达斯？”声音从不远处的上方传来，在船的另一头。“等等，我马上来。”虽然巴达斯动不了，却可以根据甲板上的脚步声以及木板传来的震动来判断高戈斯的位置。这是他在艾普－埃斯卡托伊下方的地道里学会的。

“你撞到了头，记得吗？”高戈斯说（但巴达斯看不见他，他站在巴达斯背后，影子落在巴达斯身上），“你从马车夫的座位上摔了下来，我本该预料到会发生这种事故的。都是我的错，我太蠢了。你差点因此送命。”

巴达斯深吸了一口气，呼了出来。他的嘴巴干得像死皮。“你射死了邮差。”他说。

“从七十码外，差不了多少。你给我做的那张弓，巴达斯，那可真是个宝贝。当然，我行事应该更谨慎些才对。”

巴达斯皱起了眉头，“为什么？”

“什么为什么？”

“你为什么要杀那个邮差？”

“我要让马车停下来，傻瓜。”巴达斯可以想象到他脸上的笑容，那灿烂、温暖的笑容。“那里太开阔了，不好设路障，而邮车不到驿站又不会停下来。你现在想喝点什么吗？”

“不想。要。”巴达斯拒绝之后又改了口，因为此时此刻，一杯饮料就是他在这世上最渴望的东西。

“马上给你拿来。”高戈斯说，“你肯定无法想象在你摔下来以后发生了多少惊险刺激的事。你昏过去了，浑身冰冷。我以为我害死了你，吓得差点尿了裤子。所以我把马车上所有的垃圾都扔了，让你平躺在上面，驾着马车，越过田野赶去我停船的地方。然后一只该死的轮子忽然掉了。”

巴达斯皱起了眉头，想起不久前他跟另外一个人的对话内容，大致意思是，那不是轮子，而是凸轮轴。不过，这有点说不通。

“因此，在我扔掉马车后，”高戈斯说，“我不得不扛着你走完最后的两里地——老弟，跟上一次我扛着你满院子跑的时候比起来，你重了不少啊。不过这也是理所当然的，你当时才三岁嘛。不用说，就这么带着你颠来颠去把我吓坏了，生怕伤到你——你知道，头部的伤势是很难说的，谁知道一不小心会给脑子带来什么样的伤害呢。天哪，我跟你说，直到我们都回到船上了，我才想起来追兵的事。幸运的是，好像没有人来追我们。好了，”他兴高采烈地加了一句，“成功了，我们上路了。你知道吗，就跟以前一样。”

“你为什么要截停马车？”巴达斯问。

“哦，老天——当然是为了救你呀。你不会以为我会眼睁睁地看着自己的弟弟被他们送上军事法庭吧？也许你相信帝国的司法系统，但我可不信。”

（三颗挂在城门上的人头就是强有力的证明。）“他们没打算把我送上军事法庭。”巴达斯说，“他们给我派了一个新的岗位，在哈玛拉。”他想起来了。

高戈斯大笑起来，“根本没这个地方，你这个小丑。拜托，你了解帝国的行事方式，每一次失利，都要有一名军官负责。嘿，幸好还有你哥照顾你，你就不适合独自外出闯荡。”

“但那个马车夫，我想他听说过哈玛拉。”

“那是……”高戈斯说，“听着，你更愿意相信谁，帝国还是你自己的亲哥哥？好了，现在我们两个又团聚了。只不过这一次不一样。我发誓。”

巴达斯的头隐隐作痛，“我们要回家吗？回中邦？”

“怎么，你还没听说——？”高戈斯的声音变得轻柔起来，“恐怕我不得不告诉你一个坏消息了，”他说，“没有家了。”

“没了？家不可能没了。”

“抱歉，用错词了。好吧，我就不拐弯抹角了。农场被毁了，巴达斯。是他们干的，行省政府。”

“你在说什么呀，高戈斯。”

高戈斯沉默了一阵子。“他们派了一个连的弓箭手。”他说，“不用说，这些人是半夜来的。他们包围了农场，将门从外面堵上，然后点着了茅草屋顶。我醒来的时候咳了个半死，想跑到窗边，却差点被射中。那场景简直像地狱，巴达斯。浓烟四起，什么也看不见。大捆大捆的茅草、木柴，各种乱七八糟的东西都从燃烧的屋顶上掉下来。我努力想救他们出去，我真的尽力了。但克利法斯死了，在睡梦中被浓烟呛死了。佐纳拉斯被压在半个屋顶下。他尖叫着，浑身是火，我却无能为力。听着，”他说着来到巴达斯身前，让巴达斯可以看到他的脸。有那么一瞬间，巴达斯以为那是另外一个人的脸。“直到他死的那一刻我还在想办法救他。”他说，“他不停地叫着，高戈斯，救救我，一直到死。”

巴达斯什么也没说。

“伊苏斯已经离开了——你肯定知道这事。因此，家里只剩我和尼莎了。”最后，高戈斯继续说道，“只剩她和我两个人。我们设法从顶层阁楼的窗户跳到鸭棚的屋顶上。她很机灵，带上了这张弓和一些箭，而且有足够的亮光让我们看得清敌人。我们设法爬进鸭棚里，然后我用箭将他们挡在外面，直到箭射光了。我告诉你，兄弟，造了这张弓给我，你算是救了我们的命。不管怎么说，就在我以为我们要完蛋了的时候，我看到包围圈中出现了一道足以让我们逃出去的空隙，于是我们跑了。我不停地跑着，一直跑到克莱拉草场那里——你知道的，就是那条低陷下去的马车道。如今那里四周都被厚厚的树篱包围着，很难被人发现。接着我发现尼莎没有跟上来，于是我就回去找她。她死了。他们正在用父亲那把老伐木斧砍掉她的头。”

高戈斯沉默了很久。

“唉，”终于，他继续说道，“跟他们拼命已经没什么意义了，不是吗？也许在我被干掉前能杀掉几个敌人，但那又如何呢？人总得实际点。我悄悄地折回那条低陷的道路，在那里躲了一整天，然后在当天夜里赶到托诺斯，找到了这艘船。这是莱拉斯·莫纳丁的旧龙虾船，你还记得莱拉斯吧，就是在我们小时候朝我们扔石头的那个可怜的老家伙。”

巴达斯睁开眼睛，“他还活着？有一百多岁了吧。”

“显然还挺硬朗的。”高戈斯说，“不过，如今负责驾船出海的是别瑟勒斯和奥尼尔斯两人。反正，那是在我把船偷走之前。事情就是这样。”他继续说道，“毫不夸张地说，你我二人，我们所拥有的一切、我们所付出的努力全都化为灰烬。如今只剩你和我了，巴达斯。只剩下我们了。”

“明白了。”巴达斯再次闭上眼睛，“我们现在去哪里呢？”

“啊，”从高戈斯的语气中听得出，他再次笑了。“这就是刚才我跟你说一切都会好起来的原因。你还记得弗洛拉斯·佩里丁吗？”

“什么？”

“弗洛拉斯·佩里丁。”高戈斯重复道，“他以前常去沙堤外钓鳕鱼和那种长着扁平大头的扭来扭去的玩意儿。”

“是的，我记得。跟他有什么关系？”

“啊，”高戈斯咯咯笑道，“是这样的，我记得他跟我说过，他曾经被一阵狂风吹到远远的海上去。他告诉我他最后流落到一座离海岸很远很远的岛屿上。不用说，我当时以为这是他编的故事，他总是吹牛不打草稿。但一年后我在‘希望与恐惧’听到有人说起类似的故事，于是我开始动起了脑筋。不管怎么样，事实就是，那个岛确实存在。我去过那里，我知道怎么去。老实跟你说，那里没什么特别的，除了大量的岩石和树木以外，没什么别的东西。但是，岛上有淡水，岛中央有一块土壤肥沃的平地。在那里吐一粒苹果核，一年后就能长出一棵苹果树。那里有羊生活在岩石间，还有大量的鸟，只要有能耐你就饿不着。那里有建筑用的树，要多少有多少。最妙的是，你猜我在山顶上找到了什么？铁矿。有一大堆，就那样暴露在地面上。我向你保证，巴达斯，我的力气加上你的技能，只要我们愿意，我们在那里可以要什么有什么。就只有我们两个，像过去一样。你说呢？”

巴达斯想了一会儿。“你疯了。”他说。

高戈斯眉头微皱。“你什么意思？”

“你还真的以为我们可以住在一起，建一个农场，好像你做的那些事完全没有发生过似的。你想要回到我们小时候，在——”

高戈斯的脸毁了，开裂的皮肤、烧熔的疤痕、狰狞的表情，看上去非常恐怖。“天哪，巴达斯。”他说，“我做过的事？我爱你，巴达斯，比这世上任何一个人都更爱你。可你不能就这么躺在那里，对我做的事指指点点。我干了件坏事——对，很坏很坏的事，这点不可否认。打那以后，我每时每刻都在努力做出补偿——对尼莎、对克利法斯和佐纳拉斯、对你。打那以后，我做的每一件事都是为你们几个做的。没错，在此期间，我又做错了事，可怕的事，但都是为了我们，为了家庭，不能简单地用对与错来评判。反过来看看你——你干过的那些事、你杀掉的那些人——在麦克森舅舅麾下、在法庭、在守城期间、在思科纳、在艾普－埃斯卡托伊和这场战争里，你是为谁杀人，巴达斯？是不是谁付你钱，你就为谁杀人？来啊，回答我，我想知道答案。”

巴达斯摇摇头。“你居然敢这么说，”他说，“你居然敢把我和你相提并论。”

“哦，拜托，”高戈斯几乎要大笑起来，“你离开家去寻找成功的机会，这是人之常情。你把自己赚到的钱都寄回家给克利法斯和佐纳拉斯，像我一样，你只是在尽力照顾他们。在守城期间，你在为自己的城邦而战。在思科纳——唉，我只能说你有这个权利，但你知道的，我们就此两不相欠了。可是，打那以后，你居然当了一名帝国士兵？难道你真的相信天国之子是天命所归吗？”

“那些岛民呢？”巴达斯冲口而出，“他们因为你而被杀、被奴役——”

高戈斯摇摇头。“得了吧，罪魁祸首是帝国，是你效力的那些人。再说了，如果艾普－埃斯卡托伊没有被攻下，这些都统统不会发生。是谁把公牛放出了围栏？但是，这都没关系。”高戈斯放缓了语气，继续说道，“你只是在做自己的本职工作，就像你在麦克森舅舅麾下时一样。士兵不应该为战争负责，正如我不该为帝国对岛民的所作所为负责一样。同样，我也不该为特姆莱对城市的所作所为负责。再说——”他狰狞的表情化为微笑，“再说，对我们两个来说，这些都过去了。你不明白吗？我们可以把这些都抛诸脑后——该死的，要说我这个人有什么优点的话，讲求实际就是我唯一的优点。我们无法纠正自己做过的错事。任何想去弥补的举动却导致我们做出了更多的错事、更糟糕的事。到了我们必须说到此为止的时候了，我们该去做些别的事，一些有意义的、高尚的好事。我已经尽力了，巴达斯。我试过回家，恢复我本来的身份，做一个勤勤恳恳的农民，老老实实地靠土地过活。这么说吧，我试过将车轮倒转——结果怎么样呢？我们的家只剩下冰冷的灰烬和一堆垃圾，一切都毁了，一切都被烧光了，化为乌有。而你——哼，我用不着说了吧？”

巴达斯气得直发抖。“一切的一切，”他说，“全是你的错。我犯下的过错，我所有的罪恶，都源于你。我永远不会原谅你。永远。”

“哦，巴达斯。”高戈斯满脸同情地注视着他，“你知道吗，你刚才说的那些话，从某种意义上来说，是一种爱的表达。这么多年以来，你一直让我为你犯下的过错承担罪名。你默许我这么做。没关系，我很高兴。现在，让我为了我们两个最后再做一件事。让我们将所有的罪恶甩掉，好吗？”他咧嘴一笑，像面罩一样覆盖在脸上的烧伤舒展开来。“让我们一劳永逸地甩掉洛雷登兄弟的世界。怎么样，这主意不错吧，嗯？将洛雷登兄弟带到安全地带，在那里他们无法继续闯祸。再也没有比这更无私的举动了。想想看，这就相当于我们已经死了、被火化了。”

（先死后葬，历来如此；但对你，我们可以破例。）

“再说了，”高戈斯仍然保持着微笑，“你也别无选择。你太虚弱了，打不过我，也无法从船边跳下去。等我们到了那座岛，把你和各类用品搬到岸上以后，我就会在甲板上浇上灯油，把这艘老古董点着。想要离开那个岛，你就得自己造一艘船。”

巴达斯艰难地呼吸着。“我可以杀了你，”他说，“我可以把我们俩都杀了。”

“只要你想，你确实可以这么做。”高戈斯承认，“那样的话，我们俩就是一丘之貉——只不过我开了蓄意作恶的头，你结了尾。这就是你想要的结果吗？”

“不。”

“我就知道。”高戈斯兴高采烈地说，“那么就按我说的做吧。没关系，是我截断了你的退路，你可以继续把什么都怪在我身上。下雨了，你可以怪我；不下雨，也可以怪我。羊把未成熟的玉米吃了，你可以怪我；草垛着了火，你也可以怪我。我很愿意承担过错，就像过去一样。”

“不要，”巴达斯声音微弱地说道，“高戈斯，求你了。”

“别犯傻了。”高戈斯走开了，巴达斯看不到他。“你要相信我，巴达斯。我毕竟是你的哥哥，我爱你。我不是一直把你照看得很好吗？”